COLLECTION FOLIO

Gustave Flaubert

Madame Bovary

Mœurs de province

PRÉFACE ET NOTICE
DE MAURICE NADEAU

Gallimard

PREFACE

Pour Flaubert, la rédaction de *Madame Bovary* a été un « pensum », qu'il a mené à bien, s'il faut l'en croire, dans un constant « dégoût ». Pourtant l'ouvrage achevé, après cinquante-trois mois d'un labeur acharné, il déclare, sans crainte de se contredire : « La Bovary, c'est moi », et : « Elle souffre et pleure dans vingt villages de France, à cette heure même. » Après quelques tentatives avortées, il serait parvenu à écrire une œuvre de portée générale qui, en même temps, l'exprimerait tout entier. *Madame Bovary* lui aurait permis d'entrer en possession de son métier d'écrivain.

Durant ces cinquante-trois mois et à mesure que s'élabore son roman, il a en effet forgé une esthétique qui le coupe radicalement des diverses manières adoptées pour les ouvrages antérieurs, (qu'il se gardera de publier), de même que, parmi les écrivains de son temps, elle assied son originalité. « Disciple émancipé de Balzac », Flaubert, avec *Madame Bovary*, figure le premier des romanciers « modernes ». On ne s'en apercevra qu'assez tardivement, après qu'auront reflué les vagues symboliste et naturaliste, après que Proust, plus perspicace sur ce plan que Gide, Valéry et Claudel, aura rendu hommage à un auteur qui aura connu un long temps de purgatoire.

Les principes de la nouvelle esthétique de Flaubert sont formulés dans les lettres que, durant la gestation de *Madame Bovary*, il envoie à sa maîtresse Louise Colet. Nourries par la confidence, irriguées par la réflexion qui naît à partir de la difficulté rencontrée et vaincue, elles montrent comment, parallèlement à l'œuvre s'échafaude la méthode, se vérifie l'hypothèse.

Flaubert ne livre pas une recette susceptible de produire des chefs-d'œuvre. Il se borne à montrer une voie, qu'il appelle « la ligne droite », de chaque côté de laquelle il dispose des garde-fous. Il faut, par elle, s'enfoncer dans l'œuvre « comme une taupe », creuser toujours plus profondément, jusqu'à déboucher sur une réalité que cachaient jusque-là les mots, les sentiments convenus, les idées toutes faites, et sur laquelle pesaient des tonnes de littérature.

Pour se livrer à ce travail long et difficile, il n'est pas nécessaire d'avoir du génie. Il y faut en revanche une « âpreté » qui exclut menues complaisances et satisfactions à bon compte. De même qu'on doit sentir dans l'œuvre « *une longue énergie qui court d'un bout à l'autre et ne faiblit pas* », de même toute la volonté tendue de l'artiste doit-elle être employée à creuser et découvrir. Cette application héroïque fait les grandes œuvres.

Flaubert rompt avec la tradition de l'artiste inspiré, porte-parole de forces mystérieuses. « *Méfions-nous de cette espèce d'échauffement qu'on appelle l'inspiration, et où il entre plus souvent d'émotion nerveuse que de force musculaire... Je connais ces bals masqués de l'imagination d'où l'on revient la mort au cœur, épuisé, n'ayant vu que du faux et débité des sottises... Tout doit se faire à froid, posément. Quand Louvel a voulu tuer le duc de Berry, il a pris une*

carafe d'orgeat et n'a pas manqué son coup.
C'était une comparaison de ce pauvre Pradier et
qui m'a toujours frappé. Elle est d'un haut en-
seignement pour qui sait la comprendre. » A
Louise Colet, chantre des bouillonnements du
cœur, il conseille : « *Il faut écrire froidement* »,
ou encore : « *Ce n'est pas avec le cœur qu'on*
écrit, c'est avec la tête. »

« Ecrire froidement », c'est choisir les seuls
moyens à utiliser pour s'approcher du but. Une
force concentrée s'applique alors tout entière et
avec le maximum de puissance sur le point
unique où elle doit peser. Elle culbute l'obstacle
et fait découvrir du nouveau : la nuance particulière d'un sentiment, le détail significatif d'une
réalité banale, les ressorts intimes d'un
caractère. C'est à condition de s'oublier que
« l'autre » prend vie, que la réalité se meuble et
s'emplit, devient présente. L'art n'est pas un
monologue de l'auteur. Il n'est pas non plus un
simple dialogue avec la réalité. Il est cette réalité,
suscitée, et qui prend la parole à son tour.
L'artiste s'est libéré de ce qui le fait dépendre de
la condition commune. Il conquiert l'imperson-
nalité et l'impassibilité d'un dieu.

L'art possède sa permanence, son évidence, sa
nécessité. Ne prévalent point contre lui les méta-
morphoses que lui imposent le temps, les cli-
mats, les modes, les pays. C'est une autre nature
captée dans les mots, le marbre ou les sons.
Homère, Rabelais, Michel-Ange, Shakespeare,
Gœthe sont éternels et « impitoyables », c'est-à-
dire pourvus de la présence pesante et inéluc-
table des phénomènes naturels. « *Les très belles*
œuvres... sont sereines d'aspect et incompréhen-
sibles... Elles sont immobiles comme des falaises,

*houleuses comme l'océan, pleines de frondaisons,
de verdure et de murmures comme des bois,
tristes comme le désert, bleues comme le ciel.* »
Leurs auteurs se sont-ils donné pour but d'agir
sur leurs contemporains, de les séduire ou de les
toucher, d'exciter chez eux le rire et les larmes?
Ce sont là fins secondaires et de toute façon
conséquentes : ils visaient à concurrencer la
nature par les moyens mêmes qu'ils lui ont ravis.
« *Ce qui me semble, à moi, le plus haut dans
l'Art (et le plus difficile), ce n'est ni de faire
rire, ni de faire pleurer, ni de vous mettre en rut
ou en fureur, mais d'agir à la façon de la nature,
c'est-à-dire de faire rêver.* »

C'est aussi s'ouvrir au monde, le laisser pénétrer en soi. Ou, par un mouvement inverse, frac-
turer les apparences afin de se couler dans les
choses, de s'identifier à elles. Chez Flaubert, les
deux mouvements s'exécutent parfois en même
temps. « *Absorbons l'objectif et qu'il circule en
nous, qu'il se reproduise au-dehors sans qu'on
puisse rien comprendre à cette chimie merveilleuse.* » C'est communier avec ce qui, dans l'univers, jusque dans ses causes et ses fins, se sous-
trait à notre vision bornée. C'est parvenir à
l'infini quand, à force de contempler fût-ce un
caillou, Flaubert se dit capable d'entrer en ce
caillou, de devenir tout entier caillou. Ici et là, il
s'agit de « *ne plus être « soi* » *mais de circuler
dans toute la création dont on parle* ». Venant
d'écrire la scène où Emma s'abandonne pour la
première fois à Rodolphe, il constate : « Aujour-
d'hui par exemple, homme et femme tout
ensemble, amant et maîtresse à la fois, je me suis
promené à cheval dans une forêt, par un après-
midi d'automne, sous des feuilles jaunies, et
j'étais les chevaux, les feuilles, le vent, les
paroles qu'ils se disaient et le soleil rouge qui
faisait s'entrefermer leurs paupières noyées
d'amour. » Il atteint à l'ubiquité d'un dieu qui

serait en même temps l'officiant d'une plus vaste religion : celle par laquelle tous les éléments de l'univers et jusqu'à ses atomes invisibles tiennent entre eux par des liens subtils, indiscernables. Semblable dans son œuvre à « Dieu dans l'univers », « présent partout et visible nulle part », l'artiste « doit agir par des procédés analogues ».

Louise Colet pense que Flaubert s'illusionne, idéalise sa fonction et son état. Elle ironise sur ce « dieu » qui « vit en bourgeois », coule ses jours dans une calme retraite et se révèle incapable de quitter « les jupons de sa mère ». Elle songe à Manfred, aux héros romantiques, à Byron et, tout près d'elle, à Musset qui fut Rolla avant d'exhaler les plaintes de son héros, elle confond la vie personnelle de l'artiste et ce qui sort de sa plume. Au regard de l'art, lui fait remarquer Flaubert, ce ne sont point les nuits de débauche de Musset qui importent, c'est ce qu'il a su en tirer. Peut-elle dire quels hommes furent Homère ou Shakespeare, venus à nous sans état civil et pourtant immortels? Flaubert a fait deux parts dans son existence : l'une qui relève de la condition commune à laquelle il appartient malgré lui et dont il se détourne — « *vivre ne nous regarde pas* » — l'autre qui le met en familiarité avec les grands esprits créateurs, les « colosses » qui « épouvantent ». L'artiste triomphe du bourgeois en s'interdisant les billevesées de tous ordres que celui-ci nourrit : il « *ne doit avoir ni religion, ni patrie, ni même aucune conviction sociale* ». Il se consacre à mieux : « juger » la vie, « c'est-à-dire la peindre ».

Cette fonction de « juge » exige un regard clair, que ne doivent brouiller ni les souvenirs ni les nostalgies, que ne doit embuer aucune intimité soupirante. Lors d'un séjour à Trouville, en

août 1853, où il est allé retrouver ses « chers
fantômes », Flaubert dit « adieu et pour toujours
au « personnel, à l'intime, au relatif ». L'œuvre
seule doit parler, et il aura pour Bouilhet ce mot
à la Rimbaud : « Avec la *Bovary* finie, *c'est l'âge
de raison qui commence.* »

Il est né à l'aube des temps industriels, de la
vérité pratique. Pour tenir son rang, la littérature
doit plus que jamais, pense-t-il, aider à une
connaissance de l'homme au même titre que les
sciences physiques et naturelles, économiques,
historiques, sociales. C'est l'époque de Geoffroy
Saint-Hilaire, Lamarck, Darwin, Cuvier, de
L'Origine des Espèces. Aux idéologues ont succédé les économistes et Hegel, après eux d'une
part Michelet, de l'autre Marx. Quand Flaubert
entreprend d'écrire *Madame Bovary*, le *Manifeste
communiste* vient d'être publié. « *Nous sommes
avant tout dans un siècle historique* » écrit-il.
C'est-à-dire au sein même du relatif dans lequel
sont tombés les idéaux. L'homme a chu du piédestal où l'avaient juché religions et philoso-
phies, et il ne se prend plus tout à fait pour une
creature élue. Au lieu de subir un destin il
entend connaître les motifs de sa sujétion et c'est
là le grand changement.
    La « demi-divinité » que Flaubert attribue à
l'artiste ne se rapporte plus à celle dont se tar-
guait le poète romantique. Elle s'accorde aux
ambitions nouvelles du naturaliste, de l'histo-
rien, du biologiste. Si sa fonction est de creer du
beau, l'artiste ne peut plus, sans faire rire de soi
ou se rendre suspect, faire pleuvoir du haut de
son Sinaï des verités, se presenter en vaticina-
teur et en prophète, prétendre conduire les
peuples et l'humanité. Qu'il se préoccupe plutôt
de délimiter son domaine, prenne conscience de
son nouveau rôle, travaille, avec les moyens qui

sont les siens, à l'élaboration d'un nouveau savoir.

Le domaine qui échoit au romancier est le plus vaste et le plus complexe de tous : c'est « l'âme humaine », c'est la vie, dont les origines et les fins sont obscures. Il n'a point à s'interroger sur les raisons d'être de l'une ou de l'autre. « *Le doute absolu* », déclare ce disciple convaincu de Montaigne, « *me paraît être si nettement démontré que vouloir le formuler serait presque une niaiserie.* » Si rien n'est sûr de ce qui échappe aux sens, à la raison, à l'expérimentation, il faut traiter « l'âme humaine » et la vie comme des faits, des ensembles complexes et mystérieusement organisés de faits. « *Moi je soutiens* », écrit-il, malgré tout inquiet que la première partie de *Madame Bovary* soit vierge d'événements notables, « *que les « idées » sont des faits* ». La suite des états par lesquels passe Emma, ses rêves, son ennui, ses ambitions vagues s'enchaînent les uns les autres à la façon même dont ils se sont engendrés, combattus, divisés, mêlés, occasionnant dans les profondeurs de menus ou de sombres drames dont sa conduite est la résultante. Déjà sept ou huit ans plus tôt il disait, dans la première *Education*, de ses héros : « *Ce qu'ils sont maintenant, ce qu'ils font, ce qu'ils rêvent est le résultat de ce qu'ils ont été, de ce qu'ils ont fait, de ce qu'ils ont rêvé.* » Ainsi le veut une loi qu'il applique dans toute sa rigueur : celle du déterminisme psychologique.

Que penser d'Emma? Comment sa conduite doit-elle être jugée? Les contemporains s'étonnent que l'auteur n'ait point pris parti, qu'il se soit abstenu de faire pencher la balance.

Plus bel hommage ne pouvait être rendu au bien-
fondé de ses intentions, à la réussite qui les couronne. Tout comme un phénomène naturel, son
œuvre est susceptible d'interprétations diverses
et peut « faire rêver ». Il l'a édifiée par les
moyens de la science : l'observation des faits,
leur rassemblement, leur mise en conjonction,
tandis qu'il a suivi pas à pas et décrit par le
menu, scrupuleusement, les phases de l'expérience. Il est parvenu à ce qui lui paraissait
presque impossible et qui pourrait faire accomplir à l'art « un pas immense » : « *traiter l'âme
humaine avec l'impartialité que l'on met dans les
sciences physiques.* »

Flaubert ne dit pas que la poésie, l'art, la littérature se confondent avec les sciences. Leur objet
diffère comme diffèrent les intentions du savant
et de l'artiste, comme diffèrent les faits dont ils
s'occupent. « L'observation artistique » est chose
bien différente de « l'observation scientifique »
et l'expérience que mène le romancier se passe
en grande partie dans son cœur et son cerveau.
Pour que ce qu'il invente ait la même solidité, la
même « véracité » que ce qui tombe sous les
sens, il doit calquer son attitude sur celle du
savant : impartialité, non-intervention, refus de
juger et de conclure. L'artiste doit se borner à
« représenter » la vie et la littérature se faire
« exposante ». « *Ne blâmons rien, chantons tout,
soyons « exposants » et non discutants.* »
   La psychologie n'est pas la physiologie. Cependant, en remontant ou en descendant les chaî-
nons d'un strict déterminisme « *on ne se trompe
plus quant à tout ce qui est de l'âme* ». « *Tout ce
qu'on invente est vrai.* » Il n'est pas de
phénomène si particulier qui, étudié avec
méthode, dans le dessein d'en révéler à la fois
« le dessus et le dessous », ne conduise à une

vérité générale. Dès lors, le cordon ombilical est coupé, qui rattachait l'œuvre à son créateur. Elle prend place dans le domaine de la connaissance que l'homme a de lui-même. « *Madame Bovary*, affirme Flaubert, *est une œuvre surtout de critique, ou plutôt d'anatomie.* » Par le faire et par le résultat. Point d'antinomie entre la « matière » et l' « esprit ». « *Si les sciences morales avaient, comme les mathématiques, deux ou trois lois primordiales à leur disposition, elles pourraient marcher de l'avant. Mais elles tâtonnent dans les ténèbres, se heurtent à des contingents et veulent les ériger en principes.* » C'est en tous lieux qu'il voudrait voir régner le point de vue de l'observateur, de l'expérimentateur, du chercheur.

On comprend alors les reproches que lui font ses contemporains, habitués depuis trente ans aux roulades romantiques et point encore rassasiés de lyrisme : il a écrit une œuvre « immorale » et il y fait preuve de « cruauté » (le fameux « scalpel » de Sainte-Beuve), il a versé dans le « réalisme » et le « matérialisme ». Qu'Emma se tue, ce n'est point là pour les moralistes du Second Empire une punition suffisante. On n'accepte pas un suicide commandé par l'enchaînement des circonstances ou, comme le dit Charles Bovary, « la fatalité ». Il y manque la sanction de la société.

Quel miroir en outre n'offre-t-il pas à l'humanité pour s'y contempler : la médiocrité en la personne du mari, l'imbécillité solennelle en celle du pharmacien Homais, l'opacité au spirituel avec l'abbé Bournisien. Les amants d'Emma ne valent pas mieux, de Rodolphe, séducteur à la petite semaine, à Léon que définissent faiblesse et lâcheté. Quant à Lheureux, c'est un coquin. Voilà donc, mesquin dans ses sentiments et ses pensées, borné dans ses horizons et rutilant de sottise satisfaite, ce qui forme la société de province! Aucune de ces « figures douces » dont Sainte-Beuve regrette l'absence.

Emma se tiendrait plutôt au-dessus du lot : par son désir d'évasion dans des rêves naïfs, des velléités romanesques d'ex-jeune pensionnaire de couvent nourrie de mauvaise littérature, par son appétit d'une vie luxueuse qui va de pair pour elle avec les sentiments délicats. Bien sûr, elle donne dans le convenu, l'idéalisme pauvre avec, comme seule issue, l'adultère. Du moins a-t-elle le courage de sa sensualité. La vie l'empoigne par la nuque et lui remet la tête dans le flot, jusqu'à l'asphyxie. Un seul être échappe à la condamnation générale : un enfant, mais c'est lui qui, instrument des dieux, fournit le poison. Flaubert a peint un enfer.

Ou, plutôt, il en fait la radioscopie. Sous le vernis des rapports humains et sociaux, il met à jour les intérêts, les appétits, les instincts qui font mouvoir les hommes. Les valeurs qu'ils révèrent, la bonne conscience qu'ils se donnent, la morale qu'ils respectent en paroles, l'auteur n'en a cure dès lors qu'elles sont battues en brèche, piétinées, par des comportements qui, seuls, l'intéressent. Aux yeux du monde, Lheureux est un commerçant avisé, Bournisien un pasteur bonasse. Homais un notable bien intentionné récompensé par la Légion d'honneur. Sous le « regard égal » de Flaubert, ils révèlent les pauvres secrets de leur nature. La « petite femme » du médecin n'échappe pas à la règle, mais comme ses intentions ne sont pas sordides, elle trouble en fin de compte un « ordre » fondé sur le conformisme et l'intérêt. Elle se heurte à des « forces » plus puissantes qu'elle, elle doit donc mourir. Il s'agit là pour Flaubert d'un pur problème de physique. L'auteur en découvre les termes et les laisse s'affronter sans vouloir intervenir, son seul souci résidant dans l' « exposition » de « faits » qui s'enchaînent de façon inexorable.

D'où la multiplicité des traits, la diversité des nuances dans le gris (convenant à la peinture des « moisissures de l'âme »), le nombre infini des tableaux. Barbey d'Aurevilly reproche à Flaubert son zèle descriptif, sans comprendre que l'attention scrupuleuse que met l'auteur à décrire les « petites choses » a pour but de capter la vie en perpétuel changement et susceptible, à chaque instant, d'interprétations diverses, sinon contradictoires.

La description est tout autre chose ici que plantation de décors. Elle agit sur les événements, les situations, les caractères : préparant la venue des uns, éclairant les autres, faisant progresser l'action qui se passe alors du support de l' « histoire ». Proust l'avait remarqué : ce sont les « blancs » de la narration qui font le prix de *L'Education sentimentale* comme de *Madame Bovary*, et c'est là, sans doute, que réside la nouveauté essentielle de Flaubert (une nouveauté dont tiendront compte les romanciers modernes, de Valery Larbaud à Robbe-Grillet). C'est en « décrivant » une clairière et des sous-bois que l'auteur nous « raconte » la première chute amoureuse d'Emma, en suivant la course interminable d'un fiacre dans les rues de Rouen qu'il nous informe d'une « baisade ». Ce « non-dit », on le retrouve chaque fois que la vie d'Emma tourne imperceptiblement sur ses gonds et qu'une « sous-narration », courant sous la description, accompagne en mineur le récit, l'assied sur des arrière-plans, le dirige vers des horizons nouveaux et parfois étranges, l'insère dans un silence essentiel qui se confond avec les palpitations mêmes de la vie. Un même courant parcourt choses et consciences, le monde matériel et le monde psychologique échangent leurs attributs, la réalité et les signes qui la désignent

forment un tout indissociable qui, dans la
« manifestation » des choses, renvoie par un
incessant aller et retour, à la « force interne du
style ».

L'incomparable richesse de *Madame Bovary*
est faite des divers discours dont le roman est
tissé et qui, harmonieusement accordés, se
déroulent à des « hauteurs » différentes : celui
des événements, celui des rapports humains et
sociaux, celui d'une « chute » qu'on sent inéluc-
table par le déroulement déductif de ses épi-
sodes. Sous ces discours et les portant réside
quelque chose de fondamental : le silence dont
ils sont issus et par lequel notre sensibilité, on
pourrait presque dire notre inconscient sont
reliés à l'indicible : une nature qui déroule
imperturbablement ses fastes changeants et toujours semblables, une durée qui s'étire ou se
contracte, stagne ou se précipite, des consciences
qui laissent apparaître, sans que jamais l'auteur
plonge en elles, leur fond fangeux et médiocre,
leur imaginaire pauvre. De tout ce « non-dit »
monte un chant désespéré qui dit, lui, l'incurable
solitude de l'homme, son incapacité à vivre, son
échec fondamental.

Ce chant, les contemporains de Flaubert et ses
successeurs immédiats n'étaient pas préparés à
l'entendre. Ils se sont pris aux apparences ou
n'ont été sensibles, au mieux, qu'à une
« manière ». Aujourd'hui qu'Emma échappe au
jugement, elle recouvre sa folle capacité de nous
faire rêver, et l'auteur son éternelle jeunesse.

Maurice Nadeau

A

LOUIS BOUILHET

Madame Bovary

PREMIERE PARTIE

I

Nous étions à l'étude, quand le Proviseur entra, suivi d'un *nouveau* habillé en bourgeois et d'un garçon de classe qui portait un grand pupitre. Ceux qui dormaient se réveillèrent, et chacun se leva comme surpris dans son travail.

Le Proviseur nous fit signe de nous rasseoir; puis, se tournant vers le maître d'études :

— Monsieur Roger, lui dit-il à demi-voix, voici un élève que je vous recommande, il entre en cinquième. Si son travail et sa conduite sont méritoires, il passera *dans les grands*, où l'appelle son âge.

Resté dans l'angle, derrière la porte, si bien qu'on l'apercevait à peine, le *nouveau* était un gars de la campagne, d'une quinzaine d'années environ, et plus haut de taille qu'aucun de nous tous. Il avait les cheveux coupés droit sur le front, comme un chantre de village, l'air raisonnable et fort embarrassé. Quoiqu'il ne fût pas large des épaules, son habit-veste de drap vert à boutons noirs devait le gêner aux entournures et laissait voir, par la fente des parements, des poignets rouges habitués à être nus. Ses jambes, en bas bleus, sortaient d'un pantalon jaunâtre très tiré par les bretelles. Il était chaussé de souliers forts, mal cirés, garnis de clous.

On commença la récitation des leçons. Il les écouta de toutes ses oreilles, attentif comme au sermon, n'osant même croiser les cuisses, ni s'appuyer sur le coude, et, à deux heures, quand la cloche sonna, le maître d'études fut obligé de l'avertir, pour qu'il se mît avec nous dans les rangs.

Nous avions l'habitude, en entrant en classe, de jeter nos casquettes par terre, afin d'avoir ensuite nos mains plus libres; il fallait, dès le seuil de la porte, les lancer sous le banc, de façon à frapper contre la muraille, en faisant beaucoup de poussière; c'était là le *genre*.

Mais, soit qu'il n'eût pas remarqué cette manœuvre ou qu'il n'eût osé s'y soumettre, la prière était finie que le *nouveau* tenait encore sa casquette sur ses deux genoux. C'était une de ces coiffures d'ordre composite, où l'on retrouve les éléments du bonnet à poil, du chapska, du chapeau rond, de la casquette de loutre et du bonnet de coton, une de ces pauvres choses, enfin, dont la laideur muette a des profondeurs d'expression comme le visage d'un imbécile. Ovoïde et renflée de baleines, elle commençait par trois boudins circulaires; puis s'alternaient, séparés par une bande rouge, des losanges de velours et de poils de lapin; venait ensuite une façon de sac qui se terminait par un polygone cartonné, couvert d'une broderie en soutache compliquée, et d'où pendait, au bout d'un long cordon trop mince, un petit croisillon de fils d'or, en manière de gland. Elle était neuve; la visière brillait.

— Levez-vous, dit le professeur.

Il se leva; sa casquette tomba. Toute la classe se mit à rire.

Il se baissa pour la reprendre. Un voisin la fit tomber d'un coup de coude, il la ramassa encore une fois.

— Débarrassez-vous donc de votre casque, dit le professeur, qui était un homme d'esprit.

Il y eut un rire éclatant des écoliers qui décontenança le pauvre garçon, si bien qu'il ne savait s'il fallait garder sa casquette à la main, la laisser par terre ou la mettre sur sa tête. Il se rassit et la posa sur ses genoux.

— Levez-vous, reprit le professeur, et dites-moi votre nom.

Le *nouveau* articula, d'une voix bredouillante, un nom inintelligible.

— Répétez!

Le même bredouillement de syllabes se fit entendre, couvert par les huées de la classe.

— Plus haut! cria le maître, plus haut!

Le *nouveau*, prenant alors une résolution extrême, ouvrit une bouche démesurée et lança à pleins poumons, comme pour appeler quelqu'un, ce mot : *Charbovari*.

Ce fut un vacarme qui s'élança d'un bond, monta en *crescendo*, avec des éclats de voix aigus (on hurlait, on aboyait, on trépignait, on répétait: *Charbovari! Charbovari!*), puis qui roula en notes isolées, se calmant à grand-peine, et parfois qui reprenait tout à coup sur la ligne d'un banc où saillissait encore çà et là, comme un pétard mal éteint, quelque rire étouffé.

Cependant, sous la pluie des pensums, l'ordre peu à peu se rétablit dans la classe, et le professeur, parvenu à saisir le nom de Charles Bovary, se l'étant fait dicter, épeler et relire, commanda tout de suite au pauvre diable d'aller s'asseoir sur le banc de paresse, au pied de la chaire. Il se mit en mouvement, mais, avant de partir, hésita.

— Que cherchez-vous? demanda le professeur.

— Ma cas..., fit timidement le *nouveau*, promenant autour de lui des regards inquiets.

— Cinq cents vers à toute la classe! exclamé d'une voix furieuse, arrêta, comme le *Quos ego*, une bourrasque nouvelle. — Restez donc tranquilles! continuait le professeur indigné, et s'essuyant le front avec son mouchoir qu'il venait de prendre dans sa toque. Quant à vous, le *nouveau*, vous me copierez vingt fois le verbe *ridiculus sum*.

Puis, d'une voix plus douce:

— Eh! vous la retrouverez, votre casquette; on ne vous l'a pas volée!

Tout reprit son calme. Les têtes se courbèrent sur les cartons, et le *nouveau* resta pendant deux heures dans une tenue exemplaire, quoiqu'il y eût bien, de temps à autre, quelque boulette de papier lancée d'un bec de plume qui vînt s'éclabousser sur sa figure. Mais il s'essuyait avec la main, et demeurait immobile, les yeux baissés.

Le soir, à l'étude, il tira ses bouts de manches de son pupitre, mit en ordre ses petites affaires, régla soigneusement son papier. Nous le vîmes qui travaillait en conscience, cherchant tous les mots dans le dictionnaire et se donnant beaucoup de mal. Grâce, sans doute, à cette bonne volonté dont il fit preuve, il dut de ne pas descendre dans la classe inférieure; car, s'il savait passablement ses règles, il n'avait guère d'élégance dans les tournures. C'était le curé de son village qui lui avait commencé le latin, ses parents, par économie, ne l'ayant envoyé au collège que le plus tard possible.

Son père, M. Charles-Denis-Bartholomé Bovary, ancien aide-chirurgien-major, compromis, vers 1812, dans des affaires de conscription, et forcé, vers cette époque, de quitter le service, avait alors profité de ses avantages personnels pour saisir au passage une dot de soixante mille francs qui s'offrait en la fille d'un marchand bonnetier, devenue amoureuse de sa tournure. Bel homme, hâbleur, faisant sonner haut ses épe-

rons, portant des favoris rejoints aux moustaches, les doigts toujours garnis de bagues et
habillé de couleurs voyantes, il avait l'aspect
d'un brave, avec l'entrain facile d'un commis
voyageur. Une fois marié, il vécut deux ou trois
ans sur la fortune de sa femme, dînant bien, se
levant tard, fumant dans de grandes pipes en
porcelaine, ne rentrant le soir qu'après le spectacle et fréquentant les cafés. Le beau-père mourut et laissa peu de chose; il en fut indigné, se
lança *dans la fabrique*, y perdit quelque argent,
puis se retira dans la campagne, où il voulut
faire valoir. Mais, comme il ne s'entendait guère
plus en culture qu'en indienne, qu'il montait ses
chevaux au lieu de les envoyer au labour, buvait
son cidre en bouteilles au lieu de le vendre en
barriques, mangeait les plus belles volailles de sa
cour et graissait ses souliers de chasse avec le
lard de ses cochons, il ne tarda point à s'apercevoir qu'il valait mieux planter là toute spécula-
tion.

Moyennant deux cents francs par an, il trouva
donc à louer dans un village, sur les confins du
pays de Caux et de la Picardie, une sorte de logis
moitié ferme, moitié maison de maître; et,
chagrin, rongé de regrets, accusant le ciel, jaloux
contre tout le monde, il s'enferma, dès l'âge de
quarante-cinq ans, dégoûté des hommes, disait-
il, et décidé à vivre en paix.

Sa femme avait été folle de lui autrefois; elle
l'avait aimé avec mille servilités qui l'avaient détaché d'elle encore davantage. Enjouée jadis,
expansive et tout aimante, elle était, en vieillis-
sant, devenue (à la façon du vin éventé qui se
tourne en vinaigre) d'humeur difficile, piail-
larde, nerveuse. Elle avait tant souffert, sans se
plaindre, d'abord, quand elle le voyait courir
après toutes les gotons de village et que vingt
mauvais lieux le lui renvoyaient le soir, blasé et
puant l'ivresse! Puis l'orgueil s'était révolté.

Alors elle s'était tue, avalant sa rage dans un
stoïcisme muet, qu'elle garda jusqu'à sa mort.
Elle était sans cesse en courses, en affaires. Elle
allait chez les avoués, chez le président, se rappelait l'échéance des billets, obtenait des retards;
et, à la maison, repassait, cousait, blanchissait,
surveillait les ouvriers, soldait les mémoires, tandis que, sans s'inquiéter de rien, Monsieur, continuellement engourdi dans une somnolence bou-
deuse dont il ne se réveillait que pour lui dire
des choses désobligeantes, restait à fumer au
coin du feu, en crachant dans les cendres.

Quand elle eut un enfant, il le fallut mettre en
nourrice. Rentré chez eux, le marmot fut gâté
comme un prince. Sa mère le nourrissait de
confitures; son père le laissait courir sans souliers, et, pour faire le philosophe, disait même
qu'il pouvait bien aller tout nu, comme les
enfants des bêtes. A l'encontre des tendances
maternelles, il avait en tête un certain idéal viril
de l'enfance, d'après lequel il tâchait de former
son fils, voulant qu'on l'élevât durement, à la
spartiate, pour lui faire une bonne constitution.
Il l'envoyait se coucher sans feu, lui apprenait à
boire de grands coups de rhum et à insulter les
processions. Mais, naturellement paisible, le petit
répondait mal à ses efforts. Sa mère le traînait
toujours après elle; elle lui découpait des cartons, lui racontait des histoires, s'entretenait
avec lui dans des monologues sans fin, pleins de
gaietés mélancoliques et de chatteries babil-
lardes. Dans l'isolement de sa vie, elle reporta
sur cette tête d'enfant toutes ses vanités éparses,
brisées. Elle rêvait de hautes positions, elle le
voyait déjà grand, beau, spirituel, établi, dans les
ponts et chaussées ou dans la magistrature. Elle
lui apprit à lire, et même lui enseigna, sur un
vieux piano qu'elle avait, à chanter deux ou trois
petites romances. Mais, à tout cela, M. Bovary,
peu soucieux des lettres, disait que ce *n'était pas*

la peine! Auraient-ils jamais de quoi l'entretenir dans les écoles du gouvernement, lui acheter une charge ou un fonds de commerce? D'ailleurs, *avec du toupet, un homme réussit toujours dans le monde.* Mme Bovary se mordait les lèvres, et l'enfant vagabondait dans le village.

Il suivait les laboureurs, et chassait, à coups de mottes de terre, les corbeaux qui s'envolaient. Il mangeait des mûres le long des fossés, gardait les dindons avec une gaule, fanait à la moisson, courait dans le bois, jouait à la marelle sous le porche de l'église, les jours de pluie, et, aux grandes fêtes, suppliait le bedeau de lui laisser sonner les cloches, pour se pendre de tout son corps à la grande corde et se sentir emporter par elle dans sa volée.

Aussi poussa-t-il comme un chêne. Il acquit de fortes mains, de belles couleurs.

A douze ans, sa mère obtint que l'on commençât ses études. On en chargea le curé. Mais les leçons étaient si courtes et si mal suivies, qu'elles ne pouvaient servir à grand-chose. C'était aux moments perdus qu'elles se donnaient, dans la sacristie, debout, à la hâte, entre un baptême et un enterrement; ou bien le curé envoyait chercher son élève après l'*Angelus,* quand il n'avait pas à sortir. On montait dans sa chambre, on s'installait : les moucherons et les papillons de nuit tournoyaient autour de la chandelle. Il faisait chaud, l'enfant s'endormait; et le bonhomme, s'assoupissant les mains sur son ventre, ne tardait pas à ronfler, la bouche ouverte. D'autres fois, quand M. le curé, revenant de porter le viatique à quelque malade des environs, apercevait Charles qui polissonnait dans la campagne, il l'appelait, le sermonnait un quart d'heure et profitait de l'occasion pour lui faire conjuguer son verbe au pied d'un arbre. La pluie venait les interrompre, ou une connaissance qui passait. Du reste, il était toujours content de lui, disait même que le *jeune homme* avait beaucoup de mémoire.

Charles ne pouvait en rester là. Madame fut énergique. Honteux, ou fatigué plutôt, Monsieur céda sans résistance, et l'on attendit encore un an que le gamin eût fait sa première communion.

Six mois se passèrent encore; et, l'année d'après, Charles fut définitivement envoyé au collège de Rouen, où son père l'amena lui-même, vers la fin d'octobre, à l'époque de la foire Saint-Romain.

Il serait maintenant impossible à aucun de nous de se rien rappeler de lui. C'était un garçon de tempérament modéré, qui jouait aux récréations, travaillait à l'étude, écoutant en classe, dormant bien au dortoir, mangeant bien au réfectoire. Il avait pour correspondant un quincaillier en gros de la rue Ganterie, qui le faisait sortir une fois par mois, le dimanche, après que sa boutique était fermée, l'envoyait se promener sur le port à regarder les bateaux, puis le ramenait au collège dès sept heures, avant le souper. Le soir de chaque jeudi, il écrivait une longue lettre à sa mère, avec de l'encre rouge et trois pains à cacheter; puis il repassait ses cahiers d'histoire, ou bien il lisait un vieux volume d'*Anacharsis* qui traînait dans l'étude. En promenade, il causait avec le domestique, qui était de la campagne comme lui.

A force de s'appliquer, il se maintint toujours vers le milieu de la classe; une fois même, il gagna un premier accessit d'histoire naturelle. Mais, à la fin de sa troisième, ses parents le retirèrent du collège pour lui faire étudier la médecine, persuadés qu'il pourrait se pousser seul jusqu'au baccalauréat.

Sa mère lui choisit une chambre, au quatrième, sur l'Eau-de-Robec, chez un teinturier de sa connaissance. Elle conclut les arrangements pour sa pension, se procura des meubles, une table et deux chaises, fit venir de chez elle un vieux lit en merisier, et acheta de plus un petit poêle en fonte, avec la provision de bois qui devait chauffer son pauvre enfant. Puis elle partit au bout de la semaine après mille recommandations de se bien conduire, maintenant qu'il allait être abandonné à lui-même.

Le programme des cours, qu'il lut sur l'affiche, lui fit un effet d'étourdissement : cours d'anatomie, cours de pathologie, cours de physiologie, cours de pharmacie, cours de chimie, et de botanique, et de clinique, et de thérapeutique, sans compter l'hygiène ni la matière médicale, tous noms dont il ignorait les étymologies et qui étaient comme autant de portes de sanctuaires pleins d'augustes ténèbres.

Il n'y comprit rien; il avait beau écouter, il ne saisissait pas. Il travaillait pourtant, il avait des cahiers reliés, il suivait tous les cours, il ne perdait pas une seule visite. Il accomplissait sa petite tâche quotidienne à la manière du cheval de manège, qui tourne en place les yeux bandés, ignorant de la besogne qu'il broie.

Pour lui épargner de la dépense, sa mère lui envoyait chaque semaine, par le messager, un morceau de veau cuit au four, avec quoi il déjeunait le matin, quand il était rentré de l'hôpital, tout en battant la semelle contre le mur. Ensuite il fallait courir aux leçons, à l'amphithéâtre, à l'hospice, et revenir chez lui à travers toutes les rues. Le soir, après le maigre dîner de son propriétaire, il remontait à sa chambre et se remettait au travail, dans ses habits mouillés qui fumaient sur son corps, devant le poêle rougi.

Dans les beaux soirs d'été, à l'heure où les rues tièdes sont vides, quand les servantes jouent au volant sur le seuil des portes, il ouvrait sa fenêtre et s'accoudait. La rivière, qui fait de ce quartier de Rouen comme une ignoble petite Venise, coulait en bas, sous lui, jaune, violette ou bleue, entre ses ponts et ses grilles. Des ouvriers, accroupis au bord, lavaient leurs bras dans l'eau. Sur des perches partant du haut des greniers, des écheveaux de coton séchaient à l'air. En face, au-delà des toits, le grand ciel pur s'étendait, avec le soleil rouge se couchant. Qu'il devait faire bon là-bas! Quelle fraîcheur sous la hêtraie! Et il ouvrait les narines pour aspirer les bonnes odeurs de la campagne, qui ne venaient pas jusqu'à lui.

Il maigrit, sa taille s'allongea, et sa figure prit une sorte d'expression dolente qui la rendit presque intéressante.

Naturellement, par nonchalance, il en vint à se délier de toutes les résolutions qu'il s'était faites. Une fois, il manqua la visite, le lendemain son cours et, savourant la paresse, peu à peu, n'y retourna plus.

Il prit l'habitude du cabaret, avec la passion des dominos. S'enfermer chaque soir dans un sale appartement public, pour y taper sur des tables de marbre de petits os de mouton marqués de points noirs, lui semblait un acte précieux de sa liberté, qui le rehaussait d'estime vis-à-vis de lui-même. C'était comme l'initiation du monde, l'accès des plaisirs défendus; et, en entrant, il posait la main sur le bouton de la porte avec une joie presque sensuelle. Alors, beaucoup de choses comprimées en lui se dilatèrent; il apprit par cœur des couplets qu'il chantait aux bienvenues, s'enthousiasma pour Béranger, sut faire du punch et connut enfin l'amour.

Grâce à ces travaux préparatoires, il échoua complètement à son examen d'officier de santé. On l'attendait le soir même à la maison pour fêter son succès!

Il partit à pied et s'arrêta vers l'entrée du village, où il fit demander sa mère, lui conta tout. Elle l'excusa, rejetant l'échec sur l'injustice des examinateurs, et le raffermit un peu, se chargeant d'arranger les choses. Cinq ans plus tard seulement, M. Bovary connut la vérité; elle était vieille, il l'accepta, ne pouvant d'ailleurs supposer qu'un homme issu de lui fût un sot.

Charles se remit donc au travail et prépara sans discontinuer les matières de son examen, dont il apprit d'avance toutes les questions par cœur. Il fut reçu avec une assez bonne note. Quel beau jour pour sa mère! On donna un grand dîner.

Où irait-il exercer son art? A Tostes. Il n'y avait là qu'un vieux médecin. Depuis longtemps, Mme Bovary guettait sa mort, et le bonhomme n'avait point encore plié bagage, que Charles était installé en face, comme son successeur.

Mais ce n'était pas tout que d'avoir élevé son fils, de lui avoir fait apprendre la médecine et découvert Tostes pour l'exercer : il lui fallait une femme. Elle lui en trouva une : la veuve d'un huissier de Dieppe, qui avait quarante-cinq ans et douze cents livres de rente.

Quoiqu'elle fût laide, sèche comme un cotret, et bourgeonnée comme un printemps, certes Mme Dubuc ne manquait pas de partis à choisir. Pour arriver à ses fins, la mère Bovary fut obligée de les évincer tous, et elle déjoua même fort habilement les intrigues d'un charcutier·qui était soutenu par les prêtres.

Charles avait entrevu dans le mariage l'avènement d'une condition meilleure, imaginant qu'il serait plus libre et pourrait disposer de sa personne et de son argent. Mais sa femme fut le maître; il devait devant le monde dire ceci, ne pas dire cela, faire maigre tous les vendredis, s'habiller comme elle l'entendait, harceler par son ordre les clients qui ne payaient pas. Elle décachetait ses lettres, épiait ses démarches, et l'écoutait, à travers la cloison, donner ses consultations dans son cabinet, quand il y avait des femmes.

Il lui fallait son chocolat tous les matins, des égards à n'en plus finir. Elle se plaignait sans cesse de ses nerfs, de sa poitrine, de ses humeurs. Le bruit des pas lui faisait mal; on s'en allait, la solitude lui devenait odieuse; revenait-on près d'elle, c'était pour la voir mourir, sans doute. Le soir, quand Charles rentrait, elle sortait de dessous ses draps ses longs bras maigres, les lui passait autour du cou, et, l'ayant fait asseoir au bord du lit, se mettait à lui parler de ses chagrins : il l'oubliait, il en aimait une autre! On lui avait bien dit qu'elle serait malheureuse; et elle finissait en lui demandant quelque sirop pour sa santé et un peu plus d'amour.

II

Une nuit, vers onze heures, ils furent réveillés par le bruit d'un cheval qui s'arrêta juste à la porte. La bonne ouvrit la lucarne du grenier et parlementa quelque temps avec un homme resté en bas, dans la rue. Il venait chercher le médecin; il avait une lettre. *Nastasie* descendit les marches en grelottant, et alla ouvrir la serrure et les verrous, l'un après l'autre. L'homme laissa son cheval, et, suivant la bonne, entra tout à coup derrière elle. Il tira de dedans son bonnet de laine à houppes grises une lettre enveloppée dans un chiffon, et la présenta délicatement à Charles, qui s'accouda sur l'oreiller pour la lire. Nastasie, près du lit, tenait la lumière, Madame, par pudeur, restait tournée vers la ruelle et montrait le dos.

Cette lettre, cachetée d'un petit cachet de cire bleue, suppliait M. Bovary de se rendre immédiatement à la ferme des Bertaux, pour remettre une jambe cassée Or il y a, de Tostes aux Bertaux, six bonnes lieues de traverse, en passant par Longueville et Saint-Victor. La nuit était noire, Mme Bovary jeune redoutait les accidents

pour son mari. Donc, il fut décidé que le valet
d'écurie prendrait les devants. Charles partirait
trois heures plus tard, au lever de la lune.
On enverrait un gamin à sa rencontre, afin de
lui montrer le chemin de la ferme et d'ouvrir les
clôtures devant lui.

Vers quatre heures du matin, Charles, bien
enveloppé dans son manteau, se mit en route
pour les Bertaux. Encore endormi par la chaleur
du sommeil, il se laissait bercer au trot pacifique
de sa bête. Quand elle s'arrêtait d'elle-même
devant ces trous entourés d'épines que l'on
creuse au bord des sillons, Charles, se réveillant
en sursaut, se rappelait vite la jambe cassée, et il
tâchait de se remettre en mémoire toutes les
fractures qu'il savait. La pluie ne tombait plus;
le jour commençait à venir, et, sur les branches
des pommiers sans feuilles, des oiseaux se tenaient immobiles, hérissant leurs petites plumes
au vent froid du matin. La plate campagne s'étalait à perte de vue, et les bouquets d'arbres
autour des fermes faisaient, à intervalles éloignés, des taches d'un violet noir sur cette grande
surface grise, qui se perdait à l'horizon dans le
ton morne du ciel. Charles, de temps à autre,
ouvrait les yeux; puis, son esprit se fatiguant et
le sommeil revenant de soi-même, bientôt il
entrait dans une sorte d'assoupissement où, ses
sensations récentes se confondant avec des souvenirs, lui-même se percevait double, à la fois
étudiant et marié, couché dans son lit comme
tout à l'heure, traversant une salle d'opérés
comme autrefois. L'odeur chaude des cataplasmes se mêlait dans sa tête à la verte odeur de
la rosée; il entendait rouler sur leur tringle les
anneaux de fer des lits et sa femme dormir...
Comme il passait par Vassonville, il aperçut, au
bord d'un fossé, un jeune garçon assis sur
l'herbe.

— Etes-vous le médecin? demanda l'enfant.

Et, sur la réponse de Charles, il prit ses sabots à ses mains et se mit à courir devant lui.

L'officier de santé, chemin faisant, comprit aux discours de son guide que M. Rouault devait être un cultivateur des plus aisés. Il s'était cassé la jambe, la veille au soir, en revenant de *faire les Rois*, chez un voisin. Sa femme était morte depuis deux ans. Il n'avait avec lui que sa *demoiselle*, qui l'aidait à tenir la maison.

Les ornières devinrent plus profondes. On approchait des Bertaux. Le petit gars, se coulant alors par un trou de haie, disparut, puis il revint au bout d'une cour en ouvrir la barrière. Le cheval glissait sur l'herbe mouillée; Charles se baissait pour passer sous les branches. Les chiens de garde à la niche aboyaient en tirant sur leur chaîne. Quand il entra dans les Bertaux, son cheval eut peur et fit un grand écart.

C'était une ferme de bonne apparence. On voyait dans les écuries, par le dessus des portes ouvertes, de gros chevaux de labour qui mangeaient tranquillement dans les râteliers neufs. Le long des bâtiments s'étendait un large fumier, de la buée s'en élevait, et, parmi les poules et les dindons, picoraient dessus cinq ou six paons, luxe des basses-cours cauchoises. La bergerie était longue, la grange était haute, à murs lisses comme la main. Il y avait sous le hangar deux grandes charrettes et quatre charrues, avec leurs fouets, leurs colliers, leurs équipages complets, dont les toisons de laine bleue se salissaient à la poussière fine qui tombait des greniers. La cour allait en montant, plantée d'arbres symétriquement espacés, et le bruit gai d'un troupeau d'oies retentissait près de la mare.

Une jeune femme, en robe de mérinos bleu garnie de trois volants, vint sur le seuil de la maison pour recevoir M. Bovary, qu'elle fit entrer dans la cuisine, où flambait un grand feu. Le déjeuner des gens bouillonnait alentour, dans des petits pots de taille inégale. Des vêtements humides séchaient dans l'intérieur de la cheminée. La pelle, les pincettes et le bec du soufflet, tous de proportion colossale, brillaient comme de l'acier poli, tandis que le long des murs s'étendait une abondante batterie de cuisine, où miroitait inégalement la flamme claire du foyer, jointe aux premières lueurs du soleil arrivant par les carreaux.

Charles monta, au premier, voir le malade. Il le trouva dans son lit, suant sous ses couvertures et ayant rejeté bien loin son bonnet de coton. C'était un gros petit homme de cinquante ans, à la peau blanche, à l'œil bleu, chauve sur le devant de la tête, et qui portait des boucles d'oreilles. Il avait à ses côtés, sur une chaise, une grande carafe d'eau-de-vie, dont il se versait de temps à autre pour se donner du cœur au ventre; mais, dès qu'il vit le médecin, son exaltation tomba, et, au lieu de sacrer comme il faisait depuis douze heures, il se prit à geindre faiblement.

La fracture était simple, sans complication d'aucune espèce. Charles n'eût osé en souhaiter de plus facile. Alors, se rappelant les allures de ses maîtres auprès du lit des blessés, il réconforta le patient avec toutes sortes de bons mots, caresses chirurgicales qui sont comme l'huile dont on graisse les bistouris. Afin d'avoir des attelles, on alla chercher, sous la charretterie, un paquet de lattes. Charles en choisit une, la coupa en morceaux et la polit avec un éclat de vitre, tandis que la servante déchirait des draps pour faire des bandes, et que Mlle Emma tâchait de coudre des coussinets. Comme elle fut longtemps avant de trouver son étui, son père s'impatienta; elle ne répondit rien; mais tout en cousant, elle se piquait les doigts, qu'elle portait ensuite à sa bouche pour les sucer.

Charles fut surpris de la blancheur de ses ongles. Ils étaient brillants, fins du bout, plus

nettoyés que les ivoires de Dieppe, et taillés en
amande. Sa main pourtant n'était pas belle, point
assez pâle, peut-être, et un peu sèche aux phalanges; elle était trop longue aussi, et sans molles
inflexions de lignes sur les contours. Ce qu'elle
avait de beau, c'étaient les yeux; quoiqu'ils
fussent bruns, ils semblaient noirs à cause des
cils, et son regard arrivait franchement à vous
avec une hardiesse candide.

Une fois le pansement fait, le médecin fut
invité, par M. Rouault lui-même, à *prendre un
morceau*, avant de partir.

Charles descendit dans la salle, au rez-de-
chaussée. Deux couverts, avec des timbales
d'argent, y étaient mis sur une petite table, au
pied d'un grand lit à baldaquin revêtu d'une
indienne à personnages représentant des Turcs.
On sentait une odeur d'iris et de draps humides
qui s'échappait de la haute armoire en bois de
chêne, faisant face à la fenêtre. Par terre, dans
les angles, étaient rangés, debout, des sacs de blé.
C'était le trop-plein du grenier proche, où l'on
montait par trois marches de pierre. Il y avait,
pour décorer l'appartement, accrochée à un clou,
au milieu du mur dont la peinture verte s'écail-
lait sous le salpêtre, une tête de Minerve au
crayon noir, encadrée de dorure, et qui portait au
bas, écrit en lettres gothiques : « A mon cher
papa ».

On parla d'abord du malade, puis du temps
qu'il faisait, des grands froids, des loups qui couraient les champs, la nuit. Mlle Rouault ne
s'amusait guère à la campagne, maintenant surtout qu'elle était chargée presque à elle seule des
soins de la ferme. Comme la salle était fraîche,
elle grelottait tout en mangeant, ce qui découvrait un peu ses lèvres charnues, qu'elle avait
coutume de mordillonner à ses moments de
silence.

Son cou sortait d'un col blanc, rabattu. Ses

cheveux, dont les deux bandeaux noirs semblaient chacun d'un seul morceau, tant ils étaient lisses, étaient séparés sur le milieu de la tête par une raie fine, qui s'enfonçait légèrement selon la courbe du crâne; et, laissant voir à peine le bout de l'oreille, ils allaient se confondre par-derrière en un chignon abondant, avec un mouvement ondé vers les tempes, que le médecin de campagne remarqua là pour la première fois de sa vie. Ses pommettes étaient roses. Elle portait, comme un homme, passé entre deux boutons de son corsage, un lorgnon d'écaille.

Quand Charles, après être monté dire adieu au père Rouault, rentra dans la salle avant de partir, il la trouva debout, le front contre la fenêtre, et qui regardait dans le jardin, où les échalas des haricots avaient été renversés par le vent. Elle se retourna.

— Cherchez-vous quelque chose? demanda-t-elle.

— Ma cravache, s'il vous plaît, répondit-il.

Et il se mit à fureter sur le lit, derrière les portes, sous les chaises; elle était tombée à terre, entre les sacs et la muraille. Mlle Emma l'aperçut; elle se pencha sur les sacs de blé. Charles, par galanterie, se précipita, et, comme il allongeait aussi son bras dans le même mouvement, il sentit sa poitrine effleurer le dos de la jeune fille, courbée sous lui. Elle se redressa toute rouge et le regarda par-dessus l'épaule, en lui tendant son nerf de bœuf.

Au lieu de revenir aux Bertaux trois jours après, comme il l'avait promis, c'est le lendemain même qu'il y retourna, puis deux fois la semaine régulièrement sans compter les visites inattendues qu'il faisait de temps à autre, comme par mégarde.

Tout, du reste, alla bien; la guérison s'établit selon les règles, et quand, au bout de quarante-six jours, on vit le père Rouault qui s'essayait à marcher seul dans sa *masure*, on commença à considérer M. Bovary comme un homme de grande capacité. Le père Rouault disait qu'il n'aurait pas été mieux guéri par les premiers médecins d'Yvetot ou même de Rouen.

Quant à Charles, il ne chercha point à se demander pourquoi il venait aux Bertaux avec plaisir. Y eût-il songé, qu'il aurait sans doute attribué son zèle à la gravité du cas, ou peut-être au profit qu'il en espérait. Etait-ce pour cela, cependant, que ses visites à la ferme faisaient, parmi les pauvres occupations de sa vie, une exception charmante? Ces jours-là il se levait de bonne heure, partait au galop, poussait sa bête, puis il descendait pour s'essuyer les pieds sur l'herbe et passait ses gants noirs avant d'entrer. Il aimait à se voir arriver dans la cour, à sentir contre son épaule la barrière qui tournait, et le coq qui chantait sur le mur, les garçons qui venaient à sa rencontre. Il aimait la grange et les écuries; il aimait le père Rouault, qui lui tapait dans la main en l'appelant son sauveur; il aimait les petits sabots de Mlle Emma sur les dalles lavées de la cuisine; ses talons hauts la grandissaient un peu, et quand elle marchait devant lui, les semelles de bois, se relevant vite, claquaient avec un bruit sec contre le cuir de la bottine.

Elle le reconduisait toujours jusqu'à la première marche du perron. Lorsqu'on n'avait pas encore amené son cheval, elle restait là. On s'était dit adieu, on ne parlait plus; le grand air l'entourait, levant pêle-mêle les petits cheveux follets de sa nuque, ou secouant sur sa hanche les cordons de son tablier, qui se tortillaient comme des banderoles. Une fois, par un temps de dégel, l'écorce des arbres suintait dans la cour, la neige sur les couvertures des bâtiments se fondait. Elle était sur le seuil; elle alla chercher son ombrelle, elle l'ouvrit. L'ombrelle, de soie gorge-

de-pigeon, que traversait le soleil, éclairait de
reflets mobiles la peau blanche de sa figure. Elle
souriait là-dessous à la chaleur tiède; et on
entendait les gouttes d'eau, une à une, tomber
sur la moire tendue.

Dans les premiers temps que Charles fréquentait les Bertaux, Mme Bovary jeune ne manquait
pas de s'informer du malade, et même sur le
livre qu'elle tenait en partie double, elle avait
choisi pour M. Rouault une belle page blanche.
Mais quand elle sut qu'il avait une fille, elle alla
aux informations; et elle apprit que Mlle
Rouault, élevée au couvent, chez les Ursulines,
avait reçu, comme on dit, *une belle éducation*;
qu'elle savait, en conséquence, la danse, la géo-
graphie, le dessin, faire de la tapisserie et toucher du piano. Ce fut le comble!

— C'est donc pour cela, se disait-elle, qu'il a
la figure si épanouie quand il va la voir, et qu'il
met son gilet neuf, au risque de l'abîmer à la
pluie? Ah! cette femme! cette femme!...

Et elle la détesta, d'instinct. D'abord, elle se
soulagea par des allusions. Charles ne les comprit pas; ensuite, par des réflexions incidentes
qu'il laissait passer de peur de l'orage; enfin, par
des apostrophes à brûle-pourpoint auxquelles il
ne savait que répondre. — D'où vient qu'il
retournait aux Bertaux, puisque M. Rouault était
guéri et que ces gens-là n'avaient pas encore
payé? Ah! c'est qu'il y avait là-bas *une personne*,
quelqu'un qui savait causer, une brodeuse, un bel
esprit. C'était là ce qu'il aimait : il lui fallait des
demoiselles de ville! — Et elle reprenait :

— La fille au père Rouault, une demoiselle de
ville! Allons donc! leur grand-père était berger,
et ils ont un cousin qui a failli passer par les
assises pour un mauvais coup, dans une dispute.
Ce n'est pas la peine de faire tant de fla-fla, ni de
se montrer le dimanche à l'église avec une robe
de soie, comme une comtesse. Pauvre bonhomme,

d'ailleurs, qui sans les colzas de l'an passé, eût été bien embarrassé de payer ses arrérages!

Par lassitude, Charles cessa de retourner aux Bertaux. Héloïse lui avait fait jurer qu'il n'irait plus, la main sur son livre de messe, après beaucoup de sanglots et de baisers, dans une grande explosion d'amour. Il obéit donc; mais la hardiesse de son désir protesta contre la servilité de sa conduite, et, par une sorte d'hypocrisie naïve, il estima que cette défense de la voir était pour lui comme un droit de l'aimer. Et puis la veuve était maigre; elle avait les dents longues; elle portait en toute saison un petit châle noir dont la pointe lui descendait entre les omoplates; sa taille dure était engainée dans des robes en façon de fourreau, trop courtes, qui découvraient ses chevilles avec les rubans de ses souliers larges s'entrecroisant sur des bas gris.

La mère de Charles venait les voir de temps à autre; mais, au bout de quelques jours, la bru semblait l'aiguiser à son fil; et alors, comme deux couteaux, elles étaient à le scarifier par leurs réflexions et leurs observations. Il avait tort de tant manger! Pourquoi toujours offrir la goutte au premier venu? Quel entêtement que de ne pas vouloir porter de flanelle!

Il arriva qu'au commencement du printemps, un notaire d'Ingouville, détenteur de fonds à la veuve Dubuc, s'embarqua par une belle marée, emportant avec lui tout l'argent de son étude. Héloïse, il est vrai, possédait encore, outre une part de bateau évaluée six mille francs, sa maison de la rue Saint-François; et cependant, de toute cette fortune que l'on avait fait sonner si haut, rien, si ce n'est un peu de mobilier et quelques nippes, n'avait paru dans le ménage. Il fallut tirer la chose au clair. La maison de Dieppe se trouva vermoulue d'hypothèques jusque dans ses pilotis; ce qu'elle avait mis chez le notaire, Dieu seul le savait, et la part de

barque n'excéda point mille écus. Elle avait donc
menti, la bonne dame! Dans son exaspération,
M. Bovary père, brisant une chaise contre les
pavés, accusa sa femme d'avoir fait le malheur
de leur fils en l'attelant à une haridelle semblable, dont les harnais ne valaient pas la peau.
Ils vinrent à Tostes. On s'expliqua. Il y eut des
scènes. Héloïse, en pleurs, se jetant dans les
bras de son mari, le conjura de la défendre de
ses parents. Charles voulut parler pour elle.
Ceux-ci se fâchèrent, et ils partirent.

Mais *le coup était porté.* Huit jours après,
comme elle étendait du linge dans sa cour, elle
fut prise d'un crachement de sang, et le lendemain, tandis que Charles avait le dos tourné pour
fermer le rideau de la fenêtre, elle dit : « Ah!
mon Dieu! » poussa un soupir et s'évanouit. Elle
était morte! Quel étonnement!

Quand tout fut fini au cimetière, Charles rentra chez lui. Il ne trouva personne en bas; il
monta au premier, dans la chambre, vit sa robe
encore accrochée au pied de l'alcôve; alors
s'appuyant contre le secrétaire, il resta jusqu'au
soir perdu dans une rêverie douloureuse. Elle
l'avait aimé, après tout.

III

Un matin, le père Rouault vint apporter à
Charles le payement de sa jambe remise :
soixante et quinze francs en pièces de quarante
sous, et une dinde. Il avait appris son malheur, et
l'en consola tant qu'il put.

— Je sais ce que c'est! disait-il en lui frappant
sur l'épaule; j'ai été comme vous, moi aussi!
Quand j'ai eu perdu ma pauvre défunte, j'allais
dans les champs pour être tout seul; je tombais
au pied d'un arbre, je pleurais, j'appelais le bon
Dieu, je lui disais des sottises; j'aurais voulu
être comme les taupes, que je voyais aux
branches, qui avaient des vers leur grouillant
dans le ventre, crevé, enfin. Et quand je pensais
que d'autres, à ce moment-là, étaient avec leurs
bonnes petites femmes à les tenir embrassées
contre eux, je tapais de grands coups par terre
avec mon bâton; j'étais quasiment fou, que je ne
mangeais plus; l'idée d'aller seulement au café
me dégoûtait, vous ne croiriez pas. Eh bien, tout
doucement, un jour chassant l'autre, un printemps sur un hiver et un automne par-dessus un
été, ça a coulé brin à brin, miette à miette; ça
s'en est allé, c'est parti, c'est descendu, je veux
dire, car il vous reste toujours quelque chose au
fond, comme qui dirait... un poids, là, sur la poitrine! Mais puisque c'est notre sort à tous, on ne

doit pas non plus se laisser dépérir, et, parce que
d'autres sont morts, vouloir mourir... Il faut vous
secouer, monsieur Bovary; ça se passera! Venez
nous voir; ma fille pense à vous de temps à
autre, savez-vous bien, et elle dit comme ça que
vous l'oubliez. Voilà le printemps bientôt; nous
vous ferons tirer un lapin dans la garenne, pour
vous dissiper un peu.

Charles suivit son conseil. Il retourna aux Bertaux; il retrouva tout comme la veille, comme il
y avait cinq mois, c'est-à-dire. Les poiriers déjà
étaient en fleur, et le bonhomme Rouault, debout
maintenant, allait et venait, ce qui rendait la
ferme plus animée.

Croyant qu'il était de son devoir de prodiguer
au médecin le plus de politesse possible, à cause
de sa position douloureuse, il le pria de ne point
se découvrir la tête, lui parla à voix basse,
comme s'il eût été malade, et même fit semblant
de se mettre en colère de ce que l'on n'avait pas
apprêté à son intention quelque chose d'un peu
plus léger que tout le reste, tel que des petits
pots de crème ou des poires cuites. Il conta des
histoires. Charles se surprit à rire; mais le souvenir de sa femme, lui revenant tout à coup,
l'assombrit. On apporta le café; il n'y pensa
plus.

Il y pensa moins, à mesure qu'il s'habituait à
vivre seul. L'agrément nouveau de l'indépendance lui rendit bientôt la solitude plus suppor-
table. Il pouvait changer maintenant les heures
de ses repas, rentrer ou sortir sans donner de
raisons, et, lorsqu'il était bien fatigué, s'étendre
de ses quatre membres, tout en large dans son
lit. Donc, il se choya, se dorlota et accepta les
consolations qu'on lui donnait. D'autre part, la
mort de sa femme ne l'avait pas mal servi dans
son métier, car on avait répété pendant un mois :
« Ce pauvre jeune homme! quel malheur! » Son
nom s'était répandu, sa clientèle s'était accrue;

et puis il allait aux Bertaux tout à son aise. Il avait un espoir sans but, un bonheur vague; il se trouvait la figure plus agréable en brossant ses favoris devant son miroir.

Il arriva un jour vers trois heures; tout le monde était aux champs; il entra dans la cuisine, mais n'aperçut point d'abord Emma; les auvents étaient fermés. Par les fentes du bois, le soleil allongeait sur les pavés de grandes raies minces, qui se brisaient à l'angle des meubles et trem-blaient au plafond. Des mouches, sur la table, montaient le long des verres qui avaient servi, et bourdonnaient en se noyant au fond, dans le cidre resté. Le jour qui descendait par la chemi-née, veloutant la suie de la plaque, bleuissait un peu les cendres froides. Entre la fenêtre et le foyer, Emma cousait; elle n'avait point de fichu, on voyait sur ses épaules nues de petites gouttes de sueur.

Selon la mode de la campagne, elle lui proposa de boire quelque chose. Il refusa, elle insista, et enfin lui offrit, en riant, de prendre un verre de liqueur avec elle. Elle alla donc chercher dans l'armoire une bouteille de curaçao, atteignit deux petits verres, emplit l'un jusqu'au bord, versa à peine dans l'autre, et, après avoir trinqué, le porta à sa bouche. Comme il était presque vide, elle se renversait pour boire; et, la tête en arrière, les lèvres avancées, le cou tendu, elle riait de ne rien sentir, tandis que le bout de la langue, passant entre ses dents fines, léchait à petits coups le fond du verre.

Elle se rassit et elle reprit son ouvrage, qui était un bas de coton blanc où elle faisait des reprises : elle travaillait le front baissé; elle ne parlait pas, Charles non plus. L'air, passant par le dessous de la porte, poussait un peu de pous-sière sur les dalles; il la regardait se traîner, et il entendait seulement le battement intérieur de sa tête, avec le cri d'une poule, au loin, qui pondait dans les cours. Emma, de temps à autre, se rafraîchissait les joues en y appliquant la paume de ses mains, qu'elle refroidissait après cela sur la pomme de fer des grands chenets.

Elle se plaignit d'éprouver, depuis le commencement de la saison, des étourdissements; elle demanda si les bains de mer lui seraient utiles; elle se mit à causer du couvent, Charles de son collège, les phrases leur vinrent. Ils montèrent dans sa chambre. Elle lui fit voir ses anciens cahiers de musique, les petits livres qu'on lui avait donnés en prix et les couronnes en feuilles de chêne, abandonnées dans un bas d'armoire. Elle lui parla encore de sa mère, du cimetière, et même lui montra dans le jardin la plate-bande dont elle cueillait les fleurs, tous les premiers vendredis de chaque mois, pour les aller mettre sur sa tombe. Mais le jardinier qu'ils avaient n'y entendait rien; on était si mal servi! Elle eût bien voulu, ne fût-ce au moins que pendant l'hiver, habiter la ville, quoique la longueur des beaux jours rendît peut-être la campagne plus ennuyeuse encore durant l'été; — et, selon ce qu'elle disait, sa voix était claire, aiguë, ou, se couvrant de langueur tout à coup, traînait des modulations qui finissaient presque en murmures, quand elle se parlait à elle-même, — tantôt joyeuse, ouvrant des yeux naïfs, puis les paupières à demi closes, le regard noyé d'ennui, la pensée vagabondant.

Le soir, en s'en retournant, Charles reprit une à une les phrases qu'elle avait dites, tâchant de se les rappeler, d'en compléter le sens, afin de se faire la portion d'existence qu'elle avait vécue dans le temps qu'il ne la connaissait pas encore. Mais jamais il ne put la voir, en sa pensée, différemment qu'il ne l'avait vue la première fois, ou telle qu'il venait de la quitter tout à l'heure. Puis il se demanda ce qu'elle deviendrait, si elle se marierait, et à qui? hélas! le père Rouault était

bien riche, et, elle!... si belle! Mais la figure
d'Emma revenait toujours se placer devant ses
yeux, et quelque chose de monotone comme le
ronflement d'une toupie bourdonnait à ses
oreilles : « Si tu te mariais, pourtant! si tu te
mariais! » La nuit, il ne dormit pas, sa gorge
était serrée, il avait soif; il se leva pour aller
boire à son pot à l'eau et il ouvrit la fenêtre; le
ciel était couvert d'étoiles, un vent chaud passait,
au loin des chiens aboyaient. Il tourna la tête du
côté des Bertaux.

Pensant qu'après tout l'on ne risquait rien,
Charles se promit de faire la demande quand
l'occasion s'en offrirait; mais, chaque fois qu'elle
s'offrit, la peur de ne point trouver les mots
convenables lui collait les lèvres.

Le père Rouault n'eût pas été fâché qu'on le
débarrassât de sa fille, qui ne lui servait guère
dans sa maison. Il l'excusait intérieurement,
trouvant qu'elle avait trop d'esprit pour la culture; métier maudit du ciel, puisqu'on n'y voyait
jamais de millionnaire. Loin d'y avoir fait fortune, le bonhomme y perdait tous les ans; car,
s'il excellait dans les marchés, où il se plaisait
aux ruses du métier, en revanche, la culture
proprement dite, avec le gouvernement intérieur
de la ferme, lui convenait moins qu'à personne.
Il ne retirait pas volontiers ses mains de dedans
ses poches, et n'épargnait point la dépense pour
tout ce qui regardait sa vie, voulant être bien
nourri, bien chauffé, bien couché. Il aimait le
gros cidre, les gigots saignants, les *glorias* longuement battus. Il prenait ses repas dans la cuisine, seul, en face du feu, sur une petite table
qu'on lui apportait toute servie, comme au
théâtre.

Lorsqu'il s'aperçut donc que Charles avait les
pommettes rouges près de sa fille, ce qui signifiait qu'un de ces jours on la lui demanderait en
mariage, il rumina d'avance toute l'affaire. Il le

trouvait bien un peu *gringalet,* et ce n'était pas là
un gendre comme il l'eût souhaité; mais on le
disait de bonne conduite, économe, fort instruit,
et sans doute qu'il ne chicanerait pas trop sur la
dot. Or, comme le père Rouault allait être forcé
de vendre vingt-deux acres de *son bien,* qu'il
devait beaucoup au maçon, beaucoup au bourre-
lier, que l'arbre du pressoir était à remettre :

— S'il me la demande, se dit-il, je la lui
donne.

A l'époque de la Saint-Michel, Charles était
venu passer trois jours aux Bertaux. La dernière
journée s'était écoulée comme les précédentes, à
reculer de quart d'heure en quart d'heure. Le
père Rouault lui fit la conduite; ils marchaient
dans un chemin creux, ils s'allaient quitter;
c'était le moment. Charles se donna jusqu'au
coin de la haie, et enfin, quand on l'eut dépas-
sée :

— Maître Rouault, murmura-t-il, je voudrais
bien vous dire quelque chose.

Ils s'arrêtèrent. Charles se taisait.

— Mais contez-moi votre histoire! est-ce que
je ne sais pas tout? dit le père Rouault en riant
doucement.

— Père Rouault..., père Rouault..., balbutia
Charles.

— Moi, je ne demande pas mieux, continua le
fermier. Quoique sans doute la petite soit de mon
idée, il faut pourtant lui demander son avis.
Allez-vous-en donc; je m'en vais retourner chez
nous. Si c'est oui, entendez-moi bien, vous
n'aurez pas besoin de revenir, à cause du monde,
et, d'ailleurs, ça la saisirait trop. Mais pour que
vous ne vous mangiez pas le sang, je pousserai
tout grand l'auvent de la fenêtre contre le mur :
vous pourrez le voir par derrière, en vous penchant sur la haie.

Et il s'éloigna.

Charles attacha son cheval à un arbre. Il courut se mettre dans le sentier; il attendit. Une demi-heure se passa, puis il compta dix-neuf minutes à sa montre. Tout à coup un bruit se fit contre le mur; l'auvent s'était rabattu, la cliquette tremblait encore.

Le lendemain, dès neuf heures, il était à la ferme. Emma rougit quand il entra, tout en s'efforçant de rire un peu, par contenance. Le père Rouault embrassa son futur gendre. On remit à causer des arrangements d'intérêt; on avait, d'ailleurs, du temps devant soi, puisque le mariage ne pouvait décemment avoir lieu avant la fin du deuil de Charles, c'est-à-dire vers le printemps de l'année prochaine.

L'hiver se passa dans cette attente. Mlle Rouault s'occupa de son trousseau. Une partie en fut commandée à Rouen, et elle se confectionna des chemises et des bonnets de nuit, d'après des dessins de modes qu'elle emprunta. Dans les visites que Charles faisait à la ferme, on causait des préparatifs de la noce, on se demandait dans quel appartement se donnerait le dîner; on rêvait à la quantité de plats qu'il faudrait et quelles seraient les entrées.

Emma eût, au contraire, désiré se marier à minuit, aux flambeaux; mais le père Rouault ne comprit rien à cette idée. Il y eut donc une noce, où vinrent quarante-trois personnes, où l'on resta seize heures à table, qui recommença le lendemain et quelque peu les jours suivants.

IV

Les conviés arrivèrent de bonne heure dans des voitures, carrioles à un cheval, chars à bancs à deux roues, vieux cabriolets sans capote, tapissières à rideaux de cuir, et les jeunes gens des villages les plus voisins dans des charrettes où ils se tenaient debout, en rang, les mains appuyées sur les ridelles pour ne pas tomber, allant au trot et secoués dur. Il en vint de dix lieues loin, de Goderville, de Normanville et de Cany. On avait invité tous les parents des deux familles, on s'était raccommodé avec les amis brouillés, on avait écrit à des connaissances perdues de vue depuis longtemps.

De temps à autre, on entendait des coups de fouet derrière la haie; bientôt la barrière s'ouvrait : c'était une carriole qui entrait. Galopant jusqu'à la première marche du perron, elle s'y arrêtait court, et vidait son monde qui sortait par tous les côtés en se frottant les genoux et en s'étirant les bras. Les dames, en bonnet, avaient des robes à la façon de la ville, des chaînes de montre en or, des pèlerines à bouts croisés dans la ceinture, ou de petits fichus de couleur attachés dans le dos avec une épingle, et qui leur découvraient le cou par-derrière. Les gamins, vêtus pareillement à leurs papas, semblaient incommodés par leurs habits neufs (beaucoup même étrennèrent ce jour-là la première paire de bottes de leur existence), et l'on voyait à côté d'eux, ne soufflant mot dans la robe blanche de sa première communion rallongée pour la circonstance, quelque grande fillette de quatorze ou seize ans, leur cousine ou leur sœur aînée sans doute, rougeaude, ahurie, les cheveux gras de pommade à la rose, et ayant bien peur de salir ses gants. Comme il n'y avait point assez de valets d'écurie pour dételer toutes les voitures, les messieurs retroussaient leurs manches et s'y mettaient eux-mêmes. Suivant leur position sociale différente, ils avaient des habits, des redingotes, des vestes, des habits-vestes; — bons habits, entourés de toute la considération d'une famille, et qui ne sortaient de l'armoire que pour les solennités; redingotes à grandes basques flottant au vent, à collet cylindrique, à poches larges comme des sacs; vestes de gros drap, qui accompagnaient ordinairement quelque casquette cerclée de cuivre à sa visière; habits-vestes très courts, ayant dans le dos deux boutons rapprochés comme une paire d'yeux, et dont les pans semblaient avoir été coupés à même un seul bloc, par la hache du charpentier. Quelques-uns encore (mais ceux-là, bien sûr, devaient dîner au bas bout de la table) portaient des blouses de cérémonie, c'est-à-dire dont le col était rabattu sur les épaules, le dos froncé à petits plis et la taille attachée très bas par une ceinture cousue.

Et les chemises sur les poitrines bombaient comme des cuirasses! Tout le monde était tondu à neuf, les oreilles s'écartaient des têtes, on était rasé de près; quelques-uns même qui s'étaient levés dès avant l'aube, n'ayant pas vu clair à se faire la barbe, avaient des balafres en diagonale sous le nez, ou, le long des mâchoires, des pelures d'épiderme larges comme des écus de trois francs, et qu'avait enflammées le grand air

pendant la route, ce qui marbrait un peu de
plaques roses toutes ces grosses faces blanches
épanouies.

La mairie se trouvant à une demi-lieue de la
ferme, on s'y rendit à pied, et l'on revint de
même, une fois la cérémonie faite à l'église. Le
cortège, d'abord uni comme une seule écharpe de
couleur qui ondulait dans la campagne, le long
de l'étroit sentier serpentant entre les blés verts,
s'allongea bientôt et se coupa en groupes différents, qui s'attardaient à causer. Le ménétrier
allait en tête, avec son violon empanaché de
rubans à la coquille; les mariés venaient ensuite,
les parents, les amis tout au hasard, et les enfants restaient derrière, s'amusant à arracher les
clochettes des brins d'avoine, ou à se jouer entre
eux, sans qu'on les vît. La robe d'Emma, trop
longue, traînait un peu par le bas; de temps à
autre, elle s'arrêtait pour la tirer, et alors délicatement, de ses doigts gantés, elle enlevait les
herbes rudes avec les petits dards des chardons,
pendant que Charles, les mains vides, attendait
qu'elle eût fini. Le père Rouault, un chapeau de
soie neuf sur la tête et les parements de son habit
noir lui couvrant les mains jusqu'aux ongles,
donnait le bras à Mme Bovary mère. Quant à
M. Bovary père, qui, méprisant au fond tout ce
monde-là, était venu simplement avec une redingote à un rang de boutons d'une coupe militaire,
il débitait des galanteries d'estaminet à une
jeune paysanne blonde. Elle saluait, rougissait,
ne savait que répondre. Les autres gens de la
noce causaient de leurs affaires ou se faisaient
des niches dans le dos, s'excitant d'avance à la
gaieté; et, en y prêtant l'oreille, on entendait toujours le crin-crin du ménétrier qui continuait à
jouer dans la campagne. Quand il s'apercevait
qu'on était loin derrière lui, il s'arrêtait à
reprendre haleine, cirait longuement de colo-
phane son archet, afin que les cordes grinçassent

mieux, et puis il se remettait à marcher, abaissant et levant tour à tour le manche de son violon, pour se bien marquer la mesure à lui-même. Le bruit de l'instrument faisait partir de loin les petits oiseaux.

C'était sous le hangar de la charretterie que la table était dressée. Il y avait dessus quatre aloyaux, six fricassées de poulets, du veau à la casserole, trois gigots et, au milieu, un joli cochon de lait rôti, flanqué de quatre andouilles à l'oseille. Aux angles se dressait l'eau-de-vie dans des carafes. Le cidre doux en bouteilles poussait sa mousse épaisse autour des bouchons, et tous les verres, d'avance, avaient été remplis de vin jusqu'au bord. De grands plats de crème jaune, qui flottaient d'eux-mêmes au moindre choc de la table, présentaient, dessinés sur leur surface unie, les chiffres des nouveaux époux en arabesques de nonpareille. On avait été chercher un pâtissier à Yvetot, pour les tourtes et les nougats. Comme il débutait dans le pays, il avait soigné les choses; et il apporta, lui-même, au dessert, une pièce montée qui fit pousser des cris. A la base, d'abord, c'était un carré de carton bleu figurant un temple avec portiques, colonnades et statuettes de stuc tout autour, dans des niches constellées d'étoiles en papier doré; puis se tenait au second étage un donjon en gâteau de Savoie, entouré de menues fortifications en angélique, amandes, raisins secs, quartiers d'oranges; et enfin, sur la plate-forme supérieure, qui était une prairie verte où il y avait des rochers avec des lacs de confitures et des bateaux en écales de noisettes, on voyait un petit Amour, se balançant à une escarpolette de chocolat, dont les deux poteaux étaient terminés par deux boutons de rose naturels, en guise de boules, au sommet.

Jusqu'au soir, on mangea. Quand on était trop fatigué d'être assis, on allait se promener dans les cours ou jouer une partie de bouchon dans la grange, puis on revenait à table. Quelques-uns, vers la fin, s'y endormirent et ronflèrent. Mais, au café, tout se ranima; alors on entama des chansons, on fit des tours de force, on portait des poids, on passait sous son pouce, on essayait à soulever les charrettes sur ses épaules, on disait des gaudrioles, on embrassait les dames. Le soir, pour partir, les chevaux. gorgés d'avoine jusqu'aux naseaux eurent du mal à entrer dans les brancards; ils ruaient, se cabraient, les harnais se cassaient, leurs maîtres juraient ou riaient et toute la nuit, au clair de lune, par les routes du pays, il y eut des carrioles emportées qui couraient au grand galop, bondissant dans les saignées, sautant par-dessus les mètres de cailloux, s'accrochant aux talus, avec des femmes qui se penchaient en dehors de la portière pour saisir les guides.

Ceux qui restèrent aux Bertaux passèrent la nuit à boire dans la cuisine. Les enfants s'étaient endormis sous les bancs.

La mariée avait supplié son père qu'on lui épargnât les plaisanteries d'usage. Cependant, un mareyeur de leurs cousins (qui même avait apporté, comme présent de noces, une paire de soles) commençait à souffler de l'eau avec sa bouche par le trou de la serrure, quand le père Rouault arriva juste à temps pour l'en empêcher, et lui expliqua que la position grave de son gendre ne permettait pas de telles inconvenances. Le cousin, toutefois, céda difficilement à ces raisons. En dedans de lui-même, il accusa le père Rouault d'être fier, et il alla se joindre dans un coin à quatre ou cinq autres des invités qui, ayant eu, par hasard, plusieurs fois de suite à table les bas morceaux des viandes, trouvaient aussi qu'on les avait mal reçus, chuchotaient sur le compte de leur hôte et souhaitaient sa ruine à mots couverts.

Mme Bovary mère n'avait pas desserré les

dents de la journée. On ne l'avait consultée ni
sur la toilette de la bru, ni sur l'ordonnance du
festin; elle se retira de bonne heure. Son époux,
au lieu de la suivre, envoya chercher des cigares
à Saint-Victor et fuma jusqu'au jour, tout en
buvant des grogs au kirsch, mélange inconnu à la
compagnie, et qui fut pour lui comme la source
d'une considération plus grande encore.

Charles n'était point de complexion facétieuse,
il n'avait pas brillé pendant la noce. Il répondit
médiocrement aux pointes, calembours, mots à
double entente, compliments et gaillardises que
l'on se fit un devoir de lui décocher dès le
potage.

Le lendemain, en revanche, il semblait un
autre homme. C'est lui plutôt que l'on eût pris
pour la vierge de la veille, tandis que la mariée
ne laissait rien découvrir où l'on pût deviner
quelque chose. Les plus malins ne savaient que
répondre, et ils la considéraient, quand elle passait près d'eux, avec des tensions d'esprit démesurées. Mais Charles ne dissimulait rien. Il
l'appelait « ma femme », la tutoyait, s'informait
d'elle à chacun, la cherchait partout, et souvent il
l'entraînait dans les cours, où on l'apercevait de
loin entre les arbres, qui lui passait le bras sous
la taille et continuait à marcher à demi penché
sur elle, en lui chiffonnant avec sa tête la guimpe
de son corsage.

Deux jours après la noce, les époux s'en allèrent : Charles, à cause de ses malades, ne pouvait s'absenter plus longtemps. Le père Rouault
les fit reconduire dans sa carriole et les accompagna lui-même jusqu'à Vassonville. Là, il
embrassa sa fille une dernière fois, mit pied à
terre et reprit sa route. Lorsqu'il eut fait cent pas
environ, il s'arrêta, et, comme il vit la carriole
s'éloignant, dont les roues tournaient dans la
poussière, il poussa un gros soupir. Puis il se
rappela ses noces, son temps d'autrefois, la pre-

mière grossesse de sa femme; il était bien
joyeux, lui aussi, le jour qu'il l'avait emmenée de
chez son père dans sa maison, quand il la portait
en croupe en trottant sur la neige; car on était
aux environs de Noël et la campagne était toute
blanche; elle le tenait par un bras, à l'autre était
accroché son panier; le vent agitait les longues
dentelles de sa coiffure cauchoise, qui lui passaient quelquefois sur la bouche, et, lorsqu'il
tournait la tête, il voyait près de lui, sur son
épaule, sa petite mine rosée qui souriait silencieusement, sous la plaque d'or de son bonnet.
Pour se réchauffer les doigts, elle les lui mettait,
de temps en temps, dans la poitrine. Comme
c'était vieux tout cela! Leur fils, à présent, aurait
trente ans! Alors il regarda derrière lui, il
n'aperçut rien sur la route. Il se sentit triste
comme une maison démeublée; et, les souvenirs
tendres se mêlant aux pensées noires dans sa
cervelle obscurcie par les vapeurs de la bom-
bance, il eut bien envie un moment d'aller faire
un tour du côté de l'église. Comme il eut peur,
cependant, que cette vue ne le rendît plus triste
encore, il s'en revint tout droit chez lui.

M. et Mme Charles arrivèrent à Tostes vers six
heures. Les voisins se mirent aux fenêtres pour
voir la nouvelle femme de leur médecin.

La vieille bonne se présenta, lui fit ses salutations, s'excusa de ce que le dîner n'était pas prêt,
et engagea Madame, en attendant, à prendre
connaissance de sa maison.

V

La façade de briques était juste à l'alignement de la rue, ou de la route plutôt. Derrière la porte se trouvaient accrochés un manteau à petit collet, une bride, une casquette de cuir noir, et, dans un coin, à terre, une paire de houseaux encore couverts de boue sèche. A droite était la salle, c'est-à-dire l'appartement où l'on mangeait et où l'on se tenait. Un papier jaune-serin, relevé dans le haut par une guirlande de fleurs pâles, tremblait tout entier sur sa toile mal tendue; des rideaux de calicot blanc, bordés d'un galon rouge, s'entrecroisaient le long des fenêtres, et sur l'étroit chambranle de la cheminée resplendissait une pendule à tête d'Hippocrate, entre deux flambeaux d'argent plaqué, sous des globes de forme ovale. De l'autre côté du corridor était le cabinet de Charles, petite pièce de six pas de large environ, avec une table, trois chaises et un fauteuil de bureau. Les tomes du *Dictionnaire des sciences médicales*, non coupés, mais dont la brochure avait souffert dans toutes les ventes successives par où ils avaient passé, garnissaient presque à eux seuls les six rayons d'une bibliothèque en bois de sapin. L'odeur des roux pénétrait à travers la muraille, pendant les consultations, de même que l'on entendait, de la cuisine, les malades tousser dans le cabinet et débiter toute

leur histoire. Venait ensuite, s'ouvrant immédiatement sur la cour, où se trouvait l'écurie, une
grande pièce délabrée qui avait un four, et qui
servait maintenant de bûcher, de cellier, de
garde-magasin, pleine de vieilles ferrailles, de
tonneaux vides, d'instruments de culture hors de
service, avec quantité d'autres choses poussié-
reuses dont il était impossible de deviner
l'usage.

Le jardin, plus long que large, allait, entre
deux murs de bauge couverts d'abricots en espalier, jusqu'à une haie d'épines qui le séparait des
champs. Il y avait, au milieu, un cadran solaire
en ardoise, sur un piédestal de maçonnerie;
quatre plates-bandes garnies d'églantiers
maigres entouraient symétriquement le carré
plus utile des végétations sérieuses. Tout au
fond, sous les sapinettes, un curé de plâtre lisait
son bréviaire.

Emma monta dans les chambres. La première
n'était point meublée; mais la seconde, qui était
la chambre conjugale, avait un lit d'acajou dans
une alcôve à draperie rouge. Une boîte en coquil-
lages décorait la commode; et, sur le secrétaire,
près de la fenêtre, il y avait, dans une carafe, un
bouquet de fleurs d'oranger, noué par des rubans
de satin blanc. C'était un bouquet de mariée, le
bouquet de l'autre! Elle le regarda. Charles s'en
aperçut, il le prit et l'alla porter au grenier, tandis qu'assise dans un fauteuil (on disposait ses
affaires autour d'elle), Emma songeait à son bouquet de mariage, qui était emballé dans un carton, et se demandait, en rêvant, ce qu'on en
ferait, si par hasard elle venait à mourir.

Elle s'occupa, les premiers jours, à méditer des
changements dans sa maison. Elle retira les
globes des flambeaux, fit coller des papiers
neufs, repeindre l'escalier et faire des bancs dans
le jardin, tout autour du cadran solaire : elle demanda même comment s'y prendre pour avoir

un bassin à jet d'eau avec des poissons. Enfin son mari, sachant qu'elle aimait à se promener en voiture, trouva un *boc* d'occasion, qui, ayant une fois des lanternes neuves et des garde-crotte en cuir piqué, ressembla presque à un tilbury.

Il était donc heureux et sans souci de rien au monde. Un repas en tête-à-tête, une promenade le soir sur la grande route, un geste de sa main sur ses bandeaux, la vue de son chapeau de paille accroché à l'espagnolette d'une fenêtre, et bien d'autres choses encore où Charles n'avait jamais soupçonné de plaisir, composaient maintenant la continuité de son bonheur. Au lit, le matin, et côte à côte sur l'oreiller, il regardait la lumière du soleil passer parmi le duvet de ses joues blondes, que couvraient à demi les pattes escalopées de son bonnet. Vus de si près, ses yeux lui paraissaient agrandis, surtout quand elle ouvrait plusieurs fois de suite ses paupières en s'éveillant; noirs à l'ombre et bleu foncé au grand jour, ils avaient comme des couches de couleurs successives, et qui, plus épaisses dans le fond, allaient en s'éclaircissant vers la surface de l'émail. Son œil, à lui, se perdait dans ces profondeurs, et il s'y voyait en petit jusqu'aux épaules, avec le foulard qui le coiffait et le haut de sa chemise entrouvert. Il se levait. Elle se mettait à la fenêtre pour le voir partir; et elle restait accoudée sur le bord, entre deux pots de géraniums, vêtue de son peignoir, qui était lâche autour d'elle. Charles, dans la rue, bouclait ses éperons sur la borne; et elle continuait à lui parler d'en haut, tout en arrachant avec sa bouche quelque bribe de fleur ou de verdure qu'elle soufflait vers lui, et qui, voltigeant, se soutenant, faisant dans l'air des demi-cercles comme un oiseau, allait, avant de tomber, s'accrocher aux crins mal peignés de la vieille jument blanche, immobile à la porte. Charles, à cheval, lui en-

voyait un baiser; elle répondait par un signe, elle
refermait la fenêtre, il partait. Et alors, sur la
grande route qui étendait sans en finir son long
ruban de poussière, par les chemins creux où les
arbres se courbaient en berceaux, dans les sen-
tiers dont les blés lui montaient jusqu'aux
genoux, avec le soleil sur ses épaules et l'air du
matin à ses narines, le cœur plein des félicités de
la nuit, l'esprit tranquille, la chair contente, il
s'en allait ruminant son bonheur, comme ceux
qui mâchent encore, après dîner, le goût des truffes qu'ils digèrent.

Jusqu'à présent, qu'avait-il eu de bon dans
l'existence? Etait-ce son temps de collège, où il
restait enfermé entre ces hauts murs, seul au
milieu de ses camarades plus riches ou plus forts
que lui dans leurs classes, qu'il faisait rire par
son accent, qui se moquaient de ses habits, et
dont les mères venaient au parloir avec des pâtis-
series dans leur manchon? Etait-ce plus tard,
lorsqu'il étudiait la médecine et n'avait jamais la
bourse assez ronde pour payer la contredanse à
quelque petite ouvrière qui fût devenue sa maîtresse? Ensuite il avait vécu pendant quatorze
mois avec la veuve, dont les pieds, dans le lit,
étaient froids comme des glaçons. Mais, à présent, il possédait pour la vie cette jolie femme
qu'il adorait. L'univers, pour lui, n'excédait pas
le tour soyeux de son jupon; et il se reprochait
de ne pas l'aimer, il avait envie de la revoir; il
s'en revenait vite, montait l'escalier, le cœur battant. Emma, dans sa chambre, était à faire sa
toilette; il arrivait à pas muets, il la baisait dans
le dos, elle poussait un cri.

Il ne pouvait se retenir de toucher continuellement à son peigne, à ses bagues, à son fichu;
quelquefois, il lui donnait sur les joues de gros
baisers à pleine bouche, ou c'étaient de petits
baisers à la file, tout le long de son bras nu,
depuis le bout des doigts jusqu'à l'épaule; et elle

le repoussait, à demi souriante et ennuyée, comme on fait à un enfant qui se pend après vous.

Avant qu'elle se mariât, elle avait cru avoir de l'amour; mais le bonheur qui aurait dû résulter de cet amour n'étant pas venu, il fallait qu'elle se fût trompée, songeait-elle. Et Emma cherchait à savoir ce que l'on entendait au juste dans la vie par les mots de *félicité*, de *passion* et d'*ivresse*, qui lui avaient paru si beaux dans les livres.

VI

Elle avait lu *Paul et Virginie* et elle avait rêvé la maisonnette de bambous, le nègre Domingo, le chien Fidèle, mais surtout l'amitié douce de quelque bon petit frère, qui va chercher pour vous des fruits rouges dans des grands arbres plus hauts que des clochers, ou qui court pieds nus sur le sable, vous apportant un nid d'oiseau.

Lorsqu'elle eut treize ans, son père l'amena lui-même à la ville, pour la mettre au couvent. Ils descendirent dans une auberge du quartier Saint-Gervais, où ils eurent à leur souper des assiettes peintes qui représentaient l'histoire de mademoiselle de La Vallière. Les explications légendaires, coupées çà et là par l'égratignure des couteaux, glorifiaient toutes la religion, les délicatesses du cœur et les pompes de la Cour.

Loin de s'ennuyer au couvent les premiers temps, elle se plut dans la société des bonnes sœurs, qui, pour l'amuser, la conduisaient dans la chapelle, où l'on pénétrait du réfectoire par un long corridor. Elle jouait fort peu durant les récréations, comprenait bien le catéchisme, et c'est elle qui répondait toujours à M. le vicaire dans les questions difficiles. Vivant donc sans jamais sortir de la tiède atmosphère des classes et parmi ces femmes au teint blanc portant des

chapelets à croix de cuivre, elle s'assoupit doucement à la langueur mystique qui s'exhale des parfums de l'autel, de la fraîcheur des bénitiers et
du rayonnement des cierges. Au lieu de suivre la
messe, elle regardait dans son livre les vignettes
pieuses bordées d'azur, et elle aimait la brebis
malade, le Sacré-Cœur percé de flèches aiguës,
ou le pauvre Jésus, qui tombe en marchant sur
sa croix. Elle essaya, par mortification, de rester
tout un jour sans manger. Elle cherchait dans sa
tête quelque vœu à accomplir.

Quand elle allait à confesse, elle inventait de
petits péchés afin de rester là plus longtemps, à
genoux dans l'ombre, les mains jointes, le visage
à la grille sous le chuchotement du prêtre. Les
comparaisons de fiancé, d'époux, d'amant céleste
et de mariage éternel qui reviennent dans les
sermons lui soulevaient au fond de l'âme des
douceurs inattendues.

Le soir, avant la prière, on faisait dans l'étude
une lecture religieuse. C'était, pendant la semaine,
quelque résumé d'Histoire sainte ou les *Confé-
rences* de l'abbé Frayssinous, et, le dimanche,
des passages du *Génie du Christianisme*, par
récréation. Comme elle écouta, les premières
fois, la lamentation sonore des mélancolies romantiques se répétant à tous les échos
de la terre et de l'éternité! Si son enfance se fût
écoulée dans l'arrière-boutique d'un quartier
marchand, elle se serait peut-être ouverte alors
aux envahissements lyriques de la nature, qui,
d'ordinaire, ne nous arrivent que par la traduc-
tion des écrivains. Mais elle connaissait trop la
campagne; elle savait le bêlement des troupeaux,
les laitages, les charrues. Habituée aux aspects
calmes, elle se tournait, au contraire, vers les
accidentés. Elle n'aimait la mer qu'à cause de ses
tempêtes, et la verdure seulement lorsqu'elle
était clairsemée parmi les ruines. Il fallait qu'elle
pût retirer des choses une sorte de profit person-

nel; et elle rejetait comme inutile tout ce qui ne
contribuait pas à la consommation immédiate de
son cœur, — étant de tempérament plus sentimentale qu'artiste, cherchant des émotions et
non des paysages.

Il y avait au couvent une vieille fille qui venait
tous les mois, pendant huit jours, travailler à la
lingerie. Protégée par l'archevêché comme appartenant à une ancienne famille de gentilshommes
ruinés sous la Révolution, elle mangeait au réfectoire, à la table des bonnes sœurs, et faisait avec
elles, après le repas, un petit bout de causette
avant de remonter à son ouvrage. Souvent les
pensionnaires s'échappaient de l'étude pour
l'aller voir. Elle savait par cœur des chansons
galantes du siècle passé, qu'elle chantait à demi-
voix, tout en poussant son aiguille. Elle contait
des histoires, vous apprenait des nouvelles, faisait en ville vos commissions, et prêtait aux
grandes, en cachette, quelque roman qu'elle avait
toujours dans les poches de son tablier, et dont
la bonne demoiselle elle-même avalait de longs
chapitres, dans les intervalles de sa besogne. Ce
n'étaient qu'amours, amants, amantes, dames
persécutées s'évanouissant dans des pavillons so-
litaires, postillons qu'on tue à tous les relais, chevaux qu'on crève à toutes les pages, forêts
sombres, troubles du cœur, serments, sanglots,
larmes et baisers, nacelles au clair de lune, rossi-
gnols dans les bosquets, *messieurs* braves comme
des lions, doux comme des agneaux, vertueux
comme on ne l'est pas, toujours bien mis, et qui
pleurent comme des urnes. Pendant six mois, à
quinze ans, Emma se graissa donc les mains à
cette poussière des vieux cabinets de lecture.
Avec Walter Scott, plus tard, elle s'éprit de
choses historiques, rêva bahuts, salle des gardes
et ménestrels. Elle aurait voulu vivre dans
quelque vieux manoir, comme ces châtelaines au
long corsage, qui, sous le trèfle des ogives, pas-

saient leurs jours, le coude sur la pierre et le menton dans la main, à regarder venir du fond de la campagne un cavalier à plume blanche qui galope sur un cheval noir. Elle eut dans ce temps-là le culte de Marie Stuart, et des vénérations enthousiastes à l'endroit des femmes illustres ou infortunées. Jeanne d'Arc, Héloïse, Agnès Sorel, la belle Ferronnière et Clémence Isaure, pour elle, se détachaient comme des comètes sur l'immensité ténébreuse de l'histoire, où saillissaient encore çà et là, mais plus perdus dans l'ombre et sans aucun rapport entre eux, saint Louis avec son chêne, Bayard mourant, quelques férocités de Louis XI, un peu de Saint-Barthélemy, le panache du Béarnais, et toujours le souvenir des assiettes peintes où Louis XIV était vanté.

A la classe de musique, dans les romances qu'elle chantait, il n'était question que de petits anges aux ailes d'or, de madones, de lagunes, de gondoliers, pacifiques compositions qui lui laissaient entrevoir, à travers la niaiserie du style et les imprudences de la note, l'attirante fantasmagorie des réalités sentimentales. Quelques-unes de ses camarades apportaient au couvent les keepsakes qu'elles avaient reçus en étrennes. Il les fallait cacher, c'était une affaire; on les lisait au dortoir. Maniant délicatement leurs belles reliures de satin, Emma fixait ses regards éblouis sur le nom des auteurs inconnus qui avaient signé, le plus souvent, comtes ou vicomtes, au bas de leurs pièces.

Elle frémissait, en soulevant de son haleine le papier de soie des gravures, qui se levait à demi plié et retombait doucement contre la page. C'était, derrière la balustrade d'un balcon, un jeune homme en court manteau qui serrait dans ses bras une jeune fille en robe blanche, portant une aumônière à sa ceinture; ou bien les portraits anonymes des ladies anglaises à boucles blondes qui, sous leur chapeau de paille rond, vous regardent avec leurs grands yeux clairs. On en voyait d'étalées dans des voitures, glissant au milieu des parcs, où un lévrier sautait devant l'attelage que conduisaient au trot deux petits postillons en culotte blanche. D'autres, rêvant sur des sofas près d'un billet décacheté, contemplaient la lune, par la fenêtre entrouverte, à demi drapée d'un rideau noir. Les naïves, une larme sur la joue, becquetaient une tourterelle à travers les barreaux d'une cage gothique, ou, souriant la tête sur l'épaule, effeuillaient une marguerite de leurs doigts pointus, retroussés comme des souliers à la poulaine. Et vous y étiez aussi, sultans à longues pipes, pâmés sous des tonnelles, aux bras des bayadères, djiaours, sabres turcs, bonnets grecs, et vous surtout, paysages blafards des contrées dithyrambiques, qui souvent nous montrez à la fois des palmiers, des sapins, des tigres à droite, un lion à gauche, des minarets tartares à l'horizon, au premier plan des ruines romaines, puis des chameaux accroupis; — le tout encadré d'une forêt vierge bien nettoyée, et avec un grand rayon de soleil perpendiculaire tremblotant dans l'eau, où se détachent en écorchures blanches, sur un fond d'acier gris, de loin en loin, des cygnes qui nagent.

Et l'abat-jour du quinquet, accroché dans la muraille au-dessus de la tête d'Emma, éclairait tous ces tableaux du monde, qui passaient devant elle les uns après les autres, dans le silence du dortoir et au bruit lointain de quelque fiacre attardé qui roulait encore sur les boulevards.

Quand sa mère mourut, elle pleura beaucoup les premiers jours. Elle se fit faire un tableau funèbre avec les cheveux de la défunte, et, dans une lettre qu'elle envoyait aux Bertaux, toute pleine de réflexions tristes sur la vie, elle demandait qu'on l'ensevelît plus tard dans le même tombeau. Le bonhomme la crut malade et vint la voir. Emma fut intérieurement satisfaite de se sentir arrivée du premier coup à ce rare idéal des existences pâles, où ne parviennent jamais les cœurs médiocres. Elle se laissa donc glisser dans les méandres lamartiniens, écouta les harpes sur les lacs, tous les chants de cygnes mourants, toutes les chutes de feuilles, les vierges pures qui montent au ciel, et la voix de l'Éternel discourant dans les vallons. Elle s'en ennuya, n'en voulut point convenir, continua par habitude, ensuite par vanité, et fut enfin surprise de se sentir apaisée, et sans plus de tristesse au cœur que de rides sur son front.

Les bonnes religieuses, qui avaient si bien présumé de sa vocation, s'aperçurent avec de grands étonnements que Mlle Rouault semblait échapper à leur soin. Elles lui avaient, en effet, tant prodigué les offices, les retraites, les neuvaines et les sermons, si bien prêché le respect que l'on doit aux saints et aux martyrs, et donné tant de bons conseils pour la modestie du corps et le salut de son âme, qu'elle fit comme les chevaux que l'on tire par la bride : elle s'arrêta court et le mors lui sortit des dents. Cet esprit, positif au milieu de ses enthousiasmes, qui avait aimé l'église pour ses fleurs, la musique pour les paroles des romances, et la littérature pour ses excitations passionnelles, s'insurgeait devant les mystères de la foi, de même qu'elle s'irritait davantage contre la discipline, qui était quelque chose d'antipathique à sa constitution. Quand son père la retira de pension, on ne fut point fâché de la voir partir. La supérieure trouvait même qu'elle était devenue, dans les derniers temps, peu révérencieuse envers la communauté.

Emma, rentrée chez elle, se plut d'abord au commandement des domestiques, prit ensuite la campagne en dégoût et regretta son couvent. Quand Charles vint aux Bertaux pour la pre-

mière fois, elle se considérait comme fort désillu-
sionnée, n'ayant plus rien à apprendre, ne devant
plus rien sentir.

Mais l'anxiété d'un état nouveau, ou peut-être
l'irritation causée par la présence de cet homme,
avait suffi à lui faire croire qu'elle possédait
enfin cette passion merveilleuse qui jusqu'alors
s'était tenue comme un grand oiseau au plumage
rose planant dans la splendeur des ciels poéti-
ques; — et elle ne pouvait s'imaginer à présent
que ce calme où elle vivait fût le bonheur qu'elle
avait rêvé.

VII

Elle songeait quelquefois que c'étaient là pourtant les plus beaux jours de sa vie, la lune de miel, comme on disait. Pour en goûter la douceur, il eût fallu, sans doute, s'en aller vers ces pays à noms sonores où les lendemains de mariage ont de plus suaves paresses! Dans des chaises de poste, sous des stores de soie bleue, on monte au pas des routes escarpées écoutant la chanson du postillon qui se répète dans la montagne avec les clochettes des chèvres et le bruit sourd de la cascade. Quand le soleil se couche, on respire au bord des golfes le parfum des citronniers; puis, le soir, sur la terrasse des villas, seuls et les doigts confondus, on regarde les étoiles en faisant des projets. Il lui semblait que certains lieux sur la terre devaient produire du bonheur, comme une plante particulière au sol et qui pousse mal toute autre part. Que ne pouvait-elle s'accouder sur le balcon des chalets suisses ou enfermer sa tristesse dans un cottage écossais, avec un mari vêtu d'un habit de velours noir à longues basques, et qui porte des bottes molles, un chapeau pointu et des manchettes!

Peut-être aurait-elle souhaité faire à quelqu'un la confidence de toutes ces choses. Mais comment dire un insaisissable malaise, qui change d'aspect comme les nuées, qui tourbillonne comme le vent? Les mots lui manquaient, donc, l'occasion, la hardiesse.

Si Charles l'avait voulu cependant, s'il s'en fût douté, si son regard, une seule fois, fût venu à la rencontre de sa pensée, il lui semblait qu'une abondance subite se serait détachée de son cœur, comme tombe la récolte d'un espalier, quand on y porte la main. Mais, à mesure que se serrait davantage l'intimité de leur vie, un détachement intérieur se faisait qui la déliait de lui.

La conversation de Charles était plate comme un trottoir de rue, et les idées de tout le monde y défilaient, dans leur costume ordinaire, sans exciter d'émotion, de rire ou de rêverie. Il n'avait jamais été curieux, disait-il, pendant qu'il habitait Rouen, d'aller voir au théâtre les acteurs de Paris. Il ne savait ni nager, ni faire des armes, ni tirer le pistolet, et il ne put, un jour, lui expliquer un terme d'équitation qu'elle avait rencontré dans un roman.

Un homme, au contraire, ne devait-il pas tout connaître, exceller en des activités multiples, vous initier aux énergies de la passion, aux raffinements de la vie, à tous les mystères? Mais il n'enseignait rien, celui-là, ne savait rien, ne souhaitait rien. Il la croyait heureuse; et elle lui en voulait de ce calme si bien assis, de cette pesanteur sereine, du bonheur même qu'elle lui donnait.

Elle dessinait quelquefois; et c'était pour Charles un grand amusement que de rester là, tout debout, à la regarder penchée sur son carton, clignant des yeux, afin de mieux voir son ouvrage, ou arrondissant, sur son pouce, des boulettes de mie de pain. Quant au piano, plus les doigts y couraient vite, plus il s'émerveillait. Elle frappait sur les touches avec aplomb, et parcourait du haut en bas le clavier sans s'interrompre. Ainsi secoué par elle, le vieil instrument, dont les cordes frisaient, s'entendait jusqu'au bout du village si la fenêtre était ouverte, et souvent le clerc de l'huissier qui passait sur la grande route, nu-tête et en chaussons, s'arrêtait à l'écouter, sa feuille de papier à la main.

Emma, d'autre part, savait conduire sa maison. Elle envoyait aux malades le compte des visites, dans des lettres bien tournées qui ne sentaient pas la facture. Quand ils avaient, le dimanche, quelque voisin à dîner, elle trouvait moyen d'offrir un plat coquet, s'entendait à poser sur des feuilles de vigne les pyramides de reines-claudes, servait renversés les pots de confitures dans une assiette, et même elle parlait d'acheter des rince-bouche pour le dessert. Il rejaillissait de tout cela beaucoup de considération sur Bovary.

Charles finissait par s'estimer davantage de ce qu'il possédait une pareille femme. Il montrait avec orgueil, dans la salle, deux petits croquis d'elle à la mine de plomb, qu'il avait fait encadrer de cadres très larges et suspendus contre le papier de la muraille à de longs cordons verts. Au sortir de la messe, on le voyait sur sa porte avec de belles pantoufles en tapisserie.

Il rentrait tard, à dix heures, minuit quelquefois. Alors il demandait à manger, et, comme la bonne était couchée, c'était Emma qui le servait. Il retirait sa redingote pour dîner plus à son aise. Il disait les uns après les autres tous les gens qu'il avait rencontrés, les villages où il avait été, les ordonnances qu'il avait écrites, et, satisfait de lui-même, il mangeait le reste du miroton, épluchait son fromage, croquait une pomme, vidait sa carafe, puis s'allait mettre au lit, se couchait sur le dos et ronflait.

Comme il avait eu longtemps l'habitude du bonnet de coton, son foulard ne lui tenait pas aux oreilles; aussi ses cheveux, le matin, étaient rabattus pêle-mêle sur sa figure et blanchis par le duvet de son oreiller, dont les cordons se dénouaient pendant la nuit. Il portait toujours de fortes bottes, qui avaient au cou-de-pied deux plis épais obliquant vers les chevilles, tandis que le reste de l'empeigne se continuait en ligne droite, tendu comme par un pied de bois. Il disait que *c'était bien assez bon pour la campagne.*

Sa mère l'approuvait en cette économie; car elle le venait voir comme autrefois, lorsqu'il y avait eu chez elle quelque bourrasque un peu violente; et cependant Mme Bovary mère semblait prévenue contre sa bru. Elle lui trouvait *un genre trop relevé pour leur position de fortune :* le bois, le sucre et la chandelle *filaient comme dans une grande maison,* et la quantité de braise qui se brûlait à la cuisine aurait suffi pour vingt-cinq plats! Elle rangeait son linge dans les armoires et lui apprenait à surveiller le boucher quand il apportait la viande. Emma recevait ces leçons; Mme Bovary les prodiguait; et les mots de *ma fille* et de *ma mère* s'échangeaient tout le long du jour, accompagnés d'un petit frémissement des lèvres, chacune lançant des paroles douces d'une voix tremblante de colère.

Du temps de Mme Dubuc, la vieille femme se sentait encore la préférée; mais, à présent, l'amour de Charles pour Emma lui semblait une désertion de sa tendresse, un envahissement sur ce qui lui appartenait; et elle observait le bonheur de son fils avec un silence triste comme quelqu'un de ruiné qui regarde, à travers les carreaux, des gens attablés dans son ancienne maison. Elle lui rappelait, en manière de souvenirs, ses peines et ses sacrifices, et, les comparant aux négligences d'Emma, concluait qu'il n'était point raisonnable de l'adorer d'une façon si exclusive.

Charles ne savait que répondre; il respectait sa mère, et il aimait infiniment sa femme; il considérait le jugement de l'une comme infaillible, et cependant il trouvait l'autre irréprochable. Quand Mme Bovary était partie, il essayait de hasarder timidement, et dans les mêmes termes, une ou deux des plus anodines observations qu'il avait entendu faire à sa maman; Emma, lui prouvant d'un mot qu'il se trompait, le renvoyait à ses malades.

Cependant, d'après des théories qu'elle croyait bonnes, elle voulut se donner de l'amour. Au clair de lune, dans le jardin, elle récitait tout ce qu'elle savait par cœur de rimes passionnées et lui chantait en soupirant des adagios mélancoliques; mais elle se trouvait ensuite aussi calme qu'auparavant, et Charles n'en paraissait ni plus amoureux ni plus remué.

Quand elle eut ainsi un peu battu le briquet sur son cœur sans en faire jaillir une étincelle, incapable, du reste, de comprendre ce qu'elle n'éprouvait pas, comme de croire à tout ce qui ne se manifestait point par des formes convenues, elle se persuada sans peine que la passion de Charles n'avait plus rien d'exorbitant. Ses expansions étaient devenues régulières; il l'embrassait à de certaines heures. C'était une habitude parmi les autres, et comme un dessert prévu d'avance, après la monotonie du dîner.

Un garde-chasse, guéri par Monsieur d'une fluxion de poitrine, avait donné à Madame une petite levrette d'Italie; elle la prenait pour se promener, car elle sortait quelquefois, afin d'être seule un instant et de n'avoir plus sous les yeux l'éternel jardin avec la route poudreuse.

Elle allait jusqu'à la hêtraie de Banneville, près du pavillon abandonné qui fait l'angle du mur, du côté des champs. Il y a dans le saut-de-loup, parmi les herbes, de longs roseaux à feuilles coupantes.

Elle commençait par regarder tout alentour, pour voir si rien n'avait changé depuis la dernière fois qu'elle était venue. Elle retrouvait aux mêmes places les digitales et les ravenelles, les bouquets d'orties entourant les gros cailloux, et

les plaques de lichen le long des trois fenêtres,
dont les volets toujours clos s'égrenaient de
pourriture, sur leurs barres de fer rouillées. Sa
pensée, sans but d'abord, vagabondait au hasard,
comme sa levrette, qui faisait des cercles dans la
campagne, jappait après les papillons jaunes,
donnait la chasse aux musaraignes ou mordillait
les coquelicots sur le bord d'une pièce de blé.
Puis ses idées peu à peu se fixaient, et assise sur
le gazon, qu'elle fouillait à petits coups avec le
bout de son ombrelle, Emma se répétait:

— Pourquoi, mon Dieu! me suis-je mariée?

Elle se demandait s'il n'y aurait pas eu moyen,
par d'autres combinaisons du hasard, de rencontrer un autre homme; et elle cherchait à imaginer quels eussent été ces événements non surve-
nus, cette vie différente, ce mari qu'elle ne
connaissait pas. Tous, en effet, ne ressemblaient
pas à celui-là. Il aurait pu être beau, spirituel,
distingué, attirant, tels qu'ils étaient, sans doute,
ceux qu'avaient épousés ses anciennes camarades
du couvent. Que faisaient-elles maintenant? A la
ville, avec le bruit des rues, le bourdonnement
des théâtres et les clartés du bal, elles avaient
des existences où le cœur se dilate, où les sens
s'épanouissent. Mais elle, sa vie était froide
comme un grenier dont la lucarne est au nord, et
l'ennui, araignée silencieuse, filait sa toile dans
l'ombre à tous les coins de son cœur. Elle se
rappelait les jours de distribution de prix, où elle
montait sur l'estrade pour aller chercher ses petites couronnes. Avec ses cheveux en tresse, sa
robe blanche et ses souliers de prunelle décou-
verts, elle avait une façon gentille, et les messieurs, quand elle regagnait sa place, se penchaient pour lui faire des compliments; la cour
était pleine de calèches, on lui disait adieu par
les portières, le maître de musique passait en
saluant, avec sa boîte à violon. Comme c'était
loin, tout cela! comme c'était loin!

Elle appelait Djali, la prenait entre ses genoux, passait ses doigts sur sa longue tête fine, et lui disait :

— Allons, baisez maîtresse, vous qui n'avez pas de chagrins.

Puis, considérant la mine mélancolique du svelte animal qui bâillait avec lenteur, elle s'attendrissait et, le comparant à elle-même, lui parlait tout haut, comme à quelqu'un d'affligé que l'on console.

Il arrivait parfois des rafales de vent, brises de la mer qui, roulant d'un bond sur tout le plateau du pays de Caux, apportaient, jusqu'au loin dans les champs, une fraîcheur salée. Les joncs sifflaient à ras de terre, et les feuilles des hêtres bruissaient en un frisson rapide, tandis que les cimes, se balançant toujours, continuaient leur grand murmure. Emma serrait son châle contre ses épaules et se levait.

Dans l'avenue, un jour vert rabattu par le feuillage éclairait la mousse rase qui craquait doucement sous ses pieds. Le soleil se couchait; le ciel était rouge entre les branches, et les troncs pareils des arbres plantés en ligne droite semblaient une colonnade brune se détachant sur un fond d'or; une peur la prenait, elle appelait Djali, s'en retournait vite à Tostes par la grande route, s'affaissait dans un fauteuil, et de toute la soirée ne parlait pas.

Mais, vers la fin de septembre, quelque chose d'extraordinaire tomba dans sa vie; elle fut invitée à la Vaubyessard, chez le marquis d'Andervilliers.

Secrétaire d'Etat sous la Restauration, le marquis, cherchant à rentrer dans la vie politique, préparait de longue main sa candidature à la Chambre des députés. Il faisait, l'hiver, de nombreuses distributions de fagots, et, au Conseil général, réclamait avec exaltation toujours des routes pour son arrondissement. Il avait eu, lors des grandes chaleurs, un abcès dans la bouche, dont Charles l'avait soulagé comme par miracle, en y donnant à point un coup de lancette. L'homme d'affaires, envoyé à Tostes pour payer l'opération, conta, le soir, qu'il avait vu dans le jardinet du médecin des cerises superbes. Or, les cerisiers poussaient mal à la Vaubyessard, M. le Marquis demanda quelques boutures à Bovary, se fit un devoir de l'en remercier lui-même, aperçut Emma, trouva qu'elle avait une jolie taille et qu'elle ne saluait point en paysanne; si bien qu'on ne crut pas au château outrepasser les bornes de la condescendance, ni d'autre part commettre une maladresse, en invitant le jeune ménage.

Un mercredi, à trois heures, M. et Mme Bovary, montés dans leur *boc*, partirent pour la Vaubyessard, avec une grande malle attachée par derrière et une boîte à chapeau qui était posée devant le tablier. Charles avait, de plus, un carton entre les jambes.

Ils arrivèrent à la nuit tombante, comme on commençait à allumer les lampions dans le parc, afin d'éclairer les voitures.

VIII

baroque

Le château, de construction moderne, à l'italienne, avec deux ailes avançant et trois perrons, se déployait au bas d'une immense pelouse où paissaient quelques vaches, entre des bouquets de grands arbres espacés, tandis que des bannettes d'arbustes, rhododendrons, seringas et boules-de-neige bombaient leurs touffes de verdure inégales sur la ligne courbe du chemin sablé. Une rivière passait sous un pont; à travers la brume, on distinguait des bâtiments à toit de chaume, éparpillés dans la prairie, que bordaient en pente douce deux coteaux couverts de bois, et par derrière, dans les massifs, se tenaient, sur deux lignes parallèles, les remises et les écuries, restes conservés de l'ancien château démoli.

Le *boc* de Charles s'arrêta devant le perron du milieu; les domestiques parurent; le marquis s'avança, et, offrant son bras à la femme du médecin, l'introduisit dans le vestibule.

Il était pavé de dalles en marbre, très haut, et le bruit des pas avec celui des voix y retentissait comme dans une église. En face montait un escalier droit, et à gauche une galerie, donnant sur le jardin, conduisait à la salle de billard dont on entendait, dès la porte, caramboler les boules d'ivoire. Comme elle la traversait pour aller au salon, Emma vit autour du jeu des hommes à figure grave, le menton posé sur de hautes cravates, décorés tous, et qui souriaient silencieusement, en poussant leur queue. Sur la boiserie sombre du lambris, de grands cadres dorés portaient, au bas de leur bordure, des noms écrits en lettres noires. Elle lut : « Jean-Antoine d'Andervilliers d'Yverbonville, comte de la Vaubyessard et baron de la Fresnaye, tué à la bataille de Coutras, le 20 octobre 1587. » Et sur un autre : « Jean-Antoine-Henry-Guy d'Andervilliers de la Vaubyessard, amiral de France et chevalier de l'ordre de Saint-Michel, blessé au combat de la Hougue-Saint-Vaast, le 29 mai 1692, mort à la Vaubyessard, le 23 janvier 1693. » Puis on distinguait à peine ceux qui suivaient, car la lumière des lampes, rabattue sur le tapis vert du billard, laissait flotter une ombre dans l'appartement. Brunissant les toiles horizontales, elle se brisait contre elles en arêtes fines, selon les craquelures du vernis; et de tous ces grands carrés noirs brodés d'or sortaient, çà et là, quelque portion plus claire de la peinture, un front pâle, deux yeux qui vous regardaient, des perruques se déroulant sur l'épaule poudrée des habits rouges, ou bien la boucle d'une jarretière au haut d'un mollet rebondi.

Le marquis ouvrit la porte du salon; une des dames se leva (la marquise elle-même), vint à la rencontre d'Emma et la fit asseoir près d'elle, sur une causeuse, où elle se mit à lui parler amicalement, comme si elle la connaissait depuis longtemps. C'était une femme de la quarantaine environ, à belles épaules, à nez busqué, à la voix traînante, et portant, ce soir-là, sur ses cheveux châtains, un simple fichu de guipure qui retombait par derrière, en triangle. Une jeune personne blonde se tenait à côté, dans une chaise à dossier long; et des messieurs, qui avaient une petite fleur à la boutonnière de leur habit, causaient avec les dames, tout autour de la cheminée.

A sept heures, on servit le dîner. Les hommes,

plus nombreux, s'assirent à la première table,
dans le vestibule, et les dames à la seconde, dans
la salle à manger, avec le marquis et la marquise.

Emma se sentit, en entrant, enveloppée par un
air chaud, mélange du parfum des fleurs et du
beau linge, du fumet des viandes et de l'odeur
des truffes. Les bougies des candélabres allongeaient des flammes sur les cloches d'argent; les
cristaux à facettes, couverts d'une buée mate, se
renvoyaient des rayons pâles; des bouquets
étaient en ligne sur toute la longueur de la table,
et, dans les assiettes à large bordure, les serviettes, arrangées en manière de bonnet d'évêque,
tenaient entre le bâillement de leurs deux plis
chacune un petit pain de forme ovale. Les pattes
rouges des homards dépassaient les plats : de
gros fruits dans des corbeilles à jour s'étageaient
sur la mousse; les cailles avaient leurs plumes,
des fumées montaient; et, en bas de soie, en
culotte courte, en cravate blanche, en jabot, grave
comme un juge, le maître d'hôtel, passant entre
les épaules des convives les plats tout découpés,
faisait d'un coup de sa cuiller sauter pour vous
le morceau qu'on choisissait. Sur le grand poêle
de porcelaine à baguette de cuivre, une statue de
femme drapée jusqu'au menton regardait immobile la salle pleine de monde.

Mme Bovary remarqua que plusieurs dames
n'avaient pas mis leurs gants dans leur verre.

Cependant, au haut bout de la table, seul
parmi toutes ces femmes, courbé sur son assiette
remplie, et la serviette nouée dans le dos comme
un enfant, un vieillard mangeait, laissant tomber
de sa bouche des gouttes de sauce. Il avait les
yeux éraillés et portait une petite queue enroulée
d'un ruban noir. C'était le beau-père du marquis,
le vieux duc de Laverdière, l'ancien favori du
comte d'Artois, dans le temps des parties de
chasse au Vaudreuil, chez le marquis de

6

Conflans, et qui avait été, disait-on, l'amant de la reine Marie-Antoinette, entre MM. de Coigny et de Lauzun. Il avait mené une vie bruyante de débauches, pleine de duels, de paris, de femmes enlevées, avait dévoré sa fortune et effrayé toute sa famille. Un domestique, derrière sa chaise, lui nommait tout haut, dans l'oreille, les plats qu'il désignait du doigt en bégayant; et sans cesse les yeux d'Emma revenaient d'eux-mêmes sur ce vieil homme à lèvres pendantes, comme sur quelque chose d'extraordinaire et d'auguste. Il avait vécu à la Cour et couché dans le lit des reines!

On versa du vin de Champagne à la glace. Emma frissonna de toute sa peau en sentant ce froid dans sa bouche. Elle n'avait jamais vu de grenades ni mangé d'ananas. Le sucre en poudre même lui parut plus blanc et plus fin qu'ailleurs.

Les dames, ensuite, montèrent dans leurs chambres s'apprêter pour le bal.

Emma fit sa toilette avec la conscience méticuleuse d'une actrice à son début. Elle disposa ses cheveux d'après les recommandations du coiffeur, et elle entra dans sa robe de barège, étalée sur le lit. Le pantalon de Charles le serrait au ventre.

— Les sous-pieds vont me gêner pour danser, dit-il.

— Danser? reprit Emma.

— Oui!

— Mais tu as perdu la tête! on se moquerait de toi, reste à ta place. D'ailleurs, c'est plus convenable pour un médecin, ajouta-t-elle.

Charles se tut. Il marchait de long en large, attendant qu'Emma fût habillée.

Il la voyait par derrière, dans la glace, entre deux flambeaux. Ses yeux noirs semblaient plus noirs. Ses bandeaux, doucement bombés vers les oreilles, luisaient d'un éclat bleu; une rose à son

chignon tremblait sur une tige mobile, avec des
gouttes d'eau factices au bout de ses feuilles. Elle
avait une robe de safran pâle, relevée par trois
bouquets de roses pompon mêlées de verdure.

Charles vint l'embrasser sur l'épaule.

— Laisse-moi! dit-elle, tu me chiffonnes.

On entendit une ritournelle de violon et les
sons d'un cor. Elle descendit l'escalier, se retenant de courir.

Les quadrilles étaient commencés. Il arrivait
du monde. On se poussait. Elle se plaça près de
la porte, sur une banquette.

Quand la contredanse fut finie, le parquet
resta libre pour les groupes d'hommes causant
debout et les domestiques en livrée qui apportaient de grands plateaux. Sur la ligne des
femmes assises, les éventails peints s'agitaient,
les bouquets cachaient à demi le sourire des
visages, et les flacons à bouchons d'or tournaient
dans des mains entrouvertes dont les gants
blancs marquaient la forme des ongles et ser-
raient la chair au poignet. Les garnitures de dentelles, les broches de diamants, les bracelets à
médaillon frissonnaient aux corsages, scintillaient aux poitrines, bruissaient sur les bras nus.
Les chevelures, bien collées sur les fronts et tor-
dues à la nuque, avaient, en couronnes, en
grappes ou en rameaux, des myosotis, du jasmin,
des fleurs de grenadier, des épis ou des bluets.
Pacifiques à leurs places, des mères à figure ren-
frognée portaient des turbans rouges.

Le cœur d'Emma lui battit un peu lorsque, son
cavalier la tenant par le bout des doigts, elle vint
se mettre en ligne et attendit le coup d'archet
pour partir. Mais bientôt l'émotion disparut; et,
se balançant au rythme de l'orchestre, elle glissait en avant, avec des mouvements légers du
cou. Un sourire lui montait aux lèvres à certaines
délicatesses du violon, qui jouait seul, quelque-

fois, quand les autres instruments se taisaient;
on entendait le bruit clair des louis d'or qui se
versaient à côté, sur le tapis des tables; puis tout
reprenait à la fois, le cornet à piston lançait un
éclat sonore, les pieds retombaient en mesure, les
jupes se bouffaient et frôlaient, les mains se donnaient, se quittaient; les mêmes yeux, s'abaissant
devant vous, revenaient se fixer sur les vôtres.

Quelques hommes (une quinzaine) de vingt-
cinq à quarante ans, disséminés parmi les danseurs ou causant à l'entrée des portes, se distin-
guaient de la foule par un air de famille, quelles
que fussent leurs différences d'âge, de toilette ou
de figure.

Leurs habits, mieux faits, semblaient d'un
drap plus souple, et leurs cheveux, ramenés en
boucles vers les tempes, lustrés par des pommades plus fines. Ils avaient le teint de la
richesse, ce teint blanc que rehaussent la pâleur
des porcelaines, les moires du satin, le vernis des
beaux meubles, et qu'entretient dans sa santé un
régime discret de nourritures exquises. Leur cou
tournait à l'aise sur des cravates basses; leurs
favoris longs tombaient sur des cols rabattus; ils
s'essuyaient les lèvres à des mouchoirs brodés
d'un large chiffre, d'où sortait une odeur suave.
Ceux qui commençaient à vieillir avaient l'air
jeune, tandis que quelque chose de mûr s'étendait sur le visage des jeunes. Dans leurs regards
indifférents flottait la quiétude de passions jour-
nellement assouvies; et, à travers leurs manières
douces, perçait cette brutalité particulière que
communique la domination de choses à demi faciles, dans lesquelles la force s'exerce et où la
vanité s'amuse, le maniement des chevaux de
race et la société des femmes perdues.

A trois pas d'Emma, un cavalier en habit bleu
causait Italie avec une jeune femme pâle, portant
une parure de perles. Ils vantaient la grosseur
des piliers de Saint-Pierre, Tivoli, le Vésuve,

Castellamare et les Cassines, les roses de Gênes, le Colisée au clair de lune. Emma écoutait de son autre oreille une conversation pleine de mots qu'elle ne comprenait pas. On entourait un tout jeune homme qui avait battu, la semaine d'avant, *Miss-Arabelle* et *Romulus*, et gagné deux mille louis à sauter un fossé, en Angleterre. L'un se plaignait de ses coureurs qui engraissaient; un autre, des fautes d'impression qui avaient dénaturé le nom de son cheval.

L'air du bal était lourd; les lampes pâlissaient. On refluait dans la salle de billard. Un domestique monta sur une chaise et cassa deux vitres; au bruit des éclats de verre, Mme Bovary tourna la tête et aperçut dans le jardin, contre les carreaux, des faces de paysans qui regardaient. Alors le souvenir des Bertaux lui arriva. Elle revit la ferme, la mare bourbeuse, son père en blouse sous les pommiers, et elle se revit elle-même, comme autrefois, écrémant avec son doigt les terrines de lait dans la laiterie. Mais, aux fulgurations de l'heure présente, sa vie passée, si nette jusqu'alors, s'évanouissait tout entière, et elle doutait presque de l'avoir vécue. Elle était là; puis autour du bal, il n'y avait plus que de l'ombre, étalée sur tout le reste. Elle mangeait alors une glace au marasquin, qu'elle tenait de la main gauche dans une coquille de vermeil, et fermait à demi les yeux, la cuiller entre les dents.

Une dame, près d'elle, laissa tomber son éventail. Un danseur passait.

— Que vous seriez bon, monsieur, dit la dame, de vouloir bien ramasser mon éventail, qui est derrière ce canapé!

Le monsieur s'inclina, et, pendant qu'il faisait le mouvement d'étendre son bras, Emma vit la main de la jeune dame qui jetait dans son chapeau quelque chose de blanc, plié en triangle. Le monsieur, ramenant l'éventail, l'offrit à la dame, respectueusement; elle le remercia d'un signe de tête et se mit à respirer son bouquet.

Après le souper, où il y eut beaucoup de vins d'Espagne et de vins du Rhin, des potages à la bisque et au lait d'amandes, des puddings à la Trafalgar et toutes sortes de viandes froides avec des gelées alentour qui tremblaient dans les plats, les voitures, les unes après les autres commencèrent à s'en aller. En écartant du coin le rideau de mousseline, on voyait glisser dans l'ombre la lumière de leurs lanternes. Les banquettes s'éclaircirent; quelques joueurs restaient encore; les musiciens rafraîchissaient, sur leur langue, le bout de leurs doigts; Charles dormait à demi, le dos appuyé contre une porte.

A trois heures du matin, le cotillon commença. Emma ne savait pas valser. Tout le monde valsait, Mlle d'Andervilliers elle-même et la marquise; il n'y avait plus que les hôtes du château, une douzaine de personnes à peu près.

Cependant, un des valseurs, qu'on appelait familièrement *vicomte*, et dont le gilet très ouvert semblait moulé sur sa poitrine, vint une seconde fois encore inviter Mme Bovary, l'assurant qu'il la guiderait et qu'elle s'en tirerait bien.

Ils commencèrent lentement, puis allèrent plus vite. Ils tournaient; tout tournait autour d'eux, les lampes, les meubles, les lambris, et le parquet, comme un disque sur un pivot. En passant auprès des portes, la robe d'Emma, par le bas, s'ériflait au pantalon; leurs jambes entraient l'une dans l'autre; il baissait ses regards vers elle, elle levait les siens vers lui; une torpeur la prenait, elle s'arrêta. Ils repartirent; et, d'un mouvement plus rapide, le vicomte, l'entraînant, disparut avec elle jusqu'au bout de la galerie, où, haletante, elle faillit tomber, et, un instant, s'appuya la tête sur sa poitrine. Et puis, tournant toujours, mais plus doucement, il la reconduisit à sa place; elle se renversa contre la muraille et mit la main devant ses yeux.

Quand elle les rouvrit, au milieu du salon, une dame assise sur un tabouret avait devant elle trois valseurs agenouillés. Elle choisit le vicomte, et le violon recommença.

On les regardait. Ils passaient et revenaient, elle immobile du corps et le menton baissé, et lui toujours dans sa même pose, la taille cambrée, le coude arrondi, la bouche en avant. Elle savait valser, celle-là! Ils continuèrent longtemps et fatiguèrent tous les autres.

On causa quelques minutes encore et, après les adieux ou plutôt le bonjour, les hôtes du château s'allèrent coucher.

Charles se traînait à la rampe, les genoux *lui rentraient dans le corps*. Il avait passé cinq heures de suite, tout debout devant les tables, à regarder jouer au whist sans y rien comprendre. Aussi poussa-t-il un grand soupir de satisfaction lorsqu'il eut retiré ses bottes.

Emma mit un châle sur ses épaules, ouvrit la fenêtre et s'accouda.

La nuit était noire. Quelques gouttes de pluie tombaient. Elle aspira le vent humide qui lui rafraîchissait les paupières. La musique du bal bourdonnait encore à ses oreilles et elle faisait des efforts pour se tenir éveillée, afin de prolonger l'illusion de cette vie luxueuse qu'il lui faudrait tout à l'heure abandonner.

Le petit jour parut. Elle regarda les fenêtres du château, longuement, tâchant de deviner quelles étaient les chambres de tous ceux qu'elle avait remarqués la veille. Elle aurait voulu savoir leurs existences, y pénétrer, s'y confondre.

Mais elle grelottait de froid. Elle se déshabilla et se blottit entre les draps, contre Charles qui dormait.

Il y eut beaucoup de monde au déjeuner. Le repas dura dix minutes; on ne servit aucune

liqueur, ce qui étonna le médecin. Ensuite
Mlle d'Andervilliers ramassa des morceaux de
brioche dans une bannette, pour les porter aux
cygnes sur la pièce d'eau et on s'alla promener
dans la serre chaude, où des plantes bizarres,
hérissées de poils, s'étageaient en pyramides sous
des vases suspendus, qui, pareils à des nids de
serpents trop pleins, laissaient retomber, de leurs
bords, de longs cordons verts entrelacés. L'oran-
gerie, que l'on trouvait au bout, menait à couvert
jusqu'aux communs du château. Le marquis,
pour amuser la jeune femme, la mena voir les
écuries. Au-dessus des râteliers en forme de corbeille, des plaques de porcelaine portaient en
noir le nom des chevaux. Chaque bête s'agitait
dans sa stalle, quand on passait près d'elle, en
claquant de la langue. Le plancher de la sellerie
luisait à l'œil comme le parquet d'un salon. Les
harnais de voiture étaient dressés dans le milieu
sur deux colonnes tournantes, et les mors, les
fouets, les étriers, les gourmettes rangés en ligne
tout le long de la muraille.

Charles, cependant, alla prier un domestique
d'atteler son *boc*. On l'amena devant le perron,
et, tous les paquets y étant fourrés, les époux
Bovary firent leurs politesses au marquis et à la
marquise, et repartirent pour Tostes.

Emma, silencieuse, regardait tourner les roues.
Charles, posé sur le bord extrême de la banquette, conduisait les deux bras écartés, et le
petit cheval trottait l'amble dans les brancards,
qui étaient trop larges pour lui. Les guides
molles battaient sur sa croupe en s'y trempant
d'écume, et la boîte ficelée derrière le *boc* donnait contre la caisse de grands coups réguliers.

Ils étaient sur les hauteurs de Thibourville,
lorsque, devant eux, tout à coup, des cavaliers
passèrent en riant, avec des cigares à la bouche.
Emma crut reconnaître le vicomte; elle se
détourna, et n'aperçut à l'horizon que le mouve-

ment des têtes s'abaissant et montant, selon la cadence inégale du trop ou du galop.

Un quart de lieue plus loin, il fallut s'arrêter pour raccommoder, avec de la corde, le reculement qui était rompu.

Mais Charles, donnant au harnais un dernier coup d'œil, vit quelque chose par terre, entre les jambes de son cheval; et il ramassa un porte-cigares tout bordé de soie verte et blasonné à son milieu, comme la portière d'un carrosse.

— Il y a même deux cigares dedans, dit-il; ce sera pour ce soir, après dîner.

— Tu fumes donc? demanda-t-elle.

— Quelquefois, quand l'occasion se présente.

Il mit sa trouvaille dans sa poche et fouetta le bidet.

Quand ils arrivèrent chez eux, le dîner n'était point prêt. Madame s'emporta. Nastasie répondit insolemment.

— Partez! dit Emma. C'est se moquer, je vous chasse.

Il y avait pour dîner de la soupe à l'oignon, avec un morceau de veau à l'oseille. Charles, assis devant Emma, dit en se frottant les mains d'un air heureux:

— Cela fait plaisir de se retrouver chez soi!

On entendait Nastasie qui pleurait. Il aimait un peu cette pauvre fille. Elle lui avait, autrefois, tenu société pendant bien des soirs, dans les désœuvrements de son veuvage. C'était sa première pratique, sa plus ancienne connaissance du pays.

— Est-ce que tu l'as renvoyée pour tout de bon? dit-il enfin.

— Oui. Qui m'en empêche? répondit-elle.

Puis ils se chauffèrent dans la cuisine, pendant qu'on apprêtait leur chambre. Charles se mit à fumer. Il fumait en avançant les lèvres, crachant à toute minute, se reculant à chaque bouffée.

— Tu vas te faire mal, dit-elle dédaigneusement.

Il déposa son cigare, et courut avaler, à la pompe, un verre d'eau froide. Emma, saisissant le porte-cigares, le jeta vivement au fond de l'armoire.

La journée fut longue, le lendemain! Elle se promena dans son jardinet, passant et revenant par les mêmes allées. s'arrêtant devant les plates-bandes, devant l'espalier, devant le curé de plâtre, considérant avec ébahissement toutes ces choses d'autrefois qu'elle connaissait si bien. Comme le bal déjà lui semblait loin! Qui donc écartait, à tant de distance, le matin d'avant-hier et le soir d'aujourd'hui? Son voyage à la Vaubyessard avait fait un trou dans sa vie, à la manière de ces grandes crevasses qu'un orage, en une seule nuit, creuse quelquefois dans les montagnes. Elle se résigna pourtant; elle serra pieusement dans la commode sa belle toilette et jusqu'à ses souliers de satin, dont la semelle s'était jaunie à la cire glissante du parquet. Son cœur était comme eux : au frottement de la richesse, il s'était placé dessus quelque chose qui ne s'effacerait pas.

Ce fut donc une occupation pour Emma que le souvenir de ce bal. Toutes les fois que revenait le mercredi, elle se disait en s'éveillant: « Ah! il y a huit jours..., il y a quinze jours..., il y a trois semaines, j'y étais! » Et peu à peu, les physionomies se confondirent dans sa mémoire, elle oublia l'air des contredanses, elle ne vit plus si nettement les livrées et les appartements; quelques détails s'en allèrent, mais le regret lui resta.

IX

Souvent, lorsque Charles était sorti, elle allait prendre dans l'armoire, entre les plis du linge où elle l'avait laissé, le porte-cigares en soie verte.

Elle le regardait, l'ouvrait, et même elle flairait l'odeur de sa doublure, mêlée de verveine et de tabac. A qui appartenait-il?... Au vicomte. C'était peut-être un cadeau de sa maîtresse. On avait brodé cela sur quelque métier de palissandre, meuble mignon que l'on cachait à tous les yeux, qui avait occupé bien des heures et où s'étaient penchées les boucles molles de la travailleuse pensive. Un souffle d'amour avait passé parmi les mailles du canevas; chaque coup d'aiguille avait fixé là une espérance ou un souvenir, et tous ces fils de soie entrelacés n'étaient que la continuité de la même passion silencieuse. Et puis le vicomte, un matin, l'avait emporté avec lui. De quoi avait-on parlé, lorsqu'il restait sur les cheminées à large chambranle, entre les vases de fleurs et les pendules Pompadour? Elle était à Tostes. Lui, il était à Paris, maintenant; là-bas! Comment était ce Paris? Quel nom démesuré! Elle se le répétait à demi-voix, pour se faire plaisir; il sonnait à ses oreilles comme un bourdon de cathédrale; il flamboyait à ses yeux jusque sur l'étiquette de ses pots de pommade.

La nuit, quand les mareyeurs, dans leurs charrettes, passaient sous ses fenêtres en chantant *la Marjolaine*, elle s'éveillait; et écoutant le bruit des roues ferrées, qui, à la sortie du pays, s'amortissait vite sur la terre :

— Ils y seront demain! se disait-elle. Et elle les suivait dans ses pensées, montant et descendant les côtes, traversant les villages, filant sur la grande route à la clarté des étoiles. Au bout d'une distance indéterminée, il se trouvait toujours une place confuse où expirait son rêve.

Elle s'acheta un plan de Paris, et, du bout de son doigt, sur la carte, elle faisait des courses dans la capitale. Elle remontait les boulevards, s'arrêtant à chaque angle, entre les lignes des rues, devant les carrés blancs qui figurent les maisons. Les yeux fatigués à la fin, elle fermait ses paupières, et elle voyait dans les ténèbres se tordre au vent des becs de gaz, avec des marche-pieds de calèches, qui se déployaient à grand fracas devant le péristyle des théâtres.

Elle s'abonna à *la Corbeille*, journal des femmes, et au *Sylphe des salons*. Elle dévorait, sans en rien passer, tous les comptes rendus de premières représentations, de courses et de soirées, s'intéressait au début d'une chanteuse, à l'ouverture d'un magasin. Elle savait les modes nouvelles, l'adresse des bons tailleurs, les jours de Bois ou d'Opéra. Elle étudia, dans Eugène Sue, des descriptions d'ameublements; elle lut Balzac et George Sand, y cherchant des assouvissements imaginaires pour ses convoitises personnelles. A table même, elle apportait son livre, et elle tournait les feuillets, pendant que Charles mangeait en lui parlant. Le souvenir du vicomte revenait toujours dans ses lectures. Entre lui et les personnages inventés, elle établissait des rapprochements. Mais le cercle dont il était le centre peu à peu s'élargit autour de lui, et cette auréole qu'il avait, s'écartant de sa figure, s'étala plus au loin, pour illuminer d'autres rêves.

Paris, plus vague que l'Océan, miroitait donc aux yeux d'Emma dans une atmosphère vermeille. La vie nombreuse qui s'agitait en ce tumulte y était cependant divisée par parties, classée en tableaux distincts. Emma n'en apercevait que deux ou trois qui lui cachaient tous les autres, et représentaient à eux seuls l'humanité complète. Le monde des ambassadeurs marchait sur des parquets luisants, dans des salons lambrissés de miroirs, autour de tables ovales couvertes d'un tapis de velours à crépines d'or. Il y avait là des robes à queue, de grands mystères, des angoisses dissimulées sous des sourires. Venait ensuite la société des duchesses; on y était pâle; on se levait à quatre heures; les femmes, pauvres anges! portaient du point d'Angleterre au bas de leur jupon, et les hommes, capacités méconnues sous des dehors futiles, crevaient leurs chevaux par partie de plaisir, allaient passer à Bade la saison d'été, et, vers la quarantaine enfin, épousaient des héritières. Dans les cabinets de restaurants où l'on soupe après minuit, riait, à la clarté des bougies, la foule bigarrée des gens de lettres et des actrices. Ils étaient, ceux-là, prodigues comme des rois, pleins d'ambitions idéales et de délires fantastiques. C'était une existence au-dessus des autres, entre ciel et terre, dans les orages, quelque chose de sublime. Quant au reste du monde, il était perdu, sans place précise, et comme n'existant pas. Plus les choses, d'ailleurs, étaient voisines, plus sa pensée s'en détournait. Tout ce qui l'entourait immédiatement, campagne ennuyeuse, petits bourgeois imbéciles, médiocrité de l'existence, lui semblait une exception dans le monde, un hasard particulier où elle se trouvait prise, tandis qu'au-delà s'étendait à perte de vue l'immense pays des félicités et des passions. Elle confondait, dans son désir, les sensualités du luxe avec les joies du cœur, l'élé-

gance des habitudes et les délicatesses du sentiment. Ne fallait-il pas à l'amour, comme aux
plantes indiennes, des terrains préparés, une
température particulière? Les soupirs au clair de
lune, les longues étreintes, les larmes qui coulent
sur les mains qu'on abandonne, toutes les fièvres
de la chair et les langueurs de la tendresse ne se
séparaient donc pas du balcon des grands
châteaux qui sont pleins de loisirs, d'un boudoir
à stores de soie avec un tapis bien épais, des
jardinières remplies, un lit monté sur une
estrade, ni du scintillement des pierres pré-
cieuses et des aiguillettes de la livrée.

Le garçon de la poste, qui, chaque matin,
venait panser la jument, traversait le corridor
avec ses gros sabots; sa blouse avait des trous,
ses pieds étaient nus dans des chaussons. C'était
là le groom en culotte courte dont il fallait se
contenter! Quand son ouvrage était fini, il ne
revenait plus de la journée; car Charles, en rentrant, mettait lui-même son cheval à l'écurie,
retirait la selle et passait le licou, pendant que la
bonne apportait une botte de paille et la jetait,
comme elle le pouvait, dans la mangeoire.

Pour remplacer Nastasie (qui enfin partit de
Tostes, en versant des ruisseaux de larmes),
Emma prit à son service une jeune fille de
quatorze ans, orpheline et de physionomie douce.
Elle lui interdit les bonnets de coton, lui apprit
qu'il fallait vous parler à la troisième personne,
apporter un verre d'eau dans une assiette, frapper aux portes avant d'entrer, et à repasser, à
empeser, à l'habiller, voulut en faire sa femme de
chambre. La nouvelle bonne obéissait sans murmure pour n'être point renvoyée; et, comme
Madame, d'habitude, laissait la clef au buffet,
Félicité, chaque soir, prenait une petite provision
de sucre qu'elle mangeait toute seule, dans son
lit, après avoir fait sa prière.

L'après-midi, quelquefois, elle allait causer en

face avec les postillons. Madame se tenait en haut, dans son appartement.

Elle portait une robe de chambre tout ouverte, qui laissait voir, entre les revers à châle du corsage, une chemisette plissée avec trois boutons d'or. Sa ceinture était une cordelière à gros glands, et ses petites pantoufles de couleur grenat avaient une touffe de rubans larges, qui s'étalait sur le cou-de-pied. Elle s'était acheté un buvard, une papeterie, un porte-plume et des enveloppes, quoiqu'elle n'eût personne à qui écrire; elle époussetait son étagère, se regardait dans la glace, prenait un livre, puis, rêvant entre les lignes, le laissait tomber sur ses genoux. Elle avait envie de faire des voyages ou de retourner vivre à son couvent. Elle souhaitait à la fois mourir et habiter Paris.

Charles, à la neige à la pluie, chevauchait par les chemins de traverse. Il mangeait des omelettes sur la table des fermes, entrait son bras dans des lits humides, recevait au visage le jet tiède des saignées, écoutait des râles, examinait des cuvettes, retroussait bien du linge sale; mais il trouvait, tous les soirs, un feu flambant, la table servie, des meubles souples, et une femme en toilette fine, charmante et sentant frais, à ne savoir même d'où venait cette odeur, ou si ce n'était pas sa peau qui parfumait sa chemise.

Elle le charmait par quantité de délicatesses; c'était tantôt une manière nouvelle de façonner pour les bougies des bobèches de papier, un volant qu'elle changeait à sa robe, ou le nom extraordinaire d'un mets bien simple, et que la bonne avait manqué, mais que Charles, jusqu'au bout, avalait avec plaisir. Elle vit à Rouen des dames qui portaient à leur montre un paquet de breloques; elle acheta des breloques. Elle voulut sur sa cheminée deux grands vases de verre bleu, et, quelque temps après, un nécessaire d'ivoire, avec un dé de vermeil. Moins Charles comprenait

ces élégances, plus il en subissait la séduction.
Elles ajoutaient quelque chose au plaisir de ses
sens et à la douceur de son foyer. C'était comme
une poussière d'or qui sablait tout du long le
petit sentier de sa vie.

Il se portait bien, il avait bonne mine; sa réputation était établie tout à fait. Les campagnards
le chérissaient parce qu'il n'était pas fier. Il
caressait les enfants, n'entrait jamais au cabaret,
et, d'ailleurs, inspirait de la confiance par sa
moralité. Il réussissait particulièrement dans les
catarrhes et maladies de poitrine. Craignant
beaucoup de tuer son monde, Charles, en effet,
n'ordonnait guère que des potions calmantes, de
temps à autre de l'émétique, un bain de pieds ou
des sangsues. Ce n'est pas que la chirurgie lui fît
peur; il vous saignait les gens largement, comme
des chevaux, et il avait pour l'extraction des
dents une *poigne d'enfer.*

Enfin, *pour se tenir au courant,* il prit un
abonnement à *la Ruche médicale,* journal nouveau dont il avait reçu le prospectus. Il en lisait
un peu après son dîner; mais la chaleur de
l'appartement, jointe à la digestion, faisait qu'au
bout de cinq minutes il s'endormait; et il restait
là, le menton sur ses deux mains, et les cheveux
étalés comme une crinière jusqu'au pied de
la lampe. Emma le regardait en haussant les
épaules. Que n'avait-elle, au moins, pour mari un
de ces hommes d'ardeurs taciturnes qui tra-
vaillent la nuit dans des livres, et portent enfin, à
soixante ans, quand vient l'âge des rhumatismes,
une brochette de croix, sur leur habit noir, mal
fait! Elle aurait voulu que ce nom de Bovary, qui
était le sien, fût illustre, le voir étalé chez des
libraires, répété dans les journaux, connu par
toute la France. Mais Charles n'avait point
d'ambition! Un médecin d'Yvetot, avec qui dernièrement il s'était trouvé en consultation, l'avait
humilié quelque peu, au lit même du malade,

devant les parents assemblés. Quand Charles lui raconta, le soir, cette anecdote, Emma s'emporta bien haut contre le confrère. Charles en fut attendri. Il la baisa au front avec une larme. Mais elle était exaspérée de honte, elle avait envie de le battre, elle alla dans le corridor ouvrir la fenêtre et huma l'air frais pour se calmer.

— Quel pauvre homme! quel pauvre homme! disait-elle tout bas, en se mordant les lèvres.

Elle se sentait, d'ailleurs, plus irritée de lui. Il prenait, avec l'âge, des allures épaisses; il coupait, au dessert, le bouchon des bouteilles vides; il se passait, après manger, la langue sur les dents; il faisait, en avalant sa soupe, un glousse-ment à chaque gorgée, et, comme il commençait d'engraisser, ses yeux, déjà petits, semblaient remonter vers les tempes par la bouffissure de ses pommettes.

Emma, quelquefois, lui rentrait dans son gilet la bordure rouge de ses tricots, rajustait sa cra-vate, ou jetait à l'écart les gants déteints qu'il se disposait à passer; et ce n'était pas, comme il croyait, pour lui; c'était pour elle-même, par expansion d'égoïsme, agacement nerveux. Quel-quefois aussi, elle lui parlait des choses qu'elle avait lues, comme d'un passage de roman, d'une pièce nouvelle, ou de l'anecdote du *grand monde* que l'on racontait dans le feuilleton; car, enfin, Charles était quelqu'un, une oreille toujours ouverte, une approbation toujours prête. Elle fai-sait bien des confidences à sa levrette! Elle en eût fait aux bûches de la cheminée et au balan-cier de la pendule.

Au fond de son âme, cependant, elle attendait un événement. Comme les matelots en détresse, elle promenait sur la solitude de sa vie des yeux désespérés, cherchant au loin quelque voile blanche dans les brumes de l'horizon. Elle ne savait pas quel serait ce hasard, le vent qui le pousserait jusqu'à elle, vers quel rivage il la mènerait, s'il était chaloupe ou vaisseau à trois ponts, chargé d'angoisses ou plein de félicités jusqu'aux sabords. Mais, chaque matin, à son réveil, elle l'espérait pour la journée, et elle écoutait tous les bruits, se levait en sursaut, s'étonnait qu'il ne vînt pas, puis, au coucher du soleil, toujours plus triste, désirait être au lendemain.

Le printemps reparut. Elle eut des étouffements aux premières chaleurs, quand les poiriers fleurirent.

Dès le commencement de juillet, elle compta sur ses doigts combien de semaines lui restaient pour arriver au mois d'octobre, pensant que le marquis d'Andervilliers, peut-être, donnerait encore un bal à la Vaubyessard. Mais tout septembre s'écoula sans lettres, ni visites.

Après l'ennui de cette déception, son cœur, de nouveau resta vide, et alors la série des mêmes journées recommença.

Elles allaient donc maintenant se suivre ainsi à la file, toujours pareilles, innombrables, et n'apportant rien! Les autres existences, si plates qu'elles fussent, avaient du moins la chance d'un événement. Une aventure amenait parfois des péripéties à l'infini, et le décor changeait. Mais, pour elle, rien n'arrivait, Dieu l'avait voulu! L'avenir était un corridor tout noir, et qui avait au fond sa porte bien fermée.

Elle abandonna la musique. Pourquoi jouer? qui l'entendrait? Puisqu'elle ne pourrait jamais, en robe de velours à manches courtes, sur un piano d'Erard, dans un concert, battant de ses doigts légers les touches d'ivoire, sentir, comme une brise, circuler autour d'elle un murmure d'extase, ce n'était pas la peine de s'ennuyer à étudier. Elle laissa dans l'armoire ses cartons à dessin et la tapisserie. A quoi bon? à quoi bon? La couture l'irritait.

— J'ai tout lu, se disait-elle.

Et elle restait à faire rougir les pincettes, ou regardant la pluie tomber.

Comme elle était triste, le dimanche, quand on sonnait les vêpres! Elle écoutait, dans un hébétement attentif, tinter un à un les coups fêlés de la cloche. Quelque chat sur les toits, marchant lentement, bombait son dos aux rayons pâles du soleil. Le vent, sur la grande route, soufflait des traînées de poussière. Au loin, parfois, un chien hurlait : et la cloche, à temps égaux, continuait sa sonnerie monotone qui se perdait dans la campagne.

Cependant on sortait de l'église. Les femmes en sabots cirés, les paysans en blouse neuve, les petits enfants qui sautillaient nu-tête devant eux, tout rentrait chez soi. Et, jusqu'à la nuit, cinq ou six hommes, toujours les mêmes, restaient à jouer au bouchon, devant la grande porte de l'auberge.

L'hiver fut froid. Les carreaux, chaque matin, étaient chargés de givre, et la lumière, blanchâtre à travers eux, comme par des verres dépolis, quelquefois ne variait pas de la journée. Dès quatre heures du soir, il fallait allumer la lampe.

Les jours qu'il faisait beau, elle descendait dans le jardin. La rosée avait laissé sur les choux des guipures d'argent avec de longs fils clairs qui s'étendaient de l'un à l'autre. On n'entendait pas d'oiseaux, tout semblait dormir, l'espalier couvert de paille et la vigne comme un grand serpent malade sous le chaperon du mur, où l'on voyait, en s'approchant, se traîner des cloportes à pattes nombreuses. Dans les sapinettes, près de la haie, le curé en tricorne qui lisait son bréviaire avait perdu le pied droit, et même le plâtre, s'écaillant à la gelée, avait fait des gales blanches sur sa figure.

Puis elle remontait, fermait la porte, étalait les charbons, et, défaillant à la chaleur du foyer, sentait l'ennui plus lourd qui retombait sur elle. Elle serait bien descendue causer avec la bonne, mais une pudeur la retenait.

Tous les jours, à la même heure, le maître d'école, en bonnet de soie noire, ouvrait les auvents de sa maison, et le garde-champêtre passait, portant son sabre sur sa blouse. Soir et matin, les chevaux de la poste, trois par trois, traversaient la rue pour aller boire à la mare. De temps à autre, la porte d'un cabaret faisait tinter sa sonnette, et, quand il y avait du vent, l'on entendait grincer sur leurs deux tringles les petites cuvettes en cuivre du perruquier, qui servaient d'enseigne à sa boutique. Elle avait pour décoration une vieille gravure de modes collée contre un carreau et un buste de femme en cire, dont les cheveux étaient jaunes. Lui aussi, le perruquier, il se lamentait de sa vocation arrêtée, de son avenir perdu, et, rêvant quelque boutique dans une grande ville, comme à Rouen, par exemple, sur le port, près du théâtre, il restait toute la journée à se promener en long, depuis la mairie jusqu'à l'église, sombre, et attendant la clientèle. Lorsque Mme Bovary levait les yeux, elle le voyait toujours là comme une sentinelle en faction, avec son bonnet grec sur l'oreille et sa veste de lasting.

Dans l'après-midi, quelquefois, une tête d'homme apparaissait derrière les vitres de la salle, tête hâlée, à favoris noirs, et qui souriait lentement d'un large sourire doux à dents blanches. Une valse aussitôt commençait, et, sur l'orgue, dans un petit salon, des danseurs hauts comme le doigt, femmes en turban rose, Tyroliens en jaquette, singes en habit noir, messieurs en culotte courte, tournaient, tournaient entre les fauteuils, les canapés, les consoles, se répétant dans les morceaux de miroir que raccordait à leurs angles un filet de papier doré. L'homme faisait aller sa manivelle, regardant à droite, à gauche et vers les fenêtres. De temps à autre, tout en lançant contre la borne un long jet de salive brune, il soulevait du genou son instrument, dont la bretelle dure lui fatiguait l'épaule; et. tantôt dolente et traînarde, ou joyeuse et précipitée, la musique de la boîte s'échappait en bourdonnant à travers un rideau de taffetas rose, sous une grille de cuivre en arabesque. C'étaient des airs que l'on jouait ailleurs, sur les théâtres, que l'on chantait dans les salons, que l'on dansait le soir sous des lustres éclairés, échos du monde qui arrivaient jusqu'à Emma. Des sarabandes à n'en plus finir se déroulaient dans sa tête, et, comme une bayadère sur les fleurs d'un tapis, sa pensée bondissait avec les notes, se balançait de rêve en rêve, de tristesse en tristesse. Quand l'homme avait reçu l'aumône dans sa casquette, il rabattait une vieille couverture de laine bleue, passait son orgue sur son dos et s'éloignait d'un pas lourd. Elle le regardait partir.

Mais c'était surtout aux heures des repas qu'elle n'en pouvait plus, dans cette petite salle au rez-de-chaussée, avec le poêle qui fumait, la porte qui criait, les murs qui suintaient, les pavés humides; toute l'amertume de l'existence lui semblait servie sur son assiette, et, à la fumée du bouilli, il montait du fond de son âme comme d'autres bouffées d'affadissement. Charles était long à manger; elle grignotait quelques noisettes, ou bien, appuyée du coude, s'amusait, avec la pointe de son couteau, à faire des raies sur la toile cirée.

Elle laissait maintenant tout aller dans son ménage, et Mme Bovary mère, lorsqu'elle vint passer à Tostes une partie du carême, s'étonna fort de ce changement. Elle, en effet, si soigneuse autrefois et délicate, elle restait à présent des journées entières sans s'habiller, portait des bas de coton gris, s'éclairait à la chandelle. Elle répétait qu'il fallait économiser, puisqu'ils n'étaient pas riches, ajoutant qu'elle était très contente, très heureuse, que Tostes lui plaisait beaucoup, et autres discours nouveaux qui fermaient la bouche à la belle-mère. Du reste, Emma ne semblait plus disposée à suivre ses conseils; une fois même, Mme Bovary s'étant avisée de prétendre que les maîtres devaient surveiller la religion de leurs domestiques, elle lui avait répondu d'un œil si colère et avec un sourire tellement froid, que la bonne femme ne s'y frotta plus.

Emma devenait difficile, capricieuse. Elle se commandait des plats pour elle, n'y touchait point, un jour ne buvait que du lait pur, et, le lendemain, des tasses de thé à la douzaine. Souvent, elle s'obstinait à ne pas sortir, puis elle suffoquait, ouvrait les fenêtres, s'habillait en robe légère. Lorsqu'elle avait bien rudoyé sa servante, elle lui faisait des cadeaux ou l'envoyait se promener chez les voisines, de même qu'elle jetait parfois aux pauvres toutes les pièces blanches de sa bourse, quoiqu'elle ne fût guère tendre cependant, ni facilement accessible à l'émotion d'autrui, comme la plupart des gens issus de campagnards qui gardent toujours à l'âme quelque chose de la callosité des mains paternelles.

Vers la fin de février, le père Rouault, en souvenir de sa guérison, apporta lui-même à son gendre une dinde superbe, et il resta trois jours à Tostes. Charles étant à ses malades, Emma lui tint compagnie. Il fuma dans la chambre, cracha sur les chenets, causa culture, veaux, vaches, volailles et conseil municipal; si bien qu'elle referma la porte quand il fut parti, avec un sentiment de satisfaction qui la surprit elle-même. D'ailleurs, elle ne cachait plus son mépris pour rien, ni pour personne; et elle se mettait quelquefois à exprimer des opinions singulières, blâmant ce que l'on approuvait, et approuvant des

choses perverses ou immorales : ce qui faisait
ouvrir de grands yeux à son mari.

Est-ce que cette misère durerait toujours? est-
ce qu'elle n'en sortirait pas? Elle valait bien
cependant toutes celles qui vivaient heureuses!
Elle avait vu des duchesses à la Vaubyessard qui
avaient la taille plus lourde et les façons plus
communes, et elle exécrait l'injustice de Dieu;
elle s'appuyait la tête aux murs pour pleurer;
elle enviait les existences tumultueuses, les nuits
masquées, les insolents plaisirs avec tous les
éperduments qu'elle ne connaissait pas et qu'ils
devaient donner.

Elle pâlissait et avait des battements de
cœur : Charles lui administra de la valériane et
des bains de camphre. Tout ce que l'on essayait
semblait l'irriter davantage.

En de certains jours, elle bavardait avec une
abondance fébrile; à ces exaltations succédaient
tout à coup des torpeurs où elle restait sans parler, sans bouger. Ce qui la ranimait alors, c'était
de se répandre sur les bras un flacon d'eau de
Cologne.

Comme elle se plaignait de Tostes continuellement, Charles imagina que la cause de sa maladie était sans doute dans quelque influence
locale, et, s'arrêtant à cette idée, il songea
sérieusement à aller s'établir ailleurs.

Dès lors, elle but du vinaigre pour se faire
maigrir, contracta une petite toux sèche et perdit
complètement l'appétit.

Il en coûtait à Charles d'abandonner Tostes,
après quatre ans de séjour et au moment *où il
commençait à s'y poser.* S'il le fallait, cependant!
Il la conduisit à Rouen, voir son ancien maître.
C'était une maladie nerveuse : on devait la changer d'air.

Après s'être tourné de côté et d'autre, Charles
apprit qu'il y avait, dans l'arrondissement de
Neufchâtel, un fort bourg nommé Yonville-

l'Abbaye, dont le médecin, qui était un réfugié polonais, venait de décamper la semaine précédente. Alors il écrivit au pharmacien de l'endroit pour savoir quel était le chiffre de la population, la distance où se trouvait le confrère le plus voisin, combien par année gagnait son prédécesseur, etc.; et, les réponses ayant été satisfaisantes, il se résolut à déménager vers le printemps, si la santé d'Emma ne s'améliorait pas.

Un jour qu'en prévision de son départ elle faisait des rangements dans un tiroir, elle se piqua les doigts à quelque chose. C'était un fil de fer de son bouquet de mariage. Les boutons d'oranger étaient jaunes de poussière, et les rubans de satin, à liséré d'argent, s'effiloquaient par le bord. Elle le jeta dans le feu. Il s'enflamma plus vite qu'une paille sèche. Puis ce fut comme un buisson rouge sur les cendres, et qui se rongeait lentement. Elle le regarda brûler. Les petites baies de carton éclataient, les fils d'archal se tordaient, le galon se fondait; et les corolles de papier, racornies, se balançant le long de la plaque comme des papillons noirs, enfin s'envolèrent par la cheminée.

Quand on partit de Tostes, au mois de mars, Mme Bovary était enceinte.

DEUXIEME PARTIE

I

Yonville-l'Abbaye (ainsi nommé à cause d'une ancienne abbaye de Capucins dont les ruines n'existent même plus) est un bourg à huit lieues de Rouen, entre la route d'Abbeville et celle de Beauvais, au fond d'une vallée qu'arrose la Rieule, petite rivière qui se jette dans l'Andelle, après avoir fait tourner trois moulins vers son embouchure, et où il y a quelques truites, que les garçons, le dimanche, s'amusent à pêcher à la ligne.

On quitte la grande route à la Boissière et l'on continue à plat jusqu'au haut de la côte des Leux, d'où l'on découvre la vallée. La rivière qui la traverse en fait comme deux régions de physionomie distincte : tout ce qui est à gauche est en herbage, tout ce qui est à droite est en labour. La prairie s'allonge sous un bourrelet de collines basses pour se rattacher par derrière aux pâturages du pays de Bray, tandis que, du côté de l'est, la plaine, montant doucement, va s'élargissant et étale à perte de vue ses blondes pièces de blé. L'eau qui court au bord de l'herbe sépare d'une raie blanche la couleur des prés et celle des sillons, et la campagne ainsi ressemble à un grand manteau déplié qui a un collet de velours vert, bordé d'un galon d'argent.

Au bout de l'horizon, lorsqu'on arrive, on a

devant soi les chênes de la forêt d'Argueil, avec
les escarpements de la côte Saint-Jean, rayés du
haut en bas par de longues traînées rouges, inégales; ce sont les traces de pluie, et ces tons de
brique, tranchant en filets minces sur la couleur
grise de la montagne, viennent de la quantité de
sources ferrugineuses qui coulent au-delà, dans
le pays d'alentour.

On est ici sur les confins de la Normandie, de
la Picardie et de l'Ile-de-France, contrée bâtarde
où le langage est sans accentuation, comme le
paysage sans caractère. C'est là que l'on fait les
pires fromages de Neufchâtel de tout l'arrondissement, et, d'autre part, la culture y est coû-
teuse, parce qu'il faut beaucoup de fumier pour
engraisser ces terres friables pleines de sable et
de cailloux.

Jusqu'en 1835, il n'y avait point de route prati-
cable pour arriver à Yonville; mais on a établi
vers cette époque un chemin *de grande vicinalité*
qui relie la route d'Abbeville à celle d'Amiens, et
sert quelquefois aux rouliers allant de Rouen
dans les Flandres. Cependant, Yonville-l'Abbaye
est demeurée stationnaire, malgré ses *débouchés
nouveaux*. Au lieu d'améliorer les cultures, on
s'y obstine encore aux herbages, quelque dépré-
ciés qu'ils soient, et le bourg paresseux, s'écartant
de la plaine, a continué naturellement à s'agrandir vers la rivière. On l'aperçoit de loin, tout
couché en long sur la rive, comme un gardeur de
vaches qui fait la sieste au bord de l'eau.

Au bas de la côte, après le pont, commence une
chaussée plantée de jeunes trembles, qui vous
mène en droite ligne jusqu'aux premières maisons du pays. Elles sont encloses de haies, au
milieu de cours pleines de bâtiments épars, pres-
soirs, charretteries et bouilleries, disséminés
sous les arbres touffus portant des échelles, des
gaules ou des faux accrochées dans leur bran-
chage. Les toits de chaume, comme des bonnets

de fourrure rabattus sur des yeux, descendent jusqu'au tiers à peu près des fenêtres basses, dont les gros verres bombés sont garnis d'un nœud dans le milieu, à la façon des culs de bouteilles. Sur le mur de plâtre que traversent en diagonale des lambourdes noires, s'accroche parfois quelque maigre poirier, et les rez-de-chaussée ont à leur porte une petite barrière tournante pour les défendre des poussins qui viennent picorer, sur le seuil, des miettes de pain bis trempé de cidre. Cependant les cours se font plus étroites, les habitations se rapprochent, les haies disparaissent; un fagot de fougères se balance sous une fenêtre au bout d'un manche à balai; il y a la forge d'un maréchal et ensuite un charron avec deux ou trois charrettes neuves, en dehors, qui empiètent sur la route. Puis, à travers une claire-voie, apparaît une maison blanche au-delà d'un rond de gazon que décore un Amour, le doigt posé sur la bouche; deux vases en fonte sont à chaque bout du perron; des panonceaux brillent à la porte; c'est la maison du notaire, et la plus belle du pays.

L'église est de l'autre côté de la rue, vingt pas plus loin, à l'entrée de la place. Le petit cimetière qui l'entoure, clos d'un mur à hauteur d'appui, est si bien rempli de tombeaux, que les vieilles pierres à ras du sol font un dallage continu, où l'herbe a dessiné de soi-même des carrés verts réguliers. L'église a été rebâtie à neuf dans les dernières années du règne de Charles X. La voûte en bois commence à se pourrir par le haut, et, de place en place, a des enfonçures noires dans sa couleur bleue. Au-dessus de la porte, où seraient les orgues, se tient un jubé pour les hommes, avec un escalier tournant qui retentit sous les sabots.

Le grand jour, arrivant par les vitraux tout unis, éclaire obliquement les bancs rangés en travers de la muraille, que tapisse çà et là quelque paillasson cloué, ayant au-dessous de lui ces mots en grosses lettres : « Banc de M. un tel. » Plus loin, à l'endroit où le vaisseau se rétrécit, le confessionnal fait pendant à une statuette de la Vierge, vêtue d'une robe de satin, coiffée d'un voile de tulle semé d'étoiles d'argent, et tout empourprée aux pommettes comme une idole des îles Sandwich; enfin une copie de la *Sainte Fa-mille, envoi du ministre de l'intérieur*, dominant le maître-autel entre quatre chandeliers, termine au fond la perspective. Les stalles du chœur, en bois de sapin, sont restées sans être peintes.

Les halles, c'est-à-dire un toit de tuiles sup-porté par une vingtaine de poteaux, occupent à elles seules la moitié environ de la grande place d'Yonville. La mairie, construite *sur les dessins d'un architecte de Paris*, est une manière de temple grec qui fait l'angle à côté de la maison du pharmacien. Elle a, au rez-de-chaussée, trois colonnes ioniques et, au premier étage, une gale-rie à plein cintre, tandis que le tympan qui la termine est rempli par un coq gaulois, appuyé d'une patte sur la Charte et tenant de l'autre les balances de la justice.

Mais ce qui attire le plus les yeux, c'est, en face de l'auberge du *Lion d'Or*, la pharmacie de M. Homais! Le soir, principalement, quand son quinquet est allumé et que les bocaux rouges et verts qui embellissent sa devanture allongent au loin, sur le sol, leurs deux clartés de couleur; alors, à travers elles, comme dans des feux du Bengale, s'entrevoit l'ombre du pharmacien, accoudé sur son pupitre. Sa maison, du haut en bas, est placardée d'inscriptions écrites en anglaise, en ronde, en moulée : « Eaux de Vichy, de Seltz et de Barèges, robs dépuratifs, médecine Raspail, racahout des Arabes, pastilles Darcet, pâte Regnault, bandages, bains, chocolats de santé etc. » Et l'enseigne, qui tient toute la lar-geur de la boutique, porte en lettres d'or :

Homais, pharmacien. Puis, au fond de la boutique, derrière les grandes balances scellées sur le comptoir, le mot *laboratoire* se déroule au-dessus d'une porte vitrée qui, à moitié de sa hauteur, répète encore une fois *Homais*, en lettres d'or, sur un fond noir.

Il n'y a plus ensuite rien à voir dans Yonville. La rue (la seule), longue d'une portée de fusil et bordée de quelques boutiques, s'arrête court au tournant de la route. Si on la laisse sur la droite et que l'on suive le bas de la côte Saint-Jean, bientôt on arrive au cimetière.

Lors du choléra, pour l'agrandir, on a abattu un pan de mur et acheté trois acres de terre à côté; mais toute cette portion nouvelle est presque inhabitée, les tombes, comme autrefois, continuant à s'entasser vers la porte. Le gardien, qui est en même temps fossoyeur et bedeau à l'église (tirant ainsi des cadavres de la paroisse un double bénéfice), a profité du terrain vide pour y semer des pommes de terre. D'année en année, cependant, son petit champ se rétrécit, et, lorsqu'il survient une épidémie, il ne sait pas s'il doit se réjouir des décès ou s'affliger des sépultures.

— Vous vous nourrissez des morts, Lestiboudois! lui dit enfin, un jour, M. le curé.

Cette parole sombre le fit réfléchir, elle l'arrêta pour quelque temps; mais, aujourd'hui encore, il continue la culture de ses tubercules, et même soutient avec aplomb qu'ils poussent naturellement.

Depuis les événements que l'on va raconter, rien, en effet, n'a changé à Yonville. Le drapeau tricolore de fer-blanc tourne toujours au haut du clocher de l'église; la boutique du marchand de nouveautés agite encore au vent ses deux banderoles d'indienne; les fœtus du pharmacien, comme des paquets d'amadou blanc, se pourrissent de plus en plus dans leur alcool bour-

beux, et, au-dessus de la grande porte de
l'auberge, le vieux lion d'or, déteint par les
pluies, montre toujours aux passants sa frisure
de caniche.

Le soir que les époux Bovary devaient arriver à
Yonville, Mme veuve Lefrançois, la maîtresse de
cette auberge, était si fort affairée, qu'elle suait à
grosses gouttes en remuant ses casseroles. C'était
le lendemain jour de marché dans le bourg. Il
fallait d'avance tailler les viandes, vider les poulets, faire de la soupe et du café. Elle avait, de
plus, le repas de ses pensionnaires, celui du
médecin, de sa femme et de leur bonne; le billard
retentissait d'éclats de rire; trois meuniers, dans
la petite salle, appelaient pour qu'on leur appor-
tât de l'eau-de-vie; le bois flambait, la braise craquait, et, sur la longue table de la cuisine, parmi
les quartiers de mouton cru, s'élevaient des piles
d'assiettes qui tremblaient aux secousses du bil-
lot où l'on hachait des épinards. On entendait,
dans la basse-cour, crier les volailles que la servante poursuivait pour leur couper le cou.

Un homme en pantoufles de peau verte,
quelque peu marqué de petite vérole et coiffé
d'un bonnet de velours à gland d'or, se chauffait
le dos contre la cheminée. Sa figure n'exprimait
rien que la satisfaction de soi-même, et il avait
l'air aussi calme dans la vie que le chardonneret
suspendu au-dessus de sa tête, dans une cage
d'osier : c'était le pharmacien.

— Artémise! criait la maîtresse d'auberge,
casse de la bourrée, emplis les carafes, apporte
de l'eau-de-vie, dépêche-toi! Au moins, si je
savais quel dessert offrir à la société que vous
attendez! Bonté divine! les commis du déménagement recommencent leur tintamarre dans le
billard! Et leur charrette qui est restée sous la
grande porte! *L'Hirondelle* est capable de la
défoncer en arrivant! Appelle Polyte pour qu'il
la remise!... Dire que, depuis le matin, monsieur

Homais, ils ont peut-être fait quinze parties et bu huit pots de cidre!... Mais ils vont me déchirer le tapis, continuait-elle en les regardant de loin, son écumoire à la main.

— Le mal ne serait pas grand, répondit M. Homais, vous en achèteriez un autre.

— Un autre billard! exclama la veuve.

— Puisque celui-là ne tient plus, madame Lefrançois; je vous le répète, vous vous faites tort! vous vous faites grand tort! Et puis les amateurs, à présent, veulent des blouses étroites et des queues lourdes. On ne joue plus la bille, tout est changé! Il faut marcher avec son siècle! Regardez Tellier, plutôt...

L'hôtesse devint rouge de dépit. Le pharmacien ajouta :

— Son billard, vous avez beau dire, est plus mignon que le vôtre; et qu'on ait l'idée, par exemple, de monter une poule patriotique pour la Pologne ou les inondés de Lyon...

— Ce ne sont pas des gueux comme lui qui nous font peur! interrompit l'hôtesse, en haussant ses grosses épaules. Allez! allez! monsieur Homais, tant que le *Lion d'Or* vivra, on y viendra. Nous avons du foin dans nos bottes, nous autres! Au lieu qu'un de ces matins vous verrez le *Café Français* fermé, et avec une belle affiche sur les auvents! Changer mon billard, continuait-elle en se parlant à elle-même, lui qui m'est si commode pour ranger ma lessive, et sur lequel, dans le temps de la chasse, j'ai mis coucher jusqu'à six voyageurs!... Mais ce lambin d'Hivert qui n'arrive pas!

— L'attendez-vous pour le dîner de vos messieurs? demanda le pharmacien.

— L'attendre? Et M. Binet donc! A six heures battant vous allez le voir entrer, car son pareil n'existe pas sur la terre pour l'exactitude. Il lui faut toujours sa place dans la petite salle! On le tuerait plutôt que de le faire dîner ailleurs! et dégoûté qu'il est! et si difficile pour le cidre! Ce n'est pas comme M. Léon; lui, il arrive quelquefois à sept heures, sept heures et demie même; il ne regarde seulement pas à ce qu'il mange. Quel bon jeune homme. Jamais un mot plus haut que l'autre.

— C'est qu'il y a bien de la différence, voyez-vous, entre quelqu'un qui a reçu de l'éducation et un ancien carabinier qui est percepteur.

Six heures sonnèrent. Binet entra.

Il était vêtu d'une redingote bleue, tombant droit d'elle-même autour de son cops maigre, et sa casquette de cuir, à pattes nouées par des cordons sur le sommet de sa tête, laissait voir, sous la visière relevée, un front chauve, qu'avait déprimé l'habitude du casque. Il portait un gilet de drap noir, un col de crin, un pantalon gris, et, en toute saison, des bottes bien cirées qui avaient deux renflements parallèles, à cause de la saillie de ses orteils. Pas un poil ne dépassait la ligne de son collier blond, qui, contournant la mâchoire, encadrait comme la bordure d'une plate-bande sa longue figure terne, dont les yeux étaient petits et le nez busqué. Fort à tous les jeux de cartes, bon chasseur et possédant une belle écriture, il avait chez lui un tour, où il s'amusait à tourner des ronds de serviette dont il encombrait sa maison avec la jalousie d'un artiste et l'égoïsme d'un bourgeois.

Il se dirigea vers la petite salle; mais il fallut d'abord en faire sortir les trois meuniers; et, pendant tout le temps que l'on fut à mettre son couvert, Binet resta silencieux à sa place, auprès du poêle; puis il ferma la porte et retira sa casquette comme d'usage.

— Ce ne sont pas les civilités qui lui useront la langue! dit le pharmacien, dès qu'il fut seul avec l'hôtesse.

— Jamais il ne cause davantage, répondit-elle; il est venu ici, la semaine dernière, deux voyageurs en drap, des garçons pleins d'esprit qui contaient, le soir, un tas de farces que j'en pleurais de rire; eh bien, il restait là, comme une alose, sans dire un mot.

— Oui, fit le pharmacien, pas d'imagination, pas de saillies, rien de ce qui constitue l'homme de société!

— On dit pourtant qu'il a des moyens, objecta l'hôtesse.

— Des moyens? répliqua M. Homais; lui! des moyens? Dans sa partie, c'est possible, ajouta-t-il d'un ton plus calme.

Et il reprit :

— Ah! qu'un négociant qui a des relations considérables, qu'un jurisconsulte, un médecin, un pharmacien soient tellement absorbés, qu'ils en deviennent fantasques et bourrus même, je le comprends; on en cite des traits dans les histoires! Mais, au moins, c'est qu'ils pensent à quelque chose. Moi, par exemple, combien de fois m'est-il arrivé de chercher ma plume sur mon bureau pour écrire une étiquette, et de trouver, en définitive, que je l'avais placée à mon oreille!

Cependant, Mme Lefrançois alla sur le seuil regarder si l'*Hirondelle* n'arrivait pas. Elle tressaillit. Un homme vêtu de noir entra tout à coup dans la cuisine. On distinguait, aux dernières lueurs du crépuscule, qu'il avait la figure rubiconde et le corps athlétique.

— Qu'y a-t-il pour votre service, monsieur le curé? demanda la maîtresse d'auberge, tout en atteignant sur la cheminée un des flambeaux de cuivre qui s'y trouvaient rangés en colonnade avec leurs chandelles; voulez-vous prendre quelque chose? un doigt de cassis, un verre de vin?

L'ecclésiastique refusa fort civilement. Il venait chercher son parapluie, qu'il avait oublié l'autre jour au couvent d'Ernemont, et, après

avoir prié Mme Lefrançois de le lui faire remettre au presbytère dans la soirée, il sortit pour
se rendre à l'église, où l'on sonnait l'*Angelus*.

Quand le pharmacien n'entendit plus sur la
place le bruit de ses souliers, il trouva fort incon-
venante sa conduite de tout à l'heure. Ce refus
d'accepter un rafraîchissement lui semblait une
hypocrisie des plus odieuses; les prêtres godail-
laient tous sans qu'on les vît, et cherchaient à
ramener le temps de la dîme.

L'hôtesse prit la défense de son curé :

— D'ailleurs, il en plierait quatre comme vous
sur son genou. Il a, l'année dernière, aidé nos
gens à rentrer la paille; il en portait jusqu'à six
bottes à la fois, tant il est fort!

— Bravo! dit le pharmacien. Envoyez donc
vos filles en confesse à des gaillards d'un tempérament pareil! Moi, si j'étais le gouvernement, je
voudrais qu'on saignât les prêtres une fois par
mois. Oui, madame Lefrançois, tous les mois,
une large phlébotomie, dans l'intérêt de la police
et des mœurs!

— Taisez-vous donc, monsieur Homais! vous
êtes un impie! vous n'avez pas de religion!

Le pharmacien répondit :

— J'ai une religion, ma religion, et même j'en
ai plus qu'eux tous, avec leurs mômeries et leurs
jongleries! J'adore Dieu, au contraire! Je crois
en l'Etre suprême, à un Créateur, quel qu'il soit,
peu m'importe, qui nous a placés ici-bas pour y
remplir nos devoirs de citoyen et de père de
famille; mais je n'ai pas besoin d'aller, dans une
église, baiser des plats d'argent, et engraisser de
ma poche un tas de farceurs qui se nourrissent
mieux que nous! Car on peut l'honorer aussi bien
dans un bois, dans un champ, ou même en
contemplant la voûte éthérée, comme les anciens.
Mon Dieu, à moi, c'est le Dieu de Socrate, de
Franklin, de Voltaire et de Béranger! Je suis
pour la *Profession de foi du vicaire savoyard* et

les immortels principes de 89! Aussi, je n'admets pas un bonhomme de bon Dieu qui se promène dans son parterre la canne à la main, loge ses amis dans le ventre des baleines, meurt en poussant un cri, et ressuscite au bout de trois jours : choses absurdes en elles-mêmes et complètement opposées, d'ailleurs, à toutes les lois de la physique; ce qui nous démontre, en passant, que les prêtres ont toujours croupi dans une ignorance turpide, où ils s'efforcent d'engloutir avec eux les populations.

Il se tut, cherchant des yeux un public autour de lui, car, dans son effervescence, le pharmacien, un moment, s'était cru en plein conseil municipal. Mais la maîtresse d'auberge ne l'écoutait plus; elle tendait son oreille à un roulement éloigné. On distingua le bruit d'une voiture mêlé à un claquement de fers lâches qui battaient la terre, et l'*Hirondelle* enfin s'arrêta devant la porte.

C'était un coffre jaune porté par deux grandes roues qui, montant jusqu'à la hauteur de la bâche, empêchaient les voyageurs de voir la route et leur salissaient les épaules. Les petits carreaux de ses vasistas étroits tremblaient dans leurs châssis quand la voiture était fermée, et gardaient des taches de boue, çà et là, parmi leur vieille couche de poussière, que les pluies d'orage même ne lavaient pas tout à fait. Elle était attelée de trois chevaux, dont le premier en arbalète, et, lorsqu'on descendait les côtes, elle touchait du fond en cahotant.

Quelques bourgeois d'Yonville arrivèrent sur la place; ils parlaient tous à la fois, demandant des nouvelles, des explications et des bourriches; Hivert ne savait auquel répondre. C'était lui qui faisait les commissions du pays. Il allait dans les boutiques, rapportait des rouleaux de cuir au cordonnier, de la ferraille au maréchal, un baril de harengs pour sa maîtresse, des bonnets de

chez la modiste, des toupets de chez le coiffeur;
et, le long de la route, en s'en revenant, il distri-
buait ses paquets qu'il jetait par-dessus les clôtures des cours, debout sur son siège, et criant à
pleine poitrine, pendant que ses chevaux allaient
tout seuls.

Un accident l'avait retardé; la levrette de
Mme Bovary s'était enfuie à travers champs. On
l'avait sifflée un grand quart d'heure. Hivert
même était retourné d'une demi-lieue en arrière,
croyant l'apercevoir à chaque minute; mais il
avait fallu continuer la route. Emma avait
pleuré, s'était emportée; elle avait accusé Charles
de ce malheur. M. Lheureux, marchand d'étoffes,
qui se trouvait avec elle dans la voiture, avait
essayé de la consoler par quantité d'exemples de
chiens perdus, reconnaissant leur maître au bout
de longues années. On en citait un, disait-il, qui
était revenu de Constantinople à Paris. Un autre
avait fait cinquante lieues en ligne droite et
passé quatre rivières à la nage; et son père à lui-
même avait possédé un caniche qui, après douze
ans d'absence, lui avait tout à coup sauté sur le
dos, un soir, dans la rue, comme il allait dîner en
ville.

II

Emma descendit la première, puis Félicité,
M. Lheureux, une nourrice, et l'on fut obligé de
réveiller Charles dans son coin, où il s'était
endormi complètement dès que la nuit était
venue.

Homais se présenta; il offrit ses hommages à
Madame, ses civilités à Monsieur, dit qu'il était
charmé d'avoir pu leur rendre quelque service, et
ajouta d'un air cordial qu'il avait osé s'inviter
lui-même, sa femme d'ailleurs étant absente.

Mme Bovary, quand elle fut dans la cuisine,
s'approcha de la cheminée. Du bout de ses deux
doigts elle prit sa robe à la hauteur du genou, et,
l'ayant ainsi remontée jusqu'aux chevilles, elle
tendit à la flamme, par-dessus le gigot qui tournait, son pied chaussé d'une bottine noire. Le feu
l'éclairait en entier, pénétrant d'une lumière crue
la trame de sa robe, les pores égaux de sa peau
blanche et même les paupières de ses yeux
qu'elle clignait de temps à autre. Une grande
couleur rouge passait sur elle, selon le souffle du
vent qui venait par la porte entrouverte.

De l'autre côté de la cheminée, un jeune
homme à chevelure blonde la regardait silencieusement.

Comme il s'ennuyait beaucoup à Yonville, où il

était clerc chez Me Guillaumin, souvent M. Léon Dupuis (c'était lui, le second habitué du *Lion d'Or*) reculait l'instant de son repas, espérant qu'il viendrait quelque voyageur à l'auberge avec qui causer dans la soirée. Les jours que sa besogne était finie, il lui fallait bien, faute de savoir que faire, arriver à l'heure exacte, et subir depuis la soupe jusqu'au fromage le tête-à-tête de Binet. Ce fut donc avec joie qu'il accepta la proposition de l'hôtesse de dîner en la compagnie des nouveaux venus, et l'on passa dans la grande salle, où Mme Lefrançois, par pompe, avait fait dresser les quatre couverts.

Homais demanda la permission de garder son bonnet grec, de peur des coryzas.

Puis, se tournant vers sa voisine :

— Madame, sans doute, est un peu lasse? on est si épouvantablement cahoté dans notre *Hirondelle*!

— Il est vrai, répondit Emma; mais le dérangement m'amuse toujours; j'aime à changer de place.

— C'est une chose si maussade, soupira le clerc, que de vivre cloué aux mêmes endroits!

— Si vous étiez comme moi, dit Charles, sans cesse obligé d'être à cheval...

— Mais, reprit Léon s'adressant à Mme Bovary, rien n'est plus agréable, il me semble; quand on le peut, ajouta-t-il.

— Du reste, disait l'apothicaire, l'exercice de la médecine n'est pas fort pénible en nos contrées; car l'état de nos routes permet l'usage du cabriolet, et, généralement, l'on paye assez bien, les cultivateurs étant aisés. Nous avons, sous le rapport médical, à part les cas ordinaires d'entérite, bronchite, affections bilieuses, etc., de temps à autre quelques fièvres intermittentes à la moisson, mais, en somme, peu de choses graves, rien de spécial à noter, si ce n'est beaucoup d'humeurs froides, et qui tiennent sans doute aux déplorables conditions hygiéniques de nos logements de paysans. Ah! vous trouverez bien des préjugés à combattre, monsieur Bovary, bien des entêtements de la routine, où se heurteront quotidiennement tous les efforts de votre science; car on a recours encore aux neuvaines, aux reliques, au curé, plutôt que de venir naturellement chez le médecin ou chez le pharmacien. Le climat, pourtant, n'est point, à vrai dire, mauvais, et même nous comptons dans la commune quelques nonagénaires. Le thermomètre (j'en ai fait les observations) descend en hiver jusqu'à quatre degrés, et dans la forte saison, touche vingt-cinq, trente centigrades tout au plus, ce qui nous donne vingt-quatre Réaumur au maximum, ou autrement cinquante-quatre Fahrenheit (mesure anglaise), pas davantage! — et, en effet, nous sommes abrités des vents du nord par la forêt d'Argueil d'une part, des vents d'ouest par la côte Saint-Jean de l'autre; et cette chaleur, cependant, qui à cause de la vapeur d'eau dégagée par la rivière et la présence considérable de bestiaux dans les prairies, lesquels exhalent, comme vous savez, beaucoup d'ammoniaque, c'est-à-dire azote, hydrogène et oxygène (non, azote et hydrogène seulement), et qui, pompant à elle l'humus de la terre, confondant toutes ces émanations différentes, les réunissant en un faisceau, pour ainsi dire, et se combinant de soi-même avec l'électricité répandue dans l'atmosphère, lorsqu'il y en a, pourrait à la longue, comme dans les pays tropicaux, engendrer des miasmes insalubres; — cette chaleur, dis-je, se trouve justement tempérée du côté où elle vient, ou plutôt d'où elle viendrait, c'est-à-dire du côté sud, par les vents de sud-est, lesquels s'étant rafraîchis d'eux-mêmes en passant sur la Seine, nous arrivent quelquefois tout d'un coup, comme des brises de Russie!

— Avez-vous du moins quelques promenades dans les environs? continuait Mme Bovary parlant au jeune homme.

— Oh! fort peu, répondit-il. Il y a un endroit que l'on nomme la Pâture, sur le haut de la côte, à la lisière de la forêt. Quelquefois, le dimanche, je vais là, et j'y reste avec un livre, à regarder le soleil couchant.

— Je ne trouve rien d'admirable comme les soleils couchants, reprit-elle, mais au bord de la mer, surtout.

— Oh! j'adore la mer, dit M. Léon.

— Et puis ne vous semble-t-il pas, répliqua Mme Bovary, que l'esprit vogue plus librement sur cette étendue sans limites, dont la contemplation vous élève l'âme et donne des idées d'infini, d'idéal!

— Il en est de même des paysages de montagnes, reprit Léon. J'ai un cousin qui a voyagé en Suisse l'année dernière, et qui me disait qu'on ne peut se figurer la poésie des lacs, le charme des cascades, l'effet gigantesque des glaciers. On voit des pins d'une grandeur incroyable, en travers des torrents, des cabanes suspendues sur des précipices, et, à mille pieds sous vous, des vallées entières, quand les nuages s'entrouvrent Ces spectacles doivent enthousiasmer, disposer à la prière, à l'extase! Aussi je ne m'étonne plus de ce musicien célèbre qui, pour exciter mieux son imagination, avait coutume d'aller jouer du piano devant quelque site imposant.

— Vous faites de la musique? demanda-t-elle.

— Non, mais je l'aime beaucoup, répondit-il.

— Ah! ne l'écoutez pas, madame Bovary, interrompit Homais en se penchant sur son assiette, c'est modestie pure. — Comment, mon cher! Eh! l'autre jour, dans votre chambre, vous chantiez *l'Ange gardien* à ravir. Je vous entendais du laboratoire; vous détachiez cela comme un acteur.

Léon, en effet, logeait chez le pharmacien, où il avait une petite pièce au second étage, sur la place. Il rougit à ce compliment de son propriétaire, qui déjà s'était tourné vers le médecin et lui énumérait les uns après les autres les principaux habitants d'Yonville. Il racontait des anecdotes, donnait des renseignements. On ne savait pas au juste la fortune du notaire, *et il y avait la maison Tuvache* qui faisait beaucoup d'embarras.

Emma reprit :

— Et quelle musique préférez-vous?

— Oh! la musique allemande, celle qui porte à rêver.

— Connaissez-vous les Italiens?

— Pas encore; mais je les verrai l'année prochaine, quand j'irai habiter Paris, pour finir mon droit.

— C'est comme j'avais l'honneur, dit le pharmacien, de l'exprimer à votre époux, à propos de ce pauvre Yanoda qui s'est enfui; vous vous trouverez, grâce aux folies qu'il a faites, jouir d'une des maisons les plus confortables d'Yonville. Ce qu'elle a principalement de commode pour un médecin, c'est une porte sur *l'Allée*, qui permet d'entrer et de sortir sans être vu. D'ailleurs, elle est fournie de tout ce qui est agréable à un ménage : buanderie, cuisine avec office, salon de famille, fruitier, etc. C'était un gaillard qui n'y regardait pas! Il s'était fait construire, au bout du jardin, à côté de l'eau, une tonnelle tout exprès pour boire de la bière en été, et si Madame aime le jardinage, elle pourra...

— Ma femme ne s'en occupe guère, dit Charles; elle aime mieux, quoiqu'on lui recommande l'exercice, toujours rester dans sa chambre, à lire.

— C'est comme moi, répliqua Léon; quelle

meilleure chose, en effet, que d'être le soir au coin du feu avec un livre, pendant que le vent bat les carreaux, que la lampe brûle!...

— N'est-ce pas? dit-elle, en fixant sur lui ses grands yeux noirs tout ouverts.

— On ne songe à rien, continuait-il, les heures passent. On se promène immobile dans des pays que l'on croit voir, et votre pensée, s'enlaçant à la fiction, se joue dans les détails ou poursuit le contour des aventures. Elle se mêle aux personnages; il semble que c'est vous qui palpitez sous leurs costumes.

— C'est vrai! c'est vrai! disait-elle.

— Vous est-il arrivé parfois, reprit Léon, de rencontrer dans un livre une idée vague que l'on a eue, quelque image obscurcie qui revient de loin, et comme l'exposition entière de votre sentiment le plus délié?

— J'ai éprouvé cela, répondit-elle.

— C'est pourquoi, dit-il, j'aime surtout les poètes. Je trouve les vers plus tendres que la prose, et qu'ils font bien mieux pleurer.

— Cependant ils fatiguent à la longue, reprit Emma; et maintenant, au contraire, j'adore les histoires qui se suivent tout d'une haleine, où l'on a peur. Je déteste les héros communs et les sentiments tempérés, comme il y en a dans la nature.

— En effet, observa le clerc, ces ouvrages, ne touchant pas le cœur, s'écartent, il me semble, du vrai but de l'Art. Il est si doux, parmi les désenchantements de la vie, de pouvoir se reporter en idée sur de nobles caractères, des affections pures et des tableaux de bonheur! Quant à moi, vivant ici, loin du monde, c'est ma seule distraction; mais Yonville offre si peu de ressources!

— Comme Tostes, sans doute, reprit Emma; aussi j'étais toujours abonnée à un cabinet de lecture.

— Si Madame veut me faire l'honneur d'en user, dit le pharmacien, qui venait d'entendre ces derniers mots, j'ai moi-même à sa disposition une bibliothèque composée des meilleurs auteurs : Voltaire, Rousseau, Delille, Walter Scott, *l'Echo des Feuilletons*, etc., et je reçois, de plus, différentes feuilles périodiques, parmi lesquelles *le Fanal de Rouen*, quotidiennement, ayant l'avantage d'en être le correspondant pour les circonscriptions de Buchy, Forges, Neufchâtel, Yonville et les alentours.

Depuis deux heures et demie, on était à table; car la servante Artémise, traînant nonchalamment sur les carreaux ses savates de lisière, apportait les assiettes les unes après les autres, oubliait tout, n'entendait à rien et sans cesse laissait entrebâillée la porte du billard, qui battait contre le mur du bout de sa clenche.

Sans qu'il s'en aperçût, tout en causant, Léon avait posé son pied sur un des barreaux de la chaise où Mme Bovary était assise. Elle portait une petite cravate de soie bleue, qui tenait droit comme une fraise un col de batiste tuyauté; et, selon les mouvements de tête qu'elle faisait, le bas de son visage s'enfonçait dans le linge ou en sortait avec douceur. C'est ainsi, l'un près de l'autre, pendant que Charles et le pharmacien devisaient, qu'ils entrèrent dans une de ces vagues conversations où le hasard des phrases vous ramène toujours au centre fixe d'une sympathie commune. Spectacles de Paris, titres de romans, quadrilles nouveaux, et le monde qu'ils ne connaissaient pas, Tostes où elle avait vécu, Yonville où ils étaient, ils examinèrent tout, parlèrent de tout jusqu'à la fin du dîner.

Quand le café fut servi, Félicité s'en alla préparer la chambre dans la nouvelle maison, et les convives bientôt levèrent le siège. Mme Lefrançois dormait auprès des cendres, tandis que le garçon d'écurie, une lanterne à la main, attendait

M. et Mme Bovary pour les conduire chez eux.
Sa chevelure rouge était entremêlée de brins de
paille, et il boitait de la jambe gauche. Lorsqu'il
eut pris de son autre main le parapluie de M. le
curé, l'on se mit en marche.

Le bourg était endormi. Les piliers des halles
allongeaient de grandes ombres. La terre était
toute grise, comme par une nuit d'été.

Mais, la maison du médecin se trouvant à cinquante pas de l'auberge, il fallut presque aussitôt
se souhaiter le bonsoir, et la compagnie se dispersa.

Emma, dès le vestibule, sentit tomber sur ses
épaules, comme un linge humide, le froid du
plâtre. Les murs étaient neufs, et les marches de
bois craquèrent. Dans la chambre, au premier,
un jour blanchâtre passait par les fenêtres sans
rideaux. On entrevoyait des cimes d'arbres, et
plus loin, la prairie à demi noyée dans le brouillard, qui fumait au clair de la lune, selon le
cours de la rivière. Au milieu de l'appartement,
pêle-mêle, il y avait des tiroirs de commode, des
bouteilles, des tringles, des bâtons dorés avec des
matelas sur des chaises et des cuvettes sur le
parquet, les deux hommes qui avaient apporté
les meubles ayant tout laissé là, négligemment.

C'était la quatrième fois qu'elle couchait dans
un endroit inconnu. La première avait été le jour
de son entrée au couvent, la seconde celle de son
arrivée à Tostes, la troisième à la Vaubyessard,
la quatrième était celle-ci; et chacune s'était
trouvée faire dans sa vie comme l'inauguration
d'une phase nouvelle. Elle ne croyait pas que les
choses pussent se représenter les mêmes à des
places différentes, et, puisque la portion vécue
avait été mauvaise, sans doute ce qui restait à
consommer serait meilleur.

III

Le lendemain, à son réveil, elle aperçut le clerc
sur la place. Elle était en peignoir. Il leva la tête
et la salua. Elle fit une inclinaison rapide et
referma la fenêtre.

Léon attendit pendant tout le jour que six
heures du soir fussent arrivées; mais, en entrant
à l'auberge, il ne trouva personne que M. Binet,
attablé.

Ce dîner de la veille était pour lui un événement considérable; jamais, jusqu'alors, il n'avait
causé pendant deux heures de suite avec une
dame. Comment donc avoir pu lui exposer, et en
un tel langage, quantité de choses qu'il n'aurait
pas si bien dites auparavant? il était timide
d'habitude et gardait cette réserve qui participe à
la fois de la pudeur et de la dissimulation. On
trouvait à Yonville qu'il avait des manières
comme il faut. Il écoutait raisonner les gens
mûrs, et ne paraissait point exalté en politique,
chose remarquable pour un jeune homme. Puis il
possédait des talents, il peignait à l'aquarelle,
savait lire la clef de sol, et s'occupait volontiers
de littérature après son dîner, quand il ne jouait
pas aux cartes. M. Homais le considérait pour
son instruction; Mme Homais l'affectionnait
pour sa complaisance, car souvent il accompa-

gnait au jardin les petits Homais, marmots toujours barbouillés, fort mal élevés et quelque peu
lymphatiques, comme leur mère· Ils avaient pour
les soigner, outre la bonne, Justin, l'élève en
pharmacie, un arrière-cousin de M. Homais que
l'on avait pris dans la maison par charité, et qui
servait en même temps de domestique.

L'apothicaire se montra le meilleur des voisins.
Il renseigna Mme Bovary sur les fournisseurs, fit
venir son marchand de cidre tout exprès, goûta
la boisson lui-même, et veilla dans la cave à ce
que la futaille fût bien placée; il indiqua encore
la façon de s'y prendre pour avoir une provision
de beurre à bon marché, et conclut un arrangement avec Lestiboudois, le sacristain, qui, outre
ses fonctions sacerdotales et mortuaires, soignait
les principaux jardins d'Yonville à l'heure ou à
l'année, selon le goût des personnes.

Le besoin de s'occuper d'autrui ne poussait pas
seul le pharmacien à tant de cordialité obsé-
quieuse, et il y avait là-dessous un plan.

Il avait enfreint la loi du 19 ventôse an XI,
article 1er, qui défend à tout individu non por-
teur de diplôme l'exercice de la médecine; si bien
que, sur des dénonciations ténébreuses, Homais
avait été mandé à Rouen, près M. le procureur du
roi, en son cabinet particulier. Le magistrat
l'avait reçu debout, dans sa robe, hermine à
l'épaule et toque en tête. C'était le matin, avant
l'audience. On entendait dans le corridor passer
les fortes bottes des gendarmes, et comme un
bruit lointain de grosses serrures qui se fermaient. Les oreilles du pharmacien lui tintèrent
à croire qu'il allait tomber d'un coup de sang; il
entrevit des culs de basse-fosse, sa famille en
pleurs, la pharmacie vendue, tous les bocaux disséminés; et il fut obligé d'entrer dans un café
prendre un verre de rhum avec de l'eau de Seltz,
pour se remettre les esprits.

Peu à peu, le souvenir de cette admonition

s'affaiblit, et il continuait, comme autrefois, à donner des consultations anodines dans son arrière-boutique. Mais le maire lui en voulait, des confrères étaient jaloux, il fallait tout craindre; en s'attachant M. Bovary par des politesses, c'était gagner sa gratitude, et empêcher qu'il ne parlât plus tard, s'il s'apercevait de quelque chose. Aussi, tous les matins, Homais lui apportait *le journal*, et souvent, dans l'après-midi, quittait un instant la pharmacie pour aller chez l'officier de santé faire la conversation.

Charles était triste : la clientèle n'arrivait pas. Il demeurait assis pendant de longues heures, sans parler, allait dormir dans son cabinet ou regardait coudre sa femme. Pour se distraire, il s'employa chez lui comme homme de peine, et même il essaya de peindre le grenier avec un reste de couleur que les peintres avaient laissé. Mais les affaires d'argent le préoccupaient. Il en avait tant dépensé pour les réparations de Tostes, pour les toilettes de Madame et pour le déménagement, que toute la dot, plus de trois mille écus, s'était écoulée en deux ans. Puis, que de choses endommagées ou perdues dans le transport de Tostes à Yonville, sans compter le curé de plâtre, qui, tombant de la charrette à un cahot trop fort, s'était écrasé en mille morceaux sur le pavé de Quincampoix!

Un souci meilleur vint le distraire, à savoir la grossesse de sa femme. A mesure que le terme en approchait, il la chérissait davantage. C'était un autre lien de la chair s'établissant, et comme le sentiment continu d'une union plus complexe. Quand il voyait de loin sa démarche paresseuse et sa taille tourner mollement sur ses hanches sans corset, quand vis-à-vis l'un de l'autre il la contemplait tout à l'aise et qu'elle prenait, assise, des poses fatiguées dans son fauteuil, alors son bonheur ne se tenait plus; il se levait, il l'embrassait, passait ses mains sur sa figure, l'appelait petite maman, voulait la faire danser, et débitait, moitié riant, moitié pleurant, toutes sortes de plaisanteries caressantes qui lui venaient à l'esprit. L'idée d'avoir engendré le délectait. Rien ne lui manquait à présent. Il connaissait l'existence humaine tout du long, et il s'y attablait sur les deux coudes avec sérénité.

Emma d'abord sentit un grand étonnement, puis eut envie d'être délivrée, pour savoir quelle chose c'était que d'être mère. Mais, ne pouvant faire les dépenses qu'elle voulait, avoir un berceau en nacelle avec des rideaux de soie rose et des béguins brodés, elle renonça au trousseau, dans un accès d'amertume, et le commanda d'un seul coup à une ouvrière du village, sans rien choisir ni discuter. Elle ne s'amusa donc pas à ces préparatifs où la tendresse des mères se met en appétit, et son affection, dès l'origine, en fut peut-être atténuée de quelque chose.

Cependant, comme Charles, à tous les repas, parlait du marmot, bientôt elle y songea d'une façon plus continue.

Elle souhaitait un fils; il serait fort et brun; elle l'appellerait Georges; et cette idée d'avoir pour enfant un mâle était comme la revanche en espoir de toutes ses impuissances passées. Un homme, au moins, est libre; il peut parcourir les passions et les pays, traverser les obstacles, mordre aux bonheurs les plus lointains. Mais une femme est empêchée continuellement. Inerte et flexible à la fois, elle a contre elle les mollesses de la chair avec les dépendances de la loi. Sa volonté, comme le voile de son chapeau retenu par un cordon, palpite à tous les vents, il y a toujours quelque désir qui entraîne, quelque convenance qui retient.

Elle accoucha un dimanche, vers six heures, au soleil levant.

— C'est une fille! dit Charles.

Elle tourna la tête et s'évanouit.

Presque aussitôt, Mme Homais accourut et l'embrassa, ainsi que la mère Lefrançois du *Lion d'Or*. Le pharmacien, en homme discret, lui adressa seulement quelques félicitations provisoires, par la porte entrebâillée. Il voulut voir l'enfant et le trouva bien conformé.

Pendant sa convalescence, elle s'occupa beaucoup à chercher un nom pour sa fille. D'abord elle passa en revue tous ceux qui avaient des terminaisons italiennes, tels que Clara, Louisa, Amanda, Atala; elle aimait assez Galsuinde, plus encore Yseult ou Léocadie. Charles désirait qu'on appelât l'enfant comme sa mère; Emma s'y opposait. On parcourut le calendrier d'un bout à l'autre, et l'on consulta les étrangers.

— M. Léon, disait le pharmacien, avec qui j'en causais l'autre jour, s'étonne que vous ne choisissiez point Madeleine, qui est excessivement à la mode maintenant.

Mais la mère Bovary se récria bien fort sur ce nom de pécheresse. M. Homais, quant à lui, avait en prédilection tous ceux qui rappelaient un grand homme, un fait illustre ou une conception généreuse, et c'est dans ce système-là qu'il avait baptisé ses quatre enfants. Ainsi Napoléon représentait la gloire et Franklin la liberté; Irma, peut-être, était une concession au romantisme; mais Athalie, un hommage au plus immortel chef-d'œuvre de la scène française. Car ses convictions philosophiques n'empêchaient pas ses admirations artistiques, le penseur chez lui n'étouffait point l'homme sensible; il savait établir les différences, faire la part de l'imagination et celle du fanatisme. De cette tragédie, par exemple, il blâmait les idées, mais il admirait le style; il maudissait la conception, mais il applaudissait à tous les détails, et s'exaspérait contre les personnages, en s'enthousiasmant de leurs discours. Lorsqu'il lisait les grands morceaux, il était transporté; mais quand il songeait que les calotins en tiraient avantage pour leur boutique, il était désolé, et dans cette confusion de sentiments où il s'embarrassait, il aurait voulu tout à la fois pouvoir couronner Racine de ses deux mains et discuter avec lui pendant un bon quart d'heure.

Enfin, Emma se souvint qu'au château de la Vaubyessard elle avait entendu la marquise appeler Berthe une jeune femme; dès lors ce nom-là fut choisi, et comme le père Rouault ne pouvait venir, on pria M. Homais d'être parrain. Il donna pour cadeaux tous produits de son établissement, à savoir : six boîtes de jujubes, un bocal entier de racahout, trois coffins de pâte à la guimauve, et, de plus, six bâtons de sucre candi qu'il avait retrouvés dans un placard. Le soir de la cérémonie, il y eut un grand dîner; le curé s'y trouvait; on s'échauffa. M. Homais, vers les liqueurs, entonna *le Dieu des bonnes gens*. M. Léon chanta une barcarolle, et Mme Bovary mère, qui était la marraine, une romance du temps de l'Empire; enfin M. Bovary père exigea que l'on descendît l'enfant, et se mit à le baptiser avec un verre de champagne qu'il lui versait de haut sur la tête. Cette dérision du premier des sacrements indigna l'abbé Bournisien; le père Bovary répondit par une citation de *la Guerre des dieux*, le curé voulut partir; les dames suppliaient; Homais s'interposa; et l'on parvint à faire rasseoir l'ecclésiastique, qui reprit tranquillement, dans sa soucoupe, sa demi-tasse de café à moitié bue.

M. Bovary père resta encore un mois à Yonville, dont il éblouit les habitants par un superbe bonnet de police à galons d'argent, qu'il portait le matin, pour fumer sa pipe sur la place. Ayant aussi l'habitude de boire beaucoup d'eau-de-vie, souvent il envoyait la servante au *Lion d'Or* lui en acheter une bouteille, que l'on inscrivait au compte de son fils; et il usa, pour parfumer ses foulards, toute la provision d'eau de Cologne qu'avait sa bru.

Celle-ci ne se déplaisait point dans sa compagnie. Il avait couru le monde : il parlait de Berlin, de Vienne, de Strasbourg, de son temps d'officier, des maîtresses qu'il avait eues, des grands déjeuners qu'il avait faits, puis il se montrait aimable, et parfois même, soit dans l'escalier ou au jardin, il lui saisissait la taille en s'écriant :

— Charles, prends garde à toi !

Alors la mère Bovary s'effraya pour le bonheur de son fils, et craignant que son époux, à la longue, n'eût une influence immorale sur les idées de la jeune femme, elle se hâta de presser le départ. Peut-être avait-elle des inquiétudes plus sérieuses. M. Bovary était homme à ne rien respecter.

Un jour, Emma fut prise tout à coup du besoin de voir sa petite fille, qui avait été mise en nourrice chez la femme du menuisier, et sans regarder à l'almanach si les six semaines de la Vierge duraient encore, elle s'achemina vers la demeure de Rollet, qui se trouvait à l'extrémité du village, au bas de la côte, entre la grande route et les prairies.

Il était midi; les maisons avaient leurs volets fermés, et les toits d'ardoises, qui reluisaient sous la lumière âpre du ciel bleu, semblaient à la crête de leurs pignons faire pétiller des étincelles. Un vent lourd soufflait. Emma se sentait faible en marchant; les cailloux du trottoir la blessaient; elle hésita si elle ne s'en retournerait pas chez elle, ou entrerait quelque part pour s'asseoir.

A ce moment, M. Léon sortit d'une porte voisine, avec une liasse de papiers sous son bras. Il vint la saluer et se mit à l'ombre devant la boutique de Lheureux, sous la tente grise qui avançait.

Mme Bovary dit qu'elle allait voir son enfant, mais qu'elle commençait à être lasse.

— Si..., reprit Léon, n'osant poursuivre.

— Avez-vous affaire quelque part? demanda-t-elle.

Et, sur la réponse du clerc, elle le pria de l'accompagner. Dès le soir, cela fut connu dans Yonville, et Mme Tuvache, la femme du notaire, déclara devant sa servante que *Mme Bovary se compromettait*.

Pour arriver chez la nourrice, il fallait, après la rue, tourner à gauche, comme pour gagner le cimetière, et suivre entre des maisonnettes et des cours un petit sentier que bordaient des troènes. Ils étaient en fleur et les véroniques aussi, les églantiers, les orties et les ronces légères qui s'élançaient des buissons. Par le trou des haies, on apercevait, dans les *masures,* quelque pourceau sur un fumier, ou des vaches embricolées, frottant leurs cornes contre le tronc des arbres. Tous les deux, côte à côte, ils marchaient doucement, elle s'appuyant sur lui et lui retenant son pas qu'il mesurait sur les siens; devant eux, un essaim de mouches voltigeait, en bourdonnant dans l'air chaud.

Ils reconnurent la maison à un vieux noyer qui l'ombrageait. Basse et couverte de tuiles brunes, elle avait en dehors, sous la lucarne de son grenier, un chapelet d'oignons suspendu. Des bourrées, debout contre la clôture d'épines, entouraient un carré de laitues, quelques pieds de lavande et des pois à fleurs montés sur des rames. De l'eau sale coulait en s'éparpillant sur l'herbe, et il y avait tout autour plusieurs guenilles indistinctes, des bas de tricot, une camisole d'indienne rouge, et un grand drap de toile épaisse étalé en long sur la haie. Au bruit de la barrière, la nourrice parut, tenant sur son bras un enfant qui tétait. Elle tirait de l'autre main un pauvre marmot chétif, couvert de scrofules au visage, le fils d'un bonnetier de Rouen que ses parents trop occupés de leur négoce laissaient à la campagne.

— Entrez, dit-elle; votre petite est là qui dort.

La chambre, au rez-de-chaussée, la seule du logis, avait au fond, contre la muraille, un large lit sans rideaux, tandis que le pétrin occupait le côté de la fenêtre, dont une vitre était raccommodée avec un soleil de papier bleu. Dans l'angle, derrière la porte, des brodequins à clous luisants étaient rangés sous la dalle du lavoir, près d'une bouteille pleine d'huile qui portait une plume à son goulot; un *Mathieu Laensberg* traînait sur la cheminée poudreuse, parmi des pierres à fusil, des bouts de chandelle et des morceaux d'amadou. Enfin la dernière superfluité de cet appartement était une Renommée soufflant dans des trompettes, image découpée sans doute à même quelque prospectus de parfumerie, et que six pointes à sabot clouaient au mur.

L'enfant d'Emma dormait à terre, dans un berceau d'osier. Elle la prit avec la couverture qui l'enveloppait, et se mit à chanter doucement en se dandinant.

Léon se promenait dans la chambre; il lui semblait étrange de voir cette belle dame en robe de nankin tout au milieu de cette misère. Mme Bovary devint rouge; il se détourna, croyant que ses yeux peut-être avaient eu quelque impertinence. Puis elle recoucha la petite qui venait de vomir sur sa collerette. La nourrice aussitôt vint l'essuyer, protestant qu'il n'y paraîtrait pas.

— Elle m'en fait bien d'autres, disait-elle, et je ne suis occupée qu'à la rincer continuellement! Si vous aviez donc la complaisance de commander à Camus l'épicier, qu'il me laisse prendre un peu de savon lorsqu'il m'en faut? ce serait plus commode pour vous, que je ne dérangerais pas.

— C'est bien, c'est bien! dit Emma. Au revoir, mère Rollet.

Et elle sortit en essuyant ses pieds sur le seuil.

La bonne femme.l'accompagna jusqu'au bout de la cour, tout en parlant du mal qu'elle avait à se relever la nuit.

— J'en suis si rompue quelquefois, que je m'endors sur ma chaise; aussi, vous devriez pour le moins me donner une petite livre de café moulu qui me ferait un mois et que je prendrais le matin avec du lait.

Après avoir subi ses remerciements, Mme Bovary s'en alla; et elle était quelque peu avancée dans le sentier, lorsque à un bruit de sabots elle tourna la tête: c'était la nourrice!

— Qu'y a-t-il?

Alors la paysanne, la tirant à l'écart derrière un orme, se mit à lui parler de son mari, qui, avec son métier et six francs par an que le capitaine...

— Achevez plus vite, dit Emma.

— Eh bien! reprit la nourrice poussant des soupirs entre chaque mot, j'ai peur qu'il ne se fasse une tristesse de me voir prendre du café toute seule; vous savez, les hommes...

— Puisque vous en aurez, répétait Emma, je vous en donnerai!... Vous m'ennuyez!

— Hélas! ma pauvre chère dame, c'est qu'il a, par suite de ses blessures, des crampes terribles à la poitrine. Il dit même que le cidre l'affaiblit.

— Mais dépêchez-vous, mère Rollet!

— Donc, reprit celle-ci faisant une révérence, si ce n'était pas trop vous demander..., — elle salua encore une fois — quand vous voudrez, — et son regard suppliait, — un cruchon d'eau-de-vie, dit-elle enfin, et j'en frotterai les pieds de votre petite, qui les a tendres comme la langue.

Débarrassée de la nourrice, Emma reprit le bras de M. Léon. Elle marcha rapidement pendant quelque temps; puis elle se ralentit, et son regard qu'elle promenait devant elle rencontra l'épaule du jeune homme, dont la redingote avait un collet de velours noir. Ses cheveux châtains tombaient dessus, plats et bien peignés. Elle remarqua ses ongles, qui étaient plus longs qu'on ne les portait à Yonville. C'était une des grandes occupations du clerc que de les entretenir; et il gardait, à cet usage, un canif tout particulier dans son écritoire.

Ils s'en revinrent à Yonville en suivant le bord de l'eau. Dans la saison chaude, la berge plus élargie découvrait jusqu'à leur base les murs des jardins, qui avaient un escalier de quelques marches descendant à la rivière. Elle coulait sans bruit, rapide et froide à l'œil; de grandes herbes minces s'y courbaient ensemble, selon le courant qui les poussait, et comme des chevelures vertes abandonnées s'étalaient dans sa limpidité. Quelquefois, à la pointe des joncs ou sur la feuille des nénufars, un insecte à pattes fines marchait ou se posait. Le soleil traversait d'un rayon les petits globules bleus des ondes qui se succédaient en se crevant; les vieux saules ébranchés miraient dans l'eau leur écorce grise; au-delà, tout alentour, la prairie semblait vide. C'était l'heure du dîner dans les fermes, et la jeune femme et son compagnon n'entendaient en marchant que la cadence de leurs pas sur la terre du sentier, les paroles qu'ils se disaient, et le frôlement de la robe d'Emma qui bruissait tout autour d'elle.

Les murs des jardins, garnis à leur chaperon de morceaux de bouteilles, étaient chauds comme le vitrage d'une serre. Dans les briques, des ravenelles avaient poussé; et, du bord de son ombrelle déployée, Mme Bovary, tout en passant, faisait s'égrener en poussière jaune un peu de leurs fleurs flétries, ou bien quelque branche des chèvrefeuilles et des clématites qui pendaient au dehors traînait un moment sur la soie en s'accrochant aux effilés.

Ils causaient d'une troupe de danseurs espagnols, que l'on attendait bientôt sur le théâtre de Rouen.

— Vous irez? demanda-t-elle.

— Si je le peux, répondit-il.

N'avaient-ils rien autre chose à se dire? Leurs yeux pourtant étaient pleins d'une causerie plus sérieuse; et, tandis qu'ils s'efforçaient à trouver des phrases banales, ils sentaient une même langueur les envahir tous les deux; c'était comme un murmure de l'âme, profond, continu, qui dominait celui des voix. Surpris d'étonnement à cette suavité nouvelle, ils ne songeaient pas à s'en raconter la sensation ou à en découvrir la cause. Les bonheurs futurs, comme les rivages des tropiques, projettent sur l'immensité qui les précède leurs mollesses natales, une brise parfumée, et l'on s'assoupit dans cet enivrement, sans même s'inquiéter de l'horizon que l'on n'aperçoit pas.

La terre, à un endroit, se trouvait effondrée par le pas des bestiaux; il fallut marcher sur de grosses pierres vertes, espacées dans la boue. Souvent, elle s'arrêtait une minute à regarder où poser sa bottine, — et, chancelant sur le caillou qui tremblait, les coudes en l'air, la taille penchée, l'œil indécis, elle riait alors, de peur de tomber dans les flaques d'eau.

Quand ils furent arrivés devant son jardin, Mme Bovary poussa la petite barrière, monta les marches en courant et disparut.

Léon rentra à son étude. Le patron était absent; il jeta un coup d'œil sur les dossiers, puis se tailla une plume, prit enfin son chapeau et s'en alla.

Il alla sur la Pâture, au haut de la côte d'Argueil, à l'entrée de la forêt; il se coucha par terre sous les sapins, et regarda le ciel à travers ses doigts.

— Comme je m'ennuie! se disait-il, comme je m'ennuie!

Il se trouvait à plaindre de vivre dans ce village, avec Homais pour ami et M. Guillaumin pour maître. Ce dernier, tout occupé d'affaires, portant des lunettes à branches d'or et favoris rouges sur cravate blanche, n'entendait rien aux délicatesses de l'esprit, quoiqu'il affectât un genre raide et anglais qui avait ébloui le clerc dans les premiers temps. Quant à la femme du pharmacien, c'était la meilleure épouse de Normandie, douce comme un mouton, chérissant ses enfants, son père, sa mère, ses cousins, pleurant aux maux d'autrui, laissant tout aller dans son ménage, et détestant les corsets; — mais si lente à se mouvoir, si ennuyeuse à écouter, d'un aspect si commun et d'une conversation si restreinte, qu'il n'avait jamais songé, quoiqu'elle eût trente ans, qu'il en eût vingt, qu'ils couchassent porte à porte, et qu'il lui parlât chaque jour, qu'elle pût être une femme pour quelqu'un, ni qu'elle possédât de son sexe autre chose que la robe.

Et ensuite, qu'y avait-il? Binet, quelques marchands, deux ou trois cabaretiers, le curé, et enfin M. Tuvache, le maire, avec ses deux fils, gens cossus, bourrus, obtus, cultivant leurs terres eux-mêmes, faisant des ripailles en famille, dévots d'ailleurs, et d'une société tout à fait insupportable.

Mais, sur le fond commun de tous ces visages humains, la figure d'Emma se détachait isolée et plus lointaine cependant; car il sentait entre elle et lui comme de vagues abîmes.

Au commencement, il était venu chez elle plusieurs fois dans la compagnie du pharmacien.

Charles n'avait point paru extrêmement curieux
de le recevoir; et Léon ne savait comment s'y
prendre entre la peur d'être indiscret et le désir
d'une intimité qu'il estimait presque impossible.

IV

Dès les premiers froids, Emma quitta sa chambre pour habiter la salle, longue pièce à plafond bas où il y avait, sur la cheminée, un polypier touffu s'étalant contre la glace. Assise dans son fauteuil, près de la fenêtre, elle voyait passer les gens du village sur le trottoir.

Léon, deux fois par jour, allait de son étude au *Lion d'Or*. Emma, de loin, l'entendait venir; elle se penchait en écoutant; et le jeune homme glissait derrière le rideau, toujours vêtu de même façon et sans détourner la tête. Mais, au crépuscule, lorsque, le menton dans sa main gauche, elle avait abandonné sur ses genoux sa tapisserie commencée, souvent elle tressaillait à l'apparition de cette ombre glissant tout à coup. Elle se levait et commandait qu'on mît le couvert.

M. Homais arrivait pendant le dîner. Bonnet grec à la main, il entrait à pas muets pour ne déranger personne et toujours en répétant la même phrase : « Bonsoir la compagnie! » Puis, quand il s'était posé à sa place, contre la table, entre les deux époux, il demandait au médecin des nouvelles de ses malades, et celui-ci le consultait sur la probabilité des honoraires. Ensuite, on causait de ce qu'il y avait *dans le journal*. Homais, à cette heure-là, le savait presque par cœur; et il le rapportait intégralement avec

les réflexions du journaliste et toutes les histoires des catastrophes individuelles arrivées en
France ou à l'étranger. Mais, le sujet se tarissant,
il ne tardait pas à lancer quelques observations
sur les mets qu'il voyait. Parfois même, se levant
à demi, il indiquait délicatement à Madame le
morceau le plus tendre, ou, se tournant vers la
bonne, lui adressait des conseils pour la manipu-
lation des ragoûts et l'hygiène des assaisonne-
ments; il parlait arôme, osmazôme, sucs et géla-
tine d'une façon à éblouir. La tête d'ailleurs plus
remplie de recettes que sa pharmacie ne l'était de
bocaux, Homais excellait à faire quantité de
confitures, vinaigres et liqueurs douces, et il
connaissait aussi toutes les inventions nouvelles
de caléfacteurs économiques, avec l'art de
conserver les fromages et de soigner les vins
malades.

A huit heures, Justin venait le chercher pour
fermer la pharmacie. Alors M. Homais le regardait d'un œil narquois, surtout si Félicité se
trouvait là, s'étant aperçu que son élève affectionnait la maison du médecin.

— Mon gaillard, disait-il, commence à avoir
des idées, et je crois, diable m'emporte! qu'il est
amoureux de votre bonne.

Mais un défaut plus grave, et qu'il lui reprochait, c'était d'écouter continuellement les
conversations. Le dimanche, par exemple, on ne
pouvait le faire sortir du salon, où Mme Homais
l'avait appelé pour prendre les enfants, qui
s'endormaient dans les fauteuils, en tirant avec
leurs dos les housses de calicot, trop larges.

Il ne venait pas grand monde à ces soirées du
pharmacien, sa médisance et ses opinions politiques ayant écarté de lui successivement différentes personnes respectables. Le clerc ne manquait pas de s'y trouver. Dès qu'il entendait la
sonnette, il courait au-devant de Mme Bovary,
prenait son châle, et posait à l'écart, sous le

bureau de la pharmacie, les grosses pantoufles
de lisière qu'elle portait sur sa chaussure, quand
il y avait de la neige.

On faisait d'abord quelques parties de trente-
et-un; ensuite M. Homais jouait à l'écarté avec
Emma; Léon, derrière elle, lui donnait des avis.
Debout et les mains sur le dossier de sa chaise, il
regardait les dents de son peigne qui mordait son
chignon. A chaque mouvement qu'elle faisait
pour jeter les cartes, sa robe du côté droit
remontait. De ses cheveux retroussés, il descendait une couleur brune sur son dos, et qui, s'apâ-
lissant graduellement, peu à peu se perdait dans
l'ombre. Son vêtement, ensuite, retombait des
deux côtés sur le siège, en bouffant, plein de plis,
et s'étalait jusqu'à terre. Quand Léon, parfois,
sentait la semelle de sa botte poser dessus, il
s'écartait, comme s'il eût marché sur quelqu'un.

Lorsque la partie de cartes était finie, l'apothicaire et le médecin jouaient aux dominos, et
Emma, changeant de place, s'accoudait sur la
table, à feuilleter *l'Illustration*. Elle avait apporté
son journal de modes. Léon se mettait près
d'elle; ils regardaient ensemble les gravures et
s'attendaient au bas des pages. Souvent elle le
priait de lui dire des vers; Léon les déclamait
d'une voix traînante et qu'il faisait expirer soigneusement aux passages d'amour. Mais le bruit
des dominos le contrariait; M. Homais y était
fort, il battait Charles à plein double-six. Puis,
les trois centaines terminées, ils s'allongeaient
tous deux devant le foyer et ne tardaient pas à
s'endormir. Le feu se mourait dans les cendres;
la théière était vide; Léon lisait encore. Emma
l'écoutait, en faisant tourner machinalement
l'abat-jour de la lampe, où étaient peints sur la
gaze des pierrots dans des voitures et des danseuses de corde avec leurs balanciers. Léon
s'arrêtait, désignant d'un geste son auditoire

endormi; alors ils se parlaient à voix basse, et la conversation qu'ils avaient leur semblait plus douce, parce qu'elle n'était pas entendue.

Ainsi s'établit entre eux une sorte d'association, un commerce continuel de livres et de romances; M. Bovary, peu jaloux, ne s'en étonnait pas.

Il reçut pour sa fête une belle tête phrénologique, toute marquetée de chiffres jusqu'au thorax et peinte en bleu. C'était une attention du clerc. Il en avait bien d'autres, jusqu'à lui faire, à Rouen, ses commissions; et le livre d'un romancier ayant mis à la mode la manie des plantes grasses, Léon en achetait pour Madame, qu'il rapportait sur ses genoux, dans *l'Hirondelle*, tout en se piquant les doigts à leurs poils durs.

Elle fit ajuster, contre sa croisée, une planchette à balustrade pour tenir ses potiches. Le clerc eut aussi son jardinet suspendu; ils s'apercevaient soignant leurs fleurs à leur fenêtre.

Parmi les fenêtres du village, il y en avait une encore plus souvent occupée; car, le dimanche, depuis le matin jusqu'à la nuit, et chaque après-midi si le temps était clair, on voyait à la lucarne d'un grenier le profil maigre de M. Binet penché sur son tour, dont le ronflement monotone s'entendait jusqu'au *Lion d'Or*.

Un soir, en rentrant, Léon trouva dans sa chambre un tapis de velours et de laine avec des feuillages sur fond pâle; il appela Mme Homais, M. Homais, Justin, les enfants, la cuisinière, il en parla à son patron; tout le monde désira connaître ce tapis; pourquoi la femme du médecin faisait-elle au clerc des *générosités?* Cela parut drôle, et l'on pensa définitivement qu'elle devait être *sa bonne amie*.

Il le donnait à croire, tant il vous entretenait sans cesse de ses charmes et de son esprit, si bien que Binet lui répondit une fois fort brutalement:

— Que m'importe, à moi, puisque je ne suis pas de sa société!

Il se torturait à découvrir par quel moyen lui *faire sa déclaration*; et, toujours hésitant entre la crainte de lui déplaire et la honte d'être si pusillanime, il en pleurait de découragement et de désirs. Puis il prenait des décisions énergiques; il écrivait des lettres qu'il déchirait, s'ajournait à des époques qu'il reculait. Souvent il se mettait en marche, dans le projet de tout oser; mais cette résolution l'abandonnait bien vite en la présence d'Emma; et quand Charles, survenant, l'invitait à monter dans son *boc*, pour aller voir ensemble quelque malade aux environs, il acceptait aussitôt, saluait Madame et s'en allait. Son mari, n'était-ce pas quelque chose d'elle?

Quant à Emma, elle ne s'interrogea point pour savoir si elle l'aimait. L'amour, croyait-elle, devait arriver tout à coup, avec de grands éclats et des fulgurations, — ouragan des cieux qui tombe sur la vie, la bouleverse, arrache les volontés comme des feuilles et emporte à l'abîme le cœur entier. Elle ne savait pas que, sur la terrasse des maisons, la pluie fait des lacs quand les gouttières sont bouchées, et elle fût ainsi demeurée en sa sécurité, lorsqu'elle découvrit subitement une lézarde dans le mur.

V

Ce fut un dimanche de février, une après-midi qu'il neigeait.

Ils étaient tous, M. et Mme Bovary, Homais et M. Léon, partis voir, à une demi-lieue d'Yonville, dans la vallée, une filature de lin que l'on établissait. L'apothicaire avait amené avec lui Napoléon et Athalie, pour leur faire faire de l'exercice, et Justin les accompagnait, portant des parapluies sur son épaule.

Rien pourtant n'était moins curieux que cette curiosité. Un grand espace de terrain vide où se trouvaient pêle-mêle, entre des tas de sable et de cailloux, quelques roues d'engrenage déjà rouillées, entourait un long bâtiment quadrangulaire que perçaient quantité de petites fenêtres. Il n'était pas achevé d'être bâti, et l'on voyait le ciel à travers les lambourdes de la toiture. Attaché à la poutrelle du pignon, un bouquet de paille entremêlé d'épis faisait claquer au vent ses rubans tricolores.

Homais parlait. Il expliquait à *la compagnie* l'importance future de cet établissement, supputait la force des planchers, l'épaisseur des murailles, et regrettait beaucoup de n'avoir pas de canne métrique, comme M. Binet en possédait une pour son usage particulier.

Emma, qui lui donnait le bras, s'appuyait un

peu sur son épaule, et elle regardait le disque du soleil irradiant au loin, dans la brume, sa pâleur éblouissante; mais elle tourna la tête : Charles était là. Il avait sa casquette enfoncée sur ses sourcils, et ses deux grosses lèvres tremblotaient, ce qui ajoutait à son visage quelque chose de stupide; son dos même, son dos tranquille était irritant à voir, et elle y trouvait étalée sur la redingote toute la platitude du personnage.

Pendant qu'elle le considérait, goûtant ainsi dans son irritation une sorte de volupté dépravée, Léon s'avança d'un pas. Le froid qui le pâlissait semblait déposer sur sa figure une langueur plus douce; entre sa cravate et son cou, le col de la chemise, un peu lâche, laissait voir la peau; un bout d'oreille dépassait sous une mèche de cheveux, et son grand œil bleu, levé vers les nuages, parut à Emma plus limpide et plus beau que ces lacs de montagne où le ciel se mire.

— Malheureux! s'écria tout à coup l'apothicaire.

Et il courut à son fils, qui venait de se précipiter dans un tas de chaux pour peindre ses souliers en blanc. Aux reproches dont on l'accablait, Napoléon se prit à pousser des hurlements, tandis que Justin lui essuyait ses chaussures avec un torchis de paille. Mais il eût fallu un couteau; Charles offrit le sien.

— Ah! se dit-elle, il porte un couteau dans sa poche, comme un paysan!

Le givre tombait, et l'on s'en retourna vers Yonville.

Mme Bovary, le soir, n'alla pas chez ses voisins, et quand Charles fut parti, lorsqu'elle se sentit seule, le parallèle recommença dans la netteté d'une sensation presque immédiate et avec cet allongement de perspective que le souvenir donne aux objets. Regardant de son lit le feu clair qui brûlait, elle voyait encore, comme là-bas, Léon debout, faisant plier d'une main sa

badine et tenant de l'autre Athalie, qui suçait
tranquillement un morceau de glace. Elle le trouvait charmant; elle ne pouvait s'en détacher; elle
se rappela ses autres attitudes en d'autres jours,
des phrases qu'il avait dites, le son de sa voix,
toute sa personne; et elle répétait, en avançant
ses lèvres comme pour un baiser :

— Oui, charmant! charmant!... N'aime-t-il
pas? se demanda-t-elle. Qui donc?... mais c'est
moi!

Toutes les preuves à la fois s'en étalèrent, son
cœur bondit. La flamme de la cheminée faisait
trembler au plafond une clarté joyeuse; elle se
tourna sur le dos en s'étirant les bras.

Alors commença l'éternelle lamentation : « Oh!
si le ciel l'avait voulu! Pourquoi n'est-ce pas?
Qui empêchait donc?... »

Quand Charles, à minuit, rentra, elle eut l'air
de s'éveiller, et, comme il fit du bruit en se dés-
habillant, elle se plaignit de la migraine; puis
demanda nonchalamment ce qui s'était passé
dans la soirée.

— M. Léon, dit-il, est remonté de bonne
heure.

Elle ne put s'empêcher de sourire, et elle
s'endormit l'âme remplie d'un enchantement
nouveau.

Le lendemain, à la nuit tombante, elle reçut la
visite du sieur Lheureux, marchand de nouveautés. C'était un homme habile que ce boutiquier.
Né Gascon, mais devenu Normand, il doublait
sa faconde méridionale de cautèle cauchoise. Sa
figure grasse, molle et sans barbe, semblait teinte
par une décoction de réglisse claire, et sa chevelure blanche rendait plus vif encore l'éclat rude
de ses petits yeux noirs. On ignorait ce qu'il
avait été jadis : porteballe, disaient les uns, banquier à Routot, selon les autres. Ce qu'il y a de
sûr, c'est qu'il faisait, de tête, des calculs compli-
qués à effrayer Binet lui-même. Poli jusqu'à

l'obséquiosité, il se tenait toujours les reins à demi courbés, dans la position de quelqu'un qui salue ou qui invite.

Après avoir laissé à la porte son chapeau garni d'un crêpe, il posa sur la table un carton vert, et commença par se plaindre à Madame, avec force civilités, d'être resté jusqu'à ce jour sans obtenir sa confiance. Une pauvre boutique comme la sienne n'était pas faite pour attirer une *élégante;* il appuya sur le mot. Elle n'avait pourtant qu'à commander, et il se chargerait de lui fournir ce qu'elle voudrait, tant en mercerie que lingerie, bonneterie ou nouveautés; car il allait à la ville quatre fois par mois, régulièrement. Il était en relation avec les plus fortes maisons. On pouvait parler de lui aux *Trois Frères*, à *la Barbe d'Or* ou au *Grand Sauvage*, tous ces messieurs le connaissaient comme leur poche! Aujourd'hui donc, il venait montrer à Madame, en passant, différents articles qu'il se trouvait avoir, grâce à une occasion des plus rares. Et il retira de la boîte une demi-douzaine de cols brodés.

Mme Bovary les examina.

— Je n'ai besoin de rien, dit-elle.

Alors M. Lheureux exhiba délicatement trois écharpes algériennes, plusieurs paquets d'aiguilles anglaises, une paire de pantoufles en paille, et enfin, quatre coquetiers en coco, ciselés à jour par des forçats. Puis, les deux mains sur la table, le cou tendu, la taille penchée, il suivait, bouche béante, le regard d'Emma qui se promenait indécis parmi ces marchandises. De temps à autre, comme pour en chasser la poussière, il donnait un coup d'ongle sur la soie des écharpes, dépliées dans toute leur longueur; et elles frémissaient avec un bruit léger en faisant, à la lumière verdâtre du crépuscule, scintiller, comme de petites étoiles, les paillettes d'or de leur tissu.

— Combien coûtent-elles?

— Une misère, répondit-il; mais rien ne presse; quand vous voudrez; nous ne sommes pas des Juifs!

Elle réfléchit quelques instants, et finit encore par remercier M. Lheureux, qui répliqua sans s'émouvoir :

— Eh bien! nous nous entendrons plus tard; avec les dames je me suis toujours arrangé, si ce n'est avec la mienne, cependant!

Emma sourit.

— C'était pour vous dire, reprit-il d'un air bonhomme, après sa plaisanterie, que ce n'est pas l'argent qui m'inquiète... Je vous en donnerais, s'il le fallait.

Elle eut un geste de surprise.

— Ah! fit-il vivement et à voix basse, je n'aurais pas besoin d'aller loin pour vous en trouver; comptez-y!

Et il se mit à demander des nouvelles du père Tellier, le maître du *Café Français*, que M. Bovary soignait alors.

— Qu'est-ce qu'il a donc, le père Tellier?... Il tousse qu'il en secoue toute sa maison, et j'ai bien peur que, prochainement, il ne lui faille plutôt un paletot de sapin qu'une camisole de flanelle. Il a fait tant de bamboches quand il était jeune! Ces gens-là, madame, n'avaient pas le moindre ordre! il s'est calciné avec l'eau-de-vie! Mais c'est fâcheux tout de même de voir une connaissance s'en aller.

Et, tandis qu'il rebouclait son carton, il discourait ainsi sur la clientèle du médecin.

— C'est le temps, sans doute, dit-il en regardant les carreaux avec une figure rechignée, qui est la cause de ces maladies-là! Moi aussi, je ne me sens pas en mon assiette, il faudra même un de ces jours que je vienne consulter Monsieur, pour une douleur que j'ai dans le dos. Enfin, au revoir, madame Bovary; à votre disposition; serviteur très humble!

Et il referma la porte doucement.

Emma se fit servir à dîner dans sa chambre, au coin du feu, sur un plateau; elle fut longue à manger; tout lui sembla bon.

— Comme j'ai été sage! se disait-elle en songeant aux écharpes.

Elle entendit des pas dans l'escalier : c'était Léon. Elle se leva, et prit sur la commode, parmi des torchons à ourler, le premier de la pile. Elle semblait fort occupée quand il parut.

La conversation fut languissante, Mme Bovary l'abandonnant à chaque minute, tandis qu'il demeurait lui-même comme tout embarrassé. Assis sur une chaise basse, près de la cheminée, il faisait tourner dans ses doigts l'étui d'ivoire; elle poussait son aiguille, ou, de temps à autre, avec son ongle, fronçait les plis de la toile. Elle ne parlait pas; il se taisait, captivé par son silence, comme il l'eût été par ses paroles.

— Pauvre garçon! pensait-elle.

— En quoi lui déplais-je? se demandait-il.

Léon, cependant, finit par dire qu'il devait, un de ces jours, aller à Rouen, pour une affaire de son étude.

— Votre abonnement de musique est terminé, dois-je le reprendre?

— Non, répondit-elle.

— Pourquoi?

— Parce que...

Et, pinçant ses lèvres, elle tira lentement une longue aiguillée de fil gris.

Cet ouvrage irritait Léon. Les doigts d'Emma semblaient s'y écorcher par le bout; il lui vint en tête une phrase galante, mais qu'il ne risqua pas.

— Vous l'abandonnez donc? reprit-il.

— Quoi? dit-elle vivement; la musique? Ah! mon Dieu, oui! n'ai-je pas ma maison à tenir, mon mari à soigner, mille choses enfin, bien des devoirs qui passent auparavant!

Elle regarda la pendule. Charles était en

retard. Alors elle fit la soucieuse. Deux ou trois fois même, elle répéta :

— Il est si bon !

Le clerc affectionnait M. Bovary. Mais cette tendresse à son endroit l'étonna d'une façon désagréable; néanmoins il continua son éloge, qu'il entendait faire à chacun, disait-il, et surtout au pharmacien.

— Ah! c'est un brave homme, reprit Emma.

— Certes, reprit le clerc.

Et il se mit à parler de Mme Homais, dont la tenue fort négligée leur prêtait à rire ordinairement.

— Qu'est-ce que cela fait? interrompit Emma. Une bonne mère de famille ne s'inquiète pas de sa toilette.

Puis elle retomba dans son silence.

Il en fut de même les jours suivants; ses discours, ses manières, tout changea. On la vit prendre à cœur son ménage, retourner à l'église régulièrement et tenir sa servante avec plus de sévérité.

Elle retira Berthe de nourrice. Félicité l'amenait quand il venait des visites, et Mme Bovary la déshabillait afin de faire voir ses membres. Elle déclarait adorer les enfants; c'était sa consolation, sa joie, sa folie, et elle accompagnait ses caresses d'expansions lyriques, qui, à d'autres qu'à des Yonvillais, eussent rappelé la Sachette de *Notre-Dame de Paris*.

Quand Charles rentrait, il trouvait auprès des cendres ses pantoufles à chauffer. Ses gilets maintenant ne manquaient plus de doublure, ni ses chemises de boutons, et même il y avait plaisir à considérer dans l'armoire tous les bonnets de coton rangés par piles égales. Elle ne rechignait plus, comme autrefois, à faire des tours dans le jardin; ce qu'il proposait était toujours consenti, bien qu'elle ne devinât pas les volontés auxquelles elle se soumettait sans un murmure;

— et lorsque Léon le voyait au coin du feu, après le dîner, les deux mains sur son ventre, les deux pieds sur les chenets, la joue rougie par la digestion, les yeux humides de bonheur, avec l'enfant qui se traînait sur le tapis, et cette femme à taille mince qui, par-dessus le dossier du fauteuil, venait le baiser au front :

— Quelle folie! se disait-il, et comment arriver jusqu'à elle?

Elle lui parut donc si vertueuse et inaccessible, que toute espérance, même la plus vague, l'abandonna.

Mais, par ce renoncement, il la plaçait en des conditions extraordinaires. Elle se dégagea, pour lui, des qualités charnelles dont il n'avait rien à obtenir; et elle alla, dans son cœur, montant toujours et s'en détachant, à la manière magnifique d'une apothéose qui s'envole. C'était un de ces sentiments purs qui n'embarrassent pas l'exercice de la vie, que l'on cultive parce qu'ils sont rares, et dont la perte affligerait plus que la possession n'est réjouissante.

Emma maigrit, ses joues pâlirent, sa figure s'allongea. Avec ses bandeaux noirs, ses grands yeux, son nez droit, sa démarche d'oiseau et toujours silencieuse maintenant, ne semblait-elle pas traverser l'existence en y touchant à peine, et porter au front la vague empreinte de quelque prédestination sublime? Elle était si triste et si calme, si douce à la fois et si réservée, que l'on se sentait près d'elle pris par un charme glacial, comme l'on frissonne dans les églises sous le parfum des fleurs mêlé au froid des marbres. Les autres même n'échappaient point à cette séduction. Le pharmacien disait :

— C'est une femme de grands moyens et qui ne serait pas déplacée dans une sous-préfecture.

Les bourgeoises admiraient son économie, les clients sa politesse, les pauvres sa charité.

Mais elle était pleine de convoitises, de rage, de haine. Cette robe aux plis droits cachait un cœur bouleversé, et ces lèvres si pudiques n'en racontaient pas la tourmente. Elle était amoureuse de Léon, et elle recherchait la solitude, afin de pouvoir plus à l'aise se délecter en son image. La vue de sa personne troublait la volupté de cette méditation. Emma palpitait au bruit de ses pas; puis, en sa présence, l'émotion tombait, et il ne lui restait ensuite qu'un immense étonnement qui se finissait en tristesse.

Léon ne savait pas, lorsqu'il sortait de chez elle désespéré, qu'elle se levait derrière lui, afin de le voir dans la rue. Elle s'inquiétait de ses démarches; elle épiait son visage; elle inventa toute une histoire pour trouver prétexte à visiter sa chambre. La femme du pharmacien lui semblait bien heureuse de dormir sous le même toit; et ses pensées continuellement s'abattaient sur cette maison, comme les pigeons du *Lion d'Or* qui venaient tremper là, dans les gouttières, leurs pattes roses et leurs ailes blanches. Mais plus Emma s'apercevait de son amour, puis elle le refoulait, afin qu'il ne parût pas, et pour le diminuer. Elle aurait voulu que Léon s'en doutât; et elle imaginait des hasards, des catastrophes qui l'eussent facilité. Ce qui la retenait, sans doute, c'était la paresse ou l'épouvante, et la pudeur aussi. Elle songeait qu'elle l'avait repoussé trop loin, qu'il n'était plus temps, que tout était perdu. Puis l'orgueil, la joie de se dire : « Je suis vertueuse », et de se regarder dans la glace en prenant des poses résignées, la consolait un peu du sacrifice qu'elle croyait faire.

Alors, les appétits de la chair, les convoitises d'argent et les mélancolies de la passion, tout se confondit dans une même souffrance; — et, au lieu d'en détourner sa pensée, elle l'y attachait davantage, s'excitant à la douleur et en cherchant partout les occasions. Elle s'irritait d'un

plat mal servi ou d'une porte entrebâillée, gé-
missait du velours qu'elle n'avait pas, du bonheur qui lui manquait, de ses rêves trop hauts,
de sa maison trop étroite.

Ce qui l'exaspérait, c'est que Charles n'avait
pas l'air de se douter de son supplice. La conviction où il était de la rendre heureuse lui semblait
une insulte imbécile, et sa sécurité là-dessus de
l'ingratitude. Pour qui donc était-elle sage?
N'était-il pas, lui, l'obstacle à toute félicité, la
cause de toute misère, et comme l'ardillon pointu
de cette courroie complexe qui la bouclait de
tous côtés?

Donc, elle reporta sur lui seul la haine nombreuse qui résultait de ses ennuis, et chaque
effort pour l'amoindrir ne servait qu'à l'augmen-
ter; car cette peine inutile s'ajoutait aux autres
motifs de désespoir et contribuait encore plus à
l'écartement. Sa propre douceur à elle-même lui
donnait des rébellions. La médiocrité domestique
la poussait à des fantaisies luxueuses, la tendresse matrimoniale en des désirs adultères. Elle
aurait voulu que Charles la battît, pour pouvoir
plus justement le détester, s'en venger. Elle
s'étonnait parfois des conjectures atroces qui lui
arrivaient à la pensée; et il fallait continuer à
sourire, s'entendre répéter qu'elle était heureuse,
faire semblant de l'être, le laisser croire!

Elle avait des dégoûts, cependant, de cette
hypocrisie. Des tentations la prenaient de
s'enfuir avec Léon, quelque part, bien loin, pour
essayer une destinée nouvelle; mais aussitôt il
s'ouvrait dans son âme un gouffre vague, plein
d'obscurité.

— D'ailleurs, il ne m'aime plus, pensait-elle;
que devenir? quel secours attendre, quelle consolation, quel allégement?

Elle restait brisée, haletante, inerte, sanglotant
à voix basse et avec des larmes qui coulaient.

— Pourquoi ne point le dire à Monsieur? lui

demandait la domestique, lorsqu'elle entrait pendant ces crises.

— Ce sont les nerfs, répondait Emma; ne lui en parle pas, tu l'affligerais.

— Ah! oui, reprenait Félicité, vous êtes justement comme la Guérine, la fille au père Guérin, le pêcheur du Pollet, que j'ai connue à Dieppe, avant de venir chez vous. Elle était si triste, si triste, qu'à la voir debout sur le seuil de sa maison, elle vous faisait l'effet d'un drap d'enterrement tendu devant la porte. Son mal, à ce qu'il paraît, était une manière de brouillard qu'elle avait dans la tête, et les médecins n'y pouvaient rien, ni le curé non plus. Quand ça la prenait trop fort, elle s'en allait toute seule sur le bord de la mer, si bien que le lieutenant de la douane, en faisant sa tournée, souvent la trouvait étendue à plat ventre et pleurant sur les galets. Puis, après son mariage, ça lui a passé, dit-on.

— Mais, moi, reprenait Emma, c'est après le mariage que ça m'est venu.

VI

Un soir que la fenêtre était ouverte, et que, assise au bord, elle venait de regarder Lestiboudois, le bedeau, qui taillait le buis, elle entendit tout à coup sonner l'*Angelus*.

On était au commencement d'avril, quand les primevères sont écloses; un vent tiède se roule sur les plates-bandes labourées, et les jardins, comme des femmes, semblent faire leur toilette pour les fêtes de l'été. Par les barreaux de la tonnelle et au-delà tout alentour, on voyait la rivière dans la prairie, où elle dessinait sur l'herbe des sinuosités vagabondes. La vapeur du soir passait entre les peupliers sans feuilles, estompant leurs contours d'une teinte violette, plus pâle et plus transparente qu'une gaze subtile arrêtée sur leurs branchages. Au loin, des bestiaux marchaient, on n'entendait ni leurs pas, ni leurs mugissements; et la cloche, sonnant toujours, continuait dans les airs sa lamentation pacifique.

A ce tintement répété, la pensée de la jeune femme s'égarait dans ses vieux souvenirs de jeunesse et de pension. Elle se rappela les grands chandeliers, qui dépassaient sur l'autel les vases pleins de fleurs et le tabernacle à colonnettes. Elle aurait voulu, comme autrefois, être encore confondue dans la longue ligne des voiles blancs,

que marquaient de noir çà et là les capuchons
raides des bonnes sœurs inclinées sur leur prie-
Dieu; le dimanche, à la messe, quand elle relevait
sa tête, elle apercevait le doux visage de la
Vierge, parmi les tourbillons bleuâtres de
l'encens qui montait. Alors un attendrissement la
saisit; elle se sentit molle et tout abandonnée,
comme un duvet d'oiseau qui tournoie dans la
tempête; et ce fut sans en avoir conscience
qu'elle s'achemina vers l'église, disposée à
n'importe quelle dévotion, pourvu qu'elle y
absorbât son âme et que l'existence entière y dis-
parût.

Elle rencontra, sur la place, Lestiboudois, qui
s'en revenait; car, pour ne pas rogner la journée,
il préférait interrompre sa besogne, puis la
reprendre, si bien qu'il tintait l'*Angelus* selon sa
commodité. D'ailleurs, la sonnerie, faite plus tôt,
avertissait les gamins de l'heure du catéchisme.

Déjà quelques-uns, qui se trouvaient arrivés,
jouaient aux billes sur les dalles du cimetière.
D'autres, à califourchon sur le mur, agitaient
leurs jambes, en fauchant avec leurs sabots les
grandes orties poussées entre la petite enceinte et
les dernières tombes. C'était la seule place qui
fût verte; tout le reste n'était que pierres, et couvert continuellement d'une poudre fine, malgré
le balai de la sacristie.

Les enfants en chaussons couraient là comme
sur un parquet fait pour eux, et on entendait les
éclats de leurs voix à travers le bourdonnement
de la cloche. Il diminuait avec les oscillations de
la grosse corde qui, tombant des hauteurs du
clocher, traînait à terre par le bout. Des hirondelles passaient en poussant de petits cris, coupaient l'air au tranchant de leur vol, et rentraient vite dans leurs nids jaunes, sous les tuiles
du larmier. Au fond de l'église, une lampe brûlait, c'est-à-dire une mèche de veilleuse dans un

verre suspendu. Sa lumière, de loin, semblait une tache blanchâtre qui tremblait sur l'huile. Un long rayon de soleil traversait toute la nef et rendait plus sombres encore les bas-côtés et les angles.

— Où est le curé? demanda Mme Bovary à un jeune garçon qui s'amusait à secouer le tourniquet dans son trou trop lâche.

— Il va venir, répondit-il.

En effet, la porte du presbytère grinça, l'abbé Bournisien parut; les enfants, pêle-mêle, s'enfuirent dans l'église.

— Ces polissons-là! murmura l'ecclésiastique, toujours les mêmes!

Et, ramassant un catéchisme en lambeaux qu'il venait de heurter avec son pied :

— Ça ne respecte rien!

Mais, dès qu'il aperçut Mme Bovary :

— Excusez-moi, dit-il, je ne vous remettais pas.

Il fourra le catéchisme dans sa poche et s'arrêta, continuant à balancer entre deux doigts la lourde clef de la sacristie.

La lueur du soleil couchant qui frappait en plein son visage pâlissait le lasting de sa soutane, luisante sous les coudes, effiloquée par le bas. Des taches de graisse et de tabac suivaient sur sa poitrine large la ligne de petits boutons, et elles devenaient plus nombreuses en s'écartant de son rabat, où reposaient les plis abondants de sa peau rouge; elle était semée de macules jaunes qui disparaissaient dans les poils rudes de sa barbe grisonnante. Il venait de dîner et respirait bruyamment.

— Comment vous portez-vous? ajouta-t-il.

— Mal, répondit Emma; je souffre.

— Eh bien! moi aussi, reprit l'ecclésiastique. Ces premières chaleurs, n'est-ce pas? vous amollissent étonnamment. Enfin, que voulez-vous! nous sommes nés pour souffrir, comme dit saint

Paul. Mais, M. Bovary, qu'est-ce qu'il en pense?

— Lui! fit-elle avec un geste de dédain.

— Quoi! répliqua le bonhomme tout étonné, il ne vous ordonne pas quelque chose?

— Ah! dit Emma, ce ne sont pas les remèdes de la terre qu'il me faudrait.

Mais le curé, de temps à autre, regardait dans l'église, où tous les gamins agenouillés se poussaient de l'épaule, et tombaient comme des capucins de cartes.

— Je voudrais savoir... reprit-elle.

— Attends, attends, Riboudet, cria l'ecclésiastique d'une voix colère, je m'en vas aller te chauffer les oreilles, mauvais galopin!

Puis, se tournant vers Emma :

— C'est le fils de Boudet le charpentier; ses parents sont à leur aise et lui laissent faire ses fantaisies. Pourtant il apprendrait vite, s'il le voulait, car il est plein d'esprit. Et moi quelquefois, par plaisanterie, je l'appelle donc Riboudet (comme la côte que l'on prend pour aller à Maromme), et je dis même : mon Riboudet. Ah! ah! Mont-Riboudet! L'autre jour, j'ai rapporté ce mot-là à Monseigneur, qui en a ri... il a daigné en rire. — Et M. Bovary, comment va-t-il?

Elle semblait ne pas entendre. Il continua :

— Toujours fort occupé, sans doute? car nous sommes certainement, lui et moi, les deux personnes de la paroisse qui avons le plus à faire. Mais lui, il est le médecin des corps, ajouta-t-il avec un rire épais, et moi, je le suis des âmes!

Elle fixa sur le prêtre des yeux suppliants :

— Oui..., dit-elle, vous soulagez toutes les misères.

— Ah! ne m'en parlez pas, madame Bovary! Ce matin même, il a fallu que j'aille dans le Bas-Diauville pour une vache qui avait *l'enfle*, ils croyaient que c'était un sort. Toutes leurs vaches, je ne sais comment... Mais, pardon! Lon-

guemarre et Boudet! sac à papier! voulez-vous
bien finir!

Et, d'un bond, il s'élança dans l'église.

Les gamins, alors, se pressaient autour du
grand pupitre, grimpaient sur le tabouret du
chantre, ouvraient le missel; et d'autres, à pas de
loup, allaient se hasarder bientôt jusque dans le
confessionnal. Mais le curé, soudain, distribua
sur tous une grêle de soufflets. Les prenant par
le collet de la veste, il les enlevait de terre et les
reposait à deux genoux sur les pavés du chœur,
fortement, comme s'il eût voulu les y planter.

— Allez, dit-il, quand il fut revenu près
d'Emma, et en déployant son large mouchoir
d'indienne, dont il mit un angle entre ses dents,
les cultivateurs sont bien à plaindre!

— Il y en a d'autres, répondit-elle.

— Assurément! les ouvriers des villes, par
exemple.

— Ce ne sont pas eux...

— Pardonnez-moi! j'ai connu là de pauvres
mères de famille, des femmes vertueuses, je vous
assure, de véritables saintes, qui manquaient
même de pain.

— Mais celles, reprit Emma (et les coins de sa
bouche se tordaient en parlant), celles, M. le
curé, qui ont du pain, et qui n'ont pas...

— De feu l'hiver, dit le prêtre.

— Eh! qu'importe?

— Comment! qu'importe? il me semble, à
moi, que lorsqu'on est bien chauffé, bien nourri...,
car enfin...

— Mon Dieu! mon Dieu! soupirait-elle.

— Vous vous trouvez gênée? fit-il, en s'avançant d'un air inquiet; c'est la digestion, sans
doute? Il faut rentrer chez vous, madame
Bovary, boire un peu de thé; ça vous fortifiera,
ou bien un verre d'eau fraîche avec de la casso-
nade.

— Pourquoi?

Et elle avait l'air de quelqu'un qui se réveille d'un songe.

— C'est que vous passiez la main sur votre front. J'ai cru qu'un étourdissement vous prenait.

Puis, se ravisant :

— Mais vous me demandiez quelque chose? Qu'est-ce donc? Je ne sais plus.

— Moi? Rien..., rien..., répétait Emma.

Et son regard, qu'elle promenait autour d'elle, s'abaissa lentement sur le vieillard à soutane. Ils se considéraient tous les deux, face à face, sans parler.

— Alors, madame Bovary, dit-il enfin, faites excuse, mais le devoir avant tout, vous savez; il faut que j'expédie mes garnements. Voilà les premières communions qui vont venir. Nous serons encore surpris, j'en ai peur! Aussi, à partir de l'Ascension, je les tiens *recta* tous les mercredis une heure de plus. Ces pauvres enfants! on ne saurait les diriger trop tôt dans la voie du Seigneur, comme, du reste, il nous l'a recommandé lui-même par la bouche de son divin Fils... Bonne santé, madame; mes respects à monsieur votre mari!

Et il entra dans l'église, en faisant, dès la porte, une génuflexion.

Emma le vit qui disparaissait entre la double ligne des bancs, marchant à pas lourds, la tête un peu penchée sur l'épaule et avec ses deux mains entrouvertes, qu'il portait en dehors.

Puis elle tourna sur ses talons, tout d'un bloc comme une statue sur un pivot, et prit le chemin de sa maison. Mais la grosse voix du curé, la voix claire des gamins arrivaient encore à son oreille et continuaient derrière elle :

— Etes-vous chrétien?

— Oui, je suis chrétien.

— Qu'est-ce qu'un chrétien?

— C'est celui qui, étant baptisé..., baptisé..., baptisé...

Elle monta les marches de son escalier en se tenant à la rampe, et, quand elle fut dans sa chambre, se laissa tomber dans un fauteuil.

Le jour blanchâtre des carreaux s'abaissait doucement avec des ondulations. Les meubles à leur place semblaient devenus plus immobiles et se perdre dans l'ombre comme dans un océan ténébreux. La cheminée était éteinte, la pendule battait toujours, et Emma vaguement s'ébahissait à ce calme des choses, tandis qu'il y avait en elle-même tant de bouleversements. Mais, entre la fenêtre et la table à ouvrage, la petite Berthe était là, qui chancelait sur ses bottines de tricot, et essayait de se rapprocher de sa mère, pour lui saisir, par le bout, les rubans de son tablier.

— Laisse-moi! dit celle-ci en l'écartant avec la main.

La petite fille bientôt revint plus près encore contre ses genoux; et, s'y appuyant des bras, elle levait vers elle son gros œil bleu, pendant qu'un filet de salive pure découlait de sa lèvre sur la soie du tablier.

— Laisse-moi! répéta la jeune femme tout irritée.

Sa figure épouvanta l'enfant, qui se mit à crier.

— Eh! laisse-moi donc! fit-elle en la repoussant du coude.

Berthe alla tomber au pied de la commode, contre la patère de cuivre; elle s'y coupa la joue, le sang sortit. Mme Bovary se précipita pour la relever, cassa le cordon de la sonnette, appela la servante de toutes ses forces, et elle allait commencer à se maudire, lorsque Charles parut. C'était l'heure du dîner, il rentrait.

— Regarde donc, cher ami, lui dit Emma d'une voix tranquille : voilà la petite qui, en jouant, vient de se blesser par terre.

Charles la rassura, le cas n'était point grave, et il alla chercher du diachylum.

Mme Bovary ne descendit pas dans la salle; elle voulut demeurer seule à garder son enfant. Alors, en la contemplant dormir, ce qu'elle conservait d'inquiétude se dissipa par degrés, et elle se parut à elle-même bien sotte et bien bonne de s'être troublée tout à l'heure pour si peu de chose. Berthe, en effet, ne sanglotait plus. Sa respiration, maintenant, soulevait insensiblement la couverture de coton. De grosses larmes s'arrêtaient au coin de ses paupières à demi closes, qui laissaient voir entre les cils deux prunelles pâles, enfoncées; le sparadrap, collé sur sa joue, en tirait obliquement la peau tendue.

— C'est une chose étrange, pensait Emma, comme cette enfant est laide!

Quand Charles, à onze heures du soir, revint de la pharmacie (où il avait été remettre, après le dîner, ce qui lui restait du diachylum), il trouva sa femme debout auprès du berceau.

— Puisque je t'assure que ce ne sera rien, dit-il en la baisant au front; ne te tourmente pas, pauvre chérie, tu te rendras malade!

Il était resté longtemps chez l'apothicaire. Bien qu'il ne s'y fût pas montré fort ému, M. Homais, néanmoins, s'était efforcé de le raffermir, de lui *remonter le moral*. Alors on avait causé des dangers divers qui menacent l'enfance et de l'étourderie des domestiques. Mme Homais en savait quelque chose, ayant encore sur la poitrine les marques d'une écuellée de braise qu'une cuisinière, autrefois, avait laissé tomber dans son sarrau. Aussi ces bons parents prenaient-ils quantité de précautions. Les couteaux jamais n'étaient affilés, ni les appartements cirés. Il y avait aux fenêtres des grilles en fer et aux chambranles de fortes barres. Les petits Homais, malgré leur indépendance, ne pouvaient remuer sans un surveillant derrière eux; au moindre rhume, leur père les bourrait de pectoraux, et jusqu'à plus de quatre ans ils portaient tous, impitoyablement, des bourrelets matelassés. C'était, il est vrai, une manie de Mme Homais; son époux en était intérieurement affligé, redoutant pour les organes de l'intellect les résultats possibles d'une pareille compression, et il s'échappait jusqu'à lui dire :

— Tu prétends donc en faire des Caraïbes ou des Botocudos?

Charles, cependant, avait essayé plusieurs fois d'interrompre la conversation.

— J'aurais à vous entretenir, avait-il soufflé bas à l'oreille du clerc, qui se mit à marcher devant lui dans l'escalier.

— Se douterait-il de quelque chose? se demandait Léon. Il avait des battements de cœur et se perdait en conjectures.

Enfin Charles, ayant fermé la porte, le pria de voir lui-même à Rouen quels pouvaient être les prix d'un beau daguerréotype; c'était une surprise sentimentale qu'il réservait à sa femme, une attention fine, son portrait en habit noir. Mais il voulait auparavant *savoir à quoi s'en tenir*; ces démarches ne devaient pas embarrasser M. Léon, puisqu'il allait à la ville toutes les semaines, à peu près.

Dans quel but? Homais soupçonnait là-dessous quelque *histoire de jeune homme*, une intrigue. Mais il se trompait; Léon ne poursuivait aucune amourette. Plus que jamais il était triste, et Mme Lefrançois s'en apercevait bien à la quantité de nourriture qu'il laissait maintenant sur son assiette. Pour en savoir plus long, elle interrogea le percepteur; Binet répliqua, d'un ton rogue, qu'il n'était *point payé par la police*.

Son camarade, toutefois, lui paraissait fort singulier; car souvent Léon se renversait sur sa chaise en écartant les bras, et se plaignait vaguement de l'existence.

— C'est que vous ne prenez point assez de distractions, disait le percepteur.

— Lesquelles?

— Moi, à votre place, j'aurais un tour!

— Mais je ne sais pas tourner, répondait le clerc.

— Oh! c'est vrai! faisait l'autre en caressant sa mâchoire, avec un air de dédain mêlé de satisfaction.

Léon était las d'aimer sans résultat; puis il commençait à sentir cet accablement que vous cause la répétition de la même vie, lorsque aucun intérêt ne la dirige et qu'aucune espérance ne la soutient. Il était si ennuyé d'Yonville et des Yonvillais, que la vue de certaines gens, de certaines maisons l'irritait à n'y pouvoir tenir; et le pharmacien, tout bonhomme qu'il était, lui devenait complètement insupportable. Cependant, la perspective d'une situation nouvelle l'effrayait autant qu'elle le séduisait.

Cette appréhension se tourna vite en impatience, et Paris alors agita pour lui, dans le lointain, la fanfare de ses bals masqués avec le rire de ses grisettes. Puisqu'il devait y terminer son droit, pourquoi ne partait-il pas? qui l'empêchait? Et il se mit à faire des préparatifs intérieurs; il arrangea d'avance ses occupations. Il se meubla, dans sa tête, un appartement. Il y mènerait une vie d'artiste! Il y prendrait des leçons de guitare! Il aurait une robe de chambre, un béret basque, des pantoufles de velours bleu! Et même il admirait déjà sur sa cheminée deux fleurets en sautoir, avec une tête de mort et la guitare au-dessus.

La chose difficile était le consentement de sa mère; rien pourtant ne paraissait plus raisonnable. Son patron même l'engageait à visiter une autre étude, où il pût se développer davantage. Prenant donc un parti moyen, Léon chercha quelque place de second clerc à Rouen, n'en trouva pas; il écrivit enfin à sa mère une longue lettre détaillée, où il exposait les raisons d'aller habiter Paris immédiatement. Elle y consentit.

Il ne se hâta point. Chaque jour, durant tout un mois, Hivert transporta pour lui d'Yonville à Rouen, de Rouen à Yonville, des coffres, des valises, des paquets; et, quand Léon eut remonté sa garde-robe, fait rembourrer ses trois fauteuils, acheté une provision de foulards, pris, en un mot, plus de dispositions que pour un voyage autour du monde, il s'ajourna de semaine en semaine, jusqu'à ce qu'il reçût une seconde lettre maternelle où on le pressait de partir, puisqu'il désirait, avant les vacances, passer son examen.

Lorsque le moment fut venu des embrassades, Mme Homais pleura, Justin sanglotait; Homais, en homme fort, dissimula son émotion, il voulut lui-même porter le paletot de son ami jusqu'à la grille du notaire qui emmenait Léon à Rouen dans sa voiture. Ce dernier avait juste le temps de faire ses adieux à M. Bovary.

Quand il fut au haut de l'escalier, il s'arrêta, tant il se sentait hors d'haleine. A son entrée, Mme Bovary se leva vivement.

— C'est encore moi! dit Léon.

— J'en étais sûre!

Elle se mordit les lèvres, et un flot de sang lui courut sous la peau, qui se colora tout en rose, depuis la racine des cheveux jusqu'au bord de sa collerette. Elle restait debout, s'appuyant de l'épaule contre la boiserie.

— Monsieur n'est donc pas là? reprit-il.

— Il est absent.

Elle répéta :

— Il est absent.

Alors il y eut un silence. Ils se regardèrent; et leurs pensées, confondues dans la même angoisse, s'étreignaient étroitement, comme deux poitrines palpitantes.

— Je voudrais bien embrasser Berthe, dit Léon.

Emma descendit quelques marches, et elle appela Félicité.

Il jeta vite autour de lui un large coup d'œil qui s'étala sur les murs, les étagères, la cheminée, comme pour pénétrer tout, emporter tout.

Mais elle rentra, et la servante amena Berthe, qui secouait au bout d'une ficelle un moulin à vent la tête en bas.

Léon la baisa sur le cou à plusieurs reprises.

— Adieu, pauvre enfant! adieu, chère petite, adieu!

Et il la remit à sa mère.

— Emmenez-la, dit celle-ci.

Ils restèrent seuls.

Mme Bovary, le dos tourné, avait la figure posée contre un carreau; Léon tenait sa casquette à la main et la battait doucement le long de sa cuisse.

— Il va pleuvoir, dit Emma.

— J'ai un manteau, répondit-il.

— Ah!

Elle se détourna, le menton baissé et le front en avant. La lumière y glissait comme sur un marbre, jusqu'à la courbe des sourcils, sans que l'on pût savoir ce qu'Emma regardait à l'horizon ni ce qu'elle pensait au fond d'elle-même.

— Allons, adieu! soupira-t-il.

Elle releva sa tête d'un mouvement brusque :

— Oui, adieu..., partez!

Ils s'avancèrent l'un vers l'autre; il tendit la main, elle hésita.

— A l'anglaise donc, fit-elle, abandonnant la sienne, tout en s'efforçant de rire.

Léon la sentit entre ses doigts, et la substance même de tout son être lui semblait descendre dans cette paume humide.

Puis il ouvrit la main; leurs yeux se rencontrèrent encore, et il disparut.

Quand il fut sous les halles, il s'arrêta, et il se
cacha derrière un pilier, afin de contempler une
dernière fois cette maison blanche avec ses
quatre jalousies vertes. Il crut voir une ombre
derrière la fenêtre, dans la chambre; mais le
rideau, se décrochant de la patère comme si personne n'y touchait, remua lentement ses longs
plis obliques, qui d'un seul bond s'étalèrent tous,
et il resta droit, plus immobile qu'un mur de
plâtre. Léon se mit à courir.

Il aperçut de loin, sur la route, le cabriolet de
son patron, et à côté un homme en serpillière qui
tenait le cheval. Homais et M. Guillaumin causaient ensemble. On l'attendait.

— Embrassez-moi, dit l'apothicaire, les
larmes aux yeux. Voilà votre paletot, mon bon
ami; prenez garde au froid! Soignez-vous! ména-
gez-vous!

— Allons, Léon, en voiture! dit le notaire.

Homais se pencha sur le garde-crotte, et d'une
voix entrecoupée par les sanglots, laissa tomber
ces deux mots tristes :

— Bon voyage!

— Bonsoir, répondit M. Guillaumin. Lâchez
tout!

Ils partirent, et Homais s'en retourna.

Mme Bovary avait ouvert sa fenêtre sur le jardin, et elle regardait les nuages.

Ils s'amoncelaient au couchant, du côté de
Rouen, et roulaient vite leurs volutes noires, d'où
dépassaient par derrière les grandes lignes du
soleil, comme les flèches d'or d'un trophée suspendu, tandis que le reste du ciel vide avait la
blancheur d'une porcelaine. Mais une rafale de
vent fit se courber les peupliers, et tout à coup la
pluie tomba; elle crépitait sur les feuilles vertes.
Puis le soleil reparut, les poules chantèrent, des

moineaux battaient des ailes dans les buissons
humides, et les flaques d'eau sur le sable emportaient en s'écoulant les fleurs roses d'un aca-
cia.

— Ah! qu'il doit être loin déjà! pensa-t-elle.

M. Homais, comme de coutume, vint à six
heures et demie, pendant le dîner.

— Eh bien! dit-il en s'asseyant, nous avons
donc tantôt embarqué notre jeune homme?

— Il paraît! répondit le médecin.

Puis, se tournant sur sa chaise :

— Et quoi de neuf chez vous?

— Pas grand-chose. Ma femme, seulement a
été, cette après-midi, un peu émue. Vous savez,
les femmes, un rien les trouble! la mienne surtout! Et l'on aurait tort de se révolter là contre,
puisque leur organisation nerveuse est beaucoup
plus malléable que la nôtre.

— Ce pauvre Léon! disait Charles, comment
va-t-il vivre à Paris?... S'y accoutumera-t-il?

Mme Bovary soupira.

— Allons donc! dit le pharmacien en claquant
de la langue, les parties fines chez le traiteur! les
bals masqués! le champagne! tout cela va rouler,
je vous assure.

— Je ne crois pas qu'il se dérange, objecta
Bovary.

— Ni moi! reprit vivement M. Homais,
quoiqu'il lui faudra pourtant suivre les autres,
au risque de passer pour un jésuite. Eh! vous ne
savez pas la vie que mènent ces farceurs-là, dans
le quartier Latin, avec les actrices! Du reste, les
étudiants sont fort bien vus à Paris. Pour peu
qu'ils aient quelque talent d'agrément, on les
reçoit dans les meilleures sociétés, et il y a même
des dames du faubourg Saint-Germain qui en
deviennent amoureuses, ce qui leur fournit, par
la suite, les occasions de faire de très beaux
mariages.

— Mais, dit le médecin, j'ai peur pour lui que... là-bas...

— Vous avez raison, interrompit l'apothicaire, c'est le revers de la médaille! et l'on y est obligé continuellement d'avoir la main posée sur son gousset. Ainsi, vous êtes dans le jardin public, je suppose; un quidam se présente, bien mis, décoré même, et qu'on prendrait pour un diplomate; il vous aborde; vous causez; il s'insinue, vous offre une prise ou vous ramasse votre chapeau. Puis on se lie davantage; il vous mène au café, vous invite à venir dans sa maison de campagne, vous fait faire, entre deux vins, toutes sortes de connaissances, et, les trois quarts du temps, ce n'est que pour flibuster votre bourse ou vous entraîner en des démarches pernicieuses.

— C'est vrai, répondit Charles; mais je pensais surtout aux maladies, à la fièvre typhoïde, par exemple, qui attaque les étudiants de la province.

Emma tressaillit.

— A cause du changement de régime, continua le pharmacien, et de la perturbation qui en résulte dans l'économie générale. Et puis, l'eau de Paris, voyez-vous! les mets des restaurateurs, toutes ces nourritures épicées finissent par vous échauffer le sang et ne valent pas, quoi qu'on en dise, un bon pot-au-feu. J'ai toujours, quant à moi, préféré la cuisine bourgeoise, c'est plus sain! Aussi, lorsque j'étudiais à Rouen la pharmacie, je m'étais mis en pension dans une pension; je mangeais avec les professeurs.

Et il continua donc à exposer ses opinions générales et ses sympathies personnelles, jusqu'au moment où Justin vint le chercher pour un lait de poule qu'il fallait faire.

— Pas un instant de répit! s'écria-t-il, toujours à la chaîne! Je ne peux sortir une minute!

Il faut, comme un cheval de labour, être à suer sang et eau! Quel collier de misère!

Puis, quand il fut sur la porte :

— A propos, dit-il, savez-vous la nouvelle?

— Quoi donc?

— C'est qu'il est fort probable, reprit Homais, en dressant ses sourcils et en prenant une figure des plus sérieuses, que les Comices agricoles de la Seine-Inférieure se tiendront cette année à Yonville-l'Abbaye. Le bruit, du moins, en circule. Ce matin, le journal en touchait quelque chose. Ce serait pour notre arrondissement de la dernière importance! Mais nous en causerons plus tard. J'y vois, je vous remercie; Justin a la lanterne.

VII

Le lendemain fut, pour Emma, une journée funèbre. Tout lui parut enveloppé par une atmosphère noire qui flottait confusément sur l'extérieur des choses, et le chagrin s'engouffrait dans son âme avec des hurlements doux, comme fait le vent d'hiver dans les châteaux abandonnés. C'était cette rêverie que l'on a sur ce qui ne reviendra plus, la lassitude qui vous prend après chaque fait accompli, cette douleur, enfin, que vous apportent l'interruption de tout mouvement accoutumé, la cessation brusque d'une vibration prolongée.

Comme au retour de la Vaubyessard, quand les quadrilles tourbillonnaient dans sa tête, elle avait une mélancolie morne, un désespoir engourdi. Léon réapparaissait plus grand, plus beau, plus suave, plus vague; quoiqu'il fût séparé d'elle, il ne l'avait pas quittée, il était là, et les murailles de la maison semblaient garder son ombre. Elle ne pouvait détacher sa vue de ce tapis où il avait marché, de ces meubles vides où il s'était assis. La rivière coulait toujours, et poussait lentement ses petits flots le long de la berge glissante. Ils s'y étaient promenés bien des fois, à ce même murmure des ondes sur les cailloux couverts de mousse. Quels bons soleils ils avaient eus! quelles bonnes après-midi, seuls, à l'ombre, dans le fond du jardin! Il lisait tout haut, tête nue, posé sur un tabouret de bâtons secs; le vent frais de la prairie faisait trembler les pages du livre et les capucines de la tonnelle... Ah! il était parti, le seul charme de sa vie, le seul espoir possible d'une félicité! Comment n'avait-elle pas saisi ce bonheur-là, quand il se présentait! Pourquoi ne l'avoir pas retenu à deux mains, à deux genoux, quand il voulait s'enfuir? Et elle se maudit de n'avoir pas aimé Léon; elle eut soif de ses lèvres. L'envie la prit de courir le rejoindre, de se jeter dans ses bras, de lui dire : « C'est moi, je suis à toi! » Mais Emma s'embarrassait d'avance aux difficultés de l'entreprise, et ses désirs, s'augmentant d'un regret, n'en devenaient que plus actifs.

Dès lors, ce souvenir de Léon fut comme le centre de son ennui; il y pétillait plus fort que, dans un steppe de Russie, un feu de voyageurs abandonné sur la neige. Elle se précipitait vers lui, elle se blottissait contre, elle remuait délicatement ce foyer près de s'éteindre, elle allait cherchant tout autour d'elle ce qui pouvait l'aviver davantage; et les réminiscences les plus lointaines comme les plus immédiates occasions, ce qu'elle éprouvait avec ce qu'elle imaginait, ses envies de volupté qui se dispersaient, ses projets de bonheur qui craquaient au vent comme des branchages morts, sa vertu stérile, ses espérances tombées, la litière domestique, elle ramassait tout, prenait tout, et faisait servir tout à réchauffer sa tristesse.

Cependant les flammes s'apaisèrent, soit que la provision d'elle-même s'épuisât, ou que l'entassement fût trop considérable. L'amour, peu à peu, s'éteignit par l'absence, le regret s'étouffa sous l'habitude; et cette lueur d'incendie qui empourprait son ciel pâle se couvrit de plus d'ombre et s'effaça par degrés. Dans l'assoupissement de sa conscience, elle prit même les répugnances du mari pour des aspirations vers l'amant, les brûlures de la haine pour des réchauffements de la tendresse; mais, comme l'ouragan soufflait toujours, et que la passion se consuma jusqu'aux cendres, et qu'aucun secours ne vint, qu'aucun soleil ne parut, il fut de tous côtés nuit complète, et elle demeura perdue dans un froid horrible qui la traversait.

Alors les mauvais jours de Tostes recommencèrent. Elle s'estimait à présent beaucoup plus malheureuse, car `elle avait l'expérience du chagrin, avec la certitude qu'il ne finirait pas.

Une femme qui s'était imposé de si grands sacrifices pouvait bien se passer des fantaisies. Elle s'acheta un prie-Dieu gothique, et elle dépensa en un mois pour quatorze francs de citrons à se nettoyer les ongles; elle écrivit à Rouen, afin d'avoir une robe en cachemire bleu; elle choisit, chez Lheureux, la plus belle de ses écharpes; elle se la nouait à la taille par-dessus sa robe de chambre; et, les volets fermés, avec un livre à la main, elle restait étendue sur un canapé, dans cet accoutrement.

Souvent, elle variait sa coiffure : elle se mettait à la chinoise, en boucles molles, en nattes tressées; elle se fit une raie sur le côté de la tête et roula ses cheveux en dessous, comme un homme.

Elle voulut apprendre l'italien : elle acheta des dictionnaires, une grammaire, une provision de papier blanc. Elle essaya des lectures sérieuses, de l'histoire et de la philosophie. La nuit, quelquefois, Charles se réveillait en sursaut, croyant qu'on venait le chercher pour un malade :

— J'y vais, balbutiait-il.

Et c'était le bruit d'une allumette qu'Emma frottait afin de rallumer sa lampe. Mais il en était de ses lectures comme de ses tapisseries, qui, toutes commencées, encombraient son

armoire; elle les prenait, les quittait, passait a
d'autres.

Elle avait des accès, où on l'eût poussée facilement à des extravagances. Elle soutint un jour,
contre son mari, qu'elle boirait bien un grand
demi-verre d'eau-de-vie, et, comme Charles eut la
bêtise de l'en défier, elle avala l'eau-de-vie
jusqu'au bout.

Malgré ses airs évaporés (c'était le mot des
bourgeoises d'Yonville), Emma pourtant ne
paraissait pas joyeuse, et, d'habitude, elle gardait
aux coins de la bouche cette immobile contrac-
tion qui plisse la figure des vieilles filles et celle
des ambitieux déchus. Elle était pâle partout,
blanche comme du linge; la peau du nez se
tirait vers les narines, ses yeux vous regardaient
d'une manière vague. Pour s'être découvert trois
cheveux gris sur les tempes, elle parla de sa vieil-
lesse.

Souvent des défaillances la prenaient. Un jour
même, elle eut un crachement de sang, et, comme
Charles s'empressait, laissant apercevoir son
inquiétude :

— Ah bah! répondit-elle, qu'est-ce que cela
fait?

Charles s'alla réfugier dans son cabinet; et il
pleura, les deux coudes sur la table, assis dans
son fauteuil de bureau, sous la tête phrénologique.

Alors il écrivit à sa mère pour la prier de
venir, et ils eurent ensemble de longues confé-
rences au sujet d'Emma.

A quoi se résoudre? que faire, puisqu'elle se
refusait à tout traitement?

— Sais-tu ce qu'il faudrait à ta femme? reprenait la mère Bovary. Ce seraient des occupations
forcées, des ouvrages manuels! Si elle était
comme tant d'autres contrainte à gagner son
pain, elle n'aurait pas ces vapeurs-là, qui lui

viennent d'un tas d'idées qu'elle se fourre dans la tête, et du désœuvrement où elle vit.

— Pourtant elle s'occupe, disait Charles.

— Ah! elle s'occupe! A quoi donc? A lire des romans, de mauvais livres, des ouvrages qui sont contre la religion et dans lesquels on se moque des prêtres par des discours tirés de Voltaire. Mais tout cela va loin, mon pauvre enfant, et quelqu'un qui n'a pas de religion finit toujours par tourner mal.

Donc, il fut résolu que l'on empêcherait Emma de lire des romans. L'entreprise ne semblait point facile. La bonne dame s'en chargea : elle devait, quand elle passerait par Rouen, aller en personne chez le loueur de livres et lui représenter qu'Emma cessait ses abonnements. N'aurait-on pas le droit d'avertir la police, si le libraire persistait quand même dans son métier d'empoisonneur?

Les adieux de la belle-mère et de la bru furent secs. Pendant les trois semaines qu'elles étaient restées ensemble, elles n'avaient pas échangé quatre paroles, à part les informations et compliments, quand elles se rencontraient à table, et le soir avant de se mettre au lit.

Mme Bovary mère partit un mercredi, qui était jour de marché à Yonville.

La place, dès le matin, était encombrée par une file de charrettes qui, toutes à cul et les brancards en l'air, s'étendaient le long des maisons depuis l'église jusqu'à l'auberge. De l'autre côté, il y avait des baraques de toile et l'on vendait des cotonnades, des couvertures et des bas de laine, avec des licous pour les chevaux et des paquets de rubans bleus, qui par le bout s'envolaient au vent. De la grosse quincaillerie s'étalait par terre, entre les pyramides d'œufs et les bannettes de fromages, d'où sortaient des pailles gluantes; près des machines à blé, des poules qui gloussaient dans des cages plates passaient leurs cous

par les barreaux. La foule, s'encombrant au
même endroit sans en vouloir bouger, menaçait
quelquefois de rompre la devanture de la pharmacie. Les mercredis, elle ne désemplissait pas et
l'on s'y poussait, moins pour acheter des médicaments que pour prendre des consultations, tant
était fameuse la réputation du sieur Homais
dans les villages circonvoisins. Son robuste
aplomb avait fasciné les campagnards. Ils le
regardaient comme un plus grand médecin que
tous les médecins.

Emma était accoudée à sa fenêtre (elle s'y
mettait souvent : la fenêtre, en province, rem-
place les théâtres et la promenade), et elle
s'amusait à considérer la cohue des rustres,
lorsqu'elle aperçut un monsieur vêtu d'une
redingote de velours vert. Il était ganté de gants
jaunes, quoiqu'il fût chaussé de fortes guêtres;
et il se dirigeait vers la maison du médecin, suivi
d'un paysan marchant la tête basse d'un air tout
réfléchi.

— Puis-je voir Monsieur? demanda-t-il à Justin, qui causait sur le seuil avec Félicité.

Et, le prenant pour le domestique de la maison :

— Dites-lui que M. Rodolphe Boulanger, de la
Huchette, est là.

Ce n'était point par vanité territoriale que le
nouvel arrivant avait ajouté à son nom la parti-
cule, mais afin de se faire mieux connaître. La
Huchette, en effet, était un domaine près d'Yonville, dont il venait d'acquérir le château, avec
deux fermes qu'il cultivait lui-même, sans trop
se gêner cependant. Il vivait en garçon, et passait pour avoir *au moins quinze mille livres de
rentes!*

Charles entra dans la salle. M. Boulanger lui
présenta son homme, qui voulait être saigné,
parce qu'il éprouvait *des fourmis le long du
corps.*

— Ça me purgera, objectait-il à tous les raisonnements.

Bovary commanda donc d'apporter une bande et une cuvette, et pria Justin de la soutenir. Puis, s'adressant au villageois déjà blême :

— N'ayez point peur, mon brave.

— Non, non, répondit l'autre, marchez toujours !

Et d'un air fanfaron, il tendit son gros bras. Sous la piqûre de la lancette, le sang jaillit et alla s'éclabousser contre la glace.

—. Approche le vase ! exclama Charles.

— *Guête !* disait le paysan, on jurerait une petite fontaine qui coule ! Comme j'ai le sang rouge ! ce doit être bon signe, n'est-ce pas ?

— Quelquefois, reprit l'officier de santé, l'on n'éprouve rien au commencement, puis la syncope se déclare, et plus particulièrement chez les gens bien constitués, comme celui-ci.

Le campagnard, à ces mots, lâcha l'étui qu'il tournait entre ses doigts. Une saccade de ses épaules fit craquer le dossier de la chaise. Son chapeau tomba.

— Je m'en doutais, dit Bovary en appliquant son doigt sur la veine.

La cuvette commençait à trembler aux mains de Justin ; ses genoux chancelèrent, il devint pâle.

— Ma femme ! ma femme ! appela Charles.

D'un bond, elle descendit l'escalier.

— Du vinaigre ! cria-t-il. Ah ! mon Dieu, deux à la fois !

Et, dans son émotion, il avait peine à poser la compresse.

— Ce n'est rien, disait tout tranquillement M. Boulanger, tandis qu'il prenait Justin entre ses bras.

Et il l'assit sur la table, lui appuyant le dos contre la muraille.

Mme Bovary se mit à lui retirer sa cravate. Il y avait un nœud aux cordons de la chemise; elle resta quelques minutes à remuer ses doigts légers dans le cou du jeune garçon; ensuite elle versa du vinaigre sur son mouchoir de batiste; elle lui en mouillait les tempes à petits coups et elle soufflait dessus, délicatement.

Le charretier se réveilla : mais la syncope de Justin durait encore, et ses prunelles disparaissaient dans leur sclérotique pâle, comme des fleurs bleues dans du lait.

— Il faudrait, dit Charles, lui cacher cela.

Mme Bovary prit la cuvette. Pour la mettre sous la table, dans le mouvement qu'elle fit en s'inclinant, sa robe (c'était une robe d'été à quatre volants, de couleur jaune, longue de taille, large de jupe), sa robe s'évasa autour d'elle sur les carreaux de la salle; — et, comme Emma, baissée, chancelait un peu en écartant les bras, le gonflement de l'étoffe se crevait de place en place, selon les inflexions du corsage. Ensuite, elle alla prendre une carafe d'eau, et elle faisait fondre des morceaux de sucre lorsque le pharmacien arriva. La servante l'avait été chercher dans l'algarade; en apercevant son élève les yeux ouverts, il reprit haleine. Puis, tournant autour de lui, il le regardait de haut en bas.

— Sot! disait-il, petit sot, vraiment! sot en trois lettres! Grand-chose, après tout, qu'une phlébotomie! et un gaillard qui n'a peur de rien! une espèce d'écureuil, tel que vous le voyez, qui monte locher des noix à des hauteurs vertigineuses. Ah! oui, parle, vante-toi! voilà de belles dispositions à exercer plus tard la pharmacie; car tu peux te trouver appelé en des circonstances graves, par-devant les tribunaux, afin d'y éclairer la conscience des magistrats; et il faudra pourtant garder son sang-froid, raisonner, se montrer homme, ou bien passer pour un imbécile!

Justin ne répondait pas. L'apothicaire continuait :

— Qui t'a prié de venir? Tu importunes toujours monsieur et madame! Les mercredis, d'ailleurs, ta présence m'est plus indispensable. Il y a
maintenant vingt personnes à la maison. J'ai
tout quitté, à cause de l'intérêt que je te porte.
Allons, va-t'en! cours! attends-moi, et surveille
les bocaux!

Quand Justin, qui se rhabillait, fut parti, l'on
causa quelque peu des évanouissements. Mme
Bovary n'en avait jamais eu.

— C'est extraordinaire pour une dame! dit
M. Boulanger. Du reste, il y a des gens bien délicats. Aïnsi j'ai vu, dans une rencontre, un témoin
perdre connaissance rien qu'au bruit des pistolets que l'on chargeait.

— Moi, dit l'apothicaire, la vue du sang des
autres ne me fait rien du tout; mais l'idée seulement du mien qui coule suffirait à me causer des
défaillances, si j'y réfléchissais trop.

Cependant M. Boulanger congédia son domestique, en l'engageant à se tranquilliser l'esprit,
puisque sa fantaisie était passée.

— Elle m'a procuré l'avantage de votre
connaissance, ajouta-t-il.

Et il regardait Emma durant cette phrase.

Puis il déposa trois francs sur le coin de la
table, salua négligemment et s'en alla.

Il fut bientôt de l'autre côté de la rivière
(c'était son chemin pour s'en retourner à la
Huchette); et Emma l'aperçut dans la prairie,
qui marchait sous les peupliers, se ralentissant
de temps à autre, comme quelqu'un qui réfléchit.

— Elle est fort gentille! se disait-il; elle est
fort gentille, cette femme du médecin! De belles
dents, les yeux noirs, le pied coquet, et de la
tournure comme une Parisienne. D'où diable

sort-elle? Où donc l'a-t-il trouvée, ce gros garçon-là?

M. Rodolphe Boulanger avait trente-quatre ans; il était de tempérament brutal et d'intelligence perspicace, ayant d'ailleurs beaucoup fréquenté les femmes, et s'y connaissant bien. Celle-là lui avait paru jolie; il y rêvait donc, et à son mari.

— Je le crois très bête. Elle en est fatiguée sans doute. Il porte des ongles sales et une barbe de trois jours. Tandis qu'il trottine à ses malades, elle reste à ravauder des chaussettes. Et on s'ennuie! on voudrait habiter la ville, danser la polka tous les soirs! Pauvre petite femme! Ça bâille après l'amour, comme une carpe après l'eau sur une table de cuisine. Avec trois mots de galanterie, cela vous adorerait, j'en suis sûr! ce serait tendre! charmant!... Oui, mais comment s'en débarrasser ensuite?

Alors les encombrements du plaisir, entrevus en perspective, le firent, par contraste, songer à sa maîtresse. C'était une comédienne de Rouen, qu'il entretenait; et, quand il se fut arrêté sur cette image, dont il avait, en souvenir même, des rassasiements :

— Ah! Mme Bovary, pensa-t-il, est bien plus jolie qu'elle; plus fraîche surtout. Virginie, décidément, commence à devenir trop grosse. Elle est si fastidieuse, avec ses joies. Et, d'ailleurs, quelle manie de salicoques!

La campagne était déserte, et Rodolphe n'entendait autour de lui que le battement régulier des herbes qui fouettaient sa chaussure, avec le cri des grillons tapis au loin sous les avoines; il revoyait Emma dans la salle, habillée comme il l'avait vue, et il la déshabillait.

— Oh! je l'aurai! s'écria-t-il en écrasant, d'un coup de bâton, une motte de terre devant lui.

Et, aussitôt, il examina la parti politique de l'entreprise. Il se demandait :

— Où se rencontrer? par quel moyen? On aura continuellement le marmot sur les épaules, et la bonne, les voisins, le mari, toute sorte de tracasseries considérables. Ah bah! dit-il, on y perd trop de temps!

Puis il recommença :

— C'est qu'elle a des yeux qui vous entrent au cœur comme des vrilles. Et ce teint pâle!... Moi qui adore les femmes pâles!

Au haut de la côte d'Argueil, sa résolution était prise.

— Il n'y a plus qu'à chercher les occasions. Eh bien! j'y passerai quelquefois, je leur enverrai du gibier, de la volaille; je me ferai saigner, s'il le faut; nous deviendrons amis, je les inviterai chez moi... Ah! parbleu! ajouta-t-il, voilà les Comices bientôt; elle y sera, je la verrai. Nous commencerons, et hardiment, car c'est le plus sûr.

VIII

Ils arrivèrent, en effet, ces fameux Comices!
Dès le matin de la solennité, tous les habitants,
sur leurs portes, s'entretenaient des préparatifs;
on avait enguirlandé de lierres le fronton de la
mairie; une tente, dans un pré, était dressée pour
le festin, et, au milieu de la place, devant l'église,
une espèce de bombarde devait signaler l'arrivée
de M. le préfet et le nom des cultivateurs lauréats. La garde nationale de Buchy (il n'y en
avait point à Yonville) était venue s'adjoindre au
corps des pompiers, dont Binet était le capitaine.
Il portait, ce jour-là, un col encore plus haut que
de coutume; et, sanglé dans sa tunique, il avait
le buste si roide et immobile, que toute la partie
vitale de sa personne semblait être descendue
dans ses deux jambes, qui se levaient en cadence,
à pas marqués, d'un seul mouvement. Comme
une rivalité subsistait entre le percepteur et le
colonel, l'un et l'autre, pour montrer leurs
talents, faisaient à part manœuvrer leurs
hommes. On voyait alternativement passer et
repasser les épaulettes rouges et les plastrons
noirs. Cela ne finissait pas et toujours recommençait! Jamais il n'y avait eu pareil déploie-
ment de pompe! Plusieurs bourgeois, dès la
veille, avaient lavé leurs maisons; des drapeaux

tricolores pendaient aux fenêtres entrouvertes; tous les cabarets étaient pleins; et, par le beau temps qu'il faisait, les bonnets empesés, les croix d'or et les fichus de couleur paraissaient plus blancs que neige, miroitaient au soleil clair, et relevaient de leur bigarrure éparpillée la sombre monotonie des redingotes et des bourgerons bleus. Les fermières des environs retiraient, en descendant de cheval, la grosse épingle qui leur serrait autour du corps leur robe retroussée de peur des taches; et les maris, au contraire, afin de ménager leurs chapeaux, gardaient par-dessus des mouchoirs de poche, dont ils tenaient un angle entre les dents.

La foule arrivait dans la grande rue par les deux bouts du village. Il s'en dégorgeait des ruelles, des allées, des maisons, et l'on entendait de temps à autre retomber le marteau des portes, derrière les bourgeoises en gants de fil, qui sortaient pour aller voir la fête. Ce que l'on admirait surtout, c'étaient deux longs ifs couverts de lampions qui flanquaient une estrade où s'allaient tenir les autorités; et il y avait de plus, contre les quatre colonnes de la mairie, quatre manières de gaules, portant chacune un petit étendard de toile verdâtre, enrichi d'inscriptions en lettres d'or. On lisait sur l'un : « Au Commerce »; sur l'autre : « A l'Agriculture »; sur le troisième : « A l'Industrie »; et sur le quatrième : « Aux Beaux-Arts. »

Mais la jubilation qui épanouissait tous les visages paraissait assombrir Mme Lefrançois, l'aubergiste. Debout sur les marches de sa cuisine, elle murmurait dans son menton :

— Quelle bêtise! quelle bêtise avec leur baraque de toile! Croient-ils que le préfet sera bien aise de dîner là-bas, sous une tente, comme un saltimbanque? Ils appellent ces embarras-là, faire le bien du pays! Ce n'était pas la peine, alors, d'aller chercher un gargotier à Neufchâtel!

Et pour qui? pour des vachers! des va-nu-
pieds!...

L'apothicaire passa. Il portait un habit noir, un
pantalon de nankin, des souliers de castor, et par
extraordinaire un chapeau, — un chapeau bas de
forme.

— Serviteur! dit-il; excusez-moi, je suis
pressé.

Et comme la grosse veuve lui demanda où il
allait :

— Cela vous semble drôle, n'est-ce pas? moi
qui reste toujours plus confiné dans mon laboratoire que le rat du bonhomme dans son fromage.

— Quel fromage? fit l'aubergiste.

— Non, rien! ce n'est rien! reprit Homais. Je
voulais vous exprimer seulement, madame Lefrançois, que je demeure d'habitude tout reclus
chez moi. Aujourd'hui cependant, vu la circonstance, il faut bien que...

— Ah! vous allez là-bas? dit-elle avec un air
de dédain.

— Oui, j'y vais, répliqua l'apothicaire étonné;
ne fais-je point partie de la commission consulta-
tive?

La mère Lefrançois le considéra quelques
minutes, et finit par répondre en souriant :

— C'est autre chose! Mais qu'est-ce que la culture vous regarde? vous vous y entendez donc?

— Certainement, je m'y entends, puisque je
suis pharmacien, c'est-à-dire chimiste! et la
chimie, madame Lefrançois, ayant pour objet la
connaissance de l'action réciproque et molécu-
laire de tous les corps de la nature, il s'ensuit
que l'agriculture se trouve comprise dans son
domaine! Et, en effet, composition des engrais,
fermentation des liquides, analyse des gaz et influence des miasmes, qu'est-ce que tout cela, je
vous le demande, si ce n'est de la chimie pure et
simple?

L'aubergiste ne répondit rien. Homais continua :

— Croyez-vous qu'il faille, pour être agro-
nome, avoir soi-même labouré la terre ou
engraissé des volailles? Mais il faut connaître
plutôt la constitution des substances dont il
s'agit, les gisements géologiques, les actions
atmosphériques, la qualité des terrains, des
minéraux, des eaux, la densité des différents
corps et leur capillarité! que sais-je? Et il faut
posséder à fond tous ses principes d'hygiène,
pour diriger, critiquer la construction des bâtiments, le régime des animaux, l'alimentation des
domestiques! il faut encore, madame Lefrançois,
posséder la botanique; pouvoir discerner les
plantes, entendez-vous? quelles sont les salu-
taires d'avec les délétères, quelles les improduc-
tives et quelles les nutritives; s'il est bon de les
arracher par-ci et de les ressemer par-là, de pro-
pager les unes, de détruire les autres; bref, il
faut se tenir au courant de la science par les
brochures et papiers publics, être toujours en
haleine, afin d'indiquer les améliorations...

L'aubergiste ne quittait point des yeux la porte
du *Café Français*, et le pharmacien poursuivit :

— Plût à Dieu que nos agriculteurs fussent
des chimistes, ou que du moins ils écoutassent
davantage les conseils de la science! Ainsi, moi,
j'ai dernièrement écrit un fort opuscule, un
mémoire de plus de soixante et douze pages, intitulé : *Du cidre, de sa fabrication et de ses effets;
suivi de quelques réflexions nouvelles à ce sujet,*
que j'ai envoyé à la Société agronomique de
Rouen; ce qui m'a même valu l'honneur d'être
reçu parmi ses membres, section d'agriculture,
classe de pomologie; eh bien, si mon ouvrage
avait été livré à la publicité...

Mais l'apothicaire s'arrêta, tant Mme Lefrançois paraissait préoccupée.

— Voyez-les donc! disait-elle, on n'y comprend rien! une gargote semblable!

Et, avec des haussements d'épaules qui tiraient sur sa poitrine les mailles de son tricot, elle montrait des deux mains le cabaret de son rival, d'où sortaient alors des chansons.

— Du reste, il n'en a pas pour longtemps, ajouta-t-elle; avant huit jours, tout est fini.

Homais se recula de stupéfaction. Elle descendit ses trois marches, et, lui parlant à l'oreille :

— Comment! vous ne savez pas cela? On va le saisir cette semaine. C'est Lheureux qui le fait vendre. Il l'a assassiné de billets.

— Quelle épouvantable catastrophe! s'écria l'apothicaire, qui avait toujours des expressions congruantes à toutes les circonstances imaginables.

L'hôtesse donc se mit à lui raconter cette histoire, qu'elle savait par Théodore, le domestique de M. Guillaumin, et, bien qu'elle exécrât Tellier, elle blâmait Lheureux. C'était un enjôleur, un rampant.

— Ah! tenez, dit-elle, le voilà sous les halles; il salue Mme Bovary, qui a un chapeau vert. Elle est même au bras de M. Boulanger.

— Mme Bovary! fit Homais. Je m'empresse d'aller lui offrir mes hommages. Peut-être qu'elle sera bien aise d'avoir une place dans l'enceinte, sous le péristyle.

Et sans écouter la mère Lefrançois, qui le rappelait pour lui en conter plus long, le pharmacien s'éloigna d'un pas rapide, sourire aux lèvres et jarret tendu, distribuant de droite et de gauche quantité de salutations et emplissant beaucoup d'espace avec les grandes basques de son habit noir, qui flottaient au vent derrière lui.

Rodolphe, l'ayant aperçu de loin, avait pris un train rapide; mais Mme Bovary s'essouffla; il se ralentit donc et lui dit en souriant, d'un ton brutal :

— C'est pour éviter ce gros bonhomme : vous savez, l'apothicaire.

Elle lui donna un coup de coude.

— Qu'est-ce que cela signifie? se demanda-t-il.

Et il la considéra du coin de l'œil, tout en continuant à marcher.

Son profil était si calme, que l'on n'y devinait rien. Il se détachait en pleine lumière, dans l'ovale de sa capote qui avait des rubans pâles ressemblant à des feuilles de roseau. Ses yeux aux longs cils courbes regardaient devant elle, et, quoique bien ouverts, ils semblaient un peu bridés par les pommettes, à cause du sang, qui battait doucement sous sa peau fine. Une couleur rose traversait la cloison de son nez. Elle inclinait la tête sur l'épaule, et l'on voyait entre ses lèvres le bout nacré de ses dents blanches.

— Se moque-t-elle de moi? songeait Rodolphe.

Ce geste d'Emma pourtant n'avait été qu'un avertissement; car M. Lheureux les accompagnait, et il leur parlait de temps à autre, comme pour entrer en conversation :

— Voici une journée superbe! tout le monde est dehors! les vents sont à l'est.

Et Mme Bovary, non plus que Rodolphe, ne lui répondait guère, tandis qu'au moindre mouvement qu'ils faisaient, il se rapprochait en disant : « Plaît-il? » et portait la main à son chapeau.

Quand ils furent devant la maison du maréchal, au lieu de suivre la route jusqu'à la barrière, Rodolphe, brusquement, prit un sentier, entraînant Mme Bovary; il cria :

— Bonsoir, M. Lheureux! au plaisir!

— Comme vous l'avez congédié! dit-elle en riant.

— Pourquoi, reprit-il, se laisser envahir par

les autres? et, puisque, aujourd'hui, j'ai le bonheur d'être avec vous...

Emma rougit. Il n'acheva point sa phrase. Alors il parla du beau temps et du plaisir de marcher sur l'herbe. Quelques marguerites étaient repoussées.

— Voici de gentilles pâquerettes, dit-il, et de quoi fournir bien des oracles à toutes les amoureuses du pays.

Il ajouta :

— Si j'en cueillais. Qu'en pensez-vous?

— Est-ce que vous êtes amoureux? fit-elle en toussant un peu.

— Eh! eh! qui sait? répondit Rodolphe.

Le pré commençait à se remplir, et les ménagères vous heurtaient avec leurs grands parapluies, leurs paniers et leurs bambins. Souvent, il fallait se déranger devant une longue file de campagnardes, servantes en bas bleus, à souliers plats, à bagues d'argent, et qui sentaient le lait, quand on passait près d'elles. Elles marchaient en se tenant par la main, et se répandaient ainsi sur toute la longueur de la prairie, depuis la ligne des trembles jusqu'à la tente du banquet. Mais c'était le moment de l'examen, et les cultivateurs, les uns après les autres, entraient dans une manière d'hippodrome que formait une longue corde portée sur des bâtons.

Les bêtes étaient là, le nez tourné vers la ficelle, et alignant confusément leurs croupes inégales. Des porcs assoupis enfonçaient en terre leur groin; des veaux beuglaient, des brebis bêlaient; les vaches, un jarret replié, étalaient leur ventre sur le gazon, et, ruminant lentement, clignaient leurs paupières lourdes, sous les moucherons qui bourdonnaient autour d'elles. Des charretiers, les bras nus, retenaient par le licou des étalons cabrés, qui hennissaient à pleins naseaux du côté des juments. Elles restaient pai-

sibles, allongeant la tête et la crinière pendante,
tandis que leurs poulains se reposaient à leur
ombre, ou venaient les téter quelquefois; et, sur
la longue ondulation de tous ces corps tassés, on
voyait se lever au vent, comme un flot, quelque
crinière blanche, ou bien saillir des cornes
aiguës, et des têtes d'hommes qui couraient. A
l'écart, en dehors des lices, cent pas plus loin, il y
avait un grand taureau noir muselé, portant un
cercle de fer à la narine, et qui ne bougeait pas
plus qu'une bête de bronze. Un enfant en haillons
le tenait par une corde.

Cependant, entre les deux rangées, des messieurs s'avançaient d'un pas lourd, examinant
chaque animal, puis se consultaient à voix basse.
L'un d'eux, qui semblait plus considérable, prenait, tout en marchant, quelques notes sur un
album. C'était le président du jury : M. Derozerays de la Panville. Sitôt qu'il reconnut
Rodolphe, il s'avança vivement, et lui dit en souriant d'un air aimable :

— Comment, monsieur Boulanger, vous nous
abandonnez?

Rodolphe protesta qu'il allait venir. Mais
quand le président eut disparu :

— Ma foi, non, reprit-il, je n'irai pas; votre
compagnie vaut bien la sienne.

Et, tout en se moquant des comices, Rodolphe,
pour circuler plus à l'aise, montrait au gen-
darme sa pancarte bleue et même il s'arrêtait
parfois devant quelque beau *sujet*, que Mme Bovary n'admirait guère. Il s'en aperçut, et alors se
mit à faire des plaisanteries sur les dames d'Yonville, à propos de leur toilette; puis il s'excusa
lui-même du négligé de la sienne. Elle avait cette
incohérence de choses communes et recherchées,
où le vulgaire, d'habitude, croit entrevoir la révé-
lation d'une existence excentrique, les désordres
du sentiment, les tyrannies de l'art, et toujours
un certain mépris des conventions sociales, ce

qui le séduit ou l'exaspère. Ainsi, sa chemise de batiste à manchettes plissées bouffait au hasard du vent, dans l'ouverture de son gilet, qui était de coutil gris, et son pantalon à larges raies découvrait aux chevilles ses bottines de nankin, claquées de cuir verni. Elles étaient si vernies, que l'herbe s'y reflétait. Il foulait avec elles les crottins de cheval, une main dans la poche de sa veste et son chapeau de paille mis de côté.

— D'ailleurs, ajouta-t-il, quand on habite la campagne...

— Tout est peine perdue, dit Emma.

— C'est vrai ! répliqua Rodolphe. Songer que pas un seul de ces braves gens n'est capable de comprendre même la tournure d'un habit !

Alors ils parlèrent de la médiocrité provinciale, des existences qu'elle étouffait, des illusions qui s'y perdaient.

— Aussi, disait Rodolphe, je m'enfonce dans une tristesse...

— Vous ! fit-elle avec étonnement. Mais je vous croyais très gai ?

— Ah ! oui, d'apparence, parce qu'au milieu du monde je sais mettre sur mon visage un masque railleur ; et cependant que de fois, à la vue d'un cimetière, au clair de lune, je me suis demandé si je ne ferais pas mieux d'aller rejoindre ceux qui sont à dormir...

— Oh ! Et vos amis ? dit-elle. Vous n'y pensez pas !

— Mes amis ? lesquels donc ? en ai-je ? Qui s'inquiète de moi ?

Et il accompagna ces derniers mots d'une sorte de sifflement entre ses lèvres.

Mais ils furent obligés de s'écarter l'un de l'autre à cause d'un grand échafaudage de chaises qu'un homme portait derrière eux. Il en était si surchargé, que l'on apercevait seulement la pointe de ses sabots, avec le bout de ses deux bras, écartés droit. C'était Lestiboudois, le fos-

soyeur, qui charriait dans la multitude les
chaises de l'église. Plein d'imagination pour tout
ce qui concernait ses intérêts, il avait découvert
ce moyen de tirer parti des comices; et son idée
lui réussissait, car il ne savait plus auquel
entendre. En effet, les villageois, qui avaient
chaud, se disputaient ces sièges dont la paille
sentait l'encens, et s'appuyaient contre leurs gros
dossiers salis par la cire des cierges, avec une
certaine vénération

Mme Bovary reprit le bras de Rodolphe; il
continua comme se parlant à lui-même :

— Oui! tant de choses m'ont manqué! toujours seul! Ah! si j'avais eu un but dans la vie, si
j'eusse rencontré une affection, si j'avais trouvé
quelqu'un... Oh! comme j'aurais dépensé toute
l'énergie dont je suis capable, j'aurais surmonté
tout, brisé tout!

— Il me semble pourtant, dit Emma, que vous
n'êtes guère à plaindre.

— Ah! vous trouvez? fit Rodolphe.

— Car enfin..., reprit-elle, vous êtes libre.

Elle hésita :

— Riche.

— Ne vous moquez pas de moi, répondit-il.

Et elle jurait qu'elle ne se moquait pas, quand
un coup de canon retentit; aussitôt, on se poussa
pêle-mêle vers le village.

C'était une fausse alerte; M. le préfet n'arrivait
pas, et les membres du jury se trouvaient fort
embarrassés, ne sachant s'il fallait commencer la
séance ou bien attendre encore.

Enfin, au fond de la place, parut un grand
landau de louage, traîné par deux chevaux
maigres, que fouettait à tour de bras un cocher
en chapeau blanc. Binet n'eut que le temps de
crier : « Aux armes! » et le colonel de l'imiter.
On courut vers les faisceaux. On se précipita.
Quelques-uns même oublièrent leur col. Mais
l'équipage préfectoral sembla deviner cet embar-

ras, et les deux rosses accouplées, se dandinant sur leur chaînette, arrivèrent au petit trot devant le péristyle de la mairie, juste au moment où la garde nationale et les pompiers s'y déployaient, tambour battant, et marquant le pas.

— Balancez! cria Binet.

— Halte! cria le colonel. Par file à gauche!

Et, après un port d'armes où le cliquetis des capucines, se déroulant, sonna comme un chaudron de cuivre qui dégringole les escaliers, tous les fusils retombèrent.

Alors on vit descendre du carrosse un monsieur vêtu d'un habit court à broderie d'argent, chauve sur le front, portant toupet à l'occiput, ayant le teint blafard et l'apparence des plus bénignes. Ses deux yeux, fort gros et couverts de paupières épaisses, se fermaient à demi pour considérer la multitude, en même temps qu'il levait son nez pointu et faisait sourire sa bouche rentrée. Il reconnut le maire à son écharpe, et lui exposa que M. le préfet n'avait pu venir. Il était, lui, un conseiller de préfecture; puis il ajouta quelques excuses. Tuvache y répondit par des civilités, l'autre s'avoua confus; et ils restaient ainsi, face à face, et leurs fronts se touchant presque, avec les membres du jury tout alentour, le conseil municipal, les notables, la garde nationale et la foule. M. le conseiller, appuyant contre sa poitrine son petit tricorne noir, réitérait ses salutations, tandis que Tuvache, courbé comme un arc, souriait aussi, bégayait, cherchait ses phrases, protestait de son dévouement à la monarchie, et de l'honneur que l'on faisait à Yonville.

Hippolyte, le garçon de l'auberge, vint prendre par la bride les chevaux du cocher, et tout en boitant de son pied bot, il les conduisit sous le porche du *Lion d'Or* où beaucoup de paysans s'amassèrent à regarder la voiture. Le tambour battit, l'obusier tonna, et les messieurs à la file montèrent s'asseoir sur l'estrade, dans les fauteuils en utrecht rouge qu'avait prêtés Mme Tuvache.

Tous ces gens-là se ressemblaient. Leurs molles figures blondes, un peu hâlées par le soleil, avaient la couleur du cidre doux, et leurs favoris bouffants s'échappaient de grands cols roides, que maintenaient des cravates blanches à rosette bien étalée. Tous les gilets' étaient de velours, à châle; toutes les montres portaient au bout d'un long ruban quelque cachet ovale en cornaline; et l'on appuyait ses deux mains sur ses deux cuisses, en écartant avec soin la fourche du pantalon, dont le drap non décati reluisait plus brillamment que le cuir des fortes bottes.

Les dames de la société se tenaient derrière, sous le vestibule, entre les colonnes, tandis que le commun de la foule était en face, debout ou bien assis sur des chaises. En effet, Lestiboudois avait apporté là toutes celles qu'il avait déménagées de la prairie, et même il courait à chaque minute en chercher d'autres dans l'église, et causait un tel encombrement par son commerce, que l'on avait grand-peine à parvenir jusqu'au petit escalier de l'estrade.

— Moi, je trouve, dit M. Lheureux (s'adressant au pharmacien, qui passait pour gagner sa place), que l'on aurait dû planter là deux mâts vénitiens : avec quelque chose d'un peu sévère et de riche comme nouveautés, c'eût été d'un fort joli coup d'œil.

— Certes, répondit Homais. Mais, que voulez-vous! c'est le maire qui a tout pris sous son bonnet. Il n'a pas grand goût, ce pauvre Tuvache, et il est même complètement dénué de ce qui s'appelle le génie des arts.

Cependant Rodolphe, avec Mme Bovary, était monté au premier étage de la mairie, dans la *salle des délibérations*, et, comme elle était vide, il avait déclaré que l'on y serait bien pour jouir du spectacle plus à son aise. Il prit trois tabourets autour de la table ovale, sous le buste du monarque, et, les ayant approchés de l'une des fenêtres, ils s'assirent l'un près de l'autre.

Il y eut une agitation sur l'estrade, de longs chuchotements, des pourparlers. Enfin, M. le conseiller se leva. On savait maintenant qu'il s'appelait Lieuvain, et l'on se répétait son nom de l'un à l'autre, dans la foule. Quand il eut donc collationné quelques feuilles et appliqué dessus son œil pour y mieux voir, il commença :

« Messieurs,

« Qu'il me soit permis d'abord (avant de vous entretenir de l'objet de cette réunion d'aujourd'hui, et ce sentiment, j'en suis sûr, sera partagé par vous tous), qu'il me soit permis, dis-je, de rendre justice à l'administration supérieure, au gouvernement, au monarque, messieurs, à notre souverain, à ce roi bien-aimé à qui aucune branche de la prospérité publique ou particulière n'est indifférente, et qui dirige à la fois d'une main si ferme et si sage le char de l'Etat parmi les périls incessants d'une mer orageuse, sachant d'ailleurs faire respecter la paix comme la guerre, l'industrie, le commerce, l'agriculture et les beaux-arts. »

— Je devrais, dit Rodolphe, me reculer un peu.

— Pourquoi? dit Emma.

Mais, à ce moment, la voix du conseiller s'éleva d'un ton extraordinaire. Il déclamait :

« Le temps n'est plus, messieurs, où la discorde civile ensanglantait nos places publiques, où le propriétaire, le négociant, l'ouvrier lui-même, en s'endormant le soir d'un sommeil paisible, tremblaient de se voir réveillés tout à coup

au bruit des tocsins incendiaires, où les maximes
les plus subversives sapaient audacieusement les
bases... »

— C'est qu'on pourrait, reprit Rodolphe,
m'apercevoir d'en bas; puis j'en aurais pour
quinze jours à donner des excuses, et, avec ma
mauvaise réputation...

— Oh! vous vous calomniez, dit Emma.

— Non, non, elle est exécrable, je vous jure.

« Mais, messieurs, poursuivait le conseiller,
que si, écartant de mon souvenir ces sombres
tableaux, je reporte mes yeux sur la situation
actuelle de notre belle patrie, qu'y vois-je? Partout fleurissent le commerce et les arts; partout
des voies nouvelles de communication, comme
autant d'artères nouvelles dans le corps de l'Etat,
y établissent des rapports nouveaux; nos grands
centres manufacturiers ont repris leur activité; la
religion, plus affermie, sourit à tous les cœurs;
nos ports sont pleins, la confiance renaît, et enfin
la France respire!... »

— Du reste, ajouta Rodolphe, peut-être, au
point de vue du monde, a-t-on raison!

— Comment cela? fit-elle.

— Eh quoi! dit-il, ne savez-vous pas qu'il y a
des âmes sans cesse tourmentées? Il leur faut
tour à tour le rêve et l'action, les passions les
plus pures, les jouissances les plus furieuses, et
l'on se jette ainsi dans toutes sortes de fantaisies,
de folies.

Alors elle le regarda comme on contemple un
voyageur qui a passé par des pays extraordinaires, et elle reprit :

— Nous n'avons pas même cette distraction,
nous autres pauvres femmes!

— Triste distraction, car on n'y trouve pas le
bonheur.

— Mais le trouve-t-on jamais? demanda-t-elle.
— Oui, il se rencontre un jour, répondit-il.

« Et c'est là ce que vous avez compris, disait le
conseiller. Vous, agriculteurs et ouvriers des
campagnes! vous, pionniers pacifiques d'une
œuvre toute de civilisation! vous, hommes de
progrès et de moralité! vous avez compris, dis-je,
que les orages politiques sont encore plus redou-
tables vraiment que les désordres de l'atmosphère... »

— Il se rencontre un jour, répéta Rodolphe,
un jour, tout à coup, et quand on en désespérait.
Alors des horizons s'entrouvrent, c'est comme
une voix qui crie : « Le voilà! » Vous sentez le
besoin de faire à cette personne la confidence de
votre vie, de lui donner tout, de lui sacrifier tout!
On ne s'explique pas, on se devine. On s'est
entrevu dans ses rêves. (Et il la regardait.)
Enfin, il est là, ce trésor que l'on a tant cherché,
là, devant vous; il brille, il étincelle. Cependant
on en doute encore, on n'ose y croire; on en reste
ébloui, comme si l'on sortait des ténèbres à la
lumière.

Et, en achevant ces mots, Rodolphe ajouta la
pantomime à sa phrase. Il se passa la main sur le
visage, tel qu'un homme pris d'étourdissement;
puis il la laissa retomber sur celle d'Emma. Elle
retira la sienne. Mais le conseiller lisait toujours :

« Et qui s'en étonnerait, messieurs! Celui-là
seul qui serait assez aveugle, assez plongé (je ne
crains pas de le dire), assez plongé dans les préjugés d'un autre âge pour méconnaître encore
l'esprit des populations agricoles. Où trouver, en
effet, plus de patriotisme que dans les campagnes, plus de dévouement à la cause publique,
plus d'intelligence en un mot? Et je n'entends

pas, messieurs, cette intelligence superficielle, vain ornement des esprits oisifs, mais plus de cette intelligence profonde et modérée, qui s'applique par-dessus toute chose à poursuivre des buts utiles, contribuant ainsi au bien de chacun, à l'amélioration commune et au soutien des Etats, fruit du respect des lois et de la pratique des devoirs... »

— Ah! encore, dit Rodolphe. Toujours les devoirs, je suis assommé de ces mots-là. Ils sont un tas de vieilles ganaches en gilet de flanelle, et de bigotes à chaufferette et à chapelet, qui continuellement nous chantent aux oreilles : « Le devoir! le devoir! » Eh! parbleu! le devoir c'est de sentir ce qui est grand, de chérir ce qui est beau, et non pas d'accepter toutes les conventions de la société, avec les ignominies qu'elle nous impose.

— Cependant..., cependant..., objectait Mme Bovary.

— Eh non! pourquoi déclamer contre les passions? Ne sont-elles pas la seule belle chose qu'il y ait sur la terre, la source de l'héroïsme, de l'enthousiasme, de la poésie, de la musique, des arts, de tout enfin!

— Mais il faut bien, dit Emma, suivre un peu l'opinion du monde et obéir à sa morale.

— Ah! c'est qu'il y en a deux, répliqua-t-il. La petite, la convenue, celle des hommes, celle qui varie sans cesse et qui braille si fort, s'agite en bas, terre à terre, comme ce rassemblement d'imbéciles que vous voyez. Mais l'autre, l'éternelle, elle est tout autour et au-dessus, comme le paysage qui nous environne et le ciel bleu qui nous éclaire.

M. Lieuvain venait de s'essuyer la bouche avec son mouchoir de poche. Il reprit :

« Et qu'aurais-je à faire, messieurs, de vous

démontrer ici l'utilité de l'agriculture? Qui donc
pourvoit à nos besoins? qui donc fournit à notre
subsistance? N'est-ce pas l'agriculteur? L'agriculteur, messieurs, qui, ensemençant d'une main
laborieuse les sillons féconds des campagnes, fait
naître le blé, lequel broyé et mis en poudre au
moyen d'ingénieux appareils, en sort sous le nom
de farine, et, de là, transporté dans les cités, est
bientôt rendu chez le boulanger, qui en confec-
tionne un aliment pour le pauvre comme pour le
riche. N'est-ce pas l'agriculteur encore qui en-
graisse pour nos vêtements ses abondants troupeaux dans les pâturages? Car comment nous
vêtirions-nous, car comment nous nourririons-
nous sans l'agriculture? Et même, messieurs, est-
il besoin d'aller si loin chercher des exemples?
Qui n'a souvent réfléchi à toute l'importance que
l'on retire de ce modeste animal, ornement de
nos basses-cours, qui fournit à la fois un oreiller
moelleux pour nos couches, sa chair succulente
pour nos tables, et des œufs? Mais je n'en fini-
rais pas, s'il fallait énumérer les uns après les
autres les différents produits que la terre bien
cultivée, telle qu'une mère généreuse, prodigue à
ses enfants. Ici, c'est la vigne; ailleurs, ce sont
les pommiers à cidre; là, le colza; plus loin, les
fromages; et le lin; messieurs, n'oublions pas le
lin! qui a pris dans ces dernières années un
accroissement considérable et sur lequel j'appellerai plus particulièrement votre attention. »

Il n'avait pas besoin de l'appeler : car toutes
les bouches de la multitude se tenaient ouvertes,
comme pour boire ses paroles. Tuvache, à côté de
lui, l'écoutait en écarquillant les yeux; M. Derozerays, de temps à autre, fermait doucement les
paupières; et, plus loin, le pharmacien, avec son
fils Napoléon entre ses jambes, bombait sa main
contre son oreille pour ne pas en perdre une seule
syllabe. Les autres membres du jury balançaient

lentement leur menton dans leur gilet, en signe
d'approbation. Les pompiers, au bas de l'estrade,
se reposaient sur leurs baïonnettes; et Binet,
immobile, restait le coude en dehors, avec la
pointe du sabre en l'air. Il entendait peut-être,
mais il ne devait rien apercevoir, à cause de la
visière de son casque qui lui descendait sur le nez.
Son lieutenant, le fils cadet du sieur Tuvache,
avait encore exagéré le sien; car il en portait un
énorme et qui lui vacillait sur la tête, en laissant
dépasser un bout de son foulard d'indienne.
Il souriait là-dessous avec une douceur tout enfantine, et sa petite figure pâle, où des gouttes
ruisselaient, avait une expression de jouissance,
d'accablement et de sommeil.

La place jusqu'aux maisons était comble de
monde. On voyait des gens accoudés à toutes les
fenêtres, d'autres debout sur toutes les portes,
et Justin, devant la devanture de la pharmacie,
paraissait tout fixé dans la contemplation de ce
qu'il regardait. Malgré le silence, la voix de
M. Lieuvain se perdait dans l'air. Elle vous arrivait par lambeaux de phrases, qu'interrompait çà
et là le bruit des chaises dans la foule; puis on
entendait, tout à coup, partir derrière soi un long
mugissement de bœuf, ou bien les bêlements des
agneaux qui se répondaient au coin des rues. En
effet, les vachers et les bergers avaient poussé
leurs bêtes jusque-là, et elles beuglaient de temps
à autre, tout en arrachant avec leur langue quelque bribe de feuillage qui leur pendait sur le
museau.

Rodolphe s'était rapproché d'Emma, et il disait
d'une voix basse, en parlant vite :

— Est-ce que cette conjuration du monde ne
vous révolte pas? Est-il un seul sentiment qu'il ne
condamne? Les instants les plus nobles, les sympathies les plus pures sont persécutés, calomniés,
et, s'il se rencontre enfin deux pauvres âmes, tout
est organisé pour qu'elles ne puissent se joindre.

Elles essayeront cependant, elles battront des ailes, elles s'appelleront. Oh! n'importe, tôt ou tard, dans six mois, dix ans, elles se réuniront, s'aimeront, parce que la fatalité l'exige et qu'elles sont nées l'une pour l'autre.

Il se tenait les bras croisés sur ses genoux, et, ainsi levant la figure vers Emma, il la regardait de près, fixement. Elle distinguait dans ses yeux des petits rayons d'or s'irradiant tout autour de ses pupilles noires, et même elle sentait le parfum de la pommade qui lustrait sa chevelure. Alors une mollesse la saisit, elle se rappela ce vicomte qui l'avait fait valser à la Vaubyessard, et dont la barbe exhalait, comme ces cheveux-là, cette odeur de vanille et de citron; et, machinalement, elle entreferma les paupières pour la mieux respirer. Mais, dans ce geste qu'elle fit en se cambrant sur sa chaise, elle aperçut au loin, tout au fond de l'horizon, la vieille diligence *l'Hirondelle*, qui descendait lentement la côte des Leux, en traînant après soi un long panache de poussière. C'était dans cette voiture jaune que Léon, si souvent, était revenu vers elle; et par cette route là-bas qu'il était parti pour toujours! Elle crut le voir en face, à sa fenêtre; puis tout se confondit, des nuages passèrent; il lui sembla qu'elle tournait encore dans la valse, sous le feu des lustres, au bras du vicomte, et que Léon n'était pas loin, qu'il allait venir... et cependant elle sentait toujours la tête de Rodolphe à côté d'elle. La douceur de cette sensation pénétrait ainsi ses désirs d'autrefois, et comme des grains de sable sous un coup de vent, ils tourbillonnaient dans la bouffée subtile du parfum qui se répandait sur son âme. Elle ouvrit les narines à plusieurs reprises, fortement, pour aspirer la fraîcheur des lierres autour des chapiteaux. Elle retira ses gants, elle s'essuya les mains; puis, avec son mouchoir, elle s'éventait la figure, tandis qu'à travers le battement de ses tempes elle

entendait la rumeur de la foule et la voix du
conseiller qui psalmodiait ses phrases.
   Il disait :

   « Continuez! persévérez! n'écoutez ni les sug-
gestions de la routine, ni les conseils trop hâtifs
d'un empirisme téméraire! Appliquez-vous, surtout à l'amélioration du sol, aux bons engrais, au
développement des races chevalines, bovines,
ovines et porcines! Que ces comices soient pour
vous comme des arènes pacifiques où le vain-
queur, en en sortant, tendra la main au vaincu et
fraternisera avec lui, dans l'espoir d'un succès
meilleur! Et vous, vénérables serviteurs,
humbles domestiques, dont aucun gouvernement
jusqu'à ce jour n'avait pris en considération les
pénibles labeurs, venez recevoir la récompense de
vos vertus silencieuses, et soyez convaincus que
l'Etat, désormais, a les yeux fixés sur vous, qu'il
vous encourage, qu'il vous protège, qu'il fera
droit à vos justes réclamations et allégera, autant
qu'il est en lui, le fardeau de vos pénibles sacrifices! »

   M. Lieuvain se rassit alors; M. Derozerays se
leva, commençant un autre discours. Le sien,
peut-être, ne fut point aussi fleuri que celui du
Conseiller; mais il se recommandait par un
caractère de style plus positif, c'est-à-dire par
des connaissances plus spéciales et des considérations plus relevées. Ainsi, l'éloge du gouvernement y tenait moins de place; la religion et
l'agriculture en occupaient davantage. On y
voyait le rapport de l'une et de l'autre, et comment elles avaient concouru toujours à la civilisation. Rodolphe, avec Mme Bovary, causait
rêves, pressentiments, magnétisme. Remontant
au berceau des sociétés, l'orateur vous dépeignait
ces temps farouches où les hommes vivaient de
glands, au fond des bois. Puis ils avaient quitté la

dépouille des bêtes, endossé le drap, creusé des sillons, planté la vigne. Etait-ce un bien, et n'y avait-il pas dans cette découverte plus d'inconvénients que d'avantages? M. Derozerays se posait ce problème. Du magnétisme, peu à peu, Rodolphe en était venu aux affinités, et, tandis que M. le président citait Cincinnatus à sa charrue, Dioclétien plantant ses choux, et les empereurs de la Chine inaugurant l'année par des semailles, le jeune homme expliquait à la jeune femme que ces attractions irrésistibles tiraient leur cause de quelque existence antérieure.

— Ainsi, nous, disait-il, pourquoi nous sommes-nous connus? quel hasard l'a voulu? C'est qu'à travers l'éloignement, sans doute, comme deux fleuves qui coulent pour se rejoindre, nos pentes particulières nous avaient poussés l'un vers l'autre.

Et il saisit sa main; elle ne la retira pas.

« Ensemble de bonnes cultures! » cria le président.

— Tantôt, par exemple, quand je suis venu chez vous...

« A M. Bizet, de Quincampoix. »

— Savais-je que je vous accompagnerais?

« Soixante et dix francs! »

— Cent fois même j'ai voulu partir, et je vous ai suivie, je suis resté.

« Fumiers. »

— Comme je resterais ce soir, demain, les autres jours, toute ma vie!

« A M. Caron, d'Argueil, une médaille d'or! »

— Car jamais je n'ai trouvé dans la société de personne un charme aussi complet.

« A M. Bain, de Givry-Saint-Martin! »

— Aussi, moi, j'emporterai votre souvenir.

« Pour un bélier mérinos... »

— Mais vous m'oublierez, j'aurai passé comme une ombre.

« A M. Belot, de Notre-Dame... »

— Oh! non, n'est-ce pas, je serai quelque chose dans votre pensée, dans votre vie?

« Race porcine, prix *ex æquo* : à MM. Lehérissé et Cullembourg; soixante francs! »

Rodolphe lui serrait la main, et il la sentait toute chaude et frémissante comme une tourterelle captive qui veut reprendre sa volée; mais, soit qu'elle essayât de la dégager, ou bien qu'elle répondît à cette pression, elle fit un mouvement des doigts; il s'écria :

— Oh! merci! Vous ne me repoussez pas! Vous êtes bonne! Vous comprenez que je suis à vous! Laissez que je vous voie, que je vous contemple!

Un coup de vent qui arriva par les fenêtres fronça le tapis de la table, et, sur la place, en bas, tous les grands bonnets des paysannes se soulevèrent, comme des ailes de papillons blancs qui s'agitent.

« Emploi de tourteaux de graines oléagineuses », continua le président.

Il se hâtait :

« Engrais flamand, — culture du lin, — drainage, — baux à longs termes — services de domestiques. »

Rodolphe ne parlait plus. Ils se regardaient. Un désir suprême faisait frissonner leurs lèvres sèches; et mollement, sans efforts, leurs doigts se confondirent.

« Catherine-Nicaise-Elisabeth Leroux, de Sassetot-la-Guerrière, pour cinquante-quatre ans de service dans la même ferme, une médaille d'argent — du prix de vingt-cinq francs! »

« Où est-elle, Catherine Leroux? » répéta le conseiller.

Elle ne se présentait pas, et l'on entendait des voix qui chuchotaient :

— Vas-y!

— Non.

— A gauche!

— N'aie pas peur!

— Ah! qu'elle est bête!

— Enfin y est-elle? s'écria Tuvache.

— Oui!... la voilà!

— Qu'elle approche donc!

Alors on vit s'avancer sur l'estrade une petite vieille femme de maintien craintif, et qui paraissait se ratatiner dans ses pauvres vêtements. Elle avait aux pieds de grosses galoches de bois, et le long des hanches, un grand tablier bleu. Son visage maigre, entouré d'un béguin sans bordure, était plus plissé de rides qu'une pomme de reinette flétrie, et des manches de sa camisole rouge dépassaient deux longues mains, à articulations noueuses. La poussière des granges, la potasse des lessives et le suint des laines les avaient si bien encroûtées, éraillées, durcies, qu'elles semblaient sales quoiqu'elles fussent rincées d'eau claire; et à force d'avoir servi, elles restaient entrouvertes, comme pour présenter d'elles-mêmes l'humble témoignage de tant de souffrances subies. Quelque chose d'une rigidité monacale relevait l'expression de sa figure. Rien de triste ou d'attendri n'amollissait ce regard pâle. Dans la fréquentation des animaux, elle avait pris leur mutisme et leur placidité. C'était la première fois qu'elle se voyait au milieu d'une compagnie si nombreuse; et intérieurement effarouchée par les drapeaux, par les tambours, par les messieurs en habit noir et par la croix d'honneur du conseiller, elle demeurait tout immobile, ne sachant s'il fallait s'avancer ou s'enfuir, ni pourquoi la foule la poussait et pourquoi les examinateurs lui souriaient. Ainsi se tenait, devant ces bourgeois épanouis, ce demi-siècle de servitude.

— Approchez, vénérable Catherine-Nicaise-Elisabeth Leroux! dit M. le conseiller, qui avait

pris des mains du président la liste des lauréats.

Et tour à tour examinant la feuille de papier,
puis la vieille femme, il répétait d'un ton paternel :

— Approchez, approchez!

— Etes-vous sourde? dit Tuvache, en bondissant sur son fauteuil.

Et il se mit à lui crier dans l'oreille :

— Cinquante-quatre ans de service! Une
médaille d'argent! Vingt-cinq francs! C'est pour
vous.

Puis, quand elle eut sa médaille, elle la considéra. Alors un sourire de béatitude se répandit
sur sa figure, et on l'entendit qui marmottait en
s'en allant :

— Je la donnerai au curé de chez nous, pour
qu'il me dise des messes.

— Quel fanatisme! exclama le pharmacien, en
se penchant vers le notaire.

La séance était finie; la foule se dispersa; et,
maintenant que les discours étaient lus, chacun
reprenait son rang et tout rentrait dans la coutume; les maîtres rudoyaient les domestiques et
ceux-ci frappaient les animaux, triomphateurs
indolents qui s'en retournaient à l'étable, une
couronne verte entre les cornes.

Cependant, les gardes nationaux étaient montés au premier étage de la mairie, avec des
brioches embrochées à leurs baïonnettes, et le
tambour du bataillon qui portait un panier de
bouteilles. Mme Bovary prit le bras de Rodolphe;
il la reconduisit chez elle; ils se séparèrent
devant sa porte; puis il se promena seul dans la
prairie, tout en attendant l'heure du banquet.

Le festin fut long, bruyant, mal servi; l'on était
si tassé, que l'on avait peine à remuer les coudes,
et les planches étroites qui servaient de bancs
faillirent se rompre sous le poids des convives.
Ils mangeaient abondamment. Chacun s'en don-

naît pour sa quote-part. La sueur coulait sur tous les fronts; et une vapeur blanchâtre, comme la buée d'un fleuve par un matin d'automne, flottait au-dessus de la table, entre les quinquets suspendus. Rodolphe, le dos appuyé contre le calicot de la tente, pensait si fort à Emma, qu'il n'entendait rien. Derrière lui, sur le gazon, des domestiques empilaient des assiettes sales; ses voisins parlaient, il ne leur répondait pas; on lui emplissait son verre, et un silence s'établissait dans sa pensée, malgré les accroissements de la rumeur. Il rêvait à ce qu'elle avait dit et à la forme de ses lèvres; sa figure, comme en un miroir magique, brillait sur la plaque des shakos; les plis de sa robe descendaient le long des murs, et des journées d'amour se déroulaient à l'infini dans les perspectives de l'avenir.

Il la revit le soir, pendant le feu d'artifice; mais elle était avec son mari, Mme Homais et le pharmacien, lequel se tourmentait beaucoup sur le danger des fusées perdues; et à chaque moment, il quittait la compagnie pour aller faire à Binet des recommandations.

Les pièces pyrotechniques envoyées à l'adresse du sieur Tuvache avaient, par excès de précaution, été enfermées dans sa cave; aussi la poudre humide ne s'enflammait guère, et le morceau principal, qui devait figurer un dragon se mordant la queue, rata complètement. De temps à autre, il partait une pauvre chandelle romaine; alors la foule béante poussait une clameur où se mêlait le cri des femmes à qui on chatouillait la taille pendant l'obscurité. Emma, silencieuse, se blottissait doucement contre l'épaule de Charles; puis, le menton levé, elle suivait dans le ciel noir le jet lumineux des fusées. Rodolphe la contemplait à la lueur des lampions qui brûlaient.

Ils s'éteignirent peu à peu. Les étoiles s'allumèrent. Quelques gouttes de pluie vinrent à tomber. Elle noua son fichu sur sa tête nue.

A ce moment, le fiacre du conseiller sortit de l'auberge. Son cocher, qui était ivre, s'assoupit tout à coup; et l'on apercevait de loin, par-dessus la capote, entre les deux lanternes, la masse de son corps qui se balançait de droite et de gauche, selon le tangage des soupentes.

— En vérité, dit l'apothicaire, on devrait bien sévir contre l'ivresse! Je voudrais que l'on inscrivît, hebdomadairement, à la porte de la mairie, sur un tableau *ad hoc*, les noms de tous ceux qui, durant la semaine, se seraient intoxiqués avec des alcools. D'ailleurs, sous le rapport de la statistique, on aurait là comme des annales patentes qu'on irait au besoin... Mais excusez.

Et il courut encore vers le capitaine.

Celui-ci rentrait à la maison. Il allait revoir son tour.

— Peut-être ne feriez-vous pas mal, lui dit Homais, d'envoyer un de vos hommes ou d'aller vous-même...

— Laissez-moi donc tranquille, répondit le percepteur, puisqu'il n'y a rien!

— Rassurez-vous, dit l'apothicaire, quand il fut revenu près de ses amis. M. Binet m'a certifié que les mesures étaient prises. Nulle flammèche ne sera tombée. Les pompes sont pleines. Allons dormir.

— Ma foi! j'en ai besoin, fit Mme Homais, qui bâillait considérablement; mais n'importe, nous avons eu pour notre fête une bien belle journée.

Rodolphe répéta d'une voix basse et avec un regard tendre :

— Oh! oui, bien belle!

Et, s'étant salués, on se tourna le dos.

Deux jours après, dans *le Fanal de Rouen*, il y avait un grand article sur les Comices. Homais l'avait composé, de verve, dès le lendemain :

« Pourquoi ces festons, ces fleurs, ces guirlandes? Où courait cette foule, comme les flots d'une mer en furie, sous les torrents d'un soleil tropical qui répandait sa chaleur sur nos guérets? »

Ensuite, il parlait de la condition des paysans. Certes, le gouvernement faisait beaucoup, mais pas assez! « Du courage! lui criait-il; mille réformes sont indispensables, accomplissons-les. » Puis, abordant l'entrée du conseiller, il n'oubliait point « l'air martial de notre milice », ni « nos plus sémillantes villageoises », ni « les vieillards à tête chauve, sorte de patriarches qui étaient là, et dont quelques-uns, débris de nos immortelles phalanges, sentaient encore battre leurs cœurs au son mâle des tambours ». Il se citait des premiers parmi les membres du jury, et même il rappelait, dans une note, que M. Homais, pharmacien, avait envoyé un mémoire sur le cidre à la Société d'agriculture. Quand il arrivait à la distribution des récompenses, il dépeignait la joie des lauréats en traits dithyrambiques. « Le père embrassait son fils, le frère de frère, l'époux l'épouse. Plus d'un montrait avec orgueil son humble médaille, et sans doute, revenu chez lui, près de sa bonne ménagère, il l'aura suspendue en pleurant aux murs discrets de sa chaumine.

« Vers six heures, un banquet, dressé dans l'herbage de M. Liégeard, a réuni les principaux assistants de la fête. La plus grande cordialité n'a cessé d'y régner. Divers toasts ont été portés : M. Lieuvain, au monarque! M. Tuvache, au préfet! M. Derozerays, à l'agriculture! M. Homais, à l'industrie et aux beaux-arts, ces deux sœurs! M. Leplichey, aux améliorations! Le soir, un brillant feu d'artifice a tout à coup illuminé les airs. On eût dit un véritable kaléidoscope, un vrai décor d'Opéra, et un moment notre petite localité a pu se croire transportée au milieu d'un rêve des *Mille et une nuits.*

« Constatons qu'aucun événement fâcheux

n'est venu troubler cette réunion de famille. »
   Et il ajoutait :
   « On y a seulement remarqué l'absence du clergé. Sans doute les sacristies entendent le progrès d'une autre manière. Libre à vous, messieurs de Loyola! »

IX

Six semaines s'écoulèrent. Rodolphe ne revint pas. Un soir, enfin, il parut.

Il s'était dit, le lendemain des Comices :

— N'y retournons pas de sitôt, ce serait une faute.

Et, au bout de la semaine, il était parti pour la chasse. Après la chasse, il avait songé qu'il était trop tard, puis il fit ce raisonnement :

— Mais, si du premier jour elle m'a aimé, elle doit, par l'impatience de me revoir, m'aimer davantage. Continuons donc !

Et il comprit que son calcul avait été bon, lorsque, en entrant dans la salle, il aperçut Emma pâlir.

Elle était seule. Le jour tombait. Les petits rideaux de mousseline, le long des vitres, épaississaient le crépuscule, et la dorure du baromètre, sur qui frappait un rayon de soleil, étalait des feux dans la glace, entre les découpures du polypier.

Rodolphe resta debout; et à peine si Emma répondit à ses premières phrases de politesse.

— Moi, dit-il, j'ai eu des affaires. J'ai été malade.

— Gravement? s'écria-t-elle.

— Eh bien, fit Rodolphe en s'asseyant à ses côtés sur un tabouret, non !... C'est que je n'ai pas voulu revenir.

— Pourquoi?

— Vous ne devinez pas?

Il la regarda encore une fois, mais d'une façon si violente qu'elle baissa la tête en rougissant. Il reprit :

— Emma...

— Monsieur! fit-elle en s'écartant un peu.

— Ah! vous voyez bien, répliqua-t-il d'une voix mélancolique, que j'avais raison de vouloir ne pas revenir; car ce nom, ce nom qui remplit mon âme et qui m'est échappé, vous me l'interdisez! Madame Bovary!... Eh! tout le monde vous appelle comme cela!... Ce n'est pas votre nom, d'ailleurs; c'est le nom d'un autre!

Il répéta :

— D'un autre!

Et il se cacha la figure entre les mains.

— Oui, je pense à vous continuellement!... Votre souvenir me désespère! Ah! pardon!... Je vous quitte... Adieu!... J'irai loin..., si loin, que vous n'entendrez plus parler de moi!... Et cependant..., aujourd'hui..., je ne sais quelle force encore m'a poussé vers vous! Car on ne lutte pas contre le ciel, on ne résiste point au sourire des anges! on se laisse entraîner par ce qui est beau, charmant, adorable!

C'était la première fois qu'Emma s'entendait dire ces choses; et son orgueil, comme quelqu'un qui se délasse dans une étuve, s'étirait mollement et tout entier à la chaleur de ce langage.

— Mais, si je ne suis pas venu, continua-t-il, si je n'ai pu vous voir, ah! du moins j'ai bien contemplé ce qui vous entoure. La nuit, toutes les nuits, je me relevais, j'arrivais jusqu'ici, je regardais votre maison, le toit qui brillait sous la lune, les arbres du jardin qui se balançaient à votre fenêtre, et une petite lampe, une lueur, qui brillait à travers les carreaux, dans l'ombre. Ah! vous ne saviez guère qu'il y avait là, si près et si loin, un pauvre misérable...

Elle se tourna vers lui avec un sanglot :

— Oh! vous êtes bon! dit-elle.

— Non, je vous aime, voilà tout! Vous n'en doutez pas! Dites-le-moi; un mot! un seul mot!

Et Rodolphe, insensiblement, se laissait glisser du tabouret jusqu'à terre; mais on entendit un bruit de sabots dans la cuisine, et la porte de la salle, il s'en aperçut, n'était pas fermée.

— Que vous seriez charitable, poursuivit-il en se relevant, de satisfaire une fantaisie!

C'était de visiter sa maison; il désirait la connaître; et Mme Bovary n'y voyant point d'inconvénient, ils se levaient tous deux, quand Charles entra.

— Bonjour, docteur, lui dit Rodolphe.

Le médecin, flatté de ce titre inattendu, se répandit en obséquiosités, et l'autre en profita pour se remettre un peu.

— Madame m'entretenait, fit-il donc, de sa santé...

Charles l'interrompit : il avait mille inquiétudes, en effet; les oppressions de sa femme recommençaient. Alors Rodolphe demanda si l'exercice du cheval ne serait pas bon.

— Certes! excellent, parfait!... Voilà une idée! Tu devrais la suivre.

Et, comme elle objectait qu'elle n'avait point de cheval, M. Rodolphe en offrit un; elle refusa ses offres; il n'insista pas; puis, afin de motiver sa visite, il conta que son charretier, l'homme à la saignée, éprouvait toujours des étourdissements.

— J'y passerai, dit Bovary.

— Non, non, je vous l'enverrai; nous viendrons, ce sera plus commode pour vous.

— Ah! fort bien. Je vous remercie.

Et, dès qu'ils furent seuls :

— Pourquoi n'acceptes-tu pas les propositions de M. Boulanger, qui sont si gracieuses?

Elle prit un air bouteur, chercha mille excuses, et déclara finalement *que cela peut-être semblerait drôle.*

— Ah! je m'en moque pas mal! dit Charles en faisant une pirouette. La santé avant tout! Tu as tort!

— Eh! comment veux-tu que je monte à cheval, puisque je n'ai pas d'amazone?

— Il faut t'en commander une! répondit-il.

L'amazone la décida.

Quand le costume fut prêt, Charles écrivit à M. Boulanger que sa femme était à sa disposition, et qu'ils comptaient sur sa complaisance.

Le lendemain, à midi, Rodolphe arriva devant la porte de Charles avec deux chevaux de maître. L'un portait des pompons roses aux oreilles et une selle de femme en peau de daim.

Rodolphe avait mis de longues bottes molles, se disant que sans doute elle n'en avait jamais vu de pareilles; en effet, Emma fut charmée de sa tournure lorsqu'il apparut sur le palier avec son grand habit de velours et sa culotte de tricot blanc. Elle était prête, elle l'attendait.

Justin s'échappa de la pharmacie pour la voir, et l'apothicaire aussi se dérangea. Il faisait à M. Boulanger des recommandations.

— Un malheur arrive si vite! Prenez garde! Vos chevaux peut-être sont fougueux?

Elle entendit du bruit au-dessus de sa tête : c'était Félicité qui tambourinait contre les carreaux pour divertir la petite Berthe. L'enfant envoya de loin un baiser; sa mère lui répondit d'un signe avec le pommeau de sa cravache.

— Bonne promenade! cria M. Homais. De la prudence, surtout! de la prudence!

Et il agita son journal en les regardant s'éloigner.

Dès qu'il sentit la terre, le cheval d'Emma prit le galop. Rodolphe galopait à côté d'elle. Par moments ils échangeaient une parole. La figure

un peu baissée, la main haute et le bras droit
déployé, elle s'abandonnait à la cadence du
mouvement qui la berçait sur la selle.

Au bas de la côte, Rodolphe lâcha les rênes; ils
partirent ensemble, d'un seul bond; puis, en
haut, tout à coup, les chevaux s'arrêtèrent, et son
grand voile bleu retomba.

On était aux premiers jours d'octobre. Il y
avait du brouillard sur la campagne. Des vapeurs
s'allongeaient à l'horizon, entre le contour des
collines; et d'autres, se déchirant, montaient, se
perdaient. Quelquefois, dans un écartement des
nuées, sous un rayon de soleil, on apercevait au
loin les toits d'Yonville, avec les jardins au bord
de l'eau, les cours, les murs, et le clocher de
l'église. Emma fermait à demi les paupières pour
reconnaître sa maison, et jamais ce pauvre village où elle vivait ne lui avait semblé si petit. De
la hauteur où ils étaient, toute la vallée paraissait un immense lac pâle, s'évaporant à l'air. Les
massifs d'arbres, de place en place, saillissaient
comme des rochers noirs; et les hautes lignes des
peupliers, qui dépassaient la brume, figuraient
des grèves que le vent remuait.

A côté, sur la pelouse, entre les sapins, une
lumière brune circulait dans l'atmosphère tiède.
La terre, roussâtre comme de la poudre de tabac,
amortissait le bruit des pas; et, du bout de leurs
fers, en marchant, les chevaux poussaient devant
eux des pommes de pin tombées.

Rodolphe et Emma suivirent ainsi la lisière du
bois. Elle se détournait de temps à autre, afin
d'éviter son regard, et alors elle ne voyait que les
troncs des sapins alignés, dont la succession
continue l'étourdissait un peu. Les chevaux souf-
flaient. Le cuir des selles craquait.

Au moment où ils entrèrent dans la forêt, le
soleil parut.

— Dieu nous protège! dit Rodolphe.

— Vous croyez! fit-elle.

— Avançons! avançons! reprit-il.

Il claqua de la langue. Les deux bêtes couraient.

De longues fougères, au bord du chemin, se prenaient dans l'étrier d'Emma. Rodolphe, tout en allant, se penchait et il les retirait à mesure. D'autres fois, pour écarter les branches, il passait près d'elle, et Emma sentait son genou lui frôler la jambe. Le ciel était devenu bleu. Les feuilles ne remuaient pas. Il y avait de grands espaces pleins de bruyères tout en fleurs; et des nappes violettes s'alternaient avec le fouillis des arbres, qui étaient gris, fauves ou dorés, selon la diversité des feuillages. Souvent on entendait, sous les buissons, glisser un petit battement d'ailes, ou bien le cri rauque et doux des corbeaux, qui s'envolaient dans les chênes.

Ils descendirent. Rodolphe attacha les chevaux. Elle allait devant, sur la mousse, entre les ornières.

Mais sa robe trop longue l'embarrassait, bien qu'elle la portât relevée par la queue, et Rodolphe, marchant derrière elle, contemplait entre ce drap noir et la bottine noire la délicatesse de son bas blanc, qui lui semblait quelque chose de sa nudité.

Elle s'arrêta.

— Je suis fatiguée, dit-elle.

— Allons, essayez encore! reprit-il. Du courage!

Puis cent pas plus loin elle s'arrêta de nouveau; et, à travers son voile, qui de son chapeau d'homme descendait obliquement sur ses hanches, on distinguait son visage dans une transparence bleuâtre, comme si elle eût nagé sous des flots d'azur.

— Où allons-nous donc?

Il ne répondit rien. Elle respirait d'une façon saccadée. Rodolphe jetait les yeux autour de lui et il se mordait la moustache.

Ils arrivèrent à un endroit plus large, où l'on avait abattu des baliveaux. Ils s'assirent sur un tronc d'arbre renversé, et Rodolphe se mit à lui parler de son amour.

Il ne l'effraya point d'abord par des compliments. Il fut calme, sérieux, mélancolique.

Emma l'écoutait la tête basse, et tout en remuant, avec la pointe de son pied, des copeaux par terre.

Mais, à cette phrase :

— Est-ce que nos destinées maintenant ne sont pas communes?

— Eh non! répondit-elle. Vous le savez bien. C'est impossible.

Elle se leva pour partir. Il la saisit au poignet. Elle s'arrêta. Puis, l'ayant considéré quelques minutes d'un œil amoureux et tout humide, elle dit vivement :

— Ah! tenez, n'en parlons plus... Où sont les chevaux? Retournons.

Il eut un geste de colère et d'ennui. Elle répéta :

— Où sont les chevaux? où sont les chevaux?

Alors souriant d'un sourire étrange et la prunelle fixe, les dents serrées, il s'avança en écartant les bras. Elle se recula tremblante. Elle balbutiait :

— Oh! vous me faites peur! vous me faites mal! Partons.

— Puisqu'il le faut, reprit-il en changeant de visage.

Et il redevint aussitôt respectueux, caressant, timide. Elle lui donna son bras. Ils s'en retournèrent. Il disait :

— Qu'aviez-vous donc? Pourquoi? Je n'ai pas compris. Vous vous méprenez, sans doute? Vous êtes dans mon âme comme une madone sur un piédestal, à une place haute, solide et immaculée. Mais j'ai besoin de vous pour vivre! J'ai besoin de vos yeux, de votre voix, de votre pensée. Soyez mon amie, ma sœur, mon ange!

Et il allongeait son bras et lui en entourait la taille. Elle tâchait de se dégager mollement. Il la soutenait ainsi, en marchant.

Mais ils entendirent les deux chevaux qui broutaient le feuillage.

— Oh! encore, dit Rodolphe. Ne partons pas! Restez!

Il l'entraîna plus loin, autour d'un petit étang, où des lentilles d'eau faisaient une verdure sur les ondes. Des nénufars flétris se tenaient immobiles entre les joncs. Au bruit de leurs pas dans l'herbe, des grenouilles sautaient pour se cacher.

— J'ai tort, j'ai tort, disait-elle. Je suis folle de vous entendre.

— Pourquoi?... Emma! Emma!

— Oh! Rodolphe!... fit lentement la jeune femme en se penchant sur son épaule.

Le drap de sa robe s'accrochait au velours de l'habit. Elle renversa son cou blanc, qui se gonflait d'un soupir et, défaillante, tout en pleurs, avec un long frémissement et se cachant la figure, elle s'abandonna.

Les ombres du soir descendaient; le soleil horizontal, passant entre les branches, lui éblouissait les yeux. Çà et là, tout autour d'elle, dans les feuilles ou par terre, des taches lumineuses tremblaient, comme si des colibris, en volant, eussent éparpillé leurs plumes. Le silence était partout; quelque chose de doux semblait sortir des arbres; elle sentait son cœur, dont les battements recommençaient, et le sang circuler dans sa chair comme un fleuve de lait. Alors, elle entendit tout au loin, au-delà du bois, sur les autres collines, un cri vague et prolongé, une voix qui se traînait, et elle l'écoutait silencieusement, se mêlant comme une musique aux dernières vibrations de ses nerfs émus. Rodolphe, le cigare aux dents, raccommodait avec son canif une des deux brides cassée.

Ils s'en revinrent à Yonville, par le même chemin. Ils revirent sur la boue les traces de leurs chevaux, côte à côte, et les mêmes buissons, les mêmes cailloux dans l'herbe. Rien autour d'eux n'avait changé; et pour elle, cependant, quelque chose était survenu de plus considérable que si les montagnes se fussent déplacées. Rodolphe, de temps à autre, se penchait et lui prenait sa main pour la baiser.

Elle était charmante, à cheval. Droite, avec sa taille mince, le genou plié sur la crinière de sa bête et un peu colorée par le grand air, dans la rougeur du soir.

En entrant dans Yonville, elle caracola sur les pavés. On la regardait des fenêtres.

Son mari, au dîner, lui trouva bonne mine; mais elle eut l'air de ne pas l'entendre lorsqu'il s'informa de sa promenade; et elle restait le coude au bord de son assiette, entre les deux bougies qui brûlaient.

— Emma! dit-il.

— Quoi?

— Eh bien, j'ai passé cet après-midi chez M. Alexandre; il a une ancienne pouliche encore fort belle, un peu couronnée seulement, et qu'on aurait, je suis sûr, pour une centaine d'écus...

Il ajouta :

— Pensant même que cela te serait agréable, je l'ai retenue..., je l'ai achetée... Ai-je bien fait? Dis-moi donc?

Elle remua la tête en signe d'assentiment; puis, un quart d'heure après :

— Sors-tu ce soir? demanda-t-elle.

— Oui. Pourquoi?

— Oh! rien, rien, mon ami.

Et, dès qu'elle fut débarrassée de Charles, elle monta s'enfermer dans sa chambre.

D'abord, ce fut comme un étourdissement; elle

voyait les arbres, les chemins, les fossés,
Rodolphe, et elle sentait encore l'étreinte de ses
bras, tandis que le feuillage frémissait et que les
joncs sifflaient.

Mais, en s'apercevant dans la glace, elle
s'étonna de son visage. Jamais elle n'avait eu les
yeux si grands, si noirs, ni d'une telle profondeur. Quelque chose de subtil épandu sur sa personne la transfigurait.

Elle se répétait : « J'ai un amant! un
amant! », se délectant à cette idée comme à celle
d'une autre puberté qui lui serait survenue. Elle
allait donc posséder enfin ces joies de l'amour,
cette fièvre du bonheur dont elle avait désespéré.
Elle entrait dans quelque chose de merveilleux
où tout serait passion, extase, délire; une immensité bleuâtre l'entourait, les sommets du sentiment étincelaient sous sa pensée, et l'existence
ordinaire n'apparaissait qu'au loin, tout en bas,
dans l'ombre, entre les intervalles de ces hauteurs.

Alors elle se rappela les héroïnes des livres
qu'elle avait lus, et la légion lyrique de ces
femmes adultères se mit à chanter dans sa
mémoire avec des voix de sœurs qui la char-
maient. Elle devenait elle-même comme une partie véritable de ces imaginations et réalisait la
longue rêverie de sa jeunesse, en se considérant
dans ce type d'amoureuse qu'elle avait tant
envié. D'ailleurs, Emma éprouvait une satisfaction de vengeance. N'avait-elle pas assez souffert! Mais elle triomphait maintenant, et
l'amour, si longtemps contenu, jaillissait tout
entier avec des bouillonnements joyeux. Elle le
savourait sans remords, sans inquiétude, sans
trouble.

La journée du lendemain se passa dans une
douceur nouvelle. Ils se firent des serments. Elle
lui raconta ses tristesses. Rodolphe l'interrompait par ses baisers; et elle lui demandait, en le

contemplant les paupières à demi closes, de l'appeler encore par son nom et de répéter qu'il l'aimait. C'était dans la forêt, comme la veille, sous une hutte de sabotiers. Les murs en étaient de paille et le toit descendait si bas, qu'il fallait se tenir courbé. Ils étaient assis l'un contre l'autre, sur un lit de feuilles sèches.

A partir de ce jour-là, ils s'écrivirent régulièrement tous les soirs. Emma portait sa lettre au bout du jardin, près de la rivière, dans une fissure de la terrasse. Rodolphe venait l'y chercher et en plaçait une autre, qu'elle accusait toujours d'être trop courte.

Un matin, que Charles était sorti dès avant l'aube, elle fut prise par la fantaisie de voir Rodolphe à l'instant. On pouvait arriver promptement à la Huchette, y rester une heure et être rentré dans Yonville, que tout le monde encore serait endormi. Cette idée la fit haleter de convoitise, et elle se trouva bientôt au milieu de la prairie, où elle marchait à pas rapides sans regarder derrière elle.

Le jour commençait à paraître. Emma, de loin, reconnut la maison de son amant, dont les deux girouettes à queue d'aronde se découpaient en noir sur le crépuscule pâle.

Après la cour de la ferme, il y avait un corps de logis qui devait être le château. Elle y entra, comme si les murs, à son approche, se fussent écartés d'eux-mêmes. Un grand escalier droit montait vers un corridor. Emma tourna la clenche d'une porte, et tout à coup, au fond de la chambre, elle aperçut un homme qui dormait. C'était Rodolphe. Elle poussa un cri.

— Te voilà! te voilà! répétait-il. Comment as-tu fait pour venir?... Ah! ta robe est mouillée!

— Je t'aime! répondit-elle en lui passant les bras autour du cou.

Cette première audace lui ayant réussi, chaque

fois maintenant que Charles sortait de bonne heure, Emma s'habillait vite et descendait à pas de loup le perron qui conduisait au bord de l'eau.

Mais, quand la planche aux vaches était levée, il fallait suivre les murs qui longeaient la rivière; la berge était glissante; elle s'accrochait de la main, pour ne pas tomber, aux bouquets de ravenelles flétries. Puis elle prenait à travers des champs en labour, où elle s'enfonçait, trébuchait et empêtrait ses bottines minces. Son foulard, noué sur sa tête, s'agitait au vent dans les herbages; elle avait peur des bœufs, elle se mettait à courir; elle arrivait essoufflée, les joues roses, et exhalant de toute sa personne un frais parfum de sève, de verdure et de grand air. Rodolphe, à cette heure-là, dormait encore. C'était comme une matinée de printemps qui entrait dans sa chambre.

Les rideaux jaunes, le long des fenêtres, laissaient passer doucement une lourde lumière blonde. Emma tâtonnait en clignant des yeux, tandis que les gouttes de rosée suspendues à ses bandeaux faisaient comme une auréole de topazes tout autour de sa figure. Rodolphe, en riant, l'attirait à lui et il la prenait sur son cœur.

Ensuite, elle examinait l'appartement, elle ouvrait les tiroirs des meubles, elle se peignait avec son peigne et se regardait dans le miroir à barbe. Souvent même, elle mettait entre ses dents le tuyau d'une grosse pipe qui était sur la table de nuit, parmi des citrons et des morceaux de sucre, près d'une carafe d'eau.

Il leur fallait un bon quart d'heure pour les adieux. Alors Emma pleurait; elle aurait voulu ne jamais abandonner Rodolphe. Quelque chose de plus fort qu'elle la poussait vers lui, si bien qu'un jour, la voyant survenir à l'improviste, il fronça le visage, comme quelqu'un de contrarié.

— Qu'as-tu donc? dit-elle. Souffres-tu? Parle-moi!

Enfin il déclara, d'un air sérieux, que ses visites devenaient imprudentes et qu'elle se compromettait.

X

Peu à peu, ces craintes de Rodolphe la gagnè-
rent. L'amour l'avait enivrée d'abord, et elle
n'avait songé à rien au-delà. Mais, à présent qu'il
était indispensable à sa vie, elle craignait d'en
perdre quelque chose, ou même qu'il ne fût troublé. Quand elle s'en revenait de chez lui, elle
jetait tout alentour des regards inquiets, épiant
chaque forme qui passait à l'horizon et chaque
lucarne du village d'où l'on pouvait l'apercevoir.
Elle écoutait les pas, les cris, le bruit des charrues; et elle s'arrêtait plus blême et plus tremblante que les feuilles des peupliers qui se balançaient sur sa tête.

Un matin, qu'elle s'en retournait ainsi, elle
crut distinguer tout à coup le long canon d'une
carabine qui semblait la tenir en joue. Il dépassait obliquement le bord d'un petit tonneau, à
demi enfoui entre les herbes, sur la marge d'un
fossé. Emma, prête à défaillir de terreur, avança
cependant, et un homme sortit du tonneau,
comme ces diables à boudin qui se dressent du
fond des boîtes. Il avait des guêtres bouclées
jusqu'aux genoux, sa casquette enfoncée
jusqu'aux yeux, les lèvres grelottantes et le nez
rouge. C'était le capitaine Binet à l'affût des
canards sauvages.

— Vous auriez dû parler de loin! s'écria-t-il.

Quand on aperçoit un fusil, il faut toujours avertir.

Le percepteur, par là, tâchait de dissimuler la crainte qu'il venait d'avoir; car, un arrêté préfectoral ayant interdit la chasse aux canards autrement qu'en bateau. M. Binet, malgré son respect pour les lois, se trouvait en contravention. Aussi croyait-il à chaque minute entendre arriver le garde champêtre. Mais cette inquiétude irritait son plaisir, et, tout seul dans son tonneau, il s'applaudissait de son bonheur et de sa malice.

À la vue d'Emma, il parut soulagé d'un grand poids, et aussitôt, entamant la conversation :

— Il ne fait pas chaud, *ça pique!*

Emma ne répondit rien. Il poursuivit :

— Et vous voilà sortie de bien bonne heure?

— Oui, dit-elle en balbutiant; je viens de chez la nourrice où est mon enfant.

— Ah! fort bien! fort bien! Quant à moi, tel que vous me voyez, dès la pointe du jour, je suis là; mais le temps est si crassineux, qu'à moins d'avoir la plume juste au bout...

— Bonsoir, monsieur Binet, interrompit-elle en lui tournant les talons.

— Serviteur, madame, reprit-il d'un ton sec.

Et il rentra dans son tonneau.

Emma se repentit d'avoir quitté si brusquement le percepteur Sans doute, il allait faire des conjectures défavorables. L'histoire de la nourrice était la pire excuse, tout le monde sachant bien à Yonville que la petite Bovary, depuis un an, était revenue chez ses parents. D'ailleurs, personne n'habitait aux environs; ce chemin ne conduisait qu'à la Huchette; Binet donc avait deviné d'où elle venait, et il ne se tairait pas, il bavarderait, c'était certain! Elle resta jusqu'au soir à se torturer l'esprit dans tous les projets de mensonges imaginables, et avait sans cesse devant les yeux cet imbécile à carnassière.

Charles, après le dîner, la voyant soucieuse,

voulut, par distraction, la conduire chez le pharmacien; et la première personne qu'elle aperçut dans la pharmacie, ce fut encore lui, le percepteur! Il était debout devant le comptoir, éclairé par la lumière du bocal rouge, et il disait :

— Donnez-moi, je vous prie, une demi-once de vitriol.

— Justin, cria l'apothicaire, apporte-nous l'acide sulfurique.

Puis, à Emma, qui voulait monter dans l'appartement de Mme Homais :

— Non, restez, ce n'est pas la peine, elle va descendre. Chauffez-vous au poêle en attendant... Excusez-moi... Bonjour, docteur (car le pharmacien se plaisait beaucoup à prononcer ce mot *docteur*, comme si, en l'adressant à un autre, il eût fait rejaillir sur lui-même quelque chose de la pompe qu'il y trouvait)... Mais prends garde de renverser les mortiers! va plutôt chercher les chaises de la petite salle; tu sais bien qu'on ne dérange pas les fauteuils du salon.

Et, pour remettre en place son fauteuil, Homais se précipitait hors du comptoir, quand Binet lui demanda une demi-once d'acide de sucre.

— Acide de sucre? fit le pharmacien dédaigneusement. Je ne connais pas, j'ignore! Vous voulez peut-être de l'acide oxalique? C'est oxalique, n'est-il pas vrai?

Binet expliqua qu'il avait besoin d'un mordant pour composer lui-même une eau de cuivre avec quoi dérouiller diverses garnitures de chasse. Emma tressaillit. Le pharmacien se mit à dire :

— En effet, le temps n'est pas propice, à cause de l'humidité.

— Cependant, reprit le percepteur d'un air finaud, il y a des personnes qui s'en arrangent.

Elle étouffait.

— Donnez-moi encore...

— Il ne s'en ira donc jamais! pensait-elle.

— Une demi-once d'arcanson et de térében-
thine, quatre onces de cire jaune et trois demi-
onces de noir animal, s'il vous plaît, pour nettoyer les cuirs vernis de mon équipement.

L'apothicaire commençait à tailler de la cire,
quand Mme Homais parut avec Irma dans ses
bras, Napoléon à ses côtés et Athalie qui la suivait. Elle alla s'asseoir sur le banc de velours,
contre la fenêtre, et le gamin s'accroupit sur un
tabouret, tandis que sa sœur aînée rôdait autour
de la boîte à jujube, près de son petit papa.
Celui-ci emplissait des entonnoirs et bouchait des
flacons, il collait des étiquettes, il confectionnait
des paquets. On se taisait autour de lui; et l'on
entendait seulement de temps à autre tinter les
poids dans les balances, avec quelques paroles
basses du pharmacien donnant des conseils à son
élève.

— Comment va votre jeune personne?
demanda tout à coup Mme Homais.

— Silence! exclama son mari, qui écrivait des
chiffres sur le cahier de brouillons.

— Pourquoi ne l'avez-vous pas amenée?
reprit-elle à demi-voix.

— Chut! chut! fit Emma en désignant du
doigt l'apothicaire.

Mais Binet, tout entier à la lecture de l'addi-
tion, n'avait rien entendu probablement. Enfin il
sortit. Alors Emma, débarrassée, pousa un
grand soupir.

— Comme vous respirez fort! dit Mme Homais.

— Ah! c'est qu'il fait un peu chaud, répondit-
elle.

Ils avisèrent donc, le lendemain, à organiser
leurs rendez-vous; Emma voulait corrompre sa
servante par un cadeau; mais il eût mieux valu
découvrir à Yonville quelque maison discrète.
Rodolphe promit d'en chercher une.

Pendant tout l'hiver, trois ou quatre fois la

semaine, à la nuit noire, il arrivait dans le jardin. Emma, tout exprès, avait retiré la clef de la barrière, que Charles crut perdue.

Pour l'avertir, Rodolphe jetait contre les persiennes une poignée de sable. Elle se levait en sursaut; mais quelquefois il lui fallait attendre, car Charles avait la manie de bavarder au coin du feu, et il n'en finissait pas. Elle se dévorait d'impatience; si ses yeux l'avaient pu, ils l'eussent fait sauter par les fenêtres. Enfin, elle commençait sa toilette de nuit; puis elle prenait un livre et continuait à lire fort tranquillement, comme si la lecture l'eût amusée. Mais Charles, qui était au lit, l'appelait pour se coucher.

— Viens donc, Emma, disait-il, il est temps.

— Oui, j'y vais! répondait-elle.

Cependant, comme les bougies l'éblouissaient, il se tournait vers le mur et s'endormait. Elle s'échappait, en retenant son haleine, souriante, palpitante, déshabillée.

Rodolphe avait un grand manteau; il l'en enveloppait tout entière, et, passant le bras autour de sa taille, il l'entraînait sans parler jusqu'au fond du jardin.

C'était sous la tonnelle, sur ce même banc de bâtons pourris où autrefois Léon la regardait si amoureusement, durant les soirs d'été. Elle ne pensait guère à lui maintenant!

Les étoiles brillaient à travers les branches du jasmin sans feuilles. Ils entendaient derrière eux la rivière qui coulait, et de temps à autre, sur la berge, le claquement des roseaux secs. Des massifs d'ombre, çà et là, se bombaient dans l'obscurité, et parfois, frissonnant tous d'un seul mouvement, ils se dressaient et se penchaient comme d'immenses vagues noires qui se fussent avancées pour les recouvrir. Le froid de la nuit les faisait s'étreindre davantage; les soupirs de leurs lèvres leur semblaient plus forts; leurs yeux, qu'ils entrevoyaient à peine, leur parais-

saient plus grands, et, au milieu du silence, il y
avait des paroles dites tout bas qui tombaient sur
leur âme avec une sonorité cristalline et qui s'y
répercutaient en vibrations multipliées.

Lorsque la nuit était pluvieuse, ils s'allaient
réfugier dans le cabinet aux consultations, entre
le hangar et l'écurie. Elle allumait un des flambeaux de la cuisine, qu'elle avait caché derrière
les livres. Rodolphe s'installait là comme chez
lui. La vue de la bibliothèque et du bureau, de
tout l'appartement enfin, excitait sa gaieté; et il
ne pouvait se retenir de faire sur Charles quantité de plaisanteries qui embarrassaient Emma.
Elle eût désiré le voir plus sérieux, et même plus
dramatique à l'occasion, comme cette fois où elle
crut entendre dans l'allée un bruit de pas qui
s'approchaient.

— On vient! dit-elle.

Il souffla la lumière.

— As-tu tes pistolets?

— Pourquoi?

— Mais... pour te défendre, reprit Emma.

— Est-ce de ton mari? Ah! le pauvre garçon!

Et Rodolphe acheva sa phrase avec un geste
qui signifiait : « Je l'écraserais d'une chique-
naude. »

Elle fut ébahie de sa bravoure, bien qu'elle y
sentît une sorte d'indélicatesse et de grossièreté
naïve qui la scandalisa.

Rodolphe réfléchit beaucoup à cette histoire de
pistolets. Si elle avait parlé sérieusement, cela
était fort ridicule, pensait-il, odieux même, car il
n'avait, lui, aucune raison de haïr ce bon
Charles, n'étant pas ce qui s'appelle dévoré de
jalousie; — et, à ce propos, Emma lui avait fait
un grand serment qu'il ne trouvait pas non plus
du meilleur goût.

D'ailleurs, elle devenait bien sentimentale. Il
avait fallu échanger des miniatures, on s'était

coupé des poignées de cheveux, et elle demandait à présent une bague, un véritable anneau de mariage, en signe d'alliance éternelle Souvent elle lui parlait des cloches du soir ou des *voix de la nature*; puis elle l'entretenait de sa mère, à elle, et de sa mère, à lui Rodolphe l'avait perdue depuis vingt ans. Emma, néanmoins, l'en consolait avec des mièvreries de langage, comme on eût fait à un marmot abandonné, et même lui disait quelquefois, en regardant la lune:

— Je suis sûre que là-haut, ensemble, elles approuvent notre amour.

Mais elle était si jolie! il en avait possédé si peu d'une candeur pareille! Cet amour sans libertinage était pour lui quelque chose de nouveau et qui, le sortant de ses habitudes faciles, caressait à la fois son orgueil et sa sensualité. L'exaltation d'Emma, que son bon sens bourgeois dedaignait, lui semblait, au fond du cœur, charmante, puisqu'elle s'adressait à sa personne. Alors, sûr d'être aime, il ne se gêna pas, et insensiblement ses façons changèrent.

Il n'avait plus, comme autrefois, de ces mots si doux qui la faisaient pleurer, ni de ces véhémentes caresses qui la rendaient folle; si bien que leur grand amour, où elle vivait plongee, parut se diminuer sous elle, comme l'eau d'un fleuve qui s'absorberait dans son lit. et elle aperçut la vase. Elle n'y voulut pas croire; elle redoubla de tendresse; et Rodolphe, de moins en moins, cacha son indifférence.

Elle ne savait pas si elle regrettait de lui avoir cédé, ou si elle ne souhaitait point. au contraire, le chérir davantage. L'humiliation de se sentir faible se tournait en une rancune que les voluptés tempéraient. Ce n'était pas de l'attachement, c'était comme une séduction permanente. Il la subjuguait. Elle en avait presque peur.

Les apparences, néanmoins, étaient plus calmes que jamais. Rodolphe ayant réussi à conduire l'adultère selon sa fantaisie; et, au bout de six mois, quand le printemps arriva, ils se trouvaient, l'un vis-à-vis de l'autre, comme deux mariés qui entretiennent tranquillement une flamme domestique.

C'était l'époque où le père Rouault envoyait sa dinde, en souvenir de sa jambe remise. Le cadeau arrivait toujours avec une lettre. Emma coupa la corde qui la retenait au panier, et lut les lignes suivantes :

Mes chers enfants,

« J'espère que la présente vous trouvera en bonne santé et que celui-là vaudra bien les autres; car il me semble un peu plus mollet, si j'ose dire, et plus massif. Mais, la prochaine fois, par changement, je vous donnerai un coq, à moins que vous ne teniez de préférence aux *picots*; et renvoyez-moi la bourriche, s'il vous plaît, avec les deux anciennes. J'ai eu un malheur à ma charretterie, dont la couverture, une nuit qu'il ventait fort, s'est envolée dans les arbres. La récolte non plus n'a pas été très fameuse. Enfin, je ne sais pas quand j'irai vous voir. Ça m'est tellement difficile de quitter maintenant la maison, depuis que je suis seul, ma pauvre Emma! »

Et il y avait ici un intervalle entre les lignes, comme si le bonhomme eût laissé tomber sa plume pour rêver quelque temps.

« Quant à moi, je vais bien, sauf un rhume que j'ai attrapé l'autre jour à la foire d'Yvetot, où j'étais parti pour retenir un berger, ayant mis le mien dehors, par suite de sa trop grande délicatesse de bouche. Comme on est à plaindre avec tous ces brigands-là! Du reste, c'était aussi un malhonnête.

« J'ai appris d'un colporteur qui, en voyageant cet hiver par votre pays, s'est fait arracher une

dent, que Bovary travaillait toujours dur. Ça ne
m'étonne pas, et il m'a montré sa dent; nous
avons pris un café ensemble. Je lui ai demandé
s'il t'avait vue, il m'a dit que non, mais qu'il
avait vu dans l'écurie deux animaux, d'où je
conclus que le métier roule. Tant mieux, mes
chers enfants, et que le bon Dieu vous envoie
tout le bonheur imaginable!

« Il me fait deuil de ne pas connaître encore
ma bien-aimée petite-fille Berthe Bovary. J'ai
planté pour elle, dans le jardin, sous ta chambre,
un prunier de prunes d'avoine, et je ne veux pas
qu'on y touche, si ce n'est pour lui faire plus tard
des compotes, que je garderai dans l'armoire, à
son intention, quand elle viendra.

« Adieu, mes chers enfants. Je t'embrasse,
ma fille; vous aussi, mon gendre, et la petite, sur
les deux joues.

« Je suis, avec bien des compliments,
     « Votre tendre père,

          « THÉODORE ROUAULT. »

Elle resta quelques minutes à tenir entre ses
doigts ce gros papier. Les fautes d'orthographe
s'y enlaçaient les unes aux autres, et Emma
poursuivait la pensée douce qui caquetait tout au
travers comme une poule à demi cachée dans une
haie d'épines. On avait séché l'écriture avec les
cendres du foyer, car un peu de poussière grise
glissa de la lettre sur sa robe, et elle crut presque
apercevoir son père se courber vers l'âtre pour
saisir les pincettes. Comme il y avait longtemps
qu'elle n'était plus auprès de lui, sur l'escabeau,
dans la cheminée, quand elle faisait brûler le
bout d'un bâton à la grande flamme des joncs
marins qui pétillaient!... Elle se rappela des soirs
d'été tout pleins de soleil. Les poulains hennissaient quand on passait, et galopaient, galopaient... Il y avait sous sa fenêtre une ruche à

miel, et quelquefois les abeilles, tournoyant dans
la lumière, frappaient contre les carreaux comme
des balles d'or rebondissantes. Quel bonheur
dans ce temps-là! quelle liberté! quel espoir!
quelle abondance d'illusions! Il n'en restait plus
maintenant! Elle en avait dépensé à toutes les
aventures de son âme, par toutes les conditions
successives, dans la virginité, dans le mariage et
dans l'amour; — les perdant ainsi continuellement le long de sa vie, comme un voyageur qui
laisse quelque chose de sa richesse à toutes les
auberges de la route.

Mais qui donc la rendait si malheureuse? où
était la catastrophe extraordinaire qui l'avait
bouleversée? Et elle releva la tête, regardant
autour d'elle, comme pour chercher la cause qui
la faisait souffrir.

Un rayon d'avril chatoyait sur les porcelaines
de l'étagère; le feu brûlait; elle sentait sous ses
pantoufles la douceur du tapis; le jour était
blanc, l'atmosphère tiède, et elle entendit son
enfant qui poussait des éclats de rire.

En effet, la petite fille se roulait alors sur le
gazon, au milieu de l'herbe qu'on fanait. Elle
était couchée à plat ventre, au haut d'une meule.
Sa bonne la retenait par la jupe. Lestiboudois
ratissait à côté, et chaque fois qu'il s'approchait,
elle se penchait en battant l'air de ses deux
bras.

— Amenez-la-moi! dit sa mère, se précipitant
pour l'embrasser. Comme je t'aime, ma pauvre
enfant! comme je t'aime!

Puis, s'apercevant qu'elle avait le bout des
oreilles un peu sale, elle sonna vite pour avoir de
l'eau chaude et la nettoya, la changea de linge, de
bas, de souliers, fit mille questions sur sa santé,
comme au retour d'un voyage, et enfin, la baisant encore et pleurant un peu, elle la remit aux
mains de la domestique, qui restait fort ébahie
devant cet excès de tendresse.

Rodolphe, le soir, la trouva plus sérieuse que d'habitude.

— Cela se passera, jugea-t-il, c'est un caprice.

Et il manqua consécutivement à trois rendez-vous. Quand il revint, elle se montra froide et presque dédaigneuse.

— Ah! tu perds ton temps, ma mignonne...

Et il eut l'air de ne point remarquer ses soupirs mélancoliques, ni le mouchoir qu'elle tirait.

C'est alors qu'Emma se repentit!

Elle se demanda même pourquoi donc elle exécrait Charles, et s'il n'eût pas été meilleur de le pouvoir aimer. Mais il n'offrait pas grande prise à ces retours du sentiment, si bien qu'elle demeurait fort embarrassée dans sa velléité de sacrifice, lorsque l'apothicaire vint à propos lui fournir une occasion.

XI

Il avait lu dernièrement l'éloge d'une nouvelle
méthode pour la cure des pieds-bots; et comme il
était partisan du progrès, il conçut cette idée
patriotique que Yonville, pour *se mettre au
niveau*, devait avoir des opérations de stréphopo-
die.

— Car, disait-il à Emma, que risque-t-on?
Examinez (et il énumérait, sur ses doigts, les
avantages de la tentative): succès presque certain, soulagement et embellissement du malade,
célébrité vite acquise à l'opérateur. Pourquoi
votre mari, par exemple, ne voudrait-il pas
débarrasser ce pauvre Hippolyte, du *Lion d'Or*?
Notez qu'il ne manquerait pas de raconter sa
guérison à tous les voyageurs, et puis (Homais
baissait la voix et regardait autour de lui) qui
donc m'empêcherait d'envoyer au journal une
petite note là-dessus? Eh! mon Dieu! un article
circule..., on en parle..., cela finit par faire la
boule de neige! Et qui sait? qui sait?

En effet, Bovary pouvait réussir; rien n'affir-
mait à Emma qu'il ne fût pas habile, et quelle
satisfaction pour elle que de l'avoir engagé à une
démarche d'où sa réputation et sa fortune se
trouveraient accrues? Elle ne demandait qu'à
s'appuyer sur quelque chose de plus solide que
l'amour.

Charles, sollicité par l'apothicaire et par elle,

se laissa convaincre. Il fit venir de Rouen le
volume du docteur Duval, et, tous les soirs, se
prenant la tête entre les mains, il s'enfonçait
dans cette lecture.

Tandis qu'il étudiait les équins, les varus et les
valgus, c'est-à-dire la stréphocatopodie, la stré-
phendopodie et la stréphexopodie (ou, pour parler mieux, les différentes déviations du pied, soit
en bas, en dedans, ou en dehors), avec la stré-
phypopodie et la stréphanopodie (autrement dit,
torsion en dessous et redressement en haut),
M. Homais, par toute sorte de raisonnements,
exhortait le garçon d'auberge à se faire opérer.

— A peine sentiras-tu, peut-être, une légère
douleur; c'est une simple piqûre comme une
petite saignée, moins que l'extirpation de certains cors.

Hippolyte, réfléchissant, roulait des yeux stupides.

— Du reste, reprenait le pharmacien, ça ne me
regarde pas! c'est pour toi! par humanité pure!
Je voudrais te voir, mon ami, débarrassé de ta
hideuse claudication, avec ce balancement de la
région lombaire, qui, bien que tu prétendes, doit
te nuire considérablement dans l'exercice de ton
métier.

Alors Homais lui représentait combien il se
sentirait ensuite plus gaillard et plus ingambe, et
même lui donnait à entendre qu'il s'en trouverait
mieux pour plaire aux femmes; et le valet d'écurie se prenait à sourire lourdement. Puis il l'atta-
quait par la vanité :

— N'es-tu pas un homme, saprelotte? Que
serait-ce donc, s'il t'avait fallu servir, aller combattre sous les drapeaux?... Ah! Hippolyte!

Et Homais s'éloignait, déclarant qu'il ne comprenait pas cet entêtement, cet aveuglement à se
refuser aux bienfaits de la science.

Le malheureux céda, car ce fut comme une
conjuration. Binet, qui ne se mêlait jamais des

affaires d'autrui, Mme Lefrançois, Artémise, les voisins, et jusqu'au maire, M. Tuvache, tout le monde l'engagea, le sermonna, lui faisait honte; mais ce qui acheva de le décider, *c'est que ça ne lui coûterait rien*. Bovary se chargeait même de fournir la machine pour l'opération. Emma avait eu l'idée de cette générosité; et Charles y consentit, se disant au fond du cœur que sa femme était un ange.

Avec les conseils du pharmacien, et en recommençant trois fois, il fit donc construire par le menuisier, aidé du serrurier, une manière de boîte pesant huit livres environ, et où le fer, le bois, la tôle, le cuir, les vis et les écrous, ne se trouvaient point épargnés.

Cependant, pour savoir quel tendon couper à Hippolyte, il fallait connaître d'abord quelle espèce de pied-bot il avait.

Il avait un pied faisant avec la jambe une ligne presque droite, ce qui ne l'empêchait pas d'être tourné en dedans, de sorte que c'était un équin mêlé d'un peu de varus, ou bien un léger varus fortement accusé d'équin. Mais, avec cet équin, large en effet comme un pied de cheval, à peau rugueuse, à tendons secs, à gros orteils, et où les ongles noirs figuraient les clous d'un fer, le strephopode, depuis le matin jusqu'à la nuit, galopait comme un cerf. On le voyait continuellement sur la place, sautiller tout autour des charrettes, en jetant en avant son support inégal. Il semblait même plus vigoureux de cette jambe-là que de l'autre. A force d'avoir servi, elle avait contracté comme des qualités morales de patience et d'énergie, et quand on lui donnait quelque gros ouvrage, il s'écorait dessus, préférablement.

Or, puisque c'était un équin, il fallait couper le tendon d'Achille, quitte à s'en prendre plus tard au muscle tibial antérieur pour se débarrasser du varus; car le médecin n'osait d'un seul coup risquer deux opérations, et même il tremblait déjà,

dans la peur d'attaquer quelque région impor-
tante qu'il ne connaissait pas.

Ni Ambroise Paré, appliquant pour la première
fois depuis Celse, après quinze siècles d'intervalle, la ligature immédiate d'une artère; ni
Dupuytren allant ouvrir un abcès à travers une
couche épaisse d'encéphale; ni Gensoul, quand il
fit la première ablation de maxillaire supérieur,
n'avaient certes le cœur si palpitant, la main si
frémissante, l'intellect aussi tendu que M. Bovary quand il approcha d'Hippolyte, son *téno-
tome* entre les doigts. Et, comme dans les hôpitaux, on voyait à côté, sur une table, un tas de
charpie, des fils cirés, beaucoup de bandes, une
pyramide de bandes, tout ce qu'il y avait de
bandes chez l'apothicaire. C'était M. Homais qui
avait organisé dès le matin tous ces préparatifs,
autant pour éblouir la multitude que pour s'illu-
sionner lui-même. Charles piqua la peau; on
entendit un craquement sec. Le tendon était
coupé, l'opération était finie. Hippolyte n'en
revenait pas de surprise; il se penchait sur les
mains de Bovary pour les couvrir de baisers.

— Allons, calme-toi, disait l'apothicaire, tu
témoigneras plus tard ta reconnaissance envers
ton bienfaiteur!

Et il descendit conter le résultat à cinq ou six
curieux qui stationnaient dans la cour, et qui
s'imaginaient qu'Hippolyte allait reparaître marchant droit. Puis Charles, ayant bouclé son
malade dans le moteur mécanique, s'en retourna
chez lui, où Emma, tout anxieuse, l'attendait sur
la porte. Elle lui sauta au cou; ils se mirent à
table; il mangea beaucoup, et même il voulut, au
dessert, prendre une tasse de café, débauche
qu'il ne se permettait que le dimanche lorsqu'il
y avait du monde.

La soirée fut charmante, pleine de causeries,
de rêves en commun. Ils parlèrent de leur fortune future, d'améliorations à introduire dans

leur ménage; il voyait sa considération s'étendant, son bien-être s'augmentant, sa femme l'aimant toujours; et elle se trouvait heureuse de se rafraîchir dans un sentiment nouveau, plus sain, meilleur, enfin d'éprouver quelque tendresse pour ce pauvre garçon qui la chérissait. L'idée de Rodolphe, un moment lui passa par la tête; mais ses yeux se reportèrent sur Charles : elle remarqua même avec surprise qu'il n'avait point les dents vilaines.

Ils étaient au lit lorsque M. Homais, malgré la cuisinière, entra tout à coup dans la chambre, en tenant à la main une feuille de papier fraîche écrite C'était la réclame qu'il destinait au *Fanal de Rouen*. Il la leur apportait à lire.

— Lisez vous-même, dit Bovary.

Il lut :

— « Malgré les préjugés qui · recouvrent encore une partie de la face de l'Europe comme un réseau, la lumière cependant commence à pénétrer dans nos campagnes. C'est ainsi que, mardi, notre petite cité d'Yonville s'est vue le théâtre d'une expérience chirurgicale qui est en même temps un acte de haute philanthropie. M. Bovary, un de nos praticiens les plus distingués...»

— Ah! c'est trop! c'est trop! disait Charles, que l'émotion suffoquait.

— Mais non, pas du tout! comment donc!.. « A opéré d'un pied-bot... » Je n'ai pas mis le terme scientifique, parce que, vous savez, dans un journal..., tout le monde peut-être ne comprendrait pas; il faut que les masses...

— En effet, dit Bovary. Continuez.

— Je reprends, dit le pharmacien. « M. Bovary, un de nos praticiens les plus distingués, a opéré d'un pied-bot le nommé Hippolyte Tautain, garçon d'écurie depuis vingt-cinq ans à l'hôtel du *Lion d'Or*, tenu par Mme veuve Lefrançois, sur la place d'Armes. La nouveauté de la tentative et l'intérêt qui s'attachait au sujet avaient attiré un tel concours de population, qu'il y avait véritablement encombrement au seuil de l'établissement. L'opération, du reste, s'est pratiquée comme par enchantement, et à peine si quelques gouttes de sang sont venues sur la peau, comme pour dire que le tendon rebelle venait enfin de céder sous les efforts de l'art. Le malade, chose étrange (nous l'affirmons *de visu*), n'accusa point de douleur. Son état, jusqu'à présent, ne laisse rien à désirer. Tout porte à croire que la convalescence sera courte; et qui sait même si, à la prochaine fête villageoise, nous ne verrons pas notre brave Hippolyte figurer dans des danses bachiques, au milieu d'un chœur de joyeux drilles, et ainsi prouver à tous les yeux, par sa verve et ses entrechats, sa complète guérison? Honneur donc aux savants généreux! honneur à ces esprits infatigables qui consacrent leurs veilles à l'amélioration ou bien au soulagement de leur espèce! Honneur! trois fois honneur! N'est-ce pas le cas de s'écrier que les aveugles verront et les boiteux marcheront! Mais ce que le fanatisme autrefois promettait à ses élus, la science maintenant l'accomplit pour tous les hommes! Nous tiendrons nos lecteurs au courant des phases successives de cette cure si remarquable »

Ce qui n'empêcha pas que, cinq jours après, la mère Lefrançois n'arrivât tout effarée en s'écriant :

— Au secours! il se meurt!... J'en perds la tête!

Charles se précipita vers le *Lion d'Or*, et le pharmacien qui l'aperçut passant sur la place, sans chapeau, abandonna la pharmacie. Il parut lui-même, haletant, rouge, inquiet, et demandant à tous ceux qui montaient l'escalier :

— Qu'a donc notre intéressant stréphopode?

Il se tordait, le stréphopode, dans des convul-

sions atroces, si bien que le moteur mécanique
où était enfermée sa jambe frappait contre la
muraille à la défoncer.

Avec beaucoup de précautions, pour ne pas déranger la position du membre, on retira donc la
boîte, et l'on vit un spectacle affreux. Les formes
du pied disparaissaient dans une telle bouffissure, que la peau tout entière semblait près de se
rompre, et elle était couverte d'ecchymoses occa-
sionnées par la fameuse machine. Hippolyte déjà
s'était plaint d'en souffrir; on n'y avait pris garde; il fallut reconnaître qu'il n'avait pas eu tort
complètement, et on le laissa libre quelques
heures. Mais à peine l'œdème eut-il un peu disparu, que les deux savants jugèrent à propos de
rétablir le membre dans l'appareil, et en l'y serrant davantage, pour accélérer les choses. Enfin,
trois jours après, Hippolyte n'y pouvant plus tenir, ils retirèrent encore une fois la mécanique,
tout en s'étonnant beaucoup du résultat qu'ils
aperçurent. Une tuméfaction livide s'étendait sur
la jambe, et avec des phlyctènes de place en
place, par où suintait un liquide noir. Cela prenait une tournure sérieuse. Hippolyte commençait à s'ennuyer, et la mère Lefrançois l'installa
dans la petite salle, près de la cuisine, pour qu'il
eût au moins quelque distraction.

Mais le percepteur, qui tous les jours y dînait,
se plaignit avec amertume d'un tel voisinage.
Alors on transporta Hippolyte dans la salle de
billard.

Il était là, geignant sous ses grosses couvertures, pâle, la barbe longue, les yeux caves, et, de
temps à autre, tournant sa tête en sueur sur le
sale oreiller où s'abattaient les mouches. Mme
Bovary le venait voir. Elle lui apportait des
linges pour ses cataplasmes, et le consolait,
l'encourageait. Du reste, il ne manquait pas de
compagnie, les jours de marché surtout, lorsque
les paysans autour de lui poussaient les billes du

billard, escrimaient avec les queues, fumaient,
buvaient, chantaient, braillaient.

— Comment vas-tu? disaient-ils en lui frappant sur l'épaule. Ah! tu n'es pas fier, à ce qu'il
paraît! mais c'est ta faute. Il faudrait faire ceci,
faire cela.

Et on lui racontait des histoires de gens qui
avaient tous été guéris par d'autres remèdes que
les siens; puis, en manière de consolation, ils
ajoutaient :

— C'est que tu t'écoutes trop! lève-toi donc!
tu te dorlotes comme un roi! Ah! n'importe,
vieux farceur! tu ne sens pas bon!

La gangrène, en effet, montait de plus en plus.
Bovary en était malade lui-même. Il venait à
chaque heure, à tout moment. Hippolyte le regardait avec des yeux pleins d'épouvante et balbutiait en sanglotant :

— Quand est-ce que je serai guéri?... Ah! sau-
vez-moi!... Que je suis malheureux! que je suis
malheureux!

Et le médecin s'en allait, toujours en lui
recommandant la diète.

— Ne l'écoute point, mon garçon, reprenait la
mère Lefrançois; ils t'ont déjà bien assez marty-
risé! tu vas t'affaiblir encore. Tiens, avale!

Et elle lui présentait quelque bon bouillon,
quelque tranche de gigot, quelque morceau de
lard, et parfois des petits verres d'eau-de-vie,
qu'il n'avait pas le courage de porter à ses
lèvres.

L'abbé Bournisien, apprenant qu'il empirait,
fit demander à le voir. Il commença par se
plaindre de son mal, tout en déclarant qu'il fallait s'en réjouir, puisque c'était la volonté du
Seigneur, et profiter vite de l'occasion pour se
réconcilier avec le ciel.

— Car, disait l'ecclésiastique d'un ton paterne,
tu négligeais un peu tes devoirs; on te voyait
rarement à l'office divin; combien y a-t-il

d'années que tu ne t'es approché de la saintè table? Je comprends que tes occupations, que le tourbillon du monde aient pu t'écarter du soin de ton salut. Mais, à présent, c'est l'heure d'y réfléchir. Ne désespère pas cependant, j'ai connu de grands coupables qui, près de comparaître devant Dieu (tu n'en es point encore là, je le sais bien), avaient imploré sa miséricorde, et qui certainement sont morts dans les meilleures dispositions. Espérons que, tout comme eux, tu nous donneras de bons exemples! Ainsi, par précaution, qui donc t'empêcherait de réciter matin et soir un « Je vous salue, Marie, pleine de grâce », et un « Notre Père, qui êtes aux cieux »? Oui, fais cela! pour moi, pour m'obliger. Qu'est-ce que ça coûte?... Me le promets-tu?

Le pauvre diable promit. Le curé revint les jours suivants. Il causait avec l'aubergiste et même racontait des anecdotes entremêlées de plaisanteries, de calembours qu'Hippolyte ne comprenait pas. Puis, dès que la circonstance le permettait, il retombait sur les matières de religion, en prenant une figure convenable.

Son zèle parut réussir; car bientôt le stréphopode témoigna l'envie d'aller en pèlerinage à Bon-Secours, s'il se guérissait : à quoi M. Bournisien répondit qu'il ne voyait pas d'inconvénient; deux précautions valaient mieux qu'une. *On ne risquait rien.*

L'apothicaire s'indigna contre ce qu'il appelait les *manœuvres du prêtre*; elles nuisaient, prétendait-il, à la convalescence d'Hippolyte, et il répétait à Mme Lefrançois :

— Laissez-le! laissez-le! vous lui perturbez le moral avec votre mysticisme!

Mais la bonne femme ne voulait plus l'entendre. Il était *la cause de tout.* Par esprit de contradiction, elle accrocha même au chevet du malade un bénitier tout plein, avec une branche de buis.

Cependant la religion pas plus que la chirurgie ne paraissait le secourir, et l'invincible pourriture allait montant toujours des extrémités vers le ventre. On avait beau varier les potions et changer les cataplasmes, les muscles chaque jour se décollaient davantage, et enfin Charles répondit par un signe de tête affirmatif quand la mère Lefrançois lui demanda si elle ne pourrait point, en désespoir de cause, faire venir M. Canivet, de Neufchâtel, qui était une célébrité.

Docteur en médecine, âgé de cinquante ans, jouissant d'une bonne position et sûr de lui-même, le confrère ne se gêna pas pour rire dédaigneusement lorsqu'il découvrit cette jambe gangrenée jusqu'au genou. Puis, ayant déclaré net qu'il la fallait amputer, il s'en alla chez le pharmacien déblatérer contre les ânes qui avaient pu réduire un malheureux homme en un tel état. Secouant M. Homais par le bouton de sa redingote, il vociférait dans la pharmacie.

— Ce sont là des inventions de Paris! Voilà les idées de ces messieurs de la Capitale! c'est comme le strabisme, le chloroforme et la lithotritie, un tas de monstruosités que le gouvernement devrait défendre! Mais on veut faire le malin, et l'on vous fourre des remèdes sans s'inquiéter des conséquences. Nous ne sommes pas si forts que cela, nous autres; nous ne sommes pas des savants, des mirliflores, des jolis cœurs; nous sommes des praticiens, des guérisseurs, et nous n'imaginerions pas d'opérer quelqu'un qui se porte à merveille! Redresser des pieds-bots! est-ce qu'on peut redresser les pieds-bots? c'est comme si l'on voulait, par exemple, rendre droit un bossu!

Homais souffrait en écoutant ce discours, et il dissimulait son malaise sous un sourire de courtisan, ayant besoin de ménager M. Canivet, dont les ordonnances quelquefois arrivaient jusqu'à Yonville; aussi ne prit-il pas la défense de

Bovary, ne fit-il même aucune observation, et, abandonnant ses principes, il sacrifia sa dignité aux intérêts plus sérieux de son négoce.

Ce fut dans le village un événement considérable que cette amputation de cuisse par le docteur Canivet! Tous les habitants, ce jour-là, s'étaient levés de meilleure heure, et la Grande-Rue, bien que pleine de monde, avait quelque chose de lugubre comme s'il se fût agi d'une exécution capitale. On discutait chez l'épicier sur la maladie d'Hippolyte; les boutiques ne vendaient rien, et Mme Tuvache, la femme du maire, ne bougeait pas de sa fenêtre, par l'impatience où elle était de voir venir l'opérateur.

Il arriva dans son cabriolet, qu'il conduisait lui-même. Mais, le ressort du côté droit s'étant à la longue affaissé sous le poids de sa corpulence, il se faisait que la voiture penchait un peu tout en allant, et l'on apercevait sur l'autre coussin près de lui une vaste boîte, recouverte de basane rouge, dont les trois fermoirs de cuivre brillaient magistralement.

Quand il fut entré comme un tourbillon sous le porche du *Lion d'Or*, le docteur, criant très haut, ordonna de dételer son cheval, puis il alla dans l'écurie voir s'il mangeait bien l'avoine; car, en arrivant chez ses malades, il s'occupait d'abord de sa jument et de son cabriolet. On disait même à ce propos : « Ah! M. Canivet, c'est un original! » Et on l'estimait davantage pour cet inébranlable aplomb. L'univers aurait pu crever jusqu'au dernier homme, qu'il n'eût pas failli à la moindre de ses habitudes.

Homais se présenta.

— Je compte sur vous, fit le docteur. Sommes-nous prêts? En marche!

Mais l'apothicaire, en rougissant, avoua qu'il était trop sensible pour assister à une pareille opération.

— Quand on est simple spectateur, disait-il,

l'imagination, vous savez, se frappe! Et puis j'ai le système nerveux tellement...

— Ah bah! interrompit Canivet, vous me paraissez, au contraire, porté à l'apoplexie. Et, d'ailleurs, cela ne m'étonne pas; car, vous autres, messieurs les pharmaciens, vous êtes continuellement fourrés dans votre cuisine, ce qui doit finir par altérer votre tempérament. Regardez-moi, plutôt : tous les jours, je me lève à quatre heures, je fais ma barbe à l'eau froide (je n'ai jamais froid), et je ne porte pas de flanelle, je n'attrape aucun rhume, le coffre est bon! Je vis tantôt d'une manière, tantôt d'une autre, en philosophe, au hasard de la fourchette. C'est pourquoi je ne suis point délicat comme vous, et il m'est aussi parfaitement égal de découper un chrétien que la première volaille venue. Après ça, direz-vous, l'habitude!... l'habitude!...

Alors, sans aucun égard pour Hippolyte, qui suait d'angoisse entre ses draps, ces messieurs engagèrent une conversation où l'apothicaire compara le sang-froid d'un chirurgien à celui d'un général; et ce rapprochement fut agréable à Canivet, qui se répandit en paroles sur les exigences de son art. Il le considérait comme un sacerdoce, bien que les officiers de santé le déshonorassent. Enfin, revenant au malade, il examina les bandes apportées par Homais, les mêmes qui avaient comparu lors du pied-bot, et demanda quelqu'un pour lui tenir le membre. On envoya chercher Lestiboudois, et M. Canivet, ayant retroussé ses manches, passa dans la salle de billard, tandis que l'apothicaire restait avec Artémise et l'aubergiste, plus pâles toutes les deux que leur tablier, et l'oreille tendue contre la porte.

Bovary, pendant ce temps-là, n'osait bouger de sa maison. Il se tenait en bas, dans la salle, assis au coin de la cheminée sans feu, le menton sur sa poitrine, les mains jointes, les yeux fixes. Quelle

mésaventure! pensait-il, quel désappointement!
Il avait pris pourtant toutes les précautions imaginables. La fatalité s'en était mêlée. N'importe!
si Hippolyte plus tard venait à mourir, c'est lui
qui l'aurait assassiné. Et puis, quelle raison don-
nerait-il dans les visites, quand on l'interroge-
rait? Peut-être, cependant, s'était-il trompe en
quelque chose? Il cherchait, ne trouvait pas. Mais
les plus fameux chirurgiens se trompaient bien.
Voilà ce qu'on ne voudrait jamais croire! on
allait rire, au contraire, clabauder! Cela se
répandrait jusqu'à Forges! jusqu'à Neufchâtel!
jusqu'à Rouen! partout! Qui sait si des confrères
n'écriraient pas contre lui? Une polémique
s'ensuivrait, il faudrait répondre dans les journaux. Hippolyte même pouvait lui faire un
procès. Il se voyait déshonore, ruiné, perdu! Et
son imagination, assaillie par une multitude
d'hypothèses, ballottait au milieu d'elles comme
un tonneau vide emporté à la mer et qui roule
sur les flots.

Emma, en face de lui, le regardait; elle ne
partageait pas son humiliation, elle en éprouvait
une autre : c'était de s'être imaginé qu'un pareil
homme pût valoir quelque chose, comme si vingt
fois déjà elle n'avait pas suffisamment aperçu sa
médiocrité.

Charles se promenait de long en large, dans la
chambre. Ses bottes craquaient sur le parquet.

— Assieds-toi, dit-elle, tu m'agaces!

Il se rassit.

Comment donc avait-elle fait (elle qui était si
intelligente!) pour se méprendre encore une
fois? Du reste, par quelle déplorable manie avoir
ainsi abîmé son existence en sacrifices continuels? Elle se rappela tous ses instincts de luxe,
toutes les privations de son âme, les bassesses du
mariage, du ménage, ses rêves tombant dans la
boue comme des hirondelles blessées, tout ce
qu'elle avait désiré, tout ce qu'elle s'était refusé,

tout ce qu'elle aurait pu avoir ! Et pourquoi ? et pourquoi ?

Au milieu du silence qui emplissait le village, un cri déchirant traversa l'air. Bovary devint pâle à s'évanouir. Elle fronça les sourcils d'un geste nerveux, puis continua. C'était pour lui cependant, pour cet être, pour cet homme qui ne comprenait rien, qui ne sentait rien ! car il était là, tout tranquillement, et sans même se douter que le ridicule de son nom allait désormais la salir comme lui. Elle avait fait des efforts pour l'aimer, et elle s'était repentie en pleurant d'avoir cédé à un autre.

— Mais c'était peut-être un valgus ? exclama soudain Bovary, qui méditait.

Au choc imprévu de cette phrase, tombant sur sa pensée comme une balle de plomb dans un plat d'argent, Emma tressaillant leva la tête pour deviner ce qu'il voulait dire ; et ils se regardèrent silencieusement, presque ébahis de se voir, tant ils étaient par leur conscience éloignés l'un de l'autre. Charles la considérait avec le regard trouble d'un homme ivre, tout en écoutant, immobile, les derniers cris de l'amputé qui se suivaient en modulations traînantes, coupées de saccades aiguës, comme le hurlement lointain de quelque bête qu'on égorge. Emma mordait ses lèvres blêmes, et, roulant entre ses doigts un des brins du polypier qu'elle avait cassé, elle fixait sur Charles la pointe ardente de ses prunelles, comme deux flèches de feu prêtes à partir. Tout en lui l'irritait maintenant, sa figure, son costume, ce qu'il ne disait pas, sa personne entière, son existence enfin. Elle se repentait, comme d'un crime, de sa vertu passée, et ce qui en restait encore s'écroulait sous les coups furieux de son orgueil. Elle se délectait dans toutes les ironies mauvaises de l'adultère triomphant. Le souvenir de son amant revenait à elle avec des attractions vertigineuses ; elle y jetait son âme, emportée vers cette image par un enthousiasme nouveau; et Charles lui semblait aussi détaché de sa vie, aussi absent pour toujours, aussi impossible et anéanti, que s'il allait mourir et qu'il eût agonisé sous ses yeux.

Il se fit un bruit de pas sur le trottoir. Charles regarda; et, à travers la jalousie baissée, il aperçut au bord des halles, en plein soleil, le docteur Canivet qui s'essuyait le front avec son foulard. Homais, derrière lui, portait à la main une grande boîte rouge, et ils se dirigeaient tous les deux du côté de la pharmacie.

Alors, par tendresse subite et découragement, Charles se tourna vers sa femme en lui disant :

— Embrasse-moi donc, ma bonne!

— Laisse-moi! fit-elle, toute rouge de colère.

— Qu'as-tu? qu'as-tu? répétait-il stupéfait. Calme-toi! reprends-toi!... Tu sais bien que je t'aime!... viens!

— Assez! cria-t-elle d'un air terrible.

Et s'échappant de la salle, Emma ferma la porte si fort, que le baromètre bondit de la muraille et s'écrasa par terre.

Charles s'affaissa dans son fauteuil, bouleversé, cherchant ce qu'elle pouvait avoir, imaginant une maladie nerveuse, pleurant, et sentant vaguement circuler autour de lui quelque chose de funeste et d'incompréhensible.

Quand Rodolphe, le soir, arriva dans le jardin, il trouva sa maîtresse qui l'attendait au bas du perron, sur la première marche. Ils s'étreignirent, et toute leur rancune se fondit comme une neige sous la chaleur de ce baiser.

XII

Ils recommencèrent à s'aimer. Souvent même, au milieu de la journée, Emma lui écrivait tout à coup; puis, à travers les carreaux, faisait un signe à Justin, qui, dénouant vite sa serpillière, s'envolait à la Huchette. Rodolphe arrivait; c'était pour lui dire qu'elle s'ennuyait, que son mari était odieux et son existence affreuse!

— Est-ce que j'y peux quelque chose? s'écriat-il un jour, impatienté.

— Ah! si tu voulais!...

Elle était assise par terre, entre ses genoux, les bandeaux dénoués, le regard perdu.

— Quoi donc? fit Rodolphe.

Elle soupira.

— Nous irions vivre ailleurs... quelque part...

— Tu es folle, vraiment! dit-il en riant. Est-ce possible?

Elle revint là-dessus; il eut l'air de ne pas comprendre et détourna la conversation.

Ce qu'il ne comprenait pas, c'était tout ce trouble dans une chose aussi simple que l'amour. Elle avait un motif, une raison, et comme un auxiliaire à son attachement.

Cette tendresse, en effet, chaque jour s'accroissait davantage sous la répulsion du mari. Plus elle se livrait à l'un, plus elle exécrait l'autre;

jamais Charles ne lui paraissait aussi désagréable, avoir les doigts aussi carrés, l'esprit
aussi lourd, les façons si communes qu'après ces
rendez-vous avec Rodolphe, quand ils se trouvaient ensemble. Alors, tout en faisant l'épouse
et la vertueuse, elle s'enflammait à l'idée de cette
tête dont les cheveux noirs se tournaient en une
boucle vers le front hâlé, de cette taille à la fois
si robuste et si élégante, de cet homme enfin qui
possédait tant d'expérience dans la raison, tant
d'emportement dans le désir! C'était pour lui
qu'elle se limait les ongles avec un soin de cise-
leur, et qu'il n'y avait jamais assez de *cold cream*
sur sa peau, ni de patchouli dans ses mouchoirs.
Elle se chargeait de bracelets, de bagues, de colliers. Quand il devait venir, elle emplissait de
roses ses deux grands vases de verre bleu, et
disposait son appartement et sa personne comme
une courtisane qui attend un prince. Il fallait
que la domestique fût sans cesse à blanchir du
linge; et, de toute la journée, Félicité ne bougeait
de la cuisine, où le petit Justin, qui souvent lui
tenait compagnie, la regardait travailler.

Le coude sur la longue planche où elle repassait, il considérait avidement toutes ces affaires
de femmes étalées autour de lui : les jupons de
basin, les fichus, les collerettes, et les pantalons à
coulisse, vastes de hanches et qui se rétrécissaient par le bas.

— A quoi cela sert-il? demandait le jeune garçon en passant sa main sur la crinoline ou les
agrafes.

— Tu n'as donc jamais rien vu? répondait en
riant Félicité; comme si ta patronne, Mme Homais, n'en portait pas de pareils.

— Ah! bien oui! Mme Homais!

Et il ajoutait d'un ton méditatif :

— Est-ce que c'est une dame comme
Madame?

Mais Félicité s'impatientait de le voir tourner

ainsi tout autour d'elle. Elle avait six ans de
plus, et Théodore, le domestique de M. Guillaumin, commençait à lui faire la cour.

— Laisse-moi tranquille! disait-elle en dépla-
çant son pot d'empois. Va-t'en plutôt piler des
amandes; tu es toujours à fourrager du côté des
femmes; attends pour te mêler de ça, méchant
mioche, que tu aies de la barbe au menton.

— Allons, ne vous fâchez pas, je m'en vais
vous *faire ses bottines*.

Et aussitôt, il atteignait sur le chambranle les
chaussures d'Emma, tout empâtées de crotte
— la crotte des rendez-vous — qui se détachait
en poudre sous ses doigts, et qu'il regardait monter doucement dans un rayon de soleil.

— Comme tu as peur de les abîmer! disait la
cuisinière qui n'y mettait pas tant de façons
quand elle les nettoyait elle-même, parce que
Madame, dès que l'étoffe n'était plus fraîche, les
lui abandonnait.

Emma en avait une quantité dans son armoire,
et qu'elle gaspillait à mesure sans que jamais
Charles se permît la moindre observation.

C'est ainsi qu'il déboursa trois cents francs
pour une jambe de bois dont elle jugea convenable de faire cadeau à Hippolyte. Le pilon en
était garni de liège, et il avait des articulations à
ressort, une mécanique compliquée recouverte
d'un pantalon noir, que terminait une botte ver-
nie. Mais Hippolyte, n'osant à tous les jours se
servir d'une si belle jambe, supplia Mme Bovary
de lui en procurer une autre plus commode. Le
médecin, bien entendu, fit encore les frais de
cette acquisition.

Donc, le garçon d'écurie peu à peu recommença son métier. On le voyait comme autrefois
parcourir le village, et quand Charles entendait
de loin, sur les pavés, le bruit sec de son bâton, il
prenait bien vite une autre route.

C'était M. Lheureux, le marchand, qui s'était

chargé de la commande; cela lui fournit l'occasion de fréquenter Emma. Il causait avec elle des
nouveaux déballages de Paris, de mille curiosités
féminines, se montrait fort complaisant, et jamais ne réclamait d'argent. Emma s'abandonnait
à cette facilité de satisfaire tous ses caprices.
Ainsi, elle voulut avoir, pour la donner à
Rodolphe, une fort belle cravache qui se trouvait
à Rouen dans un magasin de parapluies.
M. Lheureux, la semaine d'après, la lui posa sur
la table.

Mais le lendemain il se présenta chez elle avec
une facture de deux cent soixante et dix francs
sans compter les centimes. Emma fut très
embarrassée: tous les tiroirs du secrétaire
étaient vides; on devait plus de quinze jours à
Lestiboudois, deux trimestres à la servante,
quantité d'autres choses encore, et Bovary attendait impatiemment l'envoi de M. Derozerays, qui
avait coutume, chaque année, de le payer vers la
Saint-Pierre.

Elle réussit d'abord à éconduire Lheureux;
enfin il perdit patience: on le poursuivait, ses
capitaux étaient absents, et, s'il ne rentrait dans
quelques-uns, il serait forcé de lui reprendre
toutes les marchandises qu'elle avait.

— Eh! reprenez-les! dit Emma.

— Oh! c'est pour rire! répliqua-t-il. Seulement, je ne regrette que la cravache. Ma foi! je la
redemanderai à Monsieur.

— Non! non! fit-elle.

— Ah! je te tiens! pensa Lheureux.

Et, sûr de sa découverte, il sortit en répétant à
demi-voix et avec son petit sifflement habituel :

— Soit! nous verrons! nous verrons!

Elle rêvait comment se tirer de là, quand la
cuisinière entrant déposa sur la cheminée un
petit rouleau de papier bleu, *de la part de M. Derozerays*. Emma sauta dessus, l'ouvrit. Il y avait

quinze napoléons. C'était le compte. Elle entendit Charles dans l'escalier; elle jeta l'or au fond de son tiroir et prit la clef.

Trois jours après, Lheureux reparut.

— J'ai un arrangement à vous proposer, dit-il; si, au lieu de la somme convenue, vous vouliez prendre...

— La voilà, fit-elle en lui plaçant dans la main quatorze napoléons.

Le marchand fut stupéfait. Alors, pour dissimuler son désappointement, il se répandit en excuses et en offres de service qu'Emma refusa toutes; puis elle resta quelques minutes palpant dans la poche de son tablier les deux pièces de cent sous qu'il lui avait rendues. Elle se promettait d'économiser, afin de rendre plus tard...

— Ah bah! songea-t-elle, il n'y pensera plus.

Outre la cravache à pommeau de vermeil, Rodolphe avait reçu un cachet avec cette devise : *Amor nel cor;* de plus, une écharpe pour se faire un cache-nez, et enfin un porte-cigares tout pareil à celui du vicomte, que Charles avait autrefois ramassé sur la route et qu'Emma conservait. Cependant ces cadeaux l'humiliaient. Il en refusa plusieurs; elle insista, et Rodolphe finit par obéir, la trouvant tyrannique et trop envahissante.

Puis elle avait d'étranges idées :

— Quand minuit sonnera, disait-elle, tu penseras à moi!

Et, s'il avouait n'y avoir pas songé, c'étaient des reproches en abondance, et qui se terminaient toujours par l'éternel mot :

— M'aimes-tu?

— Mais oui, je t'aime! répondait-il.

— Beaucoup?

— Certainement!

— Tu n'en as pas aimé d'autres, hein?

— Crois-tu m'avoir pris vierge? exclamait-il en riant.

Emma pleurait, et il s'efforçait de la consoler, enjolivant de calembours ses protestations.

— Oh! c'est que je t'aime! reprenait-elle, je t'aime à ne pouvoir me passer de toi, sais-tu bien? J'ai quelquefois des envies de te revoir où toutes les colères de l'amour me déchirent. Je me demande : « Où est-il? Peut-être il parle à d'autres femmes? Elles lui sourient, il s'approche... » Oh! non, n'est-ce pas, aucune ne te plaît? Il y en a de plus belles; mais moi, je sais mieux aimer! Je suis ta servante et ta concubine! Tu es mon roi, mon idole! tu es bon! tu es beau! tu es intelligent! tu es fort!

Il s'était tant de fois entendu dire ces choses, qu'elles n'avaient pour lui rien d'original. Emma ressemblait à toutes les maîtresses; et le charme de la nouveauté, peu à peu tombant comme un vêtement, laissait voir à nu l'éternelle monotonie de la passion, qui a toujours les mêmes formes et le même langage. Il ne distinguait pas, cet homme si plein de pratique, la dissemblance des sentiments sous la parité des expressions. Parce que des lèvres libertines ou vénales lui avaient murmuré des phrases pareilles, il ne croyait que faiblement à la candeur de celles-là; on en devait rabattre, pensait-il, les discours exagérés cachant les affections médiocres; comme si la plénitude de l'âme ne débordait pas quelquefois par les métaphores les plus vides, puisque personne, jamais, ne peut donner l'exacte mesure de ses besoins, ni de ses conceptions, ni de ses douleurs, et que la parole humaine est comme un chaudron fêlé où nous battons des mélodies à faire danser les ours, quand on voudrait attendrir les étoiles.

Mais, avec cette supériorité de critique appartenant à celui qui, dans n'importe quel engagement, se tient en arrière, Rodolphe aperçut en cet

amour d'autres jouissances à exploiter Il jugea
toute pudeur incommode. Il la traita sans façon.
Il en fit quelque chose de souple et de corrompu.
C'était une sorte d'attachement idiot plein
d'admiration pour lui, de volupté pour elle, une
béatitude qui l'engourdissait; et son âme s'enfonçait en cette ivresse et s'y noyait, ratatinée,
comme le duc de Clarence dans son tonneau de
malvoisie.

Par l'effet seul de ses habitudes amoureuses,
Mme Bovary changea d'allures Ses regards
devinrent plus hardis, ses discours plus libres;
elle eut même l'inconvenance de se promener
avec M. Rodolphe une cigarette à la bouche,
comme pour narguer le monde; enfin, ceux qui
doutaient encore ne doutèrent plus quand on la
vit, un jour, descendre de *l'Hirondelle*, la taille
serrée dans un gilet, à la façon d'un homme, et
Mme Bovary mère, qui, après une épouvantable
scène avec son mari, était venue se réfugier chez
son fils, ne fut pas la bourgeoise la moins scandalisée. Bien d'autres choses lui déplurent .
d'abord Charles n'avait point écouté ses conseils
pour l'interdiction des romans; puis, *le genre de
la maison* lui déplaisait; elle se permit des observations, et l'on se fâcha, une fois surtout, à propos de Félicité.

Mme Bovary mère, la veille au soir, en traversant le corridor, l'avait surprise dans la compagnie d'un homme, un homme à collier brun,
d'environ quarante ans, et qui au bruit de ses
pas, s'était vite échappé de la cuisine. Alors
Emma se prit à rire; mais la bonne dame
s'emporta, déclarant qu'à moins de se moquer
des mœurs, on devait surveiller celles des
domestiques.

— De quel monde êtes-vous? dit la bru, avec
un regard tellement impertinent que Mme Bovary
lui demanda si elle ne défendait point sa propre
cause.

— Sortez! fit la jeune femme en se levant d'un bond.

— Emma!... maman!... s'écriait Charles pour les rapatrier.

Mais elles s'étaient enfuies toutes les deux dans leur exaspération. Emma trépignait en répétant :

— Ah! quel savoir-vivre! quelle paysanne!

Il courut à sa mère; elle était hors des gonds, elle balbutiait :

— C'est une insolente! une évaporée! pire, peut-être!

Et elle voulait partir immédiatement, si l'autre ne venait lui faire des excuses. Charles retourna donc vers sa femme et la conjura de céder; il se mit à genoux; elle finit par répondre :

— Soit! j'y vais.

En effet, elle tendit la main à sa belle-mère avec une dignité de marquise, en lui disant :

— Excusez-moi, madame.

Puis, remontée chez elle, Emma se jeta tout à plat ventre sur son lit, et elle y pleura comme un enfant, la tête enfoncée dans l'oreiller.

Ils étaient convenus, elle et Rodolphe, qu'en cas d'événement extraordinaire, elle attacherait à la persienne un petit chiffon de papier blanc, afin que, si par hasard il se trouvait à Yonville, il accourût dans la ruelle, derrière la maison. Emma fit le signal; elle attendait depuis trois quarts d'heure, quand tout à coup elle aperçut Rodolphe au coin des halles. Elle fut tentée d'ouvrir la fenêtre, de l'appeler; mais déjà il avait disparu. Elle retomba désespérée.

Bientôt pourtant il lui sembla que l'on marchait sur le trottoir. C'était lui, sans doute; elle descendit l'escalier, traversa la cour. Il était là, dehors. Elle se jeta dans ses bras.

— Prends donc garde, dit-il.

— Ah! si tu savais! reprit-elle.

Et elle se mit à lui raconter tout, à la hâte, sans

suite, exagérant les faits, en inventant plusieurs,
et prodiguant les parenthèses si abondamment
qu'il n'y comprenait rien.

— Allons, mon pauvre ange, du courage,
console-toi, patience!

— Mais voilà quatre ans que je patiente et que
je souffre!... Un amour comme le nôtre devrait
s'avouer à la face du ciel! Ils sont à me torturer.
Je n'y tiens plus! Sauve-moi!

Elle se serrait contre Rodolphe. Ses yeux,
pleins de larmes, étincelaient comme des
flammes sous l'onde; sa gorge haletait à coups
rapides; jamais il ne l'avait tant aimée; si bien
qu'il en perdit la tête et qu'il lui dit :

— Que faut-il faire? que veux-tu?

— Emmène-moi! s'écria-t-elle. Enlève-moi!...
Oh! je t'en supplie!

Et elle se précipita sur sa bouche, comme pour
y saisir le consentement inattendu qui s'en exhalait dans un baiser.

— Mais..., reprit Rodolphe.

— Quoi donc?

— Et ta fille?

Elle réfléchit quelques minutes, puis répondit :

— Nous la prendrons, tant pis!

— Quelle femme! se dit-il en la regardant
s'éloigner.

Car elle venait de s'échapper dans le jardin.
On l'appelait.

La mère Bovary, les jours suivants, fut très
étonnée de la métamorphose de sa bru. En effet,
Emma se montra plus docile, et même poussa la
déférence jusqu'à lui demander une recette pour
faire mariner des cornichons.

Était-ce afin de les mieux duper l'un et
l'autre? ou bien voulait-elle, par une sorte de
stoïcisme voluptueux, sentir plus profondément
l'amertume des choses qu'elle allait abandonner!
Mais elle n'y prenait garde, au contraire; elle

vivait comme perdue dans la dégustation antici-
pée de son bonheur prochain. C'était avec
Rodolphe un éternel sujet de causeries. Elle
s'appuyait sur son épaule, elle murmurait :

— Hein! quand nous serons dans la malle-
poste!... Y songes-tu? Est-ce possible? Il me
semble qu'au moment où je sentirai la voiture
s'élancer, ce sera comme si nous montions en
ballon, comme si nous partions vers les nuages.
Sais-tu que je compte les jours?... Et toi?

Jamais Mme Bovary ne fut aussi belle qu'à
cette époque; elle avait cette indéfinissable
beauté qui résulte de la joie, de l'enthousiasme,
du succès, et qui n'est que l'harmonie du tempérament avec les circonstances. Ses convoitises,
ses chagrins, l'expérience du plaisir et ses illusions toujours jeunes, comme font aux fleurs
le fumier, la pluie, les vents et le soleil, l'avaient
par gradations développée, et elle s'épanouissait
enfin dans la plénitude de sa nature. Ses
paupières semblaient taillées tout exprès pour
ses longs regards amoureux où la prunelle
se perdait, tandis qu'un souffle fort écartait ses
narines minces et relevait le coin charnu de ses
lèvres, qu'ombrageait à la lumière un peu de
duvet noir. On eût dit qu'un artiste habile en
corruptions avait disposé sur sa nuque la torsade
de ses cheveux : ils s'enroulaient en une masse
lourde, négligemment, et selon les hasards de
l'adultère, qui les dénouait tous les jours. Sa voix
maintenant prenait des inflexions plus molles, sa
taille aussi; quelque chose de subtil qui vous
pénétrait se dégageait même des draperies de sa
robe et de la cambrure de son pied. Charles,
comme aux premiers temps de son mariage, la
trouvait délicieuse et tout irrésistible.

Quand il rentrait au milieu de la nuit, il
n'osait pas la réveiller. La veilleuse de porcelaine
arrondissait au plafond une clarté tremblante, et
les rideaux fermés du petit berceau faisaient

comme une hutte blanche qui se bombait dans
l'ombre, au bord du lit. Charles les regardait. Il
croyait entendre l'haleine légère de son enfant.
Elle allait grandir maintenant; chaque saison,
vite. amènerait un progrès. Il la voyait déjà revenant de l'école à la tombée du jour. toute rieuse,
avec sa brassière tachée d'encre. et portant au
bras son panier; puis il faudrait la mettre en
pension; cela coûterait beaucoup; comment
faire? Alors il réfléchissait. Il pensait à louer une
petite ferme aux environs, et qu'il surveillerait
lui-même, tous les matins, en allant voir ses malades. Il en économiserait le revenu. il le place-
rait à la caisse d'épargne; ensuite il achèterait
des actions, quelque part, n'importe où; d'ailleurs. la clientèle augmenterait; il y comptait.
car il voulait que Berthe fût bien élevée, qu'elle
eût des talents, qu'elle apprît le piano. Ah!
qu'elle serait jolie, plus tard. à quinze ans,
quand. ressemblant à sa mère, elle porterait
comme elle, dans l'été, de grands chapeaux de
paille! on les prendrait de loin pour les deux
sœurs. Il se la figurait travaillant le soir auprès
d'eux, sous la lumière de la lampe; elle lui brode-
rait des pantoufles; elle s'occuperait du ménage;
elle emplirait toute la maison de sa gentillesse et
de sa gaieté. Enfin, ils songeraient à son établissement : on lui trouverait quelque brave garçon ayant un état solide; il la rendrait heureuse;
cela durerait toujours.

Emma ne dormait pas, elle faisait semblant
d'être endormie; et. tandis qu'il s'assoupissait à
ses côtés, elle se réveillait en d'autres rêves.

Au galop de quatre chevaux. elle était emportée depuis huit jours vers un pays nouveau, d'où
ils ne reviendraient plus. Ils allaient, ils allaient,
les bras enlacés, sans parler Souvent. du haut
d'une montagne, ils apercevaient tout à coup
quelque cité splendide avec des dômes, des ponts,
des navires, des forêts de citronniers et des

cathédrales de marbre blanc, dont les clochers
aigus portaient des nids de cigognes. On marchait au pas, à cause des grandes dalles, et il y
avait par terre des bouquets de fleurs que vous
offraient des femmes habillées en corset rouge.
On entendait sonner des cloches, hennir les
mulets, avec le murmure des guitares et le bruit
des fontaines, dont la vapeur s'envolant rafraîchissait des tas de fruits, disposés en pyramide
au pied des statues pâles, qui souriaient sous les
jets d'eau. Et puis ils arrivaient, un soir, dans un
village de pêcheurs, où des filets bruns séchaient
au vent le long de la falaise et des cabanes. C'est
là qu'ils s'arrêteraient pour vivre : ils habite-
raient une maison basse, à toit plat, ombragée
d'un palmier, au fond d'un golfe, au bord de la
mer. Ils se promèneraient en gondole, ils se ba-
lanceraient en hamac : et leur existence serait
facile et large comme leurs vêtements de soie,
toute chaude et étoilée comme les nuits douces
qu'ils contempleraient. Cependant, sur l'immensité de cet avenir qu'elle se faisait apparaître, rien
de particulier ne surgissait; les jours, tous ma-
gnifiques, se ressemblaient comme des flots; et
cela se balançait à l'horizon, infini, harmonieux,
bleuâtre et couvert de soleil. Mais l'enfant se
mettait à tousser dans son berceau, ou bien
Bovary ronflait plus fort, et Emma ne s'endormait que le matin, quand l'aube blanchissait les
carreaux et que déjà le petit Justin, sur la place,
ouvrait les auvents de la pharmacie.

Elle avait fait venir M. Lheureux et lui avait
dit :

— J'aurais besoin d'un manteau, un grand
manteau, à long collet, doublé.

— Vous partez en voyage? demanda-t-il.

— Non! mais..., n'importe, je compte sur
vous, n'est-ce pas? et vivement!

Il s'inclina.

— Il me faudrait encore, reprit-elle, une caisse...; pas trop lourde..., commode.

— Oui, oui, j'entends, de quatre-vingt-douze centimètres environ, sur cinquante, comme on les fait à présent.

— Avec un sac de nuit.

— Décidément, pensa Lheureux, il y a du grabuge là-dessous.

— Et tenez, dit Mme Bovary, en tirant sa montre de sa ceinture, prenez cela; vous vous payerez dessus.

Mais le marchand s'écria qu'elle avait tort; ils se connaissaient; est-ce qu'il doutait d'elle? Quel enfantillage! Elle insista cependant pour qu'il prît au moins la chaîne, et déjà Lheureux l'avait mise dans sa poche et s'en allait, quand elle le rappela.

— Vous laisserez tout chez vous. Quant au manteau, — elle eut l'air de réfléchir — ne l'apportez pas non plus; seulement, vous me donnerez l'adresse de l'ouvrier et avertirez qu'on le tienne à ma disposition.

C'était le mois prochain qu'ils devaient s'enfuir Elle partirait d'Yonville comme pour aller faire des commissions à Rouen. Rodolphe aurait retenu les places, pris des passeports, et même écrit à Paris, afin d'avoir la malle entière jusqu'à Marseille, où ils achèteraient une calèche, et, de là, continueraient sans s'arrêter, par la route de Gênes. Elle aurait eu soin d'envoyer chez Lheureux son bagage, qui serait directement porté à *l'Hirondelle*, de manière que personne ainsi n'aurait de soupçons; et, dans tout cela, jamais il n'était question de son enfant. Rodolphe évitait d'en parler; peut-être qu'elle n'y pensait pas.

Il voulut avoir encore deux semaines devant lui, pour terminer quelques dispositions; puis, au bout de huit jours, il en demanda quinze autres, puis il se dit malade; ensuite il fit un voyage, le mois d'août se passa, et, après tous ces retards, ils arrêtèrent que ce serait irrévocablement pour le 4 septembre, un lundi.

Enfin le samedi, l'avant-veille, arriva.

Rodolphe vint le soir, plus tôt que de coutume.

— Tout est-il prêt? lui demanda-t-elle.

— Oui.

Alors ils firent le tour d'une plate-bande, et allèrent s'asseoir près de la terrasse, sur la margelle du mur.

— Tu es triste, dit Emma.

— Non, pourquoi?

Et cependant il la regardait singulièrement, d'une façon tendre.

— Est-ce de t'en aller? reprit-elle, de quitter tes affections, ta vie? Ah! je comprends... Mais, moi, je n'ai rien au monde! tu es tout pour moi. Aussi je serai tout pour toi, je te serai une famille, une patrie; je te soignerai, je t'aimerai.

— Que tu es charmante! dit-il en la saisissant dans ses bras.

— Vrai? fit-elle avec un rire de volupté. M'aimes-tu? Jure-le donc!

— Si je t'aime! si je t'aime! mais je t'adore, mon amour!

La lune, toute ronde et couleur de pourpre, se levait à ras de terre, au fond de la prairie Elle montait vite entre les branches des peupliers, qui la cachaient de place en place, comme un rideau noir, troué. Puis elle parut, éclatante de blancheur, dans le ciel vide qu'elle éclairait; et alors, se ralentissant, elle laissa tomber sur la rivière une grande tache, qui faisait une infinité d'étoiles; et cette lueur d'argent semblait s'y tordre jusqu'au fond, à la manière d'un serpent sans tête couvert d'écailles lumineuses. Cela ressemblait aussi à quelque monstrueux candélabre, d'où ruisselaient, tout du long, des gouttes de diamant en fusion. La nuit douce s'étalait autour d'eux; des nappes d'ombre emplissaient les feuil-

lages. Emma, les yeux à demi clos, aspirait avec
de grands soupirs le vent frais qui soufflait. Ils
ne se parlaient pas, trop perdus qu'ils étaient
dans l'envahissement de leur rêverie. La tendresse des anciens jours leur revenait au cœur,
abondante et silencieuse comme la rivière qui
coulait, avec autant de mollesse qu'en apportait
le parfum des seringas, et projetait dans leurs
souvenirs des ombres plus démesurées et plus
mélancoliques que celles des saules immobiles
qui s'allongeaient sur l'herbe. Souvent quelque
bête nocturne, hérisson ou belette, se mettant en
chasse, dérangeait les feuilles, ou bien on entendait par moments une pêche mûre qui tombait
toute seule de l'espalier.

— Ah! la belle nuit! dit Rodolphe.

— Nous en aurons d'autres! reprit Emma.

Et, comme se parlant à elle-même :

— Oui, il fera bon voyager... Pourquoi ai-je le
cœur triste, cependant? Est-ce l'appréhension de
l'inconnu..., l'effet des habitudes quittées..., ou
plutôt...? Non, c'est l'excès du bonheur! Que je
suis faible, n'est-ce pas? Pardonne-moi!

— Il est encore temps! s'écria-t-il. Réfléchis,
tu t'en repentiras peut-être.

— Jamais! fit-elle impétueusement.

Et, en se rapprochant de lui :

— Quel malheur donc peut-il me survenir? Il
n'y a pas de désert, pas de précipice ni d'océan
que je ne traverserais avec toi. A mesure que
nous vivrons ensemble, ce sera comme une
étreinte chaque jour plus serrée, plus complète!
Nous n'aurons rien qui nous trouble, pas de soucis, nul obstacle! Nous serons seuls, tout à nous,
éternellement... Parle donc, réponds-moi.

Il répondait à intervalles réguliers : « Oui...
oui... » Elle lui avait passé les mains dans ses
cheveux, et elle répétait d'une voix enfantine,
malgré de grosses larmes qui coulaient :

— Rodolphe! Rodolphe!... Ah! Rodolphe, cher petit Rodolphe!

Minuit sonna.

— Minuit! dit-elle. Allons, c'est demain! encore un jour!

Il se leva pour partir; et, comme si ce geste qu'il faisait eût été le signal de leur fuite, Emma tout à coup, prenant un air gai :

— Tu as les passeports?

— Oui.

— Tu n'oublies rien?

— Non.

— Tu en es sûr?

— Certainement.

— C'est à l'hôtel *de Provence*, n'est-ce pas, que tu m'attendras?... à midi?

Il fit un signe de tête.

— A demain, donc! dit Emma dans une dernière caresse.

Et elle le regarda s'éloigner.

Il ne se détournait pas. Elle courut après lui, et, se penchant au bord de l'eau entre des broussailles :

— A demain! s'écria-t-elle.

Il était déjà de l'autre côté de la rivière et marchait vite dans la prairie.

Au bout de quelques minutes, Rodolphe s'arrêta; et, quand il la vit avec son vêtement blanc peu à peu s'évanouir dans l'ombre comme un fantôme, il fut pris d'un tel battement de cœur, qu'il s'appuya contre un arbre pour ne pas tomber.

— Quel imbécile je suis! fit-il en jurant épouvantablement. N'importe, c'était une jolie maîtresse!

Et, aussitôt, la beauté d'Emma, avec tous les plaisirs de cet amour, lui réapparurent. D'abord il s'attendrit, puis il se révolta contre elle.

— Car enfin, exclamait-il en gesticulant, je ne

peux pas m'expatrier, avoir la charge d'une
enfant!

Il se disait ces choses pour s'affermir davantage.

— Et, d'ailleurs, les embarras, la dépense...
Ah! non, non, mille fois non! cela eût été trop
bête!

XIII

A peine arrivé chez lui, Rodolphe s'assit brusquement à son bureau, sous la tête de cerf faisant trophée contre la muraille. Mais, quand il eut la plume entre les doigts, il ne sut rien trouver, si bien que, s'appuyant sur les deux coudes, il se mit à réfléchir. Emma lui semblait être reculée dans un passé lointain, comme si la résolution qu'il avait prise venait de placer entre eux, tout à coup, un immense intervalle.

Afin de ressaisir quelque chose d'elle, il alla chercher dans l'armoire, au chevet de son lit, une vieille boîte à biscuits de Reims où il enfermait d'habitude ses lettres de femmes, et il s'en échappa une odeur de poussière humide et de roses flétries. D'abord il aperçut un mouchoir de poche, couvert de gouttelettes pâles. C'était un mouchoir à elle, une fois qu'elle avait saigné du nez, en promenade; il ne s'en souvenait plus. Il y avait auprès, se cognant à tous les angles, la miniature donnée par Emma; sa toilette lui parut prétentieuse et son regard *en coulisse* du plus pitoyable effet; puis, à force de considérer cette image et d'évoquer le souvenir du modèle, les traits d'Emma peu à peu se confondirent en sa mémoire, comme si la figure vivante et la figure peinte, se frottant l'une contre l'autre, se

fussent réciproquement effacées. Enfin il lut de
ses lettres; elles étaient pleines d'explications
relatives à leur voyage, courtes, techniques et
pressantes comme des billets d'affaires. Il voulut
revoir les longues, celles d'autrefois; pour les
trouver au fond de la boîte, Rodolphe dérangea
toutes les autres; et machinalement il se mit à
fouiller dans ce tas de papiers et de choses, y
retrouvant pêle-mêle des bouquets, une jarretière, un masque noir, des épingles et des cheveux — des cheveux! de bruns, de blonds; quelques-uns même, s'accrochant à la ferrure de la
boîte, se cassaient quand on l'ouvrait.

Ainsi flânant parmi ses souvenirs, il examinait
les écritures et le style des lettres, aussi variés
que leurs orthographes. Elles étaient tendres ou
joviales, facétieuses, mélancoliques; il y en avait
qui demandaient de l'amour et d'autres qui
demandaient de l'argent. A propos d'un mot, il se
rappelait des visages, de certains gestes, un son
de voix; quelquefois pourtant il ne se rappelait
rien.

En effet, ces femmes, accourant à la fois dans
sa pensée, s'y gênaient les unes les autres et s'y
rapetissaient, comme sous un même niveau
d'amour qui les égalisait. Prenant donc à poignée
les lettres confondues, il s'amusa pendant
quelques minutes à les faire tomber en cascades,
de sa main droite dans sa main gauche. Enfin,
ennuyé, assoupi, Rodolphe alla reporter la boîte
dans l'armoire en se disant :

— Quel tas de blagues!...

Ce qui résumait son opinion; car les plaisirs,
comme des écoliers dans la cour d'un collège,
avaient tellement piétiné sur son cœur, que
rien de vert n'y poussait, et ce qui passait par là,
plus étourdi que les enfants, n'y laissait pas
même, comme eux, son nom gravé sur la
muraille.

— Allons, se dit-il, commençons!

Il écrivit :

« Du courage, Emma! du courage! Je ne veux pas faire le malheur de votre existence... »

— Après tout, c'est vrai, pensa Rodolphe; j'agis dans son intérêt; je suis honnête.

« Avez-vous mûrement pesé votre détermination? Savez-vous l'abîme où je vous entraînais, pauvre ange? Non, n'est-ce pas? Vous alliez confiante et folle, croyant au bonheur, à l'avenir... Ah! malheureux que nous sommes! insensés! »

Rodolphe s'arrêta pour trouver ici quelque bonne excuse.

— Si je lui disais que toute ma fortune est perdue?... Ah! non, et d'ailleurs, cela n'empêcherait rien Ce serait à recommencer plus tard. Est-ce qu'on peut faire entendre raison à des femmes pareilles!

Il réfléchit, puis ajouta :

« Je ne vous oublierai pas, croyez-le bien, et j'aurai continuellement pour vous un dévouement profond; mais, un jour, tôt ou tard, cette ardeur (c'est là le sort des choses humaines) se fût diminuée, sans doute! Il nous serait venu des lassitudes, et qui sait même si je n'aurais pas eu l'atroce douleur d'assister à vos remords et d'y participer moi-même, puisque je les aurais causés! L'idée seule des chagrins qui vous arrivent me torture. Emma! Oubliez-moi! Pourquoi faut-il que je vous aie connue? Pourquoi étiez-vous si belle? Est-ce ma faute? O mon Dieu! non, non, n'en accusez que la fatalité! »

— Voilà un mot qui fait toujours de l'effet, se dit-il.

« Ah! si vous eussiez été une de ces femmes au cœur frivole comme on en voit, certes j'aurais pu, par égoïsme, tenter une expérience alors sans danger pour vous. Mais cette exaltation délicieuse, qui fait à la fois votre charme et votre tourment, vous a empêchée de comprendre, adorable femme que vous êtes, la fausseté de notre position future. Moi non plus, je n'y avais pas réfléchi d'abord, et je me reposais à l'ombre de ce bonheur idéal, comme à celle du mancenillier, sans prévoir les conséquences. »

— Elle va peut-être croire que c'est par avarice que j'y renonce... Ah! n'importe! tant pis, il faut en finir!

« Le monde est cruel, Emma. Partout où nous eussions été, il nous aurait poursuivis. Il vous aurait fallu subir les questions indiscrètes, la calomnie, le dédain, l'outrage peut-être. L'outrage à vous! Oh!... Et moi qui voudrais vous faire asseoir sur un trône! moi qui emporte votre pensée comme un talisman! Car je me punis par l'exil de tout le mal que je vous ai fait. Je pars. Où? Je n'en sais rien, je suis fou! Adieu! Soyez toujours bonne! Conservez le souvenir du malheureux qui vous a perdue. Apprenez mon nom à votre enfant, qu'il le redise dans ses prières. »

La mèche des deux bougies tremblait. Rodolphe se leva pour aller fermer la fenêtre, et, quand il se fut rassis :

— Il me semble que c'est tout. Ah! encore ceci, de peur qu'elle ne vienne *à me relancer* :

« Je serai loin quand vous lirez ces tristes lignes; car j'ai voulu m'enfuir au plus vite afin d'éviter la tentation de vous revoir. Pas de faiblesse! Je reviendrai; et peut-être que, plus tard, nous causerons ensemble très froidement de nos anciennes amours. Adieu! »

Et il y avait un dernier adieu, séparé en deux mots : *À Dieu!* ce qu'il jugeait d'un excellent goût.

— Comment vais-je signer, maintenant? se dit-il. Votre tout dévoué?... Non. Votre ami?... Oui, c'est cela.

« Votre ami. »

Il relut sa lettre. Elle lui parut bonne.

— Pauvre petite femme! pensa-t-il avec attendrissement. Elle va me croire plus insensible qu'un roc; il eût fallu quelques larmes là-dessus; mais, moi, je ne peux pas pleurer; ce n'est pas ma faute. Alors, s'étant versé de l'eau dans un verre, Rodolphe y trempa son doigt et il laissa tomber de haut une grosse goutte, qui fit une tache pâle sur l'encre; puis, cherchant à cacheter la lettre, le cachet *Amor nel cor* se rencontra.

— Cela ne va guère à la circonstance... Ah bah! n'importe!

Après quoi, il fuma trois pipes et s'alla coucher.

Le lendemain, quand il fut debout (vers deux heures environ, il avait dormi tard), Rodolphe se fit cueillir une corbeille d'abricots. Il disposa la lettre dans le fond, sous des feuilles de vigne, et ordonna tout de suite à Girard, son valet de charrue, de porter cela délicatement chez Mme Bovary. Il se servait de ce moyen pour correspondre avec elle, lui envoyant, selon la saison, des fruits ou du gibier.

— Si elle te demande de mes nouvelles, dit-il, tu répondras que je suis parti en voyage. Il faut remettre le panier à elle-même, en mains propres... Va, et prends garde!

Girard passa sa blouse neuve, noua son mouchoir autour des abricots, et marchant à grands pas lourds dans ses grosses galoches ferrées, prit tranquillement le chemin d'Yonville.

Mme Bovary, quand il arriva chez elle, arrangeait avec Félicité, sur la table de la cuisine, un paquet de linge.

— Voilà, dit le valet, ce que notre maître vous envoie.

Elle fut saisie d'une appréhension, et, tout en cherchant quelque monnaie dans sa poche, elle considérait le paysan d'un œil hagard, tandis qu'il la regardait lui-même avec ébahissement, ne comprenant pas qu'un pareil cadeau pût tant émouvoir quelqu'un. Enfin il sortit. Félicité restait. Elle n'y tenait plus, elle courut dans la salle comme pour y porter les abricots, renversa le panier, arracha les feuilles, trouva la lettre, l'ouvrit, et, comme s'il y avait eu derrière elle un effroyable incendie, Emma se mit à fuir vers sa chambre, tout épouvantée.

Charles y était, elle l'aperçut; il lui parla, elle n'entendit rien, et elle continua vivement à monter les marches, haletante, éperdue, ivre, et toujours tenant cette horrible feuille de papier, qui lui claquait dans les doigts comme une plaque de tôle. Au second étage, elle s'arrêta devant la porte du grenier, qui était fermée.

Alors elle voulut se calmer; elle se rappela la lettre; il fallait la finir, elle n'osait pas. D'ailleurs, où? comment? on la verrait.

— Ah! non, ici, pensa-t-elle, je serai bien.

Emma poussa la porte et entra.

Les ardoises laissaient tomber d'aplomb une chaleur lourde, qui lui serrait les tempes et l'étouffait; elle se traîna jusqu'à la mansarde close, dont elle tira le verrou, et la lumière éblouissante jaillit d'un bond.

En face, par-dessus les toits, la pleine campagne s'étalait à perte de vue. En bas, sous elle,

la place du village était vide; les cailloux du trottoir scintillaient, les girouettes des maisons se
tenaient immobiles; au coin de la rue, il partit
d'un étage inférieur une sorte de ronflement à
modulations stridentes. C'était Binet qui tournait.

Elle s'était appuyée contre l'embrasure de la
mansarde et elle relisait la lettre avec des ricane-
ments de colère. Mais plus elle y fixait d'attention, plus ses idées se confondaient. Elle le
revoyait, elle l'entendait, elle l'entourait de ses
deux bras; et des battements de cœur, qui la
frappaient sous la poitrine comme à grands
coups de bélier, s'accéleraient l'un après l'autre,
à intermittences inégales. Elle jetait les yeux
tout autour d'elle avec l'envie que la terre crou-
lât. Pourquoi n'en pas finir? Qui la retenait
donc? Elle était libre. Et elle s'avança, elle
regarda les pavés en se disant :

— Allons! allons!

Le rayon lumineux qui montait d'en bas directement tirait vers l'abîme le poids de son
corps. Il lui semblait que le sol de la place oscillant s'élevait le long des murs, et que le plancher
s'inclinait par le bout, à la manière d'un vaisseau
qui tangue. Elle se tenait tout au bord, presque
suspendue, entourée d'un grand espace. Le bleu
du ciel l'envahissait, l'air circulait dans sa tête
creuse, elle n'avait qu'à céder, qu'à se laisser
prendre; et le ronflement du tour ne discontinuait pas, comme une voix furieuse qui l'appelait.

— Ma femme! ma femme! cria Charles.

Elle s'arrêta.

— Où es-tu donc? Arrive!

L'idée qu'elle venait d'échapper à la mort faillit la faire s'évanouir de terreur; elle ferma les
yeux; puis elle tressaillit au contact d'une main
sur sa manche : c'était Félicité.

— Monsieur vous attend, Madame; la soupe
est servie.

Et il fallut descendre! il fallut se mettre à
table!

Elle essaya de manger. Les morceaux l'étouf-
faient. Alors elle déplia sa serviette comme pour
en examiner les reprises et voulut réellement
s'appliquer à ce travail, compter les fils de la
toile. Tout à coup, le souvenir de la lettre lui
revint. L'avait-elle donc perdue? Où la retrouver?
Mais elle éprouvait une telle lassitude dans
l'esprit, que jamais elle ne put inventer un prétexte à sortir de table. Puis elle était devenue
lâche; elle avait peur de Charles; il savait tout,
c'était sûr! En effet, il prononça ces mots, singulièrement :

— Nous ne sommes pas près, à ce qu'il paraît,
de voir M. Rodolphe.

— Qui te l'a dit? fit-elle en tressaillant.

— Qui me l'a dit? répliqua-t-il un peu surpris
de ce ton brusque; c'est Girard, que j'ai rencontré tout à l'heure à la porte du *Café Français.* Il
est parti en voyage, ou il doit partir.

Elle eut un sanglot.

— Quoi donc t'étonne? Il s'absente ainsi de
temps à autre pour se distraire, et, ma foi! je
l'approuve. Quand on a de la fortune et que
l'on est garçon!... Du reste, il s'amuse joliment,
notre ami! c'est un farceur. M. Langlois m'a
conté...

Il se tut, par convenance, à cause de la domestique qui entrait.

Celle-ci replaça dans la corbeille les abricots
répandus sur l'étagère; Charles, sans remarquer
la rougeur de sa femme, se les fit apporter, en
prit un et mordit à même.

— Oh! parfait! disait-il. Tiens, goûte.

Et il tendit la corbeille, qu'elle repoussa doucement.

— Sens donc : quelle odeur! fit-il en la lui passant sous le nez à plusieurs reprises.

— J'étouffe! s'écria-t-elle en se levant d'un bond.

Mais, par un effort de volonté, ce spasme disparut; puis :

— Ce n'est rien! dit-elle, ce n'est rien! c'est nerveux! Assieds-toi, mange!

Car elle redoutait qu'on ne fût à la questionner, à la soigner, qu'on ne la quittât plus.

Charles, pour lui obéir, s'était rassis, et il crachait dans sa main les noyaux des abricots, qu'il déposait ensuite dans son assiette.

Tout à coup, un tilbury bleu passa au grand trot sur la place. Emma poussa un cri et tomba roide par terre, à la renverse.

En effet, Rodolphe, après bien des réflexions, s'était décidé à partir pour Rouen. Or, comme il n'y a, de la Huchette à Buchy, pas d'autre chemin que celui d'Yonville il lui avait fallu traverser le village, et Emma l'avait reconnu à la lueur des lanternes qui coupaient comme un éclair le crépuscule.

Le pharmacien, au tumulte qui se faisait dans la maison, s'y précipita. La table, avec toutes les assiettes, était renversée; de la sauce, de la viande, les couteaux, la salière et l'huilier jonchaient l'appartement; Charles appelait au secours; Berthe, effarée, criait; et Félicité, dont les mains tremblaient, délaçait Madame, qui avait le long du corps des mouvements convulsifs.

— Je cours, dit l'apothicaire, chercher dans mon laboratoire un peu de vinaigre aromatique.

Puis, comme elle rouvrait les yeux en respirant le flacon :

— J'en étais sûr, fit-il; cela vous réveillerait un mort.

— Parle-nous! disait Charles, parle-nous! Remets-toi! C'est moi, ton Charles qui t'aime!

Me reconnais-tu? Tiens, voilà ta petite fille : embrasse-la donc!

L'enfant avançait les bras vers sa mère pour se pendre à son cou. Mais, détournant la tête, Emma dit d'une voix saccadée :

— Non, non... personne!

Elle s'évanouit encore. On la porta sur son lit.

Elle restait étendue, la bouche ouverte, les paupières fermées, les mains à plat, immobile, et blanche comme une statue de cire. Il sortait de ses yeux deux ruisseaux de larmes qui coulaient lentement sur l'oreiller.

Charles, debout, se tenait au fond de l'alcôve, et le pharmacien, près de lui, gardait ce silence méditatif qu'il est convenable d'avoir dans les occasions sérieuses de la vie.

— Rassurez-vous, dit-il en lui poussant le coude, je crois que le paroxysme est passé.

— Oui, elle repose un peu maintenant! répondit Charles, qui la regardait dormir. Pauvre femme!.. pauvre femme!... la voilà retombée!

Alors Homais demanda comment cet accident était survenu. Charles répondit que cela l'avait saisie tout à coup, pendant qu'elle mangeait des abricots.

— Extraordinaire!... reprit le pharmacien. Mais il se pourrait que les abricots eussent occasionné la syncope! Il y a des natures si impressionnables à l'encontre de certaines odeurs! et ce serait même une belle question à étudier, tant sous le rapport pathologique que sous le rapport physiologique. Les prêtres en connaissaient l'importance, eux qui ont toujours mêlé des aromates à leurs cérémonies. C'est pour vous stupéfier l'entendement et provoquer des extases, chose d'ailleurs facile à obtenir chez les personnes du sexe, qui sont plus délicates que les autres. On en cite qui s'évanouissent à l'odeur de la corne brûlée, du pain tendre...

— Prenez garde de l'éveiller! dit à voix basse Bovary.

— Et non seulement, continua l'apothicaire, les humains sont en butte à ces anomalies, mais encore les animaux. Ainsi, vous n'êtes pas sans savoir l'effet singulièrement aphrodisiaque que produit le *nepeta cataria*, vulgairement appelé herbe-au-chat, sur la gent féline; et d'autre part, pour citer un exemple que je garantis authentique, Bridoux (un de mes anciens camarades, actuellement établi rue Malpalu) possède un chien qui tombe en convulsions dès qu'on lui présente une tabatière. Souvent même il en fait l'expérience devant ses amis, à son pavillon du bois Guillaume. Croirait-on qu'un simple sternutatoire pût exercer de tels ravages dans l'organisme d'un quadrupède? C'est extrêmement curieux, n'est-il pas vrai?

— Oui, dit Charles, qui n'écoutait pas.

— Cela nous prouve, reprit l'autre en souriant avec un air de suffisance bénigne, les irrégularités sans nombre du système nerveux. Pour ce qui est de Madame, elle m'a toujours paru, je l'avoue, une vraie sensitive. Aussi ne vous conseillerai-je point, mon bon ami, aucun de ces prétendus remèdes qui, sous prétexte d'attaquer les symptômes, attaquent le tempérament. Non, pas de médicamentation oiseuse! du régime, voilà tout! des sédatifs, des emollients, des dulcifiants. Puis, ne pensez-vous pas qu'il faudrait peut-être frapper l'imagination?

— En quoi? comment? dit Bovary.

— Ah! c'est là la question! Telle est effectivement la question : *That is the question!* comme je lisais dernièrement dans le journal.

Mais Emma, se réveillant, s'écria :

— Et la lettre? et la lettre?

On crut qu'elle avait le délire; elle l'eut à partir de minuit : une fièvre cérébrale s'était déclarée.

Pendant quarante-trois jours, Charles ne la quitta pas. Il abandonna tous ses malades; il ne se couchait plus, il était continuellement à lui tâter le pouls, à lui poser des sinapismes, des compresses d'eau froide. Il envoyait Justin jusqu'à Neufchâtel chercher de la glace; la glace se fondait en route; il le renvoyait. Il appela M. Canivet en consultation; il fit venir de Rouen le docteur Larivière, son ancien maître; il était désespéré. Ce qui l'effrayait le plus, c'était l'abattement d'Emma; car elle ne parlait pas, n'entendait rien et même semblait ne point souffrir, — comme si son corps et son âme se fussent ensemble reposés de toutes leurs agitations.

Vers le milieu d'octobre, elle put se tenir assise dans son lit, avec des oreillers derrière elle. Charles pleura quand il la vit manger sa première tartine de confitures. Les forces lui revinrent; elle se levait quelques heures pendant l'après-midi, et, un jour qu'elle se sentait mieux, il essaya de lui faire faire, à son bras, un tour de promenade dans le jardin. Le sable des allées disparaissait sous les feuilles mortes; elle marchait pas à pas, en traînant ses pantoufles, et, s'appuyant de l'épaule contre Charles, elle continuait à sourire.

Ils allèrent ainsi jusqu'au fond, près de la terrasse. Elle se redressa lentement, se mit la main devant ses yeux, pour regarder; elle regarda au loin, tout au loin; mais il n'y avait à l'horizon que de grands feux d'herbe, qui fumaient sur les collines.

— Tu vas te fatiguer, ma chérie, dit Bovary.

Et, la poussant doucement pour la faire entrer sous la tonnelle:

— Assieds-toi donc sur ce banc : tu seras bien.

— Oh! non, pas là, pas là! fit-elle d'une voix défaillante.

Elle eut un étourdissement, et, dès le soir, sa

maladie recommença avec une allure plus incertaine, il est vrai, et des caractères plus complexes. Tantôt elle souffrait au cœur, puis dans
la poitrine, dans le cerveau, dans les membres; il
lui survint des vomissements où Charles crut
apercevoir les premiers symptômes d'un cancer.

Et le pauvre garçon, par là-dessus, avait des
inquiétudes d'argent!

XIV

D'abord, il ne savait comment faire pour
dédommager M. Homais de tous les médicaments
pris chez lui; et quoiqu'il eût pu, comme médecin, ne pas les payer, neanmoins il rougissait un
peu de cette obligation. Puis la dépense du
ménage, à présent que la cuisinière était maîtresse, devenait effrayante; les notes pleuvaient
dans la maison; les fournisseurs murmuraient;
M. Lheureux, surtout, le harcelait. En effet, au
plus fort de la maladie d'Emma, celui-ci, profi-
tant de la circonstance pour exagérer sa facture,
avait vite apporté le manteau, le sac de nuit,
deux caisses au lieu d'une, quantité d'autres
choses encore. Charles eut beau dire qu'il n'en
avait pas besoin, le marchand répondit arrogam-
ment qu'on lui avait commandé tous ces articles
et qu'il ne les reprendrait pas; d'ailleurs, ce
serait contrarier Madame dans sa convalescence;
Monsieur réfléchirait; bref, il était résolu à le
poursuivre en justice plutôt que d'abandonner
ses droits et que d'emporter ses marchandises.
Charles ordonna par la suite de les renvoyer à
son magasin; Félicité oublia; il avait d'autres
soucis; on n'y pensa plus; M Lheureux revint à
la charge, et, tour à tour menaçant et gémissant,
manœuvra de telle façon, que Bovary finit par
souscrire un billet à six mois d'écheance. Mais à

peine eut-il signé ce billet, qu'une idée auda-
cieuse lui surgit : c'était d'emprunter mille
francs à M. Lheureux. Donc, il demanda, d'un air
embarrassé, s'il n'y avait pas moyen de les avoir,
ajoutant que ce serait pour un an et au taux que
l'on voudrait. Lheureux courut à sa boutique, en
rapporta les écus et dicta un autre billet, par
lequel Bovary déclarait devoir payer à son ordre,
le 1ᵉʳ septembre prochain, la somme de mille
soixante et dix francs; ce qui, avec les cent
quatre-vingts déjà stipulés, faisait juste douze
cent cinquante. Ainsi, prêtant à six pour cent,
augmenté d'un quart de commission, et les fournitures lui rapportant un bon tiers pour le
moins, cela devait, en douze mois, donner cent
trente francs de bénéfice; et il espérait que
l'affaire ne s'arrêterait pas là, qu'on ne pourrait
payer les billets, qu'on les renouvellerait, et que
son pauvre argent, s'étant nourri chez le médecin
comme dans une maison de santé, lui reviendrait, un jour, considérablement plus dodu, et
gros à faire craquer le sac.

Tout, d'ailleurs, lui réussissait. Il était adjudi-
cataire d'une fourniture de cidre pour l'hôpital
de Neufchâtel; M. Guillaumin lui promettait des
actions dans les tourbières de Grumesnil, et il
rêvait d'établir un nouveau service de diligences
entre Argueil et Rouen, qui ne tarderait pas, sans
doute, à ruiner la guimbarde du *Lion d'Or*, et
qui, marchant plus vite, étant à prix plus bas et
portant plus de bagages, lui mettrait ainsi dans
les mains tout le commerce d'Yonville.

Charles se demanda plusieurs fois par quel
moyen, l'année prochaine, pouvoir rembourser
tant d'argent; et il cherchait, imaginait des expé-
dients, comme de recourir à son père ou de
vendre quelque chose. Mais son père serait
sourd, et il n'avait, lui, rien à vendre. Alors il
découvrait de tels embarras, qu'il écartait vite de
sa conscience un sujet de méditation aussi désa-

gréable. Il se reprochait d'en oublier Emma; comme si, toutes ses pensées appartenant à cette femme, c'eût été lui dérober quelque chose que de n'y pas continuellement réfléchir.

L'hiver fut rude. La convalescence de Madame fut longue. Quand il faisait beau, on la poussait dans son fauteuil auprès de la fenêtre, celle qui regardait la place; car elle avait maintenant le jardin en antipathie, et la persienne de ce côté restait constamment fermée. Elle voulut que l'on vendît le cheval; ce qu'elle aimait autrefois, à présent lui déplaisait. Toutes ses idées paraissaient se borner au soin d'elle-même. Elle restait dans son lit à faire de petites collations, sonnait sa domestique pour s'informer de ses tisanes ou pour causer avec elle. Cependant la neige sur le toit des halles jetait dans la chambre un reflet blanc immobile; ensuite ce fut la pluie qui tombait. Et Emma quotidiennement attendait, avec une sorte d'anxiété, l'infaillible retour d'événements minimes, qui pourtant ne lui importaient guère. Le plus considérable était, le soir, l'arrivée de *l'Hirondelle*. Alors l'aubergiste criait et d'autres voix répondaient, tandis que le falot d'Hippolyte, qui cherchait des coffres sur la bâche, faisait comme une étoile dans l'obscurité. A midi, Charles rentrait; ensuite il sortait; puis elle prenait un bouillon, et, vers cinq heures, à la tombée du jour, les enfants qui s'en revenaient de la classe, traînant leurs sabots sur le trottoir, frappaient tous avec leurs règles la cliquette des auvents, les uns après les autres.

C'était à cette heure-là que M. Bournisien venait la voir. Il s'enquérait de sa santé, lui apportait des nouvelles et l'exhortait à la religion dans un petit bavardage câlin qui ne manquait pas d'agrément. La vue seule de sa soutane la réconfortait.

Un jour qu'au plus fort de sa maladie elle s'était crue agonisante, elle avait demandé la communion; et, à mesure que l'on faisait dans sa chambre les préparatifs pour le sacrement, que l'on disposait en autel la commode encombrée de sirops et que Félicité semait par terre des fleurs de dahlia, Emma sentait quelque chose de fort passant sur elle, qui la débarrassait de ses douleurs, de toute perception, de tout sentiment. Sa chair allégée ne pesait plus, une autre vie commençait; il lui sembla que son être, montant vers Dieu, allait s'anéantir dans cet amour comme un encens allumé qui se dissipe en vapeur. On aspergea d'eau bénite les draps du lit; le prêtre retira du saint ciboire la blanche hostie; et ce fut en défaillant d'une joie céleste qu'elle avança les lèvres pour accepter le corps du Sauveur qui se présentait. Les rideaux de son alcôve se gonflaient mollement, autour d'elle, en façon de nuées, et les rayons des deux cierges brûlant sur la commode lui parurent être des gloires éblouissantes. Alors elle laissa retomber sa tête, croyant entendre dans les espaces le chant des harpes séraphiques et apercevoir en un ciel d'azur, sur un trône d'or, au milieu des saints tenant des palmes vertes, Dieu le Père tout éclatant de majesté, et qui d'un signe faisait descendre vers la terre des anges aux ailes de flammes pour l'emporter dans leurs bras.

Cette vision splendide demeura dans sa mémoire comme la chose la plus belle qu'il fût possible de rêver; si bien qu'à présent elle s'efforçait d'en ressaisir la sensation, qui continuait cependant, mais d'une manière moins exclusive et avec une douceur aussi profonde. Son âme, courbatue d'orgueil, se reposait enfin dans l'humilité chrétienne; et, savourant le plaisir d'être faible, Emma contemplait en elle-même la destruction de sa volonté, qui devait faire aux envahissements de la grâce une large entrée. Il existait donc à la place du bonheur des félicités plus grandes, un autre amour au-dessus de tous

les amours, sans intermittence ni fin, et qui
s'accroîtrait éternellement! Elle entrevit, parmi
les illusions de son espoir, un état de pureté flottant au-dessus de la terre, se confondant avec le
ciel, et où elle aspira d'être. Elle voulut devenir
une sainte. Elle acheta des chapelets, elle porta
des amulettes; elle souhaitait avoir dans sa
chambre, au chevet de sa couche, un reliquaire
enchâssé d'émeraudes, pour le baiser tous les
soirs.

Le curé s'émerveillait de ces dispositions, bien
que la religion d'Emma, trouvait-il, pût, à force
de ferveur, finir par friser l'hérésie et même
l'extravagance. Mais, n'étant pas très versé dans
ces matières sitôt qu'elles dépassaient une certaine mesure, il écrivit à M. Boulard, libraire de
Monseigneur, de lui envoyer *quelque chose de
fameux pour une personne du sexe, qui était
pleine d'esprit.* Le libraire, avec autant d'indifférence que s'il eût expédié de la quincaillerie à
des nègres, vous emballa pêle-mêle tout ce qui
avait cours pour lors dans le négoce des livres
pieux. C'étaient de petits manuels par demandes
et par réponses, des pamphlets d'un ton rogue
dans la manière de M. de Maistre, et des espèces
de romans à cartonnage rose et à style douceâtre,
fabriqués par des séminaristes troubadours ou
des bas-bleus repenties. Il y avait le *Pensez-y
bien*, l'*Homme du monde aux pieds de Marie, par
M. de *** *, décoré de plusieurs ordres; des Er-
reurs de Voltaire, à l'usage des jeunes gens,* etc.

Mme Bovary n'avait pas encore l'intelligence
assez nette pour s'appliquer sérieusement à
n'importe quoi; d'ailleurs elle entreprit ces lectures avec trop de précipitation. Elle s'irrita
contre les prescriptions du culte; l'arrogance des
écrits polémiques lui déplut par leur acharne-
ment à poursuivre des gens qu'elle ne connaissait
pas; et les contes profanes relevés de religion lui
parurent écrits dans une telle ignorance du

monde, qu'ils l'écartèrent insensiblement des
vérités dont elle attendait la preuve. Elle persista
pourtant, et, lorsque le volume lui tombait des
mains, elle se croyait prise par la plus fine
mélancolie catholique qu'une âme éthérée pût
concevoir.

Quant au souvenir de Rodolphe, elle l'avait
descendu tout au fond de son cœur; et il restait
là, plus solennel et plus immobile qu'une momie
de roi dans un souterrain. Une exhalaison
s'échappait de ce grand amour embaumé et qui,
passant à travers tout, parfumait de tendresse
l'atmosphère d'immaculation où elle voulait
vivre. Quand elle se mettait à genoux sur son
prie-Dieu gothique, elle adressait au Seigneur les
mêmes paroles de suavité qu'elle murmurait jadis à son amant, dans les épanchements de
l'adultère. C'était pour faire venir la croyance;
mais aucune délectation ne descendait des cieux,
et elle se relevait, les membres fatigués, avec le
sentiment vague d'une immense duperie. Cette
recherche, pensait-elle, n'était qu'un mérite de
plus; et, dans l'orgueil de sa dévotion, Emma se
comparait à ces grandes dames d'autrefois, dont
elle avait rêvé la gloire sur un portrait de La Vallière, et qui, traînant avec tant de majesté la
queue chamarrée de leurs longues robes, se retiraient en des solitudes pour y répandre aux pieds
du Christ toutes les larmes d'un cœur que l'existence blessait

Alors, elle se livra à des charités excessives.
Elle cousait des habits pour les pauvres; elle
envoyait du bois aux femmes en couches; et
Charles, un jour en rentrant, trouva dans la cuisine trois vauriens attablés qui mangeaient un
potage. Elle fit revenir à la maison sa petite fille,
que son mari, durant sa maladie, avait renvoyée
chez la nourrice Elle voulut lui apprendre à lire;
Berthe avait beau pleurer, elle ne s'irritait plus.
C'était un parti pris de résignation, une indul-

gence universelle Son langage, à propos de tout,
était plein d'expressions idéales. Elle disait à son
enfant :

— Ta colique est-elle passée, mon ange?

Mme Bovary mère ne trouvait rien à blâmer,
sauf peut-être cette manie de tricoter des cami-
soles pour les orphelins au lieu de raccommoder
ses torchons. Mais, harassée de querelles domestiques, la bonne femme se plaisait en cette maison tranquille, et même elle y demeura jusques
après Pâques, afin d'éviter les sarcasmes du père
Bovary qui ne manquait pas, tous les vendredis
saints, de se commander une andouille.

Outre la compagnie de sa belle-mère, qui la
raffermissait par sa rectitude de jugement et ses
façons graves, Emma, presque tous les jours,
avait encore d'autres sociétés. C'étaient Mme
Langlois, Mme Caron, Mme Dubreuil, Mme Tuvache et, régulièrement de deux à cinq heures,
l'excellente Mme Homais, qui n'avait jamais
voulu croire, celle-là, à aucun des cancans que
l'on débitait sur sa voisine. Les petits Homais
aussi venaient la voir; Justin les accompagnait.
Il montait avec eux dans la chambre, et il restait
debout près de la porte, immobile, sans parler.
Souvent même, Mme Bovary, n'y prenant garde,
se mettait à sa toilette. Elle commençait par retirer son peigne, en secouant sa tête d'un mouvement brusque; et, quand il aperçut la première
fois cette chevelure entière qui descendait
jusqu'aux jarrets en déroulant ses anneaux
noirs, ce fut, pour lui, le pauvre enfant, comme
l'entrée subite dans quelque chose d'extraordinaire et de nouveau dont la splendeur
l'effraya.

Emma, sans doute, ne remarquait pas ses
empressements silencieux ni ses timidités. Elle
ne se doutait point que l'amour, disparu de sa
vie, palpitait là, près d'elle, sous cette chemise de
grosse toile, dans ce cœur d'adolescent ouvert

aux émanations de sa beauté. Du reste, elle enveloppait tout maintenant d'une telle indifférence,
elle avait des paroles si affectueuses et des
regards si hautains, des façons si diverses, que
l'on ne distinguait plus l'égoïsme de la charité,
ni la corruption de la vertu Un soir, par
exemple, elle s'emporta contre sa domestique,
qui lui demandait à sortir et balbutiait en cherchant un prétexte, puis tout à coup :

— Tu l'aimes donc? dit-elle.

Et, sans attendre la réponse de Félicité, qui
rougissait, elle ajouta d'un air triste :

— Allons, cours-y! amuse-toi!

Elle fit, au commencement du printemps, bouleverser le jardin d'un bout à l'autre, malgré les
observations de Bovary; il fut heureux, cependant, de lui voir enfin manifester une volonté
quelconque. Elle en témoigna davantage à
mesure qu'elle se rétablissait. D'abord, elle
trouva moyen d'expulser la mère Rollet, la nourrice, qui avait pris l'habitude, pendant sa convalescence, de venir trop souvent à la cuisine avec
ses deux nourrissons et son pensionnaire, plus
endenté qu'un canibale Puis elle se dégagea de
la famille Homais, congédia successivement
toutes les autres visites et même fréquenta
l'église avec moins d'assiduité, à la grande
approbation de l'apothicaire, qui lui dit alors
amicalement :

— Vous donniez un peu dans la calotte!

M. Bournisien, comme autrefois, survenait
tous les jours, en sortant du catéchisme. Il préférait rester dehors à prendre l'air *au milieu du
bocage*, il appelait ainsi la tonnelle. C'était
l'heure où Charles rentrait. Ils avaient chaud; on
apportait du cidre doux, et ils buvaient ensemble
au complet rétablissement de Madame

Binet se trouvait là, c'est-à-dire un peu plus
bas, contre le mur de la terrasse, à pêcher des
écrevisses. Bovary l'invitait à se rafraîchir, et il

s'entendait parfaitement à déboucher les cruchons.

— Il faut, disait-il en promenant autour de lui et jusqu'aux extrémités du paysage un regard satisfait, tenir ainsi la bouteille d'aplomb sur la table, et, après que les ficelles sont coupées, pousser le liège à petits coups, doucement, doucement, comme on fait, d'ailleurs, à l'eau de Seltz, dans les restaurants.

Mais le cidre, pendant sa démonstration, souvent leur jaillissait en plein visage, et alors l'ecclésiastique, avec un rire opaque, ne manquait jamais cette plaisanterie :

— Sa bonté saute aux yeux!

Il était brave homme, en effet, et même, un jour, ne fut point scandalisé du pharmacien, qui conseillait à Charles, pour distraire Madame, de la mener au théâtre de Rouen voir l'illustre ténor Lagardy. Homais, s'étonnant de ce silence, voulut savoir son opinion, et le prêtre déclara qu'il regardait la musique comme moins dangereuse pour les mœurs que la littérature.

Mais le pharmacien prit la défense des lettres. Le théâtre, prétendait-il, servait à fronder les préjugés, et sous le masque du plaisir, enseignait la vertu.

— *Castigat ridendo mores*, monsieur Bournisien! Ainsi, regardez la plupart des tragédies de Voltaire; elles sont semées habilement de réflexions philosophiques qui en font pour le peuple une véritable école de morale et de diplomatie.

— Moi, dit Binet, j'ai vu autrefois une pièce intitulée *le Gamin de Paris*, où l'on remarque le caractère d'un vieux général qui est vraiment tapé! Il rembarre un fils de famille qui avait séduit une ouvrière, qui à la fin...

— Certainement! continuait Homais, il y a la mauvaise littérature comme il y a la mauvaise pharmacie; mais condamner en bloc le plus

important des beaux-arts me paraît une balour-
dise, une idée gothique, digne de ces temps abominables où l'on enfermait Galilée.

— Je sais bien, objecta le curé, qu'il existe de
bons ouvrages, de bons auteurs; cependant, ne
serait-ce que ces personnes de sexe différent réu-
nies dans un appartement enchanteur, orné de
pompes mondaines, et puis ces déguisements
païens, ce fard, ces flambeaux, ces voix effémi-
nées, tout cela doit finir par engendrer un certain libertinage d'esprit et vous donner des pensées déshonnêtes, des tentations impures. Telle
est du moins l'opinion de tous les Pères. Enfin,
ajouta-t-il en prenant subitement un ton de voix
mystique, tandis qu'il roulait sur son pouce une
prise de tabac, si l'Eglise a condamné les spectacles, c'est qu'elle avait raison; il faut nous soumettre à ses décrets.

— Pourquoi, demanda l'apothicaire, excom-
munie-t-elle les comédiens? car, autrefois, ils
concouraient ouvertement aux cérémonies du
culte. Oui, on jouait, on représentait au milieu
du chœur des espèces de farces appelées
mystères, dans lesquelles les lois de la décence
souvent se trouvaient offensées.

L'ecclésiastique se contenta de pousser un
gémissement, et le pharmacien poursuivit :

— C'est comme dans la Bible; il y a..., savez-
vous..., plus d'un détail... piquant, des choses...
vraiment... gaillardes!

Et, sur un geste d'irritation que faisait
M. Bournisien

— Ah! vous conviendrez que ce n'est pas un
livre à mettre entre les mains d'une jeune personne, et je serais fâché qu'Athalie...

— Mais ce sont les protestants, et non pas
nous, s'écria l'autre impatienté, qui recom-
mandent la Bible!

— N'importe! dit Homais, je m'étonne que, de
nos jours, en un siècle de lumière, on s'obstine

encore à proscrire un délassement intellectuel qui est inoffensif, moralisant et même hygiénique quelquefois, n'est-ce pas, docteur?

— Sans doute, répondit le médecin nonchalamment, soit que, ayant les mêmes idées, il voulût n'offenser personne, ou bien qu'il n'eût pas d'idées.

La conversation semblait finie, quand le pharmacien jugea convenable de pousser une dernière botte.

— J'en ai connu, des prêtres, qui s'habillaient en bourgeois pour aller voir gigoter des danseuses.

— Allons donc! fit le curé.

— Ah! j'en ai connu!

Et, séparant les syllabes de sa phrase, Homais répéta :

— J'en-ai-con-nu.

— Eh bien! ils avaient tort, dit Bournisien résigné à tout entendre.

— Parbleu! ils en font bien d'autres! exclama l'apothicaire.

— Monsieur!... reprit l'ecclésiastique avec des yeux si farouches, que le pharmacien en fut intimidé.

— Je veux seulement dire, répliqua-t-il alors d'un ton moins brutal, que la tolérance est le plus sûr moyen d'attirer les âmes à la religion.

— C'est vrai! c'est vrai! concéda le bonhomme en se rasseyant sur sa chaise.

Mais il n'y resta que deux minutes. Puis, dès qu'il fut parti, M Homais dit au médecin :

— Voilà ce qui s'appelle une prise de bec! Je l'ai roulé, vous avez vu, d'une manière!... Enfin, croyez-moi, conduisez Madame au spectacle, ne serait-ce que pour faire une fois dans votre vie enrager un de ces corbeaux-là, saprelotte! Si quelqu'un pouvait me remplacer, je vous accompagnerais moi-même. Dépêchez-vous! Lagardy ne donnera qu'une seule représentation; il est

engagé en Angleterre à des appointements considérables. C'est à ce qu'on assure, un fameux
lapin! il roule sur l'or! il mène avec lui trois
maîtresses et son cuisinier! Tous ces grands
artistes brûlent la chandelle par les deux bouts;
il leur faut une existence dévergondée qui excite
un peu l'imagination. Mais ils meurent à l'hôpital, parce qu'ils n'ont pas eu l'esprit, étant
jeunes, de faire des économies. Allons, bon appétit; à demain!

Cette idée de spectacle germa vite dans la tête
de Bovary; car aussitôt il en fit part à sa femme,
qui refusa tout d'abord, alléguant la fatigue, le
dérangement, la dépense; mais, par extraordinaire, Charles ne céda pas, tant il jugeait cette
récréation lui devoir être profitable. Il n'y voyait
aucun empêchement; sa mère lui avait expédié
trois cents francs sur lesquels il ne comptait
plus, les dettes courantes n'avaient rien
d'énorme, et l'échéance des billets à payer au
sieur Lheureux était encore si longue, qu'il n'y
fallait pas songer. D'ailleurs, imaginant qu'elle y
mettait de la délicatesse, Charles insista davantage; si bien qu'elle finit, à force d'obsessions, par
se décider. Et, le lendemain, à huit heures, ils
s'emballèrent dans *l'Hirondelle*.

L'apothicaire, que rien ne retenait à Yonville,
mais qui se croyait contraint de n'en pas bouger,
soupira en les voyant partir.

— Allons, bon voyage! leur dit-il, heureux
mortels que vous êtes!

Puis, s'adressant à Emma, qui portait une robe
de soie bleue à quatre falbalas :

— Je vous trouve jolie comme un Amour!
Vous allez *faire florès* à Rouen.

La diligence descendait à l'hôtel de la *Croix
rouge*, sur la place Beauvoisine. C'était une de
ces auberges comme il y en a dans tous les fau-
bourgs de province, avec de grandes écuries et de
petites chambres à coucher, où l'on voit au

milieu de la cour des poules picorant l'avoine
sous les cabriolets crottés des commis voyageurs;
— bons vieux gîtes à balcon de bois vermoulu
qui craquent au vent dans les nuits d'hiver,
continuellement pleins de monde, de vacarme et
de mangeaille, dont les tables noires sont pois-
sées par les *glorias*, les vitres épaisses jaunies
par les mouches, les serviettes humides tachée
par le vin bleu; et qui, sentant toujours le village, comme des valets de ferme habillés en
bourgeois, ont un café sur la rue, et du côté de la
campagne un jardin à légumes. Charles immédiatement se mit en courses. Il confondit l'avant-
scène avec les galeries, le *parquet* avec les loges,
demanda des explications, ne les comprit pas, fut
renvoyé du contrôleur au directeur, revint à
l'auberge, retourna au bureau, et, plusieurs fois
ainsi, arpenta toute la longueur de la ville,
depuis le théâtre jusqu'au boulevard.

Madame s'acheta un chapeau, des gants, un
bouquet. Monsieur craignait beaucoup de manquer le commencement; et, sans avoir eu le
temps d'avaler un bouillon, ils se présentèrent
devant les portes du théâtre, qui étaient encore
fermées.

XV

La foule stationnait contre le mur, parquée symétriquement entre des balustrades. A l'angle des rues voisines, de gigantesques affiches répétaient en caractères baroques : « *Lucie de Lammermoor*... Lagardy... Opéra..., etc. » Il faisait beau; on avait chaud; la sueur coulait dans les frisures, tous les mouchoirs tirés épongeaient des fronts rouges; et parfois un vent tiède, qui soufflait de la rivière, agitait mollement la bordure des tentes en coutil suspendues à la porte des estaminets. Un peu plus bas, cependant, on était rafraîchi par un courant d'air glacial qui sentait le suif, le cuir et l'huile. C'était l'exhalaison de la rue des Charrettes, pleine de grands magasins noirs où l'on roule des barriques.

De peur de paraître ridicule, Emma voulut, avant d'entrer, faire un tour de promenade sur le port, et Bovary, par prudence, garda les billets à sa main, dans la poche de son pantalon, qu'il appuyait contre son ventre.

Un battement de cœur la prit dès le vestibule. Elle sourit involontairement de vanité, en voyant la foule qui se précipitait à droite par l'autre corridor, tandis qu'elle montait l'escalier des *premières*. Elle eut plaisir, comme un enfant, à pousser de son doigt les larges portes tapissées; elle aspira de toute sa poitrine l'odeur poussiéreuse des couloirs, et, quand elle fut assise dans sa loge, elle se cambra la taille avec une désinvolture de duchesse.

La salle commençait à se remplir, on tirait les lorgnettes de leurs étuis, et les abonnés, s'apercevant de loin, se faisaient des salutations. Ils venaient se délasser dans les beaux-arts des inquiétudes de la vente; mais n'oubliant point *les affaires*, ils causaient encore cotons, trois-six ou indigo. On voyait là des têtes de vieux, inexpressives et pacifiques, et qui, blanchâtres de chevelure et de teint, ressemblaient à des médailles d'argent ternies par une vapeur de plomb. Les jeunes beaux se pavanaient au *parquet*, étalant, dans l'ouverture de leur gilet, leur cravate rose ou vert pomme; et Mme Bovary les admirait d'en haut, appuyant sur des badines à pomme d'or la paume tendue de leurs gants jaunes.

Cependant, les bougies de l'orchestre s'allumèrent; le lustre descendit du plafond, versant, avec le rayonnement de ses facettes, une gaieté subite dans la salle; puis les musiciens entrèrent les uns après les autres, et ce fut d'abord un long charivari de basses ronflant, de violons grinçant, de pistons trompettant, de flûtes et de flageolets qui piaulaient. Mais on entendit trois coups sur la scène; un roulement de timbales commença, les instruments de cuivre plaquèrent des accords, et le rideau, se levant, découvrit un paysage.

C'était le carrefour d'un bois, avec une fontaine à gauche, ombragée par un chêne. Des paysans et des seigneurs, le plaid sur l'épaule, chantaient tous ensemble une chanson de chasse; puis il survint un capitaine qui invoquait l'ange du mal en levant au ciel ses deux bras; un autre parut; ils s'en allèrent, et les chasseurs reprirent.

Elle se retrouvait dans les lectures de sa jeunesse, en plein Walter Scott. Il lui semblait entendre, à travers le brouillard, le son des cor-

nemuses écossaises se répéter sur les bruyères.
D'ailleurs, le souvenir du roman facilitant l'intelligence du libretto, elle suivait l'intrigue phrase à
phrase, tandis que d'insaisissables pensées qui
lui revenaient se dispersaient, aussitôt, sous les
rafales de la musique. Elle se laissait aller au
bercement des mélodies et se sentait elle-même
vibrer de tout son être comme si les archets des
violons se fussent promenés sur ses nerfs. Elle
n'avait pas assez d'yeux pour contempler les costumes, les décors, les personnages, les arbres
peints qui tremblaient quand on marchait, et les
toques de velours, les manteaux, les épées, toutes
ces imaginations qui s'agitaient dans l'harmonie
comme dans l'atmosphère d'un autre monde.
Mais une jeune femme s'avança en jetant une
bourse à un écuyer vert. Elle resta seule, et alors
on entendit une flûte qui faisait comme un murmure de fontaine ou comme des gazouillements
d'oiseau. Lucie entama d'un air brave sa cavatine
en *sol* majeur; elle se plaignait d'amour, elle
demandait des ailes. Emma, de même, aurait
voulu, fuyant la vie, s'envoler dans une étreinte.
Tout à coup, Edgar-Lagardy parut.

Il avait une de ces pâleurs splendides qui
donnent quelque chose de la majesté des
marbres aux races ardentes du Midi. Sa taille
vigoureuse était prise dans un pourpoint de couleur brune; un petit poignard ciselé lui battait
sur la cuisse gauche, et il roulait des regards
langoureusement en découvrant ses dents
blanches. On disait qu'une princesse polonaise,
l'écoutant un soir chanter sur la plage de Biar-
ritz, où il radoubait des chaloupes, en était devenue amoureuse. Elle s'était ruinée à cause de lui.
Il l'avait plantée là pour d'autres femmes, et
cette célébrité sentimentale ne laissait pas que de
servir à sa réputation artistique. Le cabotin
diplomate avait même soin de faire toujours glisser dans les réclames une phrase poétique sur la

fascination de sa personne et la sensibilité de son âme. Un bel organe, un imperturbable aplomb, plus de tempérament que d'intelligence et plus d'emphase que de lyrisme, achevaient de rehausser cette admirable nature de charlatan, où il y avait du coiffeur et du toréador.

Dès la première scène, il enthousiasma. Il pressait Lucie dans ses bras, il la quittait, il revenait, il semblait désespéré : il avait des éclats de colère, puis des râles élégiaques d'une douceur infinie, et les notes s'échappaient de son cou nu, pleines de sanglots et de baisers. Emma se penchait pour le voir, égratignant avec ses ongles le velours de sa loge. Elle s'emplissait le cœur de ces lamentations mélodieuses qui se traînaient à l'accompagnement des contrebasses, comme des cris de naufragés dans le tumulte d'une tempête. Elle reconnaissait tous les enivrements et les angoisses dont elle avait manqué mourir. La voix de la chanteuse ne lui semblait être que le retentissement de sa conscience, et cette illusion qui la charmait, quelque chose même de sa vie. Mais personne sur la terre ne l'avait aimée d'un pareil amour. Il ne pleurait pas comme Edgar, le dernier soir, au clair de lune, lorsqu'ils se disaient : « A demain; à demain!... » La salle craquait sous les bravos; on recommença la strette entière; les amoureux parlaient des fleurs de leur tombe, de serments, d'exil, de fatalité, d'espérances, et quand ils poussèrent l'adieu final, Emma jeta un cri aigu, qui se confondit avec la vibration des derniers accords.

— Pourquoi donc, demanda Bovary, ce seigneur est-il à la persécuter?

— Mais non, répondit-elle; c'est son amant.

— Pourtant il jure de se venger sur sa famille, tandis que l'autre, celui qui est venu tout à l'heure, disait : « J'aime Lucie et je m'en crois aimé. » D'ailleurs, il est parti avec son père, bras dessus, bras dessous. Car c'est bien son père, n'est-ce pas, le petit laid qui porte une plume de coq à son chapeau?

Malgré les explications d'Emma, dès le duo récitatif où Gilbert expose à son maître Ashton ses abominables manœuvres, Charles, en voyant le faux anneau de fiançailles qui doit abuser Lucie, crut que c'était un souvenir d'amour envoyé par Edgar. Il avouait, du reste, ne pas comprendre l'histoire, — à cause de la musique, — qui nuisait beaucoup aux paroles.

— Qu'importe? dit Emma; tais-toi!

— C'est que j'aime, reprit-il en se penchant sur son épaule, à me rendre compte, tu sais bien.

— Tais-toi! tais-toi! fit-elle impatientée.

Lucie s'avançait, à demi soutenue par ses femmes, une couronne d'oranger dans ses cheveux, et plus pâle que le satin blanc de sa robe. Emma rêvait au jour de son mariage; et elle se revoyait là-bas, au milieu des blés, sur le petit sentier, quand on marchait vers l'église. Pourquoi donc n'avait-elle pas, comme celle-là, résisté, supplié? Elle était joyeuse, au contraire, sans s'apercevoir de l'abîme où elle se précipitait... Ah! si, dans la fraîcheur de sa beauté, avant les souillures du mariage et la désillusion de l'adultère, elle avait pu placer sa vie sur quelque grand cœur solide, alors la vertu, la tendresse, les voluptés et le devoir se confondant, jamais elle ne serait descendue d'une félicité si haute. Mais ce bonheur-là, sans doute, était un mensonge imaginé pour le désespoir de tout désir. Elle connaissait à présent la petitesse des passions que l'art exagérait. S'efforçant donc d'en détourner sa pensée, Emma voulait ne plus voir dans cette reproduction de ses douleurs qu'une fantaisie plastique bonne à amuser les yeux, et même elle souriait intérieurement d'une pitié dédaigneuse, quand, du fond du théâtre, sous la portière de velours, un homme apparut en manteau noir.

Son grand chapeau à l'espagnole tomba dans un geste qu'il fit; et aussitôt les instruments et les chanteurs entonnèrent le sextuor. Edgar, étincelant de furie, dominait tous les autres de sa voix plus claire. Ashton lui lançait en notes graves des provocations homicides. Lucie poussait sa plainte aiguë, Arthur modulait à l'écart des sons moyens, et la basse-taille du ministre ronflait comme un orgue, tandis que les voix de femmes, répétant ses paroles, reprenaient en chœur, délicieusement. Ils étaient tous sur la même ligne à gesticuler; et la colère, la vengeance, la jalousie, la terreur, la miséricorde et la stupéfaction s'exhalaient à la fois de leurs bouches entrouvertes. L'amoureux outragé brandissait son épée nue; sa collerette de guipure se levait par saccades, selon les mouvements de sa poitrine, et il allait de droite et de gauche, à grands pas, faisant sonner contre les planches les éperons vermeils de ses bottes molles, qui s'évasaient à la cheville. Il devait avoir, pensait-elle, un intarissable amour, pour en déverser sur la foule à si larges effluves. Toutes ses velléités de dénigrement s'évanouissaient sous la poésie du rôle qui l'envahissait, et, entraînée vers l'homme par l'illusion du personnage, elle tâcha de se figurer sa vie, cette vie retentissante, extraordinaire, splendide, et qu'elle aurait pu mener cependant, si le hasard l'avait voulu. Ils se seraient connus, ils se seraient aimés! Avec lui, par tous les royaumes de l'Europe, elle aurait voyagé de capitale en capitale, partageant ses fatigues et son orgueil, ramassant les fleurs qu'on lui jetait, brodant elle-même ses costumes; puis, chaque soir, au fond d'une loge, derrière la grille à treillis d'or, elle eût recueilli, béante, les expansions de cette âme qui n'aurait chanté que pour elle seule; de la scène, tout en jouant, il l'aurait

regardée. Mais une folie la saisit : il la regardait,
c'est sûr! Elle eut envie de courir dans ses bras
pour se réfugier en sa force, comme dans l'incarnation de l'amour même, et de lui dire, de
s'écrier : « Enlève-moi, emmène-moi, partons! A
toi, à toi! toutes mes ardeurs et tous mes rêves! »

Le rideau se baissa.

L'odeur du gaz se mêlait aux haleines; le vent
des éventails rendait l'atmosphère plus étouf-
fante. Emma voulut sortir; la foule encombrait
les corridors, et elle retomba dans son fauteuil
avec des palpitations qui la suffoquaient.
Charles, ayant peur de la voir s'évanouir, courut
à la buvette lui chercher un verre d'orgeat.

Il eut grand-peine à regagner sa place; car on
lui heurtait les coudes à tous les pas, à cause du
verre qu'il tenait entre ses mains, et même il en
versa les trois quarts sur les épaules d'une
Rouennaise en manches courtes, qui, sentant le
liquide froid lui couler dans les reins, jeta des
cris de paon, comme si on l'eût assassinée. Son
mari, qui était un filateur, s'emporta contre le
maladroit; et, tandis qu'avec son mouchoir elle
épongeait les taches sur sa belle robe de taffetas
cerise, il murmurait d'un ton bourru les mots
d'indemnité, de frais, de remboursement. Enfin,
Charles arriva près de sa femme, et lui disant
tout essoufflé :

— J'ai cru, ma foi, que j'y resterais! Il y a un
monde!... un monde!...

Il ajouta :

— Devine un peu qui j'ai rencontré là-haut?
M. Léon!

— Léon?

— Lui-même! Il va venir te présenter ses civilités.

Et, comme il achevait ces mots, l'ancien clerc
d'Yonville entra dans la loge.

Il tendit sa main avec un sans-façon de gentilhomme : et Mme Bovary machinalement avança

la sienne, sans doute obéissant à l'attraction d'une volonté plus forte. Elle ne l'avait pas sentie depuis ce soir de printemps où il pleuvait sur les feuilles vertes, quand ils se dirent adieu, debout au bord de la fenêtre. Mais, vite, se rappelant à la convenance de la situation, elle secoua dans un effort cette torpeur de ses souvenirs et se mit à balbutier des phrases rapides.

— Ah! bonjour... Comment! vous voilà?

— Silence! cria une voix du parterre, car le troisième acte commençait.

— Vous êtes donc à Rouen?

— Oui.

— Et depuis quand?

— A la porte! à la porte!

On se tournait vers eux; ils se turent.

Mais, à partir de ce moment, elle n'écouta plus; et le chœur des conviés, la scène d'Ashton et de son valet, le grand duo en *ré* majeur, tout passa pour elle dans l'éloignement, comme si les instruments fussent devenus moins sonores et les personnages plus reculés; elle se rappelait les parties de cartes chez le pharmacien, et la promenade chez la nourrice, les lectures sous la tonnelle, les tête-à-tête au coin du feu, tout ce pauvre amour si calme et si long, si discret, si tendre, et qu'elle avait oublié cependant. Pourquoi donc revenait-il? quelle combinaison d'aventures le replaçait dans sa vie? Il se tenait derrière elle, s'appuyant de l'épaule contre la cloison; et, de temps à autre, elle se sentait frissonner sous le souffle tiède de ses narines qui lui descendait dans la chevelure.

— Est-ce que cela vous amuse? dit-il en se penchant sur elle de si près, que la pointe de sa moustache lui effleura la joue.

Elle répondit nonchalamment :

— Oh! mon Dieu, non! pas beaucoup.

Alors il fit la proposition de sortir du théâtre, pour aller prendre des glaces quelque part.

— Ah! pas encore! restons! dit Bovary. Elle a les cheveux dénoués ; cela promet d'être tragique.

Mais la scène de la folie n'intéressait point Emma, et le jeu de la chanteuse lui parut exagéré.

— Elle crie trop fort, dit-elle en se tournant vers Charles, qui écoutait.

— Oui... peut-être... un peu, répliqua-t-il, indécis entre la franchise de son plaisir et le respect qu'il portait aux opinions de sa femme.

Puis Léon dit en soupirant :

— Il fait une chaleur...

— Insupportable! c'est vrai.

— Es-tu gênée? demanda Bovary.

— Oui, j'étouffe; partons.

M. Léon posa délicatement sur ses épaules son long châle de dentelle, et ils allèrent tous les trois s'asseoir sur le port, en plein air, devant le vitrage d'un café.

Il fut d'abord question de sa maladie, bien qu'Emma interrompît Charles de temps à autre, par crainte, disait-elle, d'ennuyer M. Léon; et celui-ci leur raconta qu'il venait à Rouen passer deux ans dans une forte étude, afin de se rompre aux affaires, qui étaient différentes en Normandie de celles que l'on traitait à Paris. Puis il s'informa de Berthe, de la famille Homais, de la mère Lefrançois; et comme ils n'avaient, en présence du mari, rien de plus à se dire, bientôt la conversation s'arrêta.

Des gens qui sortaient du spectacle passèrent sur le trottoir, tout en fredonnant ou braillant à plein gosier : *O bel ange, ma Lucie!* Alors Léon, pour faire le dilettante, se mit à parler musique. Il avait vu Tamburini, Rubini, Persiani, Grisi; et à côté d'eux, Lagardy, malgré ses grands éclats, ne valait rien.

— Pourtant, interrompit Charles qui mordait à petits coups son sorbet au rhum, on prétend

qu'au dernier acte il est admirable tout à fait; je
regrette d'être parti avant la fin, car ça commençait à m'amuser.

— Au reste, reprit le clerc, il donnera bientôt
une autre représentation.

Mais Charles répondit qu'ils s'en allaient dès le
lendemain.

— A moins, ajouta-t-il en se tournant vers sa
femme, que tu ne veuilles rester seule, mon petit
chat?

Et, changeant de manœuvre devant cette occasion inattendue qui s'offrait à son espoir, le
jeune homme entama l'éloge de Lagardy dans le
morceau final. C'était quelque chose de superbe,
de sublime! Alors Charles insista :

— Tu reviendrais dimanche. Voyons, décide-
toi! tu as tort, si tu sens le moins du monde que
cela te fait du bien.

Cependant les tables, alentour, se dégarnis-
saient; un garçon vint discrètement se poster
près d'eux; Charles, qui comprit, tira sa bourse;
le clerc le retint par le bras, et même n'oublia
point de laisser, en plus, deux pièces blanches,
qu'il fit sonner contre le marbre.

— Je suis fâché, vraiment murmura Bovary,
de l'argent que vous...

L'autre eut un geste dédaigneux plein de cordialité, et, prenant son chapeau :

— C'est convenu, n'est-ce pas, demain, à six
heures?

Charles se récria encore une fois qu'il ne pouvait s'absenter plus longtemps; mais rien
n'empêchait Emma...

— C'est que..., balbutia-t-elle avec un singulier
sourire, je ne sais pas trop...

— Eh bien! tu réfléchiras, nous verrons, la
nuit porte conseil...

Puis à Léon, qui les accompagnait :

— Maintenant que vous voilà dans nos

contrées, vous viendrez, j'espère, de temps à autre nous demander à dîner?

Le clerc affirma qu'il n'y manquerait pas, ayant d'ailleurs besoin de se rendre à Yonville pour une affaire de son étude. Et l'on se sépara devant le passage Saint-Herbland, au moment où onze heures et demie sonnaient à la cathédrale.

TROISIEME PARTIE

I

Monsieur Léon, tout en étudiant son droit, avait passablement fréquenté la *Chaumière*, où il obtint même de fort jolis succès près des grisettes, qui lui trouvaient *l'air distingué*. C'était le plus convenable des étudiants · il ne portait les cheveux ni trop longs, ni trop courts, ne mangeait pas le 1ᵉʳ du mois l'argent de son trimestre, et se maintenait en de bons termes avec ses professeurs. Quant à faire des excès, il s'en était toujours abstenu, autant par pusillanimité que par délicatesse

Souvent, lorsqu'il restait à lire dans sa chambre, ou bien assis le soir sous les tilleuls du Luxembourg, il laissait tomber son Code par terre, et le souvenir d'Emma lui revenait. Mais peu à peu ce sentiment s'affaiblit, et d'autres convoitises s'accumulèrent par-dessus, bien qu'il persistât cependant à travers elles; car Léon ne perdait pas toute espérance, et il y avait pour lui comme une promesse incertaine qui se balançait dans l'avenir, tel qu'un fruit d'or suspendu à quelque feuillage fantastique.

Puis, en la revoyant après trois années d'absence, sa passion se réveilla. Il fallait, pensait-il, se résoudre enfin à la vouloir posséder. D'ailleurs, sa timidité s'était usée au contact des compagnies folâtres, et il revenait en province, méprisant tout ce qui ne foulait pas d'un pied verni l'asphalte du boulevard. Auprès d'une Parisienne en dentelles, dans le salon de quelque docteur illustre, personnage à décorations et à voiture, le pauvre clerc, sans doute, eût tremblé comme un enfant; mais ici, à Rouen, sur le port, devant la femme de ce petit médecin, il se sentait à l'aise, sûr d'avance qu'il éblouirait. L'aplomb dépend des milieux où il se pose : on ne parle pas à l'entresol comme au quatrième étage, et la femme riche semble avoir autour d'elle, pour garder sa vertu, tous ses billets de banque, comme une cuirasse dans la doublure de son corset.

En quittant, la veille au soir, M. et Mme Bovary, Léon, de loin, les avait suivis dans la rue; puis les ayant vus s'arrêter à la *Croix rouge*, il avait tourné les talons et passé toute la nuit à méditer un plan.

Le lendemain donc, vers cinq heures, il entra dans la cuisine de l'auberge, la gorge serrée, les joues pâles, et avec cette résolution des poltrons que rien n'arrête.

— Monsieur n'y est point, répondit un domestique.

Cela lui parut de bon augure. Il monta.

Elle ne fut pas troublée à son abord; elle lui fit, au contraire, des excuses pour avoir oublié de lui dire où ils étaient descendus.

— Oh! je l'ai deviné, reprit Léon.

— Comment?

Il prétendit avoir été guidé vers elle, au hasard, par un instinct. Elle se mit à sourire, et aussitôt, pour réparer sa sottise, Léon raconta qu'il avait passé sa matinée à la chercher successivement dans tous les hôtels de la ville.

— Vous vous êtes donc décidée à rester? ajouta-t-il.

— Oui, dit-elle, et j'ai eu tort. Il ne faut pas

s'accoutumer à des plaisirs impraticables, quand on a autour de soi mille exigences...

— Oh! je m'imagine...

— Eh! non! car vous n'êtes pas une femme, vous.

Mais les hommes avaient aussi leurs chagrins; et la conversation s'engagea par quelques réflexions philosophiques. Emma s'étendit beaucoup sur la misère des affections terrestres et l'éternel isolement où le cœur reste enseveli.

Pour se faire valoir, ou par une imitation naïve de cette mélancolie qui provoquait la sienne, le jeune homme déclara s'être ennuyé prodigieusement tout le temps de ses études. La procédure l'irritait, d'autres vocations l'attiraient, et sa mère ne cessait, dans chaque lettre, de le tourmenter. Car ils précisaient de plus en plus les motifs de leur douleur, chacun, à mesure qu'il parlait, s'exaltant un peu dans cette confidence progressive. Mais ils s'arrêtaient quelquefois devant l'exposition complète de leur idée, et cherchaient alors à imaginer une phrase qui pût la traduire cependant. Elle ne confessa point sa passion pour un autre; il ne dit pas qu'il l'avait oubliée.

Peut-être ne se rappelait-il plus ses soupers après le bal, avec des débardeuses; et elle ne se souvenait pas sans doute des rendez-vous d'autrefois, quand elle courait le matin dans les herbes, vers le château de son amant. Les bruits de la ville arrivaient à peine jusqu'à eux; et la chambre semblait petite, tout exprès pour resserrer davantage leur solitude. Emma, vêtue d'un peignoir en basin, appuyait son chignon contre le dossier du vieux fauteuil; le papier jaune de la muraille faisait comme un fond d'or derrière elle; et sa tête nue se répétait dans la glace avec la raie blanche au milieu, et le bout de ses oreilles dépassant sous ses bandeaux.

— Mais pardon, dit-elle, j'ai tort! je vous ennuie avec mes éternelles plaintes!

— Non, jamais, jamais!

— Si vous saviez, reprit-elle, en levant au plafond ses beaux yeux qui roulaient une larme, tout ce que j'avais rêvé!

— Et moi, donc! Oh! j'ai bien souffert! Souvent je sortais, je m'en allais, je me traînais le long des quais, m'étourdissant au bruit de la foule sans pouvoir bannir l'obsession qui me poursuivait. Il y a sur le boulevard, chez un marchand d'estampes, une gravure italienne qui représente une Muse. Elle est drapée d'une tunique et elle regarde la lune, avec des myosotis sur sa chevelure dénouée. Quelque chose incessamment me poussait là; j'y suis resté des heures entières.

Puis, d'une voix tremblante :

— Elle vous ressemblait un peu.

Mme Bovary détourna la tête, pour qu'il ne vît pas sur ses lèvres l'irrésistible sourire qu'elle y sentait monter.

— Souvent, reprit-il, je vous écrivais des lettres qu'ensuite je déchirais.

Elle ne répondait pas. Il continua :

— Je m'imaginais quelquefois qu'un hasard vous amènerait. J'ai cru vous reconnaître au coin des rues; et je courais après tous les fiacres où flottait à la portière un châle, un voile pareil au vôtre...

Elle semblait déterminée à le laisser parler sans l'interrompre. Croisant les bras et baissant la figure, elle considérait la rosette de ses pantoufles, et elle faisait dans leur satin de petits mouvements, par intervalles, avec les doigts de son pied.

Cependant elle soupira :

— Ce qu'il y a de plus lamentable, n'est-ce pas? c'est de traîner, comme moi, une existence inutile. Si nos douleurs pouvaient servir à quelqu'un, on se consolerait dans la pensée du sacrifice!

Il se mit à vanter la vertu, le devoir et les immolations silencieuses, ayant lui-même un incroyable besoin de dévouement qu'il ne pouvait assouvir.

— J'aimerais beaucoup, dit-elle, à être une religieuse d'hôpital.

— Hélas! répliqua-t-il, les hommes n'ont point de ces missions saintes, et je ne vois nulle part aucun métier..., à moins peut-être que celui de médecin...

Avec un haussement léger de ses épaules, Emma l'interrompit pour se plaindre de sa maladie où elle avait manqué mourir; quel dommage! elle ne souffrirait plus maintenant. Léon tout de suite envia *le calme du tombeau*, et même, un soir, il avait écrit son testament en recommandant qu'on l'ensevelît dans ce beau couvre-pied, à bandes de velours, qu'il tenait d'elle; car c'est ainsi qu'ils auraient voulu avoir été, l'un et l'autre se faisant un idéal sur lequel ils ajustaient à présent leur vie passée. D'ailleurs, la parole est un laminoir qui allonge toujours les sentiments.

Mais à cette invention du couvre-pied :

— Pourquoi donc? demanda-t-elle.

— Pourquoi?

Il hésitait.

— Parce que je vous ai bien aimée!

Et, s'applaudissant d'avoir franchi la difficulté, Léon, du coin de l'œil, épia sa physionomie.

Ce fut comme le ciel, quand un coup de vent chasse les nuages. L'amas des pensées tristes qui les assombrissaient parut se retirer de ses yeux bleus; tout son visage rayonna.

Il attendit. Enfin elle répondit :

— Je m'en étais toujours doutée...

Alors ils se racontèrent les petits événements de cette existence lointaine, dont ils venaient de résumer, par un seul mot, les plaisirs et les mélancolies. Il se rappelait le berceau de clématite, les robes qu'elle avait portées, les meubles de sa chambre, toute sa maison.

— Et nos pauvres cactus, où sont-ils?

— Le froid les a tués cet hiver.

— Ah! que j'ai pensé à eux, savez-vous? Souvent je les revoyais comme autrefois, quand, par les matins d'été, le soleil frappait sur les jalousies... et j'apercevais vos deux bras nus qui passaient entre les fleurs.

— Pauvre ami! fit-elle en lui tendant la main.

Léon, bien vite, y colla ses lèvres. Puis, quand il eut largement respiré :

— Vous étiez, dans ce temps-là, pour moi, je ne sais quelle force incompréhensible qui captivait ma vie. Une fois, par exemple, je suis venu chez vous; mais vous ne vous en souvenez pas, sans doute?

— Si, dit-elle. Continuez.

— Vous étiez en bas, dans l'antichambre, prête à sortir, sur la marche; — vous aviez même un chapeau à petites fleurs bleues; et, sans nulle invitation de votre part, malgré moi, je vous ai accompagnée. A chaque minute, cependant, j'avais de plus en plus conscience de ma sottise, et je continuais à marcher près de vous, n'osant vous suivre tout à fait, et ne voulant pas vous quitter. Quand vous entriez dans une boutique, je restais dans la rue, je vous regardais par le carreau défaire vos gants et compter la monnaie sur le comptoir. Ensuite vous avez sonné chez Mme Tuvache, on vous a ouvert, et je suis resté comme un idiot devant la grande porte lourde, qui était retombée sur vous.

Mme Bovary, en l'écoutant, s'étonnait d'être si vieille; toutes ces choses qui réapparaissaient lui semblaient élargir son existence; cela faisait comme des immensités sentimentales où elle se

reportait; et elle disait de temps à autre, à voix
basse et les paupières à demi fermées :

— Oui... c'est vrai!... c'est vrai! c'est vrai...

Ils entendirent huit heures sonner aux différentes horloges du quartier Beauvoisine, qui est
plein de pensionnats, d'églises et de grands
hôtels abandonnés. Ils ne se parlaient plus; mais
ils sentaient, en se regardant, au bruissement
dans leurs têtes, comme si quelque chose de
sonore se fût réciproquement échappé de leurs
prunelles fixes. Ils venaient de se joindre les
mains; et le passé, l'avenir, les réminiscences et
les rêves, tout se trouvait confondu dans la douceur de cette extase. La nuit s'épaississait sur les
murs, où brillaient encore, à demi perdues dans
l'ombre, les grosses couleurs de quatre estampes
représentant quatre scènes de *la Tour de Nesle*,
avec une légende au bas, en espagnol et en français. Par la fenêtre à guillotine, on voyait un coin
de ciel noir, entre des toits pointus.

Elle se leva pour allumer deux bougies sur la
commode, puis elle vint se rasseoir.

— Eh bien... fit Léon.

— Eh bien?... répondit-elle.

Et il cherchait comment renouer le dialogue
interrompu, quand elle lui dit :

— D'où vient que personne, jusqu'à présent,
ne m'a jamais exprimé des sentiments pareils?

Le clerc se récria que les natures idéales
étaient difficiles à comprendre. Lui, du premier
coup d'œil, il l'avait aimée; et il se désespérait
en pensant au bonheur qu'ils auraient eu si, par
une grâce du hasard, se rencontrant plus tôt, ils
se fussent attachés l'un à l'autre d'une manière
indissoluble.

— J'y ai songé quelquefois, reprit-elle.

— Quel rêve! murmura Léon.

Et, maniant délicatement le liséré bleu de sa
longue ceinture blanche, il ajouta :

— Qui nous empêche donc de recommencer?...

— Non, mon ami, répondit-elle. Je suis trop vieille... vous êtes trop jeune..., oubliez-moi! D'autres vous aimeront..., vous les aimerez.

— Pas comme vous! s'écria-t-il.

— Enfant que vous êtes! Allons, soyons sage! je le veux!

Elle lui représenta les impossibilités de leur amour, et qu'ils devaient se tenir, comme autrefois, dans les simples termes d'une amitié fraternelle.

Etait-ce sérieusement qu'elle parlait ainsi? Sans doute qu'Emma n'en savait rien elle-même, tout occupée par le charme de la séduction et la nécessité de s'en défendre; et, contemplant le jeune homme d'un regard attendri, elle repoussait doucement les timides caresses que ses mains frémissantes essayaient.

— Ah! pardon, dit-il en se reculant.

Et Emma fut prise d'un vague effroi, devant cette timidité, plus dangereuse pour elle que la hardiesse de Rodolphe quand il s'avançait les bras ouverts. Jamais aucun homme ne lui avait paru si beau. Une exquise candeur s'échappait de son maintien. Il baissait ses longs cils fins qui se recourbaient. Sa joue à l'épiderme suave rougissait — pensait-elle — du désir de sa personne, et Emma sentait une invincible envie d'y porter ses lèvres. Alors, se penchant vers la pendule comme pour regarder l'heure :

— Qu'il est tard, mon Dieu! dit-elle; que nous bavardons!

Il comprit l'allusion et chercha son chapeau.

— J'en ai même oublié le spectacle! Ce pauvre Bovary qui m'avait laissée tout exprès! M. Lormeaux de la rue Grand-Pont devait m'y conduire avec sa femme.

Et l'occasion était perdue, car elle partait dès le lendemain.

— Vrai? fit Léon.

— Oui.

— Il faut pourtant que je vous voie encore, reprit-il; j'avais à vous dire...

— Quoi?

— Une chose... grave, sérieuse. Eh! non, d'ailleurs, vous ne partirez pas, c'est impossible! Si vous saviez... Ecoutez-moi... Vous ne m'avez donc pas compris? vous n'avez donc pas deviné?...

— Cependant vous parlez bien, dit Emma.

— Ah! des plaisanteries! Assez, assez! Faites, par pitié, que je vous revoie..., une fois..., une seule.

— Eh bien!...

Elle s'arrêta, puis, comme se ravisant :

— Oh! pas ici!

— Où vous voudrez.

— Voulez-vous...

Elle parut réfléchir et, d'un ton bref :

— Demain, à onze heures, dans la cathédrale.

— J'y serai! s'écria-t-il en saisissant ses mains, qu'elle dégagea.

Et, comme ils se trouvaient debout tous les deux, lui placé derrière elle et Emma baissant la tête, il se pencha vers son cou et la baisa longuement à la nuque.

— Mais vous êtes fou! ah! vous êtes fou! disait-elle avec de petits rires sonores, tandis que les baisers se multipliaient.

Alors, avançant la tête par-dessus son épaule, il sembla chercher le consentement de ses yeux. Ils tombèrent sur lui, pleins d'une majesté glaciale.

Léon fit trois pas en arrière, pour sortir. Il resta sur le seuil. Puis il chuchota d'une voix tremblante :

— A demain.

Elle répondit par un signe de tête, et disparut comme un oiseau dans la pièce à côté.

Emma, le soir, écrivit au clerc une interminable lettre où elle se dégageait du rendez-vous : tout maintenant était fini, et ils ne devaient plus, pour leur bonheur, se rencontrer. Mais, quand la lettre fut close, comme elle ne savait pas l'adresse de Léon, elle se trouva fort embarrassée.

— Je la lui donnerai moi-même, se dit-elle; il viendra.

Léon, le lendemain, fenêtre ouverte et chantonnant sur son balcon, vernit lui-même ses escarpins, et à plusieurs couches. Il passa un pantalon blanc, des chaussettes fines, un habit vert, répandit dans son mouchoir tout ce qu'il possédait de senteurs, puis, s'étant fait friser, se défrisa, pour donner à sa chevelure plus d'élégance naturelle.

— Il est encore trop tôt! pensa-t-il en regardant le coucou du perruquier, qui marquait neuf heures.

Il lut un vieux journal de modes, sortit, fuma un cigare, remonta trois rues, songea qu'il était temps de se diriger lestement vers le parvis Notre-Dame.

C'était par un beau matin d'été. Des argenteries reluisaient aux boutiques des orfèvres, et la lumière qui arrivait obliquement sur la cathédrale posait des miroitements à la cassure des pierres grises; une compagnie d'oiseaux tourbillonnaient dans le ciel bleu, autour des clochetons à trèfles; la place, retentissante de cris, sentait les fleurs qui bordaient son pavé, roses, jasmins, œillets, narcisses et tubéreuses, espacés inégalement par des verdures humides, de l'herbe-au-chat et du mouron pour les oiseaux; la fontaine, au milieu, gargouillait, et sous de larges parapluies, parmi des cantaloups s'étageant en pyramides, des marchandes, nu-tête, tournaient dans du papier des bouquets de violettes.

Le jeune homme en prit un. C'était la première

fois qu'il achetait des fleurs pour une femme; et sa poitrine, en les respirant, se gonfla d'orgueil, comme si cet hommage qu'il destinait à une autre se fût retourné vers lui.

Cependant il avait peur d'être aperçu, il entra résolument dans l'église.

Le suisse, alors, se tenait sur le seuil, au milieu du portail à gauche, au-dessous de la *Marianne dansant*, plumet en tête, rapière au mollet, canne au poing, plus majestueux qu'un cardinal et reluisant comme un saint ciboire.

Il s'avança vers Léon, et, avec ce sourire de bénignité pateline que prennent les ecclésiastiques lorsqu'ils interrogent les enfants :

— Monsieur, sans doute, n'est pas d'ici? Monsieur désire voir les curiosités de l'église?

— Non, dit l'autre.

Et il fit d'abord le tour des bas-côtés. Puis il vint regarder sur la place. Emma n'arrivait pas. Il remonta jusqu'au chœur.

La nef se mirait dans les bénitiers pleins, avec le commencement des ogives et quelques portions de vitrail. Mais le reflet des peintures, se brisant au bord du marbre, continuait plus loin, sur les dalles, comme un tapis bariolé. Le grand jour du dehors s'allongeait dans l'église en trois rayons énormes, par les trois portails ouverts. De temps à autre, au fond, un sacristain passait en faisant devant l'autel l'oblique génuflexion des dévots pressés. Les lustres de cristal pendaient immobiles. Dans le chœur, une lampe d'argent brûlait; et, des chapelles latérales, des parties sombres de l'église, il s'échappait quelquefois comme des exhalaisons de soupirs, avec le son d'une grille qui retombait, en répercutant son écho sous les hautes voûtes.

Léon, à pas sérieux, marchait auprès des murs. Jamais la vie ne lui avait paru si bonne. Elle allait venir tout à l'heure, charmante, agitée, épiant derrière elle les regards qui la suivaient,

— et avec sa robe à volants, son lorgnon d'or, ses bottines minces, dans toute sorte d'élégances dont il n'avait pas goûté, et dans l'ineffable séduction de la vertu qui succombe. L'église, comme un boudoir gigantesque, se disposait autour d'elle; les voûtes s'inclinaient pour recueillir dans l'ombre la confession de son amour; les vitraux resplendissaient pour illuminer son visage, et les encensoirs allaient brûler pour qu'elle apparût comme un ange, dans la fumée des parfums.

Cependant elle ne venait pas. Il se plaça sur une chaise et ses yeux rencontrèrent un vitrage bleu où l'on voit des bateliers qui portent des corbeilles. Il le regarda longtemps, attentivement, et il comptait les écailles des poissons et les boutonnières des pourpoints, tandis que sa pensée vagabondait à la recherche d'Emma.

Le suisse, à l'écart, s'indignait intérieurement contre cet individu, qui se permettait d'admirer seul la cathédrale. Il lui semblait se conduire d'une façon monstrueuse, le voler en quelque sorte, et presque commettre un sacrilège.

Mais un froufrou de soie sur les dalles, la bordure d'un chapeau, un camail noir... C'était elle! Léon se leva et courut à sa rencontre.

Emma était pâle. Elle marchait vite.

— Lisez! dit-elle en lui tendant un papier... Oh non!

Et brusquement elle retira sa main, pour entrer dans la chapelle de la Vierge, où, s'agenouillant contre une chaise, elle se mit en prière.

Le jeune homme fut irrité de cette fantaisie bigote; puis il éprouva pourtant un certain charme à la voir, au milieu du rendez-vous, ainsi perdue dans les oraisons comme une marquise andalouse; puis il ne tarda pas à s'ennuyer, car elle n'en finissait.

Emma priait, ou plutôt s'efforçait de prier,

espérant qu'il allait lui descendre du ciel quelque
résolution subite; et, pour attirer le secours
divin, elle s'emplissait les yeux des splendeurs
du tabernacle, elle aspirait le parfum des ju-
liennes blanches épanouies dans les grands
vases, et prêtait l'oreille au silence de l'église, qui
ne faisait qu'accroître le tumulte de son cœur.

Elle se relevait, et ils allaient partir, quand le
suisse s'approcha vivement, en disant :

— Madame, sans doute, n'est pas d'ici?
Madame désire voir les curiosités de l'église?

— Eh non! s'écria le clerc.

— Pourquoi pas? reprit-elle.

Car elle se raccrochait de sa vertu chancelante
à la Vierge, aux sculptures, aux tombeaux, à
toutes les occasions.

Alors, afin de procéder *dans l'ordre*, le suisse
les conduisit jusqu'à l'entrée, près de la place, où,
leur montrant avec sa canne un grand cercle de
pavés noirs, sans inscriptions ni ciselures :

— Voilà, fit-il majestueusement, la circonfé-
rence de la belle cloche d'Amboise. Elle pesait
quarante mille livres. Il n'y avait pas sa pareille
dans toute l'Europe. L'ouvrier qui l'a fondue en
est mort de joie...

— Partons, dit Léon.

Le bonhomme se remit en marche; puis,
revenu à la chapelle de la Vierge, il étendit les
bras dans un geste synthétique de démonstration,
et, plus orgueilleux qu'un propriétaire campagnard vous montrant ses espaliers :

— Cette simple dalle recouvre Pierre de Brézé,
seigneur de la Varenne et de Brissac, grand
maréchal de Poitou et gouverneur de Normandie,
mort à la bataille de Montlhéry, le 16 juillet 1465.

Léon, se mordant les lèvres, trépignait.

— Et, à droite, ce gentilhomme tout bardé de
fer, sur un cheval qui se cabre, est son petit-fils
Louis de Brézé, seigneur de Breval et de Mont-

chauvet, comte de Maulevrier, baron de Mauny,
chambellan du roi, chevalier de l'Ordre et
pareillement gouverneur de Normandie, mort le
23 juillet 1531, un dimanche, comme l'inscription porte; et, au-dessous, cet homme prêt à descendre au tombeau vous figure exactement le
même. Il n'est point possible, n'est-ce pas, de voir
une plus parfaite représentation du néant?

Mme Bovary prit son lorgnon. Léon, immobile,
la regardait, n'essayant même plus de dire un
seul mot, de faire un seul geste, tant il se sentait
découragé devant ce double parti pris de bavardage et d'indifférence.

L'éternel guide continuait :

— Près de lui, cette femme à genoux qui
pleure est son épouse, Diane de Poitiers, comtesse de Brézé, duchesse de Valentinois, née en
1499, morte en 1566; et, à gauche, celle qui porte
un enfant, la sainte Vierge. Maintenant, tournez-
vous de ce côté : voici les tombeaux d'Amboise.
Ils ont été tous les deux cardinaux et arche-
vêques de Rouen. Celui-là était ministre du roi
Louis XII. Il a fait beaucoup de bien à la cathédrale. On a trouvé dans son testament trente
mille écus d'or pour les pauvres.

Et, sans s'arrêter, tout en parlant, il les poussa
dans une chapelle encombrée par des balustrades, en dérangea quelques-unes, et découvrit
une sorte de bloc, qui pouvait bien avoir été une
statue mal faite.

— Elle décorait autrefois, dit-il avec un long
gémissement, la tombe de Richard Cœur-de-lion,
roi d'Angleterre et duc de Normandie. Ce sont les
calvinistes, monsieur, qui vous l'ont réduite en
cet état. Ils l'avaient, par méchanceté, ensevelie
dans de la terre, sous le siège épiscopal de Monseigneur. Tenez, voici la porte par où il se rend à
son habitation, Monseigneur. Passons voir les
vitraux de la Gargouille.

Mais Léon tira vivement une pièce blanche de

sa poche et saisit Emma par le bras. Le suisse demeura tout stupéfait, ne comprenant point cette munificence intempestive, lorsqu'il restait encore à l'étranger tant de choses à voir. Aussi, le rappelant :

— Eh! monsieur. La flèche! la flèche!...

— Merci, fit Léon.

— Monsieur a tort! Elle aura quatre cent quarante pieds, neuf de moins que la grande pyramide d'Egypte. Elle est toute en fonte, elle...

Léon fuyait; car il lui semblait que son amour, qui, depuis deux heures bientôt, s'était immobilisé dans l'église comme les pierres, allait maintenant s'évaporer tel qu'une fumée, par cette espèce de tuyau tronqué de cage oblongue, de cheminée à jour, qui se hasarde si grotesquement sur la cathédrale, comme la tentative extravagante de quelque chaudronnier fantaisiste.

— Où allons-nous donc? disait-elle

Sans répondre, il continuait à marcher d'un pas rapide, et déjà Mme Bovary trempait son doigt dans l'eau bénite, quand ils entendirent derrière eux un grand souffle haletant, entrecoupé régulièrement par le rebondissement d'une canne. Léon se détourna.

— Monsieur!

— Quoi?

Et il reconnut le suisse, portant sous son bras et maintenant en équilibre contre son ventre une vingtaine environ de forts volumes brochés. C'étaient les ouvrages *qui traitaient de la cathédrale*.

— Imbécile! grommela Léon s'élançant hors de l'église.

Un gamin polissonnait sur le parvis :

— Va me chercher un fiacre!

L'enfant partit comme une balle, par la rue des Quatre-Vents; alors ils restèrent seuls quelques minutes, face à face et un peu embarrassés.

— Ah! Léon!... Vraiment..., je ne sais... si je dois!...

Elle minaudait. Puis, d'un air sérieux :

— C'est très inconvenant, savez-vous?

— En quoi? répliqua le clerc. Cela se fait à Paris!

Et cette parole, comme un irrésistible argument, la détermina.

Cependant, le fiacre n'arrivait pas. Léon avait peur qu'elle ne rentrât dans l'église. Enfin le fiacre parut.

— Sortez du moins par le portail du nord! leur cria le suisse, qui était resté sur le seuil, pour voir la *Résurrection*, le *Jugement dernier*, le *Paradis*, le *Roi David*, et les *Réprouvés* dans les flammes d'enfer.

— Où Monsieur va-t-il? demanda le cocher.

— Où vous voudrez! dit Léon poussant Emma dans la voiture.

Et la lourde machine se mit en route.

Elle descendit la rue Grand-Pont, traversa la place des Arts, le quai Napoléon, le pont Neuf et s'arrêta court devant la statue de Pierre Corneille.

— Continuez! fit une voix qui sortait de l'intérieur.

La voiture repartit, et, se laissant, dès le carrefour La Fayette, emporter par la descente, elle entra au grand galop dans la gare du chemin de fer.

— Non, tout droit! cria la même voix.

Le fiacre sortit des grilles, et, bientôt arrivé sur le Cours, trotta doucement, au milieu des grands ormes. Le cocher s'essuya le front, mit son chapeau de cuir entre ses jambes et poussa la voiture en dehors des contre-allées, au bord de l'eau, près du gazon.

Elle alla le long de la rivière, sur le chemin de halage pavé de cailloux secs, et longtemps, du côté d'Oyssel, au-delà des îles.

Mais, tout à coup, elle s'élança d'un bond à travers Quatre-Mares, Sotteville, la Grande-Chaussée, la rue d'Elbeuf, et fit sa troisième halte devant le Jardin des plantes.

— Marchez donc! s'écria la voix plus furieusement.

Et aussitôt, reprenant sa course, elle passa par Saint-Sever, par le quai des Curandiers, par le quai aux Meules, encore une fois par le pont, par la place du Champ-de-Mars et derrière les jardins de l'hôpital, où des vieillards en veste noire se promènent au soleil, le long d'une terrasse toute verdie par des lierres. Elle remonta le boulevard Bouvreuil, parcourut le boulevard Cauchoise, puis tout le Mont-Riboudet jusqu'à la côte de Deville.

Elle revint; et alors, sans parti pris ni direction, au hasard, elle vagabonda. On la vit à Saint-Pol, à Lescure, au mont Gargan, à la Rouge-Mare, et place du Gaillardbois; rue Maladrerie, rue Dinanderie, devant Saint-Romain, Saint-Vivien, Saint-Maclou, Saint-Nicaise, — devant la Douane, — à la basse Vieille-Tour, aux Trois-Pipes et au Cimetière monumental. De temps à autre, le cocher sur son siège jetait aux cabarets des regards désespérés. Il ne comprenait pas quelle fureur de la locomotion poussait ces individus à ne vouloir point s'arrêter. Il essayait quelquefois, et aussitôt il entendait derrière lui partir des exclamations de colère. Alors il cinglait de plus belle ses deux rosses tout en sueur, mais sans prendre garde aux cahots, accrochant par-ci par-là, ne s'en souciant, démoralisé, et presque pleurant de soif, de fatigue et de tristesse.

Et, sur le port, au milieu des camions et des barriques, et dans les rues, au coin des bornes, les bourgeois ouvraient de grands yeux ébahis devant cette chose si extraordinaire en province, une voiture à stores tendus, et qui apparaissait ainsi continuellement, plus close qu'un tombeau et ballottée comme un navire.

Une fois, au milieu du jour, en pleine campagne, au moment où le soleil dardait le plus fort contre les vieilles lanternes argentées, une main nue passa sous les petits rideaux de toile jaune et jeta des déchirures de papier qui se dispersèrent au vent et s'abattirent plus loin, comme des papillons blancs, sur un champ de trèfle rouge tout en fleur.

Puis, vers six heures, la voiture s'arrêta dans une ruelle du quartier Beauvoisine, et une femme en descendit qui marchait le voile baissé, sans détourner la tête.

II

En arrivant à l'auberge, Mme Bovary fut étonnée de ne pas apercevoir la diligence. Hivert, qui l'avait attendue cinquante-trois minutes, avait fini par s'en aller.

Rien pourtant ne la forçait à partir; mais elle avait donné sa parole qu'elle reviendrait le soir même. D'ailleurs, Charles l'attendait; et déjà elle se sentait au cœur cette lâche docilité qui est, pour bien des femmes, comme le châtiment tout à la fois et la rançon de l'adultère.

Vivement elle fit sa malle, paya la note, prit dans la cour un cabriolet, et, pressant le palefrenier, l'encourageant, s'informant à toute minute de l'heure et des kilomètres parcourus, parvint à rattraper *l'Hirondelle* vers les premières maisons de Quincampoix.

. A peine assise dans son coin, elle ferma les yeux et les rouvrit au bas de la côte, où elle reconnut de loin Félicité, qui se tenait en vedette devant la maison du maréchal. Hivert retint ses chevaux, et la cuisinière, se haussant jusqu'au vasistas, dit mystérieusement :

— Madame, il faut que vous alliez tout de suite chez M. Homais. C'est pour quelque chose de pressé.

Le village était silencieux comme d'habitude. Au coin des rues, il y avait de petits tas roses qui fumaient à l'air, car c'était le moment des confitures, et tout le monde, à Yonville, confectionnait sa provision le même jour. Mais on admirait, devant la boutique du pharmacien, un tas beaucoup plus large, et qui dépassait les autres de la supériorité qu'une officine doit avoir sur les fourneaux bourgeois, un besoin général sur des fantaisies individuelles.

Elle entra. Le grand fauteuil était renversé, et même *le Fanal de Rouen* gisait par terre, étendu entre les deux pilons. Elle poussa la porte du couloir; et, au milieu de la cuisine, parmi les jarres brunes, pleines de groseilles égrenées, du sucre râpé, du sucre en morceaux, des balances sur la table, des bassines sur le feu, elle aperçut tous les Homais, grands et petits, avec des tabliers qui leur montaient jusqu'au menton et tenant des fourchettes à la main. Justin, debout, baissait la tête et le pharmacien criait :

— Qui t'avait dit de l'aller chercher dans le capharnaüm?

— Qu'est-ce donc? qu'y a-t-il?

— Ce qu'il y a? répondit l'apothicaire. On fait des confitures : elles cuisent; mais elles allaient déborder à cause du bouillon trop fort, et je commande une autre bassine. Alors lui, par mollesse, par paresse, a été prendre, suspendue à son clou, dans mon laboratoire, la clef du capharnaüm!

L'apothicaire appelait ainsi un cabinet, sous les toits, plein des ustensiles et des marchandises de sa profession. Souvent il y passait seul de longues heures à étiqueter, à transvaser, à reficeler; et il le considérait non comme un simple magasin, mais comme un véritable sanctuaire, d'où s'échappaient ensuite, élaborés par ses mains, toutes sortes de pilules, bols, tisanes, lotions et potions, qui allaient répandre aux alentours sa célébrité. Personne au monde n'y mettait les pieds; et il le respectait si fort, qu'il le balayait lui-même. Enfin, si la pharmacie, ouverte à tout venant, était l'endroit où il étalait son orgueil, le capharnaüm était le refuge où, se concentrant égoïstement, Homais se délectait dans l'exercice de ses prédilections; aussi l'étourderie de Justin lui paraissait-elle monstrueuse d'irrévérence; et, plus rubicond que les groseilles, il répétait :

— Oui, du capharnaüm! La clef qui enferme les acides avec les alcalis caustiques! Avoir été prendre une bassine de réserve! Une bassine à couvercle! et dont jamais peut-être je ne me servirai! Tout a son importance dans les opérations délicates de notre art! Mais, que diable! il faut établir des distinctions et ne pas employer à des usages presque domestiques ce qui est destiné pour les pharmaceutiques! C'est comme si on découpait une poularde avec un scalpel, comme si un magistrat...

— Mais calme-toi! disait Mme Homais.

Et Athalie, le tirant par sa redingote :

— Papa! Papa!

— Non, laissez-moi! reprenait l'apothicaire, laissez-moi! fichtre! Autant s'établir épicier, ma parole d'honneur! Allons, va! ne respecte rien! casse! brise! lâche les sangsues! brûle la guimauve! marine des cornichons dans les bocaux! lacère les bandages!

— Vous aviez pourtant..., dit Emma.

— Tout à l'heure! — Sais-tu à quoi tu t'exposais?... N'as-tu rien vu dans le coin à gauche, sur la troisième tablette? Parle, réponds, articule quelque chose!

— Je ne... sais pas, balbutia le jeune garçon.

— Ah! tu ne sais pas! Eh bien, je sais, moi! Tu as vu une bouteille, en verre bleu, cachetée avec de la cire jaune, qui contient une poudre blanche, sur laquelle même j'avais écrit : *Dangereux!* et sais-tu ce qu'il y avait dedans! De l'arsenic ! et tu vas toucher à cela ! prendre une bassine qui est à côté !

— A côté, s'écria Mme Homais en joignant les mains. De l'arsenic ! Tu pouvais nous empoisonner tous !

Et les enfants se mirent à pousser des cris, comme s'ils avaient déjà senti dans leurs entrailles d'atroces douleurs.

— Ou bien empoisonner un malade ! continuait l'apothicaire. Tu voulais donc que j'allasse sur le banc des criminels, en cour d'assises ? me voir traîner à l'échafaud ? Ignores-tu le soin que j'observe dans les manutentions, quoique j'en aie cependant une furieuse habitude ? Souvent je m'épouvante moi-même, lorsque je pense à ma responsabilité ! car le gouvernement nous persécute, et l'absurde législation qui nous régit est comme une véritable épée de Damoclès suspendue sur notre tête !

Emma ne songeait plus à demander ce qu'on lui voulait, et le pharmacien poursuivait en phrases haletantes :

— Voilà comme tu reconnais les bontés qu'on a pour toi ! voilà comme tu me récompenses des soins tout paternels que je te prodigue ! Car sans moi, où serais-tu ? que ferais-tu ? Qui te fournit la nourriture, l'éducation, l'habillement, et tous les moyens de figurer un jour, avec honneur, dans les rangs de la société ? Mais il faut pour cela suer ferme sur l'aviron, et acquérir, comme on dit, du cal aux mains : *Fabricando fit faber, age quod agis.*

Il citait du latin, tant il était exaspéré. Il eût cité du chinois et du groenlandais, s'il eût connu ces deux langues ; car il se trouvait dans une de ces crises où l'âme entière montre indistinctement ce qu'elle enferme, comme l'océan, qui, dans les tempêtes, s'entrouvre depuis les fucus de son rivage jusqu'au sable de ses abîmes.

Et il reprit :

— Je commence à terriblement me repentir de m'être chargé de ta personne! J'aurais certes mieux fait de te laisser autrefois croupir dans ta misère et dans la crasse où tu es né! Tu ne seras jamais bon qu'à être un gardeur de bêtes à cornes! Tu n'as nulle aptitude pour les sciences! à peine si tu sais coller une étiquette! Et tu vis là, chez moi, comme un chanoine, comme un coq en pâte, à te goberger!

Mais Emma, se tournant vers Mme Homais :

— On m'avait fait venir...

— Ah! mon Dieu! interrompit d'un air triste la bonne dame, comment vous dirai-je bien?... C'est un malheur!

Elle n'acheva pas. L'apothicaire tonnait :

— Vide-la! écure-la! reporte-la! dépêche-toi donc!

Et, secouant Justin par le collet de son bourgeron, il fit tomber un livre de sa poche.

L'enfant se baissa. Homais fut plus prompt, et, ayant ramassé le volume, il le contemplait, les yeux écarquillés, la mâchoire ouverte.

— *L'amour... conjugal!* dit-il en séparant lentement ces deux mots. Ah! très bien! très bien! très joli! Et des gravures!... Ah! c'est trop fort!

Mme Homais s'avança.

— Non, n'y touche pas!

Les enfants voulurent voir les images.

— Sortez! fit-il impérieusement.

Et ils sortirent.

Il marcha d'abord de long en large, à grands pas, gardant le volume ouvert entre ses doigts, roulant les yeux, suffoqué, tuméfié, apoplectique. Puis il vint droit à son élève, et, se plantant devant lui les bras croisés :

— Mais tu as donc tous les vices, petit malheureux?... Prends garde, tu es sur une pente!... Tu n'as donc pas réfléchi qu'il pouvait, ce livre infâme, tomber entre les mains de mes enfants, mettre l'étincelle dans leur cerveau, ternir la pureté d'Athalie, corrompre Napoléon! Il est déjà formé comme un homme. Es-tu bien sûr, au moins, qu'ils ne l'aient pas lu? peux-tu me certifier...?

— Mais enfin, Monsieur, fit Emma, vous aviez à me dire...?

— C'est vrai, madame... Votre beau-père est mort!

En effet, le sieur Bovary père venait de décéder l'avant-veille, tout à coup, d'une attaque d'apoplexie, au sortir de table; et par excès de précaution pour la sensibilité d'Emma, Charles avait prié M. Homais de lui apprendre avec ménagement cette horrible nouvelle.

Il avait médité sa phrase, il l'avait arrondie, polie, rythmée; c'était un chef-d'œuvre de prudence et de transition, de tournures fines et de délicatesse; mais la colère avait emporté la rhétorique.

Emma, renonçant à avoir aucun détail, quitta donc la pharmacie; car M. Homais avait repris le cours de ses vitupérations. Il se calmait cependant, et à présent, il grommelait d'un ton paterne, tout en s'éventant avec son bonnet grec :

— Ce n'est pas que je désapprouve entièrement l'ouvrage! L'auteur était médecin. Il y a làdedans certains côtés scientifiques qu'il n'est pas mal à un homme de connaître et, j'oserais dire, qu'il faut qu'un homme connaisse. Mais plus tard, plus tard! Attends du moins que tu sois homme toi-même et que ton tempérament soit fait.

Au coup de marteau d'Emma, Charles, qui l'attendait, s'avança les bras ouverts et lui dit avec des larmes dans la voix :

— Ah! ma chère amie...

Et il s'inclina doucement pour l'embrasser. Mais, au contact de ses lèvres, le souvenir de l'autre la saisit, et elle passa la main sur son visage en frissonnant.

Cependant elle répondit :

— Oui, je sais..., je sais...

Il lui montra la lettre où sa mère narrait l'événement, sans aucune hypocrisie sentimentale. Seulement, elle regrettait que son mari n'eût pas reçu les secours de la religion, étant mort à Doudeville, dans la rue, sur le seuil d'un café, après un repas patriotique avec d'anciens officiers.

Emma rendit la lettre; puis, au dîner, par savoir-vivre, elle affecta quelque répugnance. Mais, comme il la reforçait, elle se mit résolument à manger, tandis que Charles, en face d'elle, demeurait immobile, dans une posture accablée.

De temps à autre, relevant la tête, il lui envoyait un long regard tout plein de détresse. Une fois il soupira :

— J'aurais voulu le revoir encore !

Elle se taisait. Enfin, comprenant qu'il fallait parler :

— Quel âge avait-il, ton père?

— Cinquante-huit ans !

— Ah!

Et ce fut tout.

Un quart d'heure après, il ajouta :

— Ma pauvre mère?... que va-t-elle devenir, à présent?

Elle fit un geste d'ignorance.

A la voir si taciturne, Charles la supposait affligée, et il se contraignait à ne rien dire, pour ne pas aviver cette douleur qui l'attendrissait. Cependant, secouant la sienne :

— T'es-tu bien amusée hier? demanda-t-il.

— Oui.

Quand la nappe fut ôtée, Bovary ne se leva pas, Emma non plus; et, à mesure qu'elle l'envisageait, la monotonie de ce spectacle bannissait

peu à peu tout apitoiement de son cœur. Il lui
semblait chétif, faible, nul, enfin être un pauvre
homme, de toutes les façons. Comment se débarrasser de lui? Quelle interminable soirée!
Quelque chose de stupéfiant comme une vapeur
d'opium l'engourdissait.

Ils entendirent dans le vestibule le bruit sec
d'un bâton sur les planches. C'était Hippolyte qui
apportait les bagages de Madame. Pour les déposer, il décrivit péniblement un quart de cercle
avec son pilon.

— Il n'y pense même plus! se disait-elle en
regardant le pauvre diable, dont la grosse chevelure rouge dégouttait de sueur.

Bovary cherchait un patard au fond de sa
bourse; et, sans paraître comprendre tout ce
qu'il y avait pour lui d'humiliation dans la seule
présence de cet homme qui se tenait là, comme le
reproche personnifié de son incurable ineptie :

— Tiens! tu as un joli bouquet! dit-il en
remarquant sur la cheminée les violettes de
Léon.

— Oui, fit-elle avec indifférence; c'est un bouquet que j'ai acheté tantôt... à une mendiante.

Charles prit les violettes, et, rafraîchissant dessus ses yeux tout rouges de larmes, il les humait
délicatement. Elle les retira vite de sa main, et
alla les porter dans un verre d'eau.

Le lendemain, Mme Bovary mère arriva. Elle
et son fils pleurèrent beaucoup. Emma, sous prétexte d'ordres à donner, disparut.

Le jour d'après, il fallut aviser ensemble aux
affaires de deuil. On alla s'asseoir, avec les boîtes
à ouvrage, au bord de l'eau, sous la tonnelle.

Charles pensait à son père, et il s'étonnait de
sentir tant d'affection pour cet homme qu'il
avait cru jusqu'alors n'aimer que très médiocrement. Mme Bovary mère pensait à son mari. Les
pires jours d'autrefois lui réapparaissaient en-
viables. Tout s'effaçait sous le regret instinctif

d'une si longue habitude; et, de temps à autre,
tandis qu'elle poussait son aiguille, une grosse
larme descendait le long de son nez et s'y tenait
un moment suspendue. Emma pensait qu'il y
avait quarante-huit heures à peine, ils étaient
ensemble, loin du monde, tout en ivresse, et
n'ayant pas assez d'yeux pour se contempler.
Elle tâchait de ressaisir les plus imperceptibles
détails de cette journée disparue. Mais la présence de la belle-mère et du mari la gênait. Elle
aurait voulu ne rien entendre, ne rien voir, afin
de ne pas déranger le recueillement de son
amour qui allait se perdant, quoi qu'elle fît, sous
les sensations extérieures.

Elle décousait la doublure d'une robe, dont les
bribes s'éparpillaient autour d'elle; la mère
Bovary, sans lever les yeux, faisait crier ses
ciseaux, et Charles, avec ses pantoufles de lisière
et sa vieille redingote brune qui lui servait de
robe de chambre, restait les deux mains dans ses
poches et ne parlait pas non plus; près d'eux,
Berthe, en petit tablier blanc, raclait avec sa
pelle le sable des allées.

Tout à coup, ils virent entrer par la barrière
M. Lheureux, le marchand d'étoffes.

Il venait offrir ses services, *eu égard à la fatale
circonstance*. Emma répondit qu'elle croyait pouvoir s'en passer. Le marchand ne se tint pas pour
battu.

— Mille excuses, dit-il; je désirerais avoir un
entretien particulier.

Puis, d'une voix basse :

— C'est relativement à cette affaire..., vous
savez?

Charles devint cramoisi jusqu'aux oreilles.

— Ah! oui..., effectivement.

Et, dans son trouble, se tournant vers sa
femme :

— Ne pourrais-tu pas..., ma chérie...?

Elle parut le comprendre, car elle se leva, et Charles dit à sa mère :

— Ce n'est rien! sans doute quelque bagatelle de ménage.

Il ne voulait point qu'elle connût l'histoire du billet, redoutant ses observations.

Dès qu'ils furent seuls, M. Lheureux se mit, en termes assez nets, à féliciter Emma sur la succession, puis à causer de choses indifférentes, des espaliers, de la récolte et de sa santé à lui, qui allait toujours *couci-couci entre le zist et le zest.* En effet, il se donnait un mal de cinq cents diables, bien qu'il ne fît pas, malgré les propos du monde, de quoi avoir seulement du beurre sur son pain.

Emma le laissait parler. Elle s'ennuyait si prodigieusement depuis deux jours!

— Et vous voilà tout à fait rétablie? continuait-il. Ma foi, j'ai vu votre pauvre mari dans de beaux états! C'est un brave garçon, quoique nous ayons eu ensemble des difficultés.

Elle demanda lesquelles, car Charles lui avait caché la contestation des fournitures.

— Mais vous le savez bien! fit Lheureux. C'était pour vos petites fantaisies, les boîtes de voyage.

Il avait baissé son chapeau sur ses yeux, et, les deux mains derrière le dos, souriant et sifflotant, il la regardait en face, d'une manière insupportable. Soupçonnait-il quelque chose? Elle demeurait perdue dans toutes sortes d'appréhensions. A la fin pourtant, il reprit :

— Nous nous sommes rapatriés, et je venais encore lui proposer un arrangement.

C'était de renouveler le billet signé par Bovary. Monsieur, du reste, agirait à sa guise; il ne devait point se tourmenter, maintenant surtout qu'il allait avoir une foule d'embarras.

— Et même il ferait mieux de s'en décharger

sur quelqu'un, sur vous, par exemple; avec une procuration, ce serait commode, et alors nous aurions ensemble de petites affaires...

Elle ne comprenait pas. Il se tut. Ensuite, passant à son négoce, Lheureux déclara que Madame ne pouvait se dispenser de lui prendre quelque chose. Il lui enverrait un barège noir, douze mètres, de quoi faire une robe.

— Celle que vous avez là est bonne pour la maison. Il vous en faut une autre pour les visites. J'ai vu ça, moi, du premier coup en entrant. J'ai l'œil américain.

Il n'envoya point d'étoffe, il l'apporta. Puis il revint pour l'aunage; il revint sous d'autres prétextes, tâchant chaque fois de se rendre aimable, serviable, s'inféodant, comme eût dit Homais, et toujours glissant à Emma quelques conseils sur la procuration. Il ne parlait point du billet. Elle n'y songeait pas; Charles au début de sa convalescence, lui en avait bien conté quelque chose; mais tant d'agitations avaient passé dans sa tête, qu'elle ne s'en souvenait plus. D'ailleurs, elle se garda d'ouvrir aucune discussion d'intérêt; la mère Bovary en fut surprise, et attribua son changement d'humeur aux sentiments religieux qu'elle avait contractés étant malade.

Mais, dès qu'elle fut partie, Emma ne tarda pas à émerveiller Bovary par son bon sens pratique. Il allait falloir prendre des informations, vérifier les hypothèques, voir s'il y avait lieu à une licitation ou à une liquidation. Elle citait des termes techniques, au hasard, prononçait les grands mots d'ordre, d'avenir, de prévoyance, et continuellement exagérait les embarras de la succession : si bien qu'un jour elle lui montra le modèle d'une autorisation générale pour « gérer et administrer ses affaires, faire tous emprunts, signer et endosser tous billets, payer toutes sommes, etc. ». Elle avait profité des leçons de Lheureux.

Charles, naïvement, lui demanda d'où venait ce papier.

— De M. Guillaumin.

Et avec le plus grand sang-froid du monde, elle ajouta :

— Je ne m'y fie pas trop. Les notaires ont si mauvaise réputation ! Il faudrait peut-être consulter... Nous ne connaissons que... Oh ! personne.

— A moins que Léon..., répliqua Charles, qui réfléchissait.

Mais il était difficile de s'entendre par correspondance. Alors elle s'offrit à faire ce voyage. Il la remercia. Elle insista. Ce fut un assaut de prévenances. Enfin, elle s'écria d'un ton de mutinerie factice :

— Non, je t'en prie, j'irai.

— Comme tu es bonne ! dit-il en la baisant au front.

Dès le lendemain, elle s'embarqua dans *l'Hirondelle*, pour aller à Rouen consulter M. Léon ; et elle y resta trois jours.

III

Ce furent trois jours pleins, exquis, splendides, une vraie lune de miel.

Ils étaient à l'*Hôtel de Boulogne*, sur le port. Et ils vivaient là, volets fermés, portes closes, avec des fleurs par terre et des sirops à la glace, qu'on leur apportait dès le matin.

Vers le soir, ils prenaient une barque couverte et allaient dîner dans une île.

C'était l'heure où l'on entend, au bord des chantiers, retentir le maillet des calfats contre la coque des vaisseaux. La fumée du goudron s'échappait d'entre les arbres, et l'on voyait sur la rivière de larges gouttes grasses, ondulant inégalement sous la couleur pourpre du soleil, comme des plaques de bronze florentin, qui flottaient.

Ils descendaient au milieu des barques amarrées, dont les longs câbles obliques frôlaient un peu le dessus de la barque.

Les bruits de la ville insensiblement s'éloignaient, le roulement des charrettes, le tumulte des voix, le jappement des chiens sur le pont des navires. Elle dénouait son chapeau et ils abordaient à leur île.

Ils se plaçaient dans la salle basse d'un cabaret, qui avait à sa porte des filets noirs suspendus. Ils mangeaient de la friture d'éperlans, de la

crême et des cerises. Ils se couchaient sur l'herbe; ils s'embrassaient à l'écart sous les peupliers; et ils auraient voulu, comme deux Robin-
sons, vivre perpétuellement dans ce petit endroit
qui leur semblait, en leur béatitude, le plus magnifique de la terre. Ce n'était pas la première
fois qu'ils apercevaient des arbres, du ciel bleu,
du gazon, qu'ils entendaient l'eau couler et la
brise soufflant dans le feuillage, mais ils
n'avaient sans doute jamais admiré tout cela,
comme si la nature n'existait pas auparavant, ou
qu'elle n'eût commencé à être belle que depuis
l'assouvissement de leurs désirs.

A la nuit, ils repartaient. La barque suivait le
bord des îles. Ils restaient au fond, tous les deux
cachés dans l'ombre, sans parler. Les avirons carrés sonnaient entre les tolets de fer; et cela marquait dans le silence comme un battement de
métronome, tandis qu'à l'arrière la bauce qui
traînait ne discontinuait pas son petit clapote-
ment doux dans l'eau.

Une fois, la lune parut; alors ils ne man-
quèrent pas à faire des phrases, trouvant l'astre
mélancolique et plein de poésie; même elle se
mit à chanter :

Un soir, t'en souvient-il? nous voguions, etc.

Sa voix harmonieuse et faible se perdait sur
les flots; et le vent emportait les roulades que
Léon écoutait passer, comme des battements
d'ailes, autour de lui.

Elle se tenait en face appuyée contre la cloison
de la chaloupe, où la lune entrait par un des
volets ouverts. Sa robe noire, dont les draperies
s'élargissaient en éventail, l'amincissait, la rendait plus grande. Elle avait la tête levée, les
mains jointes, et les deux yeux vers le ciel. Parfois l'ombre des saules la cachait en entier, puis

elle réapparaissait tout à coup, comme une vision, dans la lumière de la lune.

Léon, par terre, à côté d'elle, rencontra sous sa main un ruban de soie ponceau.

Le batelier l'examina et finit par dire :

— Ah! c'est peut-être à une compagnie que j'ai promenée l'autre jour. Ils sont venus un tas de farceurs, messieurs et dames, avec des gâteaux, du champagne, des cornets à pistons, tout le tremblement! Il y en avait un surtout, un grand bel homme, à petites moustaches, qui était joliment amusant! et ils disaient comme ça : « Allons, conte-nous quelque chose..., Adolphe..., Dodolphe... », je crois.

Elle frissonna.

— Tu souffres? fit Léon en se rapprochant d'elle.

— Oh! ce n'est rien. Sans doute, la fraîcheur de la nuit.

— ... et qui ne doit pas manquer de femmes, non plus, ajouta doucement le vieux matelot, croyant dire une politesse à l'étranger.

Puis, crachant dans ses mains, il reprit ses avirons.

Il fallut pourtant se séparer! Les adieux furent tristes. C'était chez la mère Rollet qu'il devait envoyer ses lettres; et elle lui fit des recommandations si précises à propos de la double enveloppe, qu'il admira grandement son astuce amoureuse.

— Ainsi, tu m'affirmes que tout est bien? dit-elle avec le dernier baiser.

— Oui, certes! — Mais pourquoi donc, songea-t-il après, en s'en revenant seul par les rues, tient-elle si fort à cette procuration?

Léon, bientôt, prit devant ses camarades un air de supériorité, s'abstint de leur compagnie, et négligea complètement les dossiers. Il attendait ses lettres; il les relisait. Il lui écrivait. Il l'évoquait de toute la force de son désir et de ses souvenirs. Au lieu de diminuer par l'absence, cette envie de la revoir s'accrut, si bien qu'un samedi matin il s'échappa de son étude.

Lorsque, du haut de la côte, il aperçut dans la vallée le clocher de l'église avec son drapeau de fer-blanc qui tournait au vent, il sentit cette délectation mêlée de vanité triomphante et d'attendrissement égoïste que doivent avoir les millionnaires quand ils reviennent visiter leur village.

Il alla rôder autour de sa maison. Une lumière brillait dans la cuisine. Il guetta son ombre derrière les rideaux. Rien ne parut.

La mère Lefrançois, en le voyant, fit de grandes exclamations, et elle le trouva « grandi et minci », tandis qu'Artémise, au contraire, le trouva « forci et bruni ».

Il dîna dans la petite salle, comme autrefois, mais seul, sans le percepteur; car Binet, *fatigué* d'attendre *l'Hirondelle*, avait définitivement avancé son repas d'une heure, et maintenant il dînait à cinq heures juste, encore prétendait-il le plus souvent que *la vieille patraque retardait*.

Léon pourtant se décida; il alla frapper à la porte du médecin. Madame était dans sa chambre d'où elle ne descendit qu'un quart d'heure après. Monsieur parut enchanté de le revoir; mais il ne bougea de la soirée, ni de tout le jour suivant.

Il la vit seule, le soir, très tard, derrière le jardin, dans la ruelle; — dans la ruelle, comme avec l'autre! Il faisait de l'orage, et ils causaient sous un parapluie, à la lueur des éclairs.

Leur séparation devenait intolérable.

— Plutôt mourir! disait Emma.

Elle se tordait les bras, tout en pleurant.

— Adieu!... adieu!... Quand te reverrai-je?

Ils revinrent sur leurs pas pour s'embrasser encore; et ce fut là qu'elle lui fit la promesse de trouver bientôt, par n'importe quel moyen, l'occasion permanente de se voir en liberté, au moins une fois par semaine. Emma n'en doutait pas. Elle était, d'ailleurs, pleine d'espoir. Il allait lui venir de l'argent.

Aussi, elle acheta pour sa chambre une paire de rideaux jaunes à larges raies, dont M. Lheureux lui avait vanté le bon marché; elle rêva un tapis, et Lheureux, affirmant « que ce n'était pas la mer à boire », s'engagea poliment à lui en fournir un. Elle ne pouvait plus se passer de ses services. Vingt fois dans la journée elle l'envoyait chercher, et aussitôt il plantait là ses affaires, sans se permettre un murmure. On ne comprenait point davantage pourquoi la mère Rollet déjeunait chez elle tous les jours, et même lui faisait des visites en particulier.

Ce fut vers cette époque, c'est-à-dire vers le commencement de l'hiver, qu'elle parut prise d'une grande ardeur musicale.

Un soir que Charles l'écoutait, elle recommença quatre fois de suite le même morceau, et toujours en se dépitant, tandis que, sans y remarquer de différence, il s'écriait :

— Bravo!..., très bien!... Tu as tort! va donc!

— Eh non! c'est exécrable! j'ai les doigts rouillés.

Le lendemain, il la pria *de lui jouer encore quelque chose.*

— Soit, pour te faire plaisir!

Et Charles avoua qu'elle avait un peu perdu. Elle se trompait de portée, barbouillait; puis s'arrêtant court :

— Ah! c'est fini! il faudrait que je prisse des leçons; mais...

Elle se mordit les lèvres et ajouta :

— Vingt francs par cachet, c'est trop cher!

— Oui, en effet..., un peu..., dit Charles tout en ricanant niaisement. Pourtant, il me semble que l'on pourrait peut-être à moins; car il y a des artistes sans réputation qui souvent valent mieux que les célébrités.

— Cherche-les, dit Emma.

Le lendemain, en rentrant, il la contempla d'un œil finaud, et ne put à la fin retenir cette phrase :

— Quel entêtement tu as quelquefois! J'ai été à Barfeuchères aujourd'hui. Eh bien! Mme Liégeard m'a certifié que ses trois demoiselles, qui sont à la Miséricorde, prenaient des leçons moyennant cinquante sous la séance, et d'une fameuse maîtresse encore!

Elle haussa les épaules, et ne rouvrit plus son instrument.

Mais lorsqu'elle passait auprès (si Bovary se trouvait là), elle soupirait :

— Ah! mon pauvre piano!

Et quand on venait la voir, elle ne manquait pas de vous apprendre qu'elle avait abandonné la musique et ne pouvait maintenant s'y remettre, pour des raisons majeures. Alors on la plaignait. C'était dommage! elle qui avait un si beau

talent! On en parla même à Bovary. On lui faisait honte, et surtout le pharmacien :

— Vous avez tort! il ne faut jamais laisser
en friche les facultés de la nature. D'ailleurs,
songez, mon bon ami, qu'en engageant Madame à
étudier, vous économisez pour plus tard sur
l'éducation musicale de votre enfant! Moi, je
trouve que les mères doivent instruire elles-
mêmes leurs enfants. C'est une idée de Rousseau,
peut-être un peu neuve encore, mais qui finira
par triompher, j'en suis sûr, comme l'allaitement
maternel et la vaccination.

Charles revint donc encore une fois sur cette
question du piano. Emma répondit avec aigreur
qu'il valait mieux le vendre. Ce pauvre piano, qui
lui avait causé tant de vaniteuses satisfactions, le
voir s'en aller, c'était pour Mme Bovary comme
l'indéfinissable suicide d'une partie d'elle-
même.

— Si tu voulais..., disait-il, de temps à autre,
une leçon, cela ne serait pas, après tout, extrêmement ruineux.

— Mais les leçons, répliquait-elle, ne sont pro-
fitables que suivies.

Et voilà comme elle s'y prit pour obtenir de
son époux la permission d'aller en ville, une fois
la semaine, voir son amant. On trouva même, au
bout d'un mois, qu'elle avait fait des progrès
considérables.

V

C'était le jeudi. Elle se levait, et elle s'habillait
silencieusement pour ne point éveiller Charles,
qui lui aurait fait des observations sur ce qu'elle
s'apprêtait de trop bonne heure. Ensuite, elle
marchait de long en large; elle se mettait devant
les fenêtres, elle regardait la place. Le petit jour
circulait entre les piliers des halles, et la maison
du pharmacien, dont les volets étaient fermés,
laissait apercevoir dans la couleur pâle de
l'aurore les majuscules de son enseigne.

Quand la pendule marquait sept heures et un
quart, elle s'en allait au *Lion d'Or*, dont Artémise, en bâillant, venait lui ouvrir la porte. Celle-
ci déterrait pour Madame les charbons enfouis
sous les cendres. Emma restait seule dans la cuisine. De temps à autre, elle sortait. Hivert atte-
lait sans se dépêcher, et en écoutant d'ailleurs la
mère Lefrançois, qui, passant par un guichet sa
tête en bonnet de coton, le chargeait de commissions et lui donnait des explications à troubler
un tout autre homme. Emma battait la semelle
de ses bottines contre les pavés de la cour.

Enfin, lorsqu'il avait mangé sa soupe, endossé
sa limousine, allumé sa pipe et empoigné son
fouet, il s'installait tranquillement sur le siège.

L'Hirondelle partait au petit trot, et, durant
trois quarts de lieue, s'arrêtait de place en place

pour prendre des voyageurs, qui la guettaient debout, au bord du chemin, devant la barrière des cours. Ceux qui avaient prévenu la veille se faisaient attendre; quelques-uns même étaient encore au lit dans leur maison; Hivert appelait, criait, sacrait, puis il descendait de son siège et allait frapper de grands coups contre les portes. Le vent soufflait par les vasistas fêlés.

Cependant les quatre banquettes se garnissaient, la voiture roulait, les pommiers à la file se succédaient; et la route, entre ses deux longs fossés pleins d'eau jaune, allait continuellement se rétrécissant vers l'horizon.

Emma la connaissait d'un bout à l'autre; elle savait qu'après un herbage il y avait un poteau, ensuite un orme, une grange ou une cahute de cantonnier; quelquefois même, afin de se faire des surprises, elle fermait les yeux. Mais elle ne perdait jamais le sentiment net de la distance à parcourir.

Enfin les maisons de briques se rapprochaient, la terre résonnait sous les roues, *l'Hirondelle* glissait entre des jardins, où l'on apercevait par une claire-voie, des statues, un vignot, des ifs taillés et une escarpolette. Puis, d'un seul coup d'œil, la ville apparaissait.

Descendant tout en amphithéâtre et noyée dans le brouillard, elle s'élargissait au-delà des ponts, confusément. La pleine campagne remontait ensuite d'un mouvement monotone, jusqu'à toucher au loin la base indécise du ciel pâle. Ainsi vu d'en haut, le paysage tout entier avait l'air immobile comme une peinture; les navires à l'ancre se tassaient dans un coin; le fleuve arrondissait sa courbe au pied des collines vertes, et les îles, de forme oblongue, semblaient sur l'eau de grands poissons noirs arrêtés. Les cheminées des usines poussaient d'immenses panaches bruns qui s'envolaient par le bout. On entendait le ronflement des fonderies avec le carillon clair

des églises qui se dressaient dans la brume. Les
arbres des boulevards, sans feuilles, faisaient des
broussailles violettes au milieu des maisons, et
les toits, tout reluisants de pluie, miroitaient inégalement, selon la hauteur des quartiers. Parfois
un coup de vent emportait les nuages vers la côte
Sainte-Catherine, comme des flots aériens qui se
brisaient en silence contre une falaise.

Quelque chose de vertigineux se dégageait
pour elle de ces existences amassées, et son cœur
s'en gonflait abondamment comme si les cent
vingt mille âmes qui palpitaient là lui eussent
envoyé toutes à la fois la vapeur des passions
qu'elle leur supposait. Son amour s'agrandissait
devant l'espace, et s'emplissait de tumulte aux
bourdonnements vagues qui montaient. Elle le
reversait au-dehors, sur les places, sur les promenades, sur les rues, et la vieille cité normande
s'étalait à ses yeux comme une capitale démesurée, comme une Babylone où elle entrait. Elle se
penchait des deux mains par le vasistas, en
humant la brise; les trois chevaux galopaient, les
pierres grinçaient dans la boue, la diligence se
balançait, et Hivert, de loin, hélait les carrioles
sur la route, tandis que les bourgeois qui avaient
passé la nuit au bois Guillaume descendaient la
côte tranquillement, dans leur petite voiture de
famille.

On s'arrêtait à la barrière; Emma débouclait
ses socques, mettait d'autres gants, rajustait son
châle, et, vingt pas plus loin, elle sortait de
l'Hirondelle.

La ville alors s'éveillait. Des commis, en bonnet grec, frottaient la devanture des boutiques, et
des femmes qui tenaient des paniers sur la
hanche poussaient par intervalles un cri sonore,
au coin des rues. Elle marchait les yeux à terre,
frôlant les murs, et souriant de plaisir sous son
voile noir baissé.

Par peur d'être vue, elle ne prenait pas ordinairement le chemin le plus court. Elle s'engouffrait dans les ruelles sombres, et elle arrivait tout en sueur vers le bas de la rue Nationale, près de la fontaine qui est là. C'est le quartier du théâtre, des estaminets et des filles. Souvent une charrette passait près d'elle, portant quelque décor qui tremblait. Des garçons en tablier versaient du sable sur des dalles, entre des arbustes verts. On sentait l'absinthe, le cigare et les huîtres.

Elle tournait une rue; elle le reconnaissait à sa chevelure frisée qui s'échappait de son chapeau.

Léon, sur le trottoir, continuait à marcher. Elle le suivait jusqu'à l'hôtel; il montait, il ouvrait la porte, il entrait... Quelle étreinte!

Puis les paroles, après les baisers, se précipitaient. On se racontait les chagrins de la semaine, les pressentiments, les inquiétudes pour les lettres; mais à présent tout s'oubliait, et ils se regardaient face à face, avec des rires de volupté et des appellations de tendresse.

Le lit était un grand lit d'acajou en forme de nacelle. Les rideaux de levantine rouge, qui descendaient du plafond, se cintraient trop bas près du chevet évasé; — et rien au monde n'était beau comme sa tête brune et sa peau blanche se détachant sur cette couleur pourpre, quand, par un geste de pudeur, elle fermait ses deux bras nus, en se cachant la figure dans les mains.

Le tiède appartement, avec son tapis discret, ses ornements folâtres et sa lumière tranquille, semblait tout commode pour les intimités de la passion. Les bâtons se terminant en flèche, les patères de cuivre et les grosses boules de chenets reluisaient tout à coup, si le soleil entrait. Il y avait sur la cheminée, entre les candélabres, deux de ces grandes coquilles roses où l'on entend le bruit de la mer quand on les applique à son oreille.

Comme ils aimaient cette bonne chambre pleine de gaieté, malgré sa splendeur un peu fanée! Ils retrouvaient toujours les meubles à leur place, et parfois des épingles à cheveux qu'elle avait oubliées, l'autre jeudi, sous le socle de la pendule. Ils déjeunaient au coin du feu, sur un petit guéridon incrusté de palissandre. Emma découpait, lui mettait les morceaux dans son assiette, en débitant toutes sortes de chatteries; et elle riait d'un rire sonore et libertin quand la mousse du vin de Champagne débordait du verre léger sur les bagues de ses doigts. Ils étaient si complètement perdus en la possession d'eux-mêmes, qu'ils se croyaient là dans leur maison particulière, et devant y vivre jusqu'à la mort, comme deux éternels jeunes époux. Ils disaient « notre chambre, notre tapis, nos fauteuils », même elle disait « mes pantoufles », un cadeau de Léon, une fantaisie qu'elle avait eue. C'étaient des pantoufles en satin rose, bordées de cygne. Quand elle s'asseyait sur ses genoux, sa jambe, alors trop courte, pendait en l'air, et la mignarde chaussure, qui n'avait pas de quartier, tenait seulement par les orteils à son pied nu.

Il savourait pour la première fois l'inexprimable délicatesse des élégances féminines. Jamais il n'avait rencontré cette grâce de langage, cette réserve du vêtement, ces poses de colombe assoupie. Il admirait l'exaltation de son âme et les dentelles de sa jupe. D'ailleurs, n'était-ce pas *une femme du monde*, et une femme mariée! une vraie maîtresse enfin?

Par la diversité de son humeur, tour à tour mystique ou joyeuse, babillarde, taciturne, emportée, nonchalante, elle allait rappelant en lui mille désirs, évoquant des instincts ou des réminiscences. Elle était l'amoureuse de tous les romans, l'héroïne de tous les drames, le vague *elle* de tous les volumes de vers. Il retrouvait sur ses épaules la couleur ambrée de *l'odalisque au bain*;

elle avait le corsage long des châtelaines féo-
dales; elle ressemblait aussi à la *femme pâle de
Barcelone*, mais elle était par-dessus tout Ange!

Souvent, en la regardant, il lui semblait que
son âme, s'échappant vers elle, se répandait
comme une onde sur le contour de sa tête, et
descendait entraînée dans la blancheur de sa poitrine.

Il se mettait par terre, devant elle; et, les deux
coudes sur ses genoux, il la considérait avec un
sourire, et le front tendu.

Elle se penchait vers lui, et murmurait, comme
suffoquée d'enivrement :

— Oh! ne bouge pas! ne parle pas! regarde-
moi! Il sort de tes yeux quelque chose de si doux,
qui me fait tant de bien!

Elle l'appelait « enfant » :

— Enfant, m'aimes-tu?

Et elle n'entendait guère sa réponse, dans la
précipitation de ses lèvres qui lui montaient à la
bouche.

Il y avait sur la pendule un petit Cupidon de
bronze, qui minaudait en arrondissant les bras
sous une guirlande dorée. Ils en rirent bien des
fois; mais, quand il fallait se séparer, tout leur
semblait sérieux.

Immobiles l'un devant l'autre, ils se répétaient :

— A jeudi!... à jeudi!

Tout à coup elle lui prenait la tête dans les
deux mains, le baisait vite au front en s'écriant :
« Adieu! » et s'élançait dans l'escalier.

Elle allait rue de la Comédie, chez un coiffeur,
se faire arranger ses bandeaux. La nuit tombait;
on allumait le gaz dans la boutique.

Elle entendait la clochette du théâtre qui appelait les cabotins à la représentation; et elle
voyait, en face, passer des hommes à figure
blanche et des femmes en toilette fanée, qui
entraient par la porte des coulisses.

Il faisait chaud dans ce petit appartement trop bas, où le poêle bourdonnait au milieu des perruques et des pommades. L'odeur des fers, avec ces mains grasses qui lui maniaient la tête, ne tardait pas à l'étourdir, et elle s'endormait un peu sous son peignoir. Souvent le garçon, en la coiffant, lui proposait des billets pour le bal masqué.

Puis elle s'en allait! Elle remontait les rues; elle arrivait à la *Croix rouge;* elle reprenait ses socques, qu'elle avait cachés le matin sous une banquette, et se tassait à sa place, parmi les voyageurs impatientés. Quelques-uns descendaient au bas de la côte. Elle restait seule dans la voiture.

A chaque tournant, on apercevait de plus en plus tous les éclairages de la ville qui faisaient une large vapeur lumineuse au-dessus des maisons confondues. Emma se mettait à genoux sur les coussins, et elle égarait ses yeux dans cet éblouissement. Elle sanglotait, appelait Léon, et lui envoyait des paroles tendres, et des baisers qui se perdaient au vent.

Il y avait dans la côte un pauvre diable vagabondant avec son bâton, tout au milieu des diligences. Un amas de guenilles lui recouvrait les épaules et un vieux castor défoncé, s'arrondissant en cuvette, lui cachait la figure; mais, quand il le retirait, il découvrait, à la place des paupières, deux orbites béantes tout ensanglantées. La chair s'effiloquait par lambeaux rouges; et il en coulait des liquides qui se figeaient en gales vertes jusqu'au nez, dont les narines noires reniflaient convulsivement. Pour vous parler, il se renversait la tête avec un rire idiot; alors ses prunelles bleuâtres, roulant d'un mouvement continu, allaient se cogner, vers les tempes, sur le bord de la plaie vive.

Il chantait une petite chanson en suivant les voitures :

Souvent la chaleur d'un beau jour
Fait rêver fillette à l'amour.

Et il y avait dans tout le reste des oiseaux, du soleil et du feuillage.

Quelquefois, il apparaissait tout à coup derrière Emma, tête nue. Elle se retirait avec un cri. Hivert venait le plaisanter. Il l'engageait à prendre une baraque à la foire Saint-Romain, ou bien lui demandait, en riant, comment se portait sa bonne amie.

Souvent on était en marche, lorsque son chapeau, d'un mouvement brusque, entrait dans la diligence par le vasistas, tandis qu'il se cramponnait de l'autre bras sur le marchepied, entre l'éclaboussure des roues. Sa voix, faible d'abord et vagissante, devenait aiguë. Elle se traînait dans la nuit, comme l'indistincte lamentation d'une vague détresse; et à travers la sonnerie des grelots, le murmure des arbres et le ronflement de la boîte creuse, elle avait quelque chose de lointain qui bouleversait Emma. Cela lui descendait au fond de l'âme comme un tourbillon dans un abîme, et l'emportait parmi les espaces d'une mélancolie sans bornes. Mais Hivert, qui s'apercevait d'un contrepoids, allongeait à l'aveugle de grands coups avec son fouet. La mèche le cinglait sur ses plaies, et il tombait dans la boue en poussant un hurlement.

Puis les voyageurs de *l'Hirondelle* finissaient par s'endormir, les uns la bouche ouverte, les autres le menton baissé, s'appuyant sur l'épaule de leur voisin, ou bien le bras passé dans la courroie, tout en oscillant régulièrement au branle de la voiture; et le reflet de la lanterne qui se balançait en dehors, sur la croupe des limoniers, pénétrant dans l'intérieur par les rideaux de calicot chocolat, posait des ombres sanguinolentes sur tous ces individus immobiles. Emma, ivre de tristesse, grelottait sous ses vêtements, et se sentait de plus en plus froid aux pieds, avec la mort dans l'âme.

Charles, à la maison, l'attendait; *l'Hirondelle* était toujours en retard le jeudi. Madame arrivait enfin! à peine si elle embrassait la petite. Le dîner n'était pas prêt, n'importe! elle excusait la cuisinière. Tout maintenant semblait permis à cette fille.

Souvent son mari, remarquant sa pâleur, lui demandait si elle ne se trouvait point malade.

— Non, disait Emma.

— Mais, répliquait-il, tu es toute drôle ce soir?

— Eh! ce n'est rien! ce n'est rien!

Il y avait même des jours où, à peine rentrée, elle montait dans sa chambre; et Justin, qui se trouvait là, circulait à pas muets, plus ingénieux à la servir qu'une excellente camériste. Il plaçait les allumettes, le bougeoir, un livre, disposait sa camisole, ouvrait les draps.

— Allons, disait-elle, c'est bien, va-t'en.

Car il restait debout, les mains pendantes et les yeux ouverts, comme enlacé dans les fils innombrables d'une rêverie soudaine.

La journée du lendemain était affreuse, et les suivantes étaient plus intolérables encore par l'impatience qu'avait Emma de ressaisir son bonheur, — convoitise âpre, enflammée d'images connues, et qui, le septième jour, éclatait tout à l'aise dans les caresses de Léon. Ses ardeurs, à lui, se cachaient sous des expansions d'émerveillement et de reconnaissance. Emma goûtait cet amour d'une façon discrète et absorbée, l'entretenait par tous les artifices de sa tendresse, et tremblait un peu qu'il ne se perdît plus tard.

Souvent elle lui disait, avec des douceurs de voix mélancolique :

— Ah! tu me quitteras, toi!... tu te marieras!... tu seras comme les autres.

Il demandait :

— Quels autres?

— Mais les hommes, enfin, répondait-elle.

Puis, elle ajoutait en le repoussant d'un geste langoureux :

— Vous êtes tous des infâmes!

Un jour qu'ils causaient philosophiquement des désillusions terrestres, elle vint à dire (pour expérimenter sa jalousie, ou cédant peut-être à un besoin d'épanchement trop fort) qu'autrefois, avant lui, elle avait aimé quelqu'un, « pas comme toi! » reprit-elle vite, protestant sur la tête de sa fille *qu'il ne s'était rien passé*.

Le jeune homme la crut, et néanmoins la questionna pour savoir ce qu'*il* faisait.

— Il était capitaine de vaisseau, mon ami.

N'était-ce pas prévenir toute recherche, et en même temps se poser très haut, par cette prétendue fascination exercée sur un homme qui devait être de nature belliqueuse et accoutumé à des hommages?

Le clerc sentit alors l'infimité de sa position; il envia des épaulettes, des croix, des titres. Tout cela devait lui plaire : il s'en doutait à ses habitudes dispendieuses.

Cependant Emma taisait quantité de ses extravagances, telle que l'envie d'avoir, pour l'amener à Rouen, un tilbury bleu, attelé d'un cheval anglais, et conduit par un groom en bottes à revers. C'était Justin qui lui en avait inspiré le caprice, en la suppliant de le prendre chez elle comme valet de chambre; et, si cette privation n'atténuait pas à chaque rendez-vous le plaisir de l'arrivée, elle augmentait certainement l'amertume du retour

Souvent, lorsqu'ils parlaient ensemble de Paris, elle finissait par murmurer :

— Ah! que nous serions bien là pour vivre!

— Ne sommes-nous pas heureux? reprenait

doucement le jeune homme, en lui passant la main sur ses bandeaux.

— Oui, c'est vrai, disait-elle, je suis folle; embrasse-moi!

Elle était pour son mari plus charmante que jamais, lui faisait des crèmes à la pistache et jouait des valses après dîner. Il se trouvait donc le plus fortuné des mortels, et Emma vivait sans inquiétude, lorsqu'un soir, tout à coup :

— C'est Mlle Lempereur, n'est-ce pas, qui te donne des leçons?

— Oui.

— Eh bien, je l'ai vue tantôt, reprit Charles, chez Mme Liégeard. Je lui ai parlé de toi; elle ne te connaît pas.

Ce fut comme un coup de foudre. Cependant elle répliqua d'un air naturel :

— Ah! sans doute, elle aura oublié mon nom!

— Mais il y a peut-être à Rouen, dit le médecin, plusieurs demoiselles Lempereur qui sont maîtresses de piano?

— C'est possible!

Puis, vivement :

— J'ai pourtant ses reçus, tiens! regarde.

Et elle alla au secrétaire, fouilla tous les tiroirs, confondit tous les papiers et finit si bien par perdre la tête, que Charles l'engagea fort à ne point se donner tant de mal pour ces misérables quittances.

— Oh! je les trouverai, dit-elle.

En effet, dès le vendredi suivant, Charles, en passant une de ses bottes dans le cabinet noir où l'on serrait ses habits, sentit une feuille de papier entre le cuir et sa chaussette, il la prit et lut :

« Reçu, pour trois mois de leçons, plus diverses fournitures, la somme de soixante-cinq francs.

« FÉLICIE LEMPEREUR

« Professeur de musique. »

— Comment diable est-ce dans mes bottes?

— Ce sera, sans doute, répondit-elle, tombé du vieux carton aux factures, qui est sur le bord de la planche.

À partir de ce moment, son existence ne fut plus qu'un assemblage de mensonges, où elle enveloppait son amour comme dans des voiles, pour le cacher.

C'était un besoin, une manie, un plaisir, au point que, si elle disait avoir passé, hier, par le côté droit d'une rue, il fallait croire qu'elle avait pris par le côté gauche.

Un matin qu'elle venait de partir, selon sa coutume, assez légèrement vêtue, il tomba de la neige tout à coup; et comme Charles regardait le temps à la fenêtre, il aperçut M. Bournisien dans le *boc* du sieur Tuvache qui le conduisait à Rouen. Alors il descendit confier à l'ecclésiastique un gros châle pour qu'il le remît à Madame, sitôt qu'il arriverait à la *Croix rouge*. A peine fut-il à l'auberge que Bournisien demanda où était la femme du médecin d'Yonville. L'hôtelière répondit qu'elle fréquentait fort peu son établissement. Aussi, le soir, en reconnaissant Mme Bovary dans *l'Hirondelle*, le curé lui conta son embarras, sans paraître, du reste, y attacher de l'importance; car il entama l'éloge d'un prédicateur qui pour lors faisait merveille à la cathédrale, et que toutes les dames couraient entendre.

N'importe, s'il n'avait point demandé d'explications, d'autres plus tard pourraient se montrer moins discrets. Aussi jugea-t-elle utile de descendre chaque fois à la *Croix rouge*, de sorte que les bonnes gens de son village qui la voyaient dans l'escalier ne se doutaient de rien.

Un jour pourtant, M. Lheureux la rencontra qui sortait de l'*Hôtel de Boulogne* au bras de Léon; et elle eut peur, s'imaginant qu'il bavarderait. Il n'était pas si bête.

Mais, trois jours après, il entra dans sa chambre, ferma la porte et dit :

— J'aurais besoin d'argent.

Elle déclara ne pouvoir lui en donner. Lheureux se répandit en gémissements, et rappela toutes les complaisances qu'il avait eues.

En effet, des deux billets souscrits par Charles, Emma jusqu'à présent n'en avait payé qu'un seul. Quant au second, le marchand, sur sa prière, avait consenti à le remplacer par deux autres, qui même avaient été renouvelés à une fort longue échéance. Puis il tira de sa poche une liste de fournitures non soldées, à savoir : les rideaux, le tapis, l'étoffe pour les fauteuils, plusieurs robes et divers articles de toilette, dont la valeur se montait à la somme de deux mille francs environ.

Elle baissa la tête; il reprit :

— Mais, si vous n'avez pas d'espèces, vous avez *du bien*.

Et il indiqua une méchante masure sise à Barneville, près d'Aumale, qui ne rapportait pas grand-chose. Cela dépendait autrefois d'une petite ferme vendue par M. Bovary père, car Lheureux savait tout, jusqu'à la contenance d'hectares, avec le nom des voisins.

— Moi, à votre place, disait-il, je me libérerais, et j'aurais encore le surplus de l'argent.

Elle objecta la difficulté d'un acquéreur; il donna l'espoir d'en trouver; mais elle demanda comment faire pour qu'elle pût vendre.

— N'avez-vous pas la procuration? répondit-il.

Ce mot lui arriva comme une bouffée d'air frais.

— Laissez-moi la note, dit Emma.

— Oh! ce n'est pas la peine! reprit Lheureux.

Il revint la semaine suivante, et se vanta d'avoir, après force démarches, fini par décou-

vrir un certain Langlois qui, depuis longtemps,
guignait la propriété sans faire connaître son
prix.

— N'importe le prix! s'écria-t-elle.

Il fallait attendre, au contraire, tâter ce gail-
lard-là. La chose valait la peine d'un voyage, et,
comme elle ne pouvait faire ce voyage, il offrit de
se rendre sur les lieux, pour s'aboucher avec Langlois. Une fois revenu, il annonça que l'acquéreur
proposait quatre mille francs.

Emma s'épanouit à cette nouvelle.

— Franchement, ajouta-t-il, c'est bien payé.

Elle toucha la moitié de la somme immédiatement, et, quand elle fut pour solder son
mémoire, le marchand lui dit :

— Cela me fait de la peine, parole d'honneur,
de vous voir vous dessaisir tout d'un coup d'une
somme aussi *conséquente* que celle-là.

Alors elle regarda les billets de banque, et,
rêvant au nombre illimité de rendez-vous que ces
deux mille francs représentaient :

— Comment! comment! balbutia-t-elle.

— Oh! reprit-il en riant d'un air bonhomme,
on met tout ce que l'on veut sur les factures. Est-
ce que je ne connais pas les menages?

Et il la considérait fixement, tout en tenant à
sa main deux longs papiers qu'il faisait glisser
entre ses ongles. Enfin, ouvrant son portefeuille,
il étala sur la table quatre billets à ordre, de
mille francs chacun.

— Signez-moi cela, dit-il, et gardez tout.

Elle se récria, scandalisée.

— Mais si je vous donne le surplus, répondit
effrontément M. Lheureux, n'est-ce pas vous
rendre service, à vous?

Et, prenant une plume, il écrivit au bas du
mémoire : « Reçu de Mme Bovary quatre mille
francs. »

— Qui vous inquiète, puisque vous toucherez
dans six mois l'arriéré de votre baraque, et que

je vous place l'échéance du dernier billet pour
après le payement?

Emma s'embarrassait un peu dans ses calculs,
et les oreilles lui tintaient comme si des pièces
d'or, s'éventrant de leurs sacs, eussent sonné tout
autour d'elle sur le parquet. Enfin Lheureux
expliqua qu'il avait un sien ami Vinçart, banquier à Rouen, lequel allait escompter ces quatre
billets, puis il remettrait lui-même à Madame le
surplus de la dette réelle.

Mais, au lieu de deux mille francs, il n'en apporta que dix-huit cents, car l'ami Vinçart
(comme *de juste*) en avait prélevé deux cents,
pour frais de commission et d'escompte.

Puis il réclama négligemment une quittance.

— Vous comprenez..., dans le commerce...,
quelquefois... Et avec la date, s'il vous plaît, la
date.

Un horizon de fantaisies réalisables s'ouvrit
alors devant Emma. Elle eut assez de prudence
pour mettre en réserve mille écus, avec quoi
furent payés, lorsqu'ils échurent, les trois premiers billets; mais le quatrième, par hasard,
tomba dans la maison un jeudi, et Charles, bouleversé, attendit patiemment le retour de sa
femme pour avoir des explications.

Si elle ne l'avait point instruit de ce billet,
c'était afin de lui épargner des tracas domestiques; elle s'assit sur ses genoux, le caressa, rou-
coula, fit une longue énumération de toutes les
choses indispensables prises à crédit.

— Enfin, tu conviendras que, vu la quantité,
ce n'est pas trop cher.

Charles, à bout d'idées, bientôt eut recours à
l'éternel Lheureux, qui jura de calmer les choses,
si Monsieur lui signait deux billets, dont l'un de
sept cents francs, payable dans trois mois. Pour
se mettre en mesure, il écrivit à sa mère une
lettre pathétique. Au lieu d'envoyer la réponse,

elle vint elle-même; et, quand Emma voulut savoir s'il en avait tiré quelque chose :

— Oui, répondit-il. Mais elle demande à connaître la facture.

Le lendemain, au point du jour, Emma courut chez M. Lheureux le prier de refaire une autre note, qui ne dépassât point mille francs; car pour montrer celle de quatre mille, il eût fallu dire qu'elle en avait payé les deux tiers, avouer conséquemment la vente de l'immeuble, négociation bien conduite par le marchand, et qui ne fut effectivement connue que plus tard.

Malgré le prix très bas de chaque article, Mme Bovary mère ne manqua point de trouver la dépense exagérée.

— Ne pouvait-on se passer d'un tapis? Pourquoi avoir renouvelé l'étoffe des fauteuils? De mon temps, on avait dans une maison un seul fauteuil, pour les personnes âgées, — du moins, c'était comme cela chez ma mère, qui était une honnête femme, je vous assure. — Tout le monde ne peut être riche! Aucune fortune ne tient contre le coulage! Je rougirais de me dorloter comme vous faites! et pourtant, moi, je suis vieille, j'ai besoin de soins... En voilà! en voilà, des ajustements, des flaflas! Comment, de la soie pour doublure, à deux francs!... tandis qu'on trouve du jaconas à dix sous, et même à huit sous, qui fait parfaitement l'affaire.

Emma, renversée sur la causeuse, répliquait le plus tranquillement possible :

— Eh! madame, assez! assez!...

L'autre continuait à la sermonner, prédisant qu'ils finiraient à l'hôpital. D'ailleurs, c'était la faute de Bovary. Heureusement qu'il avait promis d'anéantir cette procuration...

— Comment?

— Ah! il me l'a juré, reprit la bonne femme.

Emma ouvrit la fenêtre, appela Charles, et le

pauvre garçon fut contraint d'avouer la parole arrachée par sa mère.

Emma disparut, puis rentra vite en lui tendant majestueusement une grosse feuille de papier.

— Je vous remercie, dit la vieille femme.

Et elle jeta dans le feu la procuration.

Emma se mit à rire d'un rire strident, éclatant, continu : elle avait une attaque de nerfs.

— Ah! mon Dieu! s'écria Charles. Eh! tu as tort aussi, toi! tu viens lui faire des scènes!...

Sa mère, en haussant les épaules, prétendait que *tout cela c'étaient des gestes.*

Mais Charles, pour la première fois se révoltant, prit la défense de sa femme, si bien que Mme Bovary mère voulut s'en aller. Elle partit dès le lendemain, et, sur le seuil, comme il essayait à la retenir, elle répliqua :

— Non, non! Tu l'aimes mieux que moi, et tu as raison, c'est dans l'ordre. Au reste, tant pis! tu verras!... Bonne santé... car je ne suis pas près, comme du dis, de venir lui faire des scènes.

Charles n'en resta pas moins fort penaud vis-à-vis d'Emma, celle-ci ne cachant point la rancune qu'elle lui gardait pour avoir manqué de confiance; il fallut bien des prières avant qu'elle consentît à reprendre sa procuration, et même il l'accompagna chez M. Guillaumin pour lui en faire faire une seconde, toute pareille.

— Je comprends cela, dit le notaire, un homme de science ne peut s'embarrasser aux détails pratiques de la vie.

Et Charles se sentit soulagé par cette réflexion pateline, qui donnait à sa faiblesse les apparences flatteuses d'une préoccupation supérieure.

Quel débordement, le jeudi d'après, à l'hôtel, dans leur chambre, avec Léon! Elle rit, pleura, chanta, dansa, fit monter des sorbets, voulut fumer des cigarettes, lui parut extravagante, mais adorable, superbe.

Il ne savait pas quelle réaction de tout son être la poussait davantage à se précipiter sur les jouissances de la vie. Elle devenait irritable, gourmande, et voluptueuse; et elle se promenait avec lui dans les rues, tête haute, sans peur, disait-elle, de se compromettre. Parfois, cependant, Emma tressaillait à l'idée soudaine de rencontrer Rodolphe; car il lui semblait, bien qu'ils fussent séparés pour toujours, qu'elle n'était pas complètement affranchie de sa dépendance.

Un soir, elle ne rentra point à Yonville. Charles en perdait la tête, et la petite Berthe, ne voulant pas se coucher sans sa maman, sanglotait à se rompre la poitrine. Justin était parti au hasard sur la route. M. Homais en avait quitté sa pharmacie.

Enfin, à onze heures, n'y tenant plus, Charles attela son *boc*, sauta dedans, fouetta sa bête et arriva à deux heures du matin à la *Croix rouge*. Personne. Il pensa que le clerc peut-être l'avait vue; mais où demeurait-il? Charles, heureusement, se rappela l'adresse de son patron. Il y courut.

Le jour commençait à paraître. Il distingua des panonceaux au-dessus d'une porte; il frappa. Quelqu'un, sans ouvrir, lui cria le renseignement demandé, tout en ajoutant force injures contre ceux qui dérangeaient le monde pendant la nuit.

La maison que le clerc habitait n'avait ni sonnette, ni marteau, ni portier. Charles donna de grands coups de poing contre les auvents. Un agent de police vint à passer; alors il eut peur et s'en alla.

— Je suis fou, se disait-il; sans doute on l'aura retenue à dîner chez M. Lormeaux.

La famille Lormeaux n'habitait plus Rouen.

— Elle sera restée à soigner Mme Dubreuil. Eh! Mme Dubreuil est morte depuis dix mois!... Où est-elle donc?

Une idée lui vint. Il demanda, dans un café,

l'*Annuaire,* et chercha vite le nom de Mlle Lempereur, qui demeurait rue de la Renelle-des-Maroquiniers, n° 74.

Comme il entrait dans cette rue, Emma parut elle-même à l'autre bout; il se jeta sur elle plutôt qu'il ne l'embrassa, en s'écriant :

— Qui t'a retenue, hier?

— J'ai été malade.

— Et de quoi?... Où?... Comment?...

Elle se passa la main sur le front, et répondit :

— Chez Mlle Lempereur.

— J'en étais sûr! J'y allais.

— Oh! ce n'est pas la peine, dit Emma. Elle vient de sortir tout à l'heure; mais, à l'avenir, tranquillise-toi. Je ne suis pas libre, tu comprends, si je sais que le moindre retard te bouleverse ainsi.

C'était une manière de permission qu'elle se donnait de ne point se gêner dans ses escapades. Aussi en profita-t-elle tout à son aise, largement. Lorsque l'envie la prenait de voir Léon, elle partait sous n'importe quel prétexte, et comme il ne l'attendait pas ce jour-là, elle allait le chercher à son étude.

Ce fut un grand bonheur les premières fois; mais bientôt il ne cacha plus la vérité, à savoir : que son patron se plaignait fort de ces dérangements.

— Ah bah! viens donc, disait-elle.

Et il s'esquivait.

Elle voulut qu'il se vêtît tout en noir et se laissât pousser une pointe au menton, pour ressembler aux portraits de Louis XIII. Elle désira connaître son logement, le trouva médiocre; il en rougit, elle n'y prit garde, puis lui conseilla d'acheter des rideaux pareils aux siens, et comme il objectait la dépense :

— Ah! ah! tu tiens à tes petits écus! dit-elle en riant.

Il fallait que Léon, chaque fois, lui racontât toute sa conduite, depuis le dernier rendez-vous. Elle demanda des vers, des vers pour elle, *une pièce d'amour* en son honneur; jamais il ne put parvenir à trouver la rime du second vers, et il finit par copier un sonnet dans un keepsake.

Ce fut moins par vanité que dans le seul but de lui complaire. Il ne discutait pas ses idées; il acceptait tous ses goûts; il devenait sa maîtresse plutôt qu'elle n'était la sienne. Elle avait des paroles tendres avec des baisers qui lui emportaient l'âme. Où donc avait-elle appris cette corruption, presque immatérielle à force d'être profonde et dissimulée?

VI

Dans les voyages qu'il faisait pour la voir, Léon souvent avait dîné chez le pharmacien, et s'était cru contraint, par politesse, de l'inviter à son tour.

— Volontiers! avait répondu M. Homais; il faut, d'ailleurs, que je me retrempe un peu, car je m'encroûte ici. Nous irons au spectacle, au restaurant, nous ferons des folies!

— Ah! bon ami! murmura tendrement Mme Homais, effrayée des périls vagues qu'il se disposait à courir.

— Eh bien, quoi? tu trouves que je ne ruine pas assez ma santé à vivre parmi les émanations continuelles de la pharmacie! Voilà, du reste, le caractère des femmes: elles sont jalouses de la Science, puis s'opposent à ce que l'on prenne les plus légitimes distractions. N'importe, comptez sur moi; un de ces jours, je tombe à Rouen et nous ferons sauter ensemble les *monacos*.

L'apothicaire, autrefois, se fût bien gardé d'une telle expression; mais il donnait maintenant dans un genre folâtre et parisien qu'il trouvait du meilleur goût, et comme Mme Bovary, sa voisine, il interrogeait le clerc curieusement sur les mœurs de la capitale; même il parlait argot afin d'éblouir... les bourgeois, disant *turne*, *bazar, chicard, chicandard, Breda-street* et *Je me la casse*, pour: Je m'en vais.

Donc, un jeudi, Emma fut surprise de rencontrer, dans la cuisine du *Lion d'Or*, M. Homais en costume de voyageur; c'est-à-dire couvert d'un vieux manteau qu'on ne lui connaissait pas, tandis qu'il portait d'une main une valise, et, de l'autre, la chancelière de son établissement. Il n'avait confié son projet à personne, dans la crainte d'inquiéter le public par son absence.

L'idée de revoir les lieux où s'était passée sa jeunesse l'exaltait sans doute, car tout le long du chemin il n'arrêta pas de discourir; puis, à peine arrivé, il sauta vivement de la voiture pour se mettre en quête de Léon; et le clerc eut beau se débattre, M. Homais l'entraîna vers le grand *Café de Normandie,* où il entra majestueusement, sans retirer son chapeau, estimant fort provincial de se découvrir dans un endroit public.

Emma attendit Léon trois quarts d'heure. Enfin elle courut à son étude, et, perdue dans toutes sortes de conjectures, l'accusant d'indifférence et se reprochant à elle-même sa faiblesse, elle passa l'après-midi le front collé contre les carreaux.

Ils étaient encore, à deux heures, attablés l'un devant l'autre. La grande salle se vidait; le tuyau du poêle, en forme de palmier, arrondissait au plafond blanc sa gerbe dorée; et près d'eux, derrière le vitrage, en plein soleil, un petit jet d'eau gargouillait dans un bassin de marbre où, parmi du cresson et des asperges, trois homards engourdis s'allongeaient jusqu'à des cailles, toutes couchées en pile, sur le flanc.

Homais se délectait. Quoiqu'il se grisât de luxe encore plus que de bonne chère, le vin de Pomard, cependant, lui excitait un peu les facultés, et, lorsque apparut l'omelette au rhum, il exposa sur les femmes des théories immorales. Ce qui le séduisait par-dessus tout, c'était le *chic.* Il adorait une toilette élégante dans un apparte-

ment bien meublé, et, quant aux qualités corpo-
relles, ne détestait pas le *morceau*.

Léon contemplait la pendule avec désespoir.
L'apothicaire buvait, mangeait, parlait.

— Vous devez être, dit-il tout à coup, bien
privé à Rouen. Du reste, vos amours ne logent
pas loin.

Et, comme l'autre rougissait :

— Allons, soyez franc! Nierez-vous qu'à Yonville...?

Le jeune homme balbutia.

— Chez Mme Bovary, vous ne courtisiez
point...?

— Et qui donc?

— La bonne!

Il ne plaisantait pas; mais, la vanité l'emportant sur toute prudence, Léon, malgré lui, se récria. D'ailleurs il n'aimait que les femmes brunes.

— Je vous approuve, dit le pharmacien; elles
ont plus de tempérament.

Et, se penchant à l'oreille de son ami, il indiqua les symptômes auxquels on reconnaissait
qu'une femme avait du tempérament. Il se lança
même dans une digression ethnographique;
l'Allemande était vaporeuse, la Française liber-
tine, l'Italienne passionnée.

— Et les négresses? demanda le clerc.

— C'est un goût d'artiste, dit Homais. — Garçon! deux demi-tasses!

— Partons-nous? reprit à la fin Léon s'impa-
tientant.

— *Yes.*

Mais il voulut, avant de s'en aller, voir le
maître de l'établissement et lui adressa quelques
félicitations.

Alors le jeune homme, pour être seul, allégua
qu'il avait affaire.

— Ah! je vous escorte! dit Homais.

Et, tout en descendant les rues avec lui, il parlait de sa femme, de ses enfants, de leur avenir et

de sa pharmacie, racontait en quelle décadence elle était autrefois, et le point de perfection où il l'avait montée.

Arrivé devant l'*Hôtel de Boulogne,* Léon le quitta brusquement, escalada l'escalier, et trouva sa maîtresse en grand émoi.

Au nom du pharmacien, elle s'emporta. Cependant, il accumulait de bonnes raisons; ce n'était pas sa faute, ne connaissait-elle pas M. Homais? pouvait-elle croire qu'il préférât sa compagnie? Mais elle se détournait; il la retint, et, s'affaissant sur les genoux, il lui entoura la taille de ses deux bras, dans une pose langoureuse toute pleine de concupiscence et de supplication.

Elle était debout; ses grands yeux enflammés le regardaient sérieusement et presque d'une façon terrible. Puis des larmes les obscurcirent, ses paupières roses s'abaissèrent, elle abandonna ses mains, et Léon les portait à sa bouche lorsque parut un domestique, avertissant Monsieur qu'on le demandait.

— Tu vas revenir? dit-elle.
— Oui.
— Mais quand?
— Tout à l'heure.

— C'est un *truc,* dit le pharmacien en apercevant Léon. J'ai voulu interrompre cette visite qui me paraissait vous contrarier. Allons chez Bridoux prendre un verre de garus.

Léon jura qu'il lui fallait retourner à son étude. Alors l'apothicaire fit des plaisanteries sur les paperasses, la procédure.

— Laissez donc un peu Cujas et Barthole, que diable! Qui vous empêche? Soyez un brave! Allons chez Bridoux; vous verrez son chien. C'est très curieux.

Et comme le clerc s'obstinait toujours :

— J'y vais aussi. Je lirai le journal en vous attendant, ou je feuilletterai un Code.

Léon, étourdi par la colère d'Emma, le bavar-

dage de M. Homais et peut-être les pesanteurs du
déjeuner, restait indécis et comme sous la fascination du pharmacien qui répétait :

— Allons chez Bridoux! c'est à deux pas, rue
Malpalu.

Alors, par lâcheté, par bêtise, par cet inquali-
fiable sentiment qui nous entraîne aux actions
les plus antipathiques, il se laissa conduire chez
Bridoux; et ils le trouvèrent dans sa petite cour,
surveillant trois garçons qui haletaient à tourner
la grande roue d'une machine pour faire de l'eau
de Seltz. Homais leur donna des conseils; il
embrassa Bridoux; on prit le garus. Vingt fois
Léon voulut s'en aller; mais l'autre l'arrêtait par
le bras en lui disant :

— Tout à l'heure! je sors. Nous irons au
Fanal de Rouen, voir ces messieurs. Je vous pré-
senterai à Thomassin.

Il s'en débarrassa pourtant et courut d'un
bond jusqu'à l'hôtel. Emma n'y était plus.

Elle venait de partir, exaspérée. Elle le détestait maintenant. Ce manque de parole au rendez-
vous lui semblait un outrage, et elle cherchait
encore d'autres raisons pour s'en détacher : il
était incapable d'héroïsme, faible, banal, plus
mou qu'une femme, avare d'ailleurs et pusillanime.

Puis, se calmant, elle finit par découvrir
qu'elle l'avait sans doute calomnié. Mais le
dénigrement de ceux que nous aimons toujours
nous en détache quelque peu. Il ne faut pas toucher aux idoles : la dorure en reste aux mains.

Ils en vinrent à parler plus souvent de choses
indifférentes à leur amour; et dans les lettres
qu'Emma lui envoyait, il était question de fleurs,
de vers, de la lune et des étoiles, ressources
naïves d'une passion affaiblie, qui essayait de
s'aviver à tous les secours extérieurs. Elle se promettait continuellement, pour son prochain

voyage, une félicité profonde, puis elle s'avouait ne rien sentir d'extraordinaire. Cette déception s'effaçait vite sous un espoir nouveau, et Emma revenait à lui plus enflammée, plus avide. Elle se déshabillait brutalement, arrachant le lacet mince de son corset, qui sifflait autour de ses hanches comme une couleuvre qui glisse. Elle allait sur la pointe de ses pieds nus regarder encore une fois si la porte était fermée, puis elle faisait d'un seul geste tomber ensemble tous ses vêtements; — et, pâle, sans parler, sérieuse, elle s'abattait contre sa poitrine, avec un long frisson.

Cependant, il y avait sur ce front couvert de gouttes froides, sur ces lèvres balbutiantes, dans ces prunelles égarées, dans l'étreinte de ces bras, quelque chose d'extrême, de vague et de lugubre, qui semblait à Léon se glisser entre eux, subtilement, comme pour les séparer.

Il n'osait lui faire des questions; mais, la discernant si expérimentée, elle avait dû passer, se disait-il, par toutes les épreuves de la souffrance et du plaisir. Ce qui le charmait autrefois l'effrayait un peu maintenant. D'ailleurs, il se révoltait contre l'absorption, chaque jour plus grande, de sa personnalité. Il en voulait à Emma de cette victoire permanente. Il s'efforçait même à ne pas la chérir; puis, au craquement de ses bottines, il se sentait lâche, comme les ivrognes à la vue des liqueurs fortes.

Elle ne manquait point, il est vrai, de lui prodiguer toutes sortes d'attentions, depuis les recherches de table jusqu'aux coquetteries du costume et aux langueurs du regard. Elle apportait d'Yonville des roses dans son sein, qu'elle lui jetait à la figure, montrait des inquiétudes pour sa santé, lui donnait des conseils sur sa conduite, et, afin de le retenir davantage, espérant que le ciel peut-être s'en mêlerait, elle lui passa autour du cou une médaille de la Vierge. Elle s'infor-

mait, comme une mère vertueuse, de ses camarades. Elle lui disait :

— Ne les vois pas, ne sors pas, ne pense qu'à
nous ; aime-moi !

Elle aurait voulu pouvoir surveiller sa vie, et
l'idée lui vint de le faire suivre dans les rues. Il y
avait toujours, près de l'hôtel, une sorte de vaga-
bond qui accostait les voyageurs et qui ne refuse-
rait pas... Mais sa fierté se révolta.

— Eh ! tant pis ! qu'il me trompe, que
m'importe ! est-ce que j'y tiens ?

Un jour qu'ils s'étaient quittés de bonne heure,
et qu'elle s'en revenait seule par le boulevard,
elle aperçut les murs de son couvent ; alors elle
s'assit sur un banc, à l'ombre des ormes. Quel
calme dans ce temps-là ! Comme elle enviait les
ineffables sentiments d'amour qu'elle tâchait,
d'après des livres, de se figurer !

Les premiers mois de son mariage, ses promenades à cheval dans la forêt, le vicomte qui valsait, et Lagardy chantant, tout repassa devant ses
yeux... Et Léon lui parut soudain dans le même
éloignement que les autres.

— Je l'aime pourtant ! se disait-elle.

N'importe ! elle n'était pas heureuse, ne l'avait
jamais été. D'où venait donc cette insuffisance de
la vie, cette pourriture instantanée des choses où
elle s'appuyait ?... Mais, s'il y avait quelque part
un être fort et beau, une nature valeureuse,
pleine à la fois d'exaltation et de raffinements,
un cœur de poète sous une forme d'ange, lyre
aux cordes d'airain, sonnant vers le ciel des épi-
thalames élégiaques, pourquoi, par hasard, ne le
trouverait-elle pas ? Oh ! quelle impossibilité !
Rien, d'ailleurs, ne valait la peine d'une recherche ; tout mentait ! Chaque sourire cachait un
bâillement d'ennui, chaque joie une malédiction,
tout plaisir son dégoût, et les meilleurs baisers
ne vous laissaient sur la lèvre qu'une irréalisable
envie d'une volupté plus haute.

Un râle métallique se traîna dans les airs et quatre coups se firent entendre à la cloche du couvent. Quatre heures! et il lui semblait qu'elle était là, sur ce banc, depuis l'éternité. Mais un infini de passions peut tenir dans une minute, comme une foule dans un petit espace. Emma vivait tout occupée des siennnes, et ne s'inquiétait pas plus de l'argent qu'une archiduchesse.

Une fois pourtant, un homme d'allure chétive, rubicond et chauve, entra chez elle, se déclarant envoyé par M. Vinçart, de Rouen. Il retira les épingles qui fermaient la poche latérale de sa longue redingote verte, les piqua sur sa manche et tendit poliment un papier.

C'était un billet de cinq cents francs, souscrit par elle, et que Lheureux, malgré toutes ses protestations, avait passé à l'ordre de Vinçart.

Elle expédia chez lui sa domestique. Il ne pouvait venir.

Alors l'inconnu, qui était resté debout, lançant de droite et de gauche des regards curieux que dissimulaient ses gros sourcils blonds, demanda d'un air naïf :

— Quelle réponse apporter à M. Vinçart?

— Eh bien, répondit Emma, dites-lui... que je n'en ai pas... Ce sera la semaine prochaine... Qu'il attende... oui, la semaine prochaine.

Et le bonhomme s'en alla sans souffler mot.

Mais, le lendemain, à midi, elle reçut un protêt; et la vue du papier timbré, où s'étalait à plusieurs reprises et en gros caractères : « Maître Hareng, huissier à Buchy », l'effraya si fort, qu'elle courut en toute hâte chez le marchand d'étoffes.

Elle le trouva dans sa boutique, en train de ficeler un paquet.

— Serviteur! dit-il, je suis à vous.

Lheureux n'en continua pas moins sa besogne, aidé par une jeune fille de treize ans environ, un peu bossue, et qui lui servait à la fois de commis et de cuisinière.

Puis, faisant claquer ses sabots sur les planches de la boutique, il monta devant Madame au premier étage, et l'introduisit dans un étroit cabinet, où un gros bureau en bois de sape supportait quelques registres, défendus transversalement par une barre de fer cadenassée. Contre le mur, sous des coupons d'indienne, on entrevoyait un coffre-fort, mais d'une telle dimension, qu'il devait contenir autre chose que des billets et de l'argent. M. Lheureux, en effet, prêtait sur gages, et c'est là qu'il avait mis la chaîne en or de Mme Bovary, avec les boucles d'oreilles du pauvre père Tellier, qui, enfin contraint de vendre, avait acheté à Quincampoix un maigre fonds d'épicerie, où il se mourait de son catarrhe, au milieu de ses chandelles moins jaunes que sa figure.

Lheureux s'assit dans son large fauteuil de paille, en disant :

— Quoi de neuf?

— Tenez.

Et elle lui montra le papier.

— Eh bien, qu'y puis-je?

Alors, elle s'emporta, rappelant la parole qu'il avait donnée de ne pas faire circuler ses billets; il en convenait.

— Mais j'ai été forcé moi-même, j'avais le couteau sur la gorge.

— Et que va-t-il arriver, maintenant? reprit-elle.

— Oh! c'est bien simple : un jugement du tribunal, et puis la saisie...; *bernique!*

Emma se retenait pour ne pas le battre. Elle lui demanda doucement s'il n'y avait pas moyen de calmer M. Vinçart.

— Ah bien, oui! calmer Vinçart; vous ne le connaissez guère; il est plus féroce qu'un Arabe.

Pourtant il fallait que M. Lheureux s'en mêlât.

— Ecoutez donc! il me semble que, jusqu'à présent, j'ai été assez bon pour vous.

Et, déployant un de ses registres :

— Tenez!

Puis, remontant la page avec son doigt :

— Voyons..., voyons... Le 3 août, deux cents francs... Au 17 juin, cent cinquante... 23 mars, quarante-six... En avril...

Il s'arrêta comme craignant de faire quelque sottise.

— Et je ne dis rien des billets souscrits par Monsieur, un de sept cents francs, un autre de trois cents! Quant à vos petits acomptes, aux intérêts, ça n'en finit pas, on s'y embrouille. Je ne m'en mêle plus!

Elle pleurait, elle l'appela même « son bon monsieur Lheureux ». Mais il se rejetait toujours sur ce « mâtin de Vinçart ». D'ailleurs, il n'avait pas un centime, personne à présent ne le payait, on lui mangeait la laine sur le dos, un pauvre boutiquier comme lui ne pouvait faire d'avances.

Emma se taisait; et M. Lheureux, qui mordillonnait les barbes d'une plume, sans doute s'inquiéta de son silence, car il reprit :

— Au moins, si un de ces jours j'avais quelques rentrées... je pourrais...

— Du reste, dit-elle, dès que l'arriéré de Barneville...

— Comment?...

Et, en apprenant que Langlois n'avait pas encore payé, il parut fort surpris. Puis, d'une voix mielleuse :

— Et nous convenons, dites-vous...?

— Oh! de ce que vous voudrez!

Alors, il ferma les yeux pour réfléchir, écrivit quelques chiffres, et, déclarant qu'il aurait grand mal, que la chose était scabreuse et qu'il se *sai-*

gnait, il dicta quatre billets de deux cent cinquante francs chacun, espacés les uns des autres à un mois d'échéance.

— Pourvu que Vinçart veuille m'entendre! Du reste, c'est convenu, je ne lanterne pas, je suis rond comme une pomme.

Ensuite il lui montra négligemment plusieurs marchandises nouvelles, mais dont pas une, dans son opinion, n'était digne de Madame.

— Quand je pense que voilà une robe à sept sous le mètre, et certifiée bon teint! Ils gobent cela pourtant! On ne leur conte pas ce qui en est, vous pensez bien, voulant par cet aveu de coquinerie envers les autres la convaincre tout à fait de sa probité.

Puis il la rappela, pour lui montrer trois aunes de guipure qu'il avait trouvées dernièrement « dans une *vendue* ».

— Est-ce beau! disait Lheureux; on s'en sert beaucoup maintenant, comme têtes de fauteuils, c'est le genre.

Et, plus prompt qu'un escamoteur, il enveloppa la guipure de papier bleu et la mit dans les mains d'Emma.

— Au moins, que je sache...?

— Ah! plus tard, reprit-il en lui tournant les talons.

Dès le soir, elle pressa Bovary d'écrire à sa mère pour qu'elle leur envoyât bien vite tout l'arriéré de l'héritage. La belle-mère répondit n'avoir plus rien : la liquidation était close, et il leur restait, outre Barneville, six cents livres de rente, qu'elle leur servirait exactement.

Alors Madame expédia des factures chez deux ou trois clients, et bientôt usa largement de ce moyen, qui lui réussissait. Elle avait toujours soin d'ajouter en post-scriptum : « N'en parlez pas à mon mari, vous savez comme il est fier... Excusez-moi... Votre servante... » Il y eut quelques réclamations; elle les intercepta.

Pour se faire de l'argent, elle se mit à vendre ses vieux gants, ses vieux chapeaux, la vieille ferraille; et elle marchandait avec rapacité, — son sang de paysanne la poussant au gain. Puis, dans ses voyages à la ville, elle brocanterait des babioles, que M. Lheureux, à défaut d'autres, lui prendrait certainement. Elle s'acheta des plumes d'autruche, de la porcelaine chinoise et des bahuts; elle empruntait à Félicité, à Mme Le-françois, à l'hôtelière de la *Croix rouge*, à tout le monde, n'importe où. Avec l'argent qu'elle reçut enfin de Barneville, elle paya deux billets, les quinze cents autres francs s'écoulèrent. Elle s'engagea de nouveau, et toujours ainsi!

Parfois, il est vrai, elle tâchait de faire des calculs; mais elle découvrait des choses si exorbitantes, qu'elle n'y pouvait croire. Alors elle recommençait, s'embrouillait vite, plantait tout là et n'y pensait plus.

La maison était bien triste, maintenant! On en voyait sortir les fournisseurs avec des figures furieuses, il y avait des mouchoirs traînant sur les fourneaux; et la petit Berthe, au grand scandale de Mme Homais, portait des bas percés. Si Charles, timidement, hasardait une observation, elle répondait avec brutalité que ce n'était point sa faute!

Pourquoi ces emportements? Il expliquait tout par son ancienne maladie nerveuse; et, se reprochant d'avoir pris pour des défauts ses infirmités, il s'accusait d'égoïsme, avait envie de courir l'embrasser.

— Oh! non, se disait-il, je l'ennuierais!

Et il restait.

Après le dîner, il se promenait seul dans le jardin; il prenait la petite Berthe sur ses genoux, et, déployant son journal de médecine, essayait de lui apprendre à lire. L'enfant, qui n'étudiait jamais, ne tardait pas à ouvrir de grands yeux tristes et se mettait à pleurer. Alors il la consolait; il allait lui chercher de l'eau dans l'arrosoir pour faire des rivières sur le sable, ou cassait les branches des troènes pour planter des arbres dans les plates-bandes, ce qui gâtait peu le jardin, tout encombré de longues herbes; on devait tant de journées à Lestiboudois! Puis l'enfant avait froid et demandait sa mère.

— Appelle ta bonne, disait Charles. Tu sais bien, ma petite, que ta maman ne veut pas qu'on la dérange.

L'automne commençait et déjà les feuilles tombaient, — comme il y a deux ans, lorsqu'elle était malade! — Quand donc tout cela finira-t-il?... Et il continuait à marcher, les deux mains derrière le dos.

Madame était dans sa chambre. On n'y montait pas. Elle restait là tout le long du jour, engourdie, à peine vêtue, et, de temps à autre, faisant fumer des pastilles du sérail qu'elle avait achetées à Rouen, dans la boutique d'un Algérien. Pour ne pas avoir la nuit, auprès d'elle, cet homme étendu qui dormait, elle finit, à force de grimaces, par le reléguer au second étage; et elle lisait jusqu'au matin des livres extravagants où il y avait des tableaux orgiaques avec des situations sanglantes. Souvent une terreur la prenait, elle poussait un cri, Charles accourait.

— Ah! va-t'en! disait-elle.

Ou, d'autres fois, brûlée plus fort par cette flamme intime que l'adultère avivait, haletante, émue, tout en désir, elle ouvrait sa fenêtre, aspirait l'air froid, éparpillait au vent sa chevelure trop lourde, et, regardant les étoiles, souhaitait des amours de prince. Elle pensait à lui, à Léon. Elle eût alors tout donné pour un seul de ces rendez-vous, qui la rassasiaient.

C'était ses jours de gala. Elle les voulait splendides! et, lorsqu'il ne pouvait payer seul la dépense, elle complétait le surplus libéralement, ce qui arrivait à peu près toutes les fois. Il essaya de lui faire comprendre qu'ils seraient aussi bien ailleurs, dans quelque hôtel plus modeste; mais elle trouva des objections.

Un jour, elle tira de son sac six petites cuillers en vermeil (c'était le cadeau de noces du père Rouault), en le priant d'aller immédiatement porter cela, pour elle, au mont-de-piété; et Léon obéit, bien que cette démarche lui déplût. Il avait peur de se compromettre.

Puis, en y réfléchissant, il trouva que sa maîtresse prenait des allures étranges, et qu'on n'avait peut-être pas tort de vouloir l'en détacher.

En effet, quelqu'un avait envoyé à sa mère une longue lettre anonyme, pour la prévenir qu'il *se perdait avec une femme mariée*; et aussitôt la bonne dame, entrevoyant l'éternel épouvantail des familles, c'est-à-dire la vague créature pernicieuse, la sirène, le monstre, qui habite fantastiquement les profondeurs de l'amour, écrivit à maître Dubocage, son patron, lequel fut parfait dans cette affaire. Il le tint durant trois quarts d'heure, voulant lui dessiller les yeux, l'avertir du gouffre. Une telle intrigue nuirait plus tard à son établissement. Il le supplia de rompre, et, s'il ne faisait ce sacrifice dans son propre intérêt, qu'il le fît au moins pour lui, Dubocage!

Léon enfin avait juré de ne plus revoir Emma; et il se reprochait de n'avoir pas tenu sa parole, considérant tout ce que cette femme pourrait encore lui attirer d'embarras et de discours, sans compter les plaisanteries de ses camarades, qui se débitaient le matin, autour du poêle. D'ailleurs, il allait devenir premier clerc : c'était le moment d'être sérieux. Aussi renonçait-il à la flûte, aux sentiments exaltés, à l'imagination, — car tout bourgeois, dans l'échauffement de sa jeunesse, ne fût-ce qu'un jour, une minute, s'est cru capable d'immenses passions, de hautes

entreprises. Le plus médiocre libertin a rêvé des
sultanes; chaque notaire porte en soi les débris
d'un poète.

Il s'ennuyait maintenant lorsque Emma, tout à
coup, sanglotait sur sa poitrine; et son cœur,
comme les gens qui ne peuvent endurer qu'une
certaine dose de musique, s'assoupissait d'indifférence au vacarme d'un amour dont il ne distinguait plus les délicatesses.

Ils se connaissaient trop pour avoir ces éba-
hissements de la possession qui en centuplent la
joie. Elle était aussi dégoûtée de lui qu'il était
fatigué d'elle. Emma retrouvait dans l'adultère
toutes les platitudes du mariage.

Mais comment pouvoir s'en débarrasser? Puis,
elle avait beau se sentir humiliée de la bassesse
d'un tel bonheur, elle y tenait par habitude ou
par corruption; et, chaque jour, elle s'y acharnait davantage, tarissant toute félicité à la vouloir trop grande. Elle accusait Léon de ses
espoirs déçus, comme s'il l'avait trahie; et même
elle souhaitait une catastrophe qui amenât leur
séparation, puisqu'elle n'avait pas le courage de
s'y décider.

Elle n'en continuait pas moins à lui écrire des
lettres amoureuses, en vertu de cette idée qu'une
femme doit toujours écrire à son amant.

Mais, en écrivant, elle percevait un autre
homme, un fantôme fait de ses plus ardents souvenirs, de ses lectures les plus belles, de ses
convoitises les plus fortes; et il devenait à la fin
si véritable, et accessible, qu'elle en palpitait
émerveillée, sans pouvoir néanmoins le nettement imaginer, tant il se perdait, comme un
dieu, sous l'abondance de ses attributs. Il habitait la contrée bleuâtre où les échelles de soie se
balancent à des balcons, sous le souffle des
fleurs, dans la clarté de la lune. Elle le sentait
près d'elle, il allait venir et l'enlèverait tout
entière dans un baiser. Ensuite elle retombait à

plat, brisée; car ces élans d'amour vague la fatiguaient plus que de grandes débauches.

Elle éprouvait maintenant une courbature incessante et universelle. Souvent même, Emma recevait des assignations, du papier timbré qu'elle regardait à peine. Elle aurait voulu ne plus vivre, ou continuellement dormir.

Le jour de la mi-carême, elle ne rentra pas à Yonville; elle alla le soir au bal masqué. Elle mit un pantalon de velours et des bas rouges, avec une perruque à catogan et un lampion sur l'oreille. Elle sauta toute la nuit au son furieux des trombones; on faisait cercle autour d'elle; et elle se trouva le matin sur le péristyle du théâtre parmi cinq ou six masques, débardeuses et matelots, des camarades de Léon, qui parlaient d'aller souper.

Les cafés d'alentour étaient pleins. Ils avisèrent sur le port un restaurant des plus médiocres, dont le maître leur ouvrit, au quatrième étage, une petite chambre.

Les hommes chuchotèrent dans un coin, sans doute se consultant sur la dépense. Il y avait un clerc, deux carabins et un commis : quelle société pour elle! Quant aux femmes, Emma s'aperçut vite, au timbre de leurs voix, qu'elles devaient être, presque toutes, du dernier rang. Elle eut peur alors, recula sa chaise et baissa les yeux.

Les autres se mirent à manger. Elle ne mangea pas; elle avait le front en feu, des picotements aux paupières et un froid de glace à la peau. Elle sentait dans sa tête le plancher du bal rebondissant encore sous la pulsation rythmique des mille pieds qui dansaient. Puis l'odeur du punch avec la fumée des cigares l'étourdit. Elle s'évanouissait; on la porta devant la fenêtre.

Le jour commençait à se lever, et une grande tache de couleur pourpre s'élargissait dans le ciel pâle, du côté de Sainte-Catherine. La rivière livide frissonnait au vent; il n'y avait personne sur les ponts; les réverbères s'éteignaient.

Elle se ranima cependant et vint à penser à Berthe, qui dormait là-bas, dans la chambre de sa bonne. Mais une charrette pleine de longs rubans de fer passa, en jetant contre le mur des maisons une vibration métallique assourdissante.

Elle s'esquiva brusquement, se débarrassa de son costume, dit à Léon qu'il lui fallait s'en retourner, et enfin resta seule à l'*Hôtel de Boulogne*. Tout et elle-même lui étaient insupportables. Elle aurait voulu, s'échappant comme un oiseau, aller se rajeunir quelque part, bien loin, dans les espaces immaculés.

Elle sortit, elle traversa le boulevard, la place Cauchoise et le faubourg, jusqu'à une rue découverte qui dominait des jardins. Elle marchait vite, le grand air la calmait : et peu à peu les figures de la foule, les masques, les quadrilles, les lustres, le souper, ces femmes, tout disparaissait comme des brumes emportées. Puis, revenue à la *Croix rouge*, elle se jeta sur son lit, dans la petite chambre du second, où il y avait des images de *la Tour de Nesle*. A quatre heures du soir, Hivert la réveilla.

En rentrant chez elle, Félicité lui montra derrière la pendule un papier gris. Elle lut :

« En vertu de la grosse, en forme exécutoire d'un jugement... »

Quel jugement? La veille, en effet, on avait apporté un autre papier qu'elle ne connaissait pas; aussi fut-elle stupéfaite de ces mots :

« Commandement de par le roi, la loi et la justice, à Mme Bovary... »

Alors, sautant plusieurs lignes, elle aperçut :

« Dans vingt-quatre heures pour tout délai. » — Quoi donc? « Payer la somme totale de huit mille francs. » Et même, il y avait plus bas : « Elle y sera contrainte par toute voie de droit, et notamment par la saisie exécutoire de ses meubles et effets. »

Que faire?... C'était dans vingt-quatre heures; demain! Lheureux, pensa-t-elle, voulait sans doute l'effrayer encore; car elle devina du coup toutes ses manœuvres, le but de ses complaisances. Ce qui la rassurait, c'était l'exagération même de la somme.

Cependant, à force d'acheter, de ne pas payer, d'emprunter, de souscrire des billets, puis de renouveler ces billets, qui s'enflaient à chaque échéance nouvelle, elle avait fini par préparer au sieur Lheureux un capital, qu'il attendait impatiemment pour ses spéculations.

Elle se présenta chez lui d'un air dégagé.

— Vous savez ce qui m'arrive? C'est une plaisanterie sans doute!

— Non.

— Comment cela?

Il se détourna lentement, et lui dit en se croisant les bras :

— Pensiez-vous, ma petite dame, que j'allais, jusqu'à la consommation des siècles, être votre fournisseur et banquier pour l'amour de Dieu? Il faut bien que je rentre dans mes déboursés, soyons justes!

Elle se récria sur la dette.

— Ah! tant pis! le tribunal l'a reconnue! il y a jugement! on vous l'a signifié! D'ailleurs ce n'est pas moi, c'est Vinçart.

— Est-ce que vous ne pourriez...?

— Oh! rien du tout.

— Mais..., cependant..., raisonnons.

Et elle battit la campagne; elle n'avait rien su... c'était une surprise...

— A qui la faute? dit Lheureux en la saluant ironiquement. Tandis que je suis, moi, à bûcher comme un nègre, vous vous repassez du bon temps.

— Ah! pas de morale!

— Ça ne nuit jamais, répliqua-t-il.

Elle fut lâche, elle le supplia; et même elle appuya sa jolie main blanche et longue sur les genoux du marchand.

— Laissez-moi donc! On dirait que vous voulez me séduire!

— Vous êtes un misérable! s'écria-t-elle.

— Oh! oh! comme vous y allez! reprit-il en riant.

— Je ferai savoir qui vous êtes. Je dirai à mon mari...

— Eh bien, moi, je lui montrerai quelque chose, à votre mari!

Et Lheureux tira de son coffre-fort le reçu de dix-huit cents francs, qu'elle lui avait donné lors de l'escompte Vinçart.

— Croyez-vous, ajouta-t-il, qu'il ne comprenne pas votre petit vol, ce pauvre cher homme?

Elle s'affaissa, plus assommée qu'elle n'eût été par un coup de massue. Il se promenait depuis la fenêtre jusqu'au bureau, tout en répétant :

— Ah! je lui montrerai bien... je lui montrerai bien...

Ensuite il se rapprocha d'elle, et, d'une voix douce :

— Ce n'est pas amusant, je le sais; personne après tout n'en est mort, et, puisque c'est le seul moyen qui vous reste de me rendre mon argent...

— Mais où en trouverai-je? dit Emma en se tordant les bras.

— Ah bah! quand on a comme vous des amis!

Et il la regardait d'une façon si perspicace et si terrible, qu'elle en frissonna jusqu'aux entrailles.

— Je vous promets, dit-elle, je signerai...

— J'en ai assez, de vos signatures!

— Je vendrai encore...

— Allons donc! fit-il en haussant les épaules, vous n'avez plus rien.

Et il cria dans le judas qui s'ouvrait sur la boutique :

— Annette! n'oublie pas les trois coupons du n° 14.

La servante parut; Emma comprit, et demanda « ce qu'il faudrait d'argent pour arrêter toutes les poursuites ».

— Il est trop tard!

— Mais, si je vous apportais plusieurs mille francs, le quart de la somme, le tiers, presque tout?

— Eh! non, c'est inutile!

Il la poussait doucement vers l'escalier.

— Je vous en conjure, monsieur Lheureux, quelques jours encore!

Elle sanglotait.

— Allons, bon! des larmes!

— Vous me désespérez!

— Je m'en moque pas mal! dit-il en refermant la porte.

VII

Elle fut stoïque, le lendemain, lorsque maître Hareng, l'huissier, avec deux témoins, se présenta chez elle pour faire le procès-verbal de la saisie.

Ils commencèrent par le cabinet de Bovary et n'inscrivirent point la tête phrénologique, qui fut considérée comme *instrument de sa profession;* mais ils comptèrent dans la cuisine les plats, les marmites, les chaises, les flambeaux, et, dans sa chambre à coucher, toutes les babioles de l'étagère. Ils examinèrent ses robes, le linge, le cabinet de toilette; et son existence, jusque dans ses recoins les plus intimes, fut, comme un cadavre que l'on autopsie, étalée tout du long aux regards de ces trois hommes.

M⁰ Hareng, boutonné dans un mince habit noir, en cravate blanche, et portant des sous-pieds fort tendus, répétait de temps à autre :

— Vous permettez, madame? vous permettez?

Souvent, il faisait des exclamations :

— Charmant!... fort joli!

Puis il se remettait à écrire, trempant sa plume dans l'encrier de corne qu'il tenait à la main gauche.

Quand ils en eurent fini avec les appartements, ils montèrent au grenier.

Elle y gardait un pupitre où étaient enfermées les lettres de Rodolphe. Il fallut l'ouvrir.

— Ah! une correspondance! dit Me Hareng avec un sourire discret. Mais permettez! car je dois m'assurer si la boîte ne contient pas autre chose.

Et il inclina les papiers, légèrement, comme pour en faire tomber des napoléons. Alors l'indignation la prit, à voir cette grosse main, aux doigts rouges et mous comme des limaces, qui se posait sur ces pages où son cœur avait battu.

Ils partirent enfin! Félicité entra. Elle l'avait envoyée aux aguets pour détourner Bovary; et elles installèrent vivement sous les toits le gardien de la saisie, qui jura de s'y tenir.

Charles, pendant la soirée, lui parut soucieux. Emma l'épiait d'un regard plein d'angoisse, croyant apercevoir dans les rides de son visage des accusations. Puis, quand ses yeux se reportaient sur la cheminée garnie d'écrans chinois, sur les larges rideaux, sur les fauteuils, sur toutes ces choses enfin qui avaient adouci l'amertume de sa vie, un remords le prenait, ou plutôt un regret immense et qui irritait la passion, loin de l'anéantir. Charles tisonnait avec placidité, les deux pieds sur les chenets.

Il y eut un moment où le gardien, sans doute s'ennuyant dans sa cachette, fit un peu de bruit.

— On marche là-haut? dit Charles.

— Non! reprit-elle, c'est une lucarne restée ouverte que le vent remue.

Elle partit pour Rouen, le lendemain dimanche, afin d'aller chez tous les banquiers dont elle connaissait le nom. Ils étaient à la campagne ou en voyage. Elle ne se rebuta pas; et ceux qu'elle put rencontrer, elle leur demandait de l'argent, protestant qu'il lui en fallait, qu'elle le rendrait. Quelques-uns lui rirent au nez; tous la refusèrent.

A deux heures, elle courut chez Léon, frappa

contre sa porte. On n'ouvrit pas. Enfin il parut.

— Qui t'amène?

— Cela te dérange?...

— Non..., mais...

Et il avoua que le propriétaire n'aimait point que l'on reçût « des femmes ».

— J'ai à te parler, reprit-elle.

Alors il atteignit sa clef. Elle l'arrêta.

— Oh! non, là-bas, chez nous.

Et ils allèrent dans leur chambre, à l'*Hôtel de Boulogne*.

Elle but en arrivant un grand verre d'eau. Elle était très pâle. Elle lui dit :

— Léon, tu vas me rendre un service.

Et, le secouant par ses deux mains, qu'elle serrait étroitement, elle ajouta :

— Ecoute, j'ai besoin de huit mille francs!

— Mais tu es folle!

— Pas encore!

Et, aussitôt, racontant l'histoire de la saisie, elle lui exposa sa détresse; car Charles ignorait tout, sa belle-mère la détestait, le père Rouault ne pouvait rien; mais lui, Léon, il allait se mettre en course pour trouver cette indispensable somme...

— Comment veux-tu...?

— Quel lâche tu fais! s'écria-t-elle.

Alors il dit bêtement :

— Tu t'exagères le mal. Peut-être qu'avec un millier d'écus ton bonhomme se calmerait.

Raison de plus pour tenter quelque démarche; il n'était pas possible que l'on ne découvrît point trois mille francs. D'ailleurs, Léon pouvait s'engager à sa place.

— Va! essaye! il le faut! cours!... Oh! tâche tâche! je t'aimerai bien!

Il sortit, revint au bout d'une heure, et dit avec une figure solennelle :

— J'ai été chez trois personnes... inutilement!

Puis ils restèrent assis l'un en face de l'autre, aux deux coins de la cheminée. immobiles, sans parler. Emma haussait les épaules, tout en trépignant. Il l'entendit qui murmurait :

— Si j'étais à ta place, moi, j'en trouverais bien !

— Où donc ?

— A ton étude !

Et elle le regarda.

Une hardiesse infernale s'échappait de ses prunelles enflammées, et les paupières se rapprochaient d'une façon lascive et encourageante; — si bien que le jeune homme se sentit faiblir sous la muette volonté de cette femme qui lui conseillait un crime. Alors il eut peur, et, pour éviter tout éclaircissement, il se frappa le front en s'écriant .

— Morel doit revenir cette nuit! il ne me refusera pas. j'espère (c'était un de ses amis, le fils d'un négociant fort riche), et je t'apporterai cela demain. ajouta-t-il.

Emma n'eut point l'air d'accueillir cet espoir avec autant de joie qu'il l'avait imaginé. Soupçonnait-elle le mensonge? Il reprit en rougissant :

— Pourtant, si tu ne me voyais pas à trois heures, ne m'attends plus, ma chérie. Il faut que je m'en aille, excuse-moi. Adieu!

Il serra sa main, mais il la sentit tout inerte. Emma n'avait plus la force d'aucun sentiment.

Quatre heures sonnèrent; et elle se leva pour s'en retourner à Yonville. obéissant comme un automate à l'impulsion des habitudes.

Il faisait beau; c'était un de ces jours du mois de mars clairs et âpres, où le soleil reluit dans un ciel tout blanc. Des Rouennais endimanchés se promenaient d'un air heureux. Elle arriva sur la place du Parvis. On sortait des vêpres; la foule s'écoulait par les trois portails, comme un fleuve par les trois arches d'un pont, et, au milieu, plus immobile qu'un roc, se tenait le Suisse.

Alors elle se rappela ce jour où, tout anxieuse et pleine d'espérances, elle était entrée sous cette grande nef qui s'étendait devant elle moins profonde que son amour; et elle continua de marcher, en pleurant sous son voile, étourdie, chancelante, près de défaillir.

— Gare! cria une voix sortant d'une porte cochère qui s'ouvrait.

Elle s'arrêta pour laisser passer un cheval noir, piaffant dans les brancards d'un tilbury que conduisait un gentleman en fourrure de zibeline. Qui était-ce donc? Elle le connaissait... La voiture s'élança et disparut.

Mais c'était lui, le Vicomte! Elle se détourna : la rue était déserte. Et elle fut si accablée, si triste, qu'elle s'appuya contre un mur pour ne pas tomber.

Puis elle pensa qu'elle s'était trompée. Au reste, elle n'en savait rien. Tout, en elle-même et au-dehors, l'abandonnait. Elle se sentait perdue, roulant au hasard dans des abîmes indéfinissables; et ce fut presque avec joie qu'elle aperçut, en arrivant à la *Croix rouge*, ce bon Homais qui regardait charger sur *l'Hirondelle* une grande boîte pleine de provisions pharmaceutiques; il tenait à sa main, dans un foulard, six *cheminots* pour son épouse.

Mme Homais aimait beaucoup ces petits pains lourds, en forme de turban, que l'on mange dans le carême avec du beurre salé : dernier échantillon des nourritures gothiques, qui remonte peut-être au siècle des croisades, et dont les robustes Normands s'emplissaient autrefois, croyant voir sur la table, à la lueur des torches jaunes, entre les brocs d'hypocras et les gigantesques charcuteries, des têtes de Sarrasins à dévorer. La femme de l'apothicaire les croquait comme eux, héroïquement, malgré sa détestable dentition;

aussi, toutes les fois que M. Homais faisait un voyage à la ville, il ne manquait pas de lui en rapporter, qu'il prenait toujours chez le grand faiseur, rue Massacre.

— Charmé de vous voir! dit-il en offrant la main à Emma pour l'aider à monter dans *l'Hirondelle*.

Puis il suspendit les *cheminots* aux lanières du filet et resta nu-tête et les bras croisés, dans une attitude pensive et napoléonienne.

Mais, quand l'Aveugle, comme d'habitude, apparut au bas de la côte, il s'écria :

— Je ne comprends pas que l'autorité tolère encore de si coupables industries! On devrait enfermer ces malheureux, que l'on forcerait à quelque travail! Le Progrès, ma parole d'honneur, marche à pas de tortue! nous pataugeons en pleine barbarie!

L'Aveugle tendait son chapeau, qui ballottait au bord de la portière, comme une poche de la tapisserie déclouée.

— Voilà, dit le pharmacien, une affection scrofuleuse!

Et, bien qu'il connût ce pauvre diable, il feignit de le voir pour la première fois, murmura les mots de *cornée, cornée opaque, sclérotique, facies*, puis lui demanda d'un ton paterne :

— Y a-t-il longtemps, mon ami, que tu as cette épouvantable infirmité? Au lieu de t'enivrer au cabaret, tu ferais mieux de suivre un régime.

Il l'engageait à prendre de bon vin, de bonne bière, de bons rôtis. L'Aveugle continuait sa chanson; il paraissait d'ailleurs presque idiot. Enfin M. Homais ouvrit sa bourse.

— Tiens, voilà un sou, rends-moi deux liards : et n'oublie pas mes recommandations, tu t'en trouveras bien.

Hivert se permit tout haut quelque doute sur leur efficacité. Mais l'apothicaire certifia qu'il le guérirait lui-même, avec une pommade antiphlogistique de sa composition, et il donna son adresse :

— M. Homais, près des halles, suffisamment connu.

— Eh bien, pour la peine, dit Hivert, tu vas nous *montrer la comédie.*

L'Aveugle s'affaissa sur ses jarrets, et, la tête renversée, tout en roulant ses yeux verdâtres et tirant la langue, il se frottait l'estomac à deux mains, tandis qu'il poussait une sorte de hurlement sourd, comme un chien affamé. Emma, prise de dégoût, lui envoya, par-dessus l'épaule, une pièce de cinq francs. C'était toute sa fortune. Il lui semblait beau de la jeter ainsi.

La voiture était repartie, quand soudain M. Homais se pencha en dehors du vasistas et cria :

— Pas de farineux ni de laitage! Porter de la laine sur la peau et exposer les parties malades à la fumée de baies de genièvre!

Le spectacle des objets connus qui défilaient devant ses yeux peu à peu détournait Emma de sa douleur présente. Une intolérable fatigue l'accablait, et elle arriva chez elle hébétée, découragée, presque endormie.

— Advienne que pourra! se disait-elle.

Et puis, qui sait? pourquoi, d'un moment à l'autre, ne surgirait-il pas un événement extraordinaire? Lheureux même pouvait mourir.

Elle fut, à neuf heures du matin, réveillée par un bruit de voix sur la place. Il y avait un attroupement autour des halles pour lire une grande affiche collée contre un des poteaux, et elle vit Justin qui montait sur une borne et qui déchirait l'affiche. Mais, à ce moment, le garde champêtre lui posa la main sur le collet. M. Homais sortit de la pharmacie, et la mère Lefrançois, au milieu de la foule, avait l'air de pérorer.

— Madame! madame! s'écria Félicité en entrant, c'est une abomination!

Et la pauvre fille, émue, lui tendit un papier jaune qu'elle venait d'arracher à la porte. Emma lut d'un clin d'œil que tout son mobilier était à vendre.

Alors elles se considérèrent silencieusement. Elles n'avaient, la servante et la maîtresse, aucun secret l'une pour l'autre. Enfin Félicité soupira:

— Si j'étais de vous, madame, j'irais chez M. Guillaumin.

— Tu crois?...

Et cette interrogation voulait dire:

— Toi qui connais la maison par le domestique, est-ce que le maître quelquefois aurait parlé de moi?

— Oui, allez-y, vous ferez bien.

Elle s'habilla, mit sa robe noire avec sa capote à grains de jais; et, pour qu'on ne la vît pas (il y avait toujours beaucoup de monde sur la place), elle prit en dehors du village, par le sentier au bord de l'eau.

Elle arriva tout essoufflée devant la grille du notaire; le ciel était sombre et un peu de neige tombait.

Au bruit de la sonnette, Théodore, en gilet rouge, parut sur le perron; il vint lui ouvrir presque familièrement, comme à une connaissance, et l'introduisit dans la salle à manger.

Un large poêle de porcelaine bourdonnait sous un cactus qui emplissait la niche, et, dans des cadres de bois noir, contre la tenture de papier chêne, il y avait la *Esméralda* de Steuben, avec la *Putiphar* de Schopin. La table servie, deux réchauds d'argent, le bouton des portes en cristal, le parquet et les meubles, tout reluisait d'une propreté méticuleuse, anglaise; les carreaux étaient décorés, à chaque angle, par des verres de couleur.

— Voilà une salle à manger, pensait Emma, comme il m'en faudrait une.

Le notaire entra, serrant du bras gauche contre son corps sa robe de chambre à palmes, tandis qu'il ôtait et remettait vite de l'autre main sa toque de velours marron, prétentieusement posée sur le côté droit, où retombaient les bouts de trois mèches blondes qui, prises à l'occiput, contournaient son crâne chauve.

Après qu'il eut offert un siège, il s'assit pour déjeuner, tout en s'excusant beaucoup de l'impolitesse.

— Monsieur, dit-elle, je vous prierais...

— De quoi, madame? J'écoute.

Elle se mit à lui exposer sa situation.

Maître Guillaumin la connaissait, étant lié secrètement avec le marchand d'étoffes, chez lequel il trouvait toujours des capitaux pour les prêts hypothécaires qu'on lui demandait à contracter.

Donc, il savait (et mieux qu'elle) la longue histoire de ces billets, minimes d'abord, portant comme endosseurs des noms divers, espacés à de longues échéances et renouvelés continuellement, jusqu'au jour où, ramassant tous les protêts, le marchand avait chargé son ami Vinçart de faire en son nom propre les poursuites qu'il fallait, ne voulant point passer pour un tigre parmi ses concitoyens.

Elle entremêla son récit de récriminations contre Lheureux, récriminations auxquelles le notaire répondait de temps à autre par une parole insignifiante. Mangeant sa côtelette et buvant son thé, il baissait le menton dans sa cravate bleu de ciel, piquée par deux épingles de diamants que rattachait une chaînette d'or, et il souriait d'un singulier sourire, d'une façon douceâtre et ambiguë. Mais, s'apercevant qu'elle avait les pieds humides :

— Approchez-vous donc du poêle... plus haut..., contre la porcelaine.

Elle avait peur de la salir. Le notaire reprit d'un ton galant :

— Les belles choses ne gâtent rien.

Alors elle tâcha de l'émouvoir, et, s'émotionnant elle-même, elle vint à lui conter l'étroitesse de son ménage, ses tiraillements, ses besoins. Il comprenait cela : une femme élégante! et, sans s'interrompre de manger, il s'était tourné vers elle complètement, si bien qu'il frôlait du genou sa bottine, dont la semelle se recourbait tout en fumant contre le poêle.

Mais, lorsqu'elle lui demanda mille écus, il serra les lèvres, puis se déclara très peiné de n'avoir pas eu autrefois la direction de sa fortune, car il y avait cent moyens fort commodes, même pour une dame, de faire valoir son argent. On aurait pu, soit dans les tourbières de Grumesnil ou les terrains du Havre, hasarder presque à coup sûr d'excellentes spéculations; et il la laissa se dévorer de rage à l'idée des sommes fantastiques qu'elle aurait certainement gagnées.

— D'où vient, reprit-il, que vous n'êtes pas venue chez moi?

— Je ne sais trop, dit-elle.

— Pourquoi, hein?... Je vous faisais donc bien peur? C'est moi, au contraire, qui devrais me plaindre! A peine si nous nous connaissons! Je vous suis pourtant très dévoué; vous n'en doutez plus, j'espère?

Il tendit sa main, prit la sienne, la couvrit d'un baiser vorace, puis la garda sur son genou; et il jouait avec ses doigts délicatement, tout en lui contant mille douceurs.

Sa voix fade susurrait, comme un ruisseau qui coule; une étincelle jaillissait de sa pupille à travers le miroitement de ses lunettes, et ses mains s'avançaient dans la manche d'Emma, pour lui palper le bras. Elle sentait contre sa joue le souffle d'une respiration haletante. Cet homme la gênait horriblement.

Elle se leva d'un bond et lui dit :

— Monsieur, j'attends !

— Quoi donc ? fit le notaire, qui devint tout à coup extrêmement pâle.

— Cet argent.

— Mais...

Puis, cédant à l'irruption d'un désir trop fort :

— Eh bien, oui !...

Il se traînait à genoux vers elle, sans égard pour sa robe de chambre.

— De grâce, restez ! je vous aime !

Il la saisit par la taille.

Un flot de pourpre monta vite au visage de Mme Bovary. Elle se recula d'un air terrible, en s'écriant :

— Vous profitez impudemment de ma détresse, monsieur ! Je suis à plaindre, mais pas à vendre !

Et elle sortit.

Le notaire resta fort stupéfait, les yeux fixés sur ses belles pantoufles en tapisserie. C'était un présent de l'amour. Cette vue à la fin le consola. D'ailleurs, il songeait qu'une aventure pareille l'aurait entraîné trop loin.

— Quel misérable ! quel goujat !... quelle infamie ! se disait-elle, en fuyant d'un pied nerveux sous les trembles de la route. Le désappointement de l'insuccès renforçait l'indignation de sa pudeur outragée ; il lui semblait que la Providence s'acharnait à la poursuivre, et, s'en rehaussant d'orgueil, jamais elle n'avait eu tant d'estime pour elle-même ni tant de mépris pour les autres. Quelque chose de belliqueux la transportait. Elle aurait voulu battre les hommes, leur cracher au visage, les broyer tous ; elle continuait à marcher rapidement devant elle, pâle, frémis-

sante, enragée, furetant d'un œil en pleurs
l'horizon vide, et comme se délectant à la haine
qui l'étouffait.

Quand elle aperçut sa maison, un engourdisse-
ment la saisit. Elle ne pouvait avancer; il le fallait cependant; d'ailleurs, où fuir?

Félicité l'attendait sur la porte.

— Eh bien?

— Non! dit Emma.

Et, pendant un quart d'heure, toutes les deux,
elles avisèrent les différentes personnes d'Yonville disposées peut-être à la secourir. Mais,
chaque fois que Félicité nommait quelqu'un,
Emma répliquait :

— Est-ce possible! Ils ne voudront pas!

— Et monsieur qui va rentrer!

— Je le sais bien... Laisse-moi seule.

Elle avait tout tenté. Il n'y avait plus rien à
faire maintenant; et, quand Charles paraîtrait,
elle allait donc lui dire :

— Retire-toi. Ce tapis où tu marches n'est
plus à nous. De ta maison, tu n'as pas un meuble,
une épingle, une paille, et c'est moi qui t'ai ruiné,
pauvre homme!

Alors ce serait un grand sanglot, puis il pleure-
rait abondamment, et enfin, la surprise passée, il
pardonnerait.

— Oui, murmurait-elle en grinçant des dents,
il me pardonnera, lui qui n'aurait pas assez d'un
million à m'offrir pour que je l'excuse de
m'avoir connue... Jamais! jamais!

Cette idée de la supériorité de Bovary sur elle
l'exaspérait. Puis, qu'elle avouât ou n'avouât pas,
tout à l'heure, tantôt, demain, il n'en saurait pas
moins la catastrophe; donc il fallait attendre
cette horrible scène et subir le poids de sa
magnanimité. L'envie lui vint de retourner chez
Lheureux : à quoi bon? d'écrire à son père : il
était trop tard; et peut-être qu'elle se repentait
maintenant de n'avoir pas cédé à l'autre,

lorsqu'elle entendit le trot d'un cheval dans l'allée. C'était lui, il ouvrait la barrière, il était plus blême que le mur de plâtre. Bondissant dans l'escalier, elle s'échappa vivement par la place; et la femme du maire, qui causait devant l'église avec Lestiboudois, la vit entrer chez le percepteur.

Elle courut le dire à Mme Caron. Ces deux dames montèrent dans le grenier; et, cachées par du linge étendu sur des perches, se postèrent commodément pour apercevoir tout l'intérieur de Binet.

Il était seul, dans sa mansarde, en train d'imiter, avec du bois, une de ces ivoireries indescriptibles, composées de croissants, de sphères creusées les unes dans les autres, le tout droit comme un obélisque et ne servant à rien; et il entamait la dernière pièce, il touchait au but! Dans le clair-obscur de l'atelier, la poussière blonde s'envolait de son outil, comme une aigrette d'étincelles sous les fers d'un cheval au galop; les deux roues tournaient, ronflaient; Binet souriait, le menton baissé, les narines ouvertes et semblait enfin perdu dans un de ces bonheurs complets, n'appartenant sans doute qu'aux occupations médiocres, qui amusent l'intelligence par des difficultés faciles, et l'assouvissent en une réalisation au-delà de laquelle il n'y a pas à rêver.

— Ah! la voici! fit Mme Tuvache.

Mais il n'était guère possible, à cause du tour, d'entendre ce qu'elle disait.

Enfin, ces dames crurent distinguer le mot *francs*, et la mère Tuvache souffla tout bas:

— Elle le prie, pour obtenir un retard à ses contributions.

— D'apparence! reprit l'autre.

Elles la virent qui marchait de long en large, examinant contre les murs les ronds de serviette, les chandeliers, les pommes de rampe, tandis que Binet se caressait la barbe avec satisfaction.

— Viendrait-elle lui commander quelque chose? dit Mme Tuvache.

— Mais il ne vend rien! objecta sa voisine.

Le percepteur avait l'air d'écouter, tout en écarquillant les yeux, comme s'il ne comprenait pas. Elle continuait d'une manière tendre, suppliante. Elle se rapprocha; son sein haletait, ils ne parlaient plus.

— Est-ce qu'elle lui fait des avances? dit Mme Tuvache.

Binet était rouge jusqu'aux oreilles. Elle lui prit les mains.

— Ah! c'est trop fort!

Et sans doute qu'elle lui proposait une abomination, car le percepteur, — il était brave pourtant, il avait combattu à Bautzen et à Lutzen, fait la campagne de France, et même été *porté pour la croix*; — tout à coup, comme à la vue d'un serpent, se recula bien loin en s'écriant :

— Madame! y pensez-vous?...

— On devrait fouetter ces femmes-là! dit Mme Tuvache.

— Où est-elle donc? reprit Mme Caron.

Car elle avait disparu durant ces mots; puis, l'apercevant qui enfilait la Grande-Rue et tournait à droite comme pour gagner le cimetière, elles se perdirent en conjectures.

— Mère Rollet, dit-elle en arrivant chez la nourrice, j'étouffe!... délacez-moi.

Elle tomba sur le lit; elle sanglotait. La mère Rollet la couvrit d'un jupon et resta debout près d'elle. Puis, comme elle ne répondait pas, la bonne femme s'éloigna, prit son rouet et se mit à filer du lin.

— Oh! finissez, murmura-t-elle, croyant entendre le tour de Binet.

— Qui la gêne? se demandait la nourrice. Pourquoi vient-elle ici?

Elle y était accourue, poussée par une sorte d'épouvante qui la chassait de sa maison.

Couchée sur le dos, immobile et les yeux fixes, elle discernait vaguement les objets, bien qu'elle y appliquât son attention avec une persistance idiote. Elle contemplait les écaillures de la muraille, deux tisons fumant bout à bout, et une longue araignée qui marchait au-dessus de sa tête, dans la fente de la poutrelle. Enfin elle rassembla ses idées. Elle se souvenait... Un jour, avec Léon... Oh! comme c'était loin... Le soleil brillait sur la rivière et les clématites embaumaient... Alors, emportée dans ses souvenirs comme dans un torrent qui bouillonne, elle arriva bientôt à se rappeler la journée de la veille.

— Quelle heure est-il? demanda-t-elle.

La mère Rollet sortit, leva les doigts de sa main droite du côté que le ciel était le plus clair, et rentra lentement en disant :

— Trois heures, bientôt.

— Ah! merci, merci!

Car il allait venir. C'était sûr! Il aurait trouvé de l'argent. Mais il irait peut-être là-bas, sans se douter qu'elle fût là; et elle commanda à la nourrice de courir chez elle pour l'amener.

— Dépêchez-vous!

— Mais, ma chère dame, j'y vais! j'y vais!

Elle s'étonnait, à présent, de n'avoir pas songé à lui tout d'abord; hier, il avait donné sa parole, il n'y manquerait pas; et elle se voyait déjà chez Lheureux, étalant sur son bureau les trois billets de banque. Puis il faudrait inventer une histoire qui expliquât les choses à Bovary. Laquelle?

Cependant la nourrice était bien longue à revenir. Mais, comme il n'y avait point d'horloge dans la chaumière, Emma craignait de s'exagérer peut-être la longueur du temps. Elle se mit à faire des tours de promenade dans le jardin, pas à pas; elle alla dans le sentier le long de la haie, et s'en retourna vivement, espérant que la bonne femme serait rentrée par une autre route. Enfin, lasse d'attendre, assaillie de soupçons qu'elle repoussait, ne sachant plus si elle était là depuis un siècle ou une minute, elle s'assit dans un coin et ferma les yeux, se boucha les oreilles. La barrière grinça : elle fit un bond; avant qu'elle eût parlé, la mère Rollet lui avait dit :

— Il n'y a personne chez vous!

— Comment?

— Oh! personne! Et monsieur pleure. Il vous appelle. On vous cherche.

Emma ne répondit rien. Elle haletait, tout en roulant les yeux autour d'elle, tandis que la paysanne, effrayée de son visage, se reculait instinctivement, la croyant folle. Tout à coup elle se frappa le front, poussa un cri, car le souvenir de Rodolphe, comme un grand éclair dans une nuit sombre, lui avait passé dans l'âme. Il était si bon, si délicat, si généreux! Et, d'ailleurs, s'il hésitait à lui rendre ce service, elle saurait bien l'y contraindre en rappelant d'un seul clin d'œil leur amour perdu. Elle partit donc vers la Huchette, sans s'apercevoir qu'elle courait s'offrir à ce qui l'avait tantôt si fort exaspérée, ni se douter le moins du monde de cette prostitution.

VIII

Elle se demandait tout en marchant : « Que vais-je dire? Par où commencerai-je? » Et à mesure qu'elle avançait, elle reconnaissait les buissons, les arbres, les joncs marins sur la colline, le château là-bas. Elle se retrouvait dans les sensations de sa première tendresse, et son pauvre cœur comprimé s'y dilatait amoureusement. Un vent tiède lui soufflait au visage; la neige, se fondant, tombait goutte à goutte des bourgeons sur l'herbe.

Elle entra, comme autrefois, par la petite porte du parc, puis arriva à la cour d'honneur, que bordait un double rang de tilleuls touffus. Ils balançaient, en sifflant, leurs longues branches. Les chiens au chenil aboyèrent tous, et l'éclat de leurs voix retentissait sans qu'il parût personne.

Elle monta le large escalier droit, à balustres de bois, qui conduisait au corridor pavé de dalles poudreuses où s'ouvraient plusieurs chambres à la file, comme dans les monastères ou les auberges. La sienne était au bout, tout au fond, à gauche. Quand elle vint à poser les doigts sur la serrure, ses forces subitement l'abandonnèrent. Elle avait peur qu'il ne fût pas là, le souhaitait presque, et c'était pourtant son seul espoir, la dernière chance de salut. Elle se recueillit une minute, et, retrempant son courage au sentiment de la nécessité présente, elle entra.

Il était devant le feu, les deux pieds sur le chambranle, en train de fumer une pipe.

— Tiens! c'est vous! dit-il en se levant brusquement.

— Oui, c'est moi!... je voudrais, Rodolphe, vous demander un conseil.

Et, malgré tous ses efforts, il lui était impossible de desserrer la bouche.

— Vous n'avez pas changé, vous êtes toujours charmante!

— Oh! reprit-elle amèrement. ce sont de tristes charmes, mon ami, puisque vous les avez dédaignés.

Alors il entama une explication de sa conduite, s'excusant en termes vagues, faute de pouvoir inventer mieux.

Elle se laissa prendre à ses paroles, plus encore à sa voix et par le spectacle de sa personne; si bien qu'elle fit semblant de croire, ou crut-elle peut-être, au prétexte de leur rupture; c'était un secret d'où dépendaient l'honneur et même la vie d'une troisième personne.

— N'importe! fit-elle en le regardant tristement, j'ai bien souffert!

Il répondit d'un ton philosophique :

— L'existence est ainsi!

— A-t-elle du moins, reprit Emma, été bonne pour vous depuis notre séparation?

— Oh! ni bonne... ni mauvaise.

— Il aurait peut-être mieux valu ne jamais nous quitter.

— Oui..., peut-être!

— Tu crois? dit-elle en se rapprochant.

Et elle soupira.

— O Rodolphe! si tu savais!... je t'ai bien aimé!

Ce fut alors qu'elle prit sa main, et ils restèrent quelque temps les doigts entrelacés,

— comme le premier jour, aux Comices! Par un geste d'orgueil, il se débattait sous l'attendrissement. Mais, s'affaissant contre sa poitrine, elle lui dit :

— Comment voulais-tu que je vécusse sans toi! On ne peut pas se déshabituer du bonheur! J'étais désespérée! j'ai cru mourir! Je te conterai tout cela, tu verras. Et toi... tu m'as fuie!...

Car, depuis trois ans, il l'avait soigneusement évitée, par suite de cette lâcheté naturelle qui caractérise le sexe fort; et Emma continuait avec des gestes mignons de tête, plus câline qu'une chatte amoureuse :

— Tu en aimes d'autres, avoue-le. Oh! je les comprends, va! je les excuse : tu les auras séduites, comme tu m'avais séduite. Tu es un homme, toi! tu as tout ce qu'il faut pour te faire chérir. Mais nous recommencerons, n'est-ce pas? nous nous aimerons! Tiens, je ris, je suis heureuse!... parle donc!

Et elle était ravissante à voir, avec son regard où tremblait une larme, comme l'eau d'un orage dans un calice bleu.

Il l'attira sur ses genoux, et il caressait du revers de la main ses bandeaux lisses, où, dans la clarté du crépuscule, miroitait comme une flèche d'or un dernier rayon du soleil. Elle penchait le front; il finit par la baiser sur les paupières, tout doucement, du bout de ses lèvres.

— Mais tu as pleuré! dit-il. Pourquoi?

Elle éclata en sanglots. Rodolphe crut que c'était l'explosion de son amour; comme elle se taisait, il prit ce silence pour une dernière pudeur, et alors il s'écria :

— Ah! pardonne-moi! tu es la seule qui me plaise. J'ai été imbécile et méchant! Je t'aime, je t'aimerai toujours!... Qu'as-tu? dis-le donc!

Il s'agenouillait.

— Eh bien!... je suis ruinée, Rodolphe! Tu vas me prêter trois mille francs!

— Mais..., mais..., dit-il en se relevant peu à peu, tandis que sa physionomie prenait une expression grave.

— Tu sais, continuait-elle vite, que mon mari avait placé toute sa fortune chez un notaire; il s'est enfui. Nous avons emprunté; les clients ne payaient pas. Du reste, la liquidation n'est pas finie; nous en aurons plus tard. Mais, aujourd'hui, faute de trois mille francs, on va nous saisir; c'est à présent, à l'instant même; et, comptant sur ton amitié, je suis venue.

— Ah! pensa Rodolphe, qui devint très pâle tout à coup, c'est pour cela qu'elle est venue!

Enfin il dit d'un air calme :

— Je ne les ai pas, chère madame.

Il ne mentait point. Il les eût eus qu'il les aurait donnés, sans doute, bien qu'il soit généralement désagréable de faire de si belles actions : une demande pécuniaire, de toutes les bourrasques qui tombent sur l'amour, étant la plus froide et la plus déracinante.

Elle resta d'abord quelques minutes à le regarder.

— Tu ne les as pas!

Elle répéta plusieurs fois :

— Tu ne les as pas!... J'aurais dû m'épargner cette dernière honte. Tu ne m'as jamais aimée! tu ne vaux pas mieux que les autres!

Elle se trahissait, elle se perdait.

Rodolphe l'interrompit, affirmant qu'il se trouvait « gêné » lui-même.

— Ah! je te plains! dit Emma. Oui, considérablement!...

Et, arrêtant ses yeux sur une carabine damasquinée qui brillait dans la panoplie :

— Mais, lorsqu'on est si pauvre, on ne met pas d'argent à la crosse de son fusil! On n'achète pas une pendule avec des incrustations d'écailles! continuait-elle en montrant l'horloge de Boulle; ni des sifflets de vermeil pour ses fouets — elle les touchait! — ni des breloques pour sa montre! Oh! rien ne lui manque! jusqu'à un porte-liqueurs dans sa chambre; car tu t'aimes, tu vis bien, tu as un château, des fermes, des bois; tu chasses à courre, tu voyages à Paris... Eh! quand ce ne serait que cela, s'écria-t-elle en prenant sur la cheminée ses boutons de manchettes, que la moindre de ces niaiseries! on en peut faire de l'argent!... Oh! je n'en veux pas! garde-les!

Et elle lança bien loin les deux boutons, dont la chaîne d'or se rompit en cognant contre la muraille.

— Mais, moi, je t'aurais tout donné, j'aurais tout vendu, j'aurais travaillé de mes mains, j'aurais mendié sur les routes, pour un sourire, pour un regard, pour t'entendre dire : « Merci! » Et tu restes là tranquillement dans ton fauteuil, comme si déjà tu ne m'avais pas fait assez souffrir? Sans toi, sais-tu bien, j'aurais pu vivre heureuse! Qui t'y forçait? Etait-ce une gageure? Tu m'aimais cependant, tu le disais... Et tout à l'heure encore... Ah! il eût mieux valu me chasser! J'ai les mains chaudes de tes baisers, et voilà la place, sur le tapis, où tu jurais à mes genoux une éternité d'amour. Tu m'y as fait croire : tu m'as, pendant deux ans, traînée dans le rêve le plus magnifique et le plus suave!... Hein! nos projets de voyage, tu te rappelles? Oh! ta lettre, ta lettre! elle m'a déchiré le cœur!... Et puis, quand je reviens vers lui, vers lui, qui est riche, heureux, libre! pour implorer un secours que le premier venu rendrait, suppliante et lui rapportant toute ma tendresse, il me repousse, parce que ça lui coûterait trois mille francs!

— Je ne les ai pas! répondit Rodolphe avec ce calme parfait dont se recouvrent comme d'un bouclier les colères résignées.

Elle sortit. Les murs tremblaient, le plafond l'écrasait; et elle repassa par la longue allée, en trébuchant contre les tas de feuilles mortes que le vent dispersait. Enfin elle arriva au saut-de-loup devant la grille; elle se cassa les ongles contre la serrure, tant elle se dépêchait pour l'ouvrir. Puis, cent pas plus loin, essoufflée, près de tomber, elle s'arrêta Et alors, se détournant, elle aperçut encore une fois l'impassible château, avec le parc, les jardins, les trois cours, et toutes les fenêtres de la façade.

Elle resta perdue de stupeur, et n'ayant plus conscience d'elle-même que par le battement de ses artères, qu'elle croyait entendre s'échapper comme une assourdissante musique qui emplissait la campagne. Le sol sous ses pieds était plus mou qu'une onde, et les sillons lui parurent d'immenses vagues brunes, qui déferlaient. Tout ce qu'il y avait dans sa tête de réminiscences, d'idées, s'échappait à la fois, d'un seul bond, comme les mille pièces d'un feu d'artifice. Elle vit son père, le cabinet de Lheureux, leur chambre là-bas, un autre paysage. La folie la prenait, elle eut peur, et parvint à se ressaisir, d'une manière confuse, il est vrai; car elle ne se rappelait point la cause de son horrible état, c'est-à-dire la question d'argent. Elle ne souffrait que de son amour, et sentait son âme l'abandonner par ce souvenir, comme les blessés, en agonisant, sentent l'existence qui s'en va par leur plaie qui saigne.

La nuit tombait, des corneilles volaient.

Il lui sembla tout à coup que des globules couleur de feu éclataient dans l'air comme des balles fulminantes en s'aplatissant, et tournaient, tournaient, pour aller se fondre sur la neige, entre les branches des arbres. Au milieu de chacun d'eux, la figure de Rodolphe apparaissait. Ils se multiplièrent, et ils se rapprochaient, la pénétraient; tout disparut. Elle reconnut les lumières des maisons, qui rayonnaient de loin dans le brouillard.

Alors sa situation, telle qu'un abîme, se représenta. Elle haletait à se rompre la poitrine. Puis, dans un transport d'héroïsme qui la rendait presque joyeuse, elle descendit la côte en courant, traversa la planche aux vaches, le sentier, l'allée, les halles, et arriva devant la boutique du pharmacien.

Il n'y avait personne. Elle allait entrer; mais, au bruit de la sonnette, on pouvait venir; et, se glissant par la barrière, retenant son haleine, tâtant les murs, elle s'avança jusqu'au seuil de la cuisine, où brûlait une chandelle posée sur le fourneau. Justin, en manches de chemise, emportait un plat.

— Ah! ils dînent. Attendons.

Il revint. Elle frappa contre la vitre. Il sortit.

— La clef! celle d'en haut, où sont les...

— Comment?

Et il la regardait, tout étonné par la pâleur de son visage, qui tranchait en blanc sur le fond noir de la nuit. Elle lui apparut extraordinairement belle, et majestueuse comme un fantôme; sans comprendre ce qu'elle voulait, il pressentait quelque chose de terrible.

Mais elle reprit vivement, à voix basse, d'une voix douce, dissolvante:

— Je la veux! donne-la-moi.

Comme la cloison était mince, on entendait le cliquetis des fourchettes sur les assiettes dans la salle à manger.

Elle prétendit avoir besoin de tuer les rats qui l'empêchaient de dormir.

— Il faudrait que j'avertisse Monsieur.

— Non! reste!

Puis, d'un air indifférent :

— Eh! ce n'est pas la peine, je lui dirai tantôt. Allons, éclaire-moi!

Elle entra dans le corridor où s'ouvrait la porte du laboratoire. Il y avait contre la muraille une clef étiquetée *capharnaüm*.

— Justin! cria l'apothicaire, qui s'impatientait.

— Montons!

Et il la suivit.

La clef tourna dans la serrure, et elle alla droit vers la troisième tablette, tant son souvenir la guidait bien, saisit le bocal bleu, en arracha le bouchon, y fourra sa main, et, la retirant pleine d'une poudre blanche, elle se mit à manger à même.

— Arrêtez! s'écria-t-il en se jetant sur elle.

— Tais-toi! on viendrait...

Il se désespérait, voulait appeler.

— N'en dis rien; tout retomberait sur ton maître!

Puis elle s'en retourna subitement apaisée, et presque dans la sérénité d'un devoir accompli.

Quand Charles, bouleversé par la nouvelle de la saisie, était rentré à la maison, Emma venait d'en sortir. Il cria, pleura, s'évanouit, mais elle ne revint pas. Où pouvait-elle être? Il envoya Félicité chez Homais, chez M. Tuvache, chez Lheureux, au *Lion d'Or*, partout; et, dans les intermittences de son angoisse, il voyait sa considération anéantie, leur fortune perdue, l'avenir de Berthe brisé! Par quelle cause?... pas un mot! Il attendit jusqu'à six heures du soir. Enfin, n'y pouvant plus tenir, et imaginant qu'elle était partie pour Rouen, il alla sur la grande route, fit une demi-lieue, ne rencontra personne, attendit encore et s'en revint.

Elle était rentrée.

— Qu'y avait-il?... Pourquoi?... Explique-moi!...

Elle s'assit à son secrétaire, et écrivit une lettre qu'elle cacheta lentement, ajoutant la date du jour et l'heure. Puis elle dit d'un ton solennel :

— Tu la liras demain; d'ici là, je t'en prie, ne

m'adresse pas une seule question!... Non, pas une!

— Mais...

— Oh! laisse-moi!

Et elle se coucha tout du long sur son lit.

Une saveur âcre qu'elle sentait dans sa bouche la réveilla. Elle entrevit Charles et referma les yeux.

Elle s'épiait curieusement, pour discerner si elle ne souffrait pas. Mais non! rien encore. Elle entendait le battement de la pendule, le bruit du feu, et Charles, debout près de sa couche, qui respirait.

— Ah! c'est bien peu de chose, la mort! pensait-elle; je vais m'endormir, et tout sera fini!

Elle but une gorgée d'eau et se tourna vers la muraille.

Cet affreux goût d'encre continuait.

— J'ai soif!... oh! j'ai bien soif! soupira-t-elle.

— Qu'as-tu donc? dit Charles, qui lui tendait un verre.

— Ce n'est rien!... Ouvre la fenêtre... j'étouffe!

Et elle fut prise d'une nausée si soudaine, qu'elle eut à peine le temps de saisir son mouchoir sous l'oreiller.

— Enlève-le! dit-elle vivement; jette-le!

Il la questionna; elle ne répondit pas. Elle se tenait immobile, de peur que la moindre émotion ne la fît vomir. Cependant, elle sentait un froid de glace qui lui montait des pieds jusqu'au cœur.

— Ah! voilà que ça commence! murmura-t-elle.

— Que dis-tu?

Elle roulait sa tête avec un geste doux plein d'angoisse, et tout en ouvrant continuellement les mâchoires, comme si elle eût porté sur sa langue quelque chose de très lourd. A huit heures, les vomissements reparurent.

Charles observa qu'il y avait au fond de la cuvette une sorte de gravier blanc, attaché aux parois de la porcelaine.

— C'est extraordinaire! c'est singulier! répéta-t-il.

Mais elle dit d'une voix forte :

— Non, tu te trompes!

Alors, délicatement et presque en la caressant, il lui passa la main sur l'estomac. Elle jeta un cri aigu. Il se recula tout effrayé.

Puis elle se mit à geindre, faiblement d'abord. Un grand frisson lui secouait les épaules, et elle devenait plus pâle que le drap où s'enfonçaient ses doigts crispés. Son pouls inégal était presque insensible maintenant.

Des gouttes suintaient sur sa figure bleuâtre, qui semblait comme figée dans l'exhalaison d'une vapeur métallique. Ses dents claquaient, ses yeux agrandis regardaient vaguement autour d'elle, et à toutes les questions elle ne répondait qu'en hochant la tête; même elle sourit deux ou trois fois. Peu à peu, ses gémissements furent plus forts. Un hurlement sourd lui échappa; elle prétendit qu'elle allait mieux et qu'elle se lèverait tout à l'heure. Mais les convulsions la saisirent; elle s'écria :

— Ah! c'est atroce, mon Dieu!

Il se jeta à genoux contre son lit.

— Parle! qu'as-tu mangé? Réponds, au nom du ciel!

Et il la regardait avec des yeux d'une tendresse comme elle n'en avait jamais vu.

— Eh bien, là..., là!... dit-elle d'une voix défaillante.

Il bondit au secrétaire, brisa le cachet et lut tout haut : *Qu'on n'accuse personne...* Il s'arrêta, se passa la main sur les yeux, et relut encore.

— Comment!... Au secours! à moi!

Et il ne pouvait que répéter ce mot : « Empoisonnée; empoisonnée! » Félicité courut chez Homais, qui l'exclama sur la place; Mme Lefrançois l'entendit au *Lion d'Or*, quelques-uns se levèrent pour l'apprendre à leurs voisins, et toute la nuit le village fut en éveil.

Éperdu, balbutiant, près de tomber, Charles tournait dans la chambre. Il se heurtait aux meubles, s'arrachait les cheveux, et jamais le pharmacien n'avait cru qu'il pût y avoir de si épouvantable spectacle.

Il revint chez lui pour écrire à M. Canivet et au docteur Larivière. Il perdait la tête; il fit plus de quinze brouillons. Hippolyte partit à Neufchâtel, et Justin talonna si fort le cheval de Bovary, qu'il le laissa dans la côte du bois Guillaume, fourbu et aux trois quarts crevé.

Charles voulut feuilleter son dictionnaire de médecine; il n'y voyait pas, les lignes dansaient.

— Du calme! dit l'apothicaire. Il s'agit seulement d'administrer quelque puissant antidote. Quel est le poison?

Charles montra la lettre. C'était de l'arsenic.

— Eh bien! reprit Homais, il faudrait en faire l'analyse.

Car il savait qu'il faut, dans tous les empoisonnements, faire une analyse; et l'autre, qui ne comprenait pas, répondit :

— Ah! faites! faites! sauvez-la...

Puis, revenu près d'elle, il s'affaissa par terre sur le tapis, et il restait la tête appuyée contre le bord de sa couche, à sangloter.

— Ne pleure pas! lui dit-elle. Bientôt je ne te tourmenterai plus!

— Pourquoi? Qui t'a forcée?

Elle répliqua :

— Il le fallait, mon ami.

— N'étais-tu pas heureuse? Est-ce ma faute? J'ai fait tout ce que j'ai pu pourtant!

— Oui..., c'est vrai..., tu es bon, toi!

Et elle lui passait la main dans les cheveux, lentement. La douceur de cette sensation surchargeait sa tristesse; il sentait tout son être écrouler de désespoir à l'idée qu'il fallait la perdre, quand, au contraire, elle avouait pour lui plus d'amour que jamais; et il ne trouvait rien; il ne savait pas, il n'osait, l'urgence d'une résolution immédiate achevant de le bouleverser.

Elle en avait fini, songeait-elle, avec toutes les trahisons, les bassesses et les innombrables convoitises qui la torturaient. Elle ne haïssait personne, maintenant; une confusion de crépuscule s'abattait en sa pensée, et de tous les bruits de la terre Emma n'entendait plus que l'intermittente lamentation de ce pauvre cœur, douce et indistincte, comme le dernier écho d'une symphonie qui s'éloigne.

— Amenez-moi la petite, dit-elle en se soulevant du coude.

— Tu n'es pas plus mal, n'est-ce pas? demanda Charles.

— Non! non!

L'enfant arriva sur le bras de sa bonne, dans sa longue chemise de nuit, d'où sortaient ses pieds nus, sérieuse et presque rêvant encore. Elle considérait avec étonnement la chambre tout en désordre, et clignait des yeux, éblouie par les flambeaux qui brûlaient sur les meubles. Ils lui rappelaient sans doute les matins du jour de l'an ou de la mi-carême, quand, ainsi réveillée de bonne heure à la clarté des bougies, elle venait dans le lit de sa mère pour y recevoir ses étrennes, car elle se mit à dire :

— Où est-ce donc, maman?

Et comme tout le monde se taisait :

— Mais je ne vois pas mon petit soulier!

Félicité la penchait vers le lit, tandis qu'elle regardait toujours du côté de la cheminée.

— Est-ce nourrice qui l'aurait pris? demanda-t-elle.

Et, à ce nom, qui la reportait dans le souvenir de ses adultères et de ses calamités, Mme Bovary détourna sa tête, comme au dégoût d'un autre poison plus fort qui lui remontait à la bouche. Berthe, cependant, restait posée sur le lit.

— Oh! comme tu as de grands yeux, maman, comme tu es pâle! comme tu sues!...

Sa mère la regardait.

— J'ai peur! dit la petite en se reculant.

Emma prit la main pour la baiser; elle se débattait.

— Assez! qu'on l'emmène! s'écria Charles, qui sanglotait dans l'alcôve.

Puis les symptômes s'arrêtèrent un moment; elle paraissait moins agitée; et, à chaque parole insignifiante, à chaque souffle de sa poitrine un peu plus calme, il reprenait espoir. Enfin, lorsque Canivet entra, il se jeta dans ses bras en pleurant.

— Ah! c'est vous! merci! vous êtes bon! Mais tout va mieux. Tenez, regardez-la...

Le confrère ne fut nullement de cette opinion, et, n'y allant pas, comme il le disait lui-même *par quatre chemins,* il prescrivit de l'émétique afin de dégager complètement l'estomac.

Elle ne tarda pas à vomir du sang. Ses lèvres se serrèrent davantage. Elle avait les membres crispés, le corps couvert de taches brunes, et son pouls glissait sous les doigts comme un fil tendu, comme une corde de harpe près de se rompre.

Puis elle se mettait à crier, horriblement. Elle maudissait le poison, l'invectivait, le suppliait de se hâter, et repoussait de ses bras raidis tout ce que Charles, plus agonisant qu'elle, s'efforçait de lui faire boire. Il était debout, son mouchoir sur les lèvres, râlant, pleurant, et suffoqué par des sanglots qui le secouaient jusqu'aux talons; Félicité courait çà et là dans la chambre; Homais, immobile, poussait de gros soupirs, et M. Canivet, gardant toujours son aplomb, commençait néanmoins à se sentir troublé.

— Diable!... cependant... elle est purgée, et, du moment que la cause cesse...

— L'effet doit cesser, dit Homais; c'est évident.

— Mais sauvez-la! exclamait Bovary.

Aussi, sans écouter le pharmacien qui hasardait encore cette hypothèse : « C'est peut-être un paroxysme salutaire », Canivet allait administrer de la thériaque, lorsqu'on entendit le claquement d'un fouet; toutes les vitres frémirent, et, une berline de poste qu'enlevaient à plein poitrail trois chevaux crottés jusqu'aux oreilles, débusqua d'un bond au coin des halles. C'était le docteur Larivière.

L'apparition d'un dieu n'eût pas causé plus d'émoi. Bovary leva les mains, Canivet s'arrêta court, et Homais retira son bonnet grec bien avant que le docteur fût entré.

Il appartenait à la grande école chirurgicale sortie du tablier de Bichat, à cette génération, maintenant disparue, de praticiens philosophes qui, chérissant leur art d'un amour fanatique, l'exerçaient avec exaltation et sagacité! Tout tremblait dans son hôpital quand il se mettait en colère, et ses élèves le vénéraient si bien, qu'ils s'efforçaient, à peine établis, de l'imiter le plus possible; de sorte que l'on retrouvait sur eux, par les villes d'alentour, sa longue douillette de mérinos et son large habit noir, dont les parements déboutonnés couvraient un peu ses mains charnues, de fort belles mains, et qui n'avaient jamais de gants, comme pour être plus promptes à plonger dans les misères. Dédaigneux des croix, des titres et des académies, hospitalier, libéral, paternel avec les pauvres et pratiquant la vertu sans y croire, il eût presque passé pour un saint si la finesse de son esprit ne l'eût fait

craindre comme un démon. Son regard, plus
tranchant que ses bistouris, vous descendait
droit dans l'âme et désarticulait tout mensonge à
travers les allégations et les pudeurs. Et il allait
ainsi, plein de cette majesté débonnaire que
donnent la conscience d'un grand talent, de la
fortune, et quarante ans d'une existence laborieuse et irréprochable.

Il fronça les sourcils dès la porte, en apercevant
la face cadavéreuse d'Emma, étendue sur le
dos, la bouche ouverte. Puis, tout en ayant l'air
d'écouter Canivet, il se passait l'index sous les
narines et répétait :

— C'est bien, c'est bien.

Mais il fit un geste lent des épaules. Bovary
l'observa : ils se regardèrent; et cet homme, si
habitué pourtant à l'aspect des douleurs, ne put
retenir une larme qui tomba sur son jabot.

Il voulut emmener Canivet dans la pièce voisine. Charles le suivit.

— Elle est bien mal, n'est-ce pas? Si l'on posait des sinapismes? je ne sais quoi! Trouvez
donc quelque chose, vous qui en avez tant
sauvé!

Charles lui entourait le corps de ses deux bras,
et il le contemplait d'une manière effarée, suppliante, à demi pâmé contre sa poitrine.

— Allons, mon pauvre garçon, du courage! Il
n'y a plus rien à faire.

Et le docteur Larivière se détourna.

— Vous partez?

— Je vais revenir.

Il sortit comme pour donner un ordre au postillon, avec le sieur Canivet, qui ne se souciait pas
non plus de voir Emma mourir entre ses mains.

Le pharmacien les rejoignit sur la place. Il ne
pouvait, par tempérament, se séparer des gens
célèbres. Aussi conjura-t-il M. Larivière de lui
faire cet insigne honneur d'accepter à déjeuner.

On envoya bien vite prendre des pigeons au *Lion d'Or*, tout ce qu'il y avait de côtelettes à la boucherie, de la crème chez Tuvache, des œufs chez Lestiboudois, et l'apothicaire aidait lui-même aux préparatifs, tandis que Mme Homais disait, en tirant les cordons de sa camisole :

— Vous ferez excuse, monsieur; car dans notre malheureux pays, du moment qu'on n'est pas prévenu la veille...

— Les verres à patte!!! souffla Homais.

— Au moins, si nous étions à la ville, nous aurions la ressource des pieds farcis.

— Tais-toi!... A table, docteur!

Il jugea bon, après les premiers morceaux, de fournir quelques détails sur la catastrophe :

— Nous avons eu d'abord un sentiment de siccité au pharynx, puis des douleurs intolérables à l'épigastre, superpurgation, coma.

— Comment s'est-elle donc empoisonnée?

— Je l'ignore, docteur, et même je ne sais pas trop où elle a pu se procurer cet acide arsénieux.

Justin, qui apportait alors une pile d'assiettes, fut saisi d'un tremblement.

— Qu'as-tu? dit le pharmacien.

Le jeune homme, à cette question, laissa tout tomber par terre, avec un grand fracas.

— Imbécile! s'écria Homais, maladroit! lourdaud! fichu âne!

Mais, soudain, se maîtrisant :

— J'ai voulu, docteur, tenter une analyse, et *primo*, j'ai délicatement introduit dans un tube...

— Il aurait mieux valu, dit le chirurgien, lui introduire vos doigts dans la gorge.

Son confrère se taisait, ayant tout à l'heure reçu confidentiellement une forte semonce à propos de son émétique, de sorte que ce bon Canivet, si arrogant et verbeux lors du pied-bot, était très

modeste aujourd'hui; il souriait sans discontinuer. d'une manière approbative.

Homais s'épanouissait dans son orgueil
d'amphitryon, et l'affligeante idée de Bovary
contribuait vaguement à son plaisir, par un
retour égoïste qu'il faisait sur lui-même. Puis la
présence du docteur le transportait. Il étalait son
érudition, il citait pêle-mêle les cantharides,
l'upas, le mancenillier, la vipère.

— Et même j'ai lu que différentes personnes
s'étaient trouvées intoxiquées, docteur. et comme
foudroyées par des boudins qui avaient subi une
trop véhémente fumigation! Du moins, c'était
dans un fort beau rapport, composé par une de
nos sommités pharmaceutiques. un de nos
maîtres, l'illustre Cadet de Gassicourt!

Mme Homais réapparut, portant une de ces
vacillantes machines que l'on chauffe avec de
l'esprit-de-vin; car Homais tenait à faire son café
sur la table, l'ayant d'ailleurs torréfié lui-même,
porphyrisé lui-même, mixtionné lui-même.

— *Saccharum*, docteur, dit-il en offrant du
sucre.

Puis il fit descendre tous ses enfants, curieux
d'avoir l'avis du chirurgien sur leur constitution.

Enfin, M. Larivière allait partir, quand Mme
Homais lui demanda une consultation pour son
mari. Il s'épaississait le sang à s'endormir
chaque soir après le dîner.

— Oh! ce n'est pas le *sens* qui le gêne.

Et, souriant un peu de ce calembour inaperçu,
le docteur ouvrit la porte. Mais la pharmacie
regorgeait de monde; et il eut grand-peine à pouvoir se débarrasser du sieur Tuvache, qui redoutait pour son épouse une fluxion de poitrine,
parce qu'elle avait coutume de cracher dans les
cendres; puis de M. Binet. qui éprouvait parfois
des fringales; et de Mme Caron, qui avait des
picotements; de Lheureux, qui avait des vertiges;

de Lestiboudois, qui avait un rhumatisme; de Mme Lefrançois, qui avait des aigreurs. Enfin les trois chevaux détalèrent, et l'on trouva généralement qu'il n'avait point montré de complaisance.

L'attention publique fut distraite par l'apparition de M. Bournisien, qui passait sous les halles avec les saintes huiles.

Homais, comme il le devait à ses principes, compara les prêtres à des corbeaux qu'attire l'odeur des morts; la vue d'un ecclésiastique lui était personnellement désagréable, car la soutane le faisait rêver au linceul, et il exécrait l'une un peu par épouvante de l'autre.

Néanmoins, ne reculant pas devant ce qu'il appelait *sa mission*, il retourna chez Bovary en compagnie de Canivet, que M. Larivière, avant de partir, avait engagé fortement à cette démarche; et même, sans les représentations de sa femme, il eût emmené avec lui ses deux fils, afin de les accoutumer aux fortes circonstances, pour que ce fût une leçon, un exemple, un tableau solennel qui leur restât plus tard dans la tête.

La chambre, quand ils entrèrent, était toute pleine d'une solennité lugubre. Il y avait, sur la table à ouvrage recouverte d'une serviette blanche, cinq ou six petites boules de coton dans un plat d'argent, près d'un gros crucifix, entre deux chandeliers qui brûlaient. Emma, le menton contre sa poitrine, ouvrait démesurément les paupières : et ses pauvres mains se traînaient sur les draps, avec ce geste hideux et doux des agonisants qui semblent vouloir déjà se recouvrir du suaire. Pâle comme une statue, et les yeux rouges comme des charbons, Charles, sans pleurer, se tenait en face d'elle, au pied du lit, tandis que le prêtre, appuyé sur un genou, marmottait des paroles basses.

Elle tourna sa figure lentement, et parut saisie de joie à voir tout à coup l'étole violette, sans doute retrouvant au milieu d'un apaisement extraordinaire la volupté perdue de ses premiers élancements mystiques, avec des visions de béatitude éternelle qui commençaient.

Le prêtre se releva pour prendre le crucifix; alors elle allongea le cou comme quelqu'un qui a soif, et, collant ses lèvres sur le corps de l'Homme-Dieu, elle y déposa de toute sa force expirante le plus grand baiser d'amour qu'elle eût jamais donné. Ensuite, il récita le *Misereatur* et l'*Indulgentiam*, trempa son pouce droit dans l'huile et commença les onctions : d'abord sur les yeux, qui avaient tant convoité toutes les somptuosités terrestres; puis sur les narines, friandes de brises tièdes et de senteurs amoureuses; puis sur la bouche, qui s'était ouverte pour le mensonge, qui avait gémi d'orgueil et crié dans la luxure; puis sur les mains, qui se délectaient aux contacts suaves, et enfin sur la plante des pieds, si rapides autrefois quand elle courait à l'assouvissance de ses désirs, et qui maintenant ne marcheraient plus.

Le curé s'essuya les doigts, jeta dans le feu les brins de coton trempés d'huile, et revint s'asseoir près de la moribonde pour lui dire qu'elle devait à présent joindre ses souffrances à celles de Jésus-Christ et s'abandonner à la miséricorde divine.

En finissant ses exhortations, il essaya de lui mettre dans la main un cierge bénit, symbole des gloires célestes dont elle allait tout à l'heure être environnée. Emma, trop faible, ne put fermer les doigts, et le cierge, sans M. Bournisien, serait tombé à terre.

Cependant elle n'était plus aussi pâle, et son visage avait une expression de sérénité, comme si le sacrement l'eût guérie.

Le prêtre ne manqua point d'en faire l'observation; il expliqua même à Bovary que le Seigneur, quelquefois, prolongeait l'existence des personnes lorsqu'il le jugeait convenable pour leur

salut; et Charles se rappela un jour où, ainsi
près de mourir, elle avait reçu la communion.

— Il ne fallait peut-être pas se désespérer,
pensa-t-il.

En effet, elle regarda autour d'elle, lentement, comme quelqu'un qui se réveille d'un songe; puis, d'une voix distincte, elle demanda son
miroir, et elle resta penchée dessus quelque
temps, jusqu'au moment où de grosses larmes lui
découlèrent des yeux. Alors elle se renversa la
tête en poussant un soupir et retomba sur l'oreiller.

Sa poitrine aussitôt se mit à haleter rapidement. La langue tout entière lui sortit hors de la
bouche; ses yeux, en roulant, pâlissaient comme
deux globes de lampes qui s'éteignent, à la croire
déjà morte, sans l'effrayante accélération de ses
côtes secouées par un souffle furieux, comme si
l'âme eût fait des bonds pour se détacher. Félicité
s'agenouilla devant le crucifix, et le pharmacien
lui-même fléchit un peu les jarrets, tandis que
M. Canivet regardait vaguement sur la place.
Bournisien s'était remis en prière, la figure incli-
née contre le bord de la couche, avec sa longue
soutane noire qui traînait derrière lui dans
l'appartement. Charles était de l'autre côté, à genoux, les bras étendus vers Emma. Il avait pris
ses mains et il les serrait, tressaillant à chaque
battement de son cœur, comme au contrecoup
d'une ruine qui tombe. A mesure que le râle
devenait plus fort, l'ecclésiastique précipitait ses
oraisons; elles se mêlaient aux sanglots étouffés
de Bovary, et quelquefois tout semblait disparaître dans le sourd murmure des syllabes
latines, qui tintaient comme un glas de cloche.

Tout à coup, on entendit sur le trottoir un
bruit de gros sabots, avec le frôlement d'un
bâton; et une voix s'éleva, une voix rauque, qui
chantait :

> *Souvent la chaleur d'un beau jour*
> *Fait rêver fillette à l'amour.*

Emma se releva comme un cadavre que l'on galvanise, les cheveux dénoués, la prunelle fixe, béante.

> *Pour amasser diligemment*
> *Les épis que la faux moissonne,*
> *Ma Nanette va s'inclinant*
> *Vers le sillon qui nous les donne.*

— L'Aveugle! s'écria-t-elle.

Et Emma se mit à rire, d'un rire atroce, frénétique, désespéré, croyant voir la face hideuse du misérable, qui se dressait dans les ténèbres éternelles comme un épouvantement.

> *Il souffla bien fort ce jour-là,*
> *Et le jupon court s'envola!*

Une convulsion la rabattit sur le matelas. Tous s'approchèrent. Elle n'existait plus.

Il y a toujours, après la mort de quelqu'un, comme une stupéfaction qui se dégage, tant il est difficile de comprendre cette survenue du néant et de se résigner à y croire. Mais, quand il s'aperçut pourtant de son immobilité, Charles se jeta sur elle en criant :

— Adieu! adieu!

Homais et Canivet l'entraînèrent hors de la chambre.

— Modérez-vous!

— Oui, disait-il en se débattant, je serai raisonnable, je ne ferai pas de mal. Mais laissez-moi! je veux la voir! c'est ma femme!

Et il pleurait.

— Pleurez, reprit le pharmacien, donnez cours à la nature, cela vous soulagera!

Devenu plus faible qu'un enfant, Charles se laissa conduire en bas, dans la salle, et M. Homais bientôt s'en retourna chez lui.

Il fut, sur la place, accosté par l'Aveugle qui, s'étant traîné jusqu'à Yonville dans l'espoir de la pommade antiphlogistique, demandait à chaque passant où demeurait l'apothicaire.

— Allons, bon! comme si je n'avais pas d'autres chiens à fouetter! Ah! tant pis, reviens plus tard!

Et il entra précipitamment dans la pharmacie.

Il avait à écrire deux lettres, à faire une potion calmante pour Bovary, à trouver un mensonge qui pût cacher l'empoisonnement et à le rédiger en article pour *le Fanal*, sans compter les personnes qui l'attendaient, afin d'avoir des informations; et quand les Yonvillais eurent tous entendu son histoire d'arsenic qu'elle avait pris pour du sucre, en faisant une crème à la vanille, Homais, encore une fois, retourna chez Bovary.

Il le trouva seul (M. Canivet venait de partir), assis dans le fauteuil, près de la fenêtre, et contemplant d'un regard idiot les pavés de la salle.

— Il faudrait à présent, dit le pharmacien, fixer vous-même l'heure de la cérémonie.

— Pourquoi? quelle cérémonie?

Puis d'une voix balbutiante et effrayée :

— Oh! non, n'est-ce pas? non, je veux la garder.

Homais, par contenance, prit une carafe sur l'étagère pour arroser les géraniums.

— Ah! merci, dit Charles, vous êtes bon!

Et il n'acheva pas, suffoquant sous une abondance de souvenirs que ce geste du pharmacien lui rappelait.

Alors, pour le distraire, Homais jugea convenable de causer un peu horticulture; les plantes avaient besoin d'humidité. Charles baissa la tête en signe d'approbation.

— Du reste, les beaux jours maintenant vont revenir.

— Ah! fit Bovary.

L'apothicaire, à bout d'idées, se mit à écarter doucement les petits rideaux du vitrage.

— Tiens, voilà M. Tuvache qui passe.

Charles répéta comme une machine :

— M. Tuvache qui passe.

Homais n'osa lui reparler des dispositions funèbres; ce fut l'ecclésiastique qui parvint à l'y résoudre.

Il s'enferma dans son cabinet, prit une plume, et, après avoir sangloté quelque temps, il écrivit :

« *Je veux qu'on l'enterre dans sa robe de noces, avec des souliers blancs, une couronne. On lui étalera ses cheveux sur les épaules; trois cercueils, un de chêne, un d'acajou, un de plomb. Qu'on ne me dise rien, j'aurai de la force. On lui mettra par-dessus tout une grande pièce de velours vert. Je le veux. Faites-le.* »

Ces messieurs s'étonnèrent beaucoup des idées romanesques de Bovary, et aussitôt le pharmacien alla lui dire :

— Ce velours me paraît une superfétation. La dépense, d'ailleurs...

— Est-ce que cela vous regarde? s'écria Charles. Laissez-moi! vous ne l'aimiez pas! Allez-vous-en!

L'ecclésiastique le prit par-dessous le bras pour lui faire faire un tour de promenade dans le jardin. Il discourait sur la vanité des choses terrestres. Dieu était bien grand, bien bon; on devait sans murmure se soumettre à ses décrets, même le remercier.

Charles éclata en blasphèmes.

— Je l'exècre, votre Dieu!

— L'esprit de révolte est encore en vous, soupira l'ecclésiastique.

Bovary était loin. Il marchait à grands pas, le long du mur, près de l'escalier, et il grinçait des dents, il levait au ciel des regards de malédiction; mais pas une feuille seulement n'en bougea.

Une petite pluie tombait. Charles, qui avait la poitrine nue, finit par grelotter; il rentra s'asseoir dans la cuisine.

A six heures, on entendit un bruit de ferraille sur la place : c'était *l'Hirondelle* qui arrivait; et il resta le front contre les carreaux, à voir descendre les uns après les autres tous les voyageurs. Félicité lui étendit un matelas dans le salon; il se jeta dessus et s'endormit.

Bien que philosophe, M. Homais respectait les morts. Aussi, sans garder rancune au pauvre Charles, il revint le soir pour faire la veillée du cadavre, apportant avec lui trois volumes, et un portefeuille, afin de prendre des notes.

M. Bournisien s'y trouvait, et deux grands cierges brûlaient au chevet du lit, que l'on avait tiré hors de l'alcôve.

L'apothicaire, à qui le silence pesait, ne tarda pas à formuler quelques plaintes sur cette « infortunée jeune femme »; et le prêtre répondit qu'il ne restait plus maintenant qu'à prier pour elle.

— Cependant, reprit Homais, de deux choses l'une : ou elle est morte en état de grâce (comme s'exprime l'Eglise), et alors elle n'a nul besoin de nos prières; ou bien elle est décédée impénitente (c'est, je crois, l'expression ecclésiastique), et alors...

Bournisien l'interrompit, répliquant d'un ton bourru qu'il n'en fallait pas moins prier.

— Mais, objecta le pharmacien, puisque Dieu connaît tous nos besoins, à quoi peut servir la prière?

— Comment! fit l'ecclésiastique, la prière! Vous n'êtes donc pas chrétien?

— Pardonnez! dit Homais. J'admire le christianisme. Il a d'abord affranchi les esclaves, introduit dans le monde une morale...

— Il ne s'agit pas de cela! Tous les textes...

— Oh! oh! quant aux textes, ouvrez l'histoire; on sait qu'ils ont été falsifiés par les jésuites.

Charles entra, et, s'avançant vers le lit, il tira lentement les rideaux.

Emma avait la tête penchée sur l'épaule droite.

Le coin de sa bouche, qui se tenait ouverte, faisait comme un trou noir au bas de son visage; les
deux pouces restaient infléchis dans la paume
des mains; une sorte de poussière blanche lui
parsemait les cils, et ses yeux commençaient à
disparaître dans une pâleur visqueuse qui ressemblait à une toile mince, comme si des arai-
gnées avaient filé dessus. Le drap se creusait
depuis ses seins jusqu'à ses genoux, se relevant
ensuite à la pointe des orteils; et il semblait à
Charles que des masses infinies, qu'un poids
énorme pesait sur elle.

L'horloge de l'église sonna deux heures. On
entendait le gros murmure de la rivière qui coulait dans les ténèbres, au pied de la terrasse.
M. Bournisien, de temps à autre, se mouchait
bruyamment, et Homais faisait grincer sa plume
sur le papier.

— Allons, mon bon ami, dit-il, retirez-vous, ce
spectacle vous déchire!

Charles une fois parti, le pharmacien et le curé
recommencèrent leurs discussions.

— Lisez Voltaire! disait l'un; lisez d'Holbach,
lisez l'*Encyclopédie!*

— Lisez les *Lettres de quelques juifs portu-
gais!* disait l'autre; lisez la *Raison du christianisme*, par Nicolas, ancien magistrat!

Ils s'échauffaient, ils étaient rouges, ils parlaient à la fois, sans s'écouter; Bournisien se
scandalisait d'une telle audace; Homais s'émerveillait d'une telle bêtise; et ils n'étaient pas loin
de s'adresser des injures, quand Charles, tout à
coup, reparut. Une fascination l'attirait, il
remontait continuellement l'escalier.

Il se posait en face d'elle pour la mieux voir, et
il se perdait en cette contemplation, qui n'était
plus douloureuse à force d'être profonde.

Il se rappelait des histoires de catalepsie, les
miracles du magnétisme; et il se disait qu'en le
voulant extrêmement, il parviendrait peut-être à

la ressusciter. Une fois même il se pencha vers elle, et il cria tout bas : « Emma! Emma! » Son haleine, fortement poussée, fit trembler la flamme des cierges contre le mur.

Au petit jour, Mme Bovary mère arriva : Charles, en l'embrassant, eut un nouveau débordement de pleurs. Elle essaya, comme avait tenté le pharmacien, de lui faire quelques observations sur les dépenses de l'enterrement. Il s'emporta si fort qu'elle se tut, et même il la chargea de se rendre immédiatement à la ville pour acheter ce qu'il fallait.

Charles resta seul toute l'après-midi; on avait conduit Berthe chez Mme Homais; Félicité se tenait en haut, dans la chambre, avec la mère Lefrançois.

Le soir, il reçut des visites. Il se levait, vous serrait les mains sans pouvoir parler, puis l'on s'asseyait auprès des autres, qui faisaient devant la cheminée un grand demi-cercle. La figure basse et le jarret sur le genou, ils dandinaient leur jambe, tout en poussant par intervalles un gros soupir; et chacun s'ennuyait d'une façon démesurée; c'était pourtant à qui ne partirait pas.

Homais, quand il revint à neuf heures (on ne voyait que lui sur la place, depuis deux jours), était chargé d'une provision de camphre, de benjoin et d'herbes aromatiques. Il portait aussi un vase plein de chlore, pour bannir les miasmes. A ce moment, la domestique, Mme Lefrançois et la mère Bovary tournaient autour d'Emma, en achevant de l'habiller; et elles abaissèrent le long voile raide, qui la recouvrit jusqu'à ses souliers de satin.

Félicité sanglotait :

— Ah! ma pauvre maîtresse! ma pauvre maîtresse!

— Regardez-la, disait en soupirant l'aubergiste, comme elle est mignonne encore! Si l'on ne jurerait pas qu'elle va se lever tout à l'heure.

Puis elles se penchèrent, pour lui mettre sa couronne.

Il fallut soulever un peu la tête, et alors un flot de liquides noirs sortit, comme un vomissement, de sa bouche.

— Ah! mon Dieu! la robe, prenez garde! s'écria Mme Lefrançois. Aidez-moi donc! disait-elle au pharmacien. Est-ce que vous avez peur, par hasard?

— Moi, peur? répliqua-t-il en haussant les épaules. Ah bien, oui! J'en ai vu d'autres à l'Hôtel-Dieu, quand j'étudiais la pharmacie! Nous faisions du punch dans l'amphithéâtre aux dissections! Le néant n'épouvante pas un philosophe; et même, je le dis souvent, j'ai l'intention de léguer mon corps aux hôpitaux, afin de servir plus tard à la Science.

En arrivant, le curé demanda comment se portait Monsieur; et, sur la réponse de l'apothicaire, il reprit :

— Le coup, vous comprenez, est encore trop récent.

Alors Homais le félicita de n'être pas exposé, comme tout le monde, à perdre une compagne chérie; d'où s'ensuivit une discussion sur le célibat des prêtres.

— Car, disait le pharmacien, il n'est pas naturel qu'un homme se passe de femmes! On a vu des crimes...

— Mais, sabre de bois! s'écria l'ecclésiastique, comment voulez-vous qu'un individu pris dans le mariage puisse garder, par exemple, le secret de la confession?

Homais attaqua la confession. Bournisien la défendit; il s'étendit sur les restitutions qu'elle faisait opérer. Il cita différentes anecdotes de voleurs devenus honnêtes tout à coup. Des militaires, s'étant approchés du tribunal de la péni-

tence, avaient senti les écailles leur tomber des
yeux. Il y avait à Fribourg un ministre...

Son compagnon dormait. Puis, comme il étouffait un peu dans l'atmosphère trop lourde de la
chambre, il ouvrit la fenêtre, ce qui réveilla le
pharmacien.

— Allons, une prise! lui dit-il. Acceptez, cela
dissipe.

Des aboiements continus se traînaient au loin,
quelque part.

— Entendez-vous un chien qui hurle? dit le
pharmacien.

— On prétend qu'ils sentent les morts, répondit l'ecclésiastique. C'est comme les abeilles :
elles s'envolent de la ruche au décès des personnes.

Homais ne releva pas ces préjugés, car il
s'était rendormi.

M. Bournisien, plus robuste, continua quelque
temps à remuer tout bas les lèvres, puis, insensiblement, il baissa le menton, lâcha son gros
livre noir et se mit à ronfler.

Ils étaient en face l'un de l'autre, le ventre en
avant, la figure bouffie, l'air renfrogné, après
tant de désaccord se rencontrant enfin dans la
même faiblesse humaine; et ils ne bougeaient pas
plus que le cadavre à côté d'eux qui avait l'air de
dormir.

Charles, en entrant, ne les réveilla point.
C'était la dernière fois. Il venait lui faire ses
adieux.

Les herbes aromatiques fumaient encore, et
des tourbillons de vapeur bleuâtre se confondaient au bord de la croisée avec le brouillard
qui entrait. Il y avait quelques étoiles, et la nuit
était douce.

La cire des cierges tombait par grosses larmes
sur les draps du lit. Charles les regardait brûler,
fatiguant ses yeux contre le rayonnement de leur
flamme jaune.

Des moires frissonnaient sur la robe de satin, blanche comme un clair de lune. Emma disparaissait dessous; et il lui semblait que, s'épandant au dehors d'elle-même, elle se perdait confusément dans l'entourage des choses, dans le silence, dans la nuit, dans le vent qui passait, dans les senteurs humides qui montaient.

Puis, tout à coup, il la voyait dans le jardin de Tostes sur le banc, contre la haie d'épines, ou bien à Rouen, dans les rues, sur le seuil de leur maison, dans la cour des Bertaux. Il entendait encore le rire des garçons en gaieté qui dansaient sous les pommiers; la chambre était pleine du parfum de sa chevelure, et sa robe lui frissonnait dans les bras avec un bruit d'étincelles. C'était la même, celle-là!

Il fut longtemps à se rappeler ainsi toutes les félicités disparues, ses attitudes, ses gestes, le timbre de sa voix. Après un désespoir, il en venait un autre, et toujours intarissablement, comme les flots d'une marée qui déborde.

Il eut une curiosité terrible : lentement, du bout des doigts, en palpitant, il releva son voile. Mais il poussa un cri d'horreur qui réveilla les deux autres. Ils l'entraînèrent en bas, dans la salle.

Puis Félicité vint dire qu'il demandait des cheveux.

— Coupez-en! répliqua l'apothicaire.

Et, comme elle n'osait, il s'avança lui-même, les ciseaux à la main. Il tremblait si fort, qu'il piqua la peau des tempes en plusieurs places. Enfin, se raidissant contre l'émotion, Homais donna deux ou trois grands coups au hasard, ce qui fit des marques blanches dans cette belle chevelure noire.

Le pharmacien et le curé se replongèrent dans leurs occupations, non sans dormir de temps à autre, ce dont ils s'accusaient réciproquement à chaque réveil nouveau. Alors M. Bournisien

aspergeait la chambre d'eau bénite et Homais jetait un peu de chlore par terre.

Félicité avait eu soin de mettre pour eux, sur
la commode, une bouteille d'eau-de-vie, un fromage et une grosse brioche. Aussi l'apothicaire,
qui n'en pouvait plus, soupira vers quatre heures
du matin :

— Ma foi, je me sustenterais avec plaisir !

L'ecclésiastique ne se fit point prier; il sortit
pour aller dire sa messe, revint; puis ils man-
gèrent et trinquèrent, tout en ricanant un peu,
sans savoir pourquoi, excités par cette gaieté
vague qui vous prend après des séances de tristesse; et, au dernier petit verre, le prêtre dit au
pharmacien, tout en lui frappant sur l'épaule :

— Nous finirons par nous entendre !

Ils rencontrèrent en bas, dans le vestibule, les
ouvriers qui arrivaient. Alors Charles, pendant
deux heures, eut à subir le supplice du marteau
qui résonnait sur les planches. Puis on la descendit dans son cercueil de chêne, que l'on emboîta
dans les deux autres; mais, comme la bière était
trop large, il fallut boucher les interstices avec la
laine d'un matelas. Enfin, quand les trois cou-
vercles furent rabotés, cloués, soudés, on l'exposa
devant la porte; on ouvrit toute grande la maison, et les gens d'Yonville commencèrent à
affluer.

Le père Rouault arriva. Il s'évanouit sur la
place en apercevant le drap noir.

X

Il n'avait reçu la lettre du pharmacien que trente-six heures après l'événement; et, par égard pour sa sensibilité, M. Homais l'avait rédigée de telle façon qu'il était impossible de savoir à quoi s'en tenir.

Le bonhomme tomba d'abord comme frappé d'apoplexie. Ensuite il comprit qu'elle n'était pas morte. Mais elle pouvait l'être... Enfin il avait passé sa blouse, pris son chapeau, accroché un éperon à son soulier et était parti ventre à terre; et, tout le long de la route, le père Rouault, haletant, se dévora d'angoisses. Une fois même, il fut obligé de descendre. Il n'y voyait plus, il entendait des voix autour de lui, il se sentait devenir fou.

Le jour se leva. Il aperçut trois poules noires qui dormaient dans un arbre; il tressaillit, épouvanté de ce présage. Alors il promit à la sainte Vierge trois chasubles pour l'église, et qu'il irait pieds nus depuis le cimetière des Bertaux jusqu'à la chapelle de Vassonville.

Il entra dans Maromme en hélant les gens de l'auberge, enfonça la porte d'un coup d'épaule, bondit au sac d'avoine, versa dans la mangeoire une bouteille de cidre doux, et renfourcha son bidet, qui faisait feu des quatre fers.

Il se disait qu'on la sauverait sans doute; les médecins découvriraient un remède, c'était sûr. Il se rappela toutes les guérisons miraculeuses qu'on lui avait contées.

Puis elle lui apparaissait morte. Elle était là, devant lui, étendue sur le dos, au milieu de la route. Il tirait la bride, et l'hallucination disparaissait.

A Quincampoix, pour se donner du cœur, il but trois cafés l'un sur l'autre.

Il songea qu'on s'était trompé de nom en écrivant. Il chercha la lettre dans sa poche, l'y sentit, mais n'osa pas l'ouvrir.

Il en vint à supposer que c'était peut-être une *farce*, une vengeance de quelqu'un, une fantaisie d'homme en goguette; et, d'ailleurs, si elle était morte, on le saurait! Mais non! la campagne n'avait rien d'extraordinaire : le ciel était bleu, les arbres se balançaient; un troupeau de moutons passa. Il aperçut le village; on le vit accourant tout penché sur son cheval, qu'il bâtonnait à grands coups, et dont les sangles dégouttelaient de sang.

Quand il eut reprit connaissance, il tomba tout en pleurs dans les bras de Bovary :

— Ma fille! Emma! mon enfant! expliquez-moi...?

Et l'autre répondait avec des sanglots :

— Je ne sais pas, je ne sais pas! c'est une malédiction!

L'apothicaire les sépara.

— Ces horribles détails sont inutiles. J'en instruirai monsieur. Voici le monde qui vient. De la dignité, fichtre! de la philosophie!

Le pauvre garçon voulut paraître fort, et il répéta plusieurs fois :

— Oui..., du courage!

— Eh bien! s'écria le bonhomme, j'en aurai, nom d'un tonnerre de Dieu! Je m'en vas la conduire jusqu'au bout.

La cloche tintait. Tout était prêt. Il fallut se mettre en marche.

Et, assis dans une stalle du chœur, l'un près de l'autre, ils virent passer devant eux et repas-

ser continuellement les trois chantres qui psal-
modiaient. Le serpent soufflait à pleine poitrine.
M. Bournisien, en grand appareil, chantait d'une
voix aiguë; il saluait le tabernacle, élevait les
mains, étendait les bras. Lestiboudois circulait
dans l'église avec sa latte de baleine; près du
lutrin, la bière reposait entre quatre rangs de
cierges. Charles avait envie de se lever pour les
éteindre.

Il tâchait cependant de s'exciter à la dévotion,
de s'élancer dans l'espoir d'une vie future où il la
reverrait. Il imaginait qu'elle était partie en
voyage, bien loin, depuis longtemps. Mais quand
il pensait qu'elle se trouvait là-dessous, et que
tout était fini, qu'on l'emportait dans la terre, il
se prenait d'une rage farouche, noire, désespérée.
Parfois il croyait ne plus rien sentir; et il savourait cet adoucissement de sa douleur, tout en se
reprochant d'être un misérable.

On entendit sur les dalles comme le bruit sec
d'un bâton ferré qui les frappait à temps égaux.
Cela venait du fond, et s'arrêta court dans les bas-
côtés de l'église. Un homme en grosse veste
brune s'agenouilla péniblement. C'était Hippolyte, le garçon du *Lion d'Or*. Il avait mis sa
jambe neuve.

L'un des chantres vint faire le tour de la nef
pour quêter, et les gros sous, les uns après les
autres, sonnaient dans le plat d'argent.

— Dépêchez-vous donc! je souffre, moi!
s'écria Bovary tout en lui jetant avec colère une
pièce de cinq francs.

L'homme d'église le remercia par une longue
révérence.

On chantait, on s'agenouillait, on se relevait,
cela n'en finissait pas! Il se rappela qu'une fois,
dans les premiers temps, ils avaient ensemble
assisté à la messe, et ils s'étaient mis de l'autre
côté, à droite, contre le mur. La cloche recommença. Il y eu un grand mouvement de chaises.

Les porteurs glissèrent leur trois bâtons sous la bière, et l'on sortit de l'église.

Justin alors parut sur le seuil de la pharmacie. Il y rentra tout à coup, pâle, chancelant.

On se tenait aux fenêtres pour voir passer le cortège. Charles, en avant, se cambrait la taille. Il affectait un air brave et saluait d'un signe ceux qui, débouchant des ruelles ou des portes, se rangeaient dans la foule.

Les six hommes, trois de chaque côté, marchaient au petit pas et en haletant un peu. Les prêtres, les chantres et les deux enfants de chœur récitaient le *De profundis*; et leurs voix s'en allaient sur la campagne, montant et s'abaissant avec des ondulations. Parfois ils disparaissaient aux détours du sentier; mais la grande croix d'argent se dressait toujours entre les arbres.

Les femmes suivaient, couvertes de mantes noires à capuchon rabattu; elles portaient à la main un gros cierge qui brûlait, et Charles se sentait défaillir à cette continuelle répétition de prières et de flambeaux, sous ces odeurs affadissantes de cire et de soutane. Une brise fraîche soufflait, les seigles et les colzas verdoyaient, des gouttelettes de rosée tremblaient au bord du chemin, sur les haies d'épines. Toutes sortes de bruits joyeux emplissaient l'horizon : le claquement d'une charrette roulant au loin dans les ornières, le cri d'un coq qui se répétait ou la galopade d'un poulain que l'on voyait s'enfuir sous les pommiers. Le ciel pur était tacheté de nuages roses; des fumignons bleuâtres se rabattaient sur les chaumières couvertes d'iris; Charles, en passant, reconnaissait les cours. Il se souvenait de matins comme celui-ci, où, après avoir visité quelque malade, il en sortait, et retournait vers elle.

Le drap noir, semé de larmes blanches, se levait de temps à autre en découvrant la bière.

Les porteurs fatigués se ralentissaient, et elle avançait par saccades continues, comme une chaloupe qui tangue à chaque flot.

On arriva.

Les hommes continuèrent jusqu'en bas, à une place dans le gazon où la fosse était creusée.

On se rangea tout autour; et, tandis que le prêtre parlait, la terre rouge, rejetée sur les bords, coulait par les coins, sans bruit, continuellement.

Puis, quand les quatre cordes furent disposées, on poussa la bière dessus. Il la regarda descendre. Elle descendait toujours.

Enfin, on entendit un choc; les cordes en grinçant remontèrent. Alors Bournisien prit la bêche que lui tendait Lestiboudois; de sa main gauche, tout en aspergeant de la droite, il poussa vigoureusement une large pelletée; et le bois du cercueil, heurté par les cailloux, fit ce bruit formidable qui nous semble être le retentissement de l'éternité.

L'ecclésiastique passa le goupillon à son voisin. C'était M. Homais. Il le secoua gravement, puis le tendit à Charles, qui s'affaissa jusqu'aux genoux dans la terre, et il en jetait à pleines mains tout en criant : « Adieu! » Il lui envoyait des baisers; il se traînait vers la fosse pour s'y engloutir avec elle.

On l'emmena; et il ne tarda pas à s'apaiser, éprouvant peut-être, comme tous les autres, la vague satisfaction d'en avoir fini.

Le père Rouault, en revenant, se mit tranquillement à fumer une pipe; ce que Homais, dans son for intérieur, jugea peu convenable. Il remarqua de même que M. Binet s'était abstenu de paraître, que Tuvache « avait filé » après la messe, et que Théodore, le domestique du notaire, portait un habit bleu, « comme si l'on ne pouvait pas trouver un habit noir, puisque c'est l'usage, que diable! » Et pour communiquer ses observations, il allait d'un groupe à l'autre. On y déplorait la mort d'Emma, et surtout Lheureux, qui n'avait point manqué de venir à l'enterrement.

— Cette pauvre petite dame! quelle douleur pour son mari!

L'apothicaire reprenait :

— Sans moi, savez-vous bien, il se serait porté sur lui-même à quelque attentat funeste!

— Une si bonne personne! Dire pourtant que je l'ai encore vue samedi dernier dans ma boutique!

— Je n'ai pas eu le loisir, dit Homais, de préparer quelques paroles que j'aurais jetées sur sa tombe.

En rentrant, Charles se déshabilla, et le père Rouault repassa sa blouse bleue. Elle était neuve, et comme il s'était, pendant la route, souvent essuyé les yeux avec les manches, elle avait déteint sur sa figure; et la trace des pleurs y faisait des lignes dans la couche de poussière qui la salissait.

Mme Bovary mère était avec eux. Ils se taisaient tous les trois. Enfin le bonhomme soupira :

— Vous rappelez-vous, mon ami, que je suis venu à Tostes une fois, quand vous veniez de perdre votre première défunte. Je vous consolais dans ce temps-là! Je trouvais quoi dire; mais à présent...

Puis, avec un long gémissement qui souleva toute sa poitrine :

— Ah! c'est la fin pour moi, voyez-vous! J'ai vu partir ma femme..., mon fils après..., et voilà ma fille, aujourd'hui!

Il voulut s'en retourner tout de suite aux Bertaux, disant qu'il ne pourrait pas dormir dans cette maison-là. Il refusa même de voir sa petite-fille.

— Non! non! ça me ferait trop de deuil. Seulement, vous l'embrasserez bien! Adieu!.. vous êtes un bon garçon! Et puis, jamais je n'oublierai ça, dit-il en se frappant la cuisse, n'ayez peur! vous recevrez toujours votre dinde.

Mais, quand il fut au haut de la côte, il se détourna, comme autrefois il s'était détourné sur le chemin de Saint-Victor, en se séparant d'elle. Les fenêtres du village étaient tout en feu sous les rayons obliques du soleil, qui se couchait dans la prairie. Il mit sa main devant ses yeux; et il aperçut à l'horizon un enclos de murs où des arbres, çà et là, faisaient des bouquets noirs entre des pierres blanches; puis il continua sa route, au petit trot, car son bidet boitait.

Charles et sa mère restèrent le soir, malgré leur fatigue, fort longtemps à causer ensemble. Ils parlèrent des jours d'autrefois et de l'avenir. Elle viendrait habiter Yonville, elle tiendrait son ménage, ils ne se quitteraient plus. Elle fut ingénieuse et caressante, se réjouissant intérieurement à ressaisir une affection qui depuis tant d'années lui échappait. Minuit sonna. Le village, comme d'habitude, était silencieux, et Charles, éveillé, pensait toujours à elle.

Rodolphe, qui, pour se distraire, avait battu le bois toute la journée, dormait tranquillement dans son château; et Léon, là-bas, dormait aussi.

Il y en avait un autre qui, à cette heure-là, ne dormait pas.

Sur la fosse, entre les sapins, un enfant pleurait agenouillé, et sa poitrine, brisée par les sanglots, haletait dans l'ombre, sous la pression d'un regret immense, plus doux que la lune et plus insondable que la nuit. La grille tout à coup craqua. C'était Lestiboudois; il venait chercher sa bêche qu'il avait oubliée tantôt. Il reconnut Justin escaladant le mur, et sut alors à quoi s'en tenir sur le malfaiteur qui lui dérobait ses pommes de terre.

XI

Charles, le lendemain, fit revenir la petite. Elle demanda sa maman. On lui répondit qu'elle était absente, qu'elle lui rapporterait des joujoux. Berthe en reparla plusieurs fois; puis, à la longue, elle n'y pensa plus. La gaieté de cette enfant navrait Bovary, et il avait à subir les intolérables consolations du pharmacien.

Les affaires d'argent bientôt recommencèrent, M. Lheureux excitant de nouveau son ami Vinçart, et Charles s'engagea pour des sommes exorbitantes; car jamais il ne voulut consentir à laisser vendre le moindre des meubles qui *lui* avaient appartenu. Sa mère en fut exaspérée. Il s'indigna plus fort qu'elle. Il avait changé tout à fait. Elle abandonna la maison.

Alors chacun se mit à *profiter.* Mlle Lempereur réclama six mois de leçons, bien qu'Emma n'en eût jamais pris une seule (malgré cette facture acquittée qu'elle avait fait voir à Bovary) : c'était une convention entre elles deux; le loueur de livres réclama trois ans d'abonnement; la mère Rollet réclama le port d'une vingtaine de lettres, et, comme Charles demandait des explications, elle eut la délicatesse de répondre :

— Ah! je ne sais rien! c'était pour ses affaires.

A chaque dette qu'il payait, Charles croyait en

avoir fini. Il en survenait d'autres, continuellement.

Il exigea l'arriéré d'anciennes visites. On lui
montra les lettres que sa femme avait envoyées.
Alors il fallut faire des excuses.

Félicité portait maintenant les robes de Madame; non pas toutes, car il en avait gardé
quelques-unes et il les allait voir dans son cabinet de toilette, où il s'enfermait; elle était à peu
près de sa taille, souvent Charles, en l'apercevant
par-derrière, était saisi d'une illusion et s'écriait :

— Oh! reste! reste!

Mais, à la Pentecôte, elle décampa d'Yonville,
enlevée par Théodore, et en volant tout ce qui
restait de la garde-robe.

Ce fut vers cette époque que Mme veuve
Dupuis eut l'honneur de lui faire part du
« mariage de M. Léon Dupuis, son fils, notaire à
Yvetot, avec Mlle Léocadie Lebœuf, de Bonde-
ville ». Charles, parmi les félicitations qu'il lui
adressa, écrivit cette phrase :

« Comme ma pauvre femme aurait été heureuse! »

Un jour qu'errant sans but dans la maison, il
était monté jusqu'au grenier, il sentit sous sa
pantoufle une boulette de papier fin. Il l'ouvrit et
il lut : « Du courage, Emma! du courage! Je ne
veux pas faire le malheur de votre existence. »
C'était la lettre de Rodolphe, tombée à terre entre
des caisses, qui était restée là, et que le vent de la
lucarne venait de pousser vers la porte. Et
Charles demeura tout immobile et béant à cette
même place où jadis, encore plus pâle que lui,
Emma, désespérée, avait voulu mourir. Enfin il
découvrit un petit R au bas de la seconde page.
Qu'était-ce? Il se rappela les assiduités de
Rodolphe, sa disparition soudaine et l'air
contraint qu'il avait eu en le rencontrant depuis,
deux ou trois fois. Mais le ton respectueux de la
lettre l'illusionna.

— Ils se sont peut-être aimés platoniquement, se dit-il.

D'ailleurs, Charles n'était pas de ceux qui descendent au fond des choses; il recula devant les preuves, et sa jalousie incertaine se perdit dans l'immensité de son chagrin.

On avait dû, pensait-il, l'adorer. Tous les hommes, à coup sûr, l'avaient convoitée. Elle lui en parut plus belle; et il en conçut un désir permanent, furieux, qui enflammait son désespoir et qui n'avait pas de limites, parce qu'il était maintenant irréalisable.

Pour lui plaire, comme si elle vivait encore, il adopta ses prédilections, ses idées; il s'acheta des bottes vernies, il prit l'usage des cravates blanches. Il mettait du cosmétique à ses moustaches, il sousrivit comme elle des billets à ordre. Elle le corrompait par-delà le tombeau.

Il fut obligé de vendre l'argenterie pièce à pièce, ensuite il vendit les meubles du salon. Tous les appartements se dégarnirent; mais la chambre, sa chambre à elle, était restée comme autrefois. Après son dîner, Charles montait là. Il poussait devant le feu la table ronde, et il approchait *son* fauteuil. Il s'asseyait en face. Une chandelle brûlait dans un des flambeaux dorés. Berthe, près de lui, enluminait des estampes.

Il souffrait, le pauvre homme, à la voir si mal vêtue, avec ses brodequins sans lacet et l'emmanchure de ses blouses déchirée jusqu'aux hanches, car la femme de ménage n'en prenait guère de souci. Mais elle était si douce, si gentille, et sa petite tête se penchait si gracieusement en laissant retomber sur ses joues roses sa bonne chevelure blonde, qu'une délectation infinie l'envahissait, plaisir tout mêlé d'amertume comme ces vins mal faits qui sentent la résine. Il raccommodait ses joujoux, lui fabriquait des pantins avec du carton, ou recousait le ventre déchiré de ses poupées. Puis, s'il rencontrait des yeux la boîte à ouvrage, un ruban qui traînait ou même une épingle restée dans une fente de la table, il se prenait à rêver, et il avait l'air si triste, qu'elle devenait triste comme lui.

Personne à présent ne venait les voir; car Justin s'était enfui à Rouen, où il est devenu garçon épicier, et les enfants de l'apothicaire fréquentaient de moins en moins la petite, M. Homais ne se souciant pas, vu la différence de leurs conditions sociales, que l'intimité se prolongeât.

L'Aveugle, qu'il n'avait pas pu guérir avec sa pommade, était retourné dans la côte du bois Guillaume, où il narrait aux voyageurs la vaine tentative du pharmacien, à tel point que Homais, lorsqu'il allait à la ville, se dissimulait derrière les rideaux de *l'Hirondelle*, afin d'éviter sa rencontre. Il l'exécrait; et, dans l'intérêt de sa propre réputation, voulant s'en débarrasser à toute force, il dressa contre lui une batterie cachée, qui décelait la profondeur de son intelligence et la scélératesse de sa vanité. Durant six mois consécutifs, on put donc lire dans *le Fanal de Rouen* des entrefilets ainsi conçus :

« Toutes les personnes qui se dirigent vers les fertiles contrées de la Picardie auront remarqué, sans doute, dans la côte du bois Guillaume, un misérable atteint d'une horrible plaie faciale. Il vous importune, vous persécute et prélève un véritable impôt sur les voyageurs. Sommes-nous encore à ces temps monstrueux du Moyen Age, où il était permis aux vagabonds d'étaler sur nos places publiques la lèpre et les scrofules qu'ils avaient rapportés de la croisade? »

Ou bien :

« Malgré les lois contre le vagabondage, les abords de nos grandes villes continuent à être infestés par des bandes de pauvres. On en voit qui circulent isolément et qui, peut-être, ne sont pas les moins dangereux. A quoi songent nos édiles? »

Puis Homais inventait des anecdotes :

« Hier, dans la côte du bois Guillaume, un cheval ombrageux... » Et suivait le récit d'un accident occasionné par la présence de l'Aveugle.

Il fit si bien, qu'on l'incarcéra. Mais on le relâcha. Il recommença, et Homais aussi recommença. C'était une lutte. Il eut la victoire; car son ennemi fut condamné à une réclusion perpétuelle dans un hospice.

Ce succès l'enhardit; et dès lors il n'y eut plus dans l'arrondissement un chien écrasé, une grange incendiée, une femme battue, dont aussitôt il ne fît part au public, toujours guidé par l'amour du progrès et la haine des prêtres. Il établissait des comparaisons entre les écoles primaires et les frères ignorantins, au détriment de ces derniers, rappelait la Saint-Barthélemy à propos d'une allocation de cent francs faite à l'église, et dénonçait des abus, lançait des boutades. C'était son mot. Homais sapait; il devenait dangereux.

Cependant il étouffait dans les limites étroites du journalisme, et bientôt il lui fallut le livre, l'ouvrage! Alors il composa une *Statistique générale du canton d'Yonville, suivie d'observations climatologiques*, et la statistique le poussa vers la philosophie. Il se préoccupa des grandes questions : problème social, moralisation des classes pauvres, pisciculture, caoutchouc, chemins de fer, etc. Il en vint à rougir d'être un bourgeois. Il affectait *le genre artiste*, il fumait! Il s'acheta deux statuettes *chic* Pompadour, pour décorer son salon.

Il n'abandonnait point la pharmacie; au contraire! il se tenait au courant des découvertes. Il suivait le grand mouvement des chocolats. C'est le premier qui ait fait venir dans la Seine-Inférieure du *cho-ca* et de la *revalentia*. Il s'éprit d'enthousiasme pour les chaînes hydroélectriques Pulvermacher; il en portait une lui-même; et, le soir, quand il retirait son gilet de flanelle, Mme Homais restait tout éblouie devant la spirale d'or sous laquelle il disparaissait, et sentait redoubler ses ardeurs pour cet homme plus garrotté qu'un Scythe et splendide comme un mage.

Il eut de belles idées à propos du tombeau d'Emma. Il proposa d'abord un tronçon de colonne avec une draperie, ensuite une pyramide, puis un temple de Vesta, une manière de rotonde... ou bien « un amas de ruines ». Et, dans tous les plans, Homais ne démordait point du saule pleureur, qu'il considérait comme le symbole obligé de la tristesse.

Charles et lui firent ensemble un voyage à Rouen, pour voir des tombeaux, chez un entrepreneur de sépultures, — accompagnés d'un artiste peintre, un nommé Vaufrylard, ami de Bridoux, et qui, tout le temps débita des calembours. Enfin, après avoir examiné une centaine de dessins, s'être commandé un devis, et avoir fait un second voyage à Rouen, Charles se décida pour un mausolée qui devait porter sur ses deux faces principales « un génie tenant une torche éteinte ».

Quant à l'inscription, Homais ne trouvait rien de beau comme : *Sta viator*, et il en restait là; il se creusait l'imagination; il répétait continuellement : *Sta viator*... Enfin il découvrit : *amabilem conjugem calcas!* qui fut adopté.

Une chose étrange, c'est que Bovary, tout en pensant à Emma continuellement, l'oubliait; et il se désespérait à sentir cette image lui échapper de la mémoire au milieu des efforts qu'il faisait pour la retenir. Chaque nuit pourtant, il la rêvait; c'était toujours le même rêve : il s'approchait d'elle; mais quand il venait à l'étreindre, elle tombait en pourriture dans ses bras.

On le vit pendant une semaine entrer le soir à

l'église. M. Bournisien lui fit même deux ou trois visites, puis l'abandonna. D'ailleurs, le bonhomme tournait à l'intolérance, au fanatisme, disait Homais; il fulminait contre l'esprit du siècle, et ne manquait pas, tous les quinze jours, au sermon, de raconter l'agonie de Voltaire, lequel mourut en dévorant ses excréments, comme chacun sait.

Malgré l'épargne où vivait Bovary, il était loin de pouvoir amortir ses anciennes dettes. Lheureux refusa de renouveler aucun billet. La saisie devint imminente. Alors il eut recours à sa mère, qui consentit à lui laisser prendre une hypothèque sur ses biens, mais en lui envoyant force récriminations contre Emma; et elle demandait, en retour de son sacrifice, un châle échappé aux ravages de Félicité. Charles le lui refusa. Ils se brouillèrent.

Elle fit les premières ouvertures de raccommodement en lui proposant de prendre chez elle la petite, qui la soulagerait dans sa maison. Charles y consentit. Mais, au moment du départ, tout courage l'abandonna. Alors ce fut une rupture définitive, complète.

A mesure que ses affections disparaissaient, il se resserrait plus étroitement à l'amour de son enfant. Elle l'inquiétait cependant; car elle toussait quelquefois, et avait des plaques rouges aux pommettes.

En face de lui s'étalait, florissante et hilare, la famille du pharmacien, que tout au monde contribuait à satisfaire. Napoléon l'aidait au laboratoire, Athalie lui brodait un bonnet grec, Irma découpait des rondelles de papier pour couvrir les confitures, et Franklin récitait tout d'une haleine la table de Pythagore. Il était le plus heureux des pères, le plus fortuné des hommes.

Erreur! une ambition sourde le rongeait: Homais désirait la croix. Les titres ne lui manquaient point:

1° S'être, lors du choléra, signalé par un dévouement sans bornes; 2° avoir publié, et à mes frais, différents ouvrages d'utilité publique, tels que... (et il rappelait son mémoire intitulé : *Du cidre, de sa fabrication et de ses effets;* plus, des observations sur le puceron lanigère, envoyées à l'Académie; son volume de statistique, et jusqu'à sa thèse de pharmacien); sans compter que je suis membre de plusieurs sociétés savantes (il l'était d'une seule).

— Enfin, s'écriait-il, en faisant une pirouette, quand ce ne serait que de me signaler aux incendies!

Alors Homais inclina vers le Pouvoir. Il rendit secrètement à M. le préfet de grands services dans les élections. Il se vendit, enfin, il se prostitua. Il adressa même au souverain une pétition où il le suppliait *de lui faire justice;* il l'appelait *notre bon roi* et le comparait à Henri IV.

Et, chaque matin, l'apothicaire se précipitait sur le journal pour y découvrir sa nomination; elle ne venait pas. Enfin, n'y tenant plus, il fit dessiner dans son jardin un gazon figurant l'étoile de l'honneur, avec deux petits tordillons d'herbe qui partaient du sommet pour imiter le ruban. Il se promenait autour, les bras croisés, en méditant sur l'ineptie du gouvernement et l'ingratitude des hommes.

Par respect, ou par une sorte de sensualité qui lui faisait mettre de la lenteur dans ses investigations, Charles n'avait pas encore ouvert le compartiment secret d'un bureau de palissandre dont Emma se servait habituellement. Un jour, enfin, il s'assit devant, tourna la clef et poussa le ressort. Toutes les lettres de Léon s'y trouvaient. Plus de doute, cette fois! Il dévora jusqu'à la dernière, fouilla dans tous les coins, tous les meubles, tous les tiroirs, derrière les murs, sanglotant, hurlant, éperdu, fou. Il découvrit une boîte, la défonça d'un coup de pied. Le portrait de Rodolphe lui sauta en plein visage, au milieu des billets doux bouleversés.

On s'étonna de son découragement. Il ne sortait plus, ne recevait personne, refusait même d'aller voir ses malades. Alors on prétendit qu'il *s'enfermait pour boire.*

Quelquefois pourtant, un curieux se haussait par-dessus la haie du jardin, et apercevait avec ébahissement cet homme à barbe longue, couvert d'habits sordides, farouche, et qui pleurait tout haut en marchant.

Le soir, dans l'été, il prenait avec lui sa petite fille et la conduisait au cimetière. Ils s'en revenaient à la nuit close, quand il n'y avait plus d'éclairé sur la place que la lucarne de Binet.

Cependant la volupté de sa douleur était incomplète, car il n'avait autour de lui personne qui la partageât; et il faisait des visites à la mère Lefrançois afin de pouvoir parler *d'elle.* Mais l'aubergiste ne l'écoutait que d'une oreille, ayant comme lui des chagrins, car M. Lheureux venait enfin d'établir les *Favorites du commerce,* et Hivert, qui jouissait d'une grande réputation pour les commissions, exigeait un surcroît d'appointements et menaçait de s'engager « à la concurrence ».

Un jour qu'il était allé au marché d'Argueil pour y vendre son cheval, — dernière ressource, — il rencontra Rodolphe.

Ils pâlirent en s'apercevant. Rodolphe, qui avait seulement envoyé sa carte, balbutia d'abord quelques excuses, puis s'enhardit et même poussa l'aplomb (il faisait très chaud, on était au mois d'août) jusqu'à l'inviter à prendre une bouteille de bière au cabaret.

Accoudé en face de lui, il mâchait son cigare tout en causant, et Charles se perdait en rêveries devant cette figure qu'elle avait aimée. Il lui semblait revoir quelque chose d'elle. C'était un

émerveillement. Il aurait voulu être cet
homme.

L'autre continuait à parler culture, bestiaux,
engrais, bouchant avec des phrases banales tous
les interstices où pouvait se glisser une allusion.
Charles ne l'écoutait pas; Rodolphe s'en apercevait, et il suivait sur la mobilité de sa figure le
passage des souvenirs. Elle s'empourprait peu à
peu, les narines battaient vite, les lèvres frémissaient; il y eut même un instant où Charles,
plein d'une fureur sombre, fixa ses yeux contre
Rodolphe qui, dans une sorte d'effroi, s'interrompit. Mais bientôt la même lassitude funèbre
réapparut sur son visage.

— Je ne vous en veux pas, dit-il.

Rodolphe était resté muet. Et Charles, la tête
dans ses deux mains, reprit d'une voix éteinte et
avec l'accent résigné des douleurs infinies :

— Non, je ne vous en veux plus !

Il ajouta même un grand mot, le seul qu'il ait
jamais dit :

— C'est la faute de la fatalité !

Rodolphe, qui avait conduit cette fatalité, le
trouva bien débonnaire pour un homme dans sa
situation, comique même et un peu vil.

Le lendemain, Charles alla s'asseoir sur le
banc, dans la tonnelle. Des jours passaient par le
treillis; les feuilles de vigne dessinaient leurs
ombres sur le sable, le jasmin embaumait, le ciel
était bleu, des cantharides bourdonnaient autour
des lis en fleur, et Charles suffoquait comme un
adolescent sous les vagues effluves amoureux qui
gonflaient son cœur chagrin.

A sept heures, la petite Berthe, qui ne l'avait
pas vu de toute l'après-midi vint le chercher
pour dîner.

Il avait la tête renversée contre le mur, les
yeux clos, la bouche ouverte, et tenait dans ses
mains une longue mèche de cheveux noirs.

— Papa, viens donc ! dit-elle.

Et, croyant qu'il voulait jouer, elle le poussa doucement. Il tomba par terre. Il était mort.

Trente-six heures après, sur la demande de l'apothicaire, M. Canivet accourut. Il l'ouvrit et ne trouva rien.

Quand tout fut vendu, il resta douze francs soixante et quinze centimes qui servirent à payer le voyage de Mlle Bovary chez sa grand-mère. La bonne femme mourut dans l'année même; le père Rouault étant paralysé, ce fut une tante qui s'en chargea. Elle est pauvre et l'envoie, pour gagner sa vie, dans une filature de coton.

Depuis la mort de Bovary, trois médecins se sont succédé à Yonville sans pouvoir y réussir, tant M. Homais les a tout de suite battus en brèche. Il fait une clientèle d'enfer; l'autorité le ménage et l'opinion publique le protège.

Il vient de recevoir la croix d'honneur.

FIN

Dossier

VIE
DE GUSTAVE FLAUBERT

1821. *12 décembre.* Naissance de Flaubert à l'Hôtel-Dieu de Rouen.

1832. *Février.* Flaubert entre au Collège Royal de Rouen dans la classe de huitième.
Octobre. Entrée en septième.

1834/1835. En cinquième, débuts littéraires : *Art et Progrès*, journal hebdomadaire, et narrations (éd. Conrad, *Œuvres de Jeunesse*, 1910, tome I, pp. 3-30).

1836. *Eté* : Rencontre à Trouville de Mme Schlésinger, le grand amour de Flaubert (cf. les *Mémoires d'un fou*, la première et la seconde *Education sentimentale*).

1837. *12 février.* Publication de *Bibliomanie*, conte fantastique, dans *Le Colibri*, journal littéraire de Rouen.
30 mars. Publication d'*Une leçon d'histoire naturelle, genre commis* dans *Le Colibri*.

1838. Rédaction des *Mémoires d'un fou*, dédiés à Alfred Le Poittevin, l'ami de Flaubert et l'oncle de Guy de Maupassant.
Octobre. Flaubert entre en rhétorique.

1839. *Avril.* Fin de la rédaction de *Smarh, Vieux mystère*, œuvre qui annonce *La Tentation de saint Antoine*.

Octobre. Flaubert entre en philosophie.

1840. *23 août.* Il est reçu au baccalauréat ès-lettres.

Août-octobre. Voyage aux Pyrénées et en Corse (éd. Conard, *Par les champs et par les grèves,* 1927, pp. 343-478). Rencontre d'Eulalie Foucaud de Lenglade à Marseille (cf. *Novembre*).

1841/1843. Vie à Rouen et à Paris : études de droit à l'Université de Paris.

1842. *25 octobre.* Fin de la rédaction de *Novembre.*

1843. *Février.* Flaubert entreprend la première *Éducation sentimentale.*

Mars. Rencontre de Maxime Du Camp à Paris.

1844. *Janvier.* Première crise nerveuse de Flaubert, sur la route de Pont-l'Évêque.

Juin. Les Flaubert s'installent à Croisset.

1845. *7 janvier.* Flaubert termine la première *Éducation sentimentale.*

3 mars. Mariage de Caroline, la sœur de Flaubert (née en 1824), avec Émile Hamard.

Avril/juin. Voyage en Italie avec les parents Flaubert et les nouveaux mariés : Provence, Gênes, Milan, Genève, Ferney (éd. Conard, *Notes de voyage,* 1910, tome I, pp. 3-61). Flaubert voit à Gênes, au palais Balbi, *la Tentation* de Brueghel.

1846. *15 janvier.* Mort du docteur Flaubert, le père de Gustave.

21 janvier. Naissance de Caroline Hamard, la nièce de Flaubert; elle épousera Ernest Commanville le 6 avril 1864, puis, veuve, le docteur Franklin-Grout. et mourra le 3 février 1931, à la villa Tanit, à Antibes.

20 mars. Mort de Caroline Hamard, la sœur de Flaubert.

Juin. Flaubert rencontre Louise Colet dans

l'atelier du sculpteur Pradier. Leur liaison commence en juillet.

Août. Flaubert se lie plus intimement avec Louis Bouilhet.

1847. *Mai/août.* Voyage en Anjou, Bretagne et Normandie avec Maxime Du Camp (éd. Conard, *Par les champs et par les grèves,* 1927, pp. 1-339).

1848. *3 avril.* Mort d'Alfred Le Poittevin.

24 mai. Flaubert commence à rédiger *La Tentation de saint Antoine* (première version).

21 août. Dernier billet de Flaubert à Louise Colet. La liaison recommencera en 1851.

1849. *12 septembre.* Fin de la rédaction de *La Tentation de saint Antoine* (première version).

29 octobre. Départ de Paris avec Maxime Du Camp pour le voyage en Orient (éd. Conard, *Notes de voyage,* 1910, tome I, pp. 65-405, et tome II, pp. 3-287).

Novembre/décembre. Egypte.

1850. *Janvier/juillet.* Egypte.

Juillet/novembre. Palestine, Syrie, Liban, Asie Mineure.

12 novembre-15 décembre. Constantinople.

18 décembre. Arrivée à Athènes.

1851. *Janvier/février.* Grèce.

11 février/début juin. Italie (Naples, Rome, Florence, Venise, Milan).

26 juillet. Première lettre de Flaubert à Louise Colet après leur réconciliation.

Septembre. Flaubert commence *Madame Bovary.*

Fin septembre. Voyage à Londres avec Mme Flaubert.

1855. *5 mars.* Dernière lettre à Louise Colet.

1856. *30 avril.* Fin de la rédaction de *Madame Bovary.*

Mai/octobre. Rédaction de *La Tentation de saint Antoine* (deuxième version).

1ᵉʳ octobre/15 décembre. Publication de *Madame Bovary* dans la *Revue de Paris.*

18 octobre. Installation de Flaubert à Paris, 42, boulevard du Temple. Flaubert partage désormais sa vie entre Croisset et Paris.

21 et 28 décembre. Publication de fragments de *La Tentation de saint Antoine* (deuxième version) dans *L'Artiste.*

1857. *11 janvier* et *1ᵉʳ février.* Publication de fragments de *La Tentation de saint Antoine* (deuxième version) dans *L'Artiste.*

Janvier/février. Procès de *Madame Bovary.*

7 février. Jugement acquittant Flaubert et la *Revue de Paris.*

Avril. Publication de *Madame Bovary* chez Michel Lévy.

1ᵉʳ septembre. Flaubert commence *Salammbô.*

1858. *12 avril.* Départ pour l'Afrique.

18 avril. Publication dans *L'Artiste* d'un fragment de *Par les champs et par les grèves :* les alignements de Carnac.

Avril/mai. Algérie, Tunisie (éd. Conard, *Note de voyage,* 1910, tome II, pp. 291-347).

6 juin. Retour à Paris.

1862. *Avril.* Fin de la rédaction de *Salammbô.*

Juin. Flaubert commence *Le Château des cœurs,* en collaboration avec Louis Bouilhet et le comte d'Osmoy.

22 novembre. Fondation des dîners Magny par Gavarni, les Goncourt, Sainte-Beuve...; Flaubert y assiste dès le mois de décembre.

24 novembre. Publication de *Salammbô* chez Michel Lévy.

1863. *Janvier.* Première lettre à George Sand.

23 février. Rencontre de Tourgueniev au dîner Magny.

4 décembre. Fin de la rédaction du *Château des cœurs.*

1864. *6 avril.* Mariage de Caroline Hamard avec Ernest Commanville.

1ᵉʳ septembre. Flaubert commence *L'Education sentimentale.*

Novembre. Invitation à Compiègne chez l'empereur.

1865. *Juillet.* Voyage à Baden-Baden.

1866. *Juillet.* Second voyage de Flaubert en Angleterre.

15 août. Flaubert est fait chevalier de la Légion d'honneur.

1869. *16 mai.* Fin de la rédaction de *L'Education sentimentale.*

18 juillet. Mort de Louis Bouilhet.

Août. Déménagement du 42, boulevard du Temple au 4, rue Murillo.

17 novembre. Publication de *L'Education sentimentale* chez Michel Lévy.

1870. *Mai/juin.* Rédaction de la *Préface* aux *Dernières chansons de Louis Bouilhet.*

Juillet. Reprise de *La Tentation de saint Antoine* (troisième version).

Décembre. Installation à Rouen, quai du Havre, après l'occupation de Croisset par les Prussiens.

1871. *Mars.* Visite à Bruxelles chez la princesse Mathilde. Troisième voyage en Angleterre.

Avril. Réinstallation à Croisset.

1872. *Janvier.* Publication des *Dernières chansons* de Louis Bouilhet, avec la *Préface* de Flaubert, chez Michel Lévy.

23 janvier. Publication dans *Le Temps* d'un fragment de cette *Préface.*

26 janvier. Publication dans *Le Temps* de la

Lettre à la Municipalité de Rouen, à propos du monument en l'honneur de Louis Bouilhet.

6 avril. Mort de Mme Flaubert.

20 juin. Fin de la rédaction de *La Tentation de saint Antoine* (troisième version).

Juillet. Flaubert commence à arranger *Le Sexe faible,* pièce inachevée de Louis Bouilhet.

Août. Reprise de *Bouvard et Pécuchet* (le premier plan est de 1863).

23 septembre. Première lettre à Guy de Maupassant.

1873. *Juin.* Fin de la rédaction du *Sexe faible.*
Juillet/novembre. Rédaction du *Candidat.*

1874. *11/14 mars.* Représentations du *Candidat* au théâtre du Vaudeville. Flaubert retire sa pièce.

Avril. Publication de *La Tentation de saint Antoine* (troisième version) chez Charpentier.

Juillet. Voyage en Suisse avec Edmond Laporte. (Kaltbad-Righi).

Août. Flaubert reprend *Bouvard et Pécuchet.*

1875. *Avril/mai.* Ruine d'Ernest Commanville. Déménagement du 4, rue Murillo au 240, faubourg Saint-Honoré.

Septembre. Flaubert comence *Saint Julien l'Hospitalier* (L'idée première remonte à 1846),

1876. *Février.* Fin de la rédaction de *Saint Julien l'Hospitalier.* Commencement d'*Un cœur simple.*

20 mars. Publication du « Pot au feu », tableau du *Château des cœurs,* dans *La République des Lettres.*

Juin. Mort de George Sand.

Août. Fin de la rédaction d'*Un cœur simple.* Commencement d'*Hérodias.*

1877. *Février.* Fin de la rédaction d'*Hérodias.*

12/19 avril. Publication d'*Un cœur simple* dans *Le Moniteur.*

19/22 avril. Publication de *Saint Julien l'Hospitalier* dans *Le Bien public.*

21/27 avril. Publication d'*Hérodias* dans *Le Moniteur.*

24 avril. Publication des *Trois contes* chez Charpentier.

Juin. Reprise de *Bouvard et Pécuchet.*

1880. *24 janvier.* Début de la publication du *Château des cœurs* dans *La Vie moderne.*

8 mai. Mort de Flaubert à Croisset.

15 décembre. Publication de *Bouvard et Pécuchet* dans *La Nouvelle Revue.*

1881. *1er, 15 janvier; 1er, 15 février; 1er mars.* Publication de *Bouvard et Pécuchet* dans *La Nouvelle Revue.*

Mars. Publication de *Bouvard et Pécuchet* chez Lemerre.

NOTICE

En septembre 1851, quand Flaubert se met à
Madame Bovary, il n'a pas encore trente ans.
Il a déjà beaucoup écrit : des drames, des contes,
des nouvelles, *Mémoires d'un fou* et *Novembre*,
œuvres débordantes d'une sensibilité romantique,
et il a également dans ses tiroirs la première
Éducation sentimentale. Il n'a encore rien publié
et il vient de connaître avec sa dernière œuvre,
La Tentation de saint Antoine, un dramatique
échec auprès de ses amis, Louis Bouilhet et
Maxime Du Camp.

Il avait voulu écrire un drame philosophique
à la *Faust* où, autour de la personnalité du moine,
s'affrontaient les diverses conceptions religieuses
et philosophiques de l'Antiquité, « tentations »
parmi d'autres que le futur saint, dans son
désert, rejetait successivement. Le jeune auteur
en profitait pour exposer ses propres conceptions
de la vie et du monde.

En septembre 1849, bouillonnant d'espoir, il
avait convoqué à Croisset Bouilhet et Du Camp
pour entendre la lecture de cette *Tentation* à
laquelle il a mis triomphalement le point final.
Il ne doute pas de la réussite, il s'attend à des
cris d'enthousiasme.

Elle dure, cette lecture, quatre longs jours.
Flaubert module, chante, psalmodie ses phrases.

Les auditeurs sont de bois. La lecture terminée, Bouilhet et Du Camp, qui avaient été priés de ne pas l'interrompre mais qui ont eu largement le temps de confronter leurs impressions, laissent tomber le verdict : « Nous pensons qu'il faut jeter cela au feu et n'en jamais reparler. » Du Camp, qui rapporte la scène, ajoute : « Flaubert fit un bond et eut un cri d'horreur. » Il s'insurge en effet, rugit, tente de discuter, puis s'incline devant le jugement de ses amis. Il vient de recevoir un coup dont il mettra des années à se remettre. Avec *La Tentation,* il jouait son va-tout d'écrivain. C'est le choix même de sa vocation qui vient d'être mis en cause. Inutile de remettre une fois de plus le voyage en Orient qu'il doit faire avec Du Camp. Le 4 novembre il s'embarque à Marseille pour l'Egypte.

Durant les deux années de ce voyage, il remâche sa déception, s'abandonne parfois au désespoir, se demande ce qu'il sera capable d'écrire à son retour : « Il me semble que je ne sais rien faire de bon, mande-t-il à Bouilhet. J'ai peur de tout en fait de style. » Il a compris qu'il lui fallait tordre le cou à son lyrisme, mettre un terme à son amour pour l'image et la métaphore, substituer au débat d'idées la recherche d'une écriture qui lui serait propre. Il est néanmoins désemparé et il est peu probable que, durant ce voyage, il ait prononcé la phrase rapportée par Du Camp : « Je l'appellerai Bovary. » Tout au plus élabore-t-il les linéaments de sa « méthode » et formule-t-il le premier de ses principes : ne point se mêler à la vie si l'on a formé le projet de la bien peindre.

C'est vraisemblablement à son retour d'Orient qu'il reçoit de Bouilhet le conseil, afin d'être « opéré de son cancer lyrique », de s'attaquer à un sujet terre à terre, extérieur à ses préoccupations et qui le concernerait à peine, où il irait même à contre-pente de son tempérament. L'his-

toire du ménage Delamare défrayait alors la
chronique normande. Pourquoi ne s'essaierait-il
pas à la raconter? Point de conception d'ensemble, sinon celle d'un « drame bourgeois », les difficultés seraient toutes d'éxécution. C'est alors
qu'il pourrait donner sa mesure d'écrivain et
d'artiste. A la « gueulade lyrique » qui a son
agrément, mais dont il doit se rendre compte
qu'elle a fait son temps, il substituerait, tout
comme l'acrobate, l' « exercice » qui met en
possession du métier. Flaubert tient la gageure.
La rédaction de ce qu'il ne cessera de considérer
comme un « pensum » va durer cinq ans. Cinq
ans de travail acharné, mené dans le dégoût du
« sujet », dans le désespoir de parvenir à en rendre la « mesquinerie », mais aussi, parfois, la
satisfaction de bâtir une œuvre qui devrait tenir
debout « par la seule force du style ». Au terme
de cette gestation douloureuse naît le chef-
d'œuvre, le premier en date des « romans modernes ».

Il avait connu cet Eugène Delamare sur qui
Bouilhet et Du Camp ont attiré son attention.
C'était un officier de santé — pas tout à fait un
médecin — qui avait été l'élève du docteur Flaubert. Marié en premières noces à une femme plus
âgée que lui, et bientôt veuf, il s'était remarié
à une Delphine Couturier, jeune, qui le trompe,
contracte des dettes à son insu, et meurt en lui
laissant une fillette. Quelques mois plus tard, il
la suit dans la tombe. Ils avaient habité le village
de Ry, dans la région de Rouen. Les faits étaient
récents. Ils défrayaient la chronique locale au
moment où Flaubert lisait *La Tentation* à ses
amis.

Voilà le canevas sur lequel, croit-on, l'écrivain
va composer son récit : les faits, les personnages,
les lieux, l'équivalent de ce qu'avait été pour
l'auteur de *Le Rouge et le Noir* le fait divers lu
dans la *Gazette des Tribunaux.*

Le curieux est que, pour Stendhal, l'œuvre a fait oublier le fait divers, alors que *Madame Bovary* a nourri une mythologie entretenue jusqu'à nos jours par une troupe de « témoins », de commentateurs, d'érudits locaux et d'exégètes, et même, ô surprise! de flaubertistes avertis. Des habitants de Ry se souvinrent d'avoir connu Emma. On montra la maison qu'elle aurait habitée, sa tombe au cimetière, l'officine du pharmacien Homais, l'auberge du *Lion d'Or*. On félicita Flaubert de « n'avoir rien inventé ». Subjugués par la fiction, les mythologues ont recomposé de bonne foi lieux, faits et personnages sur le modèle proposé par une peinture si convaincante en effet qu'on ne peut les imaginer autres, et comme si l'œuvre prenait encore plus de force par ces « preuves ».

Loin d'être flatté de ces références vivantes à sa fiction, Flaubert entend couper les ailes à la légende : « *C'est une histoire totalement inventée* », écrit-il, et à ceux qui perdent déjà leur temps à découvrir dans son roman des allusions, il réplique : « Si j'en avais fait, mes portraits seraient moins ressemblants parce que j'aurais eu en vue des personnalités et que j'ai voulu, au contraire, reproduire des types. »

L'histoire de Delphine Couturier n'était qu'un support fragile et son nom, pas plus que celui d'Eugène Delamare, ne figure dans les notes de l'écrivain, soucieux pourtant — on le voit aux « scénarios » — de « nommer » les personnes dont il s'inspire pour créer ses personnages. Il ne fait pas davantage allusion aux « Jouanne » ou aux « Mallard » qui lui auraient servi de modèles pour Homais, et il existe tant d'exemplaires de l'abbé Bournisien, du maire Tuvache ou du négociant Lheureux qu'on peut bien nourrir l'illusion de les avoir rencontrés, en Normandie ou ailleurs. Le village de Ry, lui-même, est-on si sûr qu'il corresponde à Yonville-l'Abbaye? Il n'est, dira-t-on, que de regarder le plan dressé par Flaubert, avec l'emplacement des rues, des édifices, des maisons : il s'agit bien de Ry. Jusqu'à ce qu'un érudit local prouve qu'il figure Forges-les-Eaux où l'auteur, sa mère et la petite Caroline se sont soustraits pendant quelques semaines aux investigations d'Émile Hamard, le beau-frère devenu fou. Pourtant Yonville n'était pas une station thermale, et ses alentours ne ressemblent pas à ceux de Forges. Qui croire?

De Delphine Couturier, Du Camp lui-même ne sait pas grand-chose. Ni riche ni belle, « atteinte de nymphomanie », morte à vingt-sept ans, rien ne prouve qu'elle se soit tuée. Quand, dans ses premiers scénarios, Flaubert imagine son suicide, il le porte au compte d'un dégoût de l'existence causé par les désillusions amoureuses. Il n'a pas encore pensé au fatal engrenage des dettes, à cette course affolante qui ferme à sa victime toute issue. Il paraît suivre de près le déroulement des faits alors qu'il les recrée, et dans ce qui lui importe : leur motivation psychologique. C'est le lecteur qui transforme après coup une plausibilité en certitude.

En 1947, Mlle Leleu, bibliothécaire à Rouen, découvre dans les papiers laissés par Flaubert un document qui jette la perturbation parmi les partisans d'une stricte équivalence entre les destins de Delphine Couturier et d'Emma Bovary. C'est un manuscrit d'une écriture maladroite, intitulé *Mémoires de Madame Ludovica*, qui raconte les « folles aventures » de Louise Pradier, la très jeune femme du sculpteur. L'historiographe, sans doute une domestique, relate comment Louise est passée de bras en bras et comment ayant pris très tôt l'habitude de faire des dettes, de signer des « billets » grâce à une procuration extorquée à son mari, elle se trouve brusquement placée devant une menace de saisie. Affolée, elle va, comme Emma, solliciter ses anciens amants et, devant leur refus de la tirer d'embarras, elle pense se jeter dans la Seine. L'affaire se termine mieux pour elle que pour Emma : les époux se séparent, Louise poursuit ses aventures.

Les *Mémoires de Madame Ludovica* auront d'autant plus intéressé Flaubert que le sculpteur et sa femme étaient ses amis. Après la séparation, il continue de fréquenter Louise Pradier et profite sans doute de ses faveurs. Il a pu s'entretenir longuement avec elle du diabolique engrenage des dettes, connaître et partager ses affres. N'est-il pas d'autre part curieux qu'Emma se laisse aller à une douce rêverie en écoutant le chanteur Lagardy au Théâtre de Rouen et se donne le lendemain à Léon Dupuis, quand on voit Mme Ludovica s'éprendre du ténor Mocker et s'abandonner le lendemain à un nommé Charles Puis? Il existe ici plus qu'une coïncidence. Et pourtant Flaubert n'a pas plus démarqué l'histoire de Louise que celle de Delphine.

Le personnage d'Emma Bovary doit en effet à d'autres modèles encore : à la célèbre Mme Lafarge, qui venait d'empoisonner son mari, et qui se révèle dans ses *Mémoires* romanesque, coquette, insatisfaite et rêveuse. Elle était mariée à un butor, qui la tenait confinée dans un trou de campagne. Si elle s'est débarrassée de lui, c'est peut-être dans un mouvement semblable à celui d'Emma, quand, sur le point d'être surprise par son mari, elle demande à son amant : « As-tu tes pistolets? » Elle aussi se trouve emprisonnée dans le filet de ses combinaisons et de ses mensonges. Simplement, elle préfère tuer son mari plutôt que se tuer elle-même.

Où nous conduit cet inventaire des sources? A cette constatation de bon sens que, comme tout romancier, Flaubert a pris son bien où il le trouvait, pour l'usage qui semblait le mieux convenir à son propos. Il est étrange qu'on ait voulu lui contester ce droit en le tenant pour l'historiographe scrupuleux d'un commérage local. Emma est faite de toutes les femmes qu'il a connues, de celles qu'il a aimées, comme Mme Schlésinger et Louise Colet, et, pourquoi pas, de celles qu'il a imaginées. Il a pris, peu ou beaucoup, à chacune d'elles dans la mesure où la cohérence d'un caractère, sa « logique », appelait tels éléments, refusait tels autres. En ce sens, Emma lui appartient, elle est sa création. Et si plus d'une lectrice s'est par la suite reconnue en elle, ce n'est point par la grâce de Delphine Couturier ou de Mme Ludovica. Il en va de même pour Homais, pour l'abbé Bournisien, pour Tuvache, pour Binet, composés de mille traits que le créateur a formés en faisceaux pour, chaque fois, composer un personnage unique qui donnera l'illusion du vivant quand les vivants ayant servi à le former auront depuis longtemps disparu.

Cette création fut longue et difficile pour des raisons qui tenaient moins au sujet lui-même qu'à ce que Flaubert voulait en faire. Il peste plus d'une fois contre la « médiocrité » de l'histoire qu'il doit raconter, sa « vulgarité », ses côtés « bourgeois » et « mœurs de province ». Toute la difficulté consiste pour lui à doter ce sujet trivial des attraits et de la noblesse de l'œuvre d'art.

Il compte y parvenir d'abord par une composition rigoureuse et telle que les parties s'enchaînent naturellement les unes aux autres, « découlent » les unes des autres. Il peine sur ces enchaînements, ces transitions, qu'il lui faut varier autant que possible. Il cherche en outre un « ton » général, une couleur qui sera celle des « *mousses de moisissure de l'âme* ». Il veut en même temps être « impersonnel » et laisser

transparaître « *un point de vue de blague supérieure* » qui répond à son sentiment du grotesque
de l'existence. L'ironie ne va-t-elle pas nuire à la
vérité et au pathétique des situations? Ne risque-
t-il pas de transformer les portraits en carica-
tures? Et comment intéresser le lecteur au sort
d'Emma s'il fait d'elle une bécasse de province?
Toutes les questions se posent à la fois, et il n'a
pour y répondre qu'une seule arme : le style.
C'est le style qui doit porter l'œuvre entière et la
faire tenir debout. C'est lui qui fera d'elle une
œuvre d'art, quels que soient le sujet, les situations, les personnages. Peu importe, écrit-il à
Louise Colet, que Boileau soit moins grand que
Shakespeare, il durera aussi longtemps que lui
parce qu'il a parfaitement dit ce qu'il avait à
dire.

Le style est plus qu'une manière d'écrire, plus
que le produit d'un choix délibéré de l'écrivain.
Persuadé qu' « il n'y a pas d'idée sans forme, pas
de forme sans idée », Flaubert le voit comme la
manifestation même du sujet, des situations, des
personnages, et sans qu'on puisse distinguer la
forme du contenu. Quand on se tient « dans
l'idée », la chose se livre avec le mot qui la
nomme, par la grâce d'une opération qui n'en
demande pas moins à l'écrivain « un labeur
atroce, une opiniâtreté fanatique et dévouée ».
Alors que les contempteurs passés et présents de
Flaubert voudraient le confiner dans une activité
de regrattier de mots, c'est à une opération alchi-
mique qu'il se livre : « *Le style c'est la vie, le
sang même de la pensée.* » On ne s'étonne pas
alors que, décrivant l'empoisonnement d'Emma,
il en ressente tous les symptômes, jusques et y
compris les vomissements et le goût d'arsenic
dans la bouche.

Condamné à user de la prose, trop souvent servante de la pensée et du sentiment, il veut en
outre lui donner la solidité, la dignité du vers. Il

la lui faut harmonieuse, nombreuse, imagée, arti-
culée à la façon d'un organisme vivant, belle de
forme et d'apparence, apte à passer dans le
« gueuloir ». Les phrases qu'il ne parvient pas à
prononcer dans le mouvement naturel de la respiration sont impitoyablement rejetées comme
bossues, déjetées, malformées. Il existe pour lui
une correspondance nécessaire entre la chose, le
mot qui la désigne, l'émission de voix par
laquelle on la nomme. Toute fausse note dans ces
rapports signale une maladie de l'une des parties. Il importe de la dépister et d'y remédier.
« *Personne*, s'écrie-t-il dans un mouvement
d'orgueil, *n'a jamais eu en tête un type de prose
plus parfait que moi.* » Il renchérit en effet sur
les maîtres qu'il s'est donnés en cette matière :
La Bruyère, Montesquieu, Voltaire, et parvient à
cette écriture « blanche » après laquelle Camus a
soupiré.

Parce qu'il contient tous les autres, cet unique
objet à façonner exige une contention, un travail
qui passent souvent les limites humaines et
laissent Flaubert harassé, dégoûté de son sujet,
dans un état proche du désespoir. Pourtant, il ne
doute jamais de la nécessité de sa tâche. « Je
serai écrasé, ou j'écraserai », écrit-il à Louise
Colet. Avec cette deuxième tentative, il y va en
effet de son destin d'écrivain, c'est-à-dire de sa
vie même. Heureusement, il n'échoue point à se
procurer des joies à nulle autre pareilles quand,
enfin, il est parvenu à dresser une phrase,
un paragraphe, une page qui le satisfont. Il
jubile et adresse au Ciel des actions de grâces :
« *C'est une délicieuse chose que d'écrire, que de
ne plus être* soi, *mais de circuler dans toute la
création dont on parle.* » Et il donne un exemple
de sa faculté de « se faire sentir les choses », de
se perdre tout entier dans sa création, en rapportant à Louise Colet le monde infini de sensations

que lui a données la scène où, pour la première
fois, Emma s'abandonne à Rodolphe.

Avant de rédiger, il « fait du plan », c'est-
à-dire fixe à grands traits en style télégraphi-
que la marche des événements, les mouvements
des personnages, leurs rapports, leurs émotions.
Ce travail répond à ce qu'il appelle la « conception » de l'œuvre, pour lui d'une importance capitale (il aime répéter le « *tout est dans la conception* » de Gœthe). Les différentes parties du plan
donnent lieu à des « scénarios », encore assez la-
coniques, et ces scénarios à des esquisses largement écrites, au courant de la plume. C'est après
qu'il les reprend, en change parfois le contenu et
la forme (comme on voit dans les versions pu-
bliées par Mlle Gabrielle Leleu et M. Jean Pommier), plus généralement resserre et élimine, jusqu'à une dizaine de fois, n'estimant point avoir
perdu son temps si, au bout de la journée, il est
parvenu à faire tenir sur ses pieds une phrase, un
paragraphe, plus rarement une page, qui doivent
ensuite subir l'épreuve du « gueuloir ». Parfois,
le mouvement d'ensemble d'une partie, d'un
chapitre, d'une scène exige le retrait d'une de ces
pages si laborieusement élaborées. C'est alors un
autre supplice : comment empêcher que s'écroule
un pan de l'édifice aux matériaux si fortement
jointoyés? Il faut repartir de plus loin, recommencer. Le désir de perfection le rend parfois si
strict qu'il s'avise de donner du jeu aux rouages,
de « lâcher les joints », de desserrer les cordons
du corset de phrases dans lequel Emma semble
étouffer. Pour donner l'illusion de la facilité et
du naturel, il lui faut accomplir des tours de
force.

Un travail qu'il imaginait devoir durer dix-
huit mois — c'est le temps qu'il a mis à écrire *La
Tentation* —, lui prend près de cinq ans, et
encore n'est-il pas satisfait du résultat. Peu
importe que Bouilhet ait donné l'imprimatur :

selon l'auteur, l'ouvrage indique « *plus de patience que de génie, bien plus de travail que de talent* », et il ne pense pas non plus que l'ecriture, objet de tous ses efforts, en soit irréprochable. Bref : « *Ça a été un grand mécompte,* écrit-il à Bouilhet, *et il faudrait que le succès fût bien étourdissant pour couvrir la voix de ma conscience qui me crie : raté.* » En fait de « succès étourdissant », il allait être comblé.

En mai 1856, il envoie son manuscrit à Du Camp pour la *Revue de Paris*, la brouille qui sépare les deux amis depuis 1852 ne les empêchant pas de se rendre service dans les grandes occasions.

Maxime félicite Gustave. Pourtant, le 14 juillet, il lui envoie une lettre embarrassée. Certes, il ne se dédit pas. Il pense néanmoins que l'œuvre est trop touffue, que l'essentiel gagnerait à être dégagé d'un « tas de choses inutiles ». Que Flaubert ne s'en inquiète pas : le codirecteur de la *Revue de Paris* a justement sous la main un spécialiste qui « pour cent francs » fera de *Madame Bovary* « une chose vraiment bonne ». Il supprimera le chapitre de la noce, écourtera les comices, sacrifiera une bonne partie de l'épisode du pied-bot.

Flaubert rugit. Il accourt à Paris plaider pour cette chair vive dont on veut l'amputer, consent à certaines concessions, puis attend. La revue se décide enfin à annoncer la publication, en estropiant le nom de l'auteur : *Faubert*, patronyme d'un épicier en renom. Mauvais présage! Malgré tout, *Madame Bovary* voit le jour dans le numéro d'octobre et les cinq numéros suivants.

Nouvelle difficulté : le secrétaire de la revue ne veut point de la scène du fiacre et la coupe. Du Camp s'en explique à son ami : « Elle est impossible, non pour nous qui nous en

moquons, non pour moi qui signe le numéro,
mais pour la police correctionnelle qui nous
condamnerait net. » Diverses autres coupures
dans la fin du roman sont envisagées qui obli-
gent Flaubert à préciser pour le lecteur que la
Revue de Paris ne publie que des « fragments » de son œuvre « et non un ensemble ».

Les craintes de Du Camp, Laurent-Pichat
et consorts n'étaient pas vaines. Les précautions
qu'ils prennent se retournent contre eux,
attirent l'attention du pouvoir sur un texte
que les coupures et les suppressions rendent suspect, elles allument une curiosité malsaine. Que
pouvait-il bien se passer dans la scène du fiacre?
Le *Nouvelliste de Rouen* qui reproduisait en
feuilleton les pages de la *Revue de Paris*,
prend peur à son tour, interrompt brusquement
la publication du roman. Enfin, Flaubert est
averti officieusement, puis officiellement, que
des poursuites vont être engagées contre lui.
Pour le pouvoir, l'occasion est bonne de fermer
une fois pour toutes la bouche à la libéralisante
Revue de Paris déjà punie de deux « avertis-
sements ».

Flaubert est atterré. Il craignait plus que tout
un succès de scandale qui attenterait à la
dignité d'un art pratiqué comme un sacerdoce.
C'est de bien pis qu'il s'agit : de la correctionnelle! Il se souvient soudain qu'il appartient à
une honorable famille bourgeoise, l'une des plus
considérées de Normandie, qu'il est fils du « docteur Flaubert ». Il concilie à ce moment et dans
sa personne deux réalités qui lui ont toujours
semblé antinomiques : l'art et la bourgeoisie.

Il fait agir auprès de l'impératrice, qui apaise
ses inquiétudes. Il va trouver Lamartine, qu'il ne
connaissait pas et n'aimait guère. Il alerte ses
relations les mieux placées, les plus écoutées. Il

faut croire que l'impératrice lui avait donné de
fausses assurances, ou que ses efforts ont été
contrariés : le 29 janvier 1857, entre Laurent-
Pichat et l'imprimeur, Flaubert s'assied devant
les juges de la VI⁰ Chambre correctionnelle et
doit écouter les inepties fielleuses du substitut
Pinard. Son défenseur, M⁰ Sénard, ancien président de l'Assemblée nationale et ministre de
l'Intérieur sous la II⁰ République, répond à
l'accusateur public durant quatre heures. Il
demande, outre l'acquittement, des excuses. A
huitaine, le jugement est rendu qui acquitte
Flaubert dont l'attention est attirée cependant
sur les « *limites que la littérature, même la plus
légère, ne doit pas dépasser* ». On tient compte de
ses bonnes intentions, de son travail scrupuleux,
de son honorable famille. Flaubert semoncé ! Une
fois de plus, la justice n'a pas laissé passer
l'occasion de se rendre ridicule. Elle va récidiver
avec Baudelaire quelques mois plus tard, avec
Proudhon l'année d'après.

Flaubert avait traité avec Michel Lévy
— moyennant un forfait de huit cents francs —
pour l'édition en librairie. Le procès lui ôte toute
envie de publier. Il tergiverse, cherche un compromis : une édition à grandes marges où il réta-
blirait les passages supprimés par la *Revue de
Paris*, commenterait à l'aide de citations ceux
qu'a incriminés le substitut Pinard. L'éditeur,
voulant profiter d'une publicité inattendue, le
presse. Finalement, l'ouvrage paraît, dédié à
M⁰ Sénard — il l'était précédemment à Bouilhet —
et les quinze mille exemplaires de départ s'en-
lèvent en quelques jours. D'autres tirages sont
envisagés.

L'ouvrage est mal accueilli par les critiques,
parfois vilipendé avec son auteur, pour les motifs
mêmes — exprimés de manière souvent plus sub-

tile — qu'a mis en avant la justice [1]. On reproche à l'auteur la crudité de ses descriptions, l'absence de ce que nous appellerions aujourd'hui un « héros positif », l'immoralité d'Emma, et, plus que tout, on aurait voulu que l'auteur loue ou condamne, prenne parti. Ce qu'en général on refuse et qui fait la nouveauté de *Madame Bovary* autant que sa force, c'est le coup d'œil « scientifique » porté sur la vie et les comportements humains, la « méthode des sciences physiques et naturelles » transportée dans le roman, le déterminisme des événements, des situations, des caractères.

Sainte-Beuve s'incline devant le « talent » et loue le « paysagiste », le créateur de personnages « parlants ». Il aurait cependant « aimé quelquefois à ce qu'il y eût dans certains détails une description un peu moins poussée à bout... J'aurais désiré aussi, sans trop savoir comment elle aurait pu entrer dans votre composition, voir quelque figure à sentiments doux, purs, profonds et contenus, également vraie. Cela eût reposé... » Bref : « Vous êtes cruel. » Il reconnaît néanmoins que l'œuvre étant « entièrement impersonnelle », c'est là « une grande preuve de force. » Et de rappeler que « fils et frère de médecins distingués, M. Gustave Flaubert tient la plume comme d'autres le scalpel ». La phrase fera fortune. Si l'appréciation n'est pas sans fondement, elle ne vise pourtant qu'un aspect du talent de Flaubert et le plus visible en effet.

L'article de Sainte-Beuve, consacré à un débutant, et dans le journal du gouvernement, impressionne. Il suscite pourtant des répliques courroucées, comme celle d'un Léon Aubineau qui, dans *L'Univers,* ne veut citer ni le titre de l'ouvrage ni le nom de son auteur. « Il n'y a

---

1. J.-G. Prod'homme : *Vingt Chefs-d'œuvre jugés par leurs Contemporains* (Stock, 1931).

pas de critique pour des œuvres de cette sorte...
laborieuse, vulgaire et coupable... *L'art cesse du
moment qu'il est envahi par l'ordure* ». Et de se
« réjouir de cette sorte de sanction administra-
tive » qui aurait frappé Sainte-Beuve parti, pour
de tout autres raisons, du *Moniteur*.

Pour *La Revue des Deux Mondes* et son
critique, Charles de Mazade, « M. Flaubert imite
M. de Balzac ». « Talent où il y a jusqu'ici plus
d'imitation et de recherche que d'originalité. »

Selon Paulin Limayrac ,dans *Le Constitution-
nel*, l'art de Flaubert est « de second ordre ». Il
donne dans le « réalisme », qui est « la nature
sans la lumière ». On espère que le fait d'avoir
eu maille à partir avec la justice lui servira de
« leçon ».

Si Nestor Roqueplan dans *La Presse*, déclare
l'ouvrage « charmant » — ce qui est mettre
à côté de la cible — un certain Deschamps juge
que M. Sainte-Beuve ne s'est guère compromis
par ses éloges ambigus et il s'amuse à relever
dans *Madame Bovary* barbarismes et solécismes.
Il en dénombre une vingtaine, et conclut : « L'auteur ne manque pas de talent, mais il paraît manquer de savoir et d'amis sincères et éclairés qui
puissent l'avertir. »

Mêmes remarques sur le style de la part de
Cuvillier-Fleury, rédacteur au *Journal des
Débats* et futur académicien. Il se borne à donner « quelques échantillons de mauvais style...
j'en pourrais donner d'autres, j'en ai les mains
pleines ». Pour sa part, il voit dans *Madame Bovary* une « affectation de langage (qui) s'allie
mal à la dureté du trait » et prétend que les
personnages sont « drapés dans la défroque du
romantisme ». Retenons la prophétie : « *Dans
Mme Bovary, si elle peut vieillir, il y a tout l'avenir d'une marchande à la toilette.* »

Pour M. de Pontmartin, qui compare les
mérites respectifs d'un roman d'Edmond About

et du roman de Flaubert, « M. About, c'est la
bourgeoisie. M. Flaubert, c'est la démocratie
dans le roman. » Il précise : « Nous croyons pouvoir définir (ce roman) en quelques mots :
Madame Bovary, *c'est l'exaltation maladive des* morbid
*sens et de l'imagination dans la démocratie
mécontente.* » Le malheur est qu'on ne sait pas
« de quel côté (l'auteur) penche ». Peu importe :
« Nous disons, nous, que le réalisme n'est et ne
peut être que la démocratie littéraire, et *Madame Bovary* nous sert de preuve. » Preuve trop
fournie d'ailleurs : le roman eût pu « fort bien se
passer de deux cents pages, c'est-à-dire de deux
mille descriptions ». Remarque plaisante, si l'on
songe que la description, telle que nous l'avons
définie dans notre préface, constitue la clef de
voûte du système flaubertien.

Négligeons Jules Habans qui, dans *Le
Figaro*, se demande si « M. Flaubert, en prenant la plume, a eu l'intention bien arrêtée de
faire le roman que nous connaissons » et qui,
tout en lui reconnaissant « des qualités de premier ordre », déclare : « M. Flaubert n'est pas
un écrivain », pour en venir à des jugements moins stupides. Pour Barbey d'Aurevilly,
Madame Bovary tranche sur une « littérature de
copiage... plus ou moins issue de Balzac et de
Stendhal », et il loue le « narrateur incessant et
infatigable », l' « analyste qui ne se trouble
jamais », le « *descripteur* jusqu'à la plus minu-
tieuse subtilité ». Malheureusement, une machine
forgée « à Birmingham ou à Manchester, en bon
acier anglais », eût tout aussi bien fait l'affaire.
« *M. Flaubert (est) l'homme de marbre qui a
écrit* Madame Bovary *avec une plume de pierre,
comme le couteau des sauvages.* » Il n'est ni moral ni immoral : il est insensible. Du moins est-il
un artiste, un « entomologiste de style » qui n'a
eu que le tort de se « perdre », de se « noyer »
dans les petites choses.

Flaubert a-t-il eu l'oreille de la jeunesse? D'une certaine jeunesse, sans doute, où fleuriront plus tard les disciples. Pas de toute la jeunesse. Granier de Cassagnac, sans nier le talent de l'auteur, compare son roman à « un gros tas de fumier », et Duranty, qui brandissait le drapeau du « réalisme », ne voit dans *Madame Bovary* « ni émotion, ni sentiment, ni vie », tout au plus « une grande force d'arithméticien ».

Seuls deux grands écrivains, l'un glorieux, l'autre méconnu, rendirent justice sur-le-champ à Flaubert : Victor Hugo (« *Madame Bovary* est une œuvre... »), et Baudelaire, qui discerna le genre de difficultés que le romancier sut vaincre en usant d' « un style nerveux, pittoresque, subtil, exact, sur un canevas banal... », en exprimant « les sentiments les plus chauds et les plus bouillants dans l'aventure la plus triviale... »

M. N.

NOTE SUR LA PRESENTE EDITION

Notre texte est conforme à celui de la dernière édition revue par Flaubert et parue chez Charpentier et Cie en 1873.

Nous avons corrigé les quelques coquilles manifestes qui avaient échappé à la révision attentive de l'auteur.

Nos interventions n'ont porté que sur certains points mineurs de graphie et de normalisation : nous avons ainsi unifié l'orthographe de Rollet *écrit avec deux l au début du roman et un seul à la fin.*

Pour une étude attentive des brouillons de Madame Bovary*, le lecteur se reportera utilement à l'édition procurée par Jean Pommier et Gabrielle Leleu : «* Madame Bovary*, nouvelle version précédée des scénarios inédits, textes établis sur les manuscrits de Rouen » (Corti, 1949).*

Signalons enfin la remarquable édition critique de Mm C. Gothot-Mersch (Ed. Garnier, 1971) qui prend le même texte de base que le nôtre mais qui a relevé toutes les variantes des neuf états du roman, du manuscrit autographe à la dernière édition significative, celle parue chez Lemerre en 1874.

LE PROCÈS
DE *MADAME BOVARY*

Le procès de Madame Bovary *vint devant la 6ᵉ Chambre du Tribunal correctionnel de Paris aux audiences du 29 janvier et du 7 février 1857. Nous reproduisons in extenso le réquisitoire de l'avocat impérial Ernest Pinard, qui conserve après un siècle son caractère monumental (les références qui figurent dans ce document renvoyaient à la prépublication dans la* Revue de Paris*). La défense de Flaubert fut assurée par Mᵉ Sénard nous n'avons pas jugé utile de réimprimer ici sa plaidoirie, qui, par sa pondération même et son bon sens, n'a pas le relief du réquisitoire et va, en quelque sorte, de soi. Nous reprenons en revanche le texte du jugement prononcé le 7 février et inséré le 9 février 1857 dans la* Gazette des tribunaux *(Léon Laurent-Pichat et Auguste-Alexis Pillet étaient poursuivis conjointement avec Flaubert comme gérant et comme imprimeur de la* Revue de Paris*).*

RÉQUISITOIRE

Messieurs, en abordant ce débat, le ministère public est en présence d'une difficulté qu'il ne peut pas se dissimuler. Elle n'est pas dans la nature même de la prévention : offenses à la morale publique et à la religion, ce sont là sans doute des expressions un peu vagues, un peu élastiques, qu'il est nécessaire de préciser. Mais enfin, quand on parle à des esprits droits et pratiques, il est facile de s'entendre à cet égard, de distinguer si telle page d'un livre porte atteinte à la religion ou à la morale. La difficulté n'est pas dans notre prévention, elle est plutôt, elle est davantage dans l'étendue de l'œuvre que vous avez à juger. Il s'agit d'un roman tout entier. Quand on soumet à notre appréciation un article de journal, on voit tout de suite où le délit commence et où il finit ; le ministère public lit l'article et le soumet à votre appréciation. Ici il ne s'agit pas d'un article de journal, mais d'un roman tout entier, qui commence le 1er octobre, finit le 15 décembre, et se compose de six livraisons, dans la *Revue de Paris*, 1856. Que faire dans cette situation ? Quel est le rôle du ministère public ? Lire tout le roman ? C'est impossible. D'un autre côté, ne lire que les textes incriminés, c'est s'exposer à un reproche très fondé. On pourrait nous dire : Si vous n'exposez pas le procès dans toutes ses parties, si vous passez ce qui précède et ce qui suit les passages incriminés, il est évident que vous étouffez le débat en restreignant le terrain de la discussion. Pour éviter ce double inconvénient, il n'y a qu'une marche à suivre, et la voici : c'est de vous raconter d'abord tout le roman sans en lire, sans en incriminer aucun passage, et puis de lire, d'incriminer en citant le texte, et enfin de répondre aux objections qui pourraient s'élever contre le système général de la prévention.

Quel est le titre du roman ? *Madame Bovary*. C'est un titre qui ne dit rien par lui-même. Il en a un second entre parenthèses : *Mœurs de province*. C'est encore là un titre qui n'explique pas la pensée de l'auteur, mais qui la fait pressentir. L'auteur n'a pas voulu suivre tel ou tel système philosophique vrai ou faux, il a voulu faire des tableaux de genre, et vous allez voir quels tableaux!!! Sans doute, c'est le mari qui commence et qui termine le livre, mais le portrait le plus sérieux de l'œuvre, qui illumine les autres peintures, c'est évidemment celui de Mme Bovary.

Ici je raconte, je ne cite pas. On prend le mari au collège, et, il faut le dire, l'enfant annonce déjà ce que sera le mari. Il est excessivement lourd et timide, si timide que lorsqu'il arrive au collège et qu'on lui demande son nom, il commence par répondre *Charbovari*. Il est si lourd qu'il travaille sans avancer. Il n'est jamais le premier, il n'est jamais le dernier non plus de sa classe : c'est le type, sinon de la nullité, au moins de celui du ridicule au collège. Après les études du collège, il vint étudier la médecine à Rouen, dans une chambre au quatrième, donnant sur la Seine [1], que sa mère lui avait louée chez un teinturier de sa connaissance. C'est là qu'il fait ses études médicales et qu'il arrive petit à petit à conquérir non pas le grade de docteur en médecine, mais celui d'officier de santé. Il fréquentait les cabarets, il manquait le cours, mais il n'avait au demeurant d'autre passion que celle de jouer aux dominos. Voilà M. Bovary.

Il va se marier. Sa mère lui trouve une femme : la veuve d'un huissier de Dieppe ; elle est vertueuse et laide, elle a quarante-cinq ans et 1 200 livres de rente. Seulement le notaire qui avait le capital de la rente partit un beau matin pour l'Amérique, et Mme Bovary jeune fut tellement frappée, tellement impressionnée par ce coup inattendu, qu'elle en mourut. Voilà le premier mariage, voilà la première scène.

M. Bovary, devenu veuf, songe à se remarier. Il interroge ses souvenirs ; il n'a pas besoin d'aller bien loin, il lui vient tout de suite à l'esprit la fille d'un fermier du voisinage qui avait singulièrement excité les soup-

1. *Sic*, voir p. 28, l. 39.

çons de Mme Bovary, Mlle Emma Rouault. Le fermier Rouault n'avait qu'une fille, élevée aux Ursulines de Rouen. Elle s'occupait peu de la ferme ; son père désirait la marier. L'officier de santé se présente, il n'est pas difficile sur la dot, et vous comprenez qu'avec de telles dispositions de part et d'autre, les choses vont vite. Le mariage est accompli. M. Bovary est aux genoux de sa femme, il est le plus heureux des hommes, le plus aveugle des maris ; sa seule préoccupation est de prévenir les désirs de sa femme.

Ici le rôle de M. Bovary s'efface ; celui de Mme Bovary devient l'œuvre sérieuse du livre.

Messieurs, Mme Bovary a-t-elle aimé son mari ou cherché à l'aimer ? Non, et dès le commencement, il y eut ce qu'on peut appeler la scène de l'initiation. A partir de ce moment, un autre horizon s'étale devant elle, une vie nouvelle lui apparaît. Le propriétaire du château de la Vaubyessard avait donné une grande fête. On avait invité l'officier de santé, on avait invité sa femme, et là il y eut pour elle comme une initiation à toutes les ardeurs de la volupté! Elle avait aperçu le duc de Laverdière, qui avait eu des succès à la cour ; elle avait valsé avec un vicomte et éprouvé un trouble inconnu. A partir de ce moment, elle avait vécu d'une vie nouvelle ; son mari, tout ce qui l'entourait, lui était devenu insupportable. Un jour, en cherchant dans un meuble, elle avait rencontré un fil de fer qui lui avait déchiré le doigt ; c'était le fil de son bouquet de mariage. Pour essayer de l'arracher à l'ennui qui la consumait, M. Bovary fit le sacrifice de sa clientèle, et vint s'installer à Yonville. C'est ici que vient la scène de la première chute. Nous sommes à la seconde livraison. Mme Bovary arrive à Yonville, et là, la première personne qu'elle rencontre, sur laquelle elle fixe ses regards, ce n'est pas le notaire de l'endroit, c'est l'unique clerc de ce notaire, Léon Dupuis. C'est un tout jeune homme qui fait son droit et qui va partir pour la capitale. Tout autre que M. Bovary aurait été inquiété des visites du jeune clerc, mais M. Bovary est si naïf qu'il croit à la vertu de sa femme ; Léon, inexpérimenté, éprouvait le même sentiment. Il est parti, l'occasion est perdue, mais les occasions se retrouvent facilement. Il y avait dans le voisinage d'Yonville un M. Rodolphe Boulanger (vous voyez que je raconte). C'était un homme de trente-quatre ans, d'un tempérament brutal, il avait eu beaucoup de succès auprès des conquêtes faciles ; il avait alors pour maîtresse une actrice ; il aperçut Mme Bovary, elle était jeune, charmante ; il résolut d'en faire sa maîtresse. La chose était facile, il lui suffit de trois occasions. La première fois il était venu aux Comices agricoles, la seconde fois il lui avait rendu une visite, la troisième fois il lui avait fait faire une promenade à cheval que le mari avait jugée nécessaire à la santé de sa femme ; et c'est alors, dans une première visite de la forêt, que la chute a lieu. Les rendez-vous se multiplieront au château de Rodolphe, surtout dans le jardin de l'officier de santé. Les amants arrivent jusqu'aux limites extrêmes de la volupté! Mme Bovary veut se faire enlever par Rodolphe, Rodolphe n'ose pas lui dire non, mais il lui écrit une lettre où il cherche à lui prouver, par beaucoup de raisons, qu'il ne peut pas l'enlever. Foudroyée à la réception de cette lettre, Mme Bovary a une fièvre cérébrale à la suite de laquelle une fièvre typhoïde se déclare. La fièvre tua l'amour, mais resta la malade. Voilà la deuxième scène.

J'arrive à la troisième. La chute avec Rodolphe avait été suivie d'une réaction religieuse, mais elle avait été courte ; Mme Bovary va tomber de nouveau. Le mari avait jugé le spectacle utile à la convalescence de sa femme, et il l'avait conduite à Rouen. Dans une loge, en face de celle qu'occupaient M. et Mme Bovary, se trouvait Léon Dupuis, ce jeune clerc de notaire qui a fait son droit à Paris, et qui en est revenu singulièrement instruit, singulièrement expérimenté. Il va voir Mme Bovary ; il lui propose un rendez-vous. Mme Bovary lui indique la cathédrale. Léon lui propose de monter dans un fiacre. Elle résiste d'abord, mais Léon lui dit que cela se fait ainsi à Paris, et alors plus d'obstacle. La chute a lieu dans le fiacre! Les rendez-vous se multiplient pour Léon comme pour Rodolphe, chez l'officier de santé et puis dans une chambre qu'on avait louée à Rouen. Enfin elle arriva jusqu'à la fatigue même de ce grand amour, et c'est ici que commence la scène de détresse, c'est la dernière du roman.

Mme Bovary avait prodigué, jeté les cadeaux à la tête de Rodolphe et de Léon, elle avait mené une vie de luxe, et, pour faire face à tant de dépenses, elle avait souscrit de nombreux billets à ordre. Elle avait obtenu de son mari une procuration générale pour gérer le patrimoine commun, elle avait rencontré un usurier qui se faisait souscrire des billets, lesquels, n'étant pas payés à l'échéance, étaient renouvelés sous le nom d'un compère. Puis étaient venus le papier timbré, les protêts, les jugements, la saisie, et enfin l'affiche de la vente du mobilier de M. Bovary qui ignorait tout. Réduite aux plus cruelles extrémités, Mme Bovary demande de l'argent à tout le monde, et n'en obtient de personne. Léon n'en a pas, et il recule épouvanté à l'idée d'un crime qu'on lui suggère pour s'en procurer. Parcourant tous les degrés de l'humiliation, Mme Bovary va chez Rodolphe ; elle ne réussit pas ; Rodolphe n'a pas 3 000 francs. Il ne lui reste plus qu'une issue. De s'excuser auprès de son mari ? Non ; de s'expliquer avec lui ? Mais ce mari aurait la générosité de lui pardonner, et c'est là une humiliation qu'elle ne peut accepter : elle s'empoisonne. Viennent alors des scènes douloureuses. Le mari est là, à côté du corps glacé de sa femme. Il fait apporter sa robe de noces. Il ordonne qu'on l'en enveloppe et qu'on enferme sa dépouille dans un triple cercueil.

Un jour il ouvre le secrétaire et il y trouve le portrait de Rodolphe, ses lettres et celles de Léon. Vous croyez que l'amour va tomber alors ? Non, non, il s'excite au contraire, il s'exalte pour cette femme que d'autres ont possédée, en raison de ces souvenirs de volupté qu'elle lui a laissés ; et dès ce moment il néglige sa clientèle, sa famille, il laisse aller au vent les dernières parcelles de son patrimoine, et un jour on le trouve mort dans la tonnelle de son jardin, tenant dans ses mains une longue mèche de cheveux noirs.

Voilà le roman ; je l'ai raconté tout entier en n'en supprimant aucune scène. On l'appelle *Madame Bovary;* vous pouvez lui donner un autre titre, et l'appeler avec justesse : *Histoire des adullères d'une femme de province.*

Messieurs, la première partie de ma tâche est remplie ; j'ai raconté, je vais citer, et après les citations viendra l'incrimination qui porte sur deux délits : offense à la morale publique, offense à la morale religieuse. L'offense à la morale publique est dans les tableaux lascifs que je mettrai sous vos yeux, l'offense à la morale religieuse, dans des images voluptueuses mêlées aux choses sacrées. J'arrive aux citations. Je serai court, car vous lirez le roman tout entier. Je me bornerai à vous citer quatre scènes, ou plutôt quatre tableaux. La première, ce sera celle des amours et de la chute avec Rodolphe ; la seconde, la transition religieuse entre les deux adultères ; la troisième, ce sera la chute avec Léon, c'est le deuxième adultère ; et enfin la quatrième, que je veux citer, c'est la mort de Mme Bovary.

Avant de soulever ces quatre coins du tableau, permettez-moi de me demander quelle est la couleur, le coup de pinceau de M. Flaubert, car enfin son roman est un tableau, et il faut savoir à quelle école il appartient, quelle est la couleur qu'il emploie, et quel est le portrait de son héroïne.

La couleur générale de l'auteur, permettez-moi de vous le dire, c'est la couleur lascive, avant, pendant et après ces chutes! Elle est enfant, elle a dix ou douze ans, elle est au couvent des Ursulines. A cet âge où la jeune fille n'est pas formée, où la femme ne peut pas sentir ces émotions premières qui lui révèlent un monde nouveau, elle se confesse.

« Quand elle allait à confesse », cette première citation de la première livraison est à la page 30 du

numéro du 1er octobre (¹), « quand elle allait à confesse,
« elle inventait de petits péchés afin de rester là plus
« longtemps, à genoux dans l'ombre, les mains jointes,
« le visage à la grille sous le chuchotement du prêtre.
« Les comparaisons de fiancé, d'époux, d'amant céleste
« et de mariage éternel qui reviennent dans les sermons
« lui soulevaient au fond de l'âme des douceurs inat-
« tendues. »

Est-ce qu'il est naturel qu'une petite fille invente
de petits péchés, quand on sait que pour un enfant
ce sont les plus petits péchés qu'on a le plus de peine
à dire ? Et puis, à cet âge-là, quand une petite fille
n'est pas formée, la montrer inventant de petits péchés
dans l'ombre, sous le chuchotement du prêtre, en se
rappelant ces comparaisons de fiancé, d'époux, d'amant
céleste et de mariage éternel, qui lui faisaient éprouver
comme un frisson de volupté, n'est-ce pas faire ce que
j'ai appelé une peinture lascive ?

Voulez-vous Mme Bovary dans ses moindres actes,
à l'état libre, sans l'amant, sans la faute ? Je passe sur
ce mot du *lendemain*, et sur cette mariée qui ne laissait
rien découvrir où l'on pût deviner quelque chose, il y
a là déjà un tour de phrase plus qu'équivoque, mais
voulez-vous savoir comment était le mari ?

Ce mari du lendemain « que l'on eût pris pour la
« vierge de la veille », et cette mariée qui « ne laissait
« rien découvrir où l'on pût deviner quelque chose ».
« Ce mari (p. 29) ² qui se lève et part « le cœur plein des
« félicités de la nuit, l'esprit tranquille, la chair
» contente », s'en allant « ruminantson bonheur comme
« ceux qui mâchent encore après le dîner le goût des
« truffes qu'ils digèrent ».

Je tiens, Messieurs, à vous préciser le cachet de
l'œuvre littéraire de M. Flaubert, et ses coups de pinceau. Il a quelquefois des traits qui veulent beaucoup
dire, et ces traits ne lui coûtent rien.

Et puis, au château de la Vaubyessard, savez-vous

1. Voir p. 63.
2. P. 60.

ce qui attire les regards de cette jeune femme, ce qui
la frappe le plus ? C'est toujours la même chose, c'est
le duc de Laverdière, amant, « disait-on, de Marie-
« Antoinette, entre MM. de Coigny et de Lauzun », et
« sur lequel « les yeux d'Emma revenaient d'eux-
« mêmes, comme sur quelque chose d'extraordinaire
« et d'auguste ; il avait vécu à la cour et couché dans
« le lit des reines ! »

Ce n'est là qu'une parenthèse historique, dira-t-on ?
Triste et inutile parenthèse ; l'histoire a pu autoriser
des soupçons, mais non donner le droit de les ériger en
certitude. L'histoire a parlé du collier dans tous les
romans, l'histoire a parlé de mille choses, mais ce ne
sont là que des soupçons, et, je le répète, je ne sache
pas qu'elle ait autorisé à transformer ces soupçons en
certitude. Et quand Marie-Antoinette est morte avec
la dignité d'une souveraine et le calme d'une chrétienne, ce sang versé pourrait effacer des fautes, à plus
forte raison des soupçons. Mon Dieu, M. Flaubert a eu
besoin d'une image frappante pour peindre son héroïne, et il a pris celle-là pour exprimer tout à la fois
et les instincts pervers et l'ambition de Mme Bovary !

Mme Bovary doit très bien valser, et la voici valsant :
« Ils commencèrent lentement, puis allèrent plus
« vite. Ils tournaient ; tout tournait autour d'eux, les
« lampes, les meubles, les lambris et le parquet, comme
« un disque sur un pivot. En passant auprès des portes,
« la robe d'Emma par le bas s'ériflait au pantalon ;
« leurs jambes entraient l'une dans l'autre, il bais-
« sait ses regards vers elle, elle levait les siens vers
« lui ; une torpeur la prenait, elle s'arrêta. Ils repar-
« tirent, et, d'un mouvement plus rapide, le vicomte
« l'entraînant, disparut avec elle, jusqu'au bout de la
« galerie où, haletante, elle faillit tomber, et un ins-
« tant s'appuya la tête sur sa poitrine. Et puis, tour-
« nant toujours, mais plus doucement, il la recondui-
« sit à sa place ; elle se renversa contre la muraille et
« mit la main devant ses yeux. »

Je sais bien qu'on valse un peu de cette manière,
mais cela n'en est pas plus moral !

Prenez Mme Bovary dans les actes les plus simples, c'est toujours le même coup de pinceau, il est à toutes les pages. Ainsi Justin, le domestique du pharmacien voisin, a-t-il des émerveillements subits quand il est initié dans le secret du cabinet de toilette de cette femme. Il poursuit sa voluptueuse admiration jusqu'à la cuisine.

« Le coude sur la longue planche où elle (Félicité, « la femme de chambre) repassait, il considérait avi-« dement toutes ces affaires de femme étalées autour « de lui, les jupons de basin, les fichus, les collerettes « et les pantalons à coulisse, vastes de hanches et « qui se rétrécissaient par le bas.

« — A quoi cela sert-il? demandait le jeune garçon, « en passant sa main sur la crinoline ou les agrafes.

« — Tu n'as donc jamais rien vu? répondait en « riant Félicité. »

Ainsi le mari se demande-t-il, en présence de cette femme sentant frais, si l'odeur vient de la peau ou de la chemise.

« Il trouvait tous les soirs des meubles souples et « une femme en toilette fine, charmante et sentant « frais, à ne savoir même d'où venait cette odeur, « ou si ce n'était pas la femme qui parfumait la che-« mise. »

Assez de citations de détail! Vous connaissez maintenant la physionomie de Mme Bovary au repos, quand elle ne provoque personne, quand elle ne pèche pas, quand elle est encore complètement innocente, quand, au retour d'un rendez-vous, elle n'est pas encore à côté d'un mari qu'elle déteste ; vous connaissez maintenant la couleur générale du tableau, la physionomie générale de Mme Bovary. L'auteur a mis le plus grand soin, employé tous les prestiges de son style pour peindre cette femme. A-t-il essayé de la montrer du côté de l'intelligence? Jamais. Du côté du cœur? Pas davantage. Du côté de l'esprit ? Non. Du côté de la beauté physique? Pas même. Oh! je sais bien qu'il y a un portrait de Mme Bovary après l'adultère des plus étincelants ; mais le tableau est avant tout lascif, les poses sont voluptueuses, la beauté de Mme Bovary est une beauté de provocation.

J'arrive maintenant aux quatre citations importantes ; je n'en ferai que quatre; je tiens à restreindre mon cadre. J'ai dit que la première serait sur les amours de Rodolphe, la seconde sur la transition religieuse, la troisième sur les amours de Léon, la quatrième sur la mort.

Voyons la première. Mme Bovary est près de la chute, près de succomber.

« La médiocrité domestique la poussait à des fan-
« taisies luxueuses, les tendresses matrimoniales en
« des désirs adultères », ... « elle se maudit de n'avoir
« pas aimé Léon, elle eut soif de ses lèvres. »

Qu'est-ce qui a séduit Rodolphe et l'a préparé? Le gonflement de l'étoffe de la robe de Mme Bovary qui s'est crevée de place en place selon les inflexions du corsage! Rodolphe a amené son domestique chez Bovary pour le faire saigner. Le domestique va se trouver mal, Mme Bovary tient la cuvette.

« Pour la mettre sous la table, dans le mouvement
« qu'elle fit en s'inclinant, sa robe s'évasa autour d'elle
« sur les carreaux de la salle ; et comme Emma, bais-
« sée, chancelait un peu en écartant les bras, le gon-
« flement de l'étoffe se crevait de place en place selon
« les inflexions du corsage. » Aussi voici la réflexion de Rodolphe :

« Il revoyait Emma dans la salle, habillée comme il
« l'avait vue, et il la déshabillait. »

Page 417 [1]. C'est le premier jour où ils se parlent.
« Ils se regardaient, un désir suprême faisait frisonner
« leurs lèvres sèches, et mollement, sans effort, leurs
« doigts se confondirent. »

Ce sont là les préliminaires de la chute. Il faut lire la chute elle-même.

« Quand le costume fut prêt, Charles écrivit à
« M. Boulanger que sa femme était à sa disposition
« et qu'il comptait sur sa complaisance.

1. P. 203.

« Le lendemain à midi, Rodolphe arriva devant la
« porte de Charles avec deux chevaux de maître ;
« l'un portait des pompons roses aux oreilles et une
« selle de femme en peau de daim.

« Il avait mis de longues bottes molles, se disant
« que sans doute elle n'en avait jamais vu de pareilles ;
« en effet, Emma fut charmée de sa tournure, lors-
« qu'il apparut avec son grand habit de velours
« marron et sa culotte de tricot blanc...

. . . .

« Dès qu'il sentit la terre, le cheval d'Emma prit
« le galop.

« Rodolphe galopait à côté d'elle. »

Les voilà dans la forêt.

« Il l'entraîna plus loin, autour d'un petit étang
« où des lentilles d'eau faisaient une verdure sur les
« ondes...

. . . .

« — J'ai tort, j'ai tort, disait-elle, je suis folle de
« vous entendre.

« — Pourquoi ? Emma ! Emma !

« — O Rodolphe !... fit lentement la jeune femme,
« en se penchant sur son épaule.

« Le drap de sa robe s'accrochait au velours de l'ha-
« bit. Elle renversa son cou blanc qui se gonfla d'un
« soupir ; et défaillante, tout en pleurs, avec un long
« frémissement et se cachant la figure, elle s'aban-
« donna. »

Lorsqu'elle se fut relevée, lorsque après avoir secoué
les fatigues de la volupté, elle rentra au foyer domestique, à ce foyer où elle devait trouver un mari qui
l'adorait, après sa première faute, après ce premier
adultère, après cette première chute, est-ce le remords,
le sentiment du remords qu'elle éprouva, au regard
de ce mari trompé qui l'adorait ? Non ! le front haut,
elle rentra en glorifiant l'adultère.

« En s'apercevant dans la glace, elle s'étonna de son
« visage. Jamais elle n'avait eu les yeux si grands, si
« noirs, ni d'une telle profondeur. Quelque chose de
« subtil épandu sur sa personne la transfigurait.

« Elle se répétait : J'ai un amant! un amant! se
« délectant à cette idée comme à celle d'une autre
« puberté qui lui serait survenue. Elle allait donc
« enfin posséder ces plaisirs de l'amour, cette fièvre
« de bonheur dont elle avait désespéré. Elle entrait
« dans quelque chose de merveilleux, où tout serait
« passion, extase, délire... »

Ainsi, dès cette première faute, dès cette première
chute, elle fait la glorification de l'adultère, elle
chante le cantique de l'adultère, sa poésie, ses voluptés.
Voilà, Messieurs, qui pour moi est bien plus dangereux,
bien plus immoral que la chute elle-même!

Messieurs, tout est pâle devant cette glorification
de l'adultère, même les rendez-vous de nuit, quelques
jours après.

« Pour l'avertir, Rodolphe jetait contre les persiennes
« une poignée de sable. Elle se levait en sursaut ; mais
« quelquefois il lui fallait attendre, car Charles avait
« la manie de bavarder au coin du feu, et il n'en finis-
« sait pas. Elle se dévorait d'impatience ; si ses yeux
« l'avaient pu, ils l'eussent fait sauter par les fenêtres.
« Enfin elle commençait sa toilette de nuit, puis elle
« prenait un livre et continuait à lire fort tranquille-
« ment, comme si la lecture l'eût amusée. Mais Charles,
« qui était au lit, l'appelait pour se coucher.

« — Viens donc, Emma, disait-il, il est temps.

« — Oui, j'y vais, répondait-elle.

« Cependant, comme les bougies l'éblouissaient,
« il se tournait vers le mur et s'endormait. Elle s'échap-
« pait en retenant son haleine, souriante, palpitante,
« déshabillée.

« Rodolphe avait un grand manteau ; il l'envelop-
« pait tout entière, et, passant le bras autour de sa
« taille, il l'entraînait sans parler jusqu'au fond du
« jardin.

« C'était sous la tonnelle, sur ce même banc de
« bâtons pourris où autrefois Léon la regardait si
« amoureusement durant les soirées d'été! Elle ne
« pensait guère à lui, maintenant!

« Le froid de la nuit les faisait s'étreindre davan-

« tage, les soupirs de leurs lèvres leur semblaient
« plus forts, leurs yeux, qu'ils entrevoyaient à peine,
« leur paraissaient plus grands, et au milieu du silence
« il y avait des paroles dites tout bas qui tombaient
« sur leur âme avec une sonorité cristalline et qui s'y
« répercutaient en vibrations multipliées. »

Connaissez-vous au monde, Messieurs, un langage
plus expressif? Avez-vous vu jamais un tableau plus
lascif? Écoutez encore :

« Jamais Mme Bovary ne fut aussi belle qu'à cette
« époque ; elle avait cette indéfinissable beauté qui
« résulte de la joie, de l'enthousiasme, du succès, et
« qui n'est que l'harmonie du tempérament avec les
« circonstances. Ses convoitises, ses chagrins, l'expé-
« rience du plaisir et ses illusions toujours jeunes, comme
« font aux fleurs le fumier, la pluie, les vents et le soleil,
« l'avaient par gradations développée, et elle s'épa-
« nouissait enfin dans la plénitude de sa nature. Ses
« paupières semblaient taillées tout exprès pour ses
« longs regards amoureux où la prunelle se perdait,
« tandis qu'un souffle fort écartait ses narines minces
« et relevait le coin charnu de ses lèvres, qu'ombra-
« geait à la lumière un peu de duvet noir. On eût dit
« qu'un artiste habile en corruptions avait disposé
« sur sa nuque la torsade de ses cheveux. Ils s'enrou-
« laient en une masse lourde, négligemment, et selon
« les hasards de l'adultère qui les dénouait tous les jours.
« Sa voix maintenant prenait des inflexions plus molles,
« sa taille aussi ; quelque chose de subtil qui vous
« pénétrait se dégageait même des draperies de sa
« robe et de la cambrure de son pied. Charles, comme
« au premier temps de leur mariage, la trouvait déli-
« cieuse et tout irrésistible. »

Jusqu'ici la beauté de cette femme avait consisté
dans sa grâce, dans sa tournure, dans ses vêtements ;
enfin elle vient de vous être montrée sans voile, et vous
pouvez dire si l'adultère ne l'a pas embellie.

« — Emmène-moi ! s'écria-t-elle. Enlève-moi. oh!..
« je t'en supplie!

« Et elle se précipita sur sa bouche, comme pour y

« saisir le consentement inattendu qui s'en exhalait
« dans un baiser. »

Voilà un portrait, Messieurs, comme sait les faire
M. Flaubert. Comme les yeux de cette femme s'élar-
gissent! comme quelque chose de ravissant est épandu
sur elle, depuis sa chute! sa beauté a-t-elle jamais été
aussi éclatante que le lendemain de sa chute, que dans
les jours qui ont suivi sa chute? Ce que l'auteur nous
montre, c'est la poésie de l'adultère, et je vous demande
encore une fois si ces pages lascives ne sont pas d'une
immoralité profonde!!!

J'arrive à la seconde situation. La seconde situation
est une transition religieuse. Mme Bovary avait été
très malade, aux portes du tombeau. Elle revient à la
vie, sa convalescence est signalée par une transition
religieuse.

« M. Bournisien (c'était le curé) venait la voir. Il
« s'enquérait de sa santé, lui apportait des nouvelles
« et l'exhortait à la religion dans un petit bavardage
« câlin, qui ne manquait pas d'agrément. La vue seule
« de sa soutane la réconfortait. »

Enfin elle va faire la communion. Je n'aime pas
beaucoup à rencontrer des choses saintes dans un
roman, mais au moins, quand on en parle, faudrait-il
ne pas les travestir par le langage. Y a-t-il dans cette
femme adultère qui va à la communion quelque chose
de la foi de la Madeleine repentante? Non, non, c'est
toujours la femme passionnée qui cherche des illusions et qui les cherche dans les choses les plus saintes,
les plus augustes.

« Un jour qu'au plus fort de sa maladie elle s'était
« crue agonisante, elle avait demandé la communion ;
« et à mesure que l'on faisait dans sa chambre les pré-
« paratifs pour le sacrement, que l'on disposait en autel
« la commode encombrée de sirops, et que Félicité
« semait par terre des fleurs de dahlia, Emma sentait
« quelque chose de fort passant sur elle, qui la débar-
« rassait de ses douleurs, de toute perception, de tout
« sentiment. Sa chair allégée ne pesait plus, une autre
« vie commençait ; il lui sembla que son être, mon-

« tant vers Dieu, allait s'anéantir dans cet amour,
« comme un encens allumé qui se dissipe en vapeur. »

Dans quelle langue prie-t-on Dieu avec les paroles
adressées à l'amant dans les épanchements de l'adultère ? Sans doute on parlera de la couleur locale, et on
s'excusera en disant qu'une femme vaporeuse, romanesque, ne fait, pas même en religion, les choses comme
tout le monde. Il n'y a pas de couleur locale qui excuse
ce mélange! Voluptueuse un jour, religieuse le lendemain, nulle femme, même dans d'autres régions, même
sous le ciel d'Espagne ou d'Italie, ne murmure à Dieu
les caresses adultères qu'elle donnait à l'amant. Vous
apprécierez ce langage, Messieurs, et vous n'excuse-
rez pas ces paroles de l'adultère introduites, en quelque
sorte, dans le sanctuaire de la divinité! Voilà la seconde
situation, j'arrive à la troisième, c'est la série des
adultères.

Après la transition religieuse, Mme Bovary est
encore prête à tomber. Elle va au spectacle à Rouen.
On jouait *Lucie de Lammermoor*. Emma fit un retour
sur elle-même.

« Ah! si dans la fraîcheur de sa beauté, avant les
« souillures du mariage et les désillusions de l'adultère
« (il y en a qui auraient dit : les désillusions du mariage
« et les souillures de l'adultère), — avant les souillures
« du mariage et les désillusions de l'adultère, elle avait
« pu placer sa vie sur quelque grand cœur solide, alors
« la vertu, la tendresse, les voluptés et le devoir se
« confondant, jamais elle ne serait descendue d'une
« félicité si haute. »

En voyant Lagardy sur la scène, elle eut envie de
courir dans ses « bras pour se réfugier en sa force,
« comme dans l'incarnation de l'amour même, et de lui
« dire, de s'écrier : Enlève-moi, emmène-moi, partons!
« à toi, à toi toutes mes ardeurs et tous mes rêves! »

Léon était derrière elle.

« Il se tenait derrière elle, s'appuyant de l'épaule
« contre la cloison ; et de temps à autre elle se sentait
« frissonner sous le souffle tiède de ses narines qui lui
« descendait dans la chevelure. »

On vous a parlé tout à l'heure des souillures du mariage ; on va vous montrer encore l'adultère dans toute sa poésie, dans ses ineffables séductions. J'ai dit qu'on aurait dû au moins modifier les expressions et dire : les désillusions du mariage et les souillures de l'adultère. Bien souvent quand on s'est marié, au lieu du bonheur sans nuages qu'on s'était promis, on rencontre les sacrifices, les amertumes. Le mot désillusion peut donc être justifié, celui de souillure ne saurait l'être.

Léon et Emma se sont donné rendez-vous à la cathédrale. Ils la visitent ou ne la visitent pas. Ils sortent.

« Un gamin polissonnait sur le parvis.

« — Va me chercher un fiacre ! lui crie Léon. L'en-« fant partit comme une balle...

« — Ah ! Léon !... vraiment !... je ne sais... si je « dois !... et elle minaudait. Puis d'un air sérieux : « C'est inconvenant, savez-vous ?

« — En quoi ? répliqua le clerc, cela se fait à Paris.

« Et cette parole, comme un irrésistible argument, « la détermina. »

Nous savons maintenant, Messieurs, que la chute n'a pas lieu dans le fiacre. Par un scrupule qui l'honore, le rédacteur de la *Revue* a supprimé le passage de la chute dans le fiacre. Mais si la *Revue de Paris* baisse les stores du fiacre, elle nous laisse pénétrer dans la chambre où se donnent les rendez-vous.

Emma veut partir, car elle avait donné sa parole qu'elle reviendrait le soir même. « D'ailleurs, Charles « l'attendait ; et déjà elle se sentait au cœur cette « lâche docilité qui est pour bien des femmes comme « le châtiment tout à la fois et la rançon de l'adultère...»

« Léon, sur le trottoir, continuait à marcher, elle « le suivait jusqu'à l'hôtel ; il montait ; il ouvrait la « porte ; entrait. Quelle étreinte !

« Puis les paroles après les baisers se précipitaient. « On se racontait les chagrins de la semaine, les pressen-« timents, les inquiétudes pour les lettres ; mais à présent « tout s'oubliait, et ils se regardaient face à face, avec « des rires de volupté et des appellations de tendresse.

« Le lit était un grand lit d'acajou en forme de
« nacelle. Les rideaux de levantine rouge, qui des-
« cendaient du plafond, se cintraient trop bas vers
« le chevet évasé, — et rien au monde n'était beau
« comme sa tête brune et sa peau blanche, se détachant
« sur cette couleur pourpre, quand, par un geste de
« pudeur, elle fermait ses deux bras nus, en se cachant
« la figure dans les mains.

« Le tiède appartement, avec son tapis discret,
« ses ornements folâtres et sa lumière tranquille,
« semblait tout commode pour les intimités de la
« passion. »

Voilà ce qui se passe dans cette chambre. Voici
encore un passage très important — comme peinture
lascive!

« Comme ils aimaient cette bonne chambre pleine
« de gaieté malgré sa splendeur un peu fanée! Ils
« retrouvaient toujours les meubles à leur place, et
« parfois des épingles à cheveux qu'elle avait oubliées,
« l'autre jeudi, sous le socle de la pendule. Ils déjeu-
« naient au coin du feu, sur un petit guéridon incrusté
« de palissandre. Emma découpait, lui mettait des
« morceaux dans son assiette en débitant toutes
« sortes de chatteries, et elle riait d'un rire sonore
« et libertin, quand la mousse du vin de Champagne
« débordait du verre léger sur les bagues de ses doigts.
« Ils étaient si complètement perdus dans la possession
« d'eux-mêmes, qu'ils se croyaient là dans leur maison
« particulière, et devant y vivre jusqu'à la mort,
« comme deux éternels jeunes époux. Ils disaient
« notre chambre, nos tapis, nos fauteuils », même elle
« disait « mes pantoufles », un cadeau de Léon, une
« fantaisie qu'elle avait eue. C'étaient des pantoufles
« en satin rose, bordées de cygne. Quand elle s'asseyait
« sur ses genoux, sa jambe, alors trop courte, pendait
« en l'air, et la mignarde chaussure, qui n'avait pas
« de quartier, tenait seulement par les orteils à son
« pied nu.

« Il savourait pour la première fois, et dans l'exer-
« cice de l'amour, l'inexprimable délicatesse des élé-

« gances féminines. Jamais il n'avait rencontré cette
« grâce de langage, cette réserve du vêtement, ces
« poses de colombe assoupie. Il admirait l'exaltation
« de son âme et les dentelles de sa jupe. D'ailleurs,
« n'était-ce pas une femme du monde, et une femme
« mariée ? une vraie maîtresse, enfin ? »

Voilà, Messieurs, une description qui ne laissera rien
à désirer, j'espère, au point de vue de la prévention !
En voici une autre, ou plutôt voici la continuation
de la même scène :

« Elle avait des paroles qui l'enflammaient avec des
« baisers qui lui emportaient l'âme. Où donc avait-elle
« appris ces caresses presque immatérielles, à force
« d'être profondes et dissimulées ? »

Oh ! je comprends bien, Messieurs, le dégoût que
lui inspirait ce mari qui voulait l'embrasser à son
retour, je comprends à merveille que, lorsque des
rendez-vous de cette espèce avaient lieu, elle sentît
avec horreur, la nuit, « contre sa chair, cet homme
« étendu qui dormait ».

Ce n'est pas tout : à la page 73 [1], il est un dernier
tableau que je ne veux pas omettre ; elle était arrivée
jusqu'à la fatigue de la volupté.

« Elle se promettait continuellement pour son pro-
« chain voyage une félicité profonde ; puis elle s'avouait
« ne rien sentir d'extraordinaire. Mais cette déception
« s'effaçait vite sous un espoir nouveau, et Emma
« revenait à lui plus enflammée, plus haletante, plus
« avide. Elle se déshabillait brutalement, arrachant
« le lacet mince de son corset qui sifflait autour de
« ses hanches comme une couleuvre qui glisse. Elle
« allait sur la pointe de ses pieds nus regarder encore
« une fois si la porte était fermée, puis elle faisait d'un
« seul geste tomber ensemble tous ses vêtements ; —
« et pâle, sans parler, sérieuse, elle s'abattait contre sa
« poitrine, avec un long frisson. »

Je signale ici deux choses, Messieurs, une peinture
admirable sous le rapport du talent, mais une pein-

1. P. 366.

ture exécrable au point de vue de la morale. Oui,
M. Flaubert sait embellir ses peintures-avec toutes
les ressources de l'art, mais sans les ménagements
de l'art. Chez lui point de gaze, point de voiles, c'est
la nature dans toute sa crudité!

Encore une citation de la page 78 [1].

« Ils se connaissaient trop pour avoir ces ébahisse-
« ments de possession qui en centuplent la joie. Elle
« était aussi dégoûtée de lui qu'il était fatigué d'elle.
« Emma retrouvait dans l'adultère toutes les plati-
« tudes du mariage. »

Platitudes du mariage, poésie de l'adultère! Tantôt
c'est la souillure du mariage, tantôt ce sont ses platitudes, mais c'est toujours la poésie de l'adultère.
Voilà, Messieurs, les situations que M. Flaubert aime
à peindre, et malheureusement il ne les peint que
trop bien.

J'ai raconté trois scènes : la scène avec Rodolphe,
et vous y avez vu la chute dans la forêt, la glorification
de l'adultère, et cette femme dont la beauté devient
plus grande avec cette poésie. J'ai parlé de la transition
religieuse, et vous y avez vu la prière emprunter à
l'adultère son langage. J'ai parlé de la seconde chute,
je vous ai déroulé les scènes qui se passent avec Léon...
Je vous ai montré la scène du fiacre — supprimée, —
mais je vous ai montré le tableau de la chambre et
du lit. Maintenant que nous croyons nos convictions
faites, arrivons à la dernière scène : à celle du supplice.

Des coupures nombreuses y ont été faites, à ce
qu'il paraît, par la *Revue de Paris*. Voici en quels
termes M. Flaubert s'en plaint :

« Des considérations que je n'ai pas à apprécier ont
contraint la *Revue de Paris* à faire une suppression
dans le numéro du 1er décembre. Ses scrupules s'étant
renouvelés à l'occasion du présent numéro, elle a jugé
convenable d'enlever encore plusieurs passages. En
conséquence, je déclare dénier la responsabilité des

1. P. 376.

lignes qui suivent : le lecteur est donc prié de n'y voir que des fragments et non pas un ensemble. »

Passons donc sur ces fragments et arrivons à la mort. Elle s'empoisonne. Elle s'empoisonne pourquoi ? « Ah ! c'est bien peu de chose, la mort, pensa-t-elle, « je vais m'endormir et tout sera fini. » Puis, sans un remords, sans un aveu, sans une larme de repentir sur ce suicide qui s'achève et les adultères de la veille, elle va recevoir le sacrement des mourants. Pourquoi le sacrement, puisque, dans sa pensée de tout à l'heure, elle va au néant ? Pourquoi, quand il n'y a pas une larme, pas un soupir de Madeleine sur son crime d'incrédulité, sur son suicide, sur ses adultères ?

Après cette scène, vient celle de l'extrême-onction. Ce sont des paroles saintes et sacrées pour tous. C'est avec ces paroles-là que nous avons endormi nos aïeux, nos pères ou nos proches, et c'est avec elles qu'un jour nos enfants nous endormiront. Quand on veut les reproduire, il faut le faire exactement ; il ne faut pas du moins les accompagner d'une image voluptueuse sur la vie passée.

Vous le savez, le prêtre fait les onctions saintes sur le front, sur les oreilles, sur la bouche, sur les pieds, en prononçant ces phrases liturgiques : *quidquid per pedes, per aures, per pectus*, etc., toujours suivies des mots *misericordia*..., péché d'un côté, miséricorde de l'autre. Il faut les reproduire exactement, ces paroles saintes et sacrées ; si vous ne les reproduisez pas exactement, au moins n'y mettez rien de voluptueux.

« Elle tourna sa tête lentement et parut saisie de « joie à voir tout à coup l'étole violette, sans doute « retrouvant au milieu d'un apaisement extraordinaire « la volupté perdue de ses premiers élancements « mystiques, avec des visions de béatitude éternelle « qui commençaient.

« Le prêtre se releva pour prendre le crucifix ; alors « elle allongea le cou comme quelqu'un qui a soif, et, « collant ses lèvres sur le corps de l'Homme-Dieu, elle « y déposa de toute sa force expirante le plus grand « baiser d'amour qu'elle eût jamais donné. Ensuite

« il récita le *Misereatur* et l'*Indulgentiam*, trempa son
« pouce droit dans l'huile et commença les onctions :
« d'abord sur les yeux, qui avaient tant convoité
« toutes les somptuosités terrestres ; puis sur les
« narines, friandes de brises tièdes et de senteurs
« amoureuses ; puis sur la bouche qui s'était ouverte
« pour le mensonge, qui avait gémi d'orgueil et crié
« dans la luxure ; puis sur les mains, qui se délectaient
« aux contacts suaves, et enfin sur la plante des pieds,
« si rapides autrefois quand elle courait à l'assouvis-
« sance de ses désirs, et qui maintenant ne marche-
« raient plus. »

Maintenant, il y a les prières des agonisants que le
prêtre récite tout bas, où à chaque verset se trouvent
les mots : « Ame chrétienne, partez pour une région
plus haute. » On les murmure au moment où le dernier
souffle du mourant s'échappe de ses lèvres. Le prêtre
les récite, etc.

« A mesure que le râle devenait plus fort, l'ecclé-
« siastique précipitait ses oraisons ; elles se mêlaient
« aux sanglots étouffés de Bovary, et quelquefois tout
« semblait disparaître dans le sourd murmure des
« syllabes latines qui tintaient comme un glas lu-
« gubre. »

L'auteur a jugé à propos d'alterner ces paroles,
de leur faire une sorte de réplique. Il fait intervenir
sur le trottoir un aveugle qui entonne une chanson
dont les paroles profanes sont une sorte de réponse
aux prières des agonisants.

« Tout à coup on entendit sur le trottoir un bruit
« de gros sabots, avec le frôlement d'un bâton, et
« une voix s'éleva, une voix rauque, qui chantait :

> *Souvent la chaleur d'un beau jour*
> *Fait rêver fillette à l'amour.*
> *Il souffla bien fort ce jour-là,*
> *Et le jupon court s'envola.*

C'est à ce moment que Mme Bovary meurt.
Ainsi voilà le tableau : d'un côté, le prêtre qui récite

la prière des agonisants ; de l'autre, le joueur d'orgue, qui excite chez la mourante « un rire atroce, frénétique, « désespéré, croyant voir la face hideuse du misérable « qui se dressait dans les ténèbres éternelles comme « un épouvantement... ; une convulsion la rabattit « sur le matelas. Tous s'approchèrent. Elle n'existait « plus. »

Et puis ensuite, lorsque le corps est froid, la chose qu'il faut respecter par-dessus tout, c'est le cadavre que l'âme a quitté. Quand le mari est là, à genoux, pleurant sa femme, quand il a étendu sur elle le linceul, tout autre se serait arrêté, et c'est le moment où M. Flaubert donne le dernier coup de pinceau :

« Le drap se creusait depuis ses seins jusqu'à ses « genoux, se relevant ensuite à la pointe des orteils. »

Voilà la scène de la mort. Je l'ai abrégée, je l'ai groupée en quelque sorte. C'est à vous de juger, et d'apprécier si c'est là le mélange du sacré au profane, ou si ce ne serait plutôt le mélange du sacré au voluptueux.

J'ai raconté le roman, je l'ai incriminé ensuite, et, permettez-moi de le dire, le genre que M. Flaubert cultive, celui qu'il réalise sans les ménagements de l'art, mais avec toutes les ressources de l'art, c'est le genre descriptif, la peinture réaliste. Voyez jusqu'à quelle limite il arrive. Dernièrement un numéro de *l'Artiste* me tombait sous la main ; il ne s'agit pas d'incriminer *l'Artiste*, mais de savoir quel est le genre de M. Flaubert, et je vous demande la permission de vous citer quelques lignes de l'écrit qui n'engagent en rien l'écrit poursuivi contre M. Flaubert, et j'y voyais à quel degré M. Flaubert excelle dans la peinture ; il aime à peindre les tentations auxquelles a succombé Mme Bovary. Eh bien! je trouve un modèle du genre dans les quelques lignes qui suivent de *l'Artiste* du mois de janvier, signées *Gustave Flaubert*, sur la tentation de saint Antoine. Mon Dieu! c'est un sujet sur lequel on peut dire beaucoup de choses, mais je ne crois pas qu'il soit possible de donner plus de vivacité à l'image, plus de trait à la peinture.

Apollinaire à saint Antoine : — « Est-ce la science ?
Est-ce la gloire ? Veux-tu rafraîchir tes yeux sur des
jasmins humides ? Veux-tu sentir ton corps s'enfoncer
comme dans une onde dans la chair douce des femmes
pâmées ? »

Eh bien ! c'est la même couleur, la même énergie
de pinceau, la même vivacité d'expressions !

Il faut se résumer. J'ai analysé le livre, j'ai raconté,
sans oublier une page ; j'ai incriminé ensuite, c'était
la seconde partie de ma tâche ; j'ai précisé quelques
portraits, j'ai montré Mme Bovary au repos, vis-à-vis
de son mari, vis-à-vis de ceux qu'elle ne devait pas
tenter, et je vous ai fait toucher les couleurs lascives
de ce portrait. Puis j'ai analysé quelques grandes
scènes : la chute avec Rodolphe, la transition religieuse, les amours avec Léon, la scène de la mort, et
dans toutes j'ai trouvé le double délit d'offense à la
morale publique et à la religion.

Je n'ai besoin que de deux scènes : l'outrage à la
morale, est-ce que vous ne le verrez pas dans la chute
avec Rodolphe ? Est-ce que vous ne le verrez pas
dans cette glorification de l'adultère ? Est-ce que vous
ne le verrez pas surtout dans ce qui se passe avec
Léon ? Et puis, l'outrage à la morale religieuse, je le
trouve dans le trait sur la confession, page 30 [1] de la
première livraison, numéro du 1er octobre, dans la
transition religieuse, page 548 et [2] 550 [3] du 15 novembre ; et enfin dans la dernière scène de la mort.

Vous avez devant vous, Messieurs, trois inculpés :
M. Flaubert, l'auteur du livre ; M. Pichat qui l'a
accueilli, et M. Pillet qui l'a imprimé. En cette matière, il n'y a pas de délit sans publicité, et tous ceux
qui ont concouru à la publicité doivent être également
atteints. Mais, nous nous hâtons de le dire, le gérant
de la *Revue* et l'imprimeur ne sont qu'en seconde ligne.
Le principal prévenu, c'est l'auteur, c'est M. Flaubert,

1. P. 63.
2. P. 282.
3. P. 286.

M. Flaubert qui, averti par la note de la rédaction, proteste contre la suppression qui est faite à son œuvre. Après lui vient au second rang M. Laurent-Pichat, auquel vous demanderez compte non de cette suppression qu'il a faite, mais de celles qu'il aurait dû faire, et enfin vient en dernière ligne l'imprimeur, qui est une sentinelle avancée contre le scandale. M. Pillet d'ailleurs, est un homme honorable contre lequel je n'ai rien à dire. Nous ne vous demandons qu'une chose, de lui appliquer la loi. Les imprimeurs doivent lire ; quand ils n'ont pas lu ou fait lire, c'est à leurs risques et périls qu'ils impriment. Les imprimeurs ne sont pas des machines ; ils ont un privilège, ils prêtent serment, ils sont dans une situation spéciale, ils sont responsables. Encore une fois, ils sont, si vous me permettez l'expression, comme des sentinelles avancées ; s'ils laissent passer le délit, c'est comme s'ils laissaient passer l'ennemi. Atténuez la peine autant que vous voudrez vis-à-vis de Pillet ; soyez même indulgents vis-à-vis du gérant de la *Revue* ; quant à Flaubert, le principal coupable, c'est à lui que vous devez réserver vos sévérités !

Ma tâche est remplie, il faut attendre les objections ou les prévenir. On nous dira comme objection générale : mais, après tout, le roman est moral au fond, puisque l'adultère est puni ?

A cette objection, deux réponses : je suppose l'œuvre morale ; par hypothèse, une conclusion morale ne pourrait pas amnistier les détails lascifs qui peuvent s'y trouver. Et puis je dis : l'œuvre au fond n'est pas morale.

Je dis, Messieurs, que des détails lascifs ne peuvent pas être couverts par une conclusion morale, sinon on pourrait raconter toutes les orgies imaginables, décrire toutes les turpitudes d'une femme publique, en la faisant mourir sur un grabat à l'hôpital. Il serait permis d'étudier et de montrer toutes ses poses lascives ! Ce serait aller contre toutes les règles du bon sens. Ce serait placer le poison à la portée de tous et le remède à la portée d'un bien petit nombre, s'il y

avait remède. Qui est-ce qui lit le roman de M. Flaubert? Sont-ce des hommes qui s'occupent d'économie
politique et sociale? Non! les pages légères de *Madame Bovary* tombent en des mains plus légères, dans
des mains de jeunes filles, quelquefois de femmes
mariées. Eh bien! lorsque l'imagination aura été
séduite, lorsque cette séduction sera descendue jusqu'au cœur, lorsque le cœur aura parlé aux sens, est-ce
que vous croyez qu'un raisonnement bien froid sera
bien fort contre cette séduction des sens et du sentiment? Et puis, il ne faut pas que l'homme se drape
trop dans sa force et sa vertu, l'homme porte les
instincts d'en bas et les idées d'en haut, et chez tous
la vertu n'est que la conséquence d'un effort bien
souvent pénible. Les peintures lascives ont généralement plus d'influence que les froids raisonnements.
Voilà ce que je réponds à cette théorie, voilà ma
première réponse, mais j'en ai une seconde.

Je soutiens que le roman de *Madame Bovary*, envi-
sagé au point de vue philosophique, n'est point moral.
Sans doute Mme Bovary meurt empoisonnée; elle a
beaucoup souffert, c'est vrai; mais elle meurt à son
heure et à son jour; mais elle meurt, non parce qu'elle
est adultère, mais parce qu'elle l'a voulu; elle meurt
dans tout le prestige de sa jeunesse et de sa beauté;
elle meurt après avoir eu deux amants, laissant un
mari qui l'aime, qui l'adore, qui trouvera le portrait
de Rodolphe, qui trouvera ses lettres et celles de Léon,
qui lira les lettres d'une femme deux fois adultère,
et qui, après cela, l'aimera encore davantage au-delà
du tombeau. Qui peut condamner cette femme dans
le livre? Personne. Telle est la conclusion. Il n'y a
pas dans le livre un personnage qui puisse la condamner.
Si vous y trouvez un personnage sage, si vous y trouvez
un seul principe en vertu duquel l'adultère soit stigmatisé, j'ai tort. Donc, si dans tout le livre il n'y a
pas un personnage qui puisse lui faire courber la tête,
s'il n'y a pas une idée, une ligne en vertu de laquelle
l'adultère soit flétri, c'est moi qui ai raison, le livre
est immoral!

Serait-ce au nom de l'honneur conjugal que le livre serait condamné? Mais l'honneur conjugal est représenté par un mari béat, qui, après la mort de sa femme, rencontrant Rodolphe, cherche sur le visage de l'amant les traits de la femme qu'il aime (livr. du 15 décembre, p. 289 [1]). Je vous le demande, est-ce au nom de l'honneur conjugal que vous pouvez stigmatiser cette femme, quand il n'y a pas dans le livre un seul mot où le mari ne s'incline devant l'adultère?

Serait-ce au nom de l'opinion publique? Mais l'opinion publique est personnifiée dans un être grotesque, dans le pharmacien Homais, entouré de personnages ridicules que cette femme domine.

Le condamnerez-vous au nom du sentiment religieux? Mais ce sentiment, vous l'avez personnifié dans le curé Bournisien, prêtre à peu près aussi grotesque que le pharmacien, ne croyant qu'aux souffrances physiques, jamais aux souffrances morales, à peu près matérialiste.

Le condamnerez-vous au nom de la conscience de l'auteur? Je ne sais pas ce que pense la conscience de l'auteur ; mais dans son chapitre IX, le seul philosophique de l'œuvre, livr. du 15 décembre [2], je lis la phrase suivante :

« Il y a toujours après la mort de quelqu'un comme « une stupéfaction qui se dégage, tant il est difficile « de comprendre cette survenue du néant et de se « résigner à y croire. »

Ce n'est pas un cri d'incrédulité, mais c'est du moins un cri de scepticisme. Sans doute il est difficile de le comprendre et d'y croire, mais enfin pourquoi cette stupéfaction qui se manifeste à la mort? Pourquoi? Parce que cette survenue est quelque chose qui est un mystère, parce qu'il est difficile de le comprendre et de le juger, mais il faut s'y résigner. Et moi je dis que si la mort est survenue du néant, que

1. P. 444.
2. P. 419.

si le mari béat sent croître son amour en apprenant les adultères de sa femme, que si l'opinion est représentée par des êtres grotesques, que si le sentiment religieux est représenté par un prêtre ridicule, une seule personne a raison, règne, domine : c'est Emma Bovary. Messaline a raison contre Juvénal.

Voilà la conclusion philosophique du livre, tirée non par l'auteur, mais par un homme qui réfléchit et approfondit les choses, par un homme qui a cherché dans le livre un personnage qui pût dominer cette femme. Il n'y en a pas. Le seul personnage qui y domine, c'est Mme Bovary. Il faut donc chercher ailleurs que dans le livre, il faut chercher dans cette morale chrétienne qui est le fond des civilisations modernes. Par cette morale, tout s'explique et s'éclaircit.

En son nom l'adultère est stigmatisé, condamné, non pas parce que c'est une imprudence qui expose à des désillusions et à des regrets, mais parce que c'est un crime pour la famille. Vous stigmatisez et vous condamnez le suicide, non pas parce que c'est une lâcheté, il demande quelquefois un certain courage physique, mais parce qu'il est le mépris du devoir dans la vie qui s'achève, et le cri de l'incrédulité dans la vie qui commence.

Cette morale stigmatise la littérature réaliste, non pas parce qu'elle peint les passions : la haine, la vengeance, l'amour ; le monde ne vit que là-dessus, et l'art doit les peindre ; mais quand elle les peint sans frein, sans mesure. L'art sans règle n'est plus l'art ; c'est comme une femme qui quitterait tout vêtement. Imposer à l'art l'unique règle de la décence publique, ce n'est pas l'asservir, mais l'honorer. On ne grandit qu'avec une règle. Voilà, Messieurs, les principes que nous professons, voilà une doctrine que nous défendons avec conscience.

JUGEMENT

Attendu que Laurent-Pichat, Gustave Flaubert et Pillet sont inculpés d'avoir commis les délits d'outrage à la moralité publique et religieuse et aux bonnes mœurs ; le premier, comme auteur, en publiant dans le recueil périodique intitulé la *Revue de Paris*, dont il est directeur-gérant et dans les numéros des 1er et 15 octobre, 1er et 15 novembre, 1er et 15 décembre 1856, un roman intitulé *Madame Bovary*, Gustave Flaubert et Pillet, comme complices, l'un en fournissant le manuscrit, et l'autre en imprimant ledit roman ;

Attendu que les passages particulièrement signalés du roman dont il s'agit, lequel renferme 300 pages, sont contenus, aux termes de l'ordonnance du renvoi devant le tribunal correctionnel, dans les pages 73, 77 et 78 (no du 1er décembre), et 271, 272 et 273 (no du 15 décembre 1856) ;

Attendu que les passages incriminés, envisagés abstractivement et isolément, présentent effectivement, soit des images, soit des tableaux que le bon goût réprouve et qui sont de nature à porter atteinte à de légitimes et honorables susceptibilités ;

Attendu que les mêmes observations peuvent s'appliquer justement à d'autres passages non définis par l'ordonnance de renvoi et qui, au premier abord, semblent présenter l'exposition de théories qui ne seraient pas moins contraires aux bonnes mœurs, aux institutions qui sont la base de la société, qu'au respect dû aux cérémonies les plus augustes du culte ;

Attendu qu'à ces divers titres l'ouvrage déféré au tribunal mérite un blâme sévère, car la mission de la littérature doit être d'orner et de récréer l'esprit en élevant l'intelligence et en épurant les mœurs plus encore que d'imprimer le dégoût du vice en offrant le tableau des désordres qui peuvent exister dans la société ;

Attendu que les prévenus, et en particulier Gustave Flaubert, repoussent énergiquement l'inculpation dirigée contre eux, en articulant que le roman soumis au jugement du tribunal a un but éminemment moral ; que l'auteur a eu principalement en vue d'exposer les dangers qui résultent d'une éducation non appropriée au milieu dans lequel on doit vivre, et que, poursuivant cette idée, il a montré la femme, personnage principal de son roman, aspirant vers un monde et une société pour lesquels elle n'était pas faite, malheureuse de la condition modeste dans laquelle le sort l'aurait placée, oubliant d'abord ses devoirs de mère, manquant ensuite à ses devoirs d'épouse, introduisant sucessivement dans sa maison l'adultère et la ruine, et finissant misérablement par le suicide, après avoir passé par tous les degrés de la dégradation a plus complète et être descendue jusqu'au vol ;

Attendu que cette donnée, morale sans doute dans son principe, aurait dû être complétée dans ses développements par une certaine sévérité de langage et par une réserve contenue, en ce qui touche particulièrement l'exposition des tableaux et des situations que le plan de l'auteur lui faisait placer sous les yeux du public ;

Attendu qu'il n'est pas permis, sous prétexte de peinture de caractère ou de couleur locale, de reproduire dans leurs écarts les faits, dits et gestes des personnages qu'un écrivain s'est donné mission de peindre; qu'un pareil système, appliqué aux œuvres de l'esprit aussi bien qu'aux productions des beaux-arts, conduirait à un réalisme qui serait la négation du beau et du bon et qui, enfantant des œuvres également offensantes pour les regards et pour l'esprit, commettrait de continuels outrages à la morale publique et aux bonnes mœurs ;

Attendu qu'il y a des limites que la littérature, même la plus légère, ne doit pas dépasser, et dont Gustave Flaubert et co-inculpés paraissent ne s'être pas suffisamment rendu compte ;

Mais attendu que l'ouvrage dont Flaubert est l'auteur est une œuvre qui paraît avoir été longuement et sérieusement travaillée, au point de vue littéraire et de l'étude des caractères ; que les passages relevés par l'ordonnance de renvoi, quelque répréhensibles qu'ils soient, sont peu nombreux si on les compare à l'étendue de l'ouvrage ; que ces passages, soit dans les idées qu'ils exposent, soit dans les situations qu'ils représentent, rentrent dans l'ensemble des caractères que l'auteur a voulu peindre, tout en les exagérant et en les imprégnant d'un réalisme vulgaire et souvent choquant ;

Attendu que Gustave Flaubert proteste de son respect pour les bonnes mœurs et tout ce qui se rattache à la moralité religieuse ; qu'il n'apparaît pas que son livre ait été, comme certaines œuvres, écrit dans le but unique de donner une satisfaction aux passions sensuelles, à l'esprit de licence et de débauche, ou de ridiculiser des choses qui doivent être entourées du respect de tous ;

Qu'il a eu le tort seulement de perdre parfois de vue les règles que tout écrivain qui se respecte ne doit jamais franchir, et d'oublier que la littérature, comme l'art, pour accomplir le bien qu'elle est appelée à produire, ne doit pas seulement être chaste et pure dans sa forme et dans son expression ;

Dans ces circonstances, attendu qu'il n'est pas suffisamment établi que Pichat, Gustave Flaubert et Pillet se soient rendus coupables des délits qui leur sont imputés ;

Le tribunal les acquitte de la prévention portée contre eux et les renvoie sans dépens.

Impression Bussière à Saint-Amand (Cher),
le 28 juin 1984.
Dépôt légal : juin 1984.
1er dépôt légal dans la collection : mars 1972.
Numéro d'imprimeur : 1687.

ISBN 2-07-036804-1./Imprimé en France.